BACCHUS
I
TENOR
17

Jess Thomas

Kein Schwert verhieß mir der Vater

Jess Thomas

Kein Schwert verhieß mir der Vater

Das Opernbuch meines Lebens

PAUL NEFF VERLAG WIEN

ISBN 3-7014-0228-0
Umschlaggestaltung: Graupner & Partner GmbH, München
Satz: Compusatz GmbH, München
Druck und Bindung: Wiener Verlag, Himberg bei Wien

Für mein geliebtes Veilchen
in ewiger Dankbarkeit
daß ... sie ihm folge treu und hold ...!

JESS

Meiner geliebten Elfriede
gewidmet

KURT

INHALT

Neben den zahlreichen Personen, die dieses Buch ermöglicht und zu seinem Entstehen beigetragen haben, danken wir Frau Dr. Claudia Savelsberg für kritischen und doch zuneigungsvollen Rat sowie Dr. Kurt Herbert Adler für seine freundschaftliche Hilfe.

Unserer lieben Elfriede danken wir nicht nur für die zahllosen Stunden aufopfernden Schreibens und Korrigierens, sondern auch für die innige Teilnahme an diesem Projekt.

Auch unsere Kinder verdienen Anerkennung, war doch unser beider Familienleben durch die Arbeit an diesem Buch beeinträchtigt. Dem jungen Victor Thomas muß für das Verständnis gedankt werden, das er dafür aufbrachte, daß er auf so viele Stunden gemeinsamer Zeit mit seinem Vater zu verzichten hatte und in dieser Zeit auch von seinen geliebten Computerspielen ferngehalten wurde. Auch die kleine Eva Christina Judmann sei auf diesem Weg für entgangene gemeinsame Erlebnisse entschädigt und soll immer daran erinnert sein, daß auch sie ein paar Buchstaben dieses Buches getippt hat.

Ich konnte mich wahrlich glücklich schätzen, eines Tages beim Bühneneingang einen so enthusiastischen Fan wie Kurt Judmann kennengelernt zu haben. Er hat nun viele Opfer auf sich genommen, um die für dieses Projekt notwendige Zeit aufwenden zu können. Für mich war es jedenfalls nicht nur ein großer Vorteil, sondern auch größte Freude und Glück, mit Kurt, dem erfolgreichen Geschäftsmann, Wissenschaftler, Professor und Autor, zusammenzuarbeiten und seine außergewöhnlichen Kenntnisse und seinen Geschmack bei diesem Buch einzusetzen. Nicht zuletzt hat sich unsere Freundschaft während unserer Zusammenarbeit in Wien, in Amerika und in seinem Haus in Hawaii noch weiter vertieft und stellt ein Zeugnis dafür dar, daß wir gemeinsamen künstlerischen und idealistischen Zielen zustreben. Durch die individuelle Auffassung verschiedener Beschreibungen sowie die Tücken, die in manchen Vokabeln liegen, haben wir beide auch viele fröhliche Stunden verbracht. Kurt hat es jedoch verstanden, auch dann in meine Schuhe zu schlüpfen, wenn ich im Geiste auf der Bühne stand und hat meine Erzählungen nicht nur zum Leben erweckt, sondern oft auch besser klingen lassen als sie in Wirklichkeit waren. Er war in diesem Projekt gleichsam der Dirigent meines Schwanengesanges, dem er aus der Sprache der Musik und der Empfindung zum geschriebenen Wort verhalf.

Jess Thomas

Die Oper wird schon seit langem den aussterbenden Künsten zugerechnet. Einerseits war es zu jeder Zeit schwierig, die notwendigen Geldmittel aufzutreiben, um Opern entsprechend aufzuführen, andererseits ist der musikalische Geschmack der Zuhörer sowie die Ansprechbarkeit der Menschen durch Musik immer schon Modeströmungen unterworfen gewesen. In unserer, durch die technischen Errungenschaften und die Mikroelektronik dominierten Zeit, stehen Bildungs- und Unterhaltungsformen im Vordergrund, die auf rascher Auffassung und auf reinem Konsum basieren, und unsere schnellebige Zeit erlaubt es auch kaum, sich Unterhaltungs- oder Bildungsmöglichkeiten hinzugeben, die zeitaufwendig sind. Durch diese Entwicklung droht der Verlust traditioneller Werte, die nicht nur die Bildung sondern auch den Charakter der Menschen bestimmen. Während auf dieser Seite ein Manko ersteht, beklagt man auf der anderen die Tatsache, daß die neuen wissenschaftlichen und technischen Entwicklungen unsere Generation überfordern. Das mag aber weniger an den neuen Technologien liegen als an der Tatsache, daß wir immer mehr Distanz zu den Quellen haben, die uns humanistische Inhalte vermitteln, mit denen wir unser Leben bewältigen können. Die Kunstform Oper ist eine der wichtigsten Informationsträger in dieser Hinsicht, da sie neben der auf intellektueller Basis ruhenden Wertevermittlung, sich auch durch komplexe gefühlsbetonte und tiefenpsychologische Wirkungen direkt an die Basis des menschlichen Bewußtseins richtet. Oper ist daher eine lebendige Sache, und die Zeitferne der Handlung soll keineswegs ein Grund dafür sein, diese Werke als veraltet anzusehen, sie soll vielmehr dazu dienen, eine Abstraktion der zeitlosen Inhalte dieser Werke zu ermöglichen. In diesem Buch habe ich daher versucht, gemeinsam mit meinem Freund, dem Sängerstar und ausgebildeten Psychologen Jess Thomas, ein Werk zu schaffen, das den Einfluß der Musik auf die Entwicklung eines Lebens zeigt. Dabei zeigt sich, daß man nicht selbst Sänger sein muß, um eigene aktuelle Probleme des täglichen Lebens mit Hilfe der Werte, die uns die Opernliteratur vermittelt, bewältigen zu können. Um dafür Ansatzpunkte zu geben, wurden die wichtigsten Werke aus dem Repertoire eines deutschen Heldentenors und Richard Wagners Werk im Hinblick auf ihre Inhalte und ihre Inszenierungen erläutert.

Trotz dieser zum Teil sehr ernsten Analyse vieler grundlegender menschlicher Probleme sollten weder die heiteren Elemente einer Sängerkarriere verlorengehen, noch ein weiteres wichtiges faszinierendes Element der Opernszene, das artistische Moment, verschwiegen bleiben. Aus diesem Grund sind sowohl heitere wie auch besinnliche Begebenheiten aus Jess Thomas' Opernkarriere und eine den jeweiligen Opern zugeordnete Analyse der musikalischen Schwierigkeiten des Werkes aus der Sicht des Sängers enthalten. Das ist also jene Information, die der Opernbesucher oft gerne aus dem Mund des Sängers selbst hören möchte: Wie denkt er eigentlich selbst über das Werk, vor welcher Stelle hat er Respekt und warum ist sie schwierig?

Jess Thomas hat es durch seine Interpretation im Laufe seiner Karriere zuwege gebracht, viele Menschen für die Werke der großen Komponisten zu begeistern. Dadurch hat er nicht nur ihnen persönliche Bereicherung verschafft, sondern der Kunst allgemein einen unschätzbaren Dienst erwiesen. Auch ich muß Jess für seine großzügige Freundschaft danken, und er weiß, daß ich ihm nie vergelten kann, was er für mich und meine Familie getan hat. Wenn es durch dieses Buch gelingt, auch nur einen weiteren Menschen für die Opernliteratur zu gewinnen und ihm dadurch in seinem individuellen Leben Freude oder Hilfe zu geben, dann habe ich ein Ziel erreicht.

Kurt P. Judmann

KAPITEL 1

MEIN LEBEN

»Kein Schwert verhieß mir der Vater« ist die Geschichte eines Jungen aus Süd-Dakota, der es als Kind wagte, ganz fest an den amerikanischen Traum zu glauben: Jeder kann alles erreichen, wenn er nur wirklich will. Zu guter Letzt erkennt er, daß ihm sein Leben noch wesentlich mehr geboten hat, als er in seinen kühnsten Träumen erwartet hatte.

Meine Lebensgeschichte ist nicht nur die Summe der Erinnerungen, die mir anläßlich meiner letzten Vorstellung als ›Lohengrin‹ in Wien oder als ›Parsifal‹ in Washington D. C. in den Sinn gekommen sind, sondern der Versuch, alle jene Erfahrungen weiterzugeben, die man in einem Leben, das der Kunst und dem Werk Richard Wagners gewidmet ist, sammeln kann.

Dieses Buch ist auch nicht mein erster Versuch zu schreiben. Ich habe in meiner Jugend, wie viele, schon mehrfach begonnen, einen Roman zu schreiben. Nachdem ich aber damals herausgefunden hatte, daß alle Romane mehr oder weniger autobiografisch sind, mußte ich erkennen, daß meine eigenen schriftstellerischen Versuche aufgrund mangelnder Lebenserfahrung wenig Chancen hatten. Seither habe ich schon einiges erlebt, und es zeigt sich, daß sich der Lebensweg eines Opernsängers in einer geradezu surrealistischen Verquickung von Wirklichkeit und Fiktion präsentiert, die eher eine Geschichte voll von Erlebtem, von Interpretation und Mutmaßung, denn eine biografische Aufzählung ergibt. Für ein Kind sind die Grenzen zwischen Phantasie und Realität oft fließend. Ich war damals gezwungen, Phantasie als Wahrheit zu sehen, um die katastrophale Diskrepanz zwischen meinen Träumen und der rauhen Wirklichkeit zu überbrücken. Vor allem mein Vater wollte mir um keinen Preis ein Schwert verheißen. Mein Erfolg auf dem Gebiet der Oper ergab sich also entgegen jeder praktischen Erwartung oder Voraussicht und kam schließlich auch für mich unerwartet.

Auf diesen Grundlagen meiner Lebensgeschichte beruht auch meine Botschaft. Ich möchte den Leser mit mehreren Gedanken vertraut machen, wobei meine Lebensgeschichte die Grundlage bildet. Ich wende mich an jene Träumer, die an die Fähigkeit des Individuums glauben, prinzipiell alles erreichen zu können, selbst wenn man aus dem Nichts beginnen muß. Dabei ergibt sich auch die Gelegenheit, einen Insiderblick in das weite und wilde Gebiet der internationalen Opernszene zu gewähren, der zeigen soll, was man im Laufe einer Karriere so alles erlebt und was es eigentlich bedeutet, Sänger zu sein. Natürlich sind auch Ratschläge an junge Sänger enthalten, die oft unvorbereitet eine professionelle Karriere anstreben. Im Laufe meiner Geschichte zeigt sich, daß auch ich durch die Botschaft der großen Meister und hier insbesondere der von Richard Wagner lernen und viele meiner Probleme leichter lösen konnte. Gerade diese Fähigkeit möchte ich auch weitergeben und beschreibe daher die wichtigsten der von mir interpretierten Opernwerke in bezug auf Handlung, Möglichkeiten der Regie, musikalischer Schwierigkeiten und persönlicher Gedanken zu ihrem Inhalt.

Bevor ich in der Lage war, diese Zeilen niederzuschreiben, hatte ich mich vom einfachen Landleben bis zu den großen Opernbühnen der Welt durchzukämpfen. Dabei galt es, viele Stationen zu überwinden, und es war schon eine schwierige Entscheidung, als erstes Familienmitglied eine höhere Schulbildung anzustreben und später nach Kalifornien an eine Universität zu gehen. Wenn mir weder Vater noch Mutter ein Schwert verhießen, mit dem ich all die Ungeheuer des täglichen Lebens erschlagen konnte, dann hat ihr Einfluß zumindest auf genetischem Weg dafür gesorgt, daß sich in mir eine starke und wilde Phantasie entwickelte, die mir als Schutzschild diente. Sie verdrängte jede frühe Enttäuschung und Verzweiflung, um mich auf ein Leben vorzubereiten, das ich der Liebe, der Musik und den Musen widmen konnte.

Jess Thomas, Kalifornien 1956. (2)

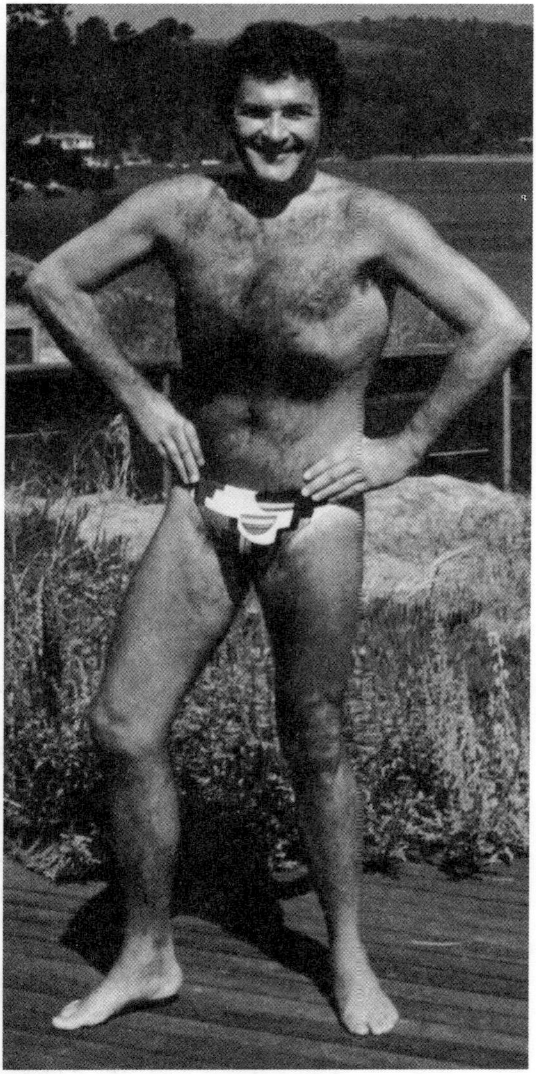

Jess Thomas, Kalifornien 1976 (3)

Mein starker Körper schien ideal für sportliche Aktivitäten und alle Arten von physischen Betätigungen. In diesen Dingen erwies ich mich aber weder als talentiert noch war ich an ihnen sonderlich interessiert. Frühe Versuche, mich im Boxsport zu betätigen, endeten im wahrsten Sinne des Wortes niederschmetternd, und ich entwickelte eine Abscheu gegenüber derartigem physischen Kontakt oder Gruppensport im allgemeinen. Wenn ich boxte, erwies ich mich als Versager. Ich spielte Rugby, verabscheute diesen Sport aber. Tennis, Schwimmen oder Reiten gefielen mir da schon viel besser. Auch Wandern war eine Betätigung, die ich immer liebte. Große Anstrengungen vermied ich, wie ich auch anderen populären Sportarten, wahrscheinlich aus reiner Faulheit, aus dem Wege ging. Das Grundübel lag sicherlich darin, daß ich nicht motiviert war, meinen Körper für diese Betätigungen zu trainieren. Diese Motivation entwickelte ich erst in meiner musikalischen Laufbahn, und nichts strengt den Körper mehr an, als das Singen von Opern. Die Vorbereitung für eine Wagnersaison ist sicherlich dem Training eines olympischen Athleten nicht unähnlich. Dieses Training zahlte sich für mich jedenfalls in jeder Hinsicht aus. Nicht nur, daß Singen zu meinem Beruf wurde, ich kam durch diesen Beruf, wie es eigentlich auch sein soll, zu weitreichenden Einsichten in meine Psyche und entwickelte mich durch die Beschäftigung mit der Materie Oper weiter. Als Sänger entwickelte ich mich zu einer Person, die in zahllosen Rollen über sich hinauszuwachsen hatte. Und obwohl ich nur einer aus einer zahllosen Menge von Künstlern bin, halte ich es für möglich, daß meine Entdeckungen auch andere Personen anregen können und ihre individuelle Suche nach einem erfüllten Leben auf neue Lösungen und Wege lenken kann. Vielleicht kann ich die Faszination und den klärenden Einfluß, den Richard Wagner auf mich ausübte, weitergeben und Menschen dazu animieren, sich mit dem Werk dieses Genies auseinanderzusetzen. Ich glaube, es wäre die Anstrengung für jeden wert, wenn es nur dazu führte, durch die Beschäftigung mit der Musik eigene Wesenszüge, Zielvorstellungen, Möglichkeiten und Grenzen zu erkennen und zu respektieren.

Ich war dabei, ausgehend von der üblichen jugendlichen Einstellung, im Leben erhebende Gefühle und Befriedigung zu suchen. Dabei wollte ich anderen dienen und Hilfe sein und von meinen eigenen Bedürfnissen Abstand nehmen. Ich wollte nobel sein und den Beruf eines Arztes ergreifen, Psychologe werden und den Menschen helfen. Mein Ziel waren also idealistische Jugendträume, die in der Arbeit für die Verbesserung der Menschheit gipfelten. Diese jugendlichen Träume mußten später den Träumen eines Erwachsenen und letztendlich den Realitäten meiner eigenen Persönlichkeit weichen. Doch ich glaube, daß es mir schließlich gelungen ist, eine optimale Synthese zwischen meinen schwärmerischen Idealen und den realen Zielen der Erwachsenen zu finden. Ich wurde Künstler und Sänger, und meine Einstellung, mein Lebensweg und meine Persönlichkeit mag nur ein Beispiel aus der Sängerwelt darstellen, das man nicht verallgemeinern kann. Der Typ des Sängers kann genausowenig oder genausoviel generalisiert werden wie der eines Arztes, Lehrers oder Anwalts. Trotzdem glaube ich, und das hat sich im Laufe meiner Karriere gezeigt, daß allen Sängern einige wenige Eigenschaften gemein sind. Die meisten Sänger sind äußerst sensibel, sie benötigen Applaus, Anerkennung, Bewunderung, Anbetung und tausend andere Dinge, mit denen sie ihr Ego aufbauen. Das sagt viel über die grundlegende Unsicherheit dieses Personenkreises aus. Vielleicht ist es auch wahr, daß wir alle Kinder geblieben sind. Nur wenige entwachsen dem krankhaften Bedarf nach Applaus und entwickeln sich in andere Richtungen. Die anderen wiederum nähren diese vielleicht kindlichen Wünsche ein Leben lang und bilden eine Symbiose mit ihren Fans.

Sänger scheinen auch die notorische Eigenschaft zu entwickeln, Geldangelegenheiten schlecht zu verwalten. Aber selbst da gibt es natürlich Ausnahmen, und einige kombinieren ihre Kunst mit einer Geschäftstüchtigkeit, die dann oft die Kunst erdrückt. Die meisten Sänger essen auch gerne, und viele sind gute Köche. Fast alle verstehen auch die Kunst des Täuschens perfekt, und besonders begabt sind sie in der Kunst, sich selbst zu täuschen. Lippenbekenntnisse an hohe und noble Ziele mit Phrasen wie jener Toscas, die ihr Leben nur der Kunst weihen will, sind nicht selten. Ich möchte nicht bezweifeln, daß jeder Künstler bis zu einem gewissen Maß diese hehren Ziele auch respektiert, aber es ist illusorisch, uns vorzugaukeln, daß die Kunst einziger Lebenszweck der Sänger sein könnte. Aber vielleicht bin ich der einzige Sänger, der die Anerkennung liebt und gleichzeitig die finanziellen Aspekte einer internationalen Laufbahn auch schätzt.

Viele Sänger stolpern wie ich über Steine, die auf ihrem Weg liegen. Bald mußte ich erkennen, daß ich durch die Hingabe an eine Karriere einseitig wurde. Ich blickte nicht nach links oder rechts, mein Gesichtsfeld engte sich ein, und ich versäumte dadurch viele Dinge, die einladend an meinem Lebensweg gelegen hatten.

Die Entscheidung, Sänger zu werden, war bei mir wahrscheinlich ähnlich wie bei anderen Kollegen gefallen. Viele Überlegungen führen zu so einer Entscheidung, bei der Stimme, Musikalität und vor allem ein unwiderstehlicher Drang aufzutreten, eine Rolle spielen. Zu Beginn gibt es keine Garantie für den Erfolg und nur wenig echte Unterstützung. Verbissene Konzentration auf das Ziel ist eine Hilfe, gute Lehrer bereichern, und ein realistisches Konzept und harte Arbeit tragen auch viel zum Erfolg bei. Als Anfänger muß man sich der Tatsache bewußt sein, daß Tausende von einer Karriere träumen, Hunderte sich mit voller Energie auf die Laufbahn vorbereiten und nur wenige die heiligen Bretter der großen Bühnen tatsächlich erreichen. Ich sehe täglich junge, hoffnungsvolle Menschen, die einige oder sogar viele Eigenschaften für einen Erfolg mitbringen. Aber niemand kann vorhersehen, ob sie ihr Ziel erreichen oder auf der Strecke bleiben werden.

Die wichtigste Eigenschaft des angehenden Künstlers ist Selbstvertrauen. Dabei darf man nicht vergessen, daß diese Eigenschaft zwar notwendig, aber keineswegs hinreichend für eine Karriere ist. Als Sänger muß man jedenfalls einen starken Glauben haben, man muß sich selbst kennenlernen und die negativen und positiven Seiten der eigenen Persönlichkeit akzeptieren. Dadurch stärkt man den Glauben an sich selbst und baut ein Ego auf, das stark genug ist, alle Höhen und Tiefen zu überstehen. Ohne diesen Glauben ist man ohne Nahrung in einer Welt der Bewährung und Auszehrung, und man zerbricht leicht an den ersten Enttäuschungen. Allerdings genügt der Glaube an sich selbst allein nicht.

Schon in früher Kindheit begann ich zur Kirche zu gehen und fand bald heraus, daß ich eine Liebe zu Gott und zur Musik entwickelte. Ich sang in vielen Kirchen, und der Gott, mit dem ich vertraut wurde, entwickelte für mich dadurch Gestalt, daß ich seine Anwesenheit in anderen Menschen sehen konnte. Ich kann nicht behaupten, ein grundlegendes Verständnis der reinen Gottheit entwickelt zu haben, aber ich habe schlicht und einfach ein Gefühl und eine besondere Empfindung, die sich im wahrsten Sinne des Wortes als göttlich erwiesen haben. Meinen eigenen, persönlichen Gott fand ich in der Natur, in den Menschen und in der Musik. Viele meiner Entscheidungen, die meine Laufbahn betroffen haben, habe ich auf diesem Gottesglauben aufgebaut. Gott hat mir meinen unleugbaren Lebenszweck gegeben, und es zeigte sich bald, daß mir die Kunst ein erhebendes Erlebnis bieten konnte, das mir meine Illusionen real und bittere Tatsachen akzeptabler machte. Die wesentliche Wahrheit in meinem Leben fand ich in der Kunst, über die schon André Malraux schreibt: »Der einzige Bereich, in dem das Göttliche sichtbar ist, ist die Kunst, und es macht keinen Unterschied, wie wir sie benennen.« In dieser Kunst hatte ich also auch eine eigene, sichtbare und greifbare Verbindung zu Gott, meinen persönlichen Ausdruck und meine Gottesverehrung gefunden.

Auf diese Verbindung zu Gott und auf meine damals »immer noch kleine Stimme« verließ ich mich zu dem Zeitpunkt meines Lebens, an dem mir alle Leute, denen ich vertraute, beteuerten, daß es gerade fünf Minuten vor zwölf war, um Sänger zu werden. Mit diesem Glauben ausgestattet, hätte ich wahrscheinlich auch viele andere Wege gehen können und wäre wahrscheinlich auch in anderen Berufen erfolgreich geworden. Schon Samuel Butler erklärt uns in seinem Werk »The Way of All Flesh«: »Die Arbeit jedes Menschen, egal ob sie aus Literatur, aus Musik oder der Malerei, Architektur oder anderem besteht, stellt immer ein Selbstporträt dar. Je mehr er versucht sich abzuschließen, desto klarer wird sein Charakter an seiner Stelle erscheinen.« Und auch Havelock Ellis kommt in seinem »New Spirit« zur Erkenntnis: »Jeder Künstler schreibt seine Autobiografie.« Ich habe also meine Autobiografie schon durch meine Aufführungen, Aufzeichnungen und Auftritte geschrieben. Ich erinnere mich bei der Betrachtung dieser Biografie an das Verlangen nach erhebenden Gefühlen bei meinen frühen musikalischen Anstrengungen. Ich blicke lachend auf meine naiven Vorstellungen von einem Künstlerleben, das ich aus Kinofilmen über Chopin und aus dem Film »The Great Caruso« entwickelte. Und doch bin ich sowohl für das Triviale wie auch für die ernsthaften Einflüsse dankbar, sie alle haben mich zur Welt des Gesanges und der Musik geführt. Meine Dankbarkeit gegenüber allen diesen Einflüssen hat mich dazu gebracht, dieses Buch zu schreiben und mich an Goethes Worte zu erinnern: »Es gibt keine bessere Befreiung von der Welt als die durch Kunst; und ein Mann kann keine festere Verbindung mit ihr bilden als durch Kunst.«

KAPITEL 2

»AUS FERNEM LAND«

Nun sei bedankt, mein lieber Schwan . . . Lohengrin dankt dem Schwan für seine Dienste, ich habe jedoch allen Grund, Richard Wagner für diese Oper, diese Rolle zu danken.

LOHENGRIN ist eine sehr populäre Oper, die an allen großen Opernhäusern der Welt aufgeführt wird. Die Handlung mit dem berühmten Schwan war immer schon Grundlage für Anekdoten und Witze, ja sogar Parodien. Aber auch die Musik ist weithin bekannt.

Der Hochzeitsmarsch erweckt in allen, die einer solchen Zeremonie schon einmal beigewohnt haben, bestimmte Emotionen, und die Phrase »Nie sollst du mich befragen« erkennen viele, auch wenn sie gepfiffen wird. Weniger bekannt ist schon, daß die Musik zum Zweikampf zwischen Lohengrin und Telramund in vielen Szenen von Western-Filmen ertönt. Schon seit der Stummfilmzeit wird diese dramatische Musik gerne zur Untermalung von Galopp- und Kampfszenen herangezogen. Lohengrin ist also, wenn auch oft unerkannt, von der Eheschließung bis hin zum Fernsehabend in unserem täglichen Leben präsent.

Der Schwan, die von Richard Wagner auch in anderen Opern gern verwendete Symbolfigur, wurde jedenfalls so berühmt, daß man mit seiner Erwähnung selbst Personen, die noch nie mit Oper zu tun hatten, ein wissendes Lächeln und ein beifälliges Nicken abgewinnen kann. Mein berühmter Kollege Leo Slezak hat hier wohl bahnbrechende Arbeit geleistet. Während früher Wagners Regieanweisung zufolge naturgetreue Nachbildungen eines Schwans auf die Bühne gestellt wurden, ist in den Inszenierungen der letzten 25 Jahre die Darstellung dieses Tiers meist symbolisiert oder durch Projektionen realisiert worden. Tatsächlich war nur in einer der vielen Lohengrin-Produktionen, in denen ich aufgetreten bin, eine, wenn auch übernatürlich große, so jedoch naturgetreue Nachbildung eines Schwanes auf der Bühne. Der Auftritt eines Schwans könnte auch dazu verleiten, in Lohengrin ein Märchen zu sehen. Aber für mich ist LOHENGRIN mehr als nur ein romantisches Märchen mit einer gefälligen, leicht ins Ohr gehenden Musik und einer strahlenden Tenorpartie, mehr als die Geschichte von einem fremden Ritter, der von einem Schwan gezogen aus der Ferne erscheint und durch eine verbotene Frage wieder vertrieben wird. In Lohengrin werden die menschlichen Beziehungen zweier Paare prägnant dargestellt. Sie haben jeweils ihr eigenes, durch ihre Herkunft bestimmtes Schicksal zu erfüllen. Ich gebe zu, das Erscheinen des Schwanenritters mag für heutige Begriffe zu märchenhaft wirken. Tatsächlich hat ja auch jeder Regisseur seine liebe Not mit diesem Auftritt, der leicht peinlich oder unfreiwillig komisch geraten kann. Gerade die zeitliche Ferne, in der die Oper spielt, bietet aber die Möglichkeit, Wagners Figuren, die nur symbolisch für allgemeine Probleme und Beziehungen des zwischenmenschlichen Zusammenseins stehen, aus der Distanz zu betrachten. Der Spiegel, den uns Richard Wagner vorhält, ist so fern, daß ihn unser Atem nicht mehr beschlagen kann.

Trotz dieser Distanz steht die Problematik des Lohengrin für mich beispielgebend und symbolhaft für viele Situationen meiner Künstlerlaufbahn.

Lohengrin erscheint in der Mission des Gral in der Welt König Heinrichs und der Elsas. Trotz seiner menschlichen Gefühle, der Liebe zu Elsa, muß er seiner Mission treu bleiben, dem von ihm ersehnten irdischen Glück entsagen und in die Welt des Gral zurückkehren! Eine durchaus äquivalente Mission und Berufung war für mich immer die Gabe, singen zu können und die Musik der großen Komponisten zur Aufführung zu bringen, um damit Menschen Freude und Bereicherung zu schenken. Im Rahmen dieser Berufung ist es für den Künstler unumgänglich, Einschränkungen auf sich zu nehmen. Er muß vielen Dingen entsagen und Opfer auf sich nehmen, die man beim ersten Betrachten des strahlenden Lebens eines Stars wohl nie vermuten würde. Auch Richard Wagner war in gewisser Art und Weise ein Star, und die Handlung des Lohengrin läßt sich auch auf sein Leben projizieren.

Mein Freund und Förderer Wieland Wagner, der Enkel des Meisters, erzählte mir einmal, daß er sicher war, daß Richard Wagner von Minna gedrängt wurde, den Erfolg des HOLLÄNDER zu wiederholen. Während seiner Arbeit an LOHENGRIN jedoch wollte er seinen Stil sowie sich selbst weiterentwickeln und sich neuen Wegen zuwenden. Wieland dachte jedenfalls, Richard verlangte innerlich nach völliger Freiheit in seiner Arbeit. Er wollte keine Fragen – weder nach der Begründung für seine Entwicklung noch nach dem Resultat. Wieland interpretierte die Phrase »Nie sollst du mich befragen...« als autobiographischen Schrei Richard Wagners. Als Antwort auf Minnas Drängen und als Forderung an die störende Umwelt, ihn bei seiner Arbeit in Ruhe zu lassen. Richard war ein Mann, der seinem inneren Drang folgte, einen Traum zu erfüllen und Störungen von außen nicht wünschte, ja sogar verbot.

So hart es auch klingt, es stimmt, Künstler müssen genau zu diesem »point of no return« kommen. Entweder wird der Drang, das brennende Verlangen, den eigenen künstlerischen Weg zu erfüllen, gestillt oder der Künstler leidet und darbt. Auch in meinem Leben zeigt sich diese Entwicklung ganz deutlich. Vor meiner Sängerlaufbahn hatte ich in vielen Berufen gearbeitet, ein Studium der Psychologie absolviert und mich doch immer zur Musik gezogen gefühlt. Ein Drang, gegen den ich lange ankämpfte, bis mein Lehrer mich mahnte, daß es schon sehr spät wäre, eine Laufbahn als Opernsänger zu beginnen. Es war tatsächlich »Fünf vor zwölf«, und die Frage stellte sich, ob mein Entschluß, zu heiraten und sofort Kinder zu haben, im Licht meiner Entscheidung, nun doch Sänger zu werden, klug war. Häufig hört man, daß ein Künstler zuerst seine Laufbahn stabilisieren muß, bevor an ein Familienleben zu denken ist. Ein prominenter Agent bemerkte einmal, daß er am liebsten mit unverheirateten oder verwitweten Künstlern arbeiten würde. Ehegatten, Eltern oder Kinder haben Anspruch auf die Zeit des Künstlers; auf zuviel Zeit. Aus natürlichen Gründen ist dann nicht genug Freiraum vorhanden, um sowohl der Karriere als auch der Familie gerecht zu werden. Viele weibliche Stars haben oft keine Kinder und widmen sich ganz ihrem Beruf. Es scheint, daß es hier Männer einfacher haben, weil es ihnen leichter fällt, eine hoffnungsvoll wartende Familie zurückzulassen, während sie selbst durch die Welt reisen.

Kostümentwurf für »Lohengrin« von Anibal Lapis. (4)

Ich glaube aber, daß das weder für die Künstler noch für die Künstlerinnen problemlos ist. Ein Künstler muß in jedem Fall einen Großteil seines Privatlebens für seine Karriere opfern.

Genau dieses private Glück wird auch Lohengrin versagt, er muß Elsa verlassen und seiner Berufung folgen. Gleich Lohengrin war auch ich aus »fernem Land« nach Deutschland gekommen, um für die Ehre meiner Elsa zu kämpfen. Bald lernte ich, daß meine Elsa eine sehr eifersüchtige Dame war, sie verlangte, dauernd gepflegt und täglich geliebt zu werden: Meine Elsa war meine Karriere. Eine solche Berufung und die damit verbundenen Opfer und Entscheidungen werden aber nicht nur von Künstlern empfunden. Der in der modernen Berufswelt aktuelle Konflikt Beruf – Familie, der bei Männern wie Frauen zu finden ist, findet in Lohengrin seine exemplarische Darstellung.

Nicht nur die Problematik der Figur des Lohengrin, sondern auch die der Elsa, die durch das Stellen der verbotenen Frage scheinbar selbst an ihrem Unglück und Lohengrins Flucht schuld ist, oder die Verführung des rechtschaffenen Telramund durch eine Frau können auf aktuelle Personen und persönliche Probleme projiziert werden. Der Stoff des Lohengrin erscheint mit also äußerst aktuell, und ich sehe in LOHENGRIN ein besonderes Beispiel für die Meisterschaft, mit der Richard Wagner Goethes Forderung an den Künstler – »Der Künstler möge das Spezielle so ins Allgemeine erheben, daß der Zuseher aus dem Allgemeinen sein Spezielles wieder erkennen mag« – zu realisieren imstande war.

Lohengrin sollte mich als Rolle und als Mahnung an meine künstlerische Mission durch meine ganze Karriere begleiten. Er wurde meine erste große Rolle in Europa und die Partie, mit der ich in Wien Abschied nahm. Obwohl mir durch Lohengrin sehr bald meine Mission für die Künstlerlaufbahn bewußt wurde und ich erst später die damit verbundenen Opfer erkannte, bestand der Beginn meiner Laufbahn aus dem üblichen Warten.

Warten auf den Schwan

Meine Studien vor der Abreise nach Deutschland hatten mir keine Zeit gelassen, auch nur die Grundzüge der deutschen Sprache zu erlernen. Ich kam also als nicht Deutsch sprechender Ausländer zu meinem ersten Engagement nach Karlsruhe und mußte einen Anpassungsprozeß durchmachen, der nicht ohne Schwierigkeiten verlief.

Abgesehen von der Tatsache, daß es keinen besonderen Grund für deutsche Künstler gab, Ausländer, die eine zusätzliche Konkurrenz darstellten, besonders freundlich willkommen zu heißen, sah ich mich mit dem Problem konfrontiert, große Unterschiede in Lebensauffassung und Lebensstil auszugleichen.

Ich bin im Westen Amerikas aufgewachsen, in einem Lebensstil, der keinen Luxus kennt und durch die Freiheiten, die ein weiträumiges Land bietet, geprägt ist. Diese berühmte amerikanische Freiheit bedingt eine Lebenseinstellung, die in Mitteleuropa zumindest zu jenem Zeitpunkt nicht gerade geschätzt wurde. Sicherlich wäre ich besser vorbereitet gewesen, wäre ich aus dem Osten der Vereinigten Staaten gekommen oder hätte ich dort zumindest längere Zeit gelebt. So aber hatte ich keine Gelegenheit, die Einschränkungen und Vorschriften einer Gesellschaft kennenzulernen, die darauf eingestellt ist, auf engem Raum, in Großstädten, miteinander auskommen zu müssen. In solch einer Umgebung ist man ganz einfach gezwungen, mehr an die Rechte und Pläne der Mitmenschen zu denken und sich zu überlegen, in welcher Art und Weise das eigene Handeln die Umgebung beeinflußt. Für mich war es jedenfalls neu, herausfinden zu müssen, daß es auf Gehsteigen üblich war, auf einer bestimmten Seite zu gehen, und daß die Wäsche, wenn überhaupt, in einer bestimmten Art und Weise aufgehängt werden muß. Erst spät verstand ich die Empfehlung meines deutschen Lehrers, Otto Schulmann, der mir die Verhaltensvorschrift mitgegeben hatte: »Sei höflich, aber bestimmt.«

Die Wartezeit von meinem Eintreffen in Karlsruhe bis zum Antritt meines Engagements verbrauchte meine Ersparnisse. Ich begann in dieser Zeit nach einer Wohnung Ausschau zu halten, die ich mir einerseits leisten konnte, die aber andererseits möbliert sein und in unmittelbarer Nähe der Oper liegen sollte. Nach langer Suche fand ich eine nette Wohnung in Bahnhofsnähe. Sie war eigentlich zu teuer, aber war von der Oper nur durch einen kurzen Spaziergang durch den Stadtpark zu erreichen. Die Rahmenbedingungen waren eher schlecht. Die Waschküche war in dem Raum, der früher einmal der Wohnraum meiner Wohnung gewesen sein mußte, sie konnte wie ein Bad von allen anderen Bewohnern des Hauses benützt werden. Das Ein- und Ausgehen war oft fürchterlich, und der Nebel, der allein beim Öffnen der Tür aus der Waschküche trat, stellte Wagners Nebelheim bei weitem in den Schatten. In meiner verzweifelten Angst, all mein Geld frühzeitig zu verbrauchen, kaufte ich, einfach um ein Überleben zu sichern, 200 kg Kartoffeln in einem Sonderangebot und lagerte diese im Keller. Es war eine große Umstellung für mich, denn seit diesem Gelegenheitskauf aß ich Kartoffeln in jeder nur vorstellbaren Zubereitungsart. Ich habe mich aber erstaunlicherweise nicht überessen und schätze Kartoffeln auch heute noch. Freunde unterstützten mich in dankenswerter Art und Weise. Eine amerikanische Krankenschwester, die in Karlsruhe stationiert war, Bennet McDonald, versorgte mich mit langvermißten amerikanischen Essensspezialitäten. Eine amerikanische Künstlerkollegin, Eve Bober, die schon beim Zustandekommen meines Engagements in Karlsruhe hilfreich war, gab mir seelische Nahrung, Hoffnung und Zuversicht. So lebte ich zumindest mit körperlicher und geistiger Nahrung heimischer Provenienz.

Es gab aber auch äußerst unangenehme Augenblicke und Enttäuschungen während dieses Anpassungsprozesses, die mir heute unerklärlich erscheinen. Eines Tages wollte ich gerade in die Straßenbahn einsteigen, als ich eine alte Dame mit einer Kanne kommen sah. Ich dachte, daß sie die Straßenbahn nicht ohne Hilfe erreichen könnte und stieg ab, um ihr beim Einsteigen zu helfen. Rückblickend vermute ich, daß sie dachte, ich wolle sie am Einsteigen hindern. Sie stürzte auf mich zu, stieß mich mit den Ellbogen beiseite und sprang behende auf die schon fahrende Straßenbahn. Ich stand verdattert auf der Straße, die Straßenbahn war weg, und ich erkannte, daß ich nicht allerorts und bei allen willkommen war und hatte mich damit abzufinden.

Ich lernte, mich in Geschäften nach vorne zu kämpfen, nachdem ich vorher oft nur zu lange gewartet hatte, bis das Geschäft von alleine leer wurde. Doch das alles war nur ein kleiner Vorgeschmack auf die Probleme, die folgten. Bei solchen Gelegenheiten hatte ich jedenfalls das Gefühl, als Ausländer nicht besonders willkommen zu sein. Trotzdem begann ich mich langsam an das Zusammenleben mit den lieben Mitmenschen zu gewöhnen, ein Zusammenleben, das auch in Kampf ausarten konnte. Rückblickend gesehen war die Wartezeit in Karlsruhe jedenfalls eine Tortur. Ich hatte kein Geld, man behandelte mich schlecht, und ich fühlte mich schlecht. Ich konnte es mir nicht einmal leisten, mit Klavierbegleitung zu üben und hatte doch ›Lohengrin‹ zu studieren. Eine der größten Freuden war es aber, die Rundfunkübertragung des LOHENGRIN aus Bayreuth zu hören. Leonie Rysanek sang damals die ›Elsa‹. Ich dachte, ich wäre zumindest auf dem richtigen Weg; ich saß in Deutschland und hörte einer Live-Übertragung aus Bayreuth zu. Ein kleiner Trost.

Ludwig van Beethoven, Fidelio, 1958.
Jess Thomas in der Rolle des »Ersten Gefangenen«. (5)

›Lohengrin‹ war dann auch nach der kleinen Rolle des ›Ersten Gefangenen‹ in FIDELIO meine erste Rolle in Deutschland im Staatstheater von Baden zu Karlsruhe. Ausgestattet mit einem Einjahresvertrag für dieses Theater, wartete ich nach meinem hoffnungsvollen Engagement auf weitere Angebote. Nur allzuschnell sollte ich erkennen, daß ich als Anfänger auf gute Rollen warten mußte. Trotzdem wollte ich bereit sein. Nachdem ich ›Lohengrin‹ schon in Amerika teilweise studiert hatte, nützte ich die Wartezeit, um die Partie durchzuarbeiten. Mein Einsatz als ›Lohengrin‹ wurde jedoch nicht nur durch mein persönliches Bemühen, sondern, wie vielfach in meinem späteren Leben, durch die Hilfe und den Rat liebenswerter und hilfreicher Menschen unterstützt und ermöglicht. Eine dieser Personen, die mir vom Anfang meiner Karriere an mit Rat und Tat zur Seite gestanden haben, ist die Sopranistin Emmy Seiberlich. Während sich die liebe Emmy selbst die »böse Hexe« nannte, war sie für mich stets eine gute. Nach einem wahrhaft bewegten Leben als Sängerin sowie einer Liaison mit dem Dirigenten Josef Krips war sie damals Souffleuse im Staatstheater von Karlsruhe. Später wurde sie übrigens auch die Lehrerin meines Freundes Peter Hofmann. Emmy sagte oft zu mir: »Junge, du mußt das so parat haben, daß du jederzeit in einer Probe einspringen kannst.« Als junger unerfahrener Amerikaner nahm ich diesen Rat gerne an und bemühte mich, mit meinem Lohengrin bereit zu stehen, zumal Karlsruhe, wie ich wußte, eine Neuinszenierung des LOHENGRIN plante, in der der kanadische Tenor Ken Neate, der für mehrere Partien nach Karlsruhe verpflichtet war, den Lohengrin übernehmen sollte. Dann bekam mein Schicksal eine Wendung, wie sie sonst nur in sentimentalen Filmen gezeigt wird. Als Ken Neate zu den ersten Proben, drei Wochen vor Beginn der Premiere, noch nicht eingetroffen war, schlug Emmy Seiberlich dem Regisseur vor, den jungen amerikanischen Tenor, der Lohengrin zufällig studiert hatte, einstweilen seinen Platz einnehmen zu lassen. Als Neate auch später bei den Orchesterproben noch nicht da war, hatte ich Gelegenheit, diese Produktion bis zur Generalprobe mitzumachen. Ich erinnere mich auch heute, nachdem ich ›Lohengrin‹ so oft dargestellt habe, noch gerne und genau an diese Proben. Sie stellten eine Art Erfolgserlebnis in einer neuen Welt dar, wie es wohl jedermann auf einem neuen Weg braucht. Regisseur Boebel hatte mich wegen der Abwesenheit von Neate gebeten, mit dem Orchester den dritten Akt zu proben. Während Karlsruhes Generalmusikdirektor Kranhalls wie immer skeptisch im Auditorium saß, ging ich meinen Lohengrin, genau so, wie ich ihn vorbereitet hatte, bis nach der Gralserzählung durch. Dann aber unterbrach das Orchester spontan und – nie werde ich diese Minuten, auch wenn sie nur in einer Probe und in Karlsruhe waren, vergessen – alle Musiker spendeten Applaus. Von diesem Moment an war ich mir sicher, daß ich die schwierige Partie des ›Lohengrin‹ alsbald übernehmen würde. Nachdem Ken Neate zur Premiere rechtzeitig eingetroffen war, sang er noch eine Vorstellung, bevor ich in der dritten Aufführung dieser Produktion mein Debüt als ›Lohengrin‹ geben konnte.

Der langersehnte Augenblick kam. Plötzlich hatte ich das schwere Kostüm dieser im herkömmlichen Stil gehaltenen Inszenierung an, zusätzlich einen, wie ich mich heute noch mit Schrecken erinnere, fürchterlich mächtigen Helm. Kurz nach dem Rufen des Heerrufers, wer für Elsa von Brabant zu kämpfen bereit wäre, verebbte die zum Fortissimo aufgepeitschte Musik der Schwanenerscheinung, der Chor verstummte, und ich stand alleine, in vollkommener Stille vor dem Auditorium zu meinem ersten »Nun sei bedankt, mein lieber Schwan«. Dieser Auftritt erfolgt an einer extrem exponierten Stelle. Der Tenor muß seinen Abschiedsgesang an den Schwan vom Orchester nahezu unbegleitet beginnen, und diese Szene stellt auch für den erfahrenen Sänger einen Moment größter Spannung dar. Für mich als Anfänger war die Bedeutung dieses Auftritts besonders groß. Es war mir klar, daß nach einem Versagen meine weitere Zukunft als Opernsänger auf dem Spiel gestanden hätte. Die Gedanken kreisten durch meinen Kopf, als ich in den letzten Sekunden vor meinem Auftritt, wie auch später noch oft, die beste Vorbereitung wählte: Ich betete.

Die Aufführung selbst wurde vom Publikum heftig beklatscht. Trotzdem begann dann das Warten auf den nächsten Tag, um zum Bahnhof zu laufen und die Kritiken der Zeitungen zu lesen. Nachdem ich endlich die Morgenausgaben der lokalen Zeitungen in Händen hatte, überflog ich meine Kritiken gleich auf der Straße. Obwohl ich den Lohengrin, wie man mir bestätigte, in ausgezeichnetem Deutsch sang, konnte ich kaum deutsch sprechen und lesen. Mein Eindruck der Zeitungskritiken war für mich vernichtend. Sie mußten schlichtweg schlecht sein! Kaum in meinem Zimmer angekommen, läutete das Telefon, und Emmy Seiberlich rief mich aufgeregt an: »Mein Junge, hast du die wunderbaren Kritiken gelesen?« Nach einigen Blicken in das Sprachlexikon arbeitete ich noch einmal die Kritiken durch: Bald wurde mir klar, daß Emmy glücklicherweise recht behalten hatte. Die Kritiken waren nicht nur gut, sie waren euphorisch. Eine Überschrift, die mir heute noch in Erinnerung ist, lautete: »Ein neuer Opernstern ging auf.«

Nach dieser für mich so wunderbaren Vorstellung am Totensonntag, dem 23. 11. 1958, begannen sich für mich ganz unerwartet und plötzlich viele Türen zu öffnen. Wie mir meine liebe Emmy vorhergesagt hatte, läuteten schon am nächsten Tag die Telefone, und Angebote aus allen erdenklichen Häusern wurden gemacht. Emmy gab mir auch in dieser Situation gute Ratschläge. Sie empfahl mir, die vielen Angebote der kleineren Opernhäuser nicht wahrzunehmen. Ich sollte nicht an den kleinen Bühnen versauern und dort »steckenbleiben«. Noch heute habe ich ihre Worte im Ohr: »Junge, du gehst in kein Opernhaus unter einer Gage von tausend Mark«, und das war zur damaligen Zeit eine sehr hohe Gage.

Einer der ersten Anrufe kam von Prof. Schäfer, dem Generalmusikdirektor in Stuttgart, ein anderer im Auftrag des berühmten Wieland Wagner aus Bayreuth. Trotz all dieser Angebote war mir klar, daß ich zuerst meinen Vertrag in Karlsruhe zu erfüllen und an diesem Opernhaus Erfahrung zu sammeln hatte, bevor ich ein Engagement an einer großen Opernbühne annehmen konnte. Ich versuchte daher, neben meinem Engagement, meinen Horizont durch Gastspiele an anderen Opernhäusern zu erweitern. Die Verpflichtungen in Karlsruhe erwiesen sich als gute Schule für die spätere Zusammenarbeit mit Regisseuren, Dirigenten und Kollegen. Spätestens nach meinem Erfolg als Lohengrin, der mir eine Flut von Zuneigungen und auch die ersten Fans bescherte, wurde ich auch von meinen Kollegen mit Bewunderung und Respekt behandelt. Ich hatte das Glück, einige kongeniale Künstler als Kollegen zu haben. Eine, an die ich mich mit großer Liebe erinnere, war die ›Ortrud‹ dieses Karlsruher LOHENGRIN – Paula Baumann.

Sie war eine großzügige Primadonna der alten Wagnerschule, die schon in Bayreuth die Senta gesungen hatte. Ihre warmherzige Persönlichkeit und ihre mächtige Stimme faszinierten mich. Sie war auch die erste, die mir mit praktischen Ratschlägen für Bewegungen auf der Bühne und Kostüme zur Seite stand und mich darauf aufmerksam machte, daß Lohengrin, der Ritter aus fernem Land, nobel, distanziert, aber mitleidsvoll sein muß. Meine erste ›Elsa‹ war ebenfalls eine sehr attraktive und liebevolle Kollegin: Greta Holm. Sie war groß und blond und die erste einer sehr langen Reihe von großartigen Sopranistinnen, für die ich als ›Lohengrin‹ stritt. Ich lernte es bald zu schätzen, talentierte und gute Kollegen zu haben. Man könnte annehmen, daß ein Künstler es als Vorteil empfinden müßte, auf der Bühne von weniger ausgeprägten Stimmen und Persönlichkeiten umgeben zu sein. Diese Einstellung halte ich allerdings für grundfalsch, sie steht der Persönlichkeitsentfaltung diametral entgegen. Eine Aufführung ist nur so gut, wie die Qualität jeder Partie; ein Künstler braucht den anderen. Ich war mir immer bewußt, daß eine wirklich gute Aufführung nie nur von einer Person getragen werden kann, obwohl das oft behauptet wird.

Nachdem die Fotografen den Karlsruher ›Lohengrin‹ fotografiert hatten, wurde mir bewußt, wie wichtig es ist, auch bei dieser Gelegenheit gute Figur zu machen. Zwar kümmern sich Maskenbildner, Regisseure und Assistenten um die Künstler, doch liegt die größte Verantwortung dafür, wie sich ein Künstler auf der Bühne präsentiert, letztendlich doch in seinen eigenen Händen. Niemand hat eben ein so großes Interesse an der eigenen Person wie der Künstler selbst. Schnell lernte ich also mit Perücken umzugehen, Make-up richtig aufzulegen und Kostüme zu verändern. Nachdem es mir gar nicht gefiel, wie ich auf den Fotos aussah, überlegte ich, was ich tun konnte. Ich begann mit meinem Make-up zu experimentieren, meine Nase zu verkürzen, die Augen zu vergrößern und durch Schatten die Ausdrucksform des Gesichtes zu verbessern. Lange Zeit verbrachte ich damit, andere auf der Bühne zu betrachten und festzustellen, ob sie gut oder schlecht aussahen. Sofort begann ich auch meine eigenen Kostüme zu entwerfen. Dies ist seither eines meiner Hobbies. Durch meinen Drang, mich um alles zu kümmern, wurde ich eine Art von Fanatiker: Ich wollte in jeder Vorstellung gegenüber der vorangegangenen etwas verbessern. Nicht nur im Hinblick auf Kostüm und Maske, sondern auf die gesamte Rollengestaltung. Ich versuchte meine ganze Kraft für den Tag der Aufführung aufzusparen; ich aß gut, aber wenig und versuchte nicht zu sprechen. Ich übte Bewegungen, versuchte sie zu verbessern und informierte mich sogar in Geschichtsbüchern über die Zeit, in der die jeweilige Oper spielt.

Schon mein nächstes Engagement als ›Lohengrin‹ sollte aus dem Erfolg der ersten LOHENGRIN-Vorstellung meines Lebens resultieren. Prof. Schäfer brachte mich an das Württembergische Staatstheater in Stuttgart, um mich in einer Produktion Wieland Wagners einzusetzen. Schäfer hatte als Generalmusikdirektor in Stuttgart berühmte Künstler wie Wolfgang Windgassen und Josef Traxel unter Vertrag. Wieland Wagner inszenierte häufig in seinem Haus. Er war von meinem Erfolg in Karlsruhe beeindruckt und hatte gleich nach der Vorstellung mit mir einen Termin vereinbart. Was wir beide unterschätzt hatten, war das Sprachproblem. Ich sprach noch nicht Deutsch, Schäfer nicht Englisch. Wo ein Wille ist, ist aber auch ein Weg, und wir überwanden die Schwierigkeit dadurch, daß wir unsere Lateinkenntnisse aktivierten – ein Wunder, daß es geklappt hat. Meine Vorstellung des ›Lohengrin‹ in Stuttgart, dessen Premiere Wolfgang Windgassen gesungen hatte, wurde unter Ferdinand Leitner ein weiterer Schritt auf meiner europäischen Erfolgsleiter. Schäfer wollte dann nicht nur meine Mitwirkung im Lohengrin Wieland Wagners, sondern bot mir einen Vertrag für Stuttgart an. Ich hatte aber Bedenken und zögerte zu seinem Erstaunen. Immerhin hatte mir doch Emmy Seiberlich prophezeit, daß nicht Stuttgart, sondern Wien, Berlin oder München meine Bestimmung wären. Er argumentierte, versuchte mich zu überreden und brachte dann auch vor, daß Stuttgart meine Karriere doch bestätigt hätte. Darauf antwortete ich, daß ich mir wohl meinen Erfolg selbst bestätigt hätte und wenn noch irgendwer etwas dazu getan hätte, dann nur der liebe Gott. In seinem Buch schrieb Schäfer später zu dieser Konversation, daß er nach meinem Argument eingesehen hätte, daß es nur einen gibt, über den er nicht diskutieren kann, und das ist eben der liebe Gott.

Diese Zeit der ersten Erfolge war für mich eine wunderbare Entschädigung für die Wartezeit zuvor. Nicht nur, daß Erfolg, Anerkennung und Applaus mir Bestätigung waren, ich hatte zusätzlich Gelegenheit zu lernen. Das hatte ich auch bitter nötig. Dabei waren mir vor allem die großen Tenöre Deutschlands eine große Hilfe, sie wurden gute Freunde. Speziell zu Wolfgang Windgassen hatte ich stets ein ausgezeichnetes Verhältnis, aber auch Max Lorenz und Fritz Wunderlich zählten zu meinen guten Bekannten.

München – Berlin – New York

Zu Weihnachten 1960 konnte ich meinen ersten ›Lohengrin‹ unter Hans Knappertsbusch in München geben. Die Aufführung fand im Prinzregententheater statt, da das Bayerische Nationaltheater gerade neu gebaut wurde. Schon aus meinem Hotelzimmer hatte ich einen wunderbaren Blick direkt in den Zuschauerraum des im Aufbau begriffenen Theaters. Ich hatte den Eindruck, als wäre ich, obwohl noch etwas fern, doch direkt auf der Bühne.

Nur ein Jahr zuvor hatte ich in München meinen ersten LOHENGRIN auf europäischem Boden überhaupt gesehen und damals nicht daran zu denken gewagt, innerhalb so kurzer Frist selbst auf dieser Bühne stehen zu können. Obwohl ich diesen für mich ersten LOHENGRIN in Europa nur aus dem Zuschauerraum aus miterlebte, erinnere ich mich noch gut an diese Vorstellung. Die Aufführung war durch einen Zwischenfall gestört, der mir zeigen sollte, mit welcher Konzentration und Hingabe, aber auch Toleranz, das Publikum in Europa Aufführungen folgte und auch Pannen hinnehmen konnte, wenn es nur wollte. Nach tosendem Applaus am Ende des ersten Aktes ging der Vorhang zum zweiten Akt auf. ›Telramund‹ und ›Ortrud‹, in dieser Inszenierung zu Beginn noch in Dunkel gehüllt, waren wohl auf der Bühne, aber für den Zuschauer noch nicht zu sehen. Das einzige, was man deutlich sehen konnte, war ein gemütlicher bayerischer Theaterdiener, mit zwei Bierkrügen aus Steingut in Händen. Er überquerte langsamschlürfenden Schrittes die Bühne an der Rampe. In modernen Regiekonzepten könnte man sich eigentlich nicht einmal so sicher sein, ob der Zwischenfall nicht eingeplant wäre, aber damals war so etwas gottlob noch undenkbar. Trotz allem blieb das Auditorium ruhig, die Vorstellung ging ungestört, ohne einen einzigen Lacher weiter.

Hans Knappertsbusch – mein Lieblingsdirigent

Bestimmt werde ich keinen der großartigen Dirigenten, mit denen ich zusammengearbeitet habe, vor den Kopf stoßen, wenn ich Hans Knappertsbusch meinen Lieblingsdirigenten nenne.

Vielleicht war mein Bild von Knappertsbusch schon durch meinen Lehrer, Otto Schulmann, geformt. Vielleicht war ich auch durch die Tatsache beeinflußt, daß er zur alten Schule der Dirigenten gehörte und tatsächlich der erste der wirklich großen Dirigenten war, mit denen ich zusammenarbeiten durfte. Vielleicht beeinflußte mich auch die Tatsache, daß ich Wagners Musik innig liebte und Knappertsbusch zweifellos ein Wagner-Experte war. Wer weiß? Aus unerfindlichen Gründen waren jedenfalls meine Aufführungen mit ihm die wichtigsten musikalischen Erfahrungen meines Bühnenlebens. Natürlich möchte ich sofort anfügen, daß dieser Fanatismus keinesfalls bedeutet, daß er besser war als viele der anderen Superstardirigenten. Es ist schlicht und einfach meine eigene Meinung: »KNA«, wie er allgemein genannt wurde, war für mich kein Dirigent mehr, er war ein Gott.

Die einzige Kritik, die ich je ihm gegenüber erhob, bestand in der Tatsache, daß er durch meinen ersten Bayreuther PARSIFAL meine Laufbahn bedrohte. Ich hätte Grund, auf ihn zornig zu sein: Nach diesem großartigen Erlebnis, praktisch zu Beginn meiner Laufbahn, gab es keine Chance für weitere Dirigenten, eine Steigerung zu bewirken.

Tatsächlich erwies sich diese Befürchtung in gewisser Art und Weise als wahr. Ich hatte natürlich noch Hunderte von gloriosen Augenblicken mit wirklich großen Dirigenten, aber auch sie konnten den Feuersturm, den dieses Genie schon in so früher Zeit in meinem Kopf entfacht hatte, in keiner Art und Weise übertreffen.

Hans Knappertsbusch war schon im Alter von 29 Jahren eine Legende. Er wurde zum Generalmusikdirektor des Nationaltheaters von München ernannt, wo er genauso verehrt wurde wie in Bayreuth, Wien und den anderen wichtigen Opernhäusern der Welt. Viele seiner treuen Fans sprachen von ihm als Siegfried. Er war groß, kräftig und hatte fast magische Kräfte. Er vereinte all jene Eigenschaften, die das Publikum faszinieren, und war auch ein Grandseigneur, elegant und seriös, konnte freilich hin und wieder vulgär und rauh sein. »KNA« war auch ein Frauenheld, der später eine gebildete, feine Dame, Marion von Leipzig, zur Lebensgefährtin wählte.

KNA verstand es, überall Spuren und Geschichten zu hinterlassen. Meine eigenen Erfahrungen bestehen aus dem Kern seines Witzes, seinen oft brutalen Antworten und Sprüchen, die man nicht unzensuriert wiedergeben kann. Eines meiner Lieblingserlebnisse stammt von einem Gastspiel in London. KNA war dafür bekannt, daß er lange Proben bei einem Gastspiel haßte, aber in London machte er auf Drängen der Musiker eine Ausnahme und probte widerwillig eine Brahms-Symphonie, in der häufig, aber eben nicht immer ein Strich gemacht wurde. Während des Konzerts spielte dann das halbe Orchester die gekürzte und die andere Hälfte die ungekürzte Version. Dies führte zu einem Klangchaos, das unüberhörbar war und aus dem es kein Entkommen gab. KNA unterbrach das Orchester, nannte laut eine Stelle, an der alle neu beginnen konnten und schimpfte: »Das habt ihr nun von eurer Scheißprobe!« Nach dem Konzert versuchte ihn ein gutmeinendes Orchestermitglied zu beruhigen, er möge von der zu erwartenden negativen Pressereaktion in London nicht zu enttäuscht sein. KNA soll darauf geschnarrt haben: »Glauben Sie denn, eine Kathedrale wackelt, wenn ein Hund eine ihrer Ecken anpinkelt?«

Nun war ich also wieder in München und durfte selbst singen. Wie lange hatte ich davon geträumt. Von meinem aus Deutschland stammenden Lehrer Otto Schulmann hatte ich so viel über Hans Knappertsbusch erfahren, daß dieses Zusammentreffen für mich die Begegnung mit einer Legende war. Schulmann hatte für Studenten gespielt, die Knappertsbusch vorsangen, und mit ihm bei Proben und Aufführungen als Kapellmeister gearbeitet. Nun stand ich, ein Schüler Schulmanns, in München und sollte mit Knappertsbusch, dem von ihm verehrten Giganten, arbeiten. Ein Kreis hatte sich geschlossen.

In München wurde ich vier Tage vor der Aufführung, sie sollte am Weihnachtstag stattfinden, angerufen. Man sagte mir, daß Knappertsbusch möglicherweise eine Probe verlangen würde; wie wenig wußte ich damals. Ich wartete, natürlich kam kein Anruf. Die Probenkoordination der Oper rief mich am zweiten Tag an, um mir zu sagen, daß man entweder am nächsten oder am Tag vor der Aufführung eine kurze Verständigungsprobe abhalten würde. Ich nahm an, zumindest die Bühne und die anderen Künstler sehen zu können, vielleicht sogar den Dirigenten. Dieses Glück hatte ich allerdings nicht. Ich kam zur Probe und wurde von einem Assistenten des Regisseurs in Empfang genommen. Er ging mit mir in einen Proberaum, in dem mit Kreide die Größe der Bühne aufgezeichnet war. Wir gingen gemeinsam, im wörtlichen Sinn des Wortes, die Bewegungsregie der Oper durch und arbeiteten offensichtlich auch sehr konzentriert, denn die Probe war nach Minuten beendet. Von der Musik war zu diesem Zeitpunkt keine Rede. Am Tag der Aufführung rief ich in der Oper an und fragte, ob Prof. Knappertsbusch nicht doch eine Probe verlangt hätte, man antwortete mir mit einem einfachen »Nein«. Aber ich wurde gleichzeitig informiert, daß ich relativ zeitig vor der Aufführung da sein möge, um den Professor zu treffen. Ich kam wie immer 2 Stunden vor der Aufführung in meine Garderobe und wartete und wartete. Genau 5 Minuten vor Beginn kam Knappertsbusch, stellte sich vor und sagte brüsk:

»Thomas, freut mich, Sie zu treffen. Nehmen Sie wirklich das ›Heil dir...‹ piano? Das hoffe ich jedenfalls! In der Szene mit Telramund vor der Kirche im zweiten Akt nehme ich die Phrase ›Vor ihm wird Reine nie vergehn‹ sehr breit. Kennen Sie die Rolle jetzt? Viel Glück!« Damit war die Probe vorbei, und schon war er verschwunden. Die Vorstellung erlebte ich wie einen Rausch, der mir das erste Mal ein Gefühl dafür gab, wie beglückend die Arbeit mit einem erstklassigen Orchester und einem großen Dirigenten sein kann. Es war bekannt, daß Knappertsbusch nie vor den Vorhang kam, sondern die Oper immer gleich verließ, um Skat zu spielen. An diesem Abend aber machte er eine Ausnahme, er kam nach der Aufführung in meine Garderobe und gratulierte mir herzlich. Eines meiner wertvollsten Erinnerungsstücke ist eine Postkarte, die er mir dann noch sandte: sie trägt sein Bild und die Worte »Dem prachtvollen Lohengrin – Habe Dank!«

Diese erste Zusammenarbeit mit dem berühmten Wagner-Dirigenten Knappertsbusch in München war wohl für seine Zustimmung zu meinem folgenden, von Wieland Wagner gewünschten Mitwirken im Bayreuther PARSIFAL ausschlaggebend.

Die erste große Premiere als ›Lohengrin‹ fand für mich im Dezember 1961 in Berlin statt. LOHENGRIN war in Berlin lange Zeit nicht aufgeführt worden, das Publikum erwartete die geliebte Oper mit Spannung. Die Inszenierung brachte mir das Vergnügen einer intensiven Zusammenarbeit mit Wieland Wagner. Meine Berliner ›Elsa‹ war Anja Silja, beide sollte ich später auch in Bayreuth wiedertreffen.

Mit der neuen Wieland-Wagner-Produktion kamen der beliebte Karl Böhm, Christa Ludwig und Walter Berry nach Berlin. Es war dies eine meiner ersten Arbeiten, in der ich Teil eines großen, berühmten Ensembles war. Ich erwartete das Paradies für Künstler und fand gleich bei dieser Gelegenheit heraus, daß nicht alle Charaktere miteinander harmonieren müssen. Auch im Paradies kann es Probleme und Dissonanzen geben.

Die Schwierigkeiten hatten schon bei der Planung begonnen. Mit Prof. Hartmann, dem Direktor des Münchner Opernhauses, und Herbert List, dem künstlerischen Leiter,

Richard Wagner, Lohengrin, 1961.
Anja Silja und Jess Thomas bei den Proben. (6)

hatte ich vereinbart, die Weihnachtsaufführung in München zu singen. Dieser Termin kollidierte mit den Berliner Plänen, und aus diesem Grund konnte die Premiere des neuen LOHENGRIN in Berlin erst am 27. Dezember stattfinden. Wieland Wagner, der ebenfalls auf meiner Mitwirkung bestand, akzeptierte glücklicherweise diese Bedingungen. Es war dies mein erster Sprung zwischen Theatern und Terminen mit allen Problemen, Ängsten und Kompromissen, die man aus Gründen der Loyalität schließen muß.

Was wäre Berlin ohne die echten Berliner und ihre sprichwörtliche Schnauze? Selbst in der Premiere war sie zu hören, an einer lyrischen Stelle, versteht sich. Gleich nach dem Versprechen Elsas, die verbotene Frage nicht zu stellen, singt Lohengrin: »Elsa, ich liebe dich.« An dieser Stelle, die ich mit viel Gefühl über die Rampe zu bringen versuchte, erschallte der laute Ruf eines offensichtlich typischen Berliners, den ich als Nichtberliner erst auf mich persönlich bezog, später aber als gegen die Sprachusancen gerichtet verstand. Er rief nämlich mit lauter Berliner Schnauze vom Balkon: »*Dich* ist gut.« Wahrscheinlich hatte er »Ich liebe *dir*« erwartet.

In einer späteren Aufführung stand Heinrich Hollreiser am Pult. Er erwies sich für mich besonders im LOHENGRIN immer als ein maßgeblicher und auch den Sängern zugewandter Dirigent. Vor Beginn des zweiten Aktes mischte sich in den Applaus für den Dirigenten ein lauter Buhruf. Der Berliner Inspizient schickte vor dem Ende des zweiten Aktes einen Mann an die Stelle des Auditoriums, von der das Buh gekommen war. Als

Richard Wagner, Lohengrin, 1961.
Anja Silja und Jess Thomas. (7)

sich zum Schlußapplaus des zweiten Aktes das einzelne Buh wiederholte, wurde der Verursacher dieser Mißfallenskundgebung in das Büro gebeten. Man bat ihn, den Grund seiner Unmutsäußerung zu erklären, und die überzeugte Antwort des Störenfriedes war, daß Hollreiser kein guter Dirigent des LOHENGRIN sei. Auf die Frage, woran er die schlechte Leistung messen würde, und wie viele Aufführungen des LOHENGRIN er gesehen und als Maßstab heranziehen könnte, mußte dieser zugeben, daß diese Vorstellung sein erster Lohengrin war. Diese Geschichte hatte ein gutes Ende, denn der Schlußapplaus war ungetrübt. Jeder Künstler, der eine Rolle, das Beherrschen seines Instrumentes oder seiner Disziplin mit viel Talent und Arbeit zu bewältigen hat, würde sich wünschen, daß alle auf diese Art entstehenden Mißfallenskundgebungen – und das sind sicherlich viele – durch so ein Gespräch zu beenden wären.

In der Zwischenzeit war mein ›Lohengrin‹ nicht nur musikalisch, sondern durch die Zusammenarbeit mit Wieland Wagner auch darstellerisch ganz passabel geworden. Wieland pflegte jedes Detail, jede Bewegung minutiös zu planen. Dies ist sicherlich ein Grund dafür, daß die Produktionen Wieland Wagners im Repertoire der großen Opernhäuser nur schwierig zu halten waren. Jede Bewegung war nicht nur auf die Musik, sondern auch auf die Persönlichkeit und Darstellungsfähigkeit des einzelnen Künstlers abgestimmt. Für derartige Detailarbeit herrscht bei einer Aufführungsserie mit gleichbleibender Besetzung die beste Voraussetzung, die bei wechselnder Besetzung im Repertoirebetrieb fehlen mag.

In seiner Liebe zum Detail pflegte Wieland Wagner oft in der Brautgemachszene bis zum Aufgehen des Vorhanges zwischen der Silja und mir zu sitzen, um erst in letzter Sekunde in die Dekoration zu entschwinden. Noch heute scheint es mir wie ein Wunder, daß er nie überrascht wurde und ihn das Publikum nie zu sehen bekam. Die Zusammenarbeit mit Anja Silja war gerade in dieser Partie wunderbar, und auch Wieland hatte seine Freude mit Elsa und Lohengrin. Bei so einer Gelegenheit vor dem dritten Akt eines LOHENGRIN nahm er einmal Anjas und meine Hände in seine und sagte ganz ernst: »Meine Lieben, ihr seid so ein wunderbares Paar und arbeitet so gut zusammen, und ich habe noch so viele Pläne mit euch, ich hoffe nur, ihr ruiniert das nicht durch eine Affäre.« Wieland brauchte sich deswegen keine Sorgen zu machen, obwohl jedermann gerade diese reizende Kollegin aufs äußerste schätzte und liebte. Bald darauf begann Wieland selbst ein Jahre dauerndes Verhältnis mit Anja Silja.

Nicht immer siegen die guten Kräfte wie am Ende des LOHENGRIN. Ich habe schon die großartigen Künstler Christa Ludwig und Walter Berry erwähnt, die die »dunklen Kräfte« Ortrud und Telramund im Berliner LOHENGRIN darstellten. Schon damals galten beide Sänger als Künstler, deren stimmliche wie auch darstellerische Leistungen über jeden Kommentar erhaben waren. Zu diesem Zeitpunkt wesentlich bekannter und etablierter als Anja Silja und ich, hatten sie die Erfahrung und auch die Möglichkeit, auf der Bühne zu tun, was sie selbst für gut und richtig hielten.

Anja und ich gehörten Wielands bewährtem Team an und bemühten uns daher um redliche Arbeit und um die Erfüllung von Wielands LOHENGRIN-Konzept. Die gesamte Situation führte zu einer wohl interessanten, aber nicht immer produktiven Zusammenarbeit zwischen dem Paar, das sich selbst inszenierte und dem, das der Wieland-Inszenierung folgte. Wieland kam oft während der Proben und meinte zu Anja und mir, daß wir alle auf so verschiedenen Wellenlängen arbeiteten, daß nicht einmal er in irgendeiner Art und Weise einen einheitlichen Stil in die Aufführung bringen konnte. Die beiden Paare waren einfach zu ungleich, sowohl in der Darstellung wie auch in der Bewegung und der Arbeitsauffassung. Vielleicht führte das global gesehen zu einer interessanten Aufführung; ich lernte daraus jedenfalls, wie abhängig Regisseure und Künstler voneinander sind.

Wegen des großen Erfolges, den Wieland Wagner mit unserer LOHENGRIN-Produktion in Berlin errang, entschloß er sich noch im Dezember 1961, also sechs Monte vor Eröffnung der Bayreuther Festspiele, für das folgende Jahr das Programm abzuändern und diesen LOHENGRIN auch in Bayreuth herauszubringen. Also sang ich 1962 in Bayreuth, gemeinsam mit Anja Silja, unter der Leitung von Wolfgang Sawallisch.

Erst nach dem LOHENGRIN in Wagners Metropole Bayreuth konnte ich als Gralsritter in das größte Opernhaus meiner Heimat zurückkehren. Es war für mich als Amerikaner eine besondere Ehre, als ›Lohengrin‹ noch in der alten Metropolitan Opera auftreten zu können. Nachdem ich in der Saison 1962/63 nach meinem Debüt in New York in den MEISTERSINGERN auch mit AIDA, ARIADNE und FIDELIO so großen Erfolg hatte, kam Rudolf Bing, mit dem Vertragsverhandlungen immer schwierig waren, eines Tages in meine Garderobe und zerriß den Vertrag vor meinen Augen. Im gleichen Atemzug bot er aber einen neuen Vertrag mit geänderten Bedingungen an. Er erhöhte die Gage, bot eine Wunschrolle und forderte mehr Zeit für die Met. Meine Wunschrolle für New York war ›Lohengrin‹.

In der Saison 1963/64 sang ich dann neben ARIADNE, MEISTERSINGER und ONEGIN auch LOHENGRIN. Es war eine Inszenierung, die dem alten Haus zur Ehre gereichte. Sie war schon einige Jahre alt, und ich hatte meinen Auftritt in einem Kahn, der von einem überlebensgroßen, doch aus echten Federn nachgebildeten Schwan gezogen wurde.

Natürlich muß man sich als Darsteller dem gewünschten Stil einer Inszenierung anpassen. Ein echter Schwan verlangt nach einem anderen Spiel als etwa eine Schwanenprojektion im Stile Wieland Wagners. Ich habe mich immer redlich bemüht, nicht nur den Ansprüchen an die gesangliche Gestaltung einer Rolle, sondern – entsprechend Wagners Forderungen nach einem Gesamtkunstwerk – auch den darstellerischen und allen anderen bühnenwirksamen Aspekten der Rollengestaltung Rechnung zu tragen. In dieser Absicht entwarf ich auch gelegentlich eigene Kostüme. In New York konnte ich in dieser alten Inszenierung in meinem eigenen Kostüm auftreten. Die Presse schwärmte: »Lohengrin, entworfen von Christian Dior.« Ich bin aber nicht sicher, wie das gemeint war. Jedenfalls dämpfte diese Kritik meine Freude am gelungenen Kostüm. Dieser LOHENGRIN, mit Leonie Rysanek als ›Elsa‹, wurde in der Enzyklopädia Britannica immerhin zu den vier beeindruckendsten Aufführungen des Jahres gerechnet.

Mein ›Lohengrin‹ wurde aber nicht nur mit Christian Dior in Verbindung gebracht. Eine weitere, aus Italien stammende Schlagzeile spielte auf meine Herkunft an und lautete: »Lohengrin from the South Dakota Sioux.« Mein ›Lohengrin‹ an der Mailänder Scala fand 1965 zumindest gleichviel Begeisterung vor wie die Opern des italienischen Repertoires. Als ›Lohengrin‹ entstieg ich einem durch eine Projektion dargestellten Schwan, der eher einem Raumschiff glich als dem vertrauten Tier. Mein Mailänder ›Lohengrin‹ war nicht nur entsprechend seiner Herkunft außerirdisch, er konnte, wie die Mailänder Zeitungen nach einem Probenzwischenfall schrieben, auch sonst einige übernatürliche Dinge erwirken! Man findet oft Berichte über Tenöre oder Soprane, die Sektgläser zum Zerspringen bringen können. Das ist gar nichts! Bei einer Mailänder Probe erreichte ich sogar den Absturz eines Scheinwerfers aus dem Schnürboden. Genau an der Stelle, in der Lohengrin nach seinem traurigen Abschied von der Welt des Gral sich bei dem Schwan bedankt und ich mit neuer Kraft und Konzentration König Heinrich mit: »Heil König Heinrich, segensvoll...«, und einem strahlenden, hohen A begrüßte –, fiel das einige hundert Kilogramm schwere Stück vom Himmel. Glücklicherweise wurde dabei niemand getroffen und auch die Probe nicht lange unterbrochen.

Nicht nur technische Pannen bedrohten in Mailand meine Karriere als ›Lohengrin‹. Mailands Perückenmeisterin versuchte mit ganz einfachen Mitteln, Lohengrins Lebensfreude zu dämpfen. Obwohl ich meine eigenen Perücken mitgebracht hatte, wollte man in Mailand zumindest versuchen, meinen eigenen Haaren durch Spray den Goldglanz des Lohengrin zu verleihen. Nach einer Probe saß ich gutgelaunt bei der Perückenmei-

Richard Wagner, Lohengrin, 1962, Metropolitan Opera.
Jess Thomas in einem von ihm selbst entworfenen Kostüm. (8)

sterin und war in die üblichen Gespräche mit Journalisten und Theaterleuten vertieft. Zu spät bemerkte ich, daß sie meine Haare wie eine Perücke behandelte und mit Benzin zu waschen begann. Da half kein Protest. Obwohl ich sicher bin, schon vor dieser Tortur über jeden Verdacht einer parasitären Einwohnerschaft in meiner Kopfbehaarung erhaben gewesen zu sein, so bin ich nachher mit hundertprozentiger Sicherheit frei davon gewesen. Die Kehrseite der Medaille war jedoch eine Bleivergiftung, die mir einige Tage lang mit heftigen Kopfschmerzen zusetzte.

Welch Erlebnis war es trotz dieser kleinen Zwischenfälle für mich, in Italien, im ersten Opernhaus dieses Landes, zu debütieren: In der Scala. Ich liebte das Land, das Essen, und war vom ersten Moment an von großartigen Freunden umgeben. Italien, wie man es sich sonst nur im Traum vorstellt, das Land der Lieder, des Weines und der Wärme.

Doch die Realität war nicht ganz so traumhaft. Gerade in Italien passierte es, daß ich mir während der Proben eine fürchterliche Erkältung zuzog. Ich flog also nach München, um mich dort von meinem Hausarzt behandeln zu lassen, der mir sagte, daß meine Stimmbänder durch die vorgesehenen Aufführungen keinen Schaden nehmen würden. Die Generalprobe sollte ich vorsichtshalber jedoch nicht voll singen. Sofort informierte ich den Dirigenten Wolfgang Sawallisch, und er stimmte dem ärztlichen Rat zu. Aber, und im Bühnengeschäft gibt es offensichtlich immer ein ›Aber‹: Einige Tage später erfuhr Sawallisch, daß in Mailand die Kritiker üblicherweise die Generalprobe besuchten, um ihre Rezensionen für die Premiere schon im voraus schreiben zu können. Sawallisch meinte natürlich, daß es die Kritiken sicherlich negativ beeinflussen würde, sollte ich bei dieser Probe nicht voll singen. Obwohl ich sein Argument verstand, wollte ich den Rat meines Arztes befolgen und optierte eher für eine gute Premiere als für eine gute Probe. Sawallisch beharrte aber auf seinem Standpunkt und forderte meinen vollen Einsatz. Ich hätte nein sagen sollen, aber ich sang während der Probe voll und war dadurch merklich gehandicapt für die weiteren Vorstellungen.

Wenn die Sache auch nicht meinem Wohlbefinden zuträglich war, so erfüllte sie doch ihren Zweck: Die Kritiken waren wunderbar.

Aber ich sollte mich niemals wieder in meiner späteren Laufbahn so leicht beeinflussen lassen. Ich fühlte plötzlich, daß Sawallischs Beharren kalt und berechnend war und letztendlich auf meine Rechnung ging. Obwohl er damals schon ein hochverehrter und bekannter Dirigent war, wurde mein Enthusiasmus durch diesen Zwischenfall gedämpft; unsere weitere Zusammenarbeit war immer belastet. Die Mailänder Oper ist ein wundervolles Haus, eine großartige Umgebung für Aufführungen. Selbst der Umkleideraum des Tenors ist elegant und bestens eingerichtet. Es ist einfach wunderbar, selbst vor einer Vorstellung in so einer Umgebung zu sein. Für viele Rollen stellt sie die ideale Vorbereitung dar. Man kann, und das ist sehr hilfreich, aus einer noblen Umgebung in eine noble Rolle auf der Bühne gehen. Während der Proben hatte man mir natürlich mitgeteilt, daß es auf der Bühne eine für den Sänger optimale Position gäbe. Dieser Punkt war auf der rechten Seite der Bühne, ungefähr zwei Meter vom Orchestergraben entfernt. Um die Wirkung dieses Punktes herauszufinden, besuchte ich während meiner Probenzeit einige Vorstellungen und betrachtete amüsiert, wie die Sänger versuchten, rechtzeitig zu dieser »Idealstelle«, die Wieland Wagner immer als »Schokoladenstelle« bezeichnete, zu kommen, sobald wichtige Arien zu singen waren. Glücklicherweise zeigte es sich, daß ich in dieser Inszenierung genau am richtigen Platz war, um die Gralserzählung zu singen. Was hätte ich wohl mit einem uneinsichtigen Regisseur getan? Die Position eines Sängers auf

Richard Wagner, Lohengrin, 1965. Mailänder Scala. (9)

der Bühne ist immer wichtig, ganz unabhängig von eventuellen akustischen Vorteilen. Einige Stellen sind dominant, andere aggressiv, andere erwecken sympathische Gefühle bei den Zuschauern, andere wiederum erwecken beim Sänger selbst das beste Gefühl.

Eine Bühne mit speziellem Flair, auf der sich für den Sänger immer ein besonderes Gefühl einstellt, ist die Bühne der Wiener Staatsoper. LOHENGRIN muß man einfach auch in Wien gesungen haben. Ein Erfolg wird erst hier endgültig bestätigt. Die Wiener Bühne, das Orchester und das Publikum, all das sind Institutionen, die eine lange

Richard Wagner, Lohengrin, 1965.
Jess Thomas und Claire Watson. (10)

Tradition mit diesem Werk verbindet. Schon Richard Wagner hat LOHENGRIN hier inszeniert. Ich hatte das Glück, wieder in einer Produktion seines Enkels mitarbeiten zu können. Diese Inszenierung im Jahr 1965 brachte auch das Ende einer Streitigkeit mit Wieland Wagner, mit dem ich zuvor schon in Berlin, Bayreuth und Stuttgart zusammengearbeitet hatte. Der Grund unseres kurzen Zerwürfnisses lag letztendlich in der nicht unerheblichen Rivalität zwischen den einzelnen Direktionen und Festspielleitungen. Für den Sommer 1964 hatte ich einen Vertrag für die Salzburger Festspiele abgeschlossen; unter Rennert und Böhm sollte ich gemeinsam mit Christa Ludwig ARIADNE AUF NAXOS einstudieren. Dieses Arrangement hatte ich mit Wieland besprochen und für Bayreuth nur vier Aufführungen angenommen. Wieland war aber ein Mann der Tat. Er konnte seine Pläne kurzfristig ändern und war dabei keineswegs bereit, auf Terminprobleme anderer Rücksicht zu nehmen. Seine MEISTERSINGER hatten im Jahre 1963 einen auch für Bayreuth ganz außergewöhnlichen Erfolg. Dies brachte Wieland zu dem Entschluß, auch 1964 MEISTERSINGER mit mir als ›Stolzing‹ anzusetzen. Ich bot an, so viele Vorstellungen wie neben dem Salzburger Arrangement möglich, in Bayreuth zu übernehmen, doch Wieland war für einen Kompromiß nicht zu haben. Mein Briefwechsel mit ihm entbehrte trotz allem nicht einer gewissen Komik, denn die Sekretärin der Festspielleitung, Gabriele Traut, die Wielands Briefe an mich schrieb, war in ihrer Nebenbeschäftigung auch meine Sekretärin. Noch bevor sie seine Briefe aufgab, konnte sie in der Regel meine Antwort verfassen. In einem Hin und Her lief es letztlich auf eine klare Entscheidung »Bayreuth oder Salzburg« hinaus, die ich nicht mit einem Vertragsbruch gegenüber Salzburg treffen wollte.

Unser Schriftwechsel führte schließlich dazu, daß ich 1964 bei den Bayreuther Festspielen überhaupt nicht auftrat und nur München und Salzburg besuchte. Es sollte sich zeigen, daß die enorme Rivalität zwischen den Opernhäusern und Festspielen auch auf dem Rücken eines Sängers ausgetragen werden kann. Nach diesem Bruch war ich von der Entwicklung meiner Beziehung zu Wieland Wagner und Bayreuth, die meine Laufbahn so wesentlich beeinflußt hatte, sehr enttäuscht. Diese Enttäuschung währte zu meiner großen Freude nicht lange.

Schon 1965 vereinbarte Hilbert mit Wieland Wagner eine Neuinszenierung des LOHENGRIN für Wien. Wieland, obwohl mit mir im Streit, soll dabei auf meiner Mitwirkung bestanden haben. Noch in der Zeit unseres Zerwürfnisses erfuhr ich von Wielands Plänen und gewann mein Vertrauen in eine neue Zusammenarbeit mit ihm wieder. Bei der ersten Probe für diese Produktion, für die ich dann tatsächlich von der Wiener Staatsoper engagiert wurde, bin ich Wieland Wagner nach unserem Streit wieder begegnet. Wir erwähnten beide unseren Disput nicht und arbeiteten wie gewohnt perfekt zusammen.

Unter Karl Böhm wurde dieser LOHENGRIN mit Claire Watson als ›Elsa‹ nicht nur für mich zu einem großen Triumph. Mein ›Lohengrin‹ war auch hier akzeptiert worden, mein Erfolg hatte sich bestätigt.

Mir fehlte nur mehr eine wichtige Bühne, auf der ich meine Paraderolle präsentieren wollte, die meiner Heimat in Kalifornien. Obwohl Wien immer meine musikalische Heimstätte bleiben wird, ist meine Wahlheimat, in der ich heute auch lebe, Kalifornien. Ich brannte darauf, mit LOHENGRIN zum Ausgangspunkt meines Weges zurückkehren zu können. Im Jahr 1965 konnte ich dann den ›Lohengrin‹ auch auf jener Bühne darstellen, auf der ich diese Oper zum ersten Mal gesehen hatte: Der Bühne der San Francisco Opera. Bereits während meiner Zeit als Student in Stanford hatte mich

LOHENGRIN sehr beeindruckt. Eine Aufführung mit Inge Borkh und Brian Sullivan brachte mich schon damals zu der Erkenntnis, daß es mein innigster Wunsch war, gerade in dieser Oper selbst zu singen. Diesen Wunsch konnte ich mir nun erfüllen. Schon in den Jahren zuvor hatte San Franciscos Manager, der Wiener Kurt Herbert Adler, immer wieder Kontakt mit mir aufgenommen, um mit mir über meine Rückkehr zu verhandeln. Dem stand allerdings meine persönliche Vorstellung von meinem ersten Auftreten in meiner Heimat, den USA, entgegen. Sosehr ich auch das Opernhaus in San Francisco und Adlers Bemühungen schätzte, wollte gerade ich als Amerikaner eine Rückkehr erster Klasse, sozusagen durch den »Vordereingang«, und dies war die Metropolitan Opera von New York, an der ich 1962 mit den Meistersingern von Nürnberg meine Rückkehr nach Amerika feierte. Einem Vertrag mit Adler stand dann für 1965 nichts mehr im Wege, und ich sang in 12 Wochen 18 Vorstellungen, neben LOHENGRIN auch TOSCA, ARIADNE und MEISTERSINGER. Diese Heimkehr brachte mir all das, wonach sich nicht nur Künstler sehnen. Ich hatte beruflichen Erfolg, traf alte Freunde wieder und fand Anerkennung. Der Augenblick höchsten Glücks ist oft aber eng gepaart mit dem tiefsten Leid. Gerade am Tag der Generalprobe zu LOHENGRIN, in der Horst Stein dirigierte und Hildegard Hillebrecht die ›Elsa‹ übernommen hatte, überbrachte man mir die Nachricht, daß mein Vater in Oregon an einem Herzleiden verstorben war. Meine Bestürzung war unbeschreiblich und selbst Adler, der sonst schwer zu Konzessionen zu bewegen war, bot an, die für den übernächsten Tag angesetzte Premiere zu verschieben. Obwohl ich unbedingt zum Begräbnis meines Vaters reisen wollte, verbat ich mir eine derartige Verschiebung, flog nach Oregon, erfüllte die traurige Pflicht und kehrte schweren Herzens in die Rolle des ›Lohengrin‹, der eigentlich aus Glanz und Wonne kommen sollte, zurück.

Um mich abzulenken, hatte ich noch bis kurz vor der Aufführung an meinem Kostüm gearbeitet, das ich selbst entworfen hatte. – Nachdem ich die Produktion kannte, mußte ich feststellen, daß es zu blaß wirkte und einfach mehr Farbe benötigte. Ich kaufte also im letzten Moment einige Meter roten Stoffes, den ich in meinen silbernen Umhang einarbeiten wollte. Für Fotografen sicherlich ein lustiges Bild: Lohengrin sitzt in der Nacht vor der Aufführung an der Nähmaschine!

Während der Aufführung kam Herb Glass, der Pressemanager der San Francisco Opera, von Lachen geschüttelt in meine Garderobe. Zwischen seinen Lachanfällen fand ich heraus, daß er ein Pausengespräch zweier alter Damen mitangehört hatte. Die eine fragte die andere: »Meine Liebe, kennst du den Inhalt dieser Oper?« Die andere antwortete: »Aber natürlich, der junge Mann mit dem Silbergewand wird in einen Schwan verwandelt!« Die andere Frau nickte zustimmend und fügte hinzu: »Ist das nicht wunderbar, heute John Charles Thomas (ein Bariton der Metropolitan Opera, der Jahre zuvor gestorben war) zu hören!«

In den folgenden Jahren bin ich an allen bedeutenden Bühnen als ›Lohengrin‹ aufgetreten. Ein Sänger lernt, die Heimat zu vermissen, das Leben findet in Hotels und Flugzeugsesseln statt. Das Jahr 1967 brachte mir eine Rückkehr in dieser Rolle nach Bayreuth. Allerdings nicht für eine Inszenierung Wieland Wagners, der zu diesem Zeitpunkt schon tot war, sondern seines Bruders Wolfgang. Dirigent der LOHENGRIN-Serie war Rudolf Kempe, mit dem ich Jahre zuvor in Wien eine Platteneinspielung des LOHENGRIN produziert hatte.

Sandor Konya war für die Rolle der Titelpartie vorgesehen, ich selbst sang in Bayreuth in diesem Jahr ›Tannhäuser‹. Konya sang die Premiere und sagte im weiteren alle

Wolfgang Wagner

Nur ein Blick in meine Korrespondenz mit den Brüdern Wieland und Wolfgang Wagner enthüllt schon ganz klar den Unterschied zwischen diesen beiden so unterschiedlichen Künstlern.
Wieland Wagner wandte sich zum ersten Mal kurz nach meiner ersten Aufführung in Karlsruhe als Lohengrin an mich. Er rief an, er schrieb, und ich traf mich schließlich mit ihm zu mehreren Vorsingen. Wolfgang Wagner, der zu dieser Zeit gemeinsam mit Wieland die Bayreuther Festspiele leitete, ging ganz anders vor. Auch er hatte aus dem Mund eines Kapellmeisters, der sowohl in Bayreuth als auch in Karlsruhe tätig war, von meinen Erfolgen gehört. Aber Wolfgang rief mich nicht an, und es gab keinen langen Schriftverkehr, sondern er lud mich einfach in einem kurzen freundlichen Brief im Februar 1961 ein, den ›Froh‹ in RHEINGOLD zu übernehmen. Ohne ein Treffen, ohne Vorsingen, einfach ein Angebot.
Obwohl diese beiden Brüder, zwischen denen nur ein paar Jahre Altersunterschied lagen, einander so ähnelten, daß sie Zwillinge hätten sein können, enden ihre Gemeinsamkeiten damit auch schon. Meine Laufbahn in Bayreuth hätte jedenfalls völlig unterschiedlich verlaufen können, hätte ich dieses erste Angebot von Wolfgang Wagner angenommen. Aber zu dem Zeitpunkt, zu dem ich dieses Angebot erhielt, war ich schon seit mehr als einem Jahr mit Wieland in Kontakt gewesen, und wenn ich auch von ihm noch kein konkretes Angebot hatte, wollte ich doch die Chance wahrnehmen, ein spektakuläres Debüt in Bayreuth als ›Froh‹ zu geben.
Wolfgang Wagner war sicherlich der persönlichere und menschlichere der beiden Brüder. Er war gemütlich, natürlich, urtümlich und freundlich, etwas zurückhaltend, aber doch hilfreich, unterstützend, ja sogar herzlich. Alle diese auf Wolfgang Wagner zutreffenden Eigenschaften beschreiben nicht Wieland Wagner. Die unterschiedlichen Talente der beiden Brüder wurden wahrscheinlich nirgends besser kommentiert als durch Birgit Nilsson, die in »Unsterblicher Wagner, Lebendiges Bayreuth« schreibt: »Ich glaube, es war eine ideale Konstellation für Bayreuth, daß die beiden Brüder Wagner so gegensätzliche Begabungen haben, das Ergebnis war eben stets totale Kunst.«
Wolfgang Wagner war jedenfalls der mitfühlendere und nachsichtigere Mensch, einfach der nettere von beiden. Aber diese Eigenschaft stellt ihn in seinen künstlerischen Belangen keineswegs in die zweite Reihe hinter Wieland. Seine selbstaufopfernden und bescheidenen Gesten zeigen die Größe seines Charakters und sein Kunstverständnis, auf dem er den Erfolg der Bayreuther Festspiele, deren Direktor er nun seit mehr als 20 Jahren ist, aufbauen konnte. In der Geschichte Bayreuths hat kein anderer Wagner eine längere Herrschaft und einen so großen Einfluß auf die Festspiele gehabt wie Wolfgang.
Trotz meiner ersten Ablehnung hatte ich viele Begegnungen mit Wolfgang Wagner, und leider waren manche für ihn genauso enttäuschend wie für

mich. Ich muß heute auf viele Facetten unserer Beziehung mit Bedauern zurückblicken, aber vor allem bedauere ich, daß ich nie die Möglichkeit hatte, so wie mit Wieland in einer Neuinszenierung mit Wolfgang Wagner zusammenzuarbeiten. Daher habe ich auch keinen Einblick in seine großartigen

Talente als Regisseur. Unabsichtlich und unfreiwillig verursachte ich ihm jedenfalls sehr viele Unannehmlichkeiten, und Wolfgang erwies sich immer als großzügiger Freund, mit viel Verständnis. Nur im Jahr 1967 hatte ich die Möglichkeit, ihm zu helfen und übernahm einige Vorstellungen seiner neuen LOHENGRIN-Produktion. Im Jahr 1968 war ich durch einen schweren und lebensbedrohlichen Krankheitsfall in meiner Familie in Amerika gezwungen, mein Engagement für SIEGFRIED und für PARSIFAL abzusagen, 1969 sang ich in Wielands RING-Inszenierung beide ›Siegfried‹-Rollen und trat auch in Wolfgangs neuer MEISTERSINGER-Inszenierung auf, hatte aber keine lange Probenzeit mit ihm. Im Jahr 1970 mußte ich eine lange aufgeschobene und plötzlich akut notwendige Operation vornehmen lassen und verursachte durch meine kurzfristige Absage Wolfgang größte Probleme für die geplanten Aufführungen. Trotz all dem bot mir Wolfgang Wagner immer neue Aufführungen an, die ich in den folgenden Jahren wegen vieler Terminkonflikte nicht annehmen konnte. Schließlich lud er mich auch ein, anläßlich des hundertjährigen Bestehens des Festspielhauses als ›Siegfried‹ in der GÖTTERDÄMMERUNG im Jahrhundert-Ring Patrice Chéreaus aufzutreten. Man muß seine Bemühungen, mich als reguläres Mitglied an das Bayreuther Haus zu engagieren, anerkennen, und ich erkenne auch seine große Geduld und sein Interesse an meiner Person an.
Später befreundete ich mich mit seinen Kindern, Eva und Gottfried. Evas Interesse an einer Zusammenarbeit mit mir erstreckte sich über Bayreuth hinaus und brachte auch Kontakte, während sie einen Führungsposten bei Unitel innehatte. Gottfried kannte meine Frau Violeta schon bevor ich sie selbst kannte, und wir hatten die Möglichkeit, unsere Freundschaft auch später zu vertiefen. In einer Saison luden wir ihn auch als Gast in unsere Loge beim Wiener Opernball ein.
Auf alle Fälle bedauere ich, daß ich so wenig künstlerischen Kontakt mit Wolfgang Wagner hatte, denn ich bin sicher, ich hätte auch von ihm viel lernen können, und ich hätte dadurch auch die Möglichkeit erhalten, eine ausgewogenere Darstellung der beiden Wagner-Brüder zu liefern. Dieses detailliertere Kapitel über Wolfgang Wagner fehlt daher, und ich bedauere den Verlust, der mir daraus erwachsen ist.

Vorstellungen ab. Er brachte dadurch Wolfgang Wagner in erhebliche Verlegenheit. Dieser suchte natürlich verzweifelt nach Ersatz und setzte ein gehöriges Rollenringelspiel in Gang. James King übernahm zwei Vorstellungen des LOHENGRIN, Wolfgang Windgassen übernahm eine meiner TANNHÄUSER-Vorstellungen, und ich sang dafür zweimal Lohengrin. Damit ergab sich für mich innerhalb einer Woche mit jeweils einem Ruhetag die Sequenz: TANNHÄUSER, LOHENGRIN, LOHENGRIN, TANNHÄUSER. Diese Anstrengung wollte ich mir auch abgelten lassen, wenn schon nicht in barer Münze, so doch mit einem langersehnten Gegenstand. Als mich Wolfgang Wagner zur Zusage drängte, die LOHENGRIN-Vorstellungen zu übernehmen, kündigte ich eine ultimative Bedingung an. Wolfgang glaubte wohl an eine finanzielle Forderung und nickte beifällig. Für mich spielte Geld in dieser Situation aber keine Rolle. Es war keine Frage, daß ich

Richard Wagner, Die Meistersinger von Nürnberg, 1963. Bayreuth. (11)

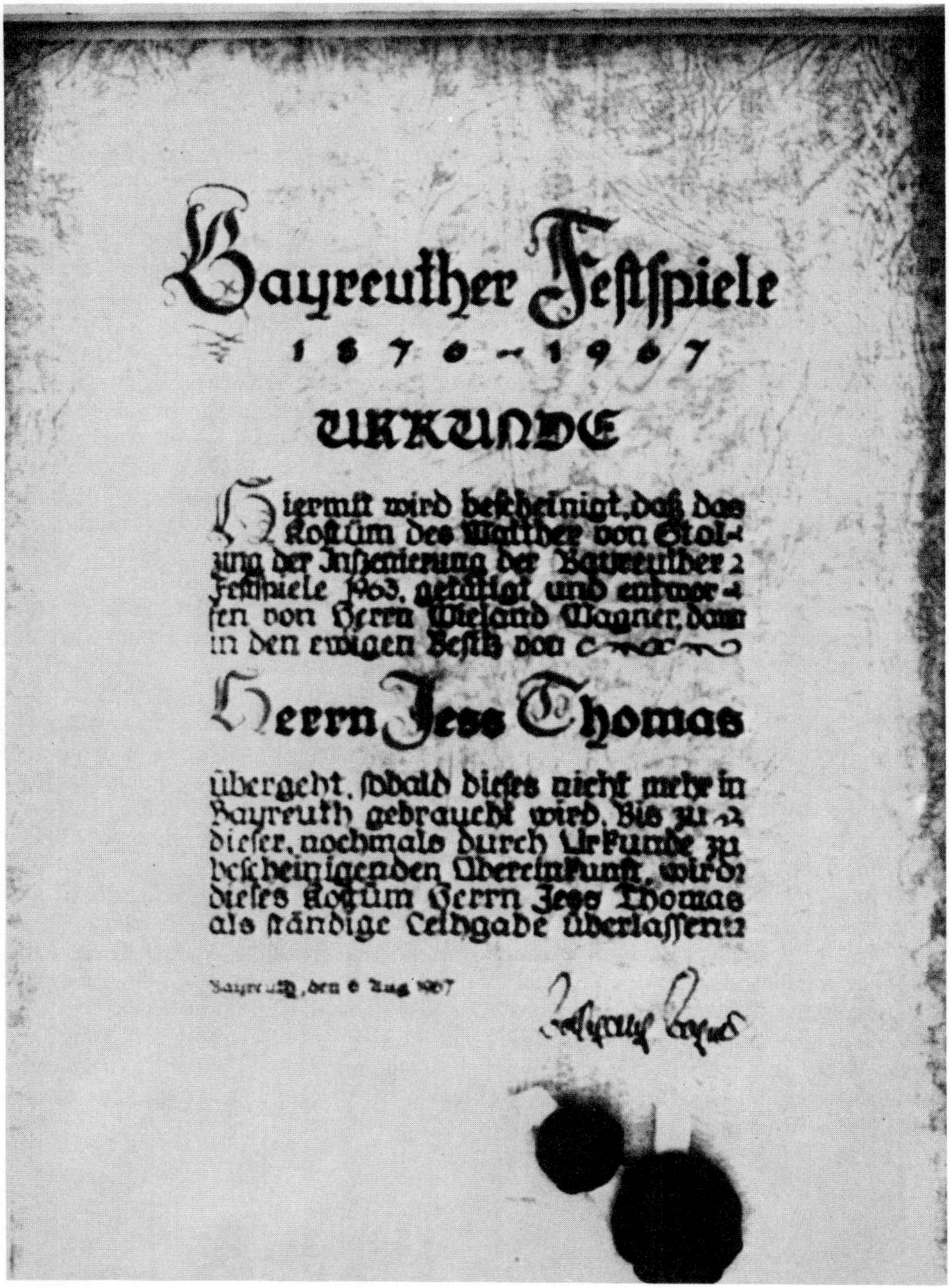
Bayreuther Festspiele

1876–1967

Urkunde

Hiermit wird bescheinigt, daß das Kostüm des Walther von Stolzing der Inszenierung der Bayreuther Festspiele 1963, gefertigt und entworfen von Herrn Wieland Wagner, dann in den ewigen Besitz von

Herrn Jess Thomas

übergeht, sobald dieses nicht mehr in Bayreuth gebraucht wird. Bis zu dieser, nochmals durch Urkunde zu bescheinigenden Übereinkunft, wird dieses Kostüm Herrn Jess Thomas als ständige Leihgabe überlassen.

Bayreuth, den 6 Aug 1967

Die Schenkungsurkunde, unterzeichnet von Wolfgang Wagner. (12)

helfen mußte. Ich verlangte jedoch für die Bereitschaft einzuspringen mein Kostüm des ›Stolzing‹ aus den MEISTERSINGERN des Jahres 1963. Dieses wunderbare Kostüm, eines der schönsten, das ich je gesehen und getragen hatte, wurde von keinem anderen Tenor verwendet, da es gut 40 Kilogramm wog und sehr unangenehm zu tragen war. Alle nachfolgenden Sänger in dieser Rolle zogen Nachbildungen des Kostümes aus leichteren Materialien vor. Wolfgang war erstaunt und murmelte, daß dies wohl nicht üblich wäre, aber er ließe sich etwas einfallen. Also trat ich als ›Lohengrin‹ auf.

Am Ende der ersten Vorstellung kam Wolfgang Wagner gemeinsam mit den Garderobieren auf die Bühne; sie brachten das Meistersingerkostüm. Er hatte eine feierliche Urkunde verfertigt, in der er mit Unterschrift und Siegel verbriefte, daß dieses Kostüm auf Lebenszeit an mich entlehnt wird.

Wie ›Elsa‹ nach der Herkunft und Art des wunderbaren Schwanenritters fragt, stelle ich mir selbst auch heute noch die Frage, wie ich als amerikanischer Sänger, als Kind der Felder und Wüsten von Süd-Dakota die Möglichkeit bekam, in aller Welt einen solchen Erfolg zu genießen. Die unvergeßlichen Erlebnisse mit den besten Orchestern der Welt, mit den besten Dirigenten und Kollegen in den schönsten und berühmtesten Opernhäusern der Welt, sind sicherlich – wie damals für mich – auch heute der Traum vieler erwartungsvoller junger Künstler.

Meine Gralsmission hatte mich aus einem Leben als Psychologe in die Laufbahn eines Sängers, in die Welt Richard Wagners geführt, und es war immer mein Traum gewesen, seine wunderbare Musik und insbesondere LOHENGRIN zu singen.

Mit LOHENGRIN hatte ich bei einem Vorsingen in San Francisco begonnen: »Gralserzählung« und »Höchstes Vertrauen«. Mit LOHENGRIN begann auch die Suche nach meinem Gral in Karlsruhe, mit meinem ersten LOHENGRIN in Europa. Aber erst damals forderte ich von mir selbst den totalen Einsatz und setzte Vertrauen in meine Laufbahn. Es war dies ein Weg, der mich in die ganze Welt führen sollte und mir unbeschreibliche Erfüllung gebracht hat.

Selbst nachdem ich all die schwereren Wagner-Rollen studiert und gesungen hatte, bin ich immer wieder gern zu LOHENGRIN zurückgekehrt. Nicht zufällig wählte ich auch LOHENGRIN für meine Abschiedsvorstellung in meinem geliebten Wien. Ich sang wirklich mein Abschiedslied an den Schwan, an den Gral, an meine Mission, die nun erfüllt war, und an das treue Publikum. Es war ernst gemeint und kam von Herzen.

Wie jeder, der heutzutage versucht, die Spitze einer Disziplin zu erreichen, hatte auch ich viele Einschränkungen und Opfer auf mich zu nehmen. Dabei stand mir LOHENGRIN hilfreich zur Seite, kein Schmerz und Kummer war zu groß, um nicht vom Lichte meines Grals, meiner Musik überstrahlt zu werden.

KAPITEL 3

PLAIN BEGINNINGS – AUS EINFACHEN ANFÄNGEN

»Lohengrin from the Land of South Dakota Sioux«, das war die Schlagzeile einer Mailänder Zeitung anläßlich meines Debüts an der Mailänder Scala. Lohengrin eröffnet in seiner Gralserzählung, daß er aus einem »fernen Land« kommt – dies trifft auch auf mich zu. Mein Geburtsort – Hot Springs in Süd-Dakota – ist sowohl geographisch als auch kulturell von jeder Opernbühne weit entfernt. Zufall oder Vorsehung, es zeigt sich, daß auch heute noch möglich ist, was wir in Amerika als den »American Dream« bezeichnen. Wie aber kam ich als einfacher Landjunge aus Süd-Dakota dazu, mich für Opern zu interessieren?

Rückblickend erkenne ich, daß die Sängerlaufbahn unvermeidlich war. Natürlich ebneten Glück und viele hilfreiche Einflüsse von außen den Weg. Es gab aber niemals eine gezielte Überlegung meinerseits, die Laufbahn eines Opernsängers einzuschlagen. Viel eher schon das Nachgeben gegenüber einer Kraft und Verheißung, gegen die ich oft angekämpft habe und der ich doch nicht genug Widerstand leistete.

Ich kann mich an keinen Zeitpunkt meines Lebens erinnern, zu dem ich nicht inbrünstige Liebe zur Musik oder zum Theater empfunden hätte und ich nicht die tollsten Phantasien walten ließ, um mich in künstlerischer Art und Weise auszudrücken. Seltsamerweise schien jedermann meinen Drang zu unterstützen. Ich wundere mich eigentlich, daß ich meiner Muse so lange widerstehen konnte, wahrscheinlich hinderte mich lange Zeit die Arbeitsphilosophie der Staaten des Mittleren Westens: Eine Karriere als Musiker? Das ist weder praktisch noch führt es zu ehrlich verdientem Geld, wie jedermann und Gott weiß.

Vielleicht war die späte Entwicklung aber auch segensreich, und all die vielen Jahre, in denen ich mehr oder weniger blind in der Welt herumlief, waren notwendig, um mir Gelegenheit zu geben, mich auf die Rolle auf der Bühne vorzubereiten.

Wesentlich bedeutender war der Einfluß bestimmter Menschen. Natürlich tat ich einiges, um gerade die Personen auszuwählen, die mich später beeinflussen sollten, aber ich hatte auch das Glück, einfach viele geeignete kennenzulernen. In den Ebenen und Prärien, in denen ich meine Jugendjahre verbracht habe, waren die Möglichkeiten natürlich beschränkt. Ich werde mich trotzdem immer dankbar daran erinnern, daß auch dort viele Personen bereit waren, mir Zeit zu widmen und mich zu lehren. Und natürlich möchte ich heute, daß sie alle wissen, wie dankbar ich bin. Sicher werde ich, indem ich diese Zeilen zu Papier bringe, einige vergessen, andere falsch einschätzen, wenige enttäuschen und manche vielleicht sogar beleidigen. Trotzdem glaube ich, daß es das Risiko wert ist.

Das alte »White House«, in dem meine Eltern lebten, als ich geboren wurde, stand nahe den Eisenbahnschienen der Kleinstadt Oral in Süd-Dakota. Oral liegt am Cheyenne River in einem öden Gebiet, das eher einer Wüste als einem bebaubaren Ackerland ähnlich sieht. Seit der Zeit, in der ich dort lebte, wurde allerdings durch staatliche Hilfsprojekte viel verändert, aber damals bestand meine Umgebung aus Yucca und Sage, Wüste und deren spärlicher Vegetation. Das Wetter: Afrikanische Hitze im Sommer und die Kälte von Alaska im Winter.

Als ich Jahre, nachdem ich die Stätte meiner Kindheit verlassen hatte, mit meinen in der Zwischenzeit zu Teenagern herangewachsenen Kindern zum »Weißen Haus« meiner Kindheit zurückkehrte, war es baufällig und völlig ohne Farbe. Es war weder weiß noch sonst irgendwie gestrichen. Am selben Tag noch zeigte uns meine Mutter ein Fotoalbum, in dem meine Kinder ein Foto fanden, auf dem hinter einem damals 3 Jahre alten Jess das alte »Weiße Haus« zu sehen war: Damals schon ohne Farbe! Meine Kinder verlachten mich, als ich darauf bestand, daß es weiß gewesen war. Irgendwie sehe ich dieses »Weiße Haus« in Oral als Symbol für den Beginn meines Lebens. Ich mußte damals einfach meine Umgebung durch eine rosarote Brille sehen; die nackte »ungestrichene« Wahrheit war zu brutal, um sie ertragen zu können.

Mein Vater, Charles Alfred Thomas, wurde am 22. Juli 1900 in Iowa geboren. Seine Eltern, Harry Dalton und Mary Virginia Thomas, hatten neben ihm noch vier andere Kinder. Willi starb als Kind, Floyd starb im Ersten Weltkrieg, Lillian und Cecile heirateten und zogen Kinder in Süd-Dakota auf. Charles (Chas, Charley), der einzige überle-

Der Vater: Charles Thomas. (13)

Die Mutter: Ellen Yocam. (14)

bende Sohn, gleichzeitig das jüngste Kind, kam mit seinen Eltern in den ersten Jahren des zwanzigsten Jahrhunderts nach Süd-Dakota. Meine Mutter, Hattie Ellen Yocam, wurde in Atchinson, Kansas, am 1. Januar 1902 geboren und übersiedelte mit ihren Eltern und ihrem einzigen Bruder Herbert nach Nebraska. Großmutter war eine große vitale Frau, die ihre junge Familie während der Wochentage verließ, um entsprechend der damaligen Gesetze, Grundeigentum einfach dadurch zu erwerben, daß sie Grund körperlich in Besitz nahm. Die Anwesenheit wurde über eine bestimmte Zeitdauer von den Behörden streng überprüft. Großvater Jess war Vorarbeiter bei der Chicago North Western-Eisenbahn, er behielt diesen Posten bis zu seiner Pensionierung. Charly absolvierte 8 Schulstufen in der Landschule nahe Oral. Ellen ging in Gordon zur Mittelschule und wurde, wie damals üblich, Lehrerin.

Vater und Großvater versuchten sich auch als Unternehmer, sie kauften im Jahre 1920 das Warenhaus in Oral. Dieses kleine Kaufhaus führte nicht nur alle Artikel des täglichen Bedarfs für die umliegende ländliche Gemeinde, es fungierte auch als Serviceunternehmen und Vertretungsfirma für Landmaschinen.

In Oral, einer Stadt von 50 Seelen, zu leben, brachte keine besonderen Aufregungen mit sich. Die Hauptattraktionen des Gesellschaftslebens waren Treffen beim Postamt, dem Geschäft, der kleinen Methodistenkirche, der Billard- und der Bierhalle. Ich erinnere mich noch oft an die Zeiten, an denen ich an der Billardhalle vorbeiging, an die

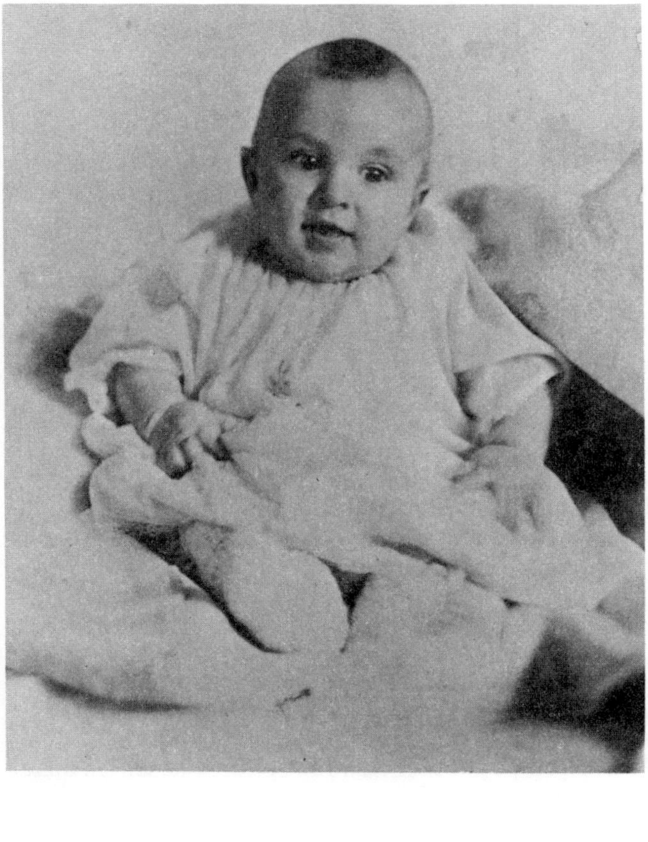

». . . auf eine künftige Tenorkarriere deutete nichts hin.« (15)

davorstehenden selbstgemachten Holzbänke und die alten Männer, die ihre Kautabakreste auf den Boden spuckten. An kalten Tagen zogen sie sich in die Halle zurück. Eine Originalszenerie für einen Wildwestfilm. Das Kaufhaus Thomas und Sohn warf für die Familie genug ab, um unsere Existenz bis zur katastrophalen Depression im Jahre 1929 zu sichern. Dann aber konnten die Bauern ihre Schulden nicht mehr bezahlen, das Geschäft lief schlecht, und unser Familiengeschäft ging zugrunde.

Ellen und Charly betrieben ihre gesellschaftlichen Aktivitäten hauptsächlich im Rahmen ihrer Mitgliedschaft in der »Rebecca and Odd Fellow Lodges«, einer freimaurerähnlichen Loge. Beide liebten den Tanz und besuchten am Wochenende häufig Tanzveranstaltungen in der Umgebung. Am 3. August 1927 kehrten Charley und Ellen nach einem typischen Tanzabend nach Hause zurück. Sie waren noch nicht lange im Bett, als Ellen Charly weckte, um ihm ihr untrügliches Gefühl mitzuteilen, daß meine Geburt bevorstand. Von Oral zum nächsten Spital in Hot Springs sind es nur 17 Meilen. Mit den damaligen Autos auf den damaligen Straßen erschien die Reise wesentlich länger, als man sich das heute vorstellt. Ellens Gefühl trog nicht, nach ihrer Ankunft im Luther Hospital wurde ich am 4. August 1927 um 6 Uhr früh geboren. Wie berichtet wird, traf ich ohne Komplikationen mit wenig über 7 Pfund auf dieser Erde ein. Man erzählte mir weiter, daß mein erster Schrei kein Dezibel unter oder über dem Durchschnitt gelegen hatte. Auf eine zukünftige Tenorkarriere deutete also nichts hin.

Großvaters Erbe

Eine meiner frühesten Erinnerungen musikalischer Art sind die gelegentlichen Hauskonzerte unserer Familie. Diese kann man weder mit Musical in Zusammenhang bringen noch mit Kammermusik. Wir hatten Violinen, die wir Fiedeln nannten. Die Musik, die wir spielten, war die der Einwanderer und kam aus dem Herzen des Volks. Tradition waren auch spezielle Feiertagstreffen in Oral, auf die ich mich immer gefreut habe. Meine beiden Großväter spielten die Fiedel. Jess Yocam, der Vater meiner Mutter – ich erhielt meinen Namen nach ihm – und Harry Thomas, der Vater meines Vaters, waren die Stimmführer. Meine Mutter und eine Tante wechselten sich am Klavier ab. Weiters stieß auch ein Gitarre spielender Onkel zu uns sowie ein Freund mit seinem Banjo.

Unser Repertoire bestand aus »Turkey in the Straw«, »Virginia Reel« und hunderten von anderen Stücken der echten, bodenständigen amerikanischen Country-Musik. Ein Großvater versuchte jeweils den anderen zu übertreffen und die Führung zu übernehmen. Sie kramten immer wieder Nummern hervor, von denen sie hofften, daß sie der andere nicht kannte. Dies provozierte eine Atmosphäre freundlicher Rivalität, die die ganze Familie beschäftigte und unterhielt.

Vor dem Konzert wurde gegessen. Nachdem das Abendessen vorüber und das Geschirr abgewaschen war, erwarteten Kinder wie Erwachsene aufgeregt die ersten Töne der Violine, die den Beginn der musikalischen Vergnügungen signalisierten. Oft begann es mit einem Walzer, gefolgt von einer lieblichen Polka. Großvater Harry schnupfte, Großvater Jess kaute Tabak. Ein wichtiges Requisit bei diesen musikalischen Sitzungen war daher das Speibecken beziehungsweise die Position desselben, da die beiden musikalischen Wettstreiter oft ihre Leidenschaft außer Kontrolle geraten ließen. In diesen

Konzerten gab es sehr lyrische Augenblicke, echte Virtuosität und immer den Funken von Kameradschaft und Humor. Sie dauerten so lange, bis einer der beiden Fiedler das endgültige »Dum-dum-di-dum-dum, di-dum« spielte, um das Ende des Konzertes anzukündigen. Nahezu immer bewirkte dies energischen Protest, der oft durch zahllose Zugaben belohnt wurde. Wie stolz war ich, als ich Griffe und Rhythmusgefühl soweit trainiert hatte, um bei diesen Konzerten erfolgreich am Klavier sitzen zu können. Fand ich die richtigen Griffe, wenn Harry und Jess Rhythmus und Stück wechselten, wurde ich mit einer Flut von Applaus belohnt. Es wäre phantastisch gewesen, hätte mir einer oder gar beide Großväter nur ein Quentchen ihres Violintalentes vermacht. Aber trotz Harrys Violine, eines vierjährigen Studiums und eines Platzes im Schulorchester blieben meine Leistungen im Violinspiel im Bereich des Rubbelns und Kratzens. Das Violinspiel in diesen frühen Jahren mag geholfen haben, mein Ohr für Rhythmen und Tonhöhen zu schulen. Beide Großväter hinterließen mir aber ihre Liebe zur Musik. Großvater Jess Yocam, deutsch-schottischen Ursprungs, liebte seine Fiedel mit solcher Hingabe, daß ich mich fürchtete, das Instrument auch nur in Händen zu halten. Jess war ein wirklich bemerkenswerter jovialer Charakter, der Spaß liebte. Er hatte hellbraune Haare, die er in dieser Farbe bis zu seinem Tod in seinen Achtzigern behielt. Er hatte weiche blaue Augen und eine große Nase mit einem betont attraktiven Hakenende. Diese Nase war wie sein Temperament seit mehr als drei Generationen ein Familienrelikt. Selbst im hohen Alter sprang er oft auf, um zu passender Musik einen »Jigg« zu tanzen, und dies gar nicht schlecht. Mit einem ganz speziellen Leuchten in seinen Augen schien dies seine Altersapathie hinwegzufegen, es brach dann seine Lebensphilosophie aus ihm heraus: »Lieber zu Tode geschunden, als zu Tode gerostet.«

Großvater Harry hatte neben seiner Begabung zum Geiger aber auch noch andere Talente. Von allen Walisern wird gesagt, daß sie gern singen, im besonderen Maß war das bei Harry der Fall. Er hatte eine klare, hohe Tenorstimme. Als Mitglied eines Quartetts sang er oft bei Begräbnissen, und dies bis ins hohe Alter. Er war ein liebenswerter Mann mit prägnanten gewölbten Nasenlöchern – ein anderes Familienmerkmal –, kastanienbraunem Haar und großen Augen.

Meine ersten Auftritte

Der erste fremde Mensch in meinem Leben war Anna V. Bray, die Lehrerin. Die Grundschule war typisch für Landschulen, sie bestand nur aus einem Raum, in dem alle acht Klassen untergebracht waren. Hinter dem Haus gab es den üblichen Spielplatz. Ein großer Kohlenofen, schwarze Tafeln und Ahorntische waren gemeinsam mit dem Tisch für den Lehrer die gesamte Einrichtung unseres Schulzimmers. Anna Bray war auch gleichzeitig Untermieterin in unserem Haus, da meine Mutter das karge Familieneinkommen mit Mieteinnahmen aufzubessern pflegte. Anna war eine begabte Person, und ihre Kunstfertigkeit am Klavier ermöglichte es meiner Mutter, sich einen Kindheitstraum zu erfüllen und Klavierstunden zu nehmen. Bei solchen Klavierstunden pflegte ich auch dabei zu sitzen und begierig jede Information über das Klavier und die Musik mit Hingabe aufzunehmen. Anna bemerkte bald, daß ich interessiert darauf wartete, lesen zu lernen. Sie nahm sich meiner an und brachte mir bei, einfache Bücher zu lesen, noch bevor ich zur Schule ging. Glücklicherweise blieb sie lange genug, um die für die Entwicklung so bedeutende Position meines ersten Klassenlehrers zu übernehmen. Durch sanften Druck verführte sie mich dazu, jedes auch nur irgendwie verfügbare Buch zu lesen. Außerdem weckte sie in mir aber auch die Freude vorzutragen. Unter Annas Anleitung nahm ich an lokalen Lese- und Vortragswettbewerben teil. Auf einem Gebiet konnte aber auch sie mich zu keinen besonderen Leistungen bringen: im Schreiben. Kreise, die ich zog, sahen damals aus wie verwickelte Telefonschnüre und selbst heute noch sagen viele meiner Freunde, daß ich mich seither nicht verbessert habe. Anna V. Bray traf ich nach meinem Debüt an der Metropolitan Opera wieder. Sie unterrichtete damals in Oregon, und als ich sie wiedersah, sah sie genauso aus, wie ich sie in Erinnerung hatte.

Mein Drang aufzutreten war schon in jugendlichem Alter kaum zu unterdrücken. Als ich fünf war, wurde ich erstmals für eine Gesangsdarbietung belohnt. Anläßlich eines Besuches bei Freunden meiner Mutter in den Sanddünen von Nebraska, wurde ich von einer der Töchter der Familie ermutigt, zu singen. Dazu brauchte man mich nicht lange aufzufordern, und ich lernte einige populäre Lieder, die ich unter Begleitung der hübschen Schwestern vortrug. Eines anderen Abends besuchten wir alle den Vater meines Freundes, das Familienoberhaupt der Familie Fuscher. Er war Großgrundbesitzer, ein Millionär, der soviel besaß, daß er später jedem seiner Söhne zur Heirat ein großes Stück Land übergeben konnte. Ich erschrak vor Ehrfurcht, als der vornehme Herr mich aufforderte zu singen. Bald aber erkannte ich eine schreckliche Wahrheit, meine eigenen Charaktereigenschaften betreffend. Als Mr. Fuscher eine Fünfdollarnote nahm und langsam auf das Klavier legte, verlor ich die Zurückhaltung, ging zum Klavier und sang ohne Probleme: »When I grow to old to dream«, ein sehr beliebtes Lied. Später habe ich mich oft gefragt, ob dieses Schlüsselerlebnis – fünf Dollar waren zu dieser Zeit ein sehr hoher Betrag – mein weiteres Leben geprägt hat. Jedenfalls habe ich die großzügige Belohnung für mein erstes öffentliches Auftreten nie vergessen.

Nie vergessen werde ich auch die generöse Person Ada Fuscher, meine Gastgeberin in Nebraska. Sie wollte immer, daß ich singe. Sie konnte herzlich und gewinnend lachen, und das klang fast so mächtig wie das Lachen eines Bären. Sie hatte außerdem Verständnis für den unersättlichen Appetit von heranwachsenden Kindern. Der Frühstückstisch bei den Fuschers übertraf alle damaligen Vorstellungen. Sie waren gewohnt, Rancher zu verköstigen und hatten daher schon zu früher Stunde üppige Speisen anzubieten. Zusätzlich zu den üblichen Eiern und Pfannkuchen gab es auch Steaks, Kartoffeln, Kotelettes, Saucen und jede vorstellbare Art von Brot und Biskuit in reicher Auswahl. Ada war eine sympathische Frau, bei der sich jedes Kind wohl fühlte. Sie hatte drei Töchter und war daher wahrscheinlich versessen darauf, jeden Knaben auf der Ranch zu verwöhnen. Ich, der Sohn ihrer Lieblingslehrerin – meine Mutter wohnte bei ihr, als sie noch unterrichtete –, war ihr natürlich besonders willkommen. Sie gab mir Reitstunden und ließ mich mit ihrem Auto fahren. Dies aber nicht nur auf alten Landstraßen, sondern auch mit Renngeschwindigkeiten im Wüstensand. Es war ungeheuer aufregend für einen Sechsjährigen. Viele Erlebnisse verdanke ich der lieben Ada. Sie war stark wie ein Mann, ein bißchen laut, streng gegenüber ihrer Familie und den Angestellten, aber doch von sanfter und kameradschaftlicher Art.

Jahre später fuhr ich durch Gordon in Nebraska, um meinen Großvater Jess zu besuchen. Bei dieser Gelegenheit besuchte ich auch Ada, um ihr mein soeben erworbenes Diplom der Universität von Nebraska zu zeigen. Als sie es mir zurückgab, hatte sie einen großen Geldschein auf das Diplom gesteckt. Es war für mich sehr traurig, mitansehen zu müssen, wie sie Jahre später, nachdem ihr Mann gestorben war, den Kontakt zu ihrer Familie verlor. Sie versuchte im fortgeschrittenen Alter allein zurechtzukommen und eine neue Ranch aufzubauen. Unabhängig, begabt und voller Aktivitäten starb sie doch einsam. Ihr verdanke ich die großartigsten Abenteuer meiner Kindheit.

Meine erste Weihnachtsaufführung fand in der Methodistenkirche in Oral statt und endete nahezu mit einer Tragödie. Ich sollte ein Solo singen, war erst 6 Jahre alt, meine Vorderzähne wackelten und drohten jede Sekunde aus dem Mund zu fallen. Die Panik war groß, und ich konnte tagelang kaum essen, um die Zähne zumindest bis zur Vorstellung an ihrem Platz zu halten. Glücklicherweise schaffte ich es. Die Zähne fielen nach Beendigung der Vorstellung aus dem Mund direkt in meine Hand.

Daneben habe ich natürlich noch viele liebevolle Kindheitserinnerungen an Oral, obwohl wir fürchterlich arm waren. Ich liebte meine Katze, liebte es, Zeitungen auszutragen und mit meinen Kameraden im Stall zu spielen; es war eine echte Landidylle. Schon weniger erfreulich waren die Tage, an denen ich meinem Vater helfen mußte, Stinktiere zu häuten. In einer kleinen überheizten Hütte saßen wir dann bei unerträglichen Außentemperaturen, dem fürchterlichen ekelerregenden Gestank ausgesetzt. Nur ein stumpfes Messer in den Händen, empfand ich es als reine Tortur, mithelfen zu müssen.

Im Jahre 1937, kurz bevor ich 10 war, übersiedelte meine Familie nach Hot Springs. Es war eine Übersiedlung über eine Strecke von nur 17 Meilen, aber Hot Springs, eine charmante Touristenstadt, »Gateway to the Black Hills«, schien Lichtjahre von den Wüsten von Oral entfernt. Hot Springs hatte etwa 350 Einwohner und lag an sanften, pinienbedeckten Hügeln, roter Erde, Quellen, Canyons und Bächen; es war ein wundervoller Patz, um erwachsen zu werden.

Dort traf ich eine weitere Person, die mich sehr positiv beeinflussen sollte: Margaret Williams, meine Lehrerin in der sechsten Schulstufe. Margaret schaffte es, nicht nur meine schwierige Anpassung an eine Stadtschule zu unterstützen, sie entdeckte auch meine Stimme und gab mir eine wichtige Rolle in der Schulaufführung einer Weihnachtsoperette: den Weihnachtsmann. Wahrscheinlich bekam ich diese Rolle weniger wegen der Stimme, sondern viel mehr wegen meiner großen und dicklichen Figur. Zum ersten Mal aber stand ich auf der Bühne und sang mit Hingabe. Diese Lehrerin gab mir durch ihre Einsicht den ersten Anstoß in die Richtung, die sich als die richtige herausstellen sollte. Bis zum heutigen Tag habe ich Kontakt zu Margaret Williams McNearny. Sie und ihre Familie besuchen alle meine Vorstellungen in Kalifornien. In den letzten Jahren entwickelte sich mit Margaret ein Kontakt in Form von Briefen und Gedichten sowie liebevollen Geschenken und Gratulationen an mich und meine Familie.

In Hot Springs nahmen sich aber neben der bemerkenswerten Lehrerin noch weitere Personen des jungen, wißbegierigen Burschen an. Etwa die Familie John Müller, die, wie viele Einwohner Süd-Dakotas, aus Deutschland stammte. John Müller bereicherte mit seiner Frau das kulturelle Leben in Hot Springs und auch mich durch vielfältige Aktivitäten. John gründete die »Boys and Girls Band«, die an Sommerabenden Konzerte im Stadtpark gab. Johns Sohn, Charles, war der Lehrer der Band und unterrichtete an der Hot Springs High-School. Bald interessierte ich mich für den Unterricht auf irgendeinem Musikinstrument. Mein Onkel Herbert konnte seit seiner Soldatenzeit Trompete spielen, und es schien mir eine ganz gute Wahl, mich in dieser Kunst zu üben. Außerdem versprach er mir eine neue Trompete, sollte ich in meinen Bemühungen soweit fortschreiten, »Stars and Stripes« spielen sowie ein hohes C treffen zu können. Ich versuchte beides zu erreichen, eine Trompete aber bekam ich nicht. Damit ist auch meine Leistung hinreichend beschrieben. Meine Mutter kratzte daraufhin ihr letztes Geld zusammen und kaufte mir ein übertragenes Kornett. Wenn ich übte, setzte sie sich zu mir und zählte 1 – 2 – 3 – 4. Schon damals erwies ich mich als Dickkopf und bestand darauf, daß Charles Müller ganz anders zur Musik gezählt hätte. Mutter wiederum erklärte, daß Musik und geschriebene Noten so zu interpretieren wären, wie sie geschrieben sind. Natürlich hatte sie recht, und nicht zuletzt diese frühe Erfahrung half mir später, Respekt vor geschriebener Musik zu bewahren und Experimente mit Interpretationen in verantwortbaren Grenzen zu halten. Ich konnte nie besonders gut Trompete spielen, schaffte es aber immerhin weit genug, um in eine Kapelle aufgenommen zu werden.

Jess Thomas im Alter von zehn Jahren. (16)

In der Band meiner High-School bot sich die Chance, die Stelle des ersten Trompeters zu erhalten. Daß ich sie tatsächlich einnahm, war mehr oder weniger Zufall, denn mein guter Freund Dallas Donegon, der die erste Trompete spielte, verließ die Schule, um ein Lehrjahr bei der Navy zu absolvieren. Ich rückte nach. Die Leistungen des Musikprogramms der öffentlichen Schule in Hot Springs waren eigentlich beeindruckend, wobei all dies mehr oder weniger auf den Anstrengungen von John Müller basierte.

Noch während meiner Jahre an der Schule verließ Charles Müller Hot Springs, um selbst zur Navy zu gehen. Zwar wurde er durch einen guten Lehrer ersetzt, und ich blieb auch in der Band, doch begann ich mich mehr der vokalen Musik zuzuwenden. Die kleine verschlafene Stadt Oral hatte meine introvertierte Seite durchaus gefördert: Ich war Sammler, Leser und nicht selten Träumer. Wie alle Kinder entwickelte ich mich rasch weiter. Nach dieser Zeit folgte eine Periode, in der ich beachtlich wuchs, auch das zog Probleme nach sich. Mit 12 war ich voll ausgewachsen, dies hofften zumindest meine Eltern. Jedermann war besorgt über meine Größe, und gute Freunde, die wohl dachten, ich würde ein Riese werden, empfahlen meiner Mutter, mich von einem Arzt untersuchen zu lassen. Nach einer sorgfältigen Untersuchung beruhigte er meine Mutter: »Mrs. Thomas, ich kann Ihnen versichern, Jess ist ein ganz normaler 16jähriger Junge.« Meine Mutter antwortete verstört: »Richtig, Doktor, das ist das Problem, Jess ist erst 12.«

Die Hot Springs High School Band, 1944. Jess spielte Trompete. (17)

Nach dieser Wachstumsphase öffnete sich meine Schale, und ich war begierig auf alles, was da kommen sollte. Ich fand kaum Zeit, all die Dinge zu tun, die ich tun wollte, es gab nichts in diesen Tagen an der High-School, was ich nicht erleben wollte. Meine Mutter drohte einmal, mir einen Schlafsack mit zur Schule zu geben, weil ich ohnedies die meiste Zeit dort verbrachte. Ich hatte einen Job bei einer Greisslerei angenommen, um Geld für meine vielen Aktivitäten im College, in der Schulband, im Chor, einem Community-Orchester, Trompetenstunden und Fußballübungen zu verdienen. Dann gab es da natürlich auch Clubs: »Thespian Drama Club, Honor Society, Journalism Club« und andere, und zusätzlich kamen die Aufführungen mit dem Kirchenchor. Glücklicherweise ist mir ein rascher Stimmwechsel erspart geblieben. Statt dessen ging meine Stimme langsam und nahezu unbemerkbar von einem hohen Sopran in einen tieferen Bereich über. Als ich in den Kirchenchor eintreten wollte, sang ich Tenorsoli vor, man versicherte mir aber, daß ich ein Baß wäre, was dazu führte, daß ich dann im gemischten Kirchenchor auch als Baß mitwirkte. Die Leitung dieses Chors hatte auch einer meiner hilfreichen Beschützer: Joyce Case Wilson.

Welch einen Einfluß sollte Joyce auf mein Leben ausüben! Nicht nur, daß sie mich in den Chor aufnahm, sie überließ mir auch gelegentlich Solostellen und versuchte mich langsam, aber sicher davon zu überzeugen, daß ich eine Tenorstimme hätte. Letztendlich drängte sich mich, mit einem bekannten Tenor, der als Patient in Hot Springs in einem US-Veteranenheim war, zu üben: Charles Schmalz. Der war ein kleines Wunder. Klein, aber schwer, mit enormem Brustkorb und riesigem Kopf schaffte er es, Töne zu produzieren, die noch heute in meinen Ohren tönen. Er hatte eine wirklich schöne und kräftige Stimme. Wahrscheinlich hinderten ihn nur die Umstände, die ihn zu einem Krankenhausaufenthalt zwangen, daran, eine große Karriere zu machen. Ich habe mich oft gefragt, wo er später gesungen hat und was aus ihm geworden ist. Meine ersten Stunden bekam ich also von Charly. Sie waren nur ein Vorgeschmack, aber erweckten in mir den Wunsch nach weiterem Unterricht.

Um ehrlich zu sein, meine Erfahrungen aus der High-School gipfelten darin, daß ich viel versuchte, aber nur wenig beherrschte. Ich war ein guter Schüler und schloß mit Auszeichnung ab. Ich spielte passabel Trompete, kaum Violine, sang, wußte aber nicht wie, spielte schlecht Fußball und probierte sowieso alles. Meine Bemühungen waren ehrlich, ich war wie viele junge Menschen ein Suchender, doch unternahm ich nur gelegentlich wirklich konzentrierte Anstrengungen. Zu diesem Zeitpunkt wußte ich eben noch nicht, daß man sich im Leben auf wenige und realistische Ziele konzentrieren muß, um etwas zu erreichen.

Medizin und Musik?

Schon früh entschied ich mich für eine medizinische Laufbahn. Das kam nicht von ungefähr: Den Anstoß gaben meine Eltern und Lehrer, die mir die geeigneten Kurse der High-School empfahlen. Ich hatte auch zwei Freunde in der Ärzteschaft von Hot Springs, deren Leben mich beeindruckte. Dies führte dazu, daß ich meine Hilfe für untergeordnete Dienste in Klinik und Praxis anbot. Als sie meine Bemühungen erkannten, nahmen meine Freunde mich unter ihre Fittiche. Dr. Sidney Bailey und Dr. John

Butler machten sich die Mühe, mit mir über ihren Beruf zu sprechen und ließen mich sogar bei Operationen zusehen.

Dr. Butler operierte im Luther-Hospital in Hot Springs. Da ich sehr groß war und viel älter aussah, als ich tatsächlich war, gab mir Dr. John einen weißen Mantel und lud mich ein, im Operationssaal zuzusehen. Zuerst achtete er darauf, daß ich allen Hygieneregeln entsprach und warnte mich dann, daß sie mich, sollte ich ohnmächtig werden, liegenlassen müßten, bis die Operation beendet sei. Ich wurde aber nie ohnmächtig, war nur aufgeregt und manchmal unruhig. Mit 14 durfte ich bei einer Geburt dabei sein. Ich glaube seither, daß es eine gute Idee wäre, alle Teenager dazu anzuhalten, eine Geburt mitzuverfolgen. Mein Erlebnis fand in den vierziger Jahren statt, zu diesem Zeitpunkt gab es weder Fernsehaufnahmen noch Filme über das Wunder der Geburt. Solche Filme sind letztendlich nur eine entfernte Darstellung dieses gewaltigen Ereignisses und können das persönliche Miterleben einer Geburt nicht ersetzen. Wenn jedermann die Chance hätte, den Respekt vor dem Wunder einer Geburt zu erlernen, würden vielleicht die Abtreibungen als Folge von unvorsichtigem Sex im Teenageralter zurückgehen. Ich bewundere Dr. John, der es mir erlaubte dabeizusein und bin auch heute noch dankbar für die Einsichten und Erfahrungen, die mir dieses Erlebnis gebracht hat.

Dr. Bailey benötigte hingegen einen Helfer für sein Labor. Diesen fand er in mir als eifrigem Bewunderer der medizinischen Künste. Er hatte eine Privatklinik, die dem Spital der Katholischen Schwestern in Hot Springs angeschlossen war. Auch dort hatte ich Gelegenheit, einen weißen Mantel überzuziehen, und so raste ich zwischen Spital und Praxis hin und her, um Harn und Blutproben zu überbringen. Die Leute hielten mich in meiner Aufmachung für einen wirklichen Labortechniker, manche sogar für einen Arzt.

Dabei hatte ich aber noch einen Überwacher und Lehrer: Ruth Geyer war ein Original. Groß, mächtig, mit kurzem, gewelltem Haar und konservativer Kleidung wirkte sie mit ihrer guten englischen Aussprache wie ein strenger Professor. Sie war mein Lehrer und zugleich mein Vorgesetzter, der mit einer Zigarette im Mund Anordnungen für den kommenden Tag zu geben pflegte. Der Schein trog, denn in Wirklichkeit war sie ein Schatz, der meine Dummheiten immer entschuldigte und zu jedem Zeitpunkt meines Lernprozesses mit Hilfe und Erklärungen zur Stelle war. Zu guter Letzt war ich selbständig genug, um die einfachen Vorgänge eigenständig durchzuführen. Ruth hatte die Möglichkeit, ihre langersehnten Ferien endlich anzutreten. Dr. Sidney hatte darauf geachtet, daß ich ausreichende Erfahrungen und Kenntnisse hatte, um grundlegende Harnanalysen zu machen und selbst Blutabnahmen durchführen konnte. Auch Routineanalysen, wie das Zählen der roten und weißen Blutkörperchen, übernahm ich. Für mich war es ein aufregender Sommer, in dem ich die Möglichkeit hatte, in einem Gebiet selbständig zu arbeiten, das eines Tages mein Beruf werden sollte. Die Erfahrungen, die ich durch meine Arbeit mit Dr. John und Dr. Sidney gewann, verstärkten mein Verlangen, Medizin zu studieren, und bald stand fest: Ich wollte später unbedingt an die Universität. Bis dahin war es aber noch ein weiter Weg. Ich war erst fünfzehn und sollte vorerst weiter durch die Personen in meiner nächsten Umgebung geformt werden.

Man kann sich kaum eine Kleinstadt vorstellen, die mehr interessante Personen zu bieten hätte als Hot Springs damals. Neben Dr. John, Dr. Sidney und Joyce Wilson lebten in Hot Springs gut ausgebildete Leute, die sich noch dazu die Zeit nahmen, sich um mich zu kümmern. Ein weiteres dankenswertes Beispiel: Alice Glasgow, unsere Nachbarin. Da meine Mutter berufstätig war, war ich viele Stunden allein. Bald schloß ich mit »Tante Glasgow«, der Frau des Richters, Freundschaft. Besuche bei ihr glichen Stunden in einem Museum. Sie kam aus Chicago, war Geschäftsfrau und eine echte Vertreterin der frühen feministischen Bewegung. Sie war gebildet, vielgereist und strotzte vor Selbstvertrauen, das sie in ihrer intellektuellen Art auf mich zu übertragen versuchte. Jeden Tag nahm sie ein anderes Stück aus ihrem reichhaltigen Kuriositätenkabinett, das für mich verlockend wie eine Schatzkiste war. Ich hätte mir gewünscht, alles auf einmal kennenzulernen, doch Tante Alice wußte es besser. Sie lehrte mich die Liebe zum Detail. Jedes einzelne Stück, das sie als Anschauungsobjekt auswählte, wurde in einem Ritual hervorgekramt, und dann entwickelte sie die Geschichte der Rarität in langatmiger Detailliertheit. Jeder Tag brachte ein neues Wunder. Und dann gab es noch ihre Schallplattensammlung! Damit öffnete sie mir nicht nur die Augen und den Verstand, sondern vor allem die Ohren. Als ich ungefähr zehn war, legte sie mit großem Gehabe eines Tages die erste Caruso-Schallplatte auf das alte »Ediphon«, dessen seltsame Zylinder man natürlich nicht berühren durfte. Auntie erzählte mir, daß sie Caruso in Chicago und New York selbst gehört hatte und erzählte über die Opern, die er gesungen hatte, wer er war und was er für die Opernwelt bedeutete. Zu guter Letzt durfte ich die Stimme hören! Es war, wie jeder, der die alten Platten kennt, weiß, phantastisch: Trotz Kratzen, Störgeräuschen und einem nur dünnen Orchester kam die prachtvolle Stimme mit außerordentlicher Klarheit und Ausdruck durch. Er hatte einfach eine Idealstimme für Tonaufnahmen, um die man ihn auch heute noch beneiden kann. So war es eigentlich unvermeidlich, daß ich von Alice und ihren Schätzen in Bann gezogen wurde. Natürlich kann es sein, daß ich nur Gesellschaft für eine verlassene alte Frau war, aber ich habe das nicht so empfunden. Ich war so aufgeregt, daß ich oft über die vereinbarte Zeit bei ihr geblieben bin und Mutter mich holen mußte.

Damit ist die Liste meiner frühen Frauenbekanntschaften noch lange nicht erschöpft. Quer über die Straße unseres gemieteten Hauses wohnte noch eine meiner Freundinnen: Mamie Silkenson. Sie lebte allein in einem alten viktorianischen Haus, mit einer Veranda auf drei Seiten und einem Garten im alten Stil. Mamie war eine alte, große Frau mit stattlicher Figur. Viele Leute fanden sie eher unfreundlich und reserviert. So war sie aber nicht zu mir. Nach einem freundlichen Lächeln lud sie mich in ihr Haus und damit in ihr Leben ein. Sie kam aus South Carolina, erzählte Geschichten aus dem Leben im Süden und erschloß mit diesen Geschichten eine weitere Welt für mich. Eines Tages öffnete sie dann eine große Schiebetür in ihrem Wohnzimmer, das selten benutzt wurde, und zeigte mir eines ihrer Wunder: Das Empfangs- und Repräsentationszimmer. Über dem großen Klavier lag eine reichverzierte Decke mit langen Quasten, die denen der schweren Samtvorhänge glichen. Der ganze Raum war beeindruckend pompös eingerichtet. Er hatte dunkle Tapeten, Kristallüster und schwere gepolsterte Sessel, woraus sich eine dunkle, jedoch elegante Atmosphäre ergab. Dann waren da noch die Bücher. So viele Bücher und alle ordentlich in Glasschränken geordnet. Viele waren in Leder gebunden. Es war eine geistige Goldmine. Als sie sah, daß ich gerne las, bedauerte sie, keine Kinderbücher zu haben, was mich zu der Feststellung veranlaßte, daß ich alles lesen würde. Ich bat sie, mir eines ihrer Lieblingsbücher zu empfehlen. Mamie weckte daraufhin mein Interesse für Kriminalgeschichten. Ordentlich in rotes Leder gebunden, gab es da eine vollständige Sammlung der Sherlock-Holmes-Geschichten. Sie gab mir den ersten Band, den ich bald darauf zurückbrachte, um weitere zu holen. Trotz allem war sie skeptisch, ob ich die Bücher auch verstand. Ich nahm mir daher die Mühe und besprach die Geschichten mit ihr im Detail.

Durch Zufall, oder weil es das Glück so wollte, hatten die beiden Damen, Mamie wie auch Auntie, das Talent, gut zu kochen. Mein unersättliches Verlangen richtete sich nicht nur auf geistige, sondern auch auf körperliche Nahrung, und es war mir daher ganz und gar nicht unangenehm, auch mit Kuchen und anderen Leckereien verwöhnt zu werden.

Natürlich hatte ich aber auch alle möglichen Pflichten zu Hause. So pendelte ich also zwischen drei Häusern hin und her, arbeitete, lernte und aß. Da blieb mir nicht viel freie Zeit; die wenige aber verbrachte ich mit Besuchen bei meinen Freunden und vor allem mit Ausflügen zu Evans Plunge. Evans Plunge, eine Art Hallenbad, ist so einzigartig, daß man es kaum beschreiben kann. Es wurde 1890 errichtet, zu einer Zeit, in der Hot Springs ein beliebter Kurort war, zu dem Touristen in Sonderzügen sogar aus Chicago kamen. Das Hallenbad ist schon in seinen Dimensionen beeindruckend; fast einen Häuserblock lang und etwa 25 Meter breit. Es ist überdacht und das ganze Jahr, selbst während des kalten Winters von Süd-Dakota, benutzbar. Eine warme Quelle fließt von einer Seite in das Hallenbad, das auch von warmen Quellen aus dem Naturboden des Bassins versorgt wird. Daraus ergibt sich eine jahrein, jahraus konstante Temperatur von über 33 Grad Celsius. Bei dieser Temperatur kann man getrost die Augen schließen; wenn man in das Wasser geht, wird man keinen Unterschied zur Umgebung spüren. Die Quellen geben 20000 Liter Wasser pro Minute, das ergibt einen derart raschen Wasserwechsel, daß sich jede Desinfektion durch Chlor erübrigt. Ein Kinderplanschbecken liegt an einem Ende des Hauptbeckens, es gibt eine lange große Wasserrutsche, Sprungbretter und Türme, Ringe und ein langes »Tarzanseil« mit einem eingefädelten Ring. Evans Plunge war für Kinder phantastisch. Mit dem Geld, das ich durch Arbeiten in den umliegenden Gärten verdiente, konnte ich mir eine Saisonkarte leisten und verbrachte daher soviel meiner spärlichen Freizeit wie nur möglich im Bad. War man zu lange im Wasser, wurde die Haut weich, und man kam einer eingeschrumpften Pflaume gleich wieder heraus.

In dieser fruchtbaren Umgebung entwickelte sich langsam meine Liebe zur Musik zur Begierde. Dabei hatte ich kaum Unterstützung von meinen Eltern. Sie waren an Tanzmusik, Folklore und Marschmusik, aber keineswegs an klassischer Musik interessiert. Eigentlich konnten sie, wie viele Leute, Opern nicht leiden und waren auch so ehrlich, das zu sagen. Ich hatte in der Schule die ersten intensiveren Kontakte zur klassischen Musik. Ich hörte Auszüge aus Werken von Wagner, Bach und Suppé. Mein Repertoire wurde auch durch Rundfunkübertragungen erweitert, denen ich aber nur lauschen konnte, wenn ich zu Hause war. Als ich zu arbeiten begann, kaufte ich meine erste klassische Schallplatte: Eine 78 RPM Victor Red Seal Classic mit Wagners »Feuerzauber« – wie prophetisch. Der Haken an der Sache bestand darin, daß wir keinen Plattenspieler hatten. Daher mußte ich die in meiner überschwenglichen Begeisterung gekaufte Schallplatte bei Freunden hören. So war ich mit meiner Platte zu allen Freunden unterwegs, von denen ich glaubte, daß sie einen Plattenspieler zur Verfügung hätten, um mein geliebtes Stück zu hören. Die »Texaco Metropolitan Opera«-Übertragungen wurden die Höhepunkte in meinem damaligen Leben. Allein zu Hause, konnte ich das Radio auf volle Lautstärke drehen und hören, hören, hören. Unglückseligerweise waren meine Eltern aber oft gerade zu den Zeiten zu Hause, zu denen diese Opernübertragungen gesendet wurden. Deshalb gab ich vor, in der Garage zu arbeiten. Ich legte mich dann auf die vordere Sitzbank unseres Autos, drehte das Autoradio so leise es nur ging und hörte der Übertragung aus der geliebten Metropolitan Opera zu. Natürlich war ich vorsichtig genug, das Radio abzudrehen, wenn ich jemanden kommen hörte. Meinem Vater blieb das Geheimnis unentdeckt, er wunderte sich nur darüber, daß unsere Autobatterie immer ausgerechnet über das Wochenende leer wurde. Durch die Opernübertragungen gewann ich persönlich eine Menge! Eine phantastische Einrichtung, die es Menschen auf dem Land ermöglicht, mit Opern, Opernhäusern und Stars vertraut zu werden.

Die »Bell Telephone Hour« und die »Firestone Hour«, ebenfalls populäre Radioprogramme mit klassischem Musikinhalt, waren gleichermaßen meine Lieblingsprogramme. In dieser Zeit, gerade elf geworden, nahm ich mir für mein Leben drei wichtige Ziele vor. Ich wollte meinen Namen durch Milton Cross von der Bühne der Metropolitan Opera herab angesagt hören, im Programm der Firestone Hour mitwirken und einen Schmuckring besitzen, einen wie Dr. John, mit einem glitzernden Kreuz von drei einkarätigen Diamanten. Viele meiner Träume, die ich schon als Kind verfolgt habe, haben sich natürlich nicht erfüllt, aber die Erfüllung dieser drei kindlichen Wünsche hat mir mein Leben später gewährt.

Die Übertragungen von der Metropolitan Opera und da wiederum im besondern die von Wagner-Aufführungen, erweckten in mir die wildesten Phantasien. Ich las über Opern, hörte genau zu, und ich versuchte auch, selbst zu agieren.

Da mein Vater häufig im Elektrizitätswerk von Hot Springs die Nachtschicht bis acht Uhr früh hatte, blieb mir Zeit, an das heimische Klavier zu kommen. Kam ich von der Schule nach Hause, überprüfte ich sofort, ob mein Vater schlief oder ob er zur Arbeit war. Eines Tages war sein Zimmer wie oft leer: Meine Stunde war gekommen. Ausgerüstet mit einigen Stoffbahnen als Cape, schlich ich zum Klavier und begleitete mich selbst in den wildesten Opernarien, allen, die ich auswendig singen oder spielen konnte. Die Szene war gespenstisch, ich sang und spielte, begleitet von wilder Gestik, mit Höhepunkten, an denen ich das Klavier verließ und mit ausgestreckten Armen, einen hohen Ton laut anhaltend, im Zimmer herumlief. Die große Überraschung kam genau am Höhepunkt einer meiner Ausbrüche: Mein Vater stand mit verschlafenen Augen in der Tür und schrie: »Um Gottes willen, was geht hier vor?« Es war ein heißer Tag, und Vater hatte einen kühlen Schlafplatz im Kellergeschoß gesucht. Ich stand wie ein Idiot im Zimmer und fühlte mich auch so. Natürlich tat es mir leid, ihn aufgeweckt zu haben, aber zu spät. Für uns beide wäre es die einfachste Lösung gewesen, nach der ersten Überraschung in befreiendes Gelächter auszubrechen. Der Ärger meines Vaters und meine Angst verhinderten diese Lösung allerdings; die Situation war typisch für unsere Beziehung. Seit diesem Zeitpunkt durchsuchte ich das Haus immer sorgfältig, bevor ich eine Vorstellung gab. Auch später zeigten sich sowohl meine Angst wie auch Vaters Ärger, wurde der Vorfall auch nur erwähnt. Ich begriff, daß Musik ein Traum war, den ich mit meinen Eltern nicht teilen konnte.

Sowohl Vater als auch Mutter waren froh, als ich den Entschluß faßte, zur High-School, die der Oberstufe der europäischen Mittelschule entspricht, zu gehen. Keines unserer Familienmitglieder hatte je diesen Bildungsweg beschritten. Niemand hatte mich bestärkt oder abgehalten, eine bestimmte Ausbildung zu machen. Ich hätte sie wahrscheinlich auch leicht davon überzeugen können, daß ich Musik studieren wollte. Beide standen meinen Plänen, Medizin zu studieren, ehrlich und klugerweise skeptisch gegenüber. Vor allem gab es für solche Pläne kein Geld, und es galt, die lange Studienzeit zu überstehen. Meine Mutter war wie immer hilfreich und unterstützte meinen Wunsch, in die Mittelschule einzutreten. Trotz allem war das generelle Gefühl vorhanden, daß ich schlicht und einfach eine unmögliche Aufgabe anstrebte.

Meine Mutter wurde später oft gefragt, was sie unternahm, um mich für die Oper zu interessieren und aus mir einen Opernsänger und Star zu machen. Sie gab stets die gleiche Antwort, nämlich daß sie keinen Einfluß auf meinen Werdegang gehabt hätte. Sie lehnte auch jeden Dank im Zusammenhang mit meinem Erfolg ab. Das stimmt natürlich nicht ganz; sie wußte genau, daß sie mir mehr geholfen hat, als sie je zugab, wenn auch auf andere Art und Weise. Meine Karriere jedoch kam sicher auch für sie überraschend, nicht jedoch mein Drang, aus der Kleinstadtatmosphäre auszubrechen und großen Zielen nachzugehen. Sie hat oft gesagt, ich sei die einzige Person, von der sie weiß, daß sie in »Technicolor« träumt. Aber auch ich wurde durch meine Karriere ebenso überrascht. Schließlich waren viele großartige Ereignisse meines Lebens noch wesentlich aufregender als alles, was ich in meinen kühnsten Technicolorträumen je erträumt hatte. Zu diesem Zeitpunkt war es nicht einmal leicht zu träumen. Man muß sich nur den kleinen dicken Dorfjungen vorstellen, der in einfacher Kleidung herumlief und seine Zeit damit verbrachte, unrealistische Dinge zu träumen, die Farben des Regenbogens einzusammeln und die Wirklichkeit zu ignorieren. Dieser Schutzmechanismus, die Verdrängung, aber war notwendig, denn die Umwelt war grau und trostlos.

Im Alter von 13 begann ich zu arbeiten. Mein erster Lohn betrug 15 Cent pro Stunde, ich arbeitete im HI-LO-Supermarkt. Es war öd und langweilig und gleichermaßen anstrengend, Waren aufzuladen, abzuladen, einzuräumen, zu verkaufen und zuzustellen. Ich war damals eben erst dreizehn, sah aber erwachsen aus, und jedermann erwartete von mir die Leistung eines Erwachsenen. Sehr oft war ich abends mehr als erschlagen und zu müde für die Aktivitäten Gleichaltriger, wie Fußball und Tanz. Aber ich ging fleißig daran, Geld für das College zu sparen. Die Arbeit brachte auch unschätzbare Erfahrung, schaffte Kontakte durch den Umgang mit Personen und brachte mir die frühe Selbständigkeit im Arbeitsleben. Alle meine Aufnahmegesuche an verschiedene Colleges wurden innerhalb kürzester Zeit beantwortet. Wie zu erwarten war, reagierten jene mit Sportabteilungen zuerst. Vermutlich resultierte dieses Interesse aus meiner Größe, 191 cm, und meinem Gewicht von 110 kg. Verschiedene Universitäten boten mir Stipendien für Fußball an. Immerhin war der Zweite Weltkrieg noch im Gang, und es gab nicht viele Sechzehnjährige meiner Größe auf den Colleges. Gemessen an meinen Fußballkünsten waren diese Angebote äußerst schmeichelhaft, ich wollte jedoch davon nichts wissen. Ich war mir sicher, daß ich keine besondere athletische Begabung und noch weniger Interesse daran hatte. Zu guter Letzt war es auch mein erklärter Wunsch, in einen Vorbereitungskurs für das Medizinstudium aufgenommen zu werden, und ich war auch bereit, meine Freizeitaktivitäten stark einzuschränken.

Die Grundschule und damit die achte Schulstufe in Hot Springs schloß ich im Mai 1944 mit Auszeichnung ab. Besondere Benotung erhielt ich in Musik und Wissenschaft. Wesentlich praktischer als die Auszeichnung war da schon das Stipendium für die Universität von Süd-Dakota. Ich war allerdings der Meinung, daß die Universität von Nebraska mehr zu bieten hatte. Obwohl das Schulgeld in Nebraska hoch war und zusätzlich noch mit den Ausgaben für den Lebensunterhalt zu rechnen war, wollte ich meinen Horizont erweitern und weiter weg. Für mich, der niemals außerhalb von Süd-Dakota gewesen war, erschien Lincoln in Nebraska wie eine Metropole; ein Studienplatz dort war mein höchstes Ziel, das ich auch tatsächlich erreichen konnte. Nach der Aufnahmeprüfung wurde ich in den gewünschten Vorbereitungskurs für das Medizinstudium aufgenommen. Damit sollte sich mein Leben grundlegend ändern.

In jedem Leben gibt es Momente, in denen man sich bewußt wird, an einem Wendepunkt zu stehen. So ein Moment war für mich gekommen. Ich war dabei, von zu Hause fortzugehen, frei und unabhängig zu sein und mein eigenes Leben zu leben. Ich war ein Vogel, der nun in einem sehr jugendlichen Alter aus dem Nest ausgeflogen war. Dieser Augenblick bietet die Chance, die eigenen Werte und Eigenschaften zu erkennen und zu sehen, aus welchem Holz man geschnitzt ist.

Die Zeit an der Universität

Die Überschrift dieses Kapitels lautet: »Plain Beginnings«, dies kommt nicht von ungefähr. Die großen »Plains« Süd-Dakotas sind ein Teil unseres Landes, flache Steppen, oft unwirtlich und offen. In gewisser Art und Weise war meine Herkunft »plain«, ein armer Kerl aus einfachen Verhältnissen, der sich allerdings niemals arm oder einfach fühlte. Die Übersiedlung nach Nebraska war der erste Schritt in eine bessere Welt. Es war für mich ein Neubeginn, und ich war begierig darauf, mein eigenes Leben zu gestalten, wenn notwendig zu leiden, aber daraus zu lernen, Erfahrung zu gewinnen und etwas zu schaffen.

Lincoln in Nebraska war 1944 eine verschlafene, konservative Stadt mit etwa 100000 Einwohnern. Die Universität hatte ungefähr 7000 Studenten. In dieser Stadt des Mittelwestens waren auch die »Blue Laws«, die die Einhaltung strenger moralischer Grundsätze regeln sollten, noch nicht aufgehoben worden. Alles in allem war es dort sicherlich für viele zu langweilig, für mich war es aber wie im Himmel. Das Landkind hatte genug Geld gespart, um einen dezenten Anzug und einen flotteren aus Tweedstoff zu kaufen, beide selbstverständlich aus dem Versandkatalog von Sears and Roebuck.

Jedermann, der ein College besucht hat, in Schülerheimen oder Studentenquartieren gewohnt hat, wird die Erfahrungen kennen, die mir in meinem Leben in Nebraska bevorstanden. Ich hatte viel zu lernen, wobei das meiste nicht in Büchern stand. Bezüglich gesellschaftlicher Kontakte war ich völlig unerfahren, »green«. Ich wußte aber, ich hatte in ein paar wenigen Dingen Übung. Ich liebte Musik, wußte, wie man arbeitet und Geld verdient. Das war natürlich eine Basis.

Im ersten Jahr versuchte ich meine ganze Aufmerksamkeit dem eigentlichen Ziel, dem Studium, zuzuwenden. Der Vorbereitungskurs für Medizin erwies sich als ungemein schwierig und zeitraubend in bezug auf meine anderen Aktivitäten wie Arbeit und Chor.

Während dieses Probejahres entging ich denn auch nur knapp einem Hinauswurf. Ich war schlicht und einfach mit der Übermacht der neuen Aufgaben überfordert. In so einer Situation gibt es auch sehr viele Umstände, die man selbst kaum beeinflussen kann. In meinem Fall hatte ich mich durch Arbeit selbst zu ernähren und häufig oft fünf Jobs gleichzeitig zu bewältigen. All diese Tätigkeiten mußte ich zusätzlich mit der Schule unter einen Hut bringen. In meinem jugendlichen Überschwang verkaufte ich oft mein Blut, um das Einkommen aufzubessern.

Dreimal wurde ich zur Militäruntersuchung bestellt und dreimal abgelehnt. Das schmerzte, denn ich wäre gerne dem V12-Programm der Navy beigetreten, ein Programm, in dem man als Mitglied der Navy sein Studium beenden kann. Meine schlechte Sehkraft stellte aber ein unüberwindliches Hindernis dar, obwohl ich sehr gerne einige Zeit beim Militär gegen einen besseren finanziellen Status während des Studiums eingetauscht hätte.

Im zweiten Jahr am College führten meine Arbeiten und Unterbrechungen des Studiums zu einem Notendurchschnitt, der dem eines erfolgreichen Medizinvorbereitungskurses nicht mehr entsprach. Der Druck, der auf meinen Schultern lag, vergrößerte sich. Noch dazu wurde mein Vater schwer krank, so daß ich im Juni 1946 aus dem College austrat, nach Hause zurückkehrte und einen Job annahm, um mit Geld aushelfen zu können. Ich hoffte, genug zu verdienen, um im nächsten Jahr wieder ins College zurückkehren zu können. Bei der Suche nach einem Job hatte ich Glück. In unserem Landgebiet gab es zu wenig Lehrer, so daß ich als 18jähriger, der immerhin zwei Jahre College hinter sich hatte, als Hilfslehrer aufgenommen wurde und eine Position in der Landschule bekam. Ich unterrichtete in Delrichs, Süd-Dakota, einer kleinen Stadt, 17 km von Hot Springs entfernt. Das war erst eine Erfahrung! Ich lehrte Schreiben und Englisch in allen vier Schulstufen der Grundschule, überwachte den Chor und unterrichtete Instrumentalmusik in allen 12 Schulstufen. Die Bibliothek und die Zeitung der Schule sowie das Jahrbuch fielen ebenfalls in mein Ressort – mit 18 hat man noch Ambitionen.

Die Pause in meiner Schulzeit tat mir gut. Ich erledigte mein Arbeitspensum besser als meine vielen Unternehmungen am College und lernte auch, meine Zeit besser einzuteilen. Die Sterne standen günstig. Mein Vater erholte sich nach einer Reihe von Operationen, und ich konnte nach Nebraska zurückkehren und mein Studium fortsetzen. Ich hatte einen vielversprechenden Beginn, vieles gelang plötzlich, und meine Begeisterung wurde nur durch die Scheidung meiner Eltern getrübt.

Mein Leben am College wurde geordnet, ich verwendete mehr Zeit für meine eigentliche Aufgabe, lernte fleißig und bekam nun auch bessere Noten. Ich war besessen, die richtigen Kurse zu besuchen und pendelte zwischen den gewählten Hauptfächern hin und her: Psychologie, Chemie, Zoologie und Englisch. Was kann man eigentlich sonst noch in zwei Jahren der Konzentration in einem Vorbereitungskurs beginnen? Man kann natürlich arbeiten!

Wenn mich meine Arbeit während der Collegezeit schon nicht reich machte, brachte sie mir doch reichhaltige Erfahrungen in vielen Bereichen. Ich betätigte mich wirklich in vielen Berufen und erwies mich als »Hansdampf« in allen Gassen. Um nur einige meiner Jobs zu nennen: Tellerträger im Speisesaal eines Heims für Studentinnen (besonders interessant), Kassierer im örtlichen Restaurant, Helfer im Tresorraum einer großen Bank, Kassierer der Studentenunion, Verkäufer im Sears and Roebuck-Kaufhaus, Bauarbeiter mit Erfahrung an Gesteinzerkleinerungsmaschinen und Dynamit, Helfer in einer Greisslerei, Assistent in einem Spitalslaboratorium, Sprecher für die lokale Handelskammer sowie Solist in einer Tanzkapelle. Natürlich hatte ich oft mehrere der erlesenen Jobs gleichzeitig inne. Es war wirklich sehr lehrreich, in einem so weiten

Arbeitsgebiet Betätigung zu finden. Nach jedem übernommenen Job hakte ich diesen mit der Versicherung ab, wieder einen Job gefunden zu haben, den ich nicht mein ganzes Leben lang ausüben mochte.

Wenn man in dieser Aufzählung eine bestimmte Sache sucht, etwas ist noch nicht vorgekommen: Musik. Aber auch während der Collegejahre verfolgte ich meine musikalischen Interessen. Ich war Mitglied im Chor der St. Pauls Methodist Church, bei den University Singers und wurde dann Leiter des Chors der Schulbrüder. Weiter sang ich als Solist in verschiedenen MESSIAS-Aufführungen und auch im Chor einer Oper, bei Hochzeiten und verschiedenen anderen gesellschaftlichen Anlässen. Natürlich war ich noch weit davon entfernt, die Entscheidung zu treffen, Sänger zu werden, doch schien sich der rote Faden der Musik weiter kontinuierlich durch mein Leben zu ziehen, und er schien stärker zu werden. Vorerst hatte ich aber das College abzuschließen, und das fiel mir auf einmal nicht mehr schwer.

Meinen ersten Studienabschluß machte ich in Nebraska, im Juni 1949 mit meinem B. A. (Bachelor of Art)-Diplom. Die Studienzeit war für mich eine Zeit des Lernens und der Kontakte mit Personen, die mein späteres Leben beeinflußt haben. Einer ganz besonders: John Rosborough, ein fabelhafter Mann. Ich lernte ihn in dem von ihm geleiteten Lincoln Cathedral-Chor kennen und später verehren.

Sein kurioser Lebenstraum bestand darin, in Lincoln eine Kathedrale zu bauen, in der jede Art von Gottesverehrung, für alle Religionen gleichermaßen, musikalisch dargebracht wird. Er entwarf ein Gegenstück zur großen Lincoln-Kathedrale in Lincoln, England, und ließ auch Pläne für sein Traumgebäude zeichnen, das einen großen Raum für die Aufführungen religiöser Musik und ein unteres Stockwerk enthielt, in dem Räume für die verschiedensten Glaubensrichtungen reserviert waren, um individuelle Riten zu ermöglichen. Er brauchte jeweils ein ganzes Jahr Vorbereitungszeit mit dem Cathedral Chor für eine einzige Vorstellung, die Geld für die Erbauung seiner Kathedrale einbringen sollte. Viele Studenten, aber auch andere Personen aus Lincoln besuchten diese Proben, und jedermann konnte sich dabei von dem außergewöhnlich hohen Standard der Musikaufführungen überzeugen. Dieser Chor wurde tatsächlich berühmt, er wurde nach Chicago eingeladen, um an einer der ersten Fernsehübertragungen der großen amerikanischen Fernsehstation NBC teilzunehmen. Er sang auch auf den Stufen des Waldorf Astoria Hotels in New York Weihnachtslieder, was in den USA eine außerordentliche Ehre ist.

John Rosborough wirkte auf alle, die ihn kannten, inspirierend, und er nahm sich immer Zeit, um sich mit jedem seiner Choristen zu unterhalten. Er war ein Berater und echter Freund. John war besonders für mich eine große Hilfe, er hielt mich immer wieder dazu an, mehr zu arbeiten, größere Ziele anzustreben und bot Rat und Hilfe, hatte ich schulische oder familiäre Probleme. Er ging in seiner Freundschaft sogar soweit, mich in seine private Klause in Estes Park, Colorado, einzuladen. Diese Einladung nahm ich im Sommer gerne an und stattete ihm und seiner Frau einige Besuche ab. John und seine Frau Annie hatten in Estes Gebäude gebaut, die alle mit Namen versehen wurden. Es mag mit einer »Little Cabin« begonnen haben, wurde aber dann zu einem großen rustikalen Haus mit einem steinernen Feuerplatz ausgebaut. Little Cabin war auch von anderen Gebäuden umgeben. Eines davon hieß »Roseden«, ein wunderbares kleines Häuschen, voll ausgestattet, um sogar Gästen im Winter Unterschlupf zu gewähren.

Hier wurden oft Hochzeitsreisende, ehemalige Chormitglieder, untergebracht. Dann gab es noch »Mountain Hall«, ein rustikaler, aber doch eleganter Konzertsaal für etwa 200 Personen mit zwei großen Flügeln und angeschlossenen Wohnräumen. John lud häufig berühmte Musiker ein und war besonders glücklich, die bekannten Pianisten Joseph Levine und seine Frau zu kennen. Er war schon über 70 Jahre alt, als ich erstmals versuchte, mit ihm auf Long's Peak, einen nahegelegenen Berg zu wandern. Obwohl ich in den schwarzen Bergen von Süd-Dakota aufgewachsen bin, erkannte ich bald, daß ich von John, selbst was das Klettern betraf, noch einiges lernen konnte.

An der Universität von Nebraska hatte ich aber noch mehr Freunde. Als ich viele Jahre später in der »Tonight Show« des bekannten Johnny Carson zu Gast war, erwähnte dieser, daß wir beide zur gleichen Zeit an der Universität von Nebraska studiert hätten. Im gleichen Atemzug sagte er aber: »Du mußt verstehen, ich erinnere mich nicht mehr an dich.« Die ehrliche Antwort blieb ihm nicht erspart: »Ich verstehe, Johnny, aber ich erinnnere mich an dich genausowenig.« Es stellte sich heraus, daß er nur zwei Häuser von meiner Studentenwohngemeinschaft entfernt gewohnt hatte.

Natürlich ist es kein besonderes Gefühl, einen Hochschulabschluß gemacht zu haben, der zwar ein Diplom, aber noch immer keinen echten Job beschert; ein sicherlich ewig aktuelles Thema. Ich hatte mein Diplom in Psychologie, aber was sollte ich tun? Es war so, wie es war, nicht allzuviel wert. Also kehrte ich nach Hot Springs zurück und versuchte vorsichtig, meine nächsten Schritte zu planen. Kurz nachdem ich angekommen war, starb meine Großmutter, und ein großes Familientreffen folgte. Bei dieser Gelegenheit traf ich auch zwei Cousinen aus Kalifornien wieder. Sie brachten mich durch ihre bunten Schilderungen rasch auf den Gedanken, selbst nach Kalifornien zu reisen. Kaum hatte ich meine Gedanken ausgesprochen, luden sie mich schon ein.

Diese Chance ließ ich mir nicht entgehen. Mary und Rex Palmer gebührt mein Dank; sie ermunterten mich, nach Kalifornien mitzureisen, und sie ließen mich bei ihnen in Baldwin Park, einer Vorstadt von Los Angeles, wohnen. Als ich in Kalifornien ankam wußte ich, ich war endlich zu Hause. Die schöne Landschaft, der Ozean, das Klima, all das erwies sich als Paradies für einen, der aus den Staaten des Mittleren Westens kam. Das großzügige Lebensgefühl dort sprach mich einfach an, und es hat bis heute seine Wirkung nicht verfehlt. Allerdings sollte noch eine lange Zeit vergehen, bis dieses Land meine wirkliche Heimat wurde.

Verwandte meiner Cousinen wollten ihr Haus renovieren, und ich verbrachte einen Sommer mit Streichen und Reparieren. Natürlich streckte ich auch meine Fühler aus und versuchte, aufgrund meiner früheren Erfahrung als Lehrer unterzukommen. Die Tatsache, daß ich keine gültige Lehrbefugnis hatte, schränkte die Angebote allerdings auf jene Stellen ein, die aus irgendwelchen Umständen auch provisorische Lehrer einstellten. Ausgenommen Posten für die untersten Schulstufen in entlegenen Gebieten, konnte ich daher in Kalifornien keine Stelle als Lehrer finden. Die Hot Springs High-School, so wurde mir aus der Heimat berichtet, würde mich gerne als provisorischen Lehrer engagieren. Aber ich wollte nicht zurück. Ein Freund wiederum hatte einen Verwandten in Oregon, der Direktor des Hermiston-Union-Schulbezirks war. Nachdem ich meine Bewerbung direkt an ihn gesandt hatte, erhielt ich sofort die Nachricht, daß man mir die Stelle des Schulpsychologen in Hermiston anbot. Sofort reiste ich nach Oregon. Nachdem ich in Hermiston eingetroffen war, erfuhr ich, daß er meine Bewerbung mit der eines anderen Thomas verwechselt hatte. Er war aber freundlich genug, mich nicht wieder zurückzuschicken.

Ich verließ also Kalifornien mit der Gewißheit, eine vielversprechende Position in Oregon zu bekommen. Und wie stilvoll ich Kalifornien verlassen konnte! Freunde aus Süd-Dakota hatten einen Jeep für ihren Enkel gekauft und mich gebeten, diesen in Kalifornien abzuholen und für sie nach Hause zu bringen. Natürlich war das ein Vergnügen. Ich holte den Jeep und absolvierte eine Abenteuerreise heim nach Süd-Dakota. Dort packte ich gleich wieder und fuhr nach Oregon, diesmal allerdings mit dem Zug.

Hermiston in Oregon liegt am Columbia River und ist von sandiger Prärie und Flachland umgeben. Drei Jahre sollte ich nun in Hermiston, in der Stelle im öffentlichen Schulbetrieb, verbringen. »Fez« Larvie, der Schuldirektor, fand bald heraus, daß meine Ausbildung ganz und gar nicht der entsprach, die er erwartete und die letztendlich auch auf der ursprünglich verwechselten Bewerbung angegeben war. Er wandte sich mit einer gottergebenen Geste zu mir, lachte und meinte, daß ich das schnellstens in Ordnung bringen müßte. Er gab mir eine Chance. Sofort nahm ich die fehlenden Kurse in Angriff, um meine Ausbildung auf den richtigen Stand zu bringen. Bis dahin erfand »Fez« für mich alle möglichen Ausreden. Hermiston war eine kleine Gemeinde, und ich war rasch ein sehr aktiver Teil von ihr. Zusätzlich zu meiner Berater- und Lehrtätigkeit an der Schule wurde ich eingeladen, den Methodist Church-Chor zu leiten und am Community Recreational Department-Projekt mitzuarbeiten. Weiter arbeitete ich für das Gericht und hatte bisweilen mehr als 10 junge Leute als Bewährungshelfer zu betreuen. Auch auf dem Gebiet der Musik betätigte ich mich und gab zusätzlich zu Auftritten mit dem Kirchenchor Klavier- und Gesangsstunden. Das war gewagt. Immerhin hatte ich selbst keinen Unterricht in diesen Disziplinen erhalten.

Mein Privatleben in Hermiston wurde dadurch sehr bereichert, daß ich als stadtbekannter Junggeselle gern zu Parties eingeladen wurde. Auf einer dieser Parties traf ich auch eine aufregende, schöne junge Kollegin, mit der ich gerne tanzte, reiten ging und später manchmal zu Opernaufführungen nach Portland reiste. Wir mochten einander sehr gerne, hatten aber deutlich unterschiedliche Lebensziele vor Augen. Während mich die Idee nicht losließ, professionellen Gesangsunterricht zu nehmen, war sie wiederum darauf versessen, sich häuslich niederzulassen.

Aber auch sie liebte die Musik, und so unternahmen wir gemeinsame Ausflüge, um Opernaufführungen zu besuchen. Oft mußten wir nach aufregenden Erlebnissen in der Oper die ganze Nacht im Auto sitzen, um rechtzeitig, aber verschlafen in der Schule zu erscheinen.

Ich hatte immer eine besondere Liebe zu den Studenten, und da ich im Prinzip ohne Anhang war, konnte ich die unzähligen Stunden aufbringen, die notwendig sind, um den Beruf eines Schulpsychologen ernsthaft auszuüben. Mehr als einmal wurde ich spätnachts von einem meiner Schützlinge, der in Probleme geraten war, geweckt. Einer schaffte es sogar, mit seinem Pferd auszureißen und in den Nachbarbundesstaat zu reiten. Die dortigen Behörden verständigten mich, und ich mußte ihn samt Pferd abholen, um zu verhindern, daß diese Aktion aktenkundig und seine Bewährungszeit verlängert wurde. Das Schicksal von vielen dieser jungen Leute berührte mich; viele erzählten Geschichten über Mißhandlung und Vernachlässigung, die mich durch mein ganzes Leben verfolgen. Sie berührten mein Leben genauso wie meines das ihre. Meine Schützlinge schätzten vor allem die Tatsache, einen Vertrauten zu haben, der in ihrem Alter war. Bald war mir klar, daß man, war man nicht bereit, Zeit und Anteilnahme in jeden individuellen Fall zu investieren, sich besser aus dem Leben von anderen Leuten heraushalten sollte. Investiert man hingegen als Psychologe zuviel, läuft man Gefahr, den Kontakt zum eigenen Leben und zur Realität zu verlieren und damit auch uneffektiv zu arbeiten.

Ich lernte aber nicht nur als Psychologe, sondern versuchte mich auch musikalisch weiter zu entwickeln. Ich reiste sogar zur Washington State-Universität, um Gesangsstunden zu nehmen. Die Reise war aber zu lang, um sie mit meinen sonstigen Verpflichtungen vereinen zu können. In Portland sang ich einem Gesangslehrer vor, der mich durchaus ermutigte, ernsthaft zu studieren. Das gab mir wieder Auftrieb. Ich wußte, daß es Zeit war weiterzukommen und Hermiston nach drei Jahren zu verlassen.

Auch Psychologie wollte ich weiterstudieren, um einen besseren Abschluß zu erreichen. Außerdem zog es mich wieder nach Kalifornien. Ich hatte dabei die Leland Stanford Jr.-Universität in Palo Alto im Auge, die ich während einer Reise in das Gebiet der San Francisco Bay im Jahre 1949 gesehen hatte. Schließlich gab es da auch die Oper in San Francisco!

Entscheidungen

Während meines ganzen Lebens ging ich regelmäßig zur Kirche. Entweder war ich sonntags oder ohnedies an jedem Schultag mit dem Chor der Presbytherian-Kirche im Gotteshaus. Sowohl im College als auch in Oregon hatte ich auch viele andere Religionen kennengelernt. Ich beschäftigte mich mit anderen protestantischen Richtungen, besuchte viele Gottesdienste, auch die der katholischen Kirche, und setzte mich auch mit einigen östlichen Philosophien und Religionen auseinander. Mein Sinn stand neuen Dingen immer offen, und mein Gottesverständnis erlaubte es mir, einfach nach der nächsten Stufe zu suchen. Ich war bereit, neue Möglichkeiten wahrzunehmen, und die sollten sich in jeder Beziehung in Kalifornien ergeben. Gute Garderobe im Gepäck, ein kleines Guthaben auf der Bank, so fuhr ich in meinem fast neuen Auto nach Kalifornien und wurde prompt an der Stanford-Universität aufgenommen. Bevor ich allerdings meine spartanische Behausung in Augenschein nahm, fuhr ich durch die große Palmenallee zum Campus. Welch ein Gefühl, am richtigen Platz zu sein! Hier konnte ich beginnen! Hier war ich auf dem richtigen Weg. Ich stürzte mich sofort in neue Studiengebiete und wunderte mich selbst, wieviel ich seit Nebraska gelernt hatte. Ich wußte zumindest, wie ich lernen sollte, ich war erwachsen genug zu schätzen, was geboten wurde. Bald sah ich mich in den Kursen, die ich für mein Psychologiediplom benötigte, sang mit dem Fortgeschrittenenensemble in der Musikabteilung, in der lokalen Kirche und arbeitete wie üblich fröhlich vor mich hin.

Finanzielle Probleme löste ich mit der sichersten Methode, ich arbeitete. Stanford war und ist natürlich teuer, aber ich hatte das Glück, einen Job als Lehrer in der Jungenschule von Menlo Park zu bekommen.

So oft ich nur konnte, kaufte ich ab diesem Zeitpunkt Karten für die Oper in San Francisco und saß dann dort in der letzten Reihe, am Balkon, um alles zu sehen und zu hören, was mir die ersten Opernabende in einem führenden Opernhaus boten.

Bald war ich mutig genug, um für eine Rolle in einer Opernaufführung in Stanford vorzusingen. Bei diesem Vorsingen traf ich Otto Schulmann, einen aus Deutschland gebürtigen Musiker. Er hörte mich, zog sofort die Augenbrauen hoch und fragte, ob ich mit meiner Stimme nichts Besseres vorhätte, als einfach unausgebildet damit herumzulaufen. Welche Frage! Natürlich wollte ich meine Stimme weiterbilden lassen. Aber war das wirklich der richtige Weg?

Ich hatte gerade riesigen Erfolg in meinem Studium, meine Noten waren, ganz im Gegensatz zu vorher, ausgezeichnet. Ich las Vorträge für Prof. Spindler im Anthropology-Institut, ich hatte in Dr. McDaniels den besten Berater und konnte Vorlesungen solch berühmter Persönlichkeiten wie Dr. Lois Meek Stolz besuchen. Die gesamte akademische Umgebung war eine Herausforderung für mich, und ich war gerade in der Position, diese Herausforderung anzunehmen. Man bot mir sogar die Promotion an. Und dann dieser Konflikt!

Es war wiederum Zeit, Entscheidungen zu treffen. Entweder mußte ich mich voll auf das Studium konzentrieren, oder ich leistete mir den Luxus herauszufinden, ob ich das besitze, was man braucht, um ein professioneller Sänger zu werden. Otto Schulmann wurde der Katalysator in dieser Situation. Nachdem ich ihm vorgesungen hatte, befürwortete er meine Teilnahme an der bevorstehenden Opernaufführung. Ich traf Prof. Sandor Salgo und bekam eine Rolle in FALSTAFF. Salgo war äußerst hilfsbereit und brachte mich dann auch in DIDO UND AENEAS und anderen Produktionen der Universität unter. Plötzlich begann sich auch auf der musikalischen Ebene alles rasch zu entwikkeln. Ich lernte viele neue Persönlichkeiten kennen und nützte die Chancen, die sich boten.

Prof. Sandor Salgos Frau Priscilla arbeitete ebenfalls als Dirigent. Sie lud mich als Solist in den Kirchenchor von Palo Alto ein. Durch meine Gesangstätigkeit im Memorial-Kirchenchor lernte ich auch Professor Harold Schmidt kennen, der mir die Tenorrolle in CATULLI CARMINA von Carl Orff gab. Bei einer dieser Aufführungen traf ich zum ersten Mal Kurt Herbert Adler, der zu diesem Zeitpunkt gerade zum Generaldirektor der Oper in San Francisco berufen war. Ich war also schon zum Direktorium vorgedrungen, bevor ich noch richtig begonnen hatte.

Otto Schulmann wurde mein Lehrer. Ich nahm Privatstunden und fand seinen Humor und weisen Rat genauso hilfreich wie seinen grundlegend genialen Unterricht. Eines Tages sagte er einfach: »Thomas, möchten Sie wirklich als 90jähriger Mann herumlaufen und trauern: ›Wenn ich mich nur angestrengt hätte, wäre ich vielleicht doch ein großer Sänger geworden?‹« Ich war seiner Meinung nach zu jung, um zu promovieren, aber schon fast zu alt, um eine Gesangsausbildung zu absolvieren. Er schlug daher vor, daß ich einen Plan zurechtschneidern sollte, nach dem ich mit ihm zwei weitere Jahre studieren und Sprachen lernen sollte. Darüber hinaus sollte ich fechten, tanzen und dramatische Darstellung studieren und in möglichst vielen kleinen Opernaufführungen auftreten. Dann sollte ich nach seinem Rat nach Deutschland gehen, um dort eine Stelle an einem kleinen Opernhaus anzunehmen. Es war eine verlockende Idee, einem solchen Plan zu folgen.

Aber es war wirklich keine einfache Entscheidung, zu der ich mich dann doch durchrang, nachdem ich im Juni 1953 mein Studium in Stanford mit dem Magister abgeschlossen hatte. Ich entschied mich, die risikoreiche Zukunft eines künftigen Musikstudiums auf mich zu nehmen und schlug alle wissenschaftlichen Angebote aus Stanford ab. Nun hatte ich mich aber selbst durch die nächsten Jahre zu bringen. Um während meiner intensiven Gesangsstunden leben zu können, nahm ich eine Stelle als psychologischer Berater an der Alameda High-School, Kalifornien, an.

Die nächsten drei Jahre kennzeichnen aus kaufmännischer Sicht den Beginn meiner Karriere als Tenor. Schon seit meiner Übersiedlung nach Alameda gelang es mir, allein durch den Gesang genug zu verdienen, um mich ohne fremde Hilfe zu ernähren. Mein damaliges Debüt bei der Woodminster Light Opera Company, unter der Leitung von John Falls, war der effektive Beginn meiner Laufbahn als Sänger.

Welchen Rat gibt Kurt Herbert Adler, während mehr als 20 Jahre Opernchef in San Francisco, jungen Künstlern?

»Junge Künstler sollen jedenfalls Sprachen lernen und eine gute Allgemeinbildung haben, und vor allem sollte man Talent und eine fundierte Ausbildung haben. Wenn man nicht talentiert genug ist, muß man das erkennen und darf sich nicht bemühen, Dinge zu tun, zu denen man nicht in der Lage ist. Sie wissen, was ich mit Talent meine, es ist eine universelle Sache, Musikalität, Auftreten, Lernfähigkeit und vieles mehr. Und dann ist das Gedächtnis im Bereich der Oper auch sehr wichtig. Man darf nichts erzwingen. Ich habe den Sängern gesagt, wenn sie so versessen darauf sind, zu singen und wenn sie es nach einer gewissen Zeit nicht schaffen, dann müssen sie ja nicht in der Öffentlichkeit singen. Sie haben vielleicht viel zu sagen, und sie haben eine Stimme, aber es ist doch nicht die Stimme, mit der man auf die Bühne oder auf ein Podium gehen kann. Man kann auch zu Hause oder vor Freunden singen und daran viel Freude haben. Das zu erkennen erfordert sehr viel Courage.

Und dann ist da noch eine Sache: einige junge Leute erwarten, daß ihnen die Tore offenstehen und ihnen der Weg leicht gemacht wird. Früher mußte man, um ein Künstler zu werden, hart arbeiten, um singen zu lernen und Jobs zu bekommen, von denen man leben konnte. Nun wollen aber die jungen Leute, die Sänger werden wollen, einfach nur Geld oder ein Geschenk haben, daher drängen sie zu Gesangswettbewerben. Diese Gesangswettbewerbe arten dadurch zum Geschäft aus, und das ist fürchterlich. Viele erwarten eben, daß ihnen die Dinge auf einem silbernen Tablett serviert werden, und das ist nicht sehr sinnvoll. Einige Typen entwickeln aus dieser Idee eine durchaus unpassende Auffassung, es gibt eben zahllose Möglichkeiten, Stipendien zu bekommen, wenn man Gesangswettbewerbe gewinnt.

Vorsingen und Wettbewerbe sind jedenfalls eine fürchterliche Sache. Viele Sänger wissen nicht, wie sie sich dabei verhalten sollen, und viele Juroren wissen nicht, wie man zuhört. Natürlich kann man innerhalb weniger Minuten Fehler machen, vor allem dann, wenn der Sänger nicht gelernt hat, seine Fähigkeiten in Minuten zu verkaufen.«

Trotz meiner Begeisterung für die Musik vernachlässigte ich keineswegs meine Stelle an der Alameda High-School. Ich war immer gerne von jungen Studenten umgeben und hatte wunderbare Kollegen; viele von ihnen sind auch heute noch meine Freunde.

Alameda ist eine kleine Gemeinde bei San Francisco, hauptsächlich Wohnbezirk, ohne eigene Industrie. Ich konnte die Ruhe des Städtchens keineswegs genießen. Damals hatte ich einen Tagesablauf, der mir heute unmöglich erscheint. Ich war tatsächlich 18 bis 20 Stunden am Tag auf den Beinen und arbeitete. Ich nahm einige Gesangsstunden pro Woche, arbeitete täglich mit Begleitung, studierte Italienisch und Französisch, nahm Fechtstunden, sang auf Hochzeiten, Begräbnissen, Konzerten, in Kirchen und Synagogen, sang im »Bocce Ball«, einem Nachtclub, der Opernunterhaltung bot, und all dies zusätzlich zur Ganztagsarbeit an der Hochschule.

Jeder junge Künstler, der ernsthaft eine Karriere als Sänger anstrebt, sollte sich mein damaliges Arbeitsprogramm zur Warnung vor Augen führen.

7.00 Uhr Frühstück und Fahrt
8.00 Uhr Arbeit in der Schule in Alameda
15.30 Uhr Fahrt
16.00 Uhr Eine Stunde mit Begleitung üben
17.00 Uhr Fahrt nach San Francisco
17.30 Uhr Gesangsstunde mit Schulmann
18.30 Uhr Sprachstunde Italienisch
19.30 Uhr Proben in der jüdischen Synagoge
20.30 Uhr Fahrt und Auftritt im Bocce Ball Night-Club
2.00 Uhr Fahrt nach Hause
2.30 Uhr Tagesende

Der genaue Ablauf änderte sich natürlich mit jedem Tag, aber im Grunde genommen glich einer dem anderen. Jedes Wochenende gab es vier gut bezahlte Auftritte in Kirchen und Synagogen, bei Hochzeiten und Begräbnissen.

Durch meine Gesangsstunden und Auftritte entwickelte ich mich rasch weiter. Viele meiner Bekannten schlugen ein Vorsingen an der San Francisco Opera vor. Dazu ergab sich im Rahmen der Merola Auditions, benannt nach dem ersten Generaldirektor der San Francisco Opera, Gaetano Merola, bald Gelegenheit.

Die Absicht, in San Francisco vorzusingen, regte meinen Lehrer Schulmann zu einigen Einwendungen an. Er war sich sicher, daß ein Vorsingen zu diesem Zeitpunkt sinnlos war; ich war eigentlich bereit, nach Deutschland zu gehen und wollte in Amerika noch keine Karriere versuchen. Würde ich ein Vorsingen gewinnen, wäre es für meine angestrebten Ziele so gut wie keine Hilfe, ein schlechtes Abschneiden aber wäre ein unnötiger psychologischer Rückschlag. Schulmanns Rat war immer gut, nahezu immer habe ich ihn befolgt, in diesem Fall war ich einfach zu besessen, um den vernünftigen Argumenten zu gehorchen.

Eines der wichtigsten Argumente Schulmanns: die Gefahr bestand, daß selbst ein erster Preis beim Vorsingen Schaden anrichten und meine Abreise nach Europa verzögern würde. Für eine Verzögerung gab es aber noch ganz andere Gründe, die nicht im musikalischen Bereich zu suchen waren. Ich traf und heiratete schließlich meine erste

Frau, Bettye Lee Wright. Bettye hatte das Mills College absolviert und Tanz und Schauspiel studiert. Auch sie strebte eine Künstlerlaufbahn an. Für die hektische, durch Konkurrenzkampf beherrschte Welt der Kunst und Oper waren aber weder Bettye noch ich richtig vorbereitet. Dies war wahrscheinlich auch der Grund, warum unsere Ehe nicht hielt. Sie endete in Trennung und Scheidung. Ich werde Bettye immer für unsere zwei Kinder, Lisa Bet und Jess David, dankbar sein.

Bettye unterstützte meine Absicht, in der San Francisco Opera vorzusingen. Also nahm ich am Gesangswettbewerb teil und hatte Glück: Ich gewann. Die Juroren waren Kurt H. Adler, Jan Popper und die legendäre Sopranistin Rosa Raisa. Dieser Erfolg war gleichzeitig das Ende meiner »plain«, meiner einfachen Tage. Von diesem Zeitpunkt an ging es bergauf und kontinuierlich meinem Ziel, dem Walhall der Sänger, zu.

Der Beginn meiner Sängerlaufbahn war das Jahr 1953, als ich in halbprofessionellen Aufführungen sang und schließlich auch durch Singen meinen Lebensunterhalt verdiente. Meine Laufbahn als Profi, als internationaler Tenor, begann aber an der San Francisco Opera im Jahre 1957.

Gemeinsam mit mir gab es einen zweiten Sieger, Marie Gibson. Wir konnten an einer Ausbildung an der San Francisco Opera teilnehmen und erhielten kleine Rollen in der Herbstsaison dieses Hauses. Adler hatte viel mit mir vor. Ich bekam die Rolle des ›Haushofmeisters von Faninal‹ im ROSENKAVALIER und die des ›Malcolm‹ in MACBETH. Zusätzlich verlangte er von mir, 15 weitere Rollen aus Opern, die in der laufenden Saison gegeben wurden, zu studieren. Sie enthielten den ›Pong‹ in TURANDOT, den ›Offizier‹ in ARIADNE AUF NAXOS und sogar größere Rollen wie den ›Alfredo‹ in LA TRAVIATA. Während unserer Ausbildungszeit hatten wir nicht nur die Möglichkeit, die Bühnenproben von LA TRAVIATA zu sehen, wir konnten auch mitmachen. Ich sang auf der Bühne den ersten Akt des ›Alfredo‹ und war damit zum ersten Mal in einer großen Rolle auf einer großen Bühne. Welch ein überwältigendes Gefühl! Das Haus, die Musik und vor allem das internationale Flair und die Stars, die zu Kollegen wurden. Während der Proben zu MACBETH traf ich zum ersten Mal Leonie Rysanek. Ich verehrte diese große Künstlerin außerordentlich und wußte einfach nicht, wie ich sie ansprechen sollte. Als ich sie einmal im Auto zu einer Probe mitnahm, war eine Konversation unvermeidlich. Das Problem bestand auch darin, daß ich kaum Deutsch sprach und ihr Englisch zu diesem Zeitpunkt auch noch in der Entwicklungsphase steckte. In einem verzweifelten Versuch, eine Konversation zustande zu bringen, drehte sie sich zu mir und sagte mit einem erzwungenen Lächeln: »Diese Lady Macbeth, sie singt eine Menge!«

Es war ein besonderer Glücksfall, schon bei meinem Debüt auf diese wunderbare Frau zu treffen, mit der ich später noch auf vielen Bühnen singen sollte.

Auch mein Auftritt im ROSENKAVALIER erfolgte gemeinsam mit einer von mir hochverehrten Kollegin, der berühmten Elisabeth Schwarzkopf.

Nicht nur meine Kolleginnen, auch meine Dirigenten waren von erstem Rang. Während Erich Leinsdorf den ROSENKAVALIER dirigierte, wurde MACBETH von Maestro Francesco Molinari-Pradelli geleitet. Es ist einfach unbeschreiblich, welche Aufregung es für einen Anfänger, wie ich es war, bedeutete, mit Künstlern dieses Ranges schon von Beginn an zusammenarbeiten zu können. Maestro Molinari-Pradelli sang ich auf Betreiben von Direktor Adler noch extra für die Rolle des ›Macduff‹ in MACBETH, deren Besetzung krank gemeldet war, vor.

Der Dirigent nahm mich für diese Rolle an, der vorgesehene ›Macduff‹ erholte sich aber, so daß ich nur die kleine Rolle des ›Malcom‹ singen konnte.

Am Ende dieser Spielzeit der San Francisco Opera gab es noch Aufführungen im »Shrine Auditorium« in Los Angeles. Im November besuchte ich meine Familie, packte meine Habseligkeiten zusammen und flog kurz nach den Weihnachtsfeiertagen nach Deutschland, wo ich am 10. 1. 1958 eintraf.

Gesang und Gesangstechnik

»Es ist ein glücklicher Umstand, daß der korrekte Weg, die Stimme zu bilden, der leichteste Weg ist, und es ist eine grundlegende Wahrheit, daß der richtige Versuch das Resultat des richtigen Gedankens ist. ... man muß sich nur den richtigen Ton denken, ihn geistig vor Augen haben und sich dann auf das Bild konzentrieren und nicht auf den Mechanismus.«

Einer meiner Professoren an der Stanford University pflegte seine Studenten der Psychologie oft dadurch zu schockieren, daß er sein Fach als die ›Senkgrube aller Wissenschaften‹ bezeichnete. Er begründete seine Meinung damit, daß schon die Idee, exakte wissenschaftliche Methoden auf etwas so Unlogisches wie den menschlichen Geist anzuwenden, töricht wäre. Tatsächlich ist das gesamte Fachgebiet der Psychologie nicht unumstritten, und auch die von Sigmund Freud entwickelten Grundlagen der Psychoanalyse stehen oft unter Beschuß.

Die Kunst des Singens ist ebenfalls eine Disziplin, in der die Anwendung exakter wissenschaftlicher Methoden genauso schwierig ist wie ihre Anwendung auf die menschliche Psyche. Die Grundlagen des Gesangs hängen nicht nur mit dem Körper, sondern auch mit dem Geist zusammen, und die Vorgänge sind wissenschaftlich nur sehr schwer zu definieren.

Allein die Entstehung des Schalls durch die menschliche Stimme ist aus rein physischer Sicht bestens fundiert. Schallwellen sind analysiert, kategorisiert, und auch Sprach- und Stimmanalysen zerlegen die vom Menschen gebildeten Töne in Frequenzen, harmonische oder Formanten. Die Erzeugung der Töne durch den menschlichen Stimmapparat basiert auf den gleichen Grundlagen wie die Tonerzeugung in Musikinstrumenten. Es genügen einige wenige Elemente, um auch beim Menschen den mechanischen Schallwandlungsapparat in Schwung zu halten. Dazu braucht man:

die Atemmuskulatur und die Lungen als Motor
die Stimmbänder als Vibrator
die Kehle, den Mund, die Nase und die Kopfhöhlen als Resonator
die Zunge, die Lippen, die Zähne und den Gaumen als Artikulator.

Neben der physikalischen Grundlage der Tonentstehung gibt es aber auf dem Gebiet der Stimmtechnik, der Theorie über die Erzeugung und bewußte Formung der vom Menschen produzierten Töne, so viele subjektive Meinungen und Methoden wie Bühnen in der Welt.

Dabei verhält es sich bei der Gesangstechnik sehr ähnlich wie bei der Spracherziehung, nur gestalten sich die Dinge noch komplizierter, noch subjektiver und eigenwilliger. Singen ist eine sehr individuelle Sache, betrachtet man die Grundlage des Gesangs, die natürliche Singstimme. Einige Naturstimmen kann man schon in der Kindheit entdecken, sie werden manchmal Mittelpunkt einer langen und erfolgreichen Karriere, ohne daß sie deshalb in irgendeiner Form trainiert werden müßten. Eine der schönsten Stimmen, die man in Amerika auf der Bühne hören konnte, jene von Rosa Ponselle, gehört zu diesen Naturstimmen. Sie debütierte im Alter von 21 Jahren an der Met und lernte die schwierigsten Sopranrollen, mit denen sie zu einer der größten Künstlerinnen an der Met wurde, ohne die Unterstützung eines Gesangslehrers. Andere Stimmen wiederum müssen erst entdeckt werden und können ohne viel Mühe herangebildet werden. Und dann gibt es noch Stimmen, die nicht auffällig sind, die aber durch Training zu bemerkenswerten und herausragenden Gesangsinstrumenten herangebildet werden. Viele erfolgreiche Künstler hatten auch von Natur aus nur schwache Stimminstrumente, haben aber andere Fähigkeiten wie hervorragendes Schauspiel, Intensität oder brillieren durch die Kombination ihrer Fähigkeiten.

Die Vorstellung, daß es »eine« perfekte Methode der Gesangstechnik und ihrer Lehre geben könnte, ist eine Illusion. Diese Illusion führt bestenfalls zu einem Resultat, das man als »Belcanto« bezeichnen könnte. Aber was ist das nun? Unter Belcanto versteht man, wie schon der Name sagt, einfach das ›schöne Singen‹. Aber diese Schönheit berührt nicht das Auge des Betrachters, sondern nur das Ohr des Zuhörers.

Viktor Fuchs – er schrieb »The Art of Singing and Voice Technique« – sagte einmal zu mir: »Gott gibt den Gesegneten alles, was für einen hervorragenden Opernsänger nötig ist: eine außergewöhnlich schöne, edle Stimme, ein ausgesprochenes Gesangstalent, Musikalität, eine prachtvolle Erscheinung, Spieltalent und ›last but not least‹ Intelligenz, alle diese seltenen Gaben gut zu verwalten.« Die Grundlage für den Erfolg muß im Sänger selbst vorhanden sein. Deshalb auch das Sprichwort, daß es keine perfekten Gesangslehrer, sondern nur intelligente Studenten gäbe. Nun, zu einem Zeitpunkt, zu dem ich selbst begonnen habe, andere Sänger auszubilden, stimme ich immer mehr mit Viktor Fuchs überein, daß es eben ›last but not least‹ auf die Intelligenz des Sängers ankommt, die bestimmt, wie die gottgegebenen Gaben verwendet werden.

Mein eigener Lehrer, Otto Schulmann, beschreibt unter diesem Aspekt die Anforderungen an einen Gesangslehrer in seinem Buch »Singer... RELAX!« folgendermaßen: »Jener, der heutzutage ein Gesangslehrer sein will, muß nicht unbedingt Sprachwissenschaftler und Stimmexperte sein, sondern eher ein Psychologe; das bedeutet, er muß die menschliche Natur kennen. Die Natürlichkeit des Sängers und nicht die Perfektion der Erklärungen des Lehrers sind für die Zukunft des Sängers entscheidend. Jener, der korrekt singen möchte, muß bemüht sein, seinen Gesang vom Einfluß neurotischer Störungen und Behinderungen zu befreien. Er muß lernen und verstehen, daß der Zustand der Neurose keine Schande, sondern der am meisten verbreitete psychologische Zustand der Mehrheit ist. ...der Sänger muß daher lernen, seine Ziele innerhalb der Grenzen seiner Möglichkeiten zu sehen und die Courage haben, diesen Grenzen bei der Planung seiner persönlichen Ziele ins Auge zu sehen.«

Die wichtigste Wahl, die ein Sänger trifft, ist die Wahl seines Gesangslehrers. Manche wechseln in einer verzweifelten Suche permanent von einem zum anderen, andere bleiben während ihrer ganzen Sängerlaufbahn einem Lehrer verbunden. Die Gefahr, sich zu vielen Einflüssen hinzugeben, ist genauso groß wie jene Naivität und Kurzsichtigkeit, die daraus resultiert, daß man niemandem vertraut. Ich hatte Glück, daß ich schon meinem ersten Lehrer Otto Schulmann vertraute, er war gerade richtig für mich. Seine bestimmende, aggressive, fordernde Art, seine hervorragenden musikalischen Talente und seine Erfahrungen als Pianist und Dirigent erlaubten es mir nicht, von dem absoluten Ziel, dem sich ein Sänger immer hingeben muß, abzuweichen: der musikalischen Genauigkeit. Für mich war es auch sehr wichtig, daß seine Begleitung bei Opernarien sich nicht auf eine spärliche Klavierversion der Partitur beschränkte. Da er aus seiner Erfahrung als Orchestermusiker schöpfen konnte, zauberte er auf dem Piano einen Klangteppich, der an ein Orchester erinnerte. Ich hatte daher später auf der Bühne keine Probleme, als mich das erste Mal ein großes Orchester begleitete. Seine gesunden Grundlagen der Stimmtechnik waren für mich verständlich und direkt umsetzbar. Das erreichte er durch seine offene, menschliche Art. Als er zu Beginn der Studienzeit meine Stimme hörte und wußte, daß ich viele Grundlagen für eine Gesangslaufbahn mitbrachte, ermutigte er mich: sollte ich mit ihm nur ein Jahr lang studieren und dann noch nicht in der Lage sein, mit meinem Gesang Geld zu verdienen, um ihn zu bezahlen, dann wäre er sicherlich der falsche Pädagoge für mich. Die Grundlagen, die mir Schulmann auf meinen Weg nach Europa mitgab, reichten aus, um dort meine Arbeit auf der Bühne beginnen zu können. In Deutschland traf ich auch sein weibliches Gegenstück in der Person Emmy Seiberlichs, die selbst eine bekannte Sängerin gewesen war, die unter Strauss den ROSENKAVALIER gesungen hatte. Sie ergänzte meine gesanglichen Grundlagen mit den weicheren, gefühlvolleren Ansichten einer Sängerin.

Nach einer Bühnenkarriere ist man immer versucht, Artikel oder Bücher über das Thema ›Wie singt man richtig?‹ zu schreiben. Ich zweifle, ob das sinnvoll ist, denn die Überlegungen über die Grundlagen, wie die Haltung des Mundes, Resonanz, Register, Atemkontrolle, Staccato und Triller, Vibrato und Tremolo, Legato und tausend andere grundlegende Dinge müssen jeweils individuell erläutert und erarbeitet werden. Man kann keine generellen Regeln dafür aufstellen, sondern muß diese für den jeweiligen Fall erarbeiten. Eine wichtige Regel ist mir in jedem Fall bewußt: Sie besagt, daß nichts gefährlicher ist als der Versuch, einige wenige grundlegende, aber einfache Regeln für den Gesang aufzustellen. Aber nur mit den technischen Grundlagen allein kann man keine Karriere machen. Kein junger Sänger sollte sich der Hoffnung hingeben, daß er es ohne grundlegende Begabung, nur durch die Hilfe eines Lehrers oder den Eingriff eines unerwarteten Wunders schaffen könnte. Die Grundlagen, die der junge Sänger braucht, sind:

Ein gottgegebenes Stimminstrument von außergewöhnlicher Qualität, Intelligenz, akzeptables Aussehen, Musikalität, ein gutes Gedächtnis und vor allem ein brennendes Verlangen zu singen und Opferbereitschaft.

Wenn diese Gegebenheiten vorhanden sind, besteht die Möglichkeit, eine gesunde Gesangstechnik zu entwickeln und daraus den gewünschten Erfolg abzuleiten. Diese Gesangstechnik hat nach meiner Meinung nach vier Seiten, für zwei davon ist der Gesangslehrer zuständig, die beiden anderen liegen im Verantwortungsbereich des Sängers selbst.

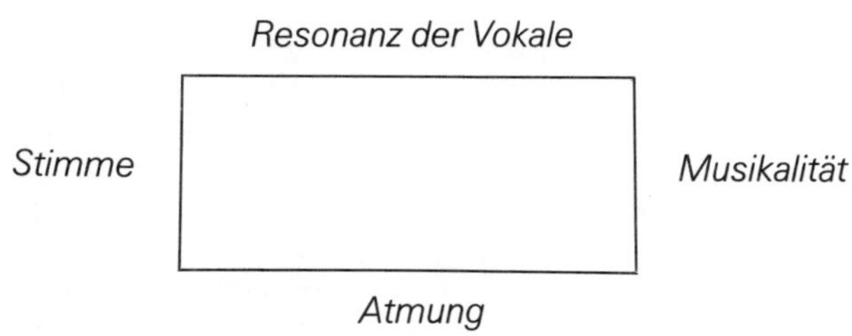

Natürlich sind die Verantwortlichkeiten des Studenten und des Lehrers verwoben, und die ganze Konstruktion droht einzustürzen, wenn einer der Bereiche schwach und vernachlässigt ist.

Die Grundlage jedes guten Gesanges ist der Atem. Viele Lehrer scheinen die Tatsache zu vernachlässigen, daß der Motor des Gesangsinstrumentes der Atem ist und dieser Motor in Ruhe laufen muß, bevor man damit etwas anfangen kann. In vielen Sprachen ist auch das Wort Seele ein Synonym für das Wort Atem. Der Hauch und die echte Seele des Gesangs ist jedenfalls der Atem. In unserer Kulturgesellschaft haben wir die natürliche Atmung allerdings verlernt, wir atmen in einer Art und Weise, die für den Gesang ungeeignet ist. Dabei braucht man nur ein Kind zu beobachten, das einen Schrei ausstoßen möchte, um ein Gefühl dafür zu bekommen, wie man die Muskulatur richtig ansetzt, um einen Ton zu produzieren. Man kann sich auch selbst in einem entspannten Augenblick im Bett liegend beobachten und den natürlichen, ungehemmten Körperreflex verfolgen, der die tiefe Muskulatur des Bauches in entspanntem Rhythmus auf und ab bewegt. Der Gesangslehrer hat nun die Aufgabe, diesen natürlichen Atmungsprozeß zu trainieren und ihn zur Grundlage für die Gesangsstimme werden zu lassen. Emmy Seiberlich verriet mir die Methode, sich eine wunderschöne Rose vorzustellen, sie langsam zur Nase zu heben und tief daran zu riechen, als ob man den herrlichen Duft genießen wollte. Das Resultat einer solchen Vorstellung ist eine natürliche, ruhige, tiefliegende Bauchatmung.

Die zwei tragenden Mauern für den Gesang sind dann die naturgegebene Stimme und die Musikalität, die der Sänger mitbringt. Beide können natürlich durch den Lehrer verbessert und entwickelt werden, aber sie müssen als Grundlage vorhanden sein, sonst läuft selbst der erfahrenste Lehrer Gefahr, daß das Dach seines Gebildes einstürzt. Diese Grundlagen, natürliche Stimme und Musikalität, schließen die Qualität der Stimme, das Timbre, die physischen Grenzen wie Volumen und Stimmbereich ein. Unter den Begriff der Musikalität können angeborene Eigenschaften wie das »Ohr« für Legato, Tonhöhe, Phrasierung und Ausdruck verstanden werden. Bei all diesen Eigenschaften ist aber auch eine außergewöhnliche Intelligenz unbedingt notwendig.

Das Dach oder die Krönung jeder Stimmerziehung besteht in der Wirkung der produzierten Töne. Die Schwingungen der kleinen Stimmlippen werden durch die Resonatoren in einen hörbaren Ton verwandelt, und dieser Ton hängt nicht nur von den Resonatoren, sondern auch von den Artikulatoren und damit von einer korrekten Bildung der Vokale durch individuelle Haltung des Mundes, der Kehle, der Zunge, der Zähne und des Gaumens ab. Diese sogenannten Resonatoren und Artikulatoren bilden die reinen Vokale. Es mag nicht verwundern, daß Italien so viele große Sänger hervorgebracht hat, denn die italienische Sprache, wird sie korrekt ausgesprochen, basiert auf den schön klingenden, »vorne« gebildeten reinen Vokalen. Mit rein meint man die Vokale a, e, i, o, u, ohne auch nur die geringste Störung durch einen davorgehenden oder nachfolgenden Konsonanten oder die Bildung eines Diphthongs. Ohne die Perfektionierung der Bildung dieser reinen Vokale als Basis der Stimmbildung wird der Mund zum Ende eines Schlauches im Atemluftstrom, der einen Sprühregen bildet, statt die Töne zu konzentrieren.

Die perfekten, perlenreinen Töne, die man so gerne hervorbringen möchte, werden genau dann rein, wenn die Vokale richtig geformt werden. Diese Perlen sollten im Idealfall aus dem Mund heraussprühen und nicht aus einer schwergewichtigen Perle bestehen, die sich irgendwo im hinteren Rachenraum befindet. Das Kauen der Vokale, das durch viele Sprachen, z. B. Englisch, gefördert wird, erzeugt »hinten« sitzende Töne, die künstlich abgedunkelt, kehlig klingen und keine Chance haben, den Körper des Sängers in einem freien, wohlklingenden Fluß des Klanges zu verlassen. Das Gebiet der Stimmtechnik kann noch wesentlich komplizierter sein als es hier scheinen mag und erstreckt sich in einem weiteren Schritt auf die Bildung der Konsonanten, die vor Vokalen gesungen werden, auf platzende Konsonanten und ähnliche Dinge, die eben doch besser einer engen Diskussion zwischen Lehrer und Schüler vorbehalten bleiben sollen.

Auf alle Fälle empfehle ich jedem ernsthaften Gesangsstudenten, soviel er nur kann über Gesang zu lesen. Einige der hilfreichsten Hinweise, die ich in Büchern entdeckte, habe ich allerdings in Werken gefunden, die sich nicht mit Gesangstechnik befassen. Ein kleines Buch, das »Zen in der Kunst des Bogenschießens« betitelt ist, half mir besonders im Bereich der Atemkontrolle und bei der Verbesserung meiner Beziehung zu meinem Lehrer. Ein kurzer Dialog aus diesem Buch kann das verdeutlichen. Nachdem der Autor jahrelang bei einem Meisterschützen gelernt hatte, wurde er zunehmend ungeduldig und fragte: »Wie kann denn überhaupt der Schuß gelöst werden, wenn nicht von mir?« »ES schießt«, war die Erwiderung. »Das habe ich schon einige Male von Ihnen gehört und muß daher anders fragen: Wie kann ich auf den Abschuß warten, wenn ich mich selbst vergessen soll?« »ES verweilt in höchster Spannung.« »Und wer oder was ist dieses ES?« Die Antwort: »Wenn Sie dies einmal verstehen, haben Sie mich nicht mehr nötig. Und wenn ich Ihnen auf die Spur helfen wollte und Ihnen die eigene Erfahrung ersparte, wäre ich der schlechteste aller Lehrer und verdiente, davongejagt zu werden. Also sprechen wir nicht mehr darüber, sondern üben wir!«

Jawohl, üben, üben und wiederum üben und dabei eine sorgfältige Wahl des Lehrers treffen, das sind die Grundlagen, die den Gesangsschüler den langen Weg einer erfolgreichen Karriere führen können und den persönlichen Schlüssel zum Tor der Erfüllung und des Erfolges darstellen. Man darf aber auf keinen Fall erwarten, daß dieser Weg ein leichter Weg wird. Natürlich haben es manche Künstler, die mit einer großen, natürlichen Stimme begabt sind, geschafft, lange Jahre ohne besondere Hilfe zu singen. Andere kämpfen und arbeiten und bemühen sich, um nur einige der Ziele zu erreichen, nach denen sie streben, aber dieses Streben muß realistisch sein und von einer Stimme, einem großen Willen, Intelligenz und viel Arbeit getragen werden. Mein Lehrer Otto Schulmann brachte die Elemente einer erfolgreichen Karriere als Opernsänger auf einen einfachen Nenner, sie bestehen aus 10% Stimme, 10% harter Arbeit, 10% Glück und 70% gesunden Nerven.

»Geistige Vorbereitung liegt vor der Ausführung. . . . jeder Ton ist ein geistiges Konzept, das hörbar wurde.«

Endlich in Europa

Viele Sänger kamen mit einem gesunden finanziellen Rückhalt oder einem Fulbright-Stipendium nach Europa. Ich hatte dies alles nicht, ganz im Gegenteil: ich hatte kaum Geld und kam zu einem ungünstigen Zeitpunkt an. Meine Agentur, Ballhausen & Schmidt, gab mir äußerst entmutigende Auskünfte. Keiner der ins Auge gefaßten Bühnen war an einem Vorsingen interessiert. Entweder war es zu früh oder zu spät für die laufende Saison oder meine Stimme war keineswegs die passende für die Rollen, die ich studiert hatte, und mein Deutsch war ohnehin indiskutabel. Immerhin versprach man mir, alles zu tun, zumindest irgendwo einige Termine für mich zu vereinbaren. Das gelang auch. Ich war besessen darauf zu singen, kein Haus war mir zu entlegen, ich wollte mich nur hier in Deutschland betätigen. Trotz aller Bemühungen kamen eigentlich nur zwei geplante und ein zufälliger Termin für ein Vorsingen zustande. Meinen ersten Anlauf unternahm ich in Detmold. Die Zugreise war in diesem kalten Winter entmutigend. Als ich ankam, waren mir die Gegend, die Stadt und auch die Art, wie man mich empfing, unsympathisch. Auch ich war den Leuten offenbar nicht sympathisch, man lehnte mich auf der Stelle ab. So kehrte ich nach München zurück und wartete weiter. In einer Sängerlaufbahn muß man lernen zu warten. Das wird auch später nicht leichter.

Kapellmeister Fritz Schulz, den mir Leonie Rysanek empfohlen hatte, schlug mir eines Tages vor, dem ersten Kapellmeister der Münchner Oper, Meinhard von Zallinger, vorzusingen. Das große Nationaltheater in München war während des Krieges zerstört worden und stand in Trümmern in der Mitte Münchens. Nur die Frontfassade und eine Mauer auf der Maximilianstraße standen noch. An diese Mauer angeschlossen gab es lediglich einige Zimmer, die für Proben und Übungen verwendet wurden. Ich traf von Zallinger in einem dieser Räume. Ich sang ihm aus LOHENGRIN vor: »In fernem Land«, und aus ANDRÉ CHENIER »Come un bel Di d'Maggio«. Er brach jäh ab und lief zum Telefon. Ich sang unbeirrt weiter, als ich aber mit meiner Arie fertig war, faßte er mich am Arm und sagte: »Man wartet auf uns im Prinzregenten-Theater, kommen sie schnell.« Er hatte den Direktor der Münchener Oper angerufen und ein Vorsingen auf der Bühne dieses Theaters, das anstelle des Nationaltheaters benutzt wurde, arrangiert. Ich war entsetzt, das war genau das, was ich nicht wollte. Schulmann hatte mich immer davor gewarnt, an einem großen Haus zu beginnen. Die Gefahr, in kleine Rollen abgedrängt zu werden und dort sprichwörtlich zu versauern, war zu groß. Ich sollte, nein ich mußte, an einem kleinen Opernhaus beginnen. All dies ging durch meinen Kopf, als wir im Taxi saßen und zu dem von mir nicht geplanten Vorsingen rasten. Als wir dort ankamen, ging ein allgemeines Vorsingen am Prinzregenten-Theater gerade zu Ende und Direktor Rudolf Hartmann, Generalmusikdirektor Ferenc Fricsay und andere Persönlichkeiten warteten auf mein Eintreffen. Ich wurde auf die Bühne gestoßen und sang drei Arien, von denen ich nicht mehr sagen kann, welche es waren und wie ich sie sang. Ich war wie benebelt. Nachdem ich gesungen hatte, lud mich Prof. Hartmann in sein Büro ein; er war von mir sehr beeindruckt und schlug mir ein weiteres Vorsingen vor. Ich sollte mir zukünftige Pläne an der Münchner Oper überlegen.

Panikartig verließ ich die Oper. Was sollte ich tun? Viele wären erfreut gewesen, mich machte die Situation krank. Ich wartete ein paar Tage ab, dann telegrafierte ich Direktor Hartmann, um ihm abzusagen. Ich bedankte mich für die Chance, sah mich aber gezwungen, ihm mitzuteilen, daß ich ein Engagement an ein kleineres Haus erhalten hatte, von dem ich der Meinung war, daß es zur Zeit besser paßte. Ich bat ihn aber gleichzeitig, sich später meiner zu erinnern und hoffte, zu gegebener Zeit wiederzukommen. Sowohl Kapellmeister von Zallinger wie auch Schulz mußten den Eindruck gewinnen, ich wäre verrückt. Dabei wollte ich doch in München bleiben, doch nicht jetzt und nicht in kleinen Rollen, sondern zu dem Zeitpunkt, an dem ich wirklich dazu bereit war. Tatsächlich sollte dieser Tag nicht lange auf sich warten lassen.

Das zweite von mir geplante Vorsingen wurde durch Ballhausen & Schmidt in Karlsruhe arrangiert. Karlsruhe, einst die stolze Badener Staatsoper, war in der Zwischenzeit ein »zweites Haus« in Baden-Württemberg geworden. Selbst hier hatte ich den Verdacht, daß Schulmann dieses Opernhaus als zu groß für den Beginn meiner Karriere empfand. Eine andere Wahl hatte ich allerdings nicht, so bestieg ich den Zug und war nach kurzer Zeit von der charmanten Stadt gefangen. Das Staatstheater war im Krieg zerstört worden, und die Opernaufführungen wurden in einem ehemaligen Konzertsaal gegeben.

In der Oper angekommen, sang ich Generaldirektor Paul Rose und Generalmusikdirektor Alexander Kranhalls vor. Nachdem ich verschiedene Arien gesungen hatte, traf ich Direktor Rose zu einem Gespräch. Rose war sehr freundlich, mußte mir aber doch mitteilen, daß sie nach einem wirklichen Heldentenor Ausschau hielten und für mich im Augenblick keine Verwendung hätten. Wiederum mit einer Absage in der Tasche kehrte ich also nach München zurück und rief meinen Agenten an, um mitzuteilen, daß mich Karlsruhe ebenfalls nicht wollte. Kaum hatte ich meine Information an den Mann gebracht, hörte ich heftiges Gelächter am anderen Ende der Leitung. Karlsruhe hatte es sich nach meiner Abreise noch einmal überlegt. Wenn ich gewillt wäre, einen Anfängervertrag zu unterschreiben, könnte ich Ende August beginnen. Ich hatte also ein Angebot von einer Bühne, die etwa die Größe hatte, die ich mir in meinen Plänen gewünscht hatte. Was wollte ich mehr? Ich willigte ein.

Das brachte allerdings neue Probleme. Es war gerade April, und ich mußte einen Weg finden, die Zeitspanne bis zu meinem ersten mageren Gehalt im September zu überbrükken. Ballhausen wußte eine Lösung für mein Dilemma: Eine amerikanische Theatergruppe stellte gerade eine FLEDERMAUS-Tournee zusammen. Über 60 Vorstellungen sollten zwischen Mai und Juni in der Schweiz gegeben werden. Die Proben waren in Bremen. Die Frage war, ob es mich interessierte?

Interessierte es mich? Natürlich! Die Aufführungen sollten dann in einem großen domartigen Zelt stattfinden, das jeweils von einem Spielplatz zum anderen transportiert wurde. Hätte ich zum damaligen Zeitpunkt die Schweizer nur halb so gut gekannt, wie ich sie heute kenne, wären mir sicherlich Bedenken gekommen. FLEDERMAUS in einem Zelt, und das in der Schweiz! So aber fuhr ich nach Bremen, sang vor und bekam prompt die Partie des ›Alfred‹ in der FLEDERMAUS. Die Besetzung war nicht schlecht, sie bestand aus guten und erfahrenen Sängern kleiner deutscher Bühnen. Es ergab sich eine wunderbare Gemeinschaft zwischen den Sängern und Tänzern, und ich hatte die Gelegenheit, einen sehr talentierten Mann kennenzulernen, der nicht nur als Tänzer, sondern auch als Pianist arbeitete. Mit ihm konnte ich während dieser Vorbereitungszeit auch an einigen meiner Rollen für Karlsruhe arbeiten. Es überraschte mich nicht, ihn eines Tages später an der Metropolitan Opera als Inspizienten wieder zu treffen.

Das Unternehmen, FLEDERMAUS in einem Zelt in der Schweiz aufzuführen, endete, wie eigentlich zu erwarten war, als Fiasko. Wir schafften gerade die Eröffnung der Tournee in Basel, gaben dort zwei Aufführungen und brachen das Unternehmen nach unserer Eröffnungsvorstellung in St. Gallen ab. Eine sehr kurze Tournee, die in ihrer

Vorbereitung meinen letzten Bargeldvorrat verbraucht hatte. Ich eilte zurück nach Karlsruhe, wo man mir mitteilte, daß ich als zweite Besetzung im nächsten LOHENGRIN vorgesehen war. Das war natürlich ein Glückstreffer, denn unter den wenigen Rollen, die ich mit meinem Lehrer Schulmann vorbereitet hatte, war ›Lohengrin‹. Also nützte ich die unfreiwillige freie Zeit dazu, mein Rollenstudium sorgfältig fortzusetzen und in Karlsruhe seßhaft zu werden. Optimismus machte sich in mir breit. Meine Anfängergage in Karlsruhe würde mir zwar nur das nackte Überleben garantieren, aber ich hatte eine Chance. Ich war an einem guten Opernhaus engagiert und fürs erste war die Gefahr, nach San Francisco zurückreisen zu müssen, gebannt.

Meine Träume hatten mich also soweit gebracht; ich brauchte nicht mehr heimlich mit umgehängten Fetzen, mich selbst begleitend, Theater zu spielen. Die Brücken waren abgebrochen, ich war wirklich nur mehr Sänger. Dutzende von Jobs hatten sich auf einen reduziert, ich stolperte nicht mehr herum. Es hieß »jetzt oder nie«. Es war fürchterlich, aber aufregend, und ich hatte klare Vorgaben für meine Zukunft. Schulmann hatte mir geraten, realistische und vor allem klar definierte Ziele anzustreben und mir selbst Fristen zu setzen.

Mein Ziel war eindeutig festgelegt: Ich wollte innerhalb von drei Jahren zumindest an einem der Opernhäuser singen, das ich zu den fünf besten der Welt zählte. Sollte ich dieses Ziel nicht innerhalb von drei Jahren erreichen, dann hätte ich versagt. In diesem Fall wollte ich nach Hause zurückkehren, mein Studium fortsetzen und ein »normales« Leben beginnen.

Es mußte aber klappen, wenn ich hart an mir arbeitete, denn eines hatte ich jedenfalls schon herausgefunden, der Ursprung des Begriffes Oper bedeutet im wahrsten Sinne des Wortes: Arbeit.

KAPITEL 4

O NAMENLOSE FREUDE

Ich liege in Ketten am Boden, zerfetzte Kleider hängen an meinem Körper, die tiefe Trostlosigkeit des Augenblicks erfaßt mich und gibt mich der totalen Isolierung und Einsamkeit eines Gefangenen preis. Mein bleiches Make-up, mein Bart und die dunklen Schatten auf meinen Wangen und Augen sind kaum zu sehen. Kalte Januarwinde tragen ihre Lüfte auch über den zugigen Bühnenboden der Wiener Staatsoper. Feuchte, kühle Luft dringt vermischt mit Bühnenstaub in meine Nase. Die grauen, fleckigen Projektionen erzeugen das Gefühl eines echten Kerkers, hinter jeder Ecke, in jeder Nische kann eine Ratte lauern. Ich bilde mir ein, die Genossen des Elends, meine Mitgefangenen, über den Boden huschen zu sehen. Doch da, das Dunkel wird zerrissen, ich bin nicht mehr allein, ergreifende Musik holt mich in die Wirklichkeit zurück.

Langsam erklingen die feierlichen, weiten Klänge von Beethovens göttlicher Musik.

Sie kommen aus der tiefsten Verzweiflung der menschlichen Seele. Ich bin allein, gefangen und fast verrückt vor Einsamkeit und Leiden. Aus meinem Innersten fühle ich einen durch Mark und Bein gehenden Schrei aus meiner Kehle dringen: »Gott, welch Dunkel hier!«

Oft habe ich von diesem Augenblick geträumt, am 17. Januar 1982 aber schleichen sich die Träume während des Vorspiels zum zweiten Akt des FIDELIO in meinen Geist. Kaleidoskopartige Erinnerungen, die sich mit dieser Oper in meinem Kopf verbinden, ziehen vor meinen Augen vorbei. Ich erinnere mich daran, diese Oper zum ersten Mal in San Francisco gesehen zu haben. Ganz genau hatte ich mir damals vorgestellt, wie es sein müßte, am Boden zu liegen, auf den ersten Auftritt zu warten, Aufregung, Angst und Anspannung zu empfinden. Ich erinnere mich auch daran, die Rolle für eine kleine Studentenaufführung gelernt zu haben. Und an meine Einwände gegen diese Musik: Beethoven schrieb nicht für die menschliche Stimme, es ist zu schwer zu singen, zu instrumental. Mein Lehrer Otto Schulmann hatte alle Kritik nur brüsk hinweggefegt und vorgeschlagen, daß ich die Rolle zumindest so oft studieren sollte, wie Beethoven sie überarbeitet hätte: 14mal.

Meine erste Rolle in Karlsruhe, der »Erste Gefangene«, ließ mich erstmals den Genuß der Orchesterbegleitung erfahren. Ich erlebte das wunderbare Gefühl, das sich ergibt, wenn das Orchester die Stimme trägt und mit ihr klingt. Dann kam der Tag, an dem der Gasttenor abreiste und ich die Chance bekam, meinen ersten ›Florestan‹ auf einer großen Bühne zu singen. Ach, mein Bemühen, dieses erste »Gott« in schauderhaften Ausbrüchen des schmerzhaften Empfindens und aus den Abgründen eines gequälten Tieres aus mir dringen zu lassen. Und das Erlebnis, am nächsten Tag diesen meinen ersten ›Florestan‹ auf Band zu hören. Die Orchesterbegleitung hatte mich beflügelt, ich war im Begriff, in ungeahnte Höhen des Ausdrucks und der Darstellung vorzudringen.

Ich erinnere mich an mein Debüt in der Münchener Staatsoper, mit Astrid Varnay im Jahre 1959, an Aufführungen in Berlin mit Böhm und Christa Ludwig sowie in Frankfurt und Chicago mit Solti und an viele, viele Aufführungen mit Knappertsbusch, in denen ich seine breiten Zeitmaße für mich entdeckte, sowie an zahllose Aufführungen in München, Wien, Monte Carlo, Lissabon, Buenos Aires, New York. Auch meine glorreichen ›Leonoren‹ erschienen vor meinen Augen: Leonie Rysanek, Gwyneth Jones, Sena Jurinac, Ingrid Bjoner, Inge Borkh, Birgit Nilsson, Ludmilla Dvorakova.

Die letzten gewichtigen Akkorde des Vorspiels kündigen meinen Einsatz an. Die Erinnerungen verfliegen, ich konzentriere alle meine Kräfte, versuche, meine Angst zu beherrschen und meinen Körper bis zur letzten Tiefe auszuloten, um den Stimmapparat optimal zu entspannen.

Und dann: »Gott.« Ich lege großes Gewicht in jede Phrase und versuche sie besser zu gestalten als je zuvor. Schon naht die lyrische Passage: »In des Lebens Frühlingstagen ist das Glück von mir geflohn... Wahrheit wagt ich kühn zu sagen, und die Ketten sind mein Lohn... Süßer Trost in meinem Herzen, meine Pflicht hab ich getan!« Ich befolge die Regieanweisung, richte mich auf und sehe eine Vision der Hoffnung durch ein Licht in meiner Gruft. Ist es ein Engel? Meine Frau, Leonore, die an meine Stelle tritt? »Ein Engel, im rosigen Duft sich tröstend zur Seite mir stellet.«

Große Worte verlangen großes Spiel, hier wird beides von einer Musik getragen, die großartiger nicht sein könnte. Diese Musik singe ich nun hier in Wien vielleicht – nein, ich bin sicher –, ich singe diese große Rolle zum letzten Mal.

Die in dieser Oper enthaltene Botschaft ist heute so aktuell wie eh und je. Der Aufschrei gegen die Unterdrückung, gegen die Tyrannei ist erschütternde Realität. Gibt es da überhaupt noch eine Möglichkeit, meine eigene Persönlichkeit in dieses großartige Kunstwerk zu integrieren? O Gott, laß mich noch einmal Beethoven, die Zuhörer und auch mich selbst an dieser Musik erfreuen. Gib mir eine Erinnerung an diesen Augenblick, die mich mit Stolz erfüllt. Meine Stimme soll noch einmal diese Anforderung bestehen, mir und anderen Erfüllung geben.

Die letzten Klänge der Arie verklingen, ein Schlag nach dem anderen verhallt in der flüchtigen Dunkelheit, ich sinke erschöpft und stöhnend auf den Boden, ein Schauder ergreift mich, ich breche in einem endgültigen Kollaps zusammen, dann Stille, selbst mein Puls scheint stillzustehen, endlos erscheinende Sekunden verrinnen. Doch dann plötzlich brandet Applaus auf. Da ich mit dem Gesicht zum Boden liege, kann meine ungehindert herausbrechenden Tränen der Dankbarkeit niemand erkennen. Es ist dies Dankbarkeit für die große Gabe, diese Musik empfinden und ausdrücken zu können und an ihrem Gelingen in einer Art mitzuarbeiten, die nur wenigen vergönnt ist. Sie wird mir selbst also nie wieder beschert sein, doch diese Erfüllung: »O welch ein Glück, o namenlose Freude!«

FIDELIO ist für mich mehr als eine Oper, ein Oratorium, nahezu ein Gottesdienst. Das Zueinanderfinden der Ehegatten, die unendliche Liebe Leonores zu ihrem Florestan, der Kampf gegen die Tyrannei und die Befreiung sind eine Hymne an die höchsten Werte, an die Freiheit der Menschen. Es ist ein Gebet. Auch ›Florestan‹ betet im Kerker. Seine Arie beginnt nicht zufällig mit der Anrufung Gottes. In dieser Weise empfinde ich nur noch für ein Werk der Opernliteratur: für PARSIFAL.

Diese Gefühle haben mich wie die beiden Opern während meiner gesamten Sängerlaufbahn begleitet. Mit dem »Ersten Gefangenen« in FIDELIO hatte doch in Karlsruhe alles begonnen.

Nach meinem LOHENGRIN-Erfolg wurde ich sofort der junge, gelockte Knabe, den Generaldirektor, Generalmusikdirektor und alle anderen Kapellmeister gesucht hatten. Durch die vorzeitige Abreise des Tenors der Premierenbesetzung wurde meine nächste Aufgabe die Rolle des ›Florestan‹ in FIDELIO. Wieder erwies sich die Arbeit für meine Studentenaufführungen in San Francisco als nützlich. Ich kannte die Rolle und hatte eigentlich nur mit den Dialogen Schwierigkeiten.

Auch ›Florestan‹ brachte mir in Karlsruhe großen Erfolg und festigte den ersten guten Eindruck, den ich mit ›Lohengrin‹ hinterlassen hatte. Dieser Eindruck resultierte nicht nur aus dem Gesang, sondern aus Spiel und dem Kostüm. Entsprechend der Budgetausstattung des Staatstheaters waren nicht nur Inszenierungen, sondern auch Kostüme und Requisiten einfach gehalten. Als ›Fidelio‹ hatte ich in meinem Gesicht etwas, was ich heute als Sauerkrautbart bezeichnen würde. Auf der Oberlippe war zusätzlich ein aus zwei Teilen bestehender Schnurrbart aufgeklebt. Als ich in einer Vorstellung am Ende der ergreifenden Kerkerszene mit meiner Leonore das Duett, »O namen-namenlose Freude«, bei der sich die beiden wiedergefundenen Liebenden aufs innigste umarmen, zu singen hatte, blieb eine Hälfte meines Oberlippenbartes auf der Wange meiner Partnerin kleben. Zum Glück stand sie mit dem Rücken zum Publikum. Leonore war so sehr mit ihrem »Du bist's – ich bin's« beschäftigt, daß sie von diesem kleinen Mißgeschick überhaupt nichts bemerkte und sich für die Wiederholung der »O namen-namenlose Freude« umdrehen wollte. Da ich den Bart in ihrem Gesicht kleben sah, hielt ich sie singend mit aller Gewalt fest und versuchte sie noch bis zum Ende des Duetts so zu halten, daß wir mit dem Profil zum Auditorium standen. Im nun folgenden Ringkampf erwies ich mich als der Stärkere. Leonore wollte meine vermeintliche Eigensinnigkeit freilich nicht verstehen, schließlich hatte sie mich als ihren Florestan gerade aus jahrelanger Kerkerhaft befreit und wähnte mich also schwächlich. Vielleicht hielt sie mein Spiel auch für einen Bühnenscherz oder einfach für eine Eifersüchtelei. Unser Ringkampf, der mit einer Liebeshymne nicht mehr viel gemein hatte, endete mit dem letzten Ton und dem Fallen des Vorhanges. Wutschnaubend wollte Leonore mich ohrfeigen, ich schaffte es erst in letzter Sekunde ihr zu sagen: »So schau mich doch an.« Mit großen Augen hielt sie inne, sah mich mit einer Barthälfte und fragte mich entsetzt: »Wo ist die andere Hälfte?« Anstelle der Ohrfeige bekam ich einen Kuß.

Aus diesen ersten FIDELIO-Aufführungen resultierten viele Anfragen für Gastspiele an anderen Opernhäusern. Ich erhielt einen Vertrag für München und ein Angebot für ein Gastspiel in Frankfurt.

Astrid Varnay, amerikanische Sopranistin schwedischer Abstammung, war die ›Leonore‹ meines Debüts in München. Die Varnay war die Verkörperung einer Karriere, wie ich sie immer vor Augen gehabt hatte. Ich kannte sie schon lange, wenn auch nur von Radioübertragungen. Bevor Astrid Varnay nach Europa gekommen war, sang sie viele Jahre in den Vereinigten Staaten. Sie war praktisch in jeder der von mir so sehnsüchtig verfolgten Direktübertragungen aus der Metropolitan Opera zu hören gewesen. Nun stand ich mit ihr auf der Bühne und sollte mit ihr noch viele Vorstellungen singen. Wir wurden gute Freunde, Astrid war auch ein liebevoller Ratgeber; sie hatte immer einen Tip parat. Ob es nun um die Phrasierung von Legatophasen ging, oder ganz einfach darum, wie man es schafft, bei Proben stundenlang bewegungslos zu stehen, ohne ohnmächtig zu werden. Dieses Problem stellte sich später in Bayreuth, wo ich von der Atmosphäre so gefesselt war, daß ich oft stundenlang verkrampft und bewegungslos stand und tatsächlich ohnmächtig zu werden drohte. Astrid zeigte mir einen kleinen Trick: Man stellt einen Fuß leicht schräg an den anderen und versucht zumindest in Gedanken, das Körpergewicht von den Zehen des einen Fußes auf die Ferse des anderen Fußes und von dort wiederum vor zu den Zehen zu verlagern. Diese Verlagerung ergibt eine in einer Achterschlaufe verlaufende Bewegung, die verhindern soll, daß man selbst zu wanken beginnt, die aber durch die mentale Anspannung den Kreislauf kräftigt.
Solche Ratschläge konnte ich gut gebrauchen, denn schon begann ich das für Sänger unstete Leben aufzunehmen, zu Gastspielen zu reisen und mit den Großen der Branche zusammenzuarbeiten.

Mein erster FIDELIO mit Georg Solti zum Beispiel kam unerwartet in Frankfurt und sollte mir auch die Schwierigkeiten aufzeigen, die ich als Greenhorn trotz aller großartiger künstlerischer Zusammenarbeit mit diesem Dirigenten haben konnte. Am Tage nach einer HOFFMANN-Aufführung ersuchte man mich, um 11 Uhr vormittags als ›Florestan‹ einzuspringen. Um die Vorstellung zu retten, willigte ich ein. Ich hatte eine halbe Stunde früher als üblich für eine kurze Probenbesprechung anwesend zu sein. Es konnte gar nichts schiefgehen, immerhin hatte ich an diesem Tag ein neues Auto gekauft. Da ich selbst in Europa noch nicht soviel unterwegs gewesen war und keine Zeitprobleme haben wollte, bat ich einen Kapellmeister, mich von zu Hause abzuholen und in die Oper zu chauffieren. Einheimische um Orientierung oder gar den günstigsten Weg zu fragen, ist immer ein Risiko, man wird oft in die Irre geschickt. Mein Kapellmeister wählte natürlich einen falschen Weg zur Oper, so daß wir trotz größter Hektik geschlagene drei Minuten zu spät ankamen. Im stolzen Bewußtsein, es doch gerade noch geschafft zu haben und die Vorstellung für Frankfurt und Solti retten zu können, betrat ich das Besprechungszimmer. Dort sollte ich aber einen Solti erleben, der die verbleibenden 27 Minuten lang eine Schimpfkanonade auf mich los ließ. Seine Ausdrücke waren eines Bierkutschers würdig. Von einer Probenbesprechung war nicht zu reden. Solti beschimpfte den Anfänger, der es gewagt hatte, zu spät zu kommen. Der Wortschwall endete erst, als Solti in den Orchestergraben gebeten wurde. Noch beim Gehen, indem er sich abwandte, sagte er drohend: »In der Pause kommen Sie zu mir.« Nun war ich mir natürlich keiner Schuld bewußt. Immerhin war die Verspätung nicht gerade groß und zusätzlich nicht von mir verursacht. Außerdem glaubte ich, Frankfurt und Solti einen Dienst zu erweisen, die Partie so kurzfristig zu übernehmen. Die Schimpfkanonade versetzte mich in einige Aufregung und stärkte nicht eben mein Selbstvertrauen. Als ich in der Pause an die Tür zu Soltis Zimmer klopfte, rief er: »Ich bin zu müde!« Das nächste Mal, als ich den Maestro erblicken sollte, war, als er in der Kerkerszene meinen schwierigen Einsatz mit : »Gott, welch Dunkel hier«, gab. Jeder Dirigent, wie auch jeder Tenor gestaltet diesen ersten Ton, dieses »Gott«, unterschiedlich. Es kann ein Schrei aus der Grabesstille werden, der im Piano beginnt und sich allmählich zum vollen Ausbruch entwickelt. Es kann aber auch jäh einsetzen und sich noch steigern, oder in Resignation verhallen. Diese Schlüsselstelle wird vom Publikum immer genau registriert. Ich erinnere mich nur, daß dieses »Gott« dank Solti besonders lang werden sollte. Jedenfalls hatte ich den Eindruck, daß Solti sich nicht eben bemühte, mir die Gestaltung der Rolle leichtzumachen. Trotz des großen Beifalls, der uns nach der Aufführung erwartete, sprach Solti an diesem Abend kein Wort mehr mit mir. Die falsche Abzweigung, die mein Kapellmeister genommen hatte, dämpfte noch längere Zeit meine Beziehung zu diesem Dirigenten.

Sir Georg Solti

Kein anderer Dirigent der jüngeren Vergangenheit hat es verstanden, sein reichhaltiges Repertoire ungewöhnlicher Talente in einem Beruf, der so viele kulturelle und nationale Schranken überwunden hat, zu vereinen wie Sir Georg Solti. Es ist bezeichnend für ihn, daß er sich während seiner Zeit in der Schweiz selbst in ›Who's Who in the World‹ als Flüchtling bezeichnet hat. Obwohl er dieses Schicksal mit vielen teilt, scheint Solti dieser Bezeichnung als berühmter Dirigent eine neue Bedeutung zu verleihen. Als er sein Heimatland Ungarn verließ, nahm er die Eigenschaften mehrerer Kulturen an und sie nahmen seine auf. In diesen Kulturen florierte nicht nur seine Kunst, er bereicherte sie auch durch seine weitreichenden Begabungen. Er wurde Generaldirektor in München, Frankfurt, Covent Garden und Paris und hinterließ in all diesen Stätten seinen Stempel. In Amerika übernahm er den Posten des Chefdirigenten des Chicago Symphony-Orchesters, wo er eine bereits blühende Institution noch weiter zu entwickeln verstand und zu einem der ersten Orchester überhaupt machte. Sein Titel »Sir« und seine beachtenswerte Vergangenheit als Direktor der berühmten Royal Opera muß Sir Georg in jedem Fall ein Heimatgefühl in England verleihen. Er aber wird von allen als einer der ersten Musiker in unserer Welt anerkannt und befindet sich nicht länger auf der Flucht, er ist Bürger der Musikwelt.

Es ist unfair, im künstlerischen Bereich irgend jemanden aufgrund einer subjektiven Einstellung als »den Besten« zu bezeichnen, aber auf jeden Fall kann man sagen, daß Solti in seinem Bereich einer der Besten ist. Er nahm auch viele Schallplatten auf, darunter einen RING, der der Welt die erste allgemeingültige Gesamtaufzeichnung dieses großen Meisterwerkes bescherte. Seine künstlerischen Triumphe scheinen in gewisser Art und Weise vorsichtig geplant gewesen zu sein und sich oft zufällig entwickelt zu haben. Er brachte es zuwege, sich in einem ruhigen Schritt für Schritt fortschreitenden Prozeß, der offensichtlich im Gegensatz zu seiner persönlichen Natur steht, weiterzuentwickeln, ohne dabei das Getöse, das manche andere Dirigenten begleitet, zu benötigen. Auch so wird ihm Respekt und Bewunderung entgegengebracht. Trotzdem ist Solti auch in jedem Zoll ein Showman, eine temperamentvolle, impulsive Person, die seine Ziele immer mit Stil erreicht. Er besitzt alle Eigenschaften, die ein großer Dirigent braucht, spielt sehr gut Klavier, hat eine meisterhafte Schlagtechnik, ist in Presseangelegenheiten schlau, aber nicht aufdringlich und sehr selektiv in der Wahl seiner Mitarbeiter. Ich hatte auf persönlicher Ebene meine Höhen und Krisen mit Solti, aber auf künstlerischer Basis war es mir immer eine Freude, mit ihm zusammenzuarbeiten. Jeder Künstler ist geneigt, vor diesem gut geölten, phantastisch funktionierenden musikalischen Apparat, den Solti leitet, auf die Knie zu fallen. Er selbst strahlt so viel Energie aus, die, wenn er dirigiert, wie ein Strahl aus ihm herausbricht und ihm besonderen Zauber verleiht. Er verfügt auch über viel Humor, beobachtet scharf und ist insgesamt aufregend.

Man sagt, daß die Begegnungen unter Künstlern während langer anstrengender Aufführungen mehr Einblick geben können, als lange Jahre dauernde Freundschaft. Die Zusammenarbeit mit Georg Solti in PARSIFAL, TRISTAN, GÖTTERDÄMMERUNG, FIDELIO und anderen Opern erlaubte mir den Kontakt mit Georg Soltis musikalischer Seele, und ich kann darüber nur berichten, daß sie wunderbar ist.

Nicht immer aber beginnt der Tenoreinsatz in FIDELIO übrigens mit einem »Gott«. Ein berühmter Kollege, der mir diese Geschichte auch selbst bestätigte, gastierte als ›Fidelio‹ in Neapel. Das Klima war heiß, der Sänger von der Reise stark ermüdet, so daß er am Nachmittag vor der Vorstellung Ruhe und Erholung in einer der vielen Tavernen suchte. Vor allem der italienische Rotwein, den er nicht gewohnt war, übte vorerst eine durchaus stimulierende Wirkung aus. Die Spätfolgen waren allerdings fürchterlich und nicht vorherzusehen. Der Tenor kam während des ersten Aktes ins Theater, zog sich rasch um, und schon lag er während des Vorspiels zum zweiten Akt auf der Bühne. Das gefürchtete »Gott« rückte näher, das Pochen der Beethovenschen Musik wurde beängstigend, der Dirigent gab den Einsatz: Nichts rührte sich, Florestan war eingeschlafen!

Nach einem kurzen Schock faßte sich der Dirigent und begann nahtlos das Vorspiel neuerlich zu dirigieren. Panik machte sich hinter der Bühne breit, der Inspizient überlegte, was man wohl tun könnte. Schließlich fand man zwei Alternativen, entweder konnte man den Tenor mit einer langen Stange, für das Publikum nahezu unsichtbar, anstoßen und dadurch wecken und nahm dabei auch das Risiko einer unbedachten Äußerung oder Bewegung des Sängers in Kauf, oder aber Florestan würde, was man eher hoffte, gerade noch rechtzeitig erwachen. Man wollte keine Schreckreaktion provozieren und wartete bis zur letzten Sekunde. Der Einsatz rückte näher und näher, Florestan schien immer tiefer zu schlafen; o, welche Lust! Takte vor dem Einsatz erkannte man die Notwendigkeit einer Rettungsaktion. Man verbarg alle Aktivitäten vor dem Publikum, und es gelang, den Sänger durch einen kräftigen Stoß in den Rücken zu wecken. Dieser erkannte, daß sein Einsatz unmittelbar bevorstand, sprang, ohne mit der Wimper zu zucken, auf, nahm Haltung an und sang: »Nun sei bedankt, mein lieber Schwan...«, wie das Publikum reagierte, kann man sich leicht vorstellen.

In Lumpen um die Welt

›Florestan‹ wurde eine der Rollen, die ich in aller Welt, in allen größeren Opernhäusern, mit praktisch allen großen Sopranistinnen jener Zeit singen sollte.

Sena Jurinac war oft meine Partnerin in FIDELIO. Sie hat eine großartige, warme Stimme und ist eine besonders liebe Kollegin. Innerhalb von acht Tagen sang ich mit der Jurinac in Monte Carlo in vier FIDELIO-Aufführungen und damit jeden zweiten Tag ›Florestan‹. Abgesehen von der körperlichen und stimmlichen Anstrengung, stellt sich bei so einer Aufführungsserie auch das mentale Ermüdungsproblem. Aufführungen leiden oft unter Wiederholungen in kurzen Zeitabständen, da der Reiz für den Künstler leicht verlorengeht. Diese Gefahr besteht vor allem bei italienischen Opern, trifft aber bei FIDELIO für mich keineswegs zu. Auch heute noch liebe ich diese Oper so, daß ich sie jeden Tag singen könnte. Eine schöne Serie gab ich auch im Jahr 1962, als ich als ›Florestan‹ innerhalb von 10 Tagen sechsmal in München und Monte Carlo auf der Bühne stand. Ich reiste als »Florestan vom Dienst« durch die Welt und hatte auch meine eigenen Kostüme. Wie es sich für einen im finstersten Verlies vergessenen Gefangenen gehört, präsentierte ich mich in zerrissenen und schmutzig wirkenden Kleidern, die eher Lumpen ähnelten. Die Hosen und der Rock wie auch die Stiefel sahen vom häufigen Gebrauch auf der Bühne bald arg strapaziert aus. In Lissabon öffnete einmal ein Zollbeamter just jenen Koffer, in dem dieses Kostüm zuoberst lag. Nach einem kurzen ungläubigen Blick – er überlegte wohl, ob er eine Desinfektion verlangen sollte – durfte ich meine offensichtlich bescheidene Garderobe zusammenpacken, brauchte keinen weiteren Koffer mehr zu öffnen und konnte die Kontrolle unter Mitleidsbezeugungen passieren.

Mit FIDELIO reiste ich nach Wien, 1963 nach Berlin und dann an die Metropolitan Opera von New York. In meinem Debütjahr an der Met sang ich in vier Produktionen: FIDELIO, MEISTERSINGER, ARIADNE und AIDA. Die Zusammensetzung dieser vier Opern kommt nicht von ungefähr. Bewußt wollte ich der italienischen Oper – Verdi – drei deutsche Komponisten – Wagner, Strauss und Beethoven – gegenüberstellen. Ich

Ludwig van Beethoven, Fidelio, 1976. Metropolitan Opera.
Gwyneth Jones und Jess Thomas. (18)

wollte mich als deutscher Tenor profilieren. Wenn ich auch in diesem ersten Jahr nur für eine einzige FIDELIO-Vorstellung angesetzt war, so war es mir doch wichtig, diese eine Aufführung zu singen. An der Met sang ich später dann auch in der neuen FIDELIO-Produktion von Otto Schenk gemeinsam mit Gwyneth Jones.

Nach einer der FIDELIO-Aufführungen in New York kam der Orchestervorstand der Metropolitan Opera, ein gebürtiger Wiener, zu Leonie Rysanek, Karl Böhm und mir und sagte: »Kinder, so eine Aufführung, das kann nirgendwo in der Welt besser sein.« Darauf antwortete ich: »Eine phantastische Aufführung, aber es gibt einen Platz, der das übertrifft, nämlich Wien.« Für diesen Musiker war meine Meinung unverständlich, denn immerhin traten hier wie dort die gleichen Sänger in der gleichen oder einer ähnlichen Produktion, unter demselben Dirigenten auf. Und trotzdem bestehe ich darauf: In Wien wäre diese Aufführung noch besser gelungen. Woran das liegt? Am Orchester!

Gerade er als Orchestervorstand war sehr betroffen und wunderte sich, dieses Statement von einem amerikanischen Sänger zu hören. Noch innerhalb der nächsten zwei Monate erreichte mich in Wien ein Anruf dieses Mannes. Er bat mich, ihm für eine FIDELIO-Aufführung in Wien Karten zu besorgen. Sie sollte in der New Yorker Besetzung, also mit der Rysanek und unter der musikalischen Leitung von Karl Böhm stattfinden. Nach dieser Vorstellung kam Besagter dann in meine Garderobe, um kopfschüttelnd immer wieder zu sagen: »Thomas, Sie haben recht, Thomas Sie haben recht... aber wieso?«

Wieso wirklich? Ist das nur Einbildung? Ich glaube nicht.

Ein Orchester, in dem schon Vater und Großvater der im Orchestergraben sitzenden Musiker selbst Musiker waren, in dem das natürliche Musikempfinden des Volkes die im Lande geborene Musik reflektiert, muß, selbst gegenüber einem so ausgezeichneten, hochprofessionellen und aus phantastischen Individualisten bestehenden Orchester wie dem der Met einen Vorteil haben.

Mit der Wiener Staatsoper und FIDELIO ging ich im Jahr 1979 in meiner Heimat auf Tournee. In Washington D. C. und New York City wurden neben FIDELIO auch noch die 9. Symphonie von Beethoven und Konzerte gegeben. In meiner Lieblingsoper in meiner Heimat als Mitglied der berühmten Wiener Staatsoper auftreten zu können, war so aufregend wie die ersten Bühnentage. Als Partnerin für alle Aufführungen war Gwyneth Jones erwählt, Dirigent war Leonard Bernstein. Das sonst so kühle Publikum in Washington D. C. wurde von jeder der sechs Vorstellungen mitgerissen. Die Wiener Staatsoper erlebte täglich neue Triumphe. Anschließend übersiedelten wir nach New York City, um in der Avery Fischer Hall FIDELIO konzertant aufzuführen. Um möglichst viele Zuschauer und das große Orchester unterzubringen, wurde die Halle eigens für dieses Ereignis umgebaut, die Sitzreihen standen dicht gedrängt. Als ich zum ersten Mal auf diese Bühne trat, wurde mir eine entsetzliche Besonderheit der konzertanten Aufführungen bewußt. Die Intimität, die Abgeschlossenheit und damit auch eine gewisse Freiheit des Künstlers auf der Bühne, der das Auditorium praktisch nie zu Gesicht bekommt, geht verloren. Nur einen Meter, direkt unter meinen Füßen, am Beginn der erhabenen Bühne saßen die Zuschauer. Florestan trug Frack, stand im Scheinwerferlicht, war weder angekettet und schon gar nicht allein. Eine Kerkerstimmung kann da nicht aufkommen. In solcher Umgebung Empfindungen zu entwickeln, um eine Rolle entsprechend zu interpretieren, bedarf einiger Konzentration und einer besonderen

Einstellung. In der ersten Reihe saß auch eine liebe Freundin, Jessye Norman, die ich allerdings während des Vortrags nicht gesehen hatte. Erst als sie mir nach der Aufführung hinter der Bühne zur gelungenen Vorstellung gratulierte, erfuhr ich von ihrer Anwesenheit.

Erste Rollen in Karlsruhe

Schon zu Beginn meiner Laufbahn fand ich heraus, daß der Erfolg mindestens ebenso schwer zu ertragen ist wie eine Niederlage. Und ich hatte Erfolg, den ich durch die mir eigene, optimistische und idealistische Einstellung ungetrübt zu genießen versuchte. Keineswegs aber wollte ich mich auf diesen ersten Lorbeeren ausruhen. Ich fühlte, daß ich jetzt ein Künstler war und arbeitete daran, meine Kunst zu perfektionieren. Dies schien mir eine Notwendigkeit und ein Anliegen, das weit über allen Intrigen und täglichen Arbeitskonflikten stehen sollte. Damit sollte ich mich freilich irren. Ich befand mich nämlich bereits mitten im Schlachtfeld einer persönlichen Auseinandersetzung im Badener Staatstheater. Eine Front bildete Generalmusikdirektor Kranhalls, der mich in der nächsten Inszenierung von HOFFMANNS ERZÄHLUNGEN einsetzen wollte, die andere vertrat der erste Kapellmeister, Walter Born, der mich für seine neue Inszenierung des TROUBADOUR beanspruchte. Darüber hinaus riefen alle möglichen Opernhäuser aus Deutschland und Österreich an und luden mich zu Gastspielen ein. Sie wußten nicht, daß mein Vertrag keine Gastspiele zuließ. Ich war zur Entdeckung geworden, um die sich jedermann bemühte. Es war natürlich schmeichelhaft, von allen umworben zu sein, aber es war auch einigermaßen schwierig, die Verwicklungen und Strömungen, die in alle möglichen Richtungen zogen, unter einen Hut zu bringen. Ich ging daher, als es dann doch zuviel wurde, zu meinem Generaldirektor und machte ihn darauf aufmerksam, daß ich eigentlich zum Singen engagiert war und kein Interesse hatte, als Pingpongball zwischen Interessen der Theaterleute hin und her gespielt zu werden.

Er nahm sich meines »Troubadour-Problems« in einer äußerst bizarren Art und Weise an. Ich sollte die Rolle lernen, das war kein besonderes Problem, denn ich hatte auch diese Rolle schon in einer Studentenaufführung gesungen, und ich sollte auch an den Bühnenproben teilnehmen. Allerdings hatte Karlsruhe einen Gastsänger für diese Produktion engagiert und zusätzlich einen weiteren Tenor in petto, der die Rolle singen konnte und dies auch wollte. Welch phantastischer Zirkus!

Es folgte eine Probenzeit mit drei Tenören für eine Rolle. Die Tage vergingen, und die Frustration des Regisseurs, der gleich mit drei Manricos zu arbeiten hatte, wuchs ebenso wie die der betroffenen Sänger. Dann kamen die Orchesterproben, auch hier hatten alle drei Tenöre anwesend zu sein. Das Chaos war perfekt, als der Generalmusikdirektor, der während der ersten Probenzeit zu einem Gastspiel außer Haus gewesen war, zurückkehrte und feststellte, daß ich TROUBADOUR probte und nicht auf seine Serie von HOFFMANNS ERZÄHLUNGEN gewartet hatte. Er war außer sich und brüllte: »Erkennen Sie denn nicht, daß Sie der erste Kapellmeister nur als Dekoration für seinen Weihnachtsbaum braucht?«

Ich versuchte ihm zu erklären, daß ich nur den Anweisungen des Generaldirektors folgte, doch wurde die Situation dadurch nur noch schlimmer. Der Generalmusikdirektor und der Generaldirektor in Karlsruhe tobten ihren persönlichen Zwist aus, die dicke Luft, die dadurch entstand, war so, daß man sie buchstäblich hätte schneiden können. Zu guter Letzt gab der Generaldirektor eine Weisung heraus. Ich sollte die Generalprobe singen, die zwei anderen Tenöre hatten in Kostüm und Maske der Probe beizuwohnen. Es geschah wie angeordnet. Ein Sängerwettstreit kündigte sich an. Aber nicht nach Wagner, sondern nach Verdi, in der Inszenierung der Direktion. Aus begreiflichen Gründen fühlte ich mich nicht besonders wohl, ich wollte die Situation mit meinen Kollegen klären und den fürchterlichen Wettstreit abwenden. Dazu suchte ich die Kontrahenten auf, um ihnen mitzuteilen, daß ich auf meine Mitwirkung aus eigenem Antrieb verzichten würde. Beide waren sich aber einig, daß ich das nicht tun konnte. Das Schicksal nahm seinen Lauf. Am Tag der Generalprobe stand Manrico in dreifacher Ausfertigung hinter der Bühne, eigentlich ein Wunder, daß man Geld für die dreifache Anzahl der Kostüme ausgab. Ein Bruder blickte den anderen hilflos an. Diese Situation sollte typisch für mein Verhältnis zu anderen Tenören bleiben. Wir waren allesamt nie Gegner, sondern Gefangene einer unmöglichen Situation.

Die Probe begann, und ich sang bis zum Ende des dritten Aktes, der mit der berühmten und gefürchteten Stretta schließt. Vor dieser Schlüsselstelle winkte der Dirigent das Orchester ab und probte die Stretta mit jedem der beiden anderen, wartenden Tenöre. Eine mittelalterliche Tortur! Der Generaldirektor saß allein im Auditorium und hörte sich die Ausgaben der Stretta genüßlich an. Nach einer kurzen Pause konnte ich die Probe fortsetzen und ohne Unterbrechung zu Ende singen. Nach dieser bizarren Probe verschwanden alle Beteiligten so schnell als möglich aus dem Theater, die Peinlichkeit war nicht mehr zu ertragen. Den Sängern wurde mitgeteilt, daß der Generaldirektor die Entscheidung über die Besetzung des Manrico später bekanntgeben würde. Nur, die Premiere war schon für den nächsten Tag angesetzt. Erst spät am Abend erhielt ich eine telefonische Verständigung, daß ich der Auserwählte war. Ich war sicher, daß auch die römischen Gladiatoren seinerzeit unter keinem größeren Druck gestanden haben konnten. Die Idee, Künstler in der Arena der Bühne gegeneinander antreten zu lassen, ist natürlich nicht neu, in mannigfaltiger Weise wird sie auch an großen Häusern angewandt. Die Art und Weise, in der diese Zwistigkeiten ausgetragen wurden, war aber so unwürdig, daß ich die Situation nie mehr vergessen konnte. Glücklicherweise mußte ich so eine Tortur später nicht mehr durchmachen.

DER TROUBADOUR wurde für mich ein Erfolg, er bewies mir aber auch zum ersten Mal, daß die Grundvoraussetzungen für eine Sängerlaufbahn gute Nerven und eine gehörige Portion Selbstvertrauen sind. Gerade im TROUBADOUR konnte ich zeigen, daß meine Nerven auch beim hohen C nicht versagten.

Ich hatte auch später immer ein sicheres hohes C zur Verfügung und mache dafür neben der gottgegebenen Stimme auch meine guten Nerven verantwortlich. Viele Kollegen versuchen vor exponierten Tönen durch bestimmte Bewegungen eine Vorbereitung auf den kommenden Ton zu treffen. Diese Gesten der Konzentration oder Autosuggestion dienen meist weniger der Ent- und Anspannung des Stimmapparates, als der Beruhigung der eigenen Nerven. Als der berühmte Tenor Enrico Caruso einmal gefragt wurde, warum er in der Partie des ›Manrico‹ immer vor dem C mit dem Rücken zum Publikum gewandt in die Dekoration ging, um sich dort abrupt umzudrehen und mit dem C wieder hervorzukommen, sagte er dem fragenden Kollegen, der offensichtlich ein Patentrezept von Caruso erwartete: »Ich muß spucken.«

Ich hatte nun in drei Monaten drei große Rollen gesungen und gewöhnte mich daran, mit großen Orchestern zu arbeiten. Ich hatte in den wundervollen Klängen von Wagner, Beethoven und zuletzt Verdi gebadet – kein schlechter Start! Ein weiterer großartiger, wenn auch oft unterschätzter Komponist sollte folgen: Jacques Offenbach.

Jacques Offenbach, Hoffmanns Erzählungen, 1959. Wien. (19)

Die nächste Neuinszenierung in Karlsruhe galt also HOFFMANNS ERZÄHLUNGEN. Nach dem Erfolg in LOHENGRIN hatte mir Generalmusikdirektor Kranhalls selbst den ›Hoffmann‹ angeboten. Als es nun soweit war, versuchte er einen Rückzieher zu machen, denn immerhin hatte ich in der Zwischenzeit den TROUBADOUR für seinen Rivalen, den ersten Kapellmeister, gesungen. Er sprach schon davon, daß er einen Gastsänger einladen würde, wahrscheinlich den, der auch die Premiere des LOHENGRIN und die des FIDELIO gesungen hatte. Ich war natürlich enttäuscht, lernte aber die Rolle des ›Hoffmann‹. Auch ›Hoffmann‹ hatte ich schon in einer Studentenaufführung gesungen, so daß ich zumindest in einer englischen Version Erfahrung hatte. Mein Lehrer Schulmann war von dieser Oper so begeistert, daß ich das Gefühl hatte, schon ihm zu Ehren diese Rolle unbedingt singen zu müssen.

Auch heute schätze ich, HOFFMANNS ERZÄHLUNGEN sehr. Diese Oper vermittelt nicht nur eine wunderbare Botschaft, sie gibt auch den Darstellern ausreichend Gelegenheit, sich zu entfalten und etwas aus ihren Rollen zu machen.

Hoffmann, der durch die rosa Brille auf hochgesteckte, nicht erreichbare Ideale blickt, versäumt das Leben. Er täuscht sich in seinem Optimismus selbst und hält vorgegaukelte Dinge bis zu deren Zusammenbruch für echt, oder aber er ergreift das naheliegende ideale Glück deswegen nicht, weil er es zu gering schätzt. Hoffmann ist eine Rolle, die gestaltet werden muß und kann. An Realitätsbezug konnte es mir beim Studium nicht mangeln, denn ich durfte meine nächsten Erfahrungen mit der Intrigenwelt der Bühne machen. Für diese Neuinszenierung hatte Karlsruhe einen Regisseur aus Stuttgart engagiert, Berthold Sackmann. Sein Enthusiasmus war ansteckend, und ich fand in ihm einen treuen Verbündeten. Obwohl ich die Rolle des ›Hoffmann‹ bekommen hatte, ließ mich Kranhalls wissen, daß er seine Entscheidung nur hauchdünn getroffen hatte und er seinen Tenor in Paris in Reserve hätte. Dieser konnte zu jeder Zeit gerufen werden.

Die letzten Wochen vor der Premiere brachten wieder eine spannungsgeladene Atmosphäre. Nur Sackmann war für mich die reine Freude, er war ein gestandener Theatermann, der, obwohl er noch nie zuvor eine Oper inszeniert hatte, viel Erfahrung hatte. Als Regisseur war er mit allem einverstanden, was ich auf der Bühne machte, zusätzlich brachte er seine Vorstellungen ein. Er hätte in keiner Art und Weise hilfreicher sein können und gab mir wichtige Impulse in der Darstellung der schwierigen Titelpartie. Ich lernte neue darstellerische Wege zu gehen. Natürlich waren auch ›Lohengrin‹ und ›Florestan‹ schwere Rollen, aber aus schauspielerischer Sicht reichen sie bei weitem nicht an ›Hoffmann‹ heran. Sackmann ließ mich auf Tische springen und von diesen wieder herunterfallen, er hatte schwierige Tanzschritte für mich bereit, bei denen ich natürlich singen mußte und verlangte generell eine sehr aktive, körperlich anstrengende Interpretation. Die Skala der Emotionen ist in Hoffmann voll ausgeschöpft, er ist Träumer, Romantiker, feuriger Poet, ein zarter und behutsamer Liebhaber, ein randalierender Trinker, der verzweifelte, tragische Betrunkene, der ewige Optimist und der desillusionierte Pessimist.

Während ich versuchte, den schwierigen Charakter Hoffmanns bestmöglich darzustellen, hatte ich auch gleichzeitig an der musikalischen Interpretation zu arbeiten. Dabei unterstützte mich Emmy Seiberlich, meine gute Hexe, meisterhaft.

Kranhalls kam wieder einmal kurz vor den Orchesterproben von einer Gastspielreise zurück. Sofort nach seiner Ankunft wurde ich gerufen, um gemeinsam mit ihm die Rolle durchzugehen. Er war keineswegs zufrieden. Seiner Meinung nach war ich für diese

Rolle ungenügend vorbereitet. Nach diesem Treffen hatte ich den Eindruck, daß er sofort seinen Tenor in Paris anrufen würde. Seine Kritik traf bei mir auf Unverständnis, ich hatte noch nie so schwer und intensiv an einer Rolle gearbeitet, und ich wußte, daß ich gut vorbereitet war.

Von Offenbachs Oper existieren verschiedene Versionen. In Karlsruhe wurde jene aufgeführt, in der die schwierige Giulietta-Szene im dritten Akt gespielt wird. Die lange Arie des Hoffmann ist dann besonders kräfteraubend. Sackmann hatte viel Zeit darauf verwendet, mit mir den optimalen Effekt herauszuarbeiten. Die Bühne war zum Zuschauerraum hin mit einem Schleiervorhang abgeschlossen. Gleich dahinter, in der Nähe des Souffleurkastens, stand Giuliettas Bett. Ich sang meine Arie, während Giulietta sich im Bett zurücklehnte.

Besonders mit dieser Szene waren wir alle sehr zufrieden, und Sackmann versicherte mir mehrmals, daß kein anderer Tenor und schon gar nicht jener, der in Paris wartete, diese Rolle besser auf die Bühne bringen konnte als ich. Kranhalls hingegen schimpfte über jedes Detail. Während der Proben beobachtete er ganz genau, wie Sackmann mit mir arbeitete. Für jede Kritik von Kranhalls bekam ich postwendend lautschallende Lobesworte von Sackmann.

So prasselten während dieser Vorbereitungen Lob und Kritik abwechselnd auf mich nieder, und ich mußte in dieser Situation versuchen, in die Rolle hineinzuwachsen.

Mein Lehrer Otto Schulmann war der erste gewesen, der mich nicht nur zum Sänger formte, sondern mich stets drängte, die Rolle, in der ich auftrat, auch tatsächlich zu verkörpern.

Dementsprechend versuchte ich, vor meiner Reise in das Opernland Europa, mein nicht unbeträchtliches Körpergewicht zu reduzieren. Ich wollte möglichst heldenhaft aussehen. Gerade als Hoffmann, so stellte ich mir vor den Probenarbeiten vor, müßte man nicht nur perfekt singen, sondern auch ansprechend aussehen. Mit großer Freude erwartete ich daher die ersten Anproben. Mein Entsetzen war groß, als die Garderobiere begann, mein Kostüm auszustopfen und mir mehr Leibesfülle in Form von Wattebauschen zu unterlegen, als ich je vor meinen Abmagerungsbemühungen besessen hatte. Reklamieren half nicht, man bedeutete mir nur, daß kein normaler Mensch so wie ich aussehen würde. Mein Brustkasten wäre zu mächtig für meinen Bauch und meine Hüften, und um diesen Irrtum von Mutter Natur auszugleichen, mußte man mit Zellstoff korrigieren. Zudem wollte man offensichtlich, daß ich nicht nur wie ein Tenor singe, sondern auch wie das Ideal eines Tenors aussähe, und diese waren zu dieser Zeit etwas fülliger als ich dachte.

Die Proben gingen in der üblichen geladenen Atmosphäre weiter bis zum Tag der ersten Kostümprobe. Kranhalls dirigierte mit Elan, und es gab während der ersten beiden Akte kein Problem. Er lächelte sogar und nickte bisweilen zustimmend. Die Situation war mir allerdings nicht geheuer, ich war sogar besorgt, aber doch erfreut, daß offensichtlich alles so gut ging. Meine stillen Zweifel waren jedoch berechtigt. Als ich bei der gefürchteten Arie des dritten Aktes angelangt war, wußte ich, daß etwas passieren würde. Kaum hatte ich die Arie zu Ende gesungen, unterbrach Kranhalls die Probe und ließ uns alle wissen, daß diese Szene unmöglich so bleiben konnte.

Sackmann kam augenblicklich auf die Bühne, schob Giuliettas Bett einige Meter weiter vor zur Rampe und nickte dem Dirigenten zu. Die Arie begann aufs neue, und ich sang wiederum bis zum letzten Ton, als Kranhalls neuerlich unterbrach und vehement versicherte, daß das Bild nach wie vor unmöglich so bleiben konnte. Ich wäre ihm nicht

Jacques Offenbach, Hoffmanns Erzählungen, 1959. Wien. (20)

gefolgt, jede Bewegung war falsch und die Regie sowieso dilettantisch. Er sparte sich auch nicht die Kritik, daß er natürlich seinen Tenor aus Paris holen müßte, und daß er von Beginn an gewußt hätte, daß es sinnlos war, mir diese schwierige Rolle anzuvertrauen. Seine Nörgelei war mir nun in dieser Situation allerdings zuviel. Ich hatte schon mehr als 90% der doch schwierigen Oper gesungen und die teuflische Arie immerhin schon zweimal hinter mir. Obwohl ich immer stolz auf meine Selbstbeherrschung war, gingen diesmal meine Nerven, die durch die ständigen Nörgeleien ohnehin angespannt waren, mit mir durch. Ich fühlte, daß ich an einem wichtigen Scheideweg angelangt war und schritt, kraft einer Courage, die durch meinen Zorn verstärkt war, nach vorne und ersuchte die Techniker, den Schleiervorhang, der mich von Kranhalls und dem Orchester trennte, hochzuziehen. Langsam schritt ich nun bis zum Rand der Bühne, blickte direkt in die Augen des Dirigenten und sagte: »Maestro, wir werden so lange proben, bis es richtig ist: können wir die Arie noch einmal wiederholen?« Kranhalls sagte kein Wort und begann. Ich sang mit aller Kraft und legte mein ganzes Herz und die Überzeugung eines Mannes, der um sein Leben kämpft, in die Musik. Kaum war die Arie beendet, unterbrach das Orchester von alleine. Alle Musiker standen auf und brachten mir eine Ovation dar. Kranhalls war hochrot angelaufen, aber er war geschlagen. Niemand im Theater konnte ruhigen Gewissens sagen, daß ich nicht gut gesungen hätte. Die Probe ging dann ohne Unterbrechung bis zum Ende der Oper. Die Premiere war ein großartiger Erfolg und selbst Kranhalls war nach diesen Ereignissen plötzlich überfreundlich, respektvoll und korrekt, in seltenen Fällen sogar hilfreich.

Für viele Jahre sollte ›Hoffmann‹ meine meistgesungene Rolle bleiben. Ich trat in Karlsruhe, Stuttgart, Frankfurt und München auf und hatte mit Josef Krips eine Zusammenarbeit begonnen. Wien sollte HOFFMANN gleichfalls herausbringen, und hätte man mir nicht eine Orchesterprobe für eine Produktion verweigert, die ich zuvor nie gesehen hatte, wäre es auch sicherlich dazu gekommen.

Die Ratgeber

Die Zeit der ersten Erfolge brachte natürlich nicht nur gute Freunde, sondern auch die Bekanntschaft der Geschäftemacher und der Ratgeber, die nur auf ihren Vorteil sehen. Unmittelbar nach dem Erfolg kam ein Agent und ließ mich einen neuen Vertrag für Karlsruhe unterschreiben. Dieser Vertrag bot zweifellos gute Rollen, auch höhere Bezüge, die ich in dieser Zeit dringend benötigt hätte, ließ mir aber für Gastspiele, die ich für meine Entfaltung dringend brauchte und auch eingeplant hatte, keine Möglichkeit.

Ich war ahnungslos, man kann es auch naiv nennen, hatte schlechte Deutschkenntnisse und dachte einfach nicht an die Möglichkeit, daß mir irgend jemand einen Vertrag vorlegen würde, der die besprochenen Gastspiele ausschließen würde. Der Agent zerbrach sich seinen Kopf nicht über meine Probleme und wies mich auf die Auswirkungen seines Vertrages in keiner Weise hin. Als Direktor Schäfer aus Stuttgart dieses Papier sah, schlug er die Hände über dem Kopf zusammen und beschimpfte mich. Schäfer wollte mich doch unbedingt für das ARIADNE-Gastspiel, wenn er mich schon nicht für einen bindenden Vertrag gewinnen konnte. Er bot nicht nur seine Hilfe an, sondern schritt sofort zur Tat. Er wollte nach Karlsruhe kommen, das war etwas Besonderes.

Schäfer, ein Grandseigneur der alten Schule, schon vom Auftreten her respekteinflößend, hatte einmal kurz nach Kriegsende schlechte Erfahrungen mit dieser Stadt gemacht. Er war nach Karlsruhe gereist, aus dem Zug gestiegen und wollte telefonieren. Als er feststellen mußte, daß es nur alte, an das handvermittelte Fernsprechamt angeschlossene Telefone ohne Wählscheibe gab, stieg er sofort wieder in den Zug und fuhr nach Stuttgart zurück. Er wollte in einer so rückständigen Stadt nicht arbeiten. All diese Ressentiments warf er jedoch über Bord, als er meinen Vertrag sah. Er fuhr sofort nach Karlsruhe, um ihn mit Generaldirektor Rose zu besprechen und für entsprechende Gastspiele zu sorgen. Rose ließ aber nicht mit sich reden, schließlich war er in Karlsruhe der Generaldirektor und gerade mir nicht besonders wohl gesinnt. Schäfer aber dachte, daß meine Gastspiele nicht nur für mich, sondern auch für ihn und sein Theater so wichtig wären, daß er mit dieser Angelegenheit direkt zum deutschen Kultusminister ging und dort für mich sozusagen »von oben verordneten Urlaub« für Stuttgart erwirken konnte. Meine Gastspiele waren damit gesichert.

Rose nahm das zur Kenntnis, kapitulierte aber keineswegs. Er rief mich bald zu sich und schlug mir für die nächste Spielzeit die Rolle des ›Tannhäuser‹ vor. Natürlich lehnte ich ab, ich war ein Jahr hier und wollte zuerst lyrische, kürzere Rollen singen und Erfahrung sammeln. Mit allen Mitteln versuchte Rose sich durchzusetzen und mich in diese Rolle zu zwingen. Als Schäfer mir dann ein Gastspiel als ›Bacchus‹ in Stuttgart anbot, drohte es daran zu scheitern, daß Rose alle nur denkbaren Termine verplant hatte. Es kam zu einer Besprechung zwischen Rose, Schäfer und mir, wobei Rose vorbrachte, daß ›Bacchus‹ eine Heldenpartie sei und ich ja offensichtlich keine Heldenpartien singen wollte. Außerdem wäre jeder Tag mit Proben und Aufführungen verplant. Schäfer bewies eine Engelsgeduld, er kam mit einem Terminvorschlag nach dem anderen, um jeweils nach kurzem Blick in Roses Kalender die Antwort zu erhalten, dies oder jenes sei gerade an dem betreffenden Tag angesetzt und ich somit unabkömmlich. Erst ein neuerlicher Anruf aus dem Ministerbüro konnte die Sache klären, mein Gastspiel kam zustande, ›Tannhäuser‹ hingegen wurde von Ken Neate übernommen. Ich freute mich, nicht nur auf der Bühne, sondern auch im Verhandlungszimmer Erfolg gehabt zu haben.

Die Zeit der ersten Erfolge ist für jeden jungen Künstler wunderbar, weil die Bestätigung des eingeschlagenen Weges zum ersten Mal sichtbar wird. Es ist aber auch eine Zeit, in der viele Weichen für die Zukunft gestellt werden und viele Entscheidungen von fast unabsehbarer Tragweite zu treffen sind. Kaum ein Künstler hat dabei wirklich Hilfe von außen zu erwarten. Der einzig verläßliche Ratgeber ist das eigene Geschick, die Situation zu meistern. Viele kommen plötzlich, jeder verlangt etwas und möchte, daß man an seinem Haus diese oder jene Partie singt, unabhängig davon, ob sie für den Sänger selbst gut ist oder nicht. Man erhält einen Vertrag nach dem anderen und ist leicht versucht, sich zu übernehmen. Hat man das Glück, sich in mehreren Vorstellungen zu bewähren und eine entsprechende Presse zu bekommen, setzt sich ein Karussell in Bewegung, das sich mit zunehmender Geschwindigkeit dreht.

Aus dieser Zeit füllen Unterlagen über meine Laufbahn heute mein Heim; Kritiken, Photos und Briefe von Fans sind in Schränken verstaut. Nur bis zu jenem Zeitpunkt in Karlsruhe, in dem sich mein Erfolg festigte, sind die Unterlagen geordnet und mit viel Liebe in Alben zusammengefaßt. Ich hatte bis dahin gerade fünf Opern gesungen, von jeder den Programmzettel, die Kritiken und auch Photos eingeklebt, selbst liebevolle, verzierte Beschriftungen angefertigt und so den Beginn meiner Laufbahn dokumentieren wollen. Schon nach diesen fünf Opern endeten diese Bemühungen. Mir blieb durch die Entwicklung überhaupt keine Zeit mehr, um mich solch archivarischen Betrachtungen hinzugeben. Ich wurde einfach vom Strom mitgerissen.

In dieser Situation erweist sich die Tatsache als besonders schwierig, daß man sich in einem Atemzug künstlerisch zu bewähren hat und gleichzeitig kaufmännisch die richtige Entscheidung treffen muß. Besonders schwer fiel mir damals die Absage gegenüber Georg Solti, der eine meiner Aufführungen von HOFFMANN in Frankfurt besuchte. Solti kam nach der Vorstellung in meine Garderobe, zeigte sich sehr beeindruckt und wollte, daß ich vorsinge. Da ich gerade auch TROUBADOUR mit großem Erfolg gesungen hatte, sang ich die Arie des Manrico und die Stretta. Solti nickte zufrieden und bot als Chef der Oper von Frankfurt einen Vertrag an. Ein verlockendes und sicher schmeichelhaftes Angebot. In der Zwischenzeit hatte ich aber schon Kontakt mit anderen Opernhäusern, vor allem mit München, und konnte und wollte keinen Vertrag für Frankfurt eingehen, ich mußte ablehnen. Solti war nicht richtig böse, aber sicherlich verstimmt. Bald darauf sprang ich in Frankfurt in FIDELIO ein und hatte, wie schon beschrieben, meine Probleme mit Solti.

Die Entscheidungen eines Künstlers bezüglich der Bindung an ein Opernhaus, sowie über Verträge und Gastspiele sind besonders heikel. Es muß ein Kompromiß zwischen realen, kurzfristig erreichbaren und langfristig angestrebten Zielen geschlossen werden. Wird ein Vertrag auf einer Seite abgeschlossen, kann man ihn nicht wegen eines, wenn auch wesentlich günstigeren, prominenteren Angebotes gleich wieder fallenlassen. Kein junger Künstler kann es sich jedoch leisten, darauf zu warten, Verträge mit den ganz großen Bühnen zu bekommen. Man muß daher versuchen, in vielen Kompromissen die geplante Marschroute einzuhalten. Generell heißt es aber doch: »Wer zuerst kommt, mahlt zuerst.«

Ich hatte ein festes Engagement in Karlsruhe, hatte die Erlaubnis für Gastspiele erzwungen und begann, mich für die großen Bühnen zu interessieren. Eine wichtige Station nach Stuttgart und Frankfurt war München.

Zur Einladung zu diesem Gastspiel war es schon sehr früh durch ein völlig unbeabsichtigtes Vorsingen gekommen. Im Sommer 1959, gleich nach einem frustrierenden Bayreuther Vorsingen, war ich nach München gereist, um mit einem Kapellmeister an ›Bacchus‹ zu arbeiten. Dessen Fürsprache bei Herbert List, dem Leiter des Betriebsbüros der Münchener Oper, hatte ich es zu verdanken, daß ich den Proben für ARIADNE beiwohnen durfte.

Immerhin hatte ich diese Oper noch nie gesehen. Am Ende einer dieser Proben passierte etwas, was für jeden jungen Sänger bestenfalls im Traum angenehm ist und normalerweise nur dort mit einem großen Engagement enden kann: Der Kapellmeister, mit dem ich privat arbeitete, machte Hartmann, dem Direktor, den Vorschlag, »den zufällig anwesenden Jess Thomas« anzuhören. Hartmann war von der Idee begeistert und bat mich unversehens auf die Bühne. Ein Vorsingen ohne Vorbereitung, aber für eine Rolle, die ich selbst erst beobachten wollte, hatte mir zu diesem Zeitpunkt gerade noch gefehlt. Ich sang also aus LOHENGRIN vor und schien sowohl Hartmann als auch List zu beeindrucken.

Umgehend erhielt ich für November 1959, also fünf Monate später, das Gastspielangebot für FIDELIO. Genau ein Jahr später sang ich übrigens den ›Bacchus‹ in jener ARIADNE, deren Proben ich mitverfolgt hatte. Bald kehrte ich nach München zu meinem ersten Gastspiel in FIDELIO zurück. Ich machte dort auch die ersten Erfahrungen mit der Organisation eines großen Hauses.

Jedes Opernhaus hat einen Leiter des »Künstlerischen Betriebes«, eine Position, die unter Umständen und in Details wesentlich mächtiger sein kann als die des Leiters des Opernhauses. In München war dieser Betriebsbüroleiter Herbert List, den ich bereits kannte. Die wahre Macht dieser Positionen an den Opernhäusern liegt darin, daß, abgesehen von den großen Entscheidungen, die der Direktor selbst trifft, die wirklichen Entscheidungen des täglichen Lebens, aber auch die Vorschläge für Engagements, Verträge und ähnliches vom Betriebsbüro ausgehen. In jedem Haus wird daher durch diese Position eine Vorentscheidung über Engagements und Besetzung getroffen. Der gute Kontakt zum Betriebsbüroleiter hat schon viele Karrieren aufbauen, der schlechte aber zerstören geholfen. Herbert List in München war ein ausgesprochen integerer, hilfreicher und vertrauensvoller Mann. Er lud mich, meine Frau und die ebenfalls anwesende Emmy Seiberlich nach meinem FIDELIO in die Kantine ein und wollte über zukünftige Verträge und Pläne sprechen. Emmy Seiberlich, immer hilfreich zur Stelle und ein herzensguter Ratgeber, berührte die Sache genauso, wenn nicht mehr als mich. Sie saß keineswegs dabei und ließ mich Greenhorn verhandeln, sondern führte selbst das Wort. Herbert List meinte, daß er nach dieser FIDELIO-Vorstellung doch Gelegenheiten für mich sah, einen Vertrag für die Festspiele 1960 zu erhalten. Bevor ich noch antworten konnte, fiel Emmy ins Wort und meinte: »Was heißt da Gelegenheit für Jess, das ist eine Gelegenheit für München.« List sprach weiter von einem Vertrag, den ich mir natürlich sehr erwünschte und in greifbare Nähe rücken sah. Emmy schien diese Aussicht zu torpedieren: »Jess tritt natürlich nicht unter 1000 DM Gage auf.« Das war zum damaligen Zeitpunk ein ordentlicher Betrag. List meinte, diesen Betrag später vielleicht bezahlen zu können, und Emmy konterte: »Darauf wartet Jess mit Leichtigkeit.« Je länger die Konversation dauerte, desto mehr wurde ich das Gefühl nicht los, daß Emmy übertrieb. Ich hatte ein langersehntes Ziel, einen Vertrag mit München, greifbar vor Augen, und Emmy gefährdete diesen, indem sie mich so teuer verkaufte. Trotz allem kam an diesem Abend keine schlechte Stimmung auf, und sechs Tage später erhielt ich einen Vertragsentwurf aus München. Er garantierte eine Gage von 1000 DM pro Abend und im weiteren einen Vertrag für die Münchener Festspiele im Sommer 1960.

Obwohl ich durch meine Erfahrungen doch eher davon überzeugt bin, daß es für den jungen Künstler schwierig ist, sich auf den Rat anderer zu verlassen und man Agenten, Direktoren und Kollegen mit Höflichkeit, aber doch mit Reserviertheit gegenübertreten soll, zeigt sich am Beispiel von Emmy, daß ein guter Ratgeber unbezahlbar ist. In meinem Fall kam die Tatsache hinzu, daß man es als fremdsprachiger Ausländer natürlich besonders schwer hat. Fragen sie fünfzig Leute nach der Aussprache eines schwierigeren deutschen Wortes, sie werden, insbesondere von Theaterleuten, fünfzig unterschiedliche Antworten bekommen. Für mich hat es sich als optimal erwiesen, zwei Personen zu vertrauen, meinem Lehrer Otto Schulmann und meiner Beraterin Emmy Seiberlich. Ich bemühte mich, ihre Meinungen meinem Instinkt folgend zu kombinieren und letztendlich selbst die Entscheidungen zu treffen. Abgesehen davon, daß es unmöglich ist, jedem Rat zu folgen, weil man dadurch hin und her gerissen unkonsequent und auch vor sich selbst unglaubwürdig wird, heißt es besonders in unserem Geschäft: »Trau, schau, wem?« Unsere gemeinsamen Bemühungen in München hatten Erfolg, Emmys Einmischung war nützlich und hilfreich. Herbert List blieb für immer einer meiner guten Bekannten in München. Nicht von ungefähr kam das Gelächter während einer Probe von LOHENGRIN in München an der Stelle, bei der Telramund im zweiten Akt Lohengrin anklagt und singt: »Die Macht, die er durch List gewann.«

Mehr als ein Jahr später wurde mir anläßlich einer FIDELIO-Aufführung in München klar, wie wichtig es für einen jungen Sänger ist, nicht nur kaufmännisch, sondern auch medizinisch gut beraten zu sein. Vor der Vorstellung bekam ich leichte Ohrenschmerzen, ich ging zum Arzt, er untersuchte mich und meinte, daß es eine Entzündung wäre, ich solle mir aber keine besonderen Sorgen machen. Eine Spülung wollte er nicht durchführen, da eine Infektion sonst leicht auf den Hals und die Stimmbänder übergegriffen hätte. Ich ging also beruhigt ins Hotel, legte mich nieder, um am Tag der Vorstellung feststellen zu müssen, daß die Situation viel schlimmer geworden war. Das ganze Ohr, aber auch der Kiefer tat weh, bei jeder Kopfbewegung hörte ich sprichwörtlich die Engel singen, es klingelte und summte in meinem Kopf wie verrückt. Während der Vorstellung wurden mir die Leiden des ›Florestan‹ auf diese Art nähergebracht, ob ich auch in der Lage war, sie um so prägnanter auszudrücken, kann ich heute nicht mehr sagen. Am Tag nach der Vorstellung war meine linke Gesichtshälfte nahezu gelähmt, Schulter und Arm waren steif. Sofort zu einem anderen Arzt gebracht und untersucht, schaffte es dieser, aus dem Ohr einfach ein Stück Ohropax zu entfernen, das von einem Gehörstöpsel übriggeblieben war, den ich wegen meiner Lärmempfindlichkeit verwendet hatte. Es dauerte einige Zeit, bis die Entzündung abgeklungen war, auf diesem Ohr blieb aber eine verminderte Hörfähigkeit.

Einem erfahrenen Sänger wäre so etwas nicht passiert. Er ist vorsichtig und weiß um den Wert der Gesundheit. Der junge Sänger hingegen muß erst lernen, zwischen übertriebener Vorsicht und Hypochondrie zu unterscheiden, sucht erst vertrauenswürdige und passende Ärzte und steht vielfach, insbesondere im Ausland, im luftleeren Raum.

»Don't do that kitsch«

Mein Lehrer, Otto Schulmann, war mir immer ein guter Ratgeber. Viele Grundsätze, die meine Karriere geleitet und so erfolgreich gemacht haben, verdanke ich ihm. Schulmann sagte beispielsweise immer, ich möge die Rollen vorbereiten, die ich am Beginn meiner Karriere singen wollte und nicht darauf warten, bis ich ein Engagement hätte. Er sagte stets, »bereit sein ist alles«. Nur eine Oper versuchte er mir auszureden: SAMSON UND DALILA. Schulmann meinte, diesen Edelkitsch würde man in Europa nie aufführen. Hier irrte er, schon im ersten Jahr sollte ich in Karlsruhe ›Samson‹ singen.

Berthold Sackmann wurde aufgrund des großen Erfolges der HOFFMANN-Aufführung auch für SAMSON verpflichtet. Er war Leiter eines Schauspielhauses und ein äußerst professioneller und verständnisvoller Regisseur. Zum ersten Mal in meinem Leben bekam ich ein Gefühl dessen zu spüren, was häufig als Startum bezeichnet wird. Plötzlich war ich die Hauptperson, man kümmerte sich um mich, mein Kostüm und mein Auftreten, respektierte aber gleichzeitig auch, was ich selbst für gut und richtig hielt. Ein wunderbares Gefühl, das es jedem Künstler zusätzlich ermöglicht, neue Dimensionen zu eröffnen und Eigenes einzubringen. Als Samson hatte man mir ein Fellkostüm verpaßt, das riesig, glockenförmig von mir hing. Sackmann allerdings ließ dies nicht gelten. Ich

Camille Saint-Saëns, Samson und Dalila, 1964. Metropolitan Opera. (21)

sah aus wie Samson und hatte weder Speck noch Falten zu verbergen. Man trennte daher Stück für Stück Fellimitation von meinem Kostüm, bis letztendlich nur mehr das Nötigste überblieb; ich sah dann wirklich wie ein wilder Samson aus. Eine weitere phantastische Produktion dieser Saint-Saëns-Oper, inszeniert von Nathaniel Merrill und Robert O'Hearn, bescherte mir New York 1964, gemeinsam mit Rita Gorr und Irene Dalis unter Georges Prêtre.

New Yorks Generalmanager Rudolf Bing kam vor einer Vorstellung wie üblich in die Künstlergarderobe, um mich zu begrüßen. Als er bemerkte, daß ich bereits für den Auftritt Handschellen trug, strahlte er von einem Ohr zum anderen und meinte: »So liebe ich meine Tenöre.« Darauf gab ich als Antwort: »Das glaube ich, aber bedenken Sie, schon im ersten Akt sprenge ich die Ketten.«

In der Premiere dieser Produktion saßen vier andere weltberühmte Tenöre, um die Vorstellung zu verfolgen: Gewiß eine besondere Ehre, von Spitzenkollegen wie Vickers, MacCracken, Del Monaco und Usunow so scharf beobachtet zu werden.

Zu einer dieser Vorstellungen brachte ich auch meine Mutter, die einen Sitz in der ersten Reihe bekam. Natürlich hatte sie mich vor der Vorstellung im Kostüm gesehen und kannte, obwohl sie keine Opernliebhaberin war, die Handlung der Oper. Der erste Akt schien ihr zu gefallen, sie freute sich schon auf den zweiten. Auf der Vorderbühne war ein großes, zum Publikum geneigtes Bett aufgebaut, auf dem ich mit dem Kopf in Richtung Auditorium rücklings lag. Als man mit glühenden Stecheisen kam, um meine Augen auszustechen, hatte ich über einen riesigen Früchteteller zu rollen, einen fürchterlichen Schrei auszustoßen, dabei Blutkapseln in meinen Augen auszudrücken und blutüberströmt bis an die Rampe zum Orchestergraben zu kollern.

Diese Szene war beeindruckend, für meine Mutter war das Spiel allerdings zu realistisch. Sie drohte tatsächlich vor Angst in Ohnmacht zu fallen und stürzte, ohne einen Applaus oder Vorhang abzuwarten, in die Garderobe, um zu sehen, ob ich unversehrt war. Sie war sichtlich froh, mich hinter der Bühne gesund wiederzutreffen und blieb dann sogar bis zum Ende in der Aufführung.

Über die Technik von Schreien in Opern könnte ich ein eigenes Buch schreiben, hat der Künstler doch gerade dabei Gelegenheit, ein Detail sehr persönlich zu färben. Neben den Schreien des ›Cavaradossi‹ in TOSCA ist auch der Schrei der ›Sieglinde‹ im ersten Akt der WALKÜRE ein besonderes Beispiel dafür. Ich habe diese Momente immer genossen und wäre auch gerne dem Wunsch meiner Fans nachgekommen, gemeinsam mit Leonie Rysanek, einer ebenfalls bekannten Schreieproduzentin, eine »Nur-Schreie«-Platte aufzunehmen.

Mein erstes Jahr in Europa war zu Ende. Ich hatte ein Drittel meines Vertrages für Karlsruhe erfüllt. Eine kurze und lange Zeit zugleich. In diesem Jahr hatte ich Fuß gefaßt, große Rollen gesungen und aus der Erfolgswelle der ersten Vorstellungen Gastspielverträge, Kontakte und weitere Angebote gewonnen. Trotz dieser Erfolge blieb diese Zeit eine Zeit der Studien.

In dieser Situation muß jeder Sänger lernen. Es gilt, die Rollen abzustecken, die für die Stimme und die Persönlichkeit geeignet sind, die Karriere zu planen und sich nicht blindwütig jedem Angebot hinzugeben. Jeder Erfolg muß sorgfältig analysiert werden und darf nicht dazu verleiten, auf dieser Welle weitersegeln zu wollen, man muß sich entwickeln. In dieser Zeit bestand mein Tagesablauf hauptsächlich darin, an drei bis vier

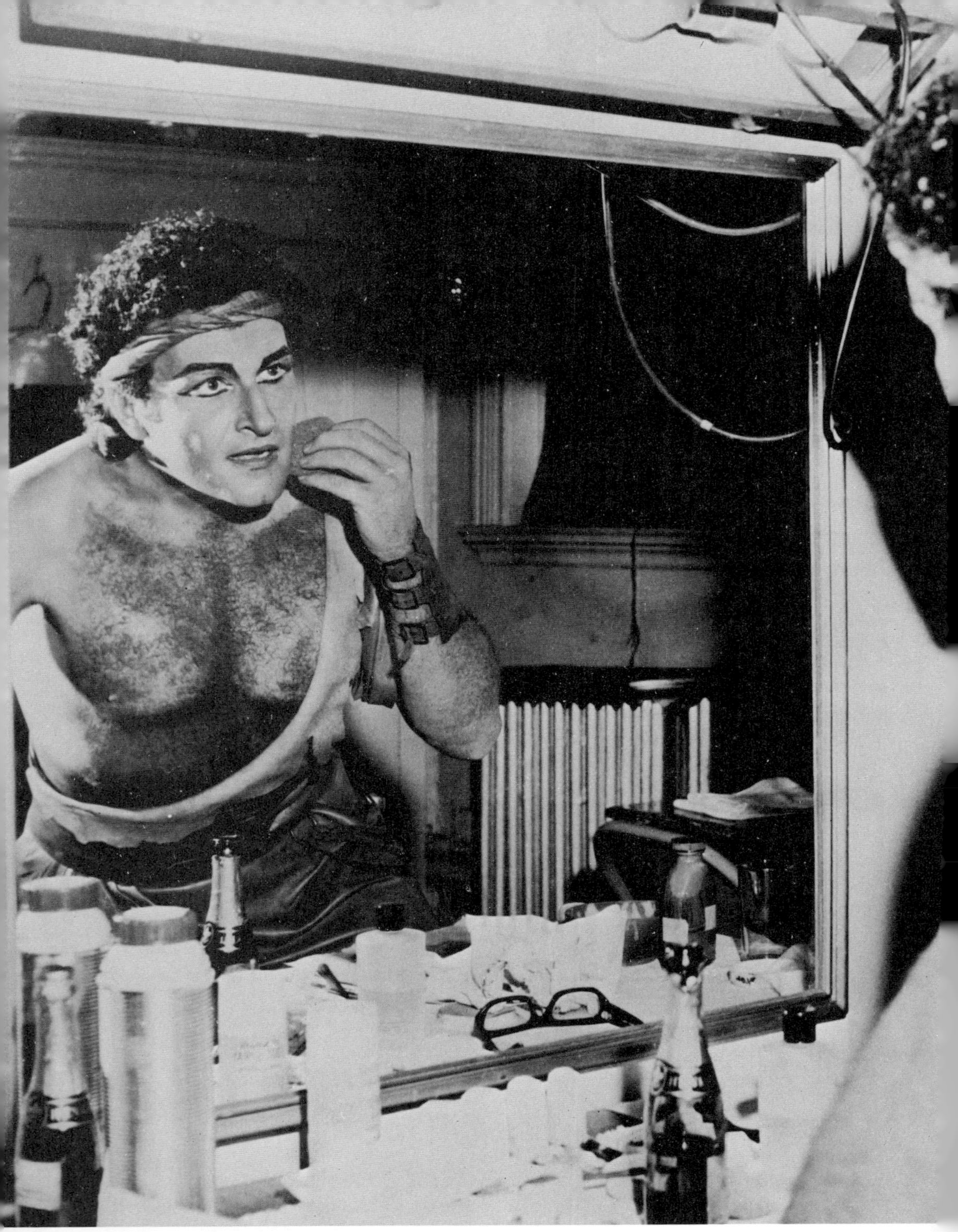

Ein letzter prüfender Blick in den Spiegel . . .
Samson und Dalila, 1965. Metropolitan Opera. (22)

Rollenproben im Bühnenbetrieb zu arbeiten und gleichzeitig drei oder vier neue Rollen einzustudieren. Das ist gar nicht leicht. Die Texte sind oft lang und schwierig, und man ist geneigt, alles durcheinanderzubringen. Meine Frau war mit unseren Kindern zu Hause und litt mit mir.

Ich versuchte, wann immer es ging, Ruhe zu schaffen, mich niederzulegen und mich zu konzentrieren. Jeder Künstler hat eine andere Methode, Rollen zu lernen. Da ich passabel Klavier spiele, beginne ich gewöhnlich damit, die Rolle, wenn auch langsam, am Klavier durchzugehen. Dabei bekomme ich ein Gefühl für die wichtigen Stellen. Danach arbeite ich gerne mit einem Korrepetitor, um die musikalische Linie der Rolle sattelfest in den Griff zu bekommen. Danach erst beginne ich mit dem Textstudium. Dabei schreibe ich den Text oft auswendig in Versform nieder, um zu üben und mich selbst zu prüfen. Erst nach diesen Schritten ist die Rolle für den Feinputz, die Arbeit mit dem Orchester und dem Dirigenten, vorbereitet. Um das langwierige, ermüdende und auch uninteressante Textstudium zu erleichtern, erfand ich verschiedene Methoden und probierte so gut wie alles aus. Ich ließ den Text auf Tonband sprechen und versuchte, diesen, über Kopfhörer vorgespielt, im Schlaf zu lernen. Das funktionierte leider nicht. Die beste Wirkung, die verschiedenen Rollen, die ich gleichzeitig lernte, auseinanderzuhalten, habe ich dadurch erreicht, daß ich im Liegen lernte. Dabei nahm ich für jede Rolle eine andere Position ein. Das geht natürlich nur für vier Rollen, also auf dem Rücken, der linken Seite, der rechten Seite und in Bauchlage. Diese kleine Eselsbrücke unterstützt das Gedächtnis offensichtlich, sie hat aber auch unerwünschte Nebenwirkungen. Meine Frau weiß zu berichten, daß ich damals im Schlaf beim Umdrehen im Bett zu singen begonnen habe und dabei immer die richtige, dieser Position zugeordnete Rolle getroffen habe.

Die Sommerpause nahte, und schon allein durch den Wegfall des regulären Spielbetriebes erwartete ich eine deutliche Entspannung meiner knappen Terminsituation. Ich fand auch Zeit für meine erste Fernsehaufzeichnung einer gesamten Oper. Aufgenommen wurde DIE MACHT DES SCHICKSALS, die später dann, am Pfingstsonntag des Jahres 1960, im Rahmen einer Eurovisionssendung in ganz Europa lief. Dieser Fernsehauftritt brachte mir viel Publicity und praktisch an jedem Opernhaus fragte man sich, wer dieser junge Erfolgstenor ist. Die positivste Seite für mich blieb vorerst die finanzielle. Aus den Einnahmen dieser Aufnahme konnte ich ein Wiedersehen mit meiner geliebten Mutter realisieren und ihr eine Einladung nach Europa finanzieren. Sie kam zu den Sommerspielen 1960 nach München und sah mich in München erstmals auf der Bühne: als ›Bacchus‹.

Der Spielbetrieb in Karlsruhe begann im Herbst. Meine ersten Rollen in diesem zweiten Vertragsjahr waren ›Faust‹ und der ›Tamino‹ in der ZAUBERFLÖTE. Diese Rolle hatte ich schon während meiner Studienzeit in Amerika gesungen, ich übernahm sie später auch in Stuttgart.

Beide Partien sang ich nicht nur in Karlsruhe, sondern bei Gastvorstellungen des Theaters auch in der Umgebung der Stadt. Das Karlsruher Ensemble pflegte damals häufig in die umliegenden Städte auf Tournee zu gehen. Dabei lernte ich rasch meine Scheu als Ausländer und meine Anfangsprobleme zu überwinden und Land und Leute zu lieben. Es war eine fröhliche, ausgelassene und lustige Zeit, jede Aufführung bescherte ein anschließendes Fest mit reichlich Rebensaft aus der Badener Weingegend. Ich begann aber auch selbst Ausflüge zu machen und mich umzusehen. Frankreich war nahe, Baden-Baden sehenswert und die wundervolle Umgebung für mich noch zu entdecken.

Nach meinem Debüt als ›Alfred‹ in TRAVIATA sang ich in Karlsruhe den ›Dimitri‹ in BORIS GODUNOV. Kranhalls dirigierte. Auch in Boris kommen Dialogstellen vor, die besonders für mich als Deutschschüler nicht einfach waren. Da ich alles perfekt machen wollte, habe ich mich immer um eine laute, deutliche, eines Schauspielers würdige Aussprache bemüht und mußte daher mein Deutsch verbessern. Erste Erfolge der Deutschstunden zeigten sich bald, und ich begann in einer Aufführung voll Selbstvertrauen aus dem Brief der Marina vorzulesen, als mich dröhnendes Gelächter aus dem Publikum unterbrach. Ich hatte keine Ahnung, was der Grund war, und mußte bis nach der Vorstellung warten, um den Unterschied zwischen ›CH‹ und ›CK‹ nochmals erklärt zu bekommen. Ich hatte nämlich gelesen: »Ich erwarte dich heute nackt im Garten.«

Nach diesem Jahr und den Erfolgen in Karlsruhe war ich auch schon selbständiger geworden, ich erlaubte mir auch bewußte Späße und begann, mir selbst welche auszudenken. Bei einer Probe für BORIS GODUNOV überzog Kranhalls wieder einmal kräftig, es dauerte zu lange, alle waren müde und wollten nach Hause. Im dritten Akt saß ich mit einem schweren Kostüm auf einem Pferd. Das Kostüm hätte besser zu ›Lohengrin‹ als zu ›Boris‹ gepaßt, ich fühlte mich durchaus wohl und wartete. Mein Auftritt kam, ich ritt auf die Bühne und begann zu singen: »Aus fernem Land, unnahbar euren Schritten.« Es dauerte wohl einige Zeit, aber zu guter Letzt lachte auch Kranhalls, der begriff, was gemeint war.

Das Ende meiner zweiten Saison in Europa brachte noch RHEINGOLD, und damit meine erste Begegnung mit Wagners RING.

Vor dem dritten Jahr meines Engagements hatte ich dann ein Schlüsselerlebnis mit meinem deutschen Agenten, das dazu führte, daß ich in Europa nie mehr einen Agenten engagierte, sondern alle Kontakte durch eigene Sekretärinnen knüpfte. Während mich dieser Agent zumindest fürs erste in Karlsruhe untergebracht hatte und ich diesen Kontakt ohne ihn nicht geknüpft hätte, waren seine weiteren Pläne keineswegs spektakulär. Nach einem kurzen Telefonat über meine weitere Zukunft, den Vertragsaussichten und Entwicklungsmöglichkeiten vereinbarten wir ein Gespräch. Wir trafen einander zum Mittagessen, und er gab mir auf meine Frage, wie meine Zukunftsaussichten in Deutschland aussähen, die beruhigende Antwort: »Eine fabelhafte Karriere, Sie werden erfreut sein. Wir haben ein Angebot aus Wuppertal.« Ich ließ durchaus erkennen, daß es nicht eben meine Wunschvorstellung war, von Karlsruhe nach Wuppertal zu gehen und fragte nach seiner Meinung über Stuttgart. Mein wohlmeinender Vertreter lachte: »Stuttgart? Die haben Windgassen, Traxel und daher sicherlich kein Interesse an Ihnen.« Zwar schon etwas eingeschüchtert, aber doch noch immer optimistisch sagte ich: »Wie wäre es mit München?« Mein Agent schüttelte den Kopf und schien mich für verrückt zu halten. »München!« sagte er, »die haben Uhl, Hopf, Fehenberger und an Ihnen noch kein Interesse. In ein paar Jahren werden wir sehen.«

Nun hatte ich aber zu diesem Zeitpunkt schon Verträge für Stuttgart und München in der Tasche und wußte, daß ich dort singen würde. Das war dem Agenten offensichtlich nicht bekannt. Ich beendete daher die Affäre: »Sie sehen also keine Chance, mich dort unterzubringen?« Er verneinte aus vollstem Herzen und felsenfest. Es fiel mir nunmehr leicht, ihm zu erklären, daß er, der ja gar keine Chance sah, mich an diesen Häusern unterzubringen, für ein eventuelles Auftreten in diesen Häusern auch keine Provision bekommen könnte. Er war entsetzt! Seit dieser Zeit hatte ich im Kreis der Künstleragenturen auch einen angeschlagenen Ruf, der aber im gleichen Maße umgekehrt galt und gilt.

Für die nächste Saison hatte ich mit Schäfer einen Tausch vereinbart. Schäfer wollte unbedingt I DUE FOSCARI, eine frühe Verdi-Oper, herausbringen. Die Oper ist musikalisch wunderbar, sie enthält eine Arie in einer Kerkerszene, die der des DON CARLOS entspricht, doch nach meinem Geschmack sogar wesentlich schöner und für den Tenor ergiebiger ist. Sie ist aber, weil im gesamten Bereich etwa einen Halbton höher liegend als die späteren Verdi-Opern, äußerst schwierig zu singen, kein Sänger hat Freude damit. Mir gefällt diese Oper und vor allem die große Arie. Hätte man nicht solchen Respekt vor dem Komponisten, könnte und sollte man sie in der Kerkerszene des DON CARLOS einfügen, um dem Tenor einen zusätzlichen Höhepunkt und dem Zuhörer einen Leckerbissen zu gewähren. Meine Zustimmung zu dieser Rolle machte ich aber davon abhängig, eine MEISTERSINGER-Aufführung zu bekommen. Den ›Stolzing‹ hatte ich mittlerweile studiert, ich wollte die Rolle unbedingt erproben. Innerhalb von sechs Tagen waren beide Premieren, beide Aufführungen wurden große Erfolge.

Inge Borkh

Dieser Name ruft in mir Erinnerungen an ihre vielen Rollen an der San Francisco Opera wach, die ich während meiner Studentenzeit verfolgen konnte. Sie ist eine meiner Lieblingssängerinnen und auch gemeinsam mit ihrem Gatten, Kammersänger Welitsch, eine jener Künstlerpersönlichkeiten, mit denen ich während meiner Zeit in Stuttgart Freundschaft knüpfen konnte. In San Francisco war ich ihr aber noch fern, an diesem Haus gab es damals zwei große Primadonnen, Leonie Rysanek und Inge Borkh. Sie hatte schon deshalb einen großen Einfluß auf mich, weil ich viele Opernrollen auf der Bühne zum ersten Mal mit ihr sah, und diese Rollen in meinem Gedächtnis durch sie geprägt wurden. Ich sah sie als ›Senta‹, ›Lady Macbeth‹, ›Elsa‹, ›Salome‹ und ›Elektra‹ und hatte – kaum war ich nach Europa gekommen – das Glück, sie als Partnerin zu haben. Sie war eine meiner ersten Leonoren in München und ich sang mit ihr in TOSCA, AIDA und OBERON.

Das Besondere an dieser Künstlerin ist die Tatsache, daß sie alle Attribute einer großartigen Künstlerin besitzt. Sie ist groß, schön, elegant, intelligent und besitzt eine dramatische und doch flexible Stimme. Sie kann sich wie eine Tänzerin bewegen und ist eine begabte Schauspielerin, die auch Erfahrungen in der Theaterwelt hat. Ihre ›Salome‹ war und ist unvergeßlich und ihre ›Elektra‹ eine glanzvolle Studie in bezug auf kontrollierte Bewegung und dramatische Wirkung. Es ist für eine Sopranistin immer günstig, wenn sie eine große Statur hat, aber bei Inge wirkte mehr als nur einfach ihre imposante Figur. Ihre Bühnenwirkung basiert auf ihrer großen Seele, ihrem geistigen Konzept und einem überdimensionalen menschlichen Verständnis. Diese Fähigkeiten erlaubten ihr ein weites Repertoire, das Mozart, Cherubini, Catalini, Offenbach, Gluck, Gounod, Meyerbeer, Verdi, Puccini, Strauss und

Smetana, Shostakovich, Weinberger, Respighi, Weber, Egk, Menotti, Britten und viele, viele andere Komponisten einschließt.

Ich erinnere mich noch gut an einen Tag im Jahr 1974, als ich mit Violeta in Zürich war und für eine TANNHÄUSER-Serie probte. Während dieser Zeit luden uns Inge und ihr Mann Alex in ihr Haus in Appenzell ein. Violeta war besonders erpicht darauf, meine große »Inge«, von der ich ihr schon so viel erzählt hatte, kennenzulernen. Sie bat Inge dann um einige Bilder und Erinnerungen aus ihrer langen Karriere, und Inge führte uns in ein Zimmer, wo sie ihre Erinnerungen aufbewahrte. Sie zog eine kleine Lade aus einem Kasten, in der sich zu unserem Erstaunen nur einige wenige Bilder befanden. Diese schöne, tatkräftige Künstlerin hatte sich voll und ganz ihrer glorreichen Karriere gewidmet, für sie war ausschließlich die Gegenwart und die Zukunft von Interesse, die wenigen Erinnerungen beachtete sie kaum. Auch nach Beendigung ihrer Laufbahn wendete sie sich wieder ihren Bühneninteressen zu, nahm einige Chansons auf Platte auf und arbeitet in neue Richtungen, die ihre großartigen Kenntnisse aus ihrem Künstlerleben nützen. Bis jetzt habe ich aber ihre große Musikalität noch nicht erwähnt. Sie war gemeinsam mit ihrer bemerkenswerten Stimme und idealen Figur eine ihrer größten Gaben. Sie zählte zu den ersten modernen Revolutionären in der Oper, gewissenhaft, bestimmt, frech und herausfordernd und doch charmant. Vielen werden auch heute noch ihre Auftritte in Bayreuth in Erinnerung sein, und andere haben bei der Erwähnung ihres Namens noch ihren hypnotischen, atemberaubenden Tanz in ELEKTRA vor Augen. Eines Abends waren wir wieder bei Inge und Alex zu Gast und hatten ein üppiges Fondue-Dinner. Im Verlaufe des Abends bat ich Inge, das Telefon in ihrem Arbeitszimmer benützen zu dürfen und schrieb, während ich telefonierte, einige Bemerkungen auf einen kleinen Notizblock auf dem Schreibtisch. Kurz darauf kam Alex mit dem Notizblock und fragt Inge, was sie wohl auf den Zettel geschrieben hätte. Sie sah den Zettel an, runzelte die Stirn und versicherte ihm zögernd, daß diese Notizen nicht von ihr stammen könnten. Meine Handschrift aber glich der ihren so perfekt, daß sie selbst für einen Moment nicht sicher war. Ich war immer überzeugt davon, daß wir in einer gewissen Art und Weise Zwillingsseelen waren, und die Gleichheit unserer Handschrift war nur ein weiteres Zeichen einer Affinität, die sich auch in unseren gemeinsamen Arbeiten auf der Bühne ausdrückte. Ich hatte später Gelegenheit, zu meiner Fernsehsendung »Zu Gast bei Jess Thomas« einen Sopran meiner Wahl einzuladen und bat dabei Inge, mit mir das FIDELIO-Duett zu singen.

Sie besaß die Größe, die ein echter Opernstar benötigt, und war zudem der Charakter, der nie sich selbst darstellte. Sie sang nicht nur die Rolle, in der sie auftrat, sondern stellte sie dar. Man fühlte, daß mit ihr ›Tosca‹ auf der Bühne stand, und man litt mit ihr als ›Färberin‹. Die unübertroffene, exquisite Balance zwischen Stimme, Körperkontrolle, Intensität und intelligenter musikalischer Interpretation machte sie zu einer jener großen Opernheroinen, die in der Welt der Oper unvergeßlich bleiben werden.

Eine weitere Oper, die aufgrund höchster Anforderungen an den Sänger selten gespielt wird, ist OBERON. Ich übernahm die Partie des ›Hüon‹ jedoch ohne großes Zögern, erfüllte ich mir doch damit den langgehegten Wunsch, mit der hochverehrten Inge Borkh zusammenzuarbeiten. Schon in Amerika hatte ich sie gehört. Seither war sie für mich der Superstar schlechthin. Vor allem die beste ›Elektra‹ aller Zeiten. Zwar war ich schon in München gemeinsam mit ihr auf der Bühne gestanden, in Stuttgart gab es aber mit OBERON die erste längere Zusammenarbeit und eine Premiere. Mit OBERON ergab sich auch die erste Zusammenarbeit mit Jean Pierre Ponnelle, der mit dieser Inszenierung

Carl Maria von Weber, Oberon, 1961
Jess Thomas mit Inge Borkh. (23)

Carl Maria von Weber, Oberon, 1961
Jess Thomas mit Inge Borkh. (24)

großen, freilich hart erarbeiteten Erfolg hatte. Die Proben verliefen oft schleppend, es war meist dunstig, heiß und stickig, wie es eben in Stuttgart im Sommer sein kann. An einem solchen Tag konnte einfach alles schiefgehen. Die Sänger standen in ihren schweren Kostümen herum, Ponnelle hatte technische Probleme, alles wartete, schimpfte, war unruhig und wollte eigentlich nach Hause. Inge Borkh stand neben mir und machte mir mit einem einfachen Satz die Schizophrenie des Berufes klar, den ich da eingeschlagen hatte. Sie sagte: »Ach Jess, dies ist der fürchterlichste, entsetzlichste, scheußlichste, ermüdendste, gräßlichste,... *schönste* Beruf der Welt!«

Viele junge Künstler erwarten von diesem Beruf das, was man als Außenstehender sieht. Glanz und Gloria, Starruhm, befriedigende Aufführungen, hohe Gagen und Applaus. Eine wichtige Seite des Sängerberufes besteht aber aus harter, gar nicht glorioser Probenarbeit, aus Warten, geduldiger Hingabe an einen Regisseur, harter körperlicher Arbeit, die oft nicht sofort mit einem Erfolgserlebnis und manchmal mit einem Mißerfolg belohnt wird. Solche Phasen muß man als Künstler erst überwinden lernen, sie gehören einfach dazu. In Oberon hatte ich es besonders schwer. Die Tenorpartie ist technisch äußerst schwierig. Sie liegt hoch, erfordert Koloratur und dramatischen Ausbruch gleichermaßen. Es war also sicher nicht leicht und ganz und gar kein Vergnügen, diese heikle Rolle zu lernen, um sie in einer glücklicherweise umjubelten Aufführung auf die Bühne zu bringen. Nach der Premiere kam der Dirigent, Ferdinand Leitner, zu mir und drückte seine Bewunderung über die Tatsache aus, daß ich die Partie so gut singe, er fragte sich aber, warum ich sie in der Originallage belassen hatte. In Stuttgart, immerhin gab es dort den arrivierten lyrischen Tenor Josef Traxel, hätten doch alle die Partie nach unten transponiert gesungen. Das hatte ich freilich nicht gewußt, und er hätte mich besser früher gefragt, wahrscheinlich hätte ich es mir dann auch einfacher gemacht. In Karlsruhe folgten zu dieser Zeit noch WALKÜRE, meine zweite RING-Oper und AIDA. Beide Opern sang ich später auf den großen internationalen Bühnen.

Mein Engagement in Karlsruhe war allerdings nach dreijähriger Laufzeit zu Ende. Durch die Initiative Schäfers und die Hilfe des deutschen Kultusministers war es mir vor allem im dritten Jahr in großem Umfang möglich, die vorher untersagte Gastspieltätigkeit in anderen Häusern auszuüben. Ich hatte daher viele Kontakte und einige Erfahrung. Es galt nun, die entscheidenden Weichenstellungen für die Zukunft richtig zu treffen. Schäfer wollte mich unbedingt für Stuttgart gewinnen, ich hingegen wollte mich keineswegs binden und hatte Pläne, nach München zu gehen, aber auch an anderen großen Häusern zu singen. Mein Verhältnis zu Schäfer war äußerst freundschaftlich, er war gerade in der Anfangszeit meiner Laufbahn eine große Hilfe und vor allem auch eine wohlmeinende Brücke und Kontaktstelle zu Wieland Wagner. Natürlich konnte und wollte ich Schäfer nicht enttäuschen, aber ich konnte genausowenig ein festes Engagement für Stuttgart eingehen. Anstelle des einjährigen Vertrages, den mir Schäfer anbot, versuchte ich ihm eine andere Regelung schmackhaft zu machen. Ich würde einen dreijährigen Gastspielvertrag für Stuttgart unterschreiben und direkt nach München gehen. Schäfer akzeptierte mit einer Bedingung, die er mir als Gentlemen's Agreement abrang: Ich sollte mich auch nicht fest an München binden. Da ich weitreichende Pläne hatte, war mir dies nur recht, ich schloß also auch in München nur einen Gastspielvertrag ab und blieb seit diesem Zeitpunkt keinem Opernhaus ausschließlich und ständig verbunden. Dies ermöglichte mir im Lauf meiner weiteren Karriere große Freiheiten, stellte aber auch ein großes Risiko dar. Ich war in der Lage, an die Bühnen zu gehen, die ich für attraktiv hielt und konnte die Rollen wählen, die mich interessierten. Die letzte Frage hatte ich mir allerdings selbst noch nicht beantwortet. Ich wußte noch immer nicht genau, welche Partien ich wirklich übernehmen sollte.

KAPITEL 5

NICHT NUR WAGNER

Die Münchner Festwochen und die Bayreuther Festspiele waren vorbei, der Fernsehfilm von der MACHT DES SCHICKSALS ausgestrahlt. Mit einem Schlag war ich international bekannt, meine Träume waren Wirklichkeit geworden. Dabei war die Entscheidung, die Bühnenlaufbahn einzuschlagen, gerade für mich nicht leicht gewesen. In Stanford bot sich mir die Aussicht auf eine vielversprechende Laufbahn als Psychologe, ich hatte einen guten Posten und bereits viel erreicht. Allein die Aufgabe dieses Berufes, des regelmäßigen und gesicherten Einkommens, bedeutete für mich, der ohne finanziellen Background dastand, ein Risiko, das ich damals gar nicht richtig abzuschätzen in der Lage gewesen war.

Dabei ist doch die Verlockung für einen jungen Sänger, unrealistischen Zielen zu lange nachzulaufen und mit fünfzig immer noch auf die große Karriere zu warten, enorm. Sie wird sicherlich auch durch Scharlatanerie unter den Gesangslehrern genährt, die Menschen in den Künstlerberuf ziehen lassen, ohne diesen die geringen Erfolgsaussichten klar vor Augen zu führen. Die Bühnenwelt ist daher voll von Personen mit unglücklichen Schicksalen, mit unerfüllten Träumen und unerreichbaren Zielen. Jeder Sänger ist gut beraten, seine Ziele seinen Möglichkeiten entsprechend selbst realistisch abzustekken und sich dann und wann Zeit zu nehmen, darüber nachzudenken, wie nahe man diesem Ziel nun tatsächlich gekommen ist.

Auf den Rat meines Lehrers, Otto Schulmann, hatte ich es so gehalten. Hätte ich das angestrebte Ziel, innerhalb dieser drei Jahre an zumindest einem der großen Opernhäuser zu singen, nicht erreicht, wäre meine Laufbahn zu Ende gewesen. Ich müßte dann nicht hier in München sitzen und Kriegsrat halten, sondern wäre schon lange unterwegs nach Kalifornien, um meinen Beruf als Psychologe weiter auszuüben.

Ich hatte mit Hilfe der Operndirektion in München eine schöne große Wohnung in einem alten, majestätischen Haus gemietet, Möbel gekauft und war mit meinen wenigen Habseligkeiten eingezogen. Dort saß ich nun, ein Glas Weißwein vor mir, Blumen auf dem Tisch und genoß den typischen Geruch, der neuem Inventar nun einmal eigen ist. Die ersten drei Jahre meiner Tätigkeit in Europa passierten in meinem Kopf Revue, ich hatte allen Grund, mit dem Erreichten zufrieden zu sein. Das angepeilte Ziel war erreicht und sogar überschritten, ich hatte erfolgreich in Bayreuth gesungen, Kontakte nach Hamburg, Wien und der Metropolitan Opera geknüpft. Ich wußte, ich mußte nicht nach Hause zurück. Es gab kein Zurück. Die Opernwelt war meine neue Heimat. Die Kritiker schrieben über meinen raketenhaften Aufstieg, und ich hatte zu entscheiden, in welche Richtung, an welches Opernhaus und in welchem Fach ich weiter tätig sein wollte. Wie in allen jungen Karrieren stellte sich heraus, daß das erst der Beginn eines schwierigen Entscheidungsprozesses war. Dabei hatte ich angenommen, daß nach diesen Erfolgen alles einfacher werden würde.

München ist eine wunderbare Stadt. Ich verliebte mich in die Stadt an der Isar, in ihre Einwohner und die neuen Lebensgewohnheiten.

Meine gemütliche Wohnung lag in einer ansprechenden Umgebung im Stadtteil Solln. Die Welt sah nun ganz anders aus, als dies bei meiner Ankunft vor drei Jahren der Fall war. Wie rasch sich die Umstände ändern können! Ich hatte ein neues Auto, neue Kleidung und eine vielversprechende Zukunft. Aber was erwartete ich eigentlich? Ich versuchte, meine letzten drei Sängerjahre zu analysieren. Woher war ich gekommen – wohin sollte ich gehen? Ich hatte eine große Anzahl von Rollen gesungen, aber welche waren eigentlich meine besten? Welche sollte und wollte ich wieder und wieder singen? Mein Lehrer hatte mir geraten, solange wie möglich leichte Rollen zu singen und meine Wagner-, Lohengrin-, Meistersinger-, Parsifalpartien wenn möglich zurückzustellen. Er war aber gleichzeitig überzeugt davon, daß mir eigentlich eine Laufbahn als Wagnersänger vorausbestimmt war. Trotzdem oder gerade deswegen sollte ich zu Beginn meiner Laufbahn die anderen Rollen nicht vernachlässigen.

Prof. Hartmann, Münchens Operndirektor, und Herbert List, der Betriebsbüroleiter, wie auch Josef Keilberth waren in dieser Zeit nicht nur hilfreiche, sondern väterliche Freunde. Sie versuchten, meine weitere Entwicklung durch Rat und Tat zu fördern und zu lenken, indem sie mir mehrere Rollen, ja sogar Premieren anboten. Da sie sich wirklich um eine kontinuierliche Entwicklung meiner Karriere bemühten, versuchten sie in dankenswerter Weise auch jede Überforderung von mir fernzuhalten. Aus diesem Grund waren sie nicht gerade glücklich darüber, daß ich in Berlin im Herbst 1961 die Premiere von AIDA singen sollte. War ›Radames‹ an diesem Haus nicht doch eine zu schwierige Aufgabe für mich? Ich wollte mir die Gelegenheit in Berlin allerdings nicht entgehen lassen, und außerdem hatte ich die Rolle bereits in Karlsruhe gesungen. Mein Debüt in Berlin war, wie übrigens auch das in München, lange vorausgeplant. Um mir einen guten Start in München zu ermöglichen, hatte man mir schon während meiner Zeit in Karlsruhe zwei Neuinszenierungen angeboten: HOFFMANNS ERZÄHLUNGEN und DON CARLOS. Bei den weiteren Verhandlungen zeigte sich, daß ich die Premiere von HOFFMANNS ERZÄHLUNGEN aufgrund der eingeschränkten Bewegungsfreiheit im Rahmen meines Karlsruher Vertrages nicht singen konnte. Ich übernahm später aber viele Vorstellungen. Meine erste Premiere im Prinzregenten-Theater von München wurde daher DON CARLOS. In einer wundervollen Inszenierung von Hans Hartleb dirigierte Josef Keilberth. Ich sang gemeinsam mit Claire Watson, Hildegard Hillebrecht und Marcel Cordes. Die Begleitumstände dieser ersten Münchner Produktion waren ein neues, phantastisches Erlebnis. Welch ein Unterschied zu Karlsruhe! München war eben Deutschlands erste Oper, und ich ging gerade daran, meine erste Premiere mit einer Oper, die ich noch nie gesungen, ja nicht einmal gesehen hatte, vorzubereiten.

Die Probenzeit war lang; ich hatte Vorstellungen in Karlsruhe, Berlin und München und reiste daher pausenlos hin und her. Gott sei Dank geht auch die längste Probenzeit vorüber, und der Tag der Premiere kam. Zur Aufführung gelangte die Version ohne Fontainebleau-Akt. Mein Auftritt war daher sofort nach Beginn der Oper. Schon vorher war ich wie üblich pünktlich im Umkleideraum und bewunderte ein letztes Mal vor der Vorstellung mein Kostüm. Es war glänzendblau, mit Aufschlägen aus blauem Samt und blauen Hosen. Dazu spanische Stiefel. Ich hatte nie zuvor ein schöneres Kostüm getragen und vervollständigte meine Gesamterscheinung mit meiner eigenen Vorstellung von Make-up. Nur kurze Zeit verging, und schon rief mich meine Glocke auf die Bühne. Als ich mit einem letzten prüfenden Blick in den Spiegel die Garderobe verließ, erfaßte mich ein neues Gefühl: ich war mir der eigenen Fähigkeiten, aber auch meiner Verantwortung bewußt. Mein Auftritt stand bevor, ich war zwar aufgeregt, aber keineswegs verstört, zumindest zu diesem Zeitpunkt noch nicht.

Don Carlos ist kein ›richtiger‹, er ist ein schwacher Held. Das wollte ich aber keinesfalls sein. Die Interpretation dieser Rolle erforderte daher eine besondere Einstellung. Ich überflog im Geist die Regieanweisungen und machte mich bereit für den großen Augenblick.

Das Bühnenbild im ersten Akt bestand aus einem abgegrenzten erhabenen Hof, der von einem schmiedeeisernen Zaun umfaßt war. Am Boden lagen Kunststoffplatten, die so strukturiert waren, daß sie einen Marmorboden vortäuschten. Auf ein Signal hin sollte ich auf die Bühne laufen und dabei singen. Der Zeitpunkt kam, ich rannte los, begann zu singen, und schon saß ich in der Mitte der Bühne auf meiner Kehrseite. Ein Raunen im Publikum, ich sprang wieder auf die Füße und ließ dabei nicht eine Note aus. Meinen ersten Premierenauftritt in München so zu verpatzen, schmerzte, aber bis auf meinen Stolz war ich unverletzt. Der Vorfall passierte zwar in der Mitte der Bühne, aber so rasch, daß viele Leute nach der Vorstellung beschworen, daß sie den Sturz gar nicht gesehen hätten.

Als ich zu meinem Umkleideraum zurückkam, untersuchte ich die Stiefel und wurde zornig. Man hatte die Gummisohle entfernt und dann lediglich die herausstehenden Nägel flachgeklopft. Das ergab eher Schlittschuhe denn Stiefel. Es stellte sich rasch heraus, daß sich der Bariton nach der Generalprobe beim Regisseur darüber beschwert hätte, daß ich viel größer wäre als er und vehement nach einer Korrektur verlangt hatte. Die einzige Möglichkeit dazu war offensichtlich die, meine Stiefel niedriger zu machen. Es war reine Sabotage, für die Eitelkeit eines Kollegen sollte ich meine Knochen riskieren. In der Pause konnte das Problem nicht behoben werden, ich mußte also mit den Eislaufstiefeln wieder auf die Bühne. Es war fürchterlich.

Die Aufführung wurde trotzdem in jeder Hinsicht sowohl musikalisch, darstellerisch und stimmlich ein großer Erfolg. Mit dieser Premiere hatte ich nun in München schon eine ganze Anzahl von Partien gesungen: FIDELIO, LOHENGRIN, HOFFMANN und DON CARLOS. Alle Rollen in deutsch natürlich, aber jede Rolle war anders, eine deutsche, eine französische und eine italienische Partie, und das war erst der Anfang.

Nach einer dieser Aufführungen in München lernte ich André Mertens kennen. Mertens, der aus einer Berliner Familie stammte, war ein bekannter Theateragent in New York. Ein Gentleman, charmant, belesen und mit den besten Manieren. Mertens bot mir an, mich durch seine Agentur zu vertreten, und ich saß beeindruckt neben ihm, als er mir alle möglichen Geschichten aus der Branche erzählte. Er war überzeugt, daß ich ein Tenor im Stile eines Björling sei, ein lyrischer Spintotenor, geradezu prädestiniert für italienische Rollen.

Er sprach daher über eine Karriere an der Met in genau diesen italienischen Rollen. Darüber hinaus stellte er Plattenaufnahmen, Konzerte und Liederabende in Aussicht. Eine schüchterne Frage bezüglich Wagnerpartien wurde damit abgetan, daß es für Wagner noch viel, viel Zeit gäbe und ohnedies an der Met sehr wenig Wagner gespielt würde. Natürlich hatte er von meinem Erfolg als ›Parsifal‹ in Bayreuth und von meinem ›Lohengrin‹ gehört, aber am meisten beeindruckt war er von ›Don Carlos‹. Obwohl ich schon zuvor von einigen amerikanischen Agenturen traktiert wurde, gefiel mir André außerordentlich, und letztendlich brauchte ich auch Schützenhilfe im entfernten New York, um mit dem cleveren Rudolf Bing zu verhandeln. Ich unterzeichnete daher einen Vertrag für seine Agentur.

DON CARLOS brachte mir also den Kontakt zu einer wirklich prominenten Künstleragentur in Amerika, und ich begann, meine Rückkehr in die Heimat vorzubereiten.

Meine Leistungen waren dem Generaldirektor der Met, Rudolf Bing, schon von meiner Kollegin Irene Dalis, die ich in Bayreuth kennengelernt hatte, in leuchtenden Farben geschildert worden. Bing hatte mich allerdings schon selbst anläßlich eines Besuches in Stuttgart gehört. Alle seine Versuche, Kontakt mit mir aufzunehmen, waren allerdings daran gescheitert, daß ich mich weder für seine Bedingungen noch für die angebotenen Rollen begeistern konnte. Als Bing dann Irene Dalis fragte: »Who the hell does Jess Thomas think he is, Franco Corelli?«, konterte meine Freundin Dalis schlagfertig: »Aber nein, er ist besser.«

Das war typisch für diese großartige, enthusiastische Künstlerin, die sich gerne für Kollegen einsetzte, von denen sie überzeugt war.

Ein paar Jahre später, nachdem ich an der Met schon regelmäßig auftrat, konnte ich dort eine mehr als aufregende Vorstellung miterleben. Ich wollte meine Freundin, Irene Dalis, in ihrer Glanzrolle, der ›Eboli‹, hören und besorgte mir Karten für die Matinee, die auch live im Rundfunk übertragen wurde. Niemand sollte wissen, daß ich in der Vorstellung war, ein ganz privater Opernbesuch also. Gemütlich saß ich als Zuhörer und erfreute mich an den dargebotenen Leistungen und der Tatsache, einmal einige ruhige Stunden in der Oper verbringen zu können. Die Vorstellung lief prächtig, das Publikum war wie ich begeistert. Dann kam die Autodafé-Szene. Da man als Tenor auch im Publikum mitfühlt, begann ich in Erwartung von Carlos' Auftritt die Lehnen meines Sessels zu umklammern. Vergeblich. Der Tenor erschien nicht, und das bei einer Liveübertragung! Schließlich endete die ganze Szene, ohne daß Don Carlos auch nur einen Ton gesungen hätte oder gar auf der Bühne erschienen wäre. Schon während des Autodafé bemerkte ich überrascht, daß jemand neben meinem Ecksitz kniete: Bings Assistent. Es wisperte: »Jess, Mr. Bing möchte Sie hinter der Bühne sprechen. Sofort!« Widerwillig wurde ich hinter die Bühne befördert, wo mich ein ungeduldiger Bing mit der Frage überraschte: »Können Sie einspringen?« Ich erklärte ihm sofort, daß ich die Rolle nicht in Italienisch, sondern nur in Deutsch studiert hätte und es fraglich sei, wie es sich anhört, Don Carlos zur einen Hälfte in Italienisch, zur andern in Deutsch zu geben. Bing bemerkte trocken, daß wir das bald wissen würden. Tatsächlich hatte er aber einen besseren Plan, als die Liveübertragung von zwei Tenören singen zu lassen.

Er gab mir ein bereits vorbereitetes Kostüm und ging mit mir in Richtung Garderoben. Bei jedem Schritt protestierte ich und erklärte, daß ich unter keinen Umständen einspringen würde. Schließlich kamen wir zur Garderobe des Tenors. Bing öffnete die Tür ohne anzuklopfen, der Tenor konnte mich mit meinem Kostüm stehen sehen. Bing begann mir laut und deutlich in überschwenglichen Worten zu danken. Dann schloß er die Tür zur Garderobe wieder und sagte zu mir: »Das muß reichen.« Er ließ mich noch ein paar Minuten warten und kam dann lachend zurück, schüttelte meine Hand, dankte mir herzlich und sagte: »Gehen Sie ruhig zu Ihrem Platz zurück und genießen Sie die Vorstellung, der Tenor hat entschieden, daß er doch in der Lage ist, weiterzusingen.« Ich nahm meinen Platz wieder ein, konnte mich aber am Rest der Vorstellung nicht mehr so recht erfreuen.

Holde Aida

Anläßlich der Eröffnungsfeierlichkeiten der Deutschen Oper in Berlin war für September 1961 eine Wieland-Wagner-Inszenierung von AIDA geplant. Ich sollte unter Karl Böhm ›Radames‹ singen. Nie zuvor war ich in Berlin gewesen und war neugierig auf die Erlebnisse in der isolierten Stadt, über die ich soviel gehört hatte. An einem Tag, der noch in die Geschichte eingehen sollte, traf ich in Berlin ein und verliebte mich sofort in diese Stadt. Die »Berliner Luft«, oft besungen, ergibt tatsächlich eine freie, aufregende Atmosphäre, eine Umgebung, die selbst in der nun geteilten Stadt ahnen läßt, welch großartige Hauptstadt Berlin einmal gewesen sein muß. Berlin ist eine Stadt mit Stil, mit Pfiff und vielen wunderschönen ›Extras‹. Sie hat immer noch das Flair einer Metropole. Mein Hotel lag neben der Universität am Stephansplatz, man konnte von dort in ein paar Minuten zur Oper an der Bismarckstraße gelangen und bei dem Spaziergang noch Zeitung lesen. Kaum hatte ich mich eingewöhnt, bekam ich ein sich stetig steigerndes unangenehmes Gefühl in der Magengrube. Eine Spannung hatte sich aufgebaut, und jeder schien davon betroffen. Das konnte doch keine Einbildung sein. Oder war es die Nervenanspannung wegen der bevorstehenden Neuinszenierung oder gar die Drohbriefe, die ich seit Bekanntwerden meines Engagements für Radames bekam? Ich konnte vorerst nicht feststellen, was in dieser Stadt plötzlich los war, was die Menschen so veränderte. Doch bereits nach wenigen Stunden wußte ich es.

Es war genau der Tag, an dem der Begriff »geteilte Stadt« Wirklichkeit wurde, und zwar durch den Bau der traurig berühmten Berliner Mauer. Eine Betonwand, die, von nun an stetig wachsend, sich wie ein gräßliches Ungeheuer zickzack durch das Herz der stolzen Stadt drängte.

Die Situation war völlig unklar. Wie würde sich Amerika verhalten, wie die Russen reagieren? Es war dunkel geworden, ich lag in meinem Bett, stündliche Nachrichten informierten von den neuesten Entwicklungen. Plötzlich erwachte ich durch lautes Getöse und Geknalle. Mir wurde klar, daß ich weniger nach Berlin gekommen war, um mit AIDA das Opernhaus zu eröffnen, sondern um in Berlin den Beginn des dritten Weltkrieges mitzuerleben. Panik bemächtigte sich meiner, ich sprang aus dem Bett und lief zum Fenster. Glücklicherweise stellte sich heraus, daß es doch bei AIDA blieb und der Lärm nur von einem Feuerwerk stammte, das anläßlich einer Feier an der alten Universität gezündet wurde. Trotzdem erschien es mir ganz so, als würde ich meinen Aufenthalt in dieser Stadt auf ein Minimum beschränken. Die berühmte Berliner Luft war dick geworden, die ursprüngliche Freude an meinem Aufenthalt war höchster Nervenanspannung gewichen. Aber auch in Berlin ging das Leben weiter, seit diesem Tag vielleicht in einer anderen Art und Weise; aber der berühmte Berliner Geist läßt sich nicht so leicht unterkriegen. Berliner sind für ihre »Schnauze« bekannt, und die steht nur symbolisch für die freie Gesinnung und das Durchhaltevermögen der Bevölkerung.

Ich erhielt auch weiterhin anonyme Drohbriefe. Aus ihnen ging ganz klar hervor, daß mir Schreckliches bevorstünde, sollte ich tatsächlich auf der Berliner Bühne auftreten. Natürlich warf ich alle Briefe weg, ohne auch nur einer Menschenseele davon zu erzählen und dachte, welch ein Fortschritt, ich werde hier ganz fürchterlich gehaßt. Schulmann hatte mir doch immer erklärt, daß einer, der bei jederman beliebt ist, nicht besonders gut

Giuseppe Verdi, Aida, 1961. Berlin.
Jess Thomas mit Gloria Davy. (25)

sein kann. Einen dieser Drohbriefe öffnete ich zufällig in Anwesenheit einer Kollegin. Sie war sicher, daß solche Aktionen von übergangenen Kollegen stammten. Ein wunderbares Zeichen – man stritt sich um mich – fürchtete mich sogar.

Wieland Wagners Inszenierung war gelinde gesagt kontrovers. Er bevorzugte eine einfache dunkle, anstelle der gewohnten hellen Ausstattung. Kritiker verspotteten seinen nächtlichen Triumphmarsch, er hingegen konterte, daß jedermann wüßte, daß es in Ägypten zu heiß war, um tagsüber zu zelebrieren. Sein gesamtes Konzept war radikal, wahrscheinlich eine der ersten, wenn nicht die erste abstrakte Produktion einer Verdi-Oper überhaupt. Sicherlich jedenfalls eine der am meisten diskutierten. Viele Leute akzeptierten wohl, daß Wieland Wagner nach Herzenslust an den Werken seines Großvaters herumexperimentierte, aber warum zum Teufel ließ er die Opern des armen Verdi nicht in Ruhe?

Die Inszenierung muß man jedenfalls gesehen haben, um einen Eindruck zu gewinnen. Sie entzieht sich durch ihre Vielfalt jeglicher Beschreibung, der Gesamteindruck zählt. Eine Schlüsselstelle war der Triumphmarsch. In traditionellen Produktionen erscheinen während der ersten Hälfte des Triumphmarsches exotische Tanzgruppen, Elefanten und Tonnen von goldenen Symbolen. Wieland Wagner gestaltete diese erste Hälfte sparsam, die Bewegungen waren gemessen und entsprachen nahezu einem kirchlichen Ritual. Hohe einfache Symbole wurden auf die Bühne geschoben und dunkel gekleidete Gefangene auf die Bühne gestoßen. Keine Hektik, kein Trubel, nur Würde und Ruhe waren das Resultat. Die zweite Hälfte der Musik begleitete ein glänzender Chor, die Symbole wurden zur Seite geschoben und gaben die gesamte Bühne frei, die nur durch Fackeln erhellt war. Radames, in ein blendend weißes Lederkostüm gehüllt, wurde begrüßt. Ich stand bei diesem Auftritt ganz hinten auf der Bühne, den leeren, in Fackelschimmer getauchten Raum vor mir. Dann ging ich unbegleitet äußerst langsam, Schritt für Schritt, den weiten, weiten Weg bis zum Orchestergraben, wo ich auf dem Höhepunkt der Marschmusik einzutreffen hatte. Die im gemessenen Tempo auszuführenden Schritte verlangten ballettschuhartige Stiefel und Hunderte Stunden an Training. Diese, in ihrer Einfachheit überwältigende Szene war natürlich nur eine der vielen wichtigen Momente in dieser Inszenierung, aber sie zählt zu den wenigen, unvergeßlichen Augenblicken, für die ein Künstler sein ganzes Leben dankbar ist.

Nach der Aufführung gab es einen Empfang. Eine kleine alte, rothaarige Dame trat an mich heran und drückte ihr Vergnügen darüber aus, einen Opernsänger kennenzulernen, der im Tanz geschult war. Sie bewunderte den spektakulären Auftritt und schloß mit der Feststellung, daß sie Mary Wigman, die bekannte »Mutter« des modernen Tanzes sei.

Böhms Interpretation der Oper war für mich revolutionär, hatte ich AIDA vorher doch nur in Karlsruhe gesungen. Böhm wurde vom Orchester gleichermaßen wie vom Publikum verehrt, er verstand es, die Aufführung zu einem großartigen musikalischen Erfolg zu führen.

Die bezaubernde amerikanische Sopranistin Gloria Davy gab ›Aida‹. Sie erscheint mir wie eine wundervolle schwarze Sophia Loren, mit sehr viel Schmelz in der Stimme und einem überzeugenden Auftreten als Schauspielerin. Für mich war sie die perfekte Partnerin schlechthin, und wir erhielten beide nur positive Kritiken.

Karl Böhm

Karl Böhm trug viele Hüte, er war promovierter Jurist und wünschte deshalb auch oft, mit Dr. Böhm angesprochen zu werden. Daneben sammelte er auch noch Ehrungen, Titel und Auszeichnungen, die ihm im Zuge seiner langen Karriere als Operndirektor und Dirigent reichlich zuteil wurden. Sie scheinen es überflüssig zu machen, ihn entweder Doktor oder Professor zu nennen, er war einfach einer der bemerkenswertesten Dirigenten Österreichs und in der ganzen Welt zu Hause.

Ich erinnere mich noch an eine Party anläßlich seines 69. Geburtstages in München. Ich hatte seine Frau Thea angerufen, um herauszufinden, welches Geschenk ihm Freude bereiten würde. Auf meine Frage antwortete sie »Natürlich alles, was mit Mozart zu tun hat!« Als ich dann einen kleinen silbernen Behälter in der Hand hielt, in den ich eine Münze mit dem Abbild Mozarts gelegt hatte, machte ich mir Gedanken über dieses Geschenk und seinen Empfänger. Er war ein Gigant unter den Dirigenten, eng befreundet mit Wieland Wagner, oft in Bayreuth und von Richard Strauss selbst für die Interpretationen seiner Opern bewundert, und doch fühlte er seine größte Hingabe an Mozart. Diese Tatsache allein zeigt seine Persönlichkeit.

Ich hatte Gelegenheit, mit Böhm mehr Aufführungen der Oper ARIADNE AUF NAXOS zu singen als irgendeine andere Oper mit anderen Dirigenten. Obwohl DAPHNE von Richard Strauss persönlich Böhm gewidmet war, war ARIADNE die Oper, deren Interpretation Karl Böhm definitiv prägte. Aber auch DIE FRAU OHNE SCHATTEN wurde durch seine Bemühungen in Amerika wieder entdeckt, und seine SALOME wurde zu einem der größten Triumphe überhaupt. Eine seiner letzten Aufgaben als Dirigent fand er in einer Fernsehproduktion in Wien mit ELEKTRA, in der er von vielen seiner geliebten und loyalen Künstler umgeben war. Betrachtet man dieses Betätigungsfeld, entsteht der Eindruck, daß Strauss seine größte Stärke gewesen sein muß. Das trifft aber keineswegs zu, seine lange Zusammenarbeit mit Wieland Wagner und sein monumentales RING-Projekt in Bayreuth machen ihn zu einem der besten und berühmtesten Wagner-Dirigenten aller Zeiten. In diesen Arbeiten findet man auch seinen in der ganzen Welt bewunderten TRISTAN, die MEISTERSINGER und LOHENGRIN. Die große Anzahl von Schallplattenaufnahmen, die er mit praktisch allen führenden Orchestern der Welt machte, geben einen Überblick über seine grenzenlosen Fähigkeiten, die Musik aller großen Komponisten aufzuführen. Ob es sich nun um seinen geliebten Mozart, Berg, Haydn oder Händel handelte, ob es klassische oder moderne Musik war, Böhm erwies sich als Meister aller Stilarten und Perioden.

Karl Böhm versuchte sich auch als Operndirektor in Wien und führte dieses berühmte Opernhaus durch die schwierige und doch erfreuliche Zeit des Wiederaufbaues. Er war in Salzburg genauso zu Hause wie an der Metropolitan Opera. Viele, die ihn kannten, wunderten sich nicht darüber, daß er selbst im hohen Alter noch mit der gleichen Vitalität dirigierte wie früher, und es wurde oft gesagt, daß er praktisch am Dirigentenpult, das für ihn ein lebenserhaltendes System darstellte, lebte. Er wurde durch sein Verlangen getrieben, Musik aufzuführen und sich durch Musik auszudrücken, und er hinterließ dadurch der Welt ein reiches Erbe. Sein typisch österreichischer Charme und sein Akzent wurden oft imitiert, aber nie kopiert. Er war gemeinsam mit seiner geliebten Frau Thea die leitende Kraft vieler Karrieren und dabei liebte er seine Sänger tatsächlich. Ich fühle mich jedenfalls geehrt, für so lange Jahre sein Freund gewesen zu sein, und ich bin dankbar dafür, ein Sänger zu sein, der von seinen Interessen und seinem verständnisvollen Rat profitiert hat.

Sogar der sonst so zurückhaltende Böhm überwand sich nach der Premiere und rang sich einen positiven Kommentar ab: »Sie erinnern mich an Slezak in seinen besten Jahren.« Seine Frau Thea zog mich daraufhin zur Seite, um hinzuzufügen, daß er zu Hause normalerweise zu sagen pflegte, daß ich sogar besser wäre. Glücklicherweise hatte ich schon zu dieser Zeit gelernt, all die übertriebenen, positiven und schmeichelhaften Kritiken und Kommentare nicht zu ernst zu nehmen oder gar zu glauben, hatte mich doch mein Lehrer Schulmann immer gewarnt: »Glaube nie die guten Kritiken, denn sonst mußt du auch die schlechten glauben!« Natürlich war ich über Böhms Begeisterung erfreut und schätzte vor allem seinen weisen Rat während meiner gerade laufenden Verhandlungen mit Rudolf Bing. Böhms Zustimmung zu meiner Rollengestaltung trug bald weitere Früchte für mich, denn er bestand auch auf meiner Mitwirkung in der Eröffnungsvorstellung des Nationaltheaters in München mit AIDA.

Die Berliner Presse war beinahe ausschließlich damit beschäftigt, Wielands Inszenierung in der Luft zu zerreißen. Man fand schlicht und einfach alles falsch, doch Wieland setzte hinter den Disput autoritär den Schlußpunkt, indem er darauf hinwies, daß wohl niemand abstreiten könne, daß seine AIDA eine Sensation sei.

Diese AIDA wurde natürlich von vielen Persönlichkeiten aus den Operndirektionen der ganzen Welt, wie auch Vertretern der Schallplattenfirmen besucht. Innerhalb weniger Tage luden mich viele von ihnen zu Unterredungen ein. Heute wundere ich mich, daß ich in diesem Trubel überhaupt für irgend etwas neben meinen Vorstellungen Zeit finden konnte. Die beiden Generalproben eingeschlossen, sang ich ›Radames‹ innerhalb von elf Tagen siebenmal und konnte nebenbei zwei wichtige Kontakte knüpfen: Zu Decca-Records in London und der Metropolitan Opera in New York.

Decca-Records ließ durch einen Vertreter eine Anfrage von Solti überbringen, ob ich an einem projektierten Wagner-RING interessiert wäre. Ich sollte ›Siegfried‹ übernehmen.

Die Metropolitan Opera bot mir AIDA für mein Debüt an der Met an. In den darauffolgenden Verhandlungen rief Bing auch mehrmals selbst an, was mir schmeichelte. Welche Ehre für mich als Amerikaner, nun direkt mit dem Direktor des ersten amerikanischen Opernhauses verhandeln zu können. Bing wurde jedoch ungeduldig, als ich seinem Vorschlag, als ›Radames‹ in New York zu debütieren, äußerst reserviert gegenüberstand und diesen zuletzt abschlug. Natürlich wollte ich ›Radames‹ singen,

Jess Thomas als »Radames«, 1961. Berlin. (26)

keine Frage, aber als Debüt hatte ich mir eine Rolle vorgestellt, in der ich mich als »jugendlicher Heldentenor«, mit all den mißverständlichen Eigenschaften, die diesem Begriff anhängen, präsentieren konnte. Ich wollte daher unbedingt im MEISTERSINGER oder LOHENGRIN debütieren. Bing war wie vom Blitz getroffen, er meinte: »But my God, Thomas, the Met is an Italian House!«

Bing bemühte sich aber redlich, meinen Wünschen zu entsprechen und bot mir dann ›Bacchus‹ unter Böhm, in der ersten Aufführung dieser Oper an der Met überhaupt, an. Weiter sollte ich in meiner Debüt-Saison AIDA, MEISTERSINGER und FIDELIO singen. LOHENGRIN stand in diesem Spieljahr nicht auf dem Programm der Met. Bing verstand nicht, daß ich bei solchen Angeboten AIDA als Debütrolle abschlagen konnte. Ich konnte, denn ich entschied mich für MEISTERSINGER. Meine erste AIDA an der Met fand trotz allem im Jahr meines Debüts, 1962, noch im alten Haus der Metropolitan Opera statt. Diese AIDA kam, wie vieles in meiner Laufbahn, unerwartet und überraschend. Ich war in New York und hatte nach vielwöchigen Proben mein erfolgreiches Debüt mit der Premiere der ARIADNE gerade hinter mir. Mein Traum war in Erfüllung gegangen. Nach der zweiten Vorstellung hatte ich zehn Tage Urlaub in Aussicht. Dieser Urlaub kam gerade zur rechten Zeit, nachdem diese Ariadne-Vorstellung schon durch eine unangenehme Angina gefährdet gewesen war. Ich freute mich also auf zehn erholsame Tage. Der Urlaub stand bevor, ich hatte genug Zeit und ging gemütlich aus, um zu essen. Wahrscheinlich war an allem, was folgte, die Wahl des Restaurants schuld: Ich ging in ein italienisches Restaurant und wählte die falsche Sorte Wein; anstelle italienischen Rotweins hätte ich besser Rheinwein in einem deutschen Lokal trinken sollen, doch das wußte ich damals noch nicht. Ich kam spät nach Hause, hatte aber doch freie Zeit vor mir und wußte, daß ich schlafen konnte, solange ich wollte. Die Zimmermädchen hatten Auftrag, mich nicht zu stören, ich wollte aufstehen, wann immer ich wach wurde. Soweit der Plan. Am nächsten Tag um elf Uhr morgens weckte mich ungestümes Klopfen. Das Zimmermädchen berichtete aufgeregt, daß Bing mehrere Male angerufen hätte und zu guter Letzt darauf bestanden hatte, daß man mich weckte. Noch verschlafen, versuchte ich zu überlegen, was Bing wollte. Ein Schluß lag nahe: Morgen gab es die MEISTERSINGER, inklusive Rundfunkübertragung; das mußte es sein. Der Tenor hatte abgesagt. Was würde ich also tun? Mein Hals tat immer noch weh, ich konnte und wollte nicht. Meine Antwort stand fest. Das Gespräch wurde durchgestellt, und ich sagte mit rauher Stimme, »Ja?« Bing begann: »Thomas, sitzen Sie?« Das halte ich ohnedies für eine originelle und nette Begrüßung. »Nein?, dann setzen Sie sich – wir brauchen Ihre Hilfe – was heißt wir, die Met braucht Sie – Sie müssen heute ›Radames‹ singen.« Nachdem ich die erste Überraschung verdaut hatte, suchte ich innerlich fieberhaft nach Ausreden. Ich wollte das geglückte Debüt durch so eine Aktion keinesfalls aufs Spiel setzen. Zuerst brachte ich vor, daß ich krank sei, was nicht einmal gelogen war. Dann, daß ich die Rolle in Italienisch noch nie gesungen hätte – auch das stimmte – und daß ich sie in Italienisch noch nicht studiert hätte – das stimmte nun nicht mehr. Aber mein geplantes Debüt in AIDA sollte erst in drei Wochen stattfinden. Außerdem hätte ich kein Kostüm; eine glatte Lüge, denn ich hatte mein eigenes mit.

Bing unterbrach mich unvermittelt und sagte: »Thomas, Sie verstehen mich nicht, das ist ein Notfall, Sie können chinesisch singen und nackt auftreten, wenn Sie wollen, aber wir brauchen einen ›Radames‹, und zwar heute abend!« Nun bestand ich schon etwas ernster auf meinem Nein und versuchte ihm zu erklären, daß es für mich außer Diskussion stand, in meinem Zustand aufzutreten, ich war krank. Ich wollte sofort zu einem Arzt gehen, der mich untersuchen und Bing den Ernst meiner Erkrankung bestätigen sollte. Bing unterbrach mich wieder: »Haben Sie einen Arzt? – Nein?« Er schlug mir einen Arzt in der Nähe meines Hotels vor. Ich stimmte zu. Das war ein Fehler. Der festen Überzeugung, daß der Arzt meine Krankheit bestätigen und mir damit jegliche weitere Diskussion ersparen würde, erschien ich nur Minuten später in der Ordination, wo ich bereits erwartet wurde. Er untersuchte mich sorgfältig und diagnostizierte: »Sie haben eine ernste Halsentzündung, und auch die Stimmbänder sind einigermaßen geschwollen, immerhin haben Sie gestern gesungen. Sie müssen daher wissen, ob Sie heute singen.« Ich verlangte von ihm, Bing meinen Zustand begreiflich zu machen. Der Arzt war kooperativ und fügte, an Bing gerichtet, sogar hinzu, daß ich seiner Meinung nach nicht einmal in einem Notfall singen sollte. Bing schrie auf: »Was heißt hier Notfall? Das ist eine Frage von Leben und Tod!« Bing traktierte mich, und der Arzt nahm eine neutrale Position ein. Er tat mir in seiner schwierigen Situation zunehmend leid, und von einem Augenblick auf den anderen kapitulierte ich. Nun begann der Streß von neuem. Nach Hause – es ist bereits 1 Uhr – ausruhen? Das Kostüm muß ich nicht probieren, immerhin habe ich mein eigenes – muß ich zum Theater? Es ist ohnedies zuwenig Zeit zum Proben. Was soll ich also tun?

Ich tat das nächstliegende: Da das Telefon läutete, hob ich ab. Jetzt riefen pausenlos Freunde und Bekannte an, die von meiner Dummheit gehört hatten und mich unbedingt abhalten wollten. Karl Böhm: »Kind, bist du wahnsinnig?« Leonie Rysanek meinte wie viele, viele andere, ich sollte es mir noch überlegen.

Aber es war zu spät, es gab keinen Weg zurück, alles war im Gange. In meiner Garderobe traf ich vorher den Regisseur, der mich zu einer kurzen Besprechung auf die Bühne brachte. Die gesamte Bühnenprobe bestand in fünfminütigem Links, Rechts, Vor, Zurück. Etwas mehr Ruhe hatte ich beim Schminken. Doch dann kam schon das nächste Problem. Wohl hatte ich gesagt, daß ich nicht auf Italienisch singen konnte, ich hatte ›Radames‹ zwar schon in dieser Sprache studiert, jedoch nie auf der Bühne gesungen. Konnte ich hier auf der Bühne der Metropolitan Opera so ein Husarenstück wagen? Ich entschied mich dagegen. Die ganze Sache war kompliziert genug, ich wollte mir nicht noch neue Probleme aufhalsen.

Oper in Fremdsprache

Verstehen eigentlich die meisten Opernsänger auf der Bühne, was sie singen? Natürlich, aber es gibt viele Stufen der Perfektion, in denen man in einer Fremdsprache singen kann. Einige Künstler haben eine Sprachbegabung, andere aber nicht, und viele berühmte Künstler machen Karriere, ohne auch nur eine Sprache wirklich zu beherrschen, nur durch den Ausdruck ihrer Stimme oder andere Talente, die dieses Manko übersehen lassen.

Mediziner wissen, daß jene Bereiche im Gehirn, die für die Lernfähigkeit einer Sprache verantwortlich sind, etwa ab dem Alter von dreißig Jahren zu verhärten beginnen. Jeder Künstler, der frühzeitig Sprachen lernt, kann sich also glücklich schätzen. Selbst der auf dem Gebiet der Oper nicht so Vertraute kann unterscheiden, ob ein Sänger nur die Musik interpretiert oder auch die Sprache in den Rhythmus der Musik legt. Jeder ernstzunehmende Künstler beschäftigt sich daher mit der Aufgabe, die Bedeutung jedes einzelnen Wortes zu kennen und nicht einfach nur bedeutungslose Silben hintereinander zu singen. Aber selbst wenn ein Künstler Jahre damit verbringt, eine Fremdsprache zu erlernen, wird es ihm kaum gelingen, mit seiner Interpretation jedermann zu befriedigen. Die regionalen Unterschiede in der Aussprache und der persönliche Geschmack in der Betonung sind in jedem Land sehr unterschiedlich.

Italienisch wird als die ideale Sprache für den Gesang bezeichnet, da sie die Stimmbildung durch ihre reinen und fließenden Vokale unterstützt. Es kann aber in allen Sprachen schön gesungen werden, und auch Spanisch und Deutsch basieren wie andere Sprachen auf der Aussprache der Vokale. Jene Sänger, die in einer englischsprachigen Umgebung aufgewachsen sind, haben allerdings mit den Vokalen größte Schwierigkeiten, da ihre Muttersprache hauptsächlich von Diphthongen dominiert wird, die Vokale begleiten. Es kann zu schrecklichen, unscharfen Tönen führen, aber auch das muß nicht so sein. Auch in Englisch kann man schön singen und sogar verstanden werden.

Ich habe mich nie als Experte auf dem Gebiet der Fremdsprachen erwiesen und es weder in Italienisch noch Französisch zu wahrer Meisterschaft gebracht. Deutsch erwies sich für mich hingegen als sehr natürliche Sprache, die ich so erlernen konnte, daß sie für mich als zweite Muttersprache und als erste Sprache des gesanglichen Ausdrucks fungierte. Das paßte natürlich auch zu den Opern Richard Wagners, der mehr als jeder andere Komponist eigene Dichtungen in seine Kompositionen verwebte. Er selbst wußte, daß die Wirkung seiner Musik nicht unwesentlich vom Verständnis der Texte abhängt.

Um irgendeiner Sprache Inhalte zu verleihen, braucht man die entsprechende Stimme und Ausdruckskraft. Ich erinnere mich an Richard Burton, der in einer Fernsehshow seine Ausdrucksfähigkeit dadurch demonstrierte, daß er das Telefonverzeichnis eindrucksvoll und scheinbar auch sehr bedeutungsvoll vorlas. Also kann man auch dem bedeutungslosesten Text Ausdruck verleihen. Dieses Unterfangen hat einige Ähnlichkeit mit den Texten mancher Opern. Natürlich ist der Text nie völlig bedeutungslos, es gibt aber so viele zweitklassige Bücher, die dem musikalischen Inhalt einer Oper so unterlegen sind, daß es besser scheint, den Text nicht hervorzuheben.

Für den Gesangsstudenten ist es schwierig, in dieser Disziplin Erfahrung zu sammeln, obwohl es viele Experten gibt, die den Sängern die richtige Aussprache von Fremdsprachen nahebringen wollen. Mein Lehrer versicherte mir schon zu Beginn, daß es sowohl bei Dirigenten und Kritikern und dem Auditorium durchaus üblich wäre, die Aussprache eines Sängers zu kritisieren, wenn sonst nichts auszusetzen sei. Auf diesem Gebiet kann man eben immer Kritik üben, weil die Meinungen geteilt sind.

Jede Opernaufführung, deren Verständnis auf rezitativen Passagen basiert, ist für den fremdsprachigen Sänger besonders schwierig. Vor allem in den Augenblicken, in denen liebliche lyrische Passagen und Kantilenen im Vordergrund stehen, kann der Künstler große Schwierigkeiten haben, die Gefühle auszudrücken und gleichzeitig den Text verständlich zu halten. Natürlich darf es in der Oper keinen Kompromiß geben, man muß den Text einfach hören und verstehen können, ohne dabei eine Einbuße an musikalischem Ausdruck hinnehmen zu müssen. Aber viel Verantwortung liegt dabei auch beim Zuhörer, der sich für eine Aufführung eben vorbereiten muß, und beim Künstler selbst, der sich in Fremdsprachen üben muß, um einen Platz an der Spitze erringen zu können.

Die primäre Sprache des Gesanges kommt jedenfalls aus dem Herzen des Sängers, und er spricht damit jeden Zuhörer an. Man kann immer darauf vertrauen, daß sich die Musik als universelle Sprache erweist. Um aber jede Nuance des Ausdrucks perfekt zu beherrschen, muß man in einer Sprache sattelfest sein, und das soll das Ziel jedes ernsthaften Künstlers sein. Als Zuhörer sollte man sich schon vor der Aufführung mit dem Libretto vertraut machen und auch dann nicht unbedingt erwarten, jedes einzelne Wort zu verstehen. Es ist wichtiger, mit dem Herzen zuzuhören.

Der Augenblick kam, an dem der Vorhang hochgehen sollte. Hinter der Bühne traf ich Bing und die Kollegen,die ungläubig auf mein Erscheinen gewartet hatten. Er versicherte mir und den anderen, daß alles bestens vorbereitet war und es keine Probleme geben würde. Bing übernahm, wohl um seine Dankbarkeit zum Ausdruck zu bringen, selbst die Aufgabe, vor den Vorhang zu gehen und anzukündigen, daß mit Ausnahme des ›Celeste Aida‹ Radames in der sonst italienischen Produktion deutsch singen würde. Durch das Auditorium ging ein Raunen. Ein amerikanischer Tenor sang an der Met eine italienische Rolle in Deutsch, das schien den Leuten kurios.

Unmittelbar darauf begann die Vorstellung, und mein ›Celeste Aida‹, das mir ganz außerordentlich gut gelang, wurde mit riesigem Applaus belohnt. Meine nächsten Worte kamen allerdings in Deutsch, das bescherte mir einige Lacher aus dem Publikum. Mit der Zeit akzeptierten die New Yorker die ansonsten hervorragende Vorstellung und zeigten ihre Dankbarkeit und Anerkennung. Am Schluß der Vorstellung entschuldigte ich mich bei meiner Kollegin, Leontyne Price, für meinen fremdsprachigen Auftritt. Sie aber wehrte lächelnd ab und meinte, daß sie für jede Änderung in AIDA dankbar wäre. Mein Einspringen in AIDA hatte mir einen Auftritt als ›Radames‹ nun doch gleich zu Beginn meiner Met-Laufbahn beschert. Ich hätte aber auch schon an anderen Dingen erkennen müssen, daß etwas Italienisches auf mich wartete. Vor der Überraschungs-AIDA hatte ich nämlich in der zweiten Vorstellung der ARIADNE ein kleines Problem.

Meine Stiefel hatten sich nach der Premiere aufgelöst und waren völlig unbrauchbar geworden. Da nicht rasch genug neue angefertigt werden konnten, brachte die Garderobiere vor Beginn der Vorstellung Corellis Turandot-Stiefel, in denen ich dann in ARIADNE auftrat. Ich stand also schon an meinem zweiten Abend an der Met in Corellis Stiefeln und am nächsten Abend ganz an Corellis Stelle, denn er war der Tenor, für den ich in AIDA einspringen mußte.

Für AIDA hatte ich mein eigenes Kostüm mitgebracht, das New York natürlich zuvor nie gesehen hatte. Während ich im ersten Akt den langen Mantel des Kriegers trug, rutschte der Saum meines Kriegsrockes dann im weiteren nach oben. Das Kostüm gab von Akt zu Akt mehr Sicht auf meine Beine frei. Als ich während der Vorstellung Birgit Nilsson, die immer zu Scherzen aufgelegt war, hinter der Bühne entdeckte, erklärte sie mir, daß sie extra gekommen war, weil man ihr berichtet hatte, daß mein Kostüm mit zunehmender Spieldauer kürzer und kürzer wurde. Sie wollte sehen, was am Schluß übrigblieb. Bing gratulierte mir nach jedem Akt überschwenglich und stellte nach dem letzten Akt erleichtert fest, daß er in Anbetracht meines Kostüms froh war, daß kein fünfter Akt folgte.

Nach dieser Vorstellung sang ich mit Birgit Nilsson noch viele Male AIDA, sowohl im alten wie auch im neuen Haus der Metropolitan am Lincoln Center. In einer anderen Spielzeit wurde die Met wegen eines Streiks später eröffnet. Die verspätete Eröffnungsvorstellung war AIDA, ich sang den ›Radames‹. In dieser Spielzeit gab ich aber auch ›Siegfried‹, und ein Kritiker warf die Frage auf, ob es zuvor in New York schon einen Tenor gegeben hatte, der ›Siegfried‹ und ›Radames‹ in einer Saison singen konnte.

›Radames‹ ist natürlich eine schöne Rolle, aber schon deshalb ungeheuer schwierig, weil sie sowohl am Beginn als auch am Ende äußerst exponierte Stellen hat. Mein berühmter Kollege Giovanni Martinelli stellte schon vor mir fest: »Wenn man sich für ›Radames‹ so einsingt, daß man das ›Celeste Aida‹ am Beginn optimal singt, leidet der Schluß. Singt man sich hingegen für das ›Celeste Aida‹ nicht ein, und singt es schlecht, ist es ganz egal, wie man den Schluß singt.«

Als ›Radames‹ war ich also von Karlsruhe über Stuttgart, München, Wien nach New York und an zahllose andere Opernhäuser gelangt. Während mir die erste AIDA in Karlsruhe bestenfalls erlaubte, die Rolle zu studieren, hatte ich schon in Stuttgart die Möglichkeit, ›Radames‹ mit Inge Borkh, einer meiner liebsten und verehrtesten Kolleginnen, zu singen. 1963 sang ich ›Radames‹ anläßlich der Wiedereröffnung des Nationaltheaters in München in einer glanzvollen Premiere unter Böhm. 1965 sang ich dann ›Radames‹ in Wien, gemeinsam mit Claire Watson, Christa Ludwig und Walter Berry.

›Radames‹ war eine Rolle, die ich immer gerne gesungen habe, und die ich noch weit öfter hätte singen können, wäre mir nicht bald zu Bewußtsein gekommen, daß es für mich als Tenor nun galt, wesentliche Entscheidungen zu treffen. Es stellte sich die Frage nach dem Verhältnis von deutschen zu italienischen Partien in meinem Repertoire. Otto Schulmann hatte mir doch eine Karriere als Wagnersänger prophezeit, ich aber verwendete sehr viel Zeit zum Studium italienischer Rollen.

Schon nach meinem ersten TROUBADOUR in Karlsruhe folgte mit dem ›Alfredo‹ in LA TRAVIATA die nächste italienische Rolle. LA TRAVIATA ist eine Oper, die ich auch heute noch gerne höre, aber eine, in der ich nie gerne aufgetreten bin. Ich fand bald heraus, daß

Jess Thomas als »Radames«, 1962. Metropolitan Opera.
Das etwas knappe Kostüm befremdete Zuschauer und Kollegen. (27)

›Alfredo‹ zumindest für meinen Geschmack eine undankbare, wenn nicht sogar unsympathische Rolle darstellt. Unabhängig von meinen Bemühungen auf der Bühne, wurde ich das Gefühl nicht los, daß in meiner Darstellung der ›Alfredo‹ einfach durch die Umgebung und die Rolle selbst zu einem Waschlappen wurde. ›Alfredo‹ ist nicht nur schwach und unsympathisch, sondern hat zu allem Überfluß auch Passagen zu singen, die so schwierig wie die des ›Carlos‹ oder des ›Radames‹ sind. Trotzdem erntet Violetta den meisten Anteil am Erfolg, und das bißchen, das sie noch übrigläßt, wird sicher ›Germont‹, der mit seinem sentimentalen Liedchen immer Anklang findet, zufallen. ›Alfredo‹ ist, zumindest für mich, der betrogene Dritte. In italienischen Opern dominieren eben die Frauen, oft ist nicht nur im Inhalt, sondern auch im Titel das Feminine dominierend. Wie mir schon Emmy sagte: »Kind, du solltest eines lernen, in italienischen Opern sind die Damen dran: La Traviata, Tosca, Aida, Turandot, Manon Lescaut etc.« Dabei hat sie allerdings die vielen männlichen Stars und Namen im italienischen Fach vergessen: Othello, Carlos, Macbeth, Troubadour, Pagliacci, um nur einige zu nennen.

DIE MACHT DES SCHICKSALS hingegen ist eine Oper, die ich über alles liebe. Bei den Fernsehaufnahmen im Westdeutschen Rundfunk in Köln konnte ich mit dem hervorragenden Maestro Mario Rossi zusammenarbeiten. Wir kamen miteinander so gut zurecht, daß er mich oft für eigene Produktionen zur italienischen Fernseh- und Radiostation RAI Turin einlud. Die Rollen in der MACHT DES SCHICKSALS sind im Gegensatz zur TRAVIATA so gleichmäßig verteilt, daß alle Sänger gut bedient sind. Jeder und jede hat einen großen Auftritt, das gilt im übrigen nicht nur für die Sänger, sondern auch für die Musiker!

Die relativ unbekannte I DUE FOSCARI zeigte mir, daß auch frühe Verdi-Opern einigen Respekt verdienen. Die drei Rollen der Oper, Bariton, Tenor und Sopran, sind exponiert und liegen etwas höher als übliche Verdi-Partien. Dieses bißchen macht für den Sänger den Unterschied aus. Der Tenor hat beispielweise eine Stretta, die im Schwierigkeitsgrad, aber auch in der Wirkung der des Troubadour in keiner Weise nachsteht. Außerdem eine Arie in einer Kerkerszene, die an die des ›Florestan‹ in FIDELIO heranreicht. Die Zusammenarbeit mit dem Dirigenten Janos Kulka an diesem Werk bereitete mir nicht nur großes Vergnügen, sondern auch großen Erfolg. Die intensive Arbeit an der Rolle sollte sich jedoch nicht bezahlt machen, die Oper wird selten aufgeführt, ich sang sie später nie wieder.

I DUE FOSCARI war nicht die einzige, selten aufgeführte Oper, deren Studium ich mir auferlegte. Nachdem ich an dieser Oper gearbeitet hatte, war ich sicher, daß selbst mein Lehrer Schulmann seine Meinung ändern und die Oper als wundervoll bezeichnen würde, könnte er diese Produktion nur sehen. Er kam durch Zufall tatsächlich nach München und besuchte auch eine Vorstellung. Voll Begierde wartete ich nach der Vorstellung auf die revidierte Ansicht, die dann folgendermaßen ausfiel: »Eine wundervolle Arie ist noch keine Entschuldigung, diese ganze Oper auf die Menschheit loszulassen.« Die eine schöne Arie, »O Paradies«, brachte mir viele Ovationen ein. Praktisch bei jeder Aufführung hatte ich die Arie da capo zu singen und einmal, kurz nach meiner Rückkehr von der Metropolitan Opera, sang ich die Wiederholung italienisch und rief damit ein derartiges Verlangen nach einer weiteren Wiederholung in Deutsch hervor, daß ich beinahe schwach geworden wäre. Angesichts der nachfolgend langen Szene und des Duetts hielt ich mich aber doch zurück und verweigerte die Wiederholung der Wiederholung.

Große Möglichkeiten bietet einem Tenor auch Puccinis TOSCA. Diese Oper erfreut sich größter Popularität und ist auch, drei gute Sänger vorausgesetzt, leicht aufzuführen.
Schon in Karlsruhe nahm ich TOSCA in mein Repertoire auf und fand eine Rolle, von der ich wirklich fühlte, daß sie Zeit und Anstrengung wert war. Jede einzelne Note ist es wert, gesungen zu werden. Es gibt keine langen Ensembles, alles in allem eine kurze Rolle. TOSCA enthält bekannte Arien, wunderschöne Kantilenen und eindrucksvolle Höhepunkte für einen Tenor.

Karlsruhe hatte eine Standardinszenierung, in der die Proben bis nach der Generalprobe ohne Schwierigkeiten verliefen. Nach anstrengender Arbeit verließen wir die Oper, um uns der wohlverdienten Ruhe hinzugeben.Kaum zu Hause angekommen, rief mich der Direktor Paul Rose zum ersten Mal in den zwei Jahren an. Er war aufgeregt und wollte sofort wissen, warum ich im zweiten Akt ein blutiges Tuch um meinen Kopf gewunden hätte. Ich erklärte die Szene: Ich kam aus der Folterkammer. Darauf brüllte er laut: »Es weiß doch jedes Kind, daß die damals Daumenschrauben verwendeten.« »Vielleicht«, antwortete ich, »aber im Text ist von einer Stachelkrone die Rede.« Stille folgte, dann ein leises »Ach so«, Rose legte auf. Die Premiere am nächsten Tag lief ausgesprochen gut, und ich erhob mich erleichtert nach dem Schlußvorhang. Direktor Rose kam mit wehendem weißem Haar und großen Augen auf mich zugerannt, um mich wie ein wild gewordener Adler zu attackieren. Er riß mich am Arm zurück und rief: »Aber Thomas, Sie können nicht vor den Vorhang gehen!« Ich wurde das Gefühl nicht los, daß ich unbewußt gravierende Fehler begangen hatte und fragte kleinlaut nach dem Grund. Rose schaute entgeistert und sagte: »Aber Sie sind doch tot!« Die Szene war typisch für das Klima in Karlsruhe und für mein Verhältnis zur Direktion. Die Kollegen begannen zu grinsen, und ich antwortete: »Aber Herr Direktor, Scarpia und Tosca sind auch tot, wer sollte den Schlußapplaus entgegennehmen?« Rose schluckte und drehte sich um, um davonzulaufen. Dann blieb er stehen, wandte sich um und meinte skeptisch: »Aber ich bin sicher, Thomas, Sie starben am überzeugendsten.«

Auch in Stuttgart sang ich oft den ›Cavaradossi‹. Die Inszenierung enthielt einen wirksamen, wenn auch makabren Effekt im zweiten Akt. Cavaradossi, am Ende der Phrasen »Victoria, Victoria« angelangt, wurde zusammenbrechend von zwei großen starken Männern gepackt und abgeführt. Links und rechts einen kräftigen Helfer, ohnmächtig, mit dem Kopf voran, ging es im rasenden Tempo auf eine Schwingtür mit zwei Flügeln zu. Kurz bevor ich mit dem Kopf die Tür erreichte, wurde diese von einem der beiden Folterknechte mit der Hand aufgestoßen. Das war vom Publikum aus allerdings nicht zu sehen, für mich war nur dem Raunen im Auditorium zu entnehmen, das dieses meinen Kopf als Türöffner wähnte. Vielleicht ein billiger Bühneneffekt, aber wirksam.
In München gab es sowohl im Prinzregenten-Theater wie auch im Nationaltheater viele TOSCA-Aufführungen. Eine im Jahre 1965 wird mir unvergessen bleiben, die Opernhandlung wurde für mich fast zur Realität. Im dritten Akt war die Bühne schräg. Nachdem ich erschossen wurde, hatte ich rückwärts zu fallen und liegenzubleiben. Ich sang meine letzte Arie, das Duett, und war bald zur Hinrichtung bereit. Die Schüsse knallten, ich ließ mich nach hinten kippen und fiel in Unkenntnis der Abschrägung so unglücklich zurück, daß ich zuerst mit dem Hinterkopf aufschlug. Ich war k.o.. Es ist eine Sache, »Und es blitzten die Sterne« zu singen, und eine andere, sie tatsächlich zu sehen.

›Cavaradossi‹ war eine Rolle, die mir so lag, daß ich mich bemühte, sie auch meinen vielen Fans in Wien zu präsentieren. In Wien sang ich 1965 meinen ersten italienischen ›Cavaradossi‹. Vorher hatte ich mich in Italien aufgehalten und dort sowohl meine Vorbereitung für Wien, wie für Amerika abgeschlossen. Mein Kostüm war attraktiv, die Proben problemlos, und die Aufführung schien ein großer Erfolg zu werden. Ich konzentrierte mich nach einer heftig akklamierten Arie »Wie sich die Bilder gleichen« ganz auf den für mich sehr schwierigen Text in der nachfolgenden Szene mit Angelotti und kam glücklicherweise ohne Stolpern darüber. Innerlich triumphierend, drehte ich mich nun zu Floria Tosca, Sena Jurinac, und sang mit gestärktem Selbstvertrauen: »Tritt ein!«; unglückseligerweise in Deutsch. Erst als das Stehparterre lachend aufschrie, bemerkte ich mein Mißgeschick.

Wien hat eben ein enthusiastisches, aber auch kritisches Publikum. Nicht nur das Publikum, sondern auch der Opernbetrieb hat in Wien eigene Gesetze. Hier mußte ich auch dafür bezahlen, daß ich eine bestimmte Leistung nicht in Anspruch nahm.

Im zweiten Akt war es üblich, die Schreie des Cavaradossi während der Kerkerszene hinter der Bühne von einem Kleinrollensänger ausstoßen zu lassen. Die meisten Tenöre wollten ihre Stimme schonen und hielten immer einen Geldschein bereit, den zufällig anwesenden Kollegen für seine Schreie zu entlohnen. Ich wollte aber selbst schreien, daher dankte ich dem herumstehenden Mann; trotzdem kam er immer wieder. Endlich begriff ich, daß er für seine Schreihilfe bezahlt wurde und der neue Tenor ihn offensichtlich um sein »Schreigeld« brachte. Daraufhin entschloß ich mich, ihm jedesmal dafür Geld in die Hand zu drücken, daß er nicht schrie. Meine Methode klappte.

TOSCA ist eine Oper, die in der richtigen Besetzung sehr publikumswirksam ist. Kurt Herbert Adler in seiner Funktion als Direktor der San Francisco Opera war immer genial in Besetzungsfragen. Er erweckte auf diese Weise selbst bei Repertoirevorstellungen verstärktes Publikumsinteresse. 1965 gab es drei TOSCA-Aufführungen, jeweils mit Marie Collier als ›Tosca‹, aber drei verschiedenen Besetzungen des ›Cavaradossi‹: Sandor Konja, Franco Corelli und Jess Thomas. Ich war besessen darauf, mich meiner Heimatstadt in einer italienischen Rolle präsentieren zu können und warf mich mit Begeisterung in den Wettstreit. Ich wurde dadurch belohnt, daß Arthur Bloomfield in seinem Buch »50 Years of SF Opera« schrieb: »Es traten drei unterschiedliche Cavaradossis auf: Konja, Jess Thomas und Franco Corelli. Der intelligenteste und am besten dargestellte war der des erobernden Helden Thomas, der, acht Jahre nachdem er das Vorsingen an der San Francisco Opera gewonnen hatte, in seine Heimatstadt zurückkehrte.«

Trotz meiner späten Verlagerung auf Wagnerrollen versuchte ich als Ausgleich bis zum Jahr 1975 ein großes Repertoire an italienischen Rollen zu halten. Einige strich ich, andere kamen hinzu. Die letzte italienische Rolle, die ich lernte, war TURANDOT.

Ich war mit TURANDOT vorsichtig gewesen und versuchte, mir genug Zeit zu lassen, diese neue Rolle zu lernen und, wenn möglich, auf einer kleineren Bühne auszuprobieren. Auf dem Papier waren meine Pläne perfekt: Es gab eine Inszenierung in Stuttgart, kurz danach eine in München und beide in angemessener Zeit vor den Aufführungen an der Metropolitan Opera, für die ich Verträge abgeschlossen hatte. Sänger sollten aber in ganz besonderer Weise darauf achten, nicht nur vorauszuplanen, sondern diese Pläne auch durchzusetzen. Das mißlang mir im Fall der TURANDOT. Sowohl Stuttgart wie auch München strichen ihre TURANDOT-Pläne ganz überraschend. Da stand ich nun mit einer Rolle, die ich wohl gelernt, aber nie auf der Bühne gesungen hatte, um sie, genauso wie

Giacomo Puccini, Turandot, 1963. Metropolitan Opera. (28)

ich es gerade nicht wollte, zum ersten Mal an der Met zu singen, noch dazu mit der berühmten Birgit Nilsson als Partnerin.

Der Dirigent, Fausto Cleva, erwartete, genauso wie ich, Schwierigkeiten mit meinem Italienisch und meiner Interpretation von italienischen Rollen. Schon vor den Proben hatte ich Angst vor seiner Ablehnung und der Übermacht einer Stimmgigantin. Dies war allerdings unbegründet, er erwies sich als hilfsbereit und verständnisvoll, und Birgit Nilsson war eine wunderbare Kollegin. Die Aufführungen wurden ein glatter Erfolg. Nach der Premiere kam das New Yorker Original Geraldine Sauvaine, zu diesem Zeitpunkt Direktorin der Texas Metropolitan Broadcasts, zu mir, umarmte mich und stöhnte, »Oh, Jess, wie wunderbar! Bing könnte sich das Geld ersparen, die alte Oper niederzureißen« – die Übersiedlung in die neue Met stand kurz bevor –, »wenn du und Birgit mit solch mächtigen Stimmen nur noch eine Aufführung singen würdet. Das ist haargenau das, was man von euch hören möchte, vergeßt den anderen Mist.«

Ich wußte natürlich, daß sie italienische Opern besonders liebte und mein treuer Fan war, trotzdem war dieses Statement repräsentativ für die Meinung vieler Personen.

Für mich allerdings war das Werk Richard Wagners wesentlich attraktiver. Richard Wagner hatte immerhin die Welt der Oper revolutioniert und dies nicht nur hinsichtlich der Musik, sondern vor allem im Zusammenspiel zwischen der Musik und dem Drama. Wagner war von Natur aus an der griechischen Tragödie, einem der Gipfelpunkte menschlicher Kreativität, orientiert. Allerdings fühlte er auch, daß er die Errungenschaften solcher Dichtergenies wie Shakespeare und musikalischer Kapazitäten wie Beethoven nicht ignorieren durfte. Er glaubte, wie man seinen Schriften, die in Bryan Magees Essay »Wagners Theorie der Oper« zusammengefaßt sind, entnehmen kann, daß der Abstieg der griechischen Tragödie seinen Tiefpunkt im 19. Jahrhundert erreicht hatte. Theateraufführungen waren zu diesem Zeitpunkt schon von der ursprünglichen religiösen Handlung für die gesamte Gemeinschaft zu einer Unterhaltung für müde Geschäftsleute und ihre Frauen degeneriert. Die Inhalte waren seicht und reichten oft an die Grenze der Inhaltslosigkeit. Die wenigen enthaltenen Werte waren jene der bourgeoisen Gesellschaft jener Zeit. Die frivolste, vulgärste, sozial gesehen exklusivste und gleichzeitig auch inhaltsloseste der Kunstformen auf der Bühne war die Oper. Die darin verwendeten Konventionen waren grotesk, die Geschichten sinnlos und die Texte stupid. Das alles machte natürlich nichts aus, da die Handlung ohnedies nur ein Gerüst für das Bühnenspektakel und die stimmliche Selbstdarstellung einiger Stars sein sollte. Trotz allem sah Wagner in der Oper das Potential, die größte aller dieser Kunstformen zu sein. Sie allein war geeignet, wie auch schon die griechische Tragödie, alle Kunstformen zu vereinen. Allerdings setzte das eine Revolutionierung der Oper voraus, die diese in eine umfassende Kunstform verwandelte, in der die Möglichkeit enthalten war, alle Gestaltungsmöglichkeiten des Dramas, der Poesie, der Instrumentalmusik, des Gesangs, der Darstellungskunst, der Mimik und der gesamten Bühnenarchitektur in einer umfassenden Theaterpräsentation zusammenzufassen. Diese Revolution schuf Wagner beinahe mit der linken Hand. Es ging in Wagners neuem Musikdrama nicht mehr darum, was die Darsteller äußerlich zeigten, sondern um die von den Darstellern vermittelten Empfindungen. Kurz gesagt bot die traditionelle Oper ein Drama, das nur als Skelett für die darin eingebettete Musik diente. Wagners Vision war allerdings das Musikdrama als Präsentation psychologischer Situationen. Die Zuschauer sollten das, was die Darsteller ausdrückten, selbst erfahren. Das Medium für die notwendige Übertragung und den künstlerischen Ausdruck war die Musik.

Meine Überzeugung erklärt vielleicht, warum es für mich nie in Frage stand, daß Wagners Opern meiner eigenen persönlichen Entwicklung und Ausdrucksfähigkeit mehr entgegenkamen als die Opern des italienischen Repertoires. Nur Wagner gab mir das Gefühl, in seinen Rollen noch Tiefen zu finden, die es auszuloten lohnte. Die Gestaltungsmöglichkeit und Interpretationsfähigkeiten der von Wagner geschaffenen Charaktere korrespondierte jeweils mit meinen tiefsten Gedanken und meiner Psyche. Wahrscheinlich ist es so, daß jeder, der nach dem Wesentlichen sucht, auch selbst in seiner Ausdrucksfähigkeit wesentlicher wird. Ich bemühte mich daher, wenn ich schon mein Leben der Oper widmete, Rollen zu singen, deren innere Tiefe und Gestaltungsmöglichkeit es wert war, ein Leben darauf zu verwenden.

Wagner befreite die traditionelle Oper von ihrer Belanglosigkeit und forderte sowohl den Künstler als auch den Zuhörer heraus, an dem Kunstwerk selbst teilzunehmen. Er ging dabei in seiner Forderung praktisch bis zur religiösen Hingabe. Ich wußte selbst sehr genau, daß mein innerer Drang nicht nur durch das Singen, sondern auch durch die Darstellung und den Ausdruck dieser Rollen gestillt werden konnte. Ich wurde von Wagners Idee des Gesamtkunstwerks genauso gefangen wie Wagner selbst und konnte durch meine Bemühungen auch die Intensität der Darstellungen der Rollen steigern. Dadurch war ich wiederum in der Lage, selbst mehr von meiner Persönlichkeit in diese Rollen zu legen.

Ich wußte aber, was ich unternehmen mußte, um die vielen italienischen Rollenangebote, die mich nun erreichten, in den Griff zu bekommen. Ich mußte mir für AIDA in Rom, TURANDOT in Mailand und CHENIER in Verona einfach frei nehmen und so lange üben, bis die Rollen meinem Standard entsprachen und letztendlich auch meine Wagner-Aufführungen einschränken. Vor allem aber durfte ich keine neuen Wagner-Rollen mehr annehmen. Das war allerdings schwer und schmerzlich, denn ich hatte zu diesem Zeitpunkt natürlich auch schon die Angebote von Wieland Wagner, ›Tannhäuser‹, ›Tristan‹ und andere Rollen zu übernehmen. Diese allerdings würden meinen totalen Einsatz und Aufwand fordern. Das war aber doch mein Weg!? Ich war genau an der entscheidenden Kreuzung angelangt, und war nicht sicher, was ich wollte.

KAPITEL 6

WENN SCHON STRAUSS – DANN RICHARD

Bis zum Ende der Spielzeit 1962/63 hatte ich mich nun schon an einigen großen Opernhäusern etablieren können. Ich sang regelmäßig in New York, München, Berlin, Bayreuth und hatte mir die Aufgabe gestellt, bewußt festzulegen, welche der Rollen ich dort weiter singen wollte. Dazu mußte ich mit mir ins reine kommen. In welchen der angebotenen Rollen war ich außergewöhnlich erfolgreich und welches der vielen neuen

Richard Strauss, Die Frau ohne Schatten, 1963.
Jess Thomas und Ingrid Bjoner. (29)

Rollenangebote sollte ich daher annehmen? Neben dieser Überlegung stand auch noch ein Sturmangriff auf die letzten verbleibenden Hochburgen der Opernwelt bevor: Wien, Salzburg, Covent Garden, La Scala und Paris. Doch in welchen Partien sollte ich dort auftreten? Ich hatte insgesamt 30 Rollen in meinem Repertoire, darunter auch einige, die ich nur wenige Male gesungen hatte. Viele dieser Rollen hatte ich so schnell gelernt, daß ich nun doch das Gefühl hatte, mich mit ihnen in Ruhe befassen und sie nochmals überarbeiten zu müssen. Wichtig war natürlich, dies vornehmlich mit jenen Partien zu tun, die ich für meine Zukunft benötigte.

Ein bekanntes Sprichwort sagt, daß die wichtigen Entscheidungen im Leben nicht von uns selbst getroffen werden. Tatsächlich wurde mir auch in meinem Fall die Entscheidung abgenommen: In München bekam ich die Rolle des ›Kaisers‹ in FRAU OHNE SCHATTEN für die Eröffnungsvorstellung des Nationaltheaters angeboten. Eine Gelegenheit, die ich nicht vorübergehen lassen konnte. Zumal ich auch mit Wien im Gespräch war, diese Rolle an der Staatsoper zu übernehmen.

Die Neuinszenierung in München interessierte mich besonders, ich war in der Zwischenzeit hier heimisch geworden, und das Leben zeigte sich mir von der besten Seite. In dieser Zeit hatte ich sogar Pläne, mir ein Haus zu kaufen und seßhaft zu werden. Die Versuchung war groß, denn die Vorteile, weniger reisen zu müssen, als Ensemblemitglied mehr Ruhe zu genießen, gesellschaftliche Kontakte knüpfen zu können und letztendlich auch ein gesichertes Einkommen zu haben, lockten. Eine durchaus erstrebenswerte Entwicklung, auch wenn ich dieser Versuchung zufolge die Ansprüche an meine Laufbahn hätte zurückschrauben müssen. Ein solider Posten in München hätte schon etwas für sich gehabt, wahrlich ich hätte gerne hier gelebt. Ich war in München sehr beliebt, erhielt viele Aufführungen und hätte mich als »Herr Kammersänger« etablieren können. Es kam nicht dazu, denn ich war zu ambitioniert und ehrgeizig, um eine Beamtenlaufbahn einzuschlagen. Nicht zuletzt wollte gerade ich als Amerikaner eine internationale Karriere. Ich wollte alles auf einmal, auch dann, wenn der Preis dafür hoch war.

Zur Wiedereröffnung des neuerbauten Opernhauses wurden fünf Neuinszenierungen vorbereitet. Für vier davon kam ich als Sänger in Frage und sang schließlich in drei der fünf Produktionen: MEISTERSINGER, AIDA und FRAU OHNE SCHATTEN. Die Wiedereröffnung war ein Ereignis, ein Gewinn für die gesamte Opernwelt. Das wunderbare Theater war restauriert und wiederhergestellt, es leuchtete in seinem alten Glanz. Man hatte weder Kosten noch Mühen gescheut, die Münchner Oper in ein Glanzstück der Opernwelt zu verwandeln. Ich war vom Ergebnis der Arbeiten beeindruckt. Immerhin waren erst ein paar Jahre vergangen, nachdem ich kurz nach meiner Ankunft in München in einem halbzerstörten Zimmer unfreiwillig vorsang. Dieser Raum fungierte nun als wunderschöne Garderobe. Im Zuschauerraum glitzerte ein mächtiger Kronleuchter, der helles weißes Licht auf die roten und goldenen Wände warf. Ein goldbestickter, schwerer dunkelroter Vorhang schmückte die Bühne, der Stiegenaufgang und die Eingangsfassade bestanden aus Marmor, imposante Gemälde zierten die Räume und Treppenaufgänge. Es war ein großartiges neues, altes Opernhaus. Die Woche vor der feierlichen Eröffnung lebte ich praktisch in der Oper, da ich für drei Aufführungen zu proben hatte. Ohne besondere Pläne zu machen und nachdem ich ohnedies immer nur an einer Probe zur gleichen Zeit teilnehmen konnte, ging ich jeden Tag früh zur Oper und ließ mich überraschen, welche Probe gerade angesetzt war. Obwohl ich schon vorher unter Josef Keilberth gesungen hatte, war dies meine erste Neuinszenierung mit ihm. Darauf war ich besonders gespannt. Ich wurde nicht enttäuscht. Keilberth erwies sich als kongenialer Partner, der immer höflich und verständnisvoll zu mir war. Er war zu diesem Zeitpunkt schon sehr krank und wirkte oft deprimiert. War er aber bei Kräften, sah ich einen begnadeten Dirigenten vor mir. Sein Todeswunsch erfüllte sich später auf tragische Art und Weise. Keilberth brach während einer TRISTAN-Aufführung in München, genau während der Phrase »Laß mich sterben«, zusammen und starb kurz darauf.

Josef Keilberth

Über Josef Keilberth hatte ich schon viel gehört, bevor ich ihn getroffen hatte. Meine Freundin Emmy Seiberlich war in Karlsruhe gewesen, als sowohl Keilberth wie auch Krips dort arbeiteten. Keilberths Vater spielte dort im Orchester und Josef, ebenfalls ein anerkannter Pianist, war ein Dirigent mit einer entspannten, aber äußerst exakten Schlagtechnik, die wahrscheinlich die beste war, die ich je erlebt habe. Ich erinnere mich an die MEISTERSINGER-Aufführungen, in denen er ›Hans Sachs‹ scheinbar ohne Aufwand jeden einzelnen Einsatz für seine Hammerschläge im zweiten Akt geben konnte und dabei trotzdem das gesamte Orchester perfekt kontrollierte. Dabei sah es so aus, als ob er die Taktschläge zufällig aus seinen Ärmeln schütteln würde. Keilberth fühlte sich in einem großen Repertoire zu Hause. Aufführungen von Strauss, Mozarts und Puccinis Werken bleiben mir von ihm unvergeßlich in Erinnerung, sie alle trugen den Stempel eines exzellenten und hingebungsvollen Musikers. Josef Keilberth hatte einen herzlichen Humor und erwies sich als ständige Inspirationsquelle und Rückhalt während meiner Zeit am Nationaltheater in München. Ich erinnere mich gerne an seine liebevolle Familie, die oft die Aufführungen besuchte und ihren begabten Vater und Gatten, mit dem wir alle so gerne sangen, sehr unterstützte.

Keilberth dirigierte auch die MEISTERSINGER-Aufführung, in der ich den Stolzing sang, und wußte natürlich, daß ich ›Radames‹ in AIDA übernommen hatte. Daneben studierte ich noch ehrfürchtig den ›Kaiser‹ und konnte den großen Augenblick kaum erwarten, diese Partie bei der Sitzprobe mit einem Orchester zu singen und den Gesamteindruck zu hören. Nach der Probe schwärmte ich Keilberth vor, wie phantastisch es wäre, daß wir nun wirklich gemeinsam an der Rolle arbeiten konnten. Keilberth lachte und sagte: »Gerne, aber wozu? Sie haben das heute ganz ausgezeichnet gesungen.« Ich wollte meine Interpretation noch weiter ausfeilen, aber Keilberth war von Beginn an völlig zufrieden. Das gab mir natürlich viel Selbstvertrauen. Zur Eröffnung gab es eine Galavorstellung, die nur für geladene Gäste zugänglich war. Diese kamen aus der ganzen Welt angereist und bestanden aus Hoheiten, Präsidenten, Würdenträgern, wie auch aus den Direktoren der wichtigsten Opernhäuser. Ich erkannte meine Chance, bei dieser

Gelegenheit Herbert von Karajan wiederzutreffen, um Details meines Vertrages für Wien zu besprechen.

Wien, Wien, nur du allein... diese Stadt war eines meiner großen Ziele. Schon nach meinen ersten Erfolgen in Karlsruhe hatte man aus Wien um mich angefragt und mich eingeladen, für diesen oder jenen Tenor einzuspringen. Ich lehnte immer ab, denn gerade in Wien wollte ich keinesfalls als Einspringer auftreten. Ich wollte einen großen Auftritt. Zusätzlich hatte ich in Wien eine persönliche Mission zu erledigen, eine Sache, die nicht nur für mich, sondern für alle Sänger von Bedeutung war: das Thema hieß Geld. Wien ist eines der führenden Opernhäuser der Welt, und die Gage an dieser Bühne ist für jeden Sänger ein Wertmaßstab für seine Leistung. Meine Abendgage war bis zu diesem Zeitpunkt für mich eher von sekundärer Bedeutung gewesen. Ich wollte hauptsächlich lernen und Kontakte knüpfen. Sollte ich aber nun zu den wenigen Topstars der Opernwelt gehören, und als solchen betrachtete man mich, brauchte ich dafür insbesondere von den ersten Häusern auch meine pekuniäre Bestätigung. Das Sprichwort – Er muß sein Geld wert sein – mußte auch für mich gelten. Das darf nicht falsch verstanden werden, natürlich war ich nicht nur hinter dem Geld her, keineswegs hoffnungslos dem Mammon verfallen. Aber ich trat bereits in Bayreuth und an der Metropolitan Opera auf, ich kam nicht mehr als Anfänger nach Wien, sondern wollte meinen Erfolg bestätigt sehen. Anerkennung auch in der Gage und schon gar im Vergleich mit anderen Sängern, die die gleichen Rollen in den gleichen Häusern sangen. Von dieser Bestätigung war ich fix besessen, es ging dabei ums Prinzip und nicht ums Geld. Außerdem war mir schon damals bewußt, daß die Zeit der Spitzeneinkommen besonders für einen Künstler sehr beschränkt ist.

Kurz und gut: Es war mir zu Ohren gekommen, daß es in Wien ein zweifaches Gagenschema gab. Zufolge eines speziellen Vertrages zwischen der Wiener Staatsoper und der Mailänder Scala wurden italienische und andere ausländische Künstler, die italienische Rollen sangen, wesentlich höher bezahlt als österreichische oder deutsche Künstler, die vornehmlich deutsche Rollen sangen. Das ging nicht in meinen Kopf. Ich konnte einfach nicht verstehen, warum für einen ›Cavaradossi‹ wesentlich mehr bezahlt werden sollte als für einen ›Siegfried‹; die Rechnung stimmte einfach nicht. Schon sah ich eine Chance, nicht nur mir selbst, sondern auch anderen zu helfen und nahm mich der Sache an. Dabei setzte ich natürlich eine Menge aufs Spiel, immerhin konnte ich das Tauziehen auch verlieren und mein Engagement nach Wien verzögern oder gar verhindern. Ich war aber bereit, dieses Risiko einzugehen, ich wollte einfach wissen, wo ich stand. Daraus resultierte auch meine Forderung: Nicht einen Groschen mehr, aber auch nicht einen Groschen weniger Gage als der bestbezahlte Tenor in Wien, kurz und bündig.
Nachdem ich nach zahllosen Kontakten Karajan vor Monaten schon zu einer Vorbesprechung gemeinsam mit Hilbert in Wien getroffen hatte, stellte ich drei Bedingungen für meine Zusage. Diese drei Bedingungen bestanden aus meiner Gagenforderung sowie darin, in einer Neuinszenierung zu debütieren und, für mich von großer Wichtigkeit, in einer Inszenierung, die Herbert von Karajan selbst leitete, arbeiten zu können.

Das erste Treffen mit Karajan fand noch während meiner Zeit in München statt. Mein Freund List wettete vor meiner Abreise noch mit mir um eine Kiste Champagner, daß der Maestro nicht persönlich zu dieser Besprechung erscheinen würde. Er irrte, Karajan kam und akzeptierte meine Forderungen mündlich.

Als Hilbert damals erschrocken ausrief: »Aber er will die Höchstgage!« schaute Karajan nur desinteressiert und meinte: »Mich kümmert's minder.« Ich hatte allerdings keinen Vertrag, der sollte erst ausgefertigt werden. Die Überreichung dieses Vertrages war für den Tag nach der Premiere der FRAU OHNE SCHATTEN in München geplant. Eine gute Gelegenheit also, mit Herbert von Karajan persönlich zu sprechen.

Ich machte einen Terminvorschlag und kümmerte mich dann nicht weiter um diese Verhandlungen. Die Aufregungen vor der Eröffnungspremiere hielten uns Künstler in Atem und ließen uns keine Zeit nachzudenken. Tatsächlich kam das Treffen nach der Premiere zustande, ich traf Hilbert und Herbert von Karajan im Bayerischen Hof zum Mittagessen. Hilbert überreichte mir dann den lang ersehnten Vertrag, der Augenblick meines Engagements an die Wiener Staatsoper war gekommen. Ich nahm den Vertrag, las ihn sorgfältig und war vor den Kopf gestoßen. Die Gage lag keineswegs in der Höhe des Betrages, von dem ich wußte, daß er die Spitzengage in Wien war. Ich überlegte, sollte ich im Bayerischen Hof mit einem Künstler wie Karajan zu feilschen beginnen? Ohne aufzusehen, nahm ich meinen Kugelschreiber, zögerte noch kurz und setzte meine Unterschrift unter den Vertrag, dann allerdings schrieb ich noch ganz langsam einen kleinen Satz vor meine Unterschrift und gab die Vertragskopie zurück an Hilbert. Hoch erfreut übernahm er den Vertrag und wollte schon gratulieren, als seine Züge erstarrten, er protestierte lautstark. Ich fragte: »Warum nicht?« Hilbert fand vor meiner Unterschrift folgenden Satz: »Im Vorbehalt: Sollte der vorstehend genannte Betrag auch nur einen Groschen niedriger als die Gage des bestbezahlten Tenors in Wien sein, ist dieser Vertrag ungültig.« Hilbert war ganz offensichtlich schockiert und auch dadurch nicht zu beruhigen, daß ich ihm versicherte, daß der Vertrag ohnedies rechtsgültig unterschrieben war, da ich ja wohl annehmen konnte, daß er mir bezüglich der Gage die Wahrheit gesagt hatte und die eingesetzte Summe tatsächlich der Spitzengage entsprach. Die Situation war angespannt und stellte eine zusätzliche Aufregung zwischen den beiden Münchener Premieren dar. Ich hatte immerhin noch die MEISTERSINGER vor mir. Karajan und Hilbert saßen also vis-à-vis und blickten betroffen. Ich hatte mit diesen beiden Persönlichkeiten ein Schachspiel begonnen, das sehr leicht auch zu meinen Ungunsten ausgehen konnte. Natürlich wollte ich durch die Verhandlungen keinen Kampf für die Allgemeinheit, die restlichen Tenorkollegen, austragen und wollte schon gar kein Opfer auf dem Rücken meiner Karriere bringen. Ich fügte daher meinen Ausführungen ein paar persönliche Worte hinzu, um die Stimmung zu beruhigen. Ich versicherte Karajan, daß es für mich selbstverständlich eine große Ehre wäre, mit ihm in Wien gemeinsam zu arbeiten. Ich machte das Angebot und war tatsächlich bereit, die Aufführungen ohne Gage zu singen, einfach um der Ehre der gemeinsamen Zusammenarbeit willen. Aber für diese Gage? Für diese Gage wollte ich nicht auftreten. Wir beendigten unser Treffen, ohne eine Einigung zu erzielen. Die Situation war ungeklärt, wir hatten einen Vertrag, es war aber unsicher, ob er rechtskräftig war. Es sollte Wochen dauern, die Schwierigkeiten im Vertragsabschluß in Ordnung zu bringen. Zu guter Letzt hatte ich ein Ultimatum gestellt und als letztmöglichen Zeitpunkt für den Abschluß eines korrekten Vertrages jenen Tag genannt, an dem ich von München nach New York abfliegen wollte, um an der Metropolitan Opera aufzutreten. Hilbert wartete und hoffte auf einen Rückzieher meinerseits. Schließlich setzte er sich in sein Auto und fuhr von Wien nach München, um mich am Flughafen zu treffen. Er pokerte bis zur letzten Sekunde. Ich bin sicher, daß Hilbert von mehreren Autobahnraststätten in seinem Büro angerufen hat, um zu eruieren, ob ich in der Zwischenzeit nachgegeben hätte und er sich die Reise sparen könnte. Diese Hoffnung war allerdings vergebens. Er traf mich in München und überreichte einen neuen Vertrag, der einige Klauseln und Zusätze hatte, aber die von mir verlangte Abendgage garantierte.

Ich hatte eine Menge riskiert und Oberhand behalten, und ich war glücklich, nicht nur wegen der Tatsache, daß ich den von mir gewünschten Vertrag durchsetzen konnte, sondern auch wegen der Erwartung auf die Zusammenarbeit mit Herbert von Karajan in Wien. Ich freute mich ganz einfach auf Wien.

Die Gage

Schon ein altes jüdisches Sprichwort bescheinigt: »Mit Geld in der Tasche ist man weise, stattlich und man singt auch gut.«

Eigentlich stellt man sich vor, daß Künstler weniger von diesem Sprichwort als von jenem von Molière beeinflußt sein sollten: »Kultivierte Leute sollten über jeden Gedanken, der so verwerflich wie kaufmännische Interessen ist, erhaben sein.«

Die meisten Sänger stehen zwischen diesen Extremen. Sie sind meist kultiviert und wahre Idealisten, die finanzielle Interessen nicht als den Angelpunkt ihrer Karriere ansehen. Aber natürlich sind sie auch Realisten und erwarten für ihre risikoreichen Bemühungen eine entsprechende Entlohnung als Notwendigkeit, die auch einen Wertmaßstab für die eigene Leistung darstellt. Ein Künstler braucht diese Belohnung, und ich habe einen Freund, der auch ein internationaler Opernstar ist, der nach einer enttäuschenden Aufführung oder wenn er gedrängt wird, eine schwierige Aufgabe zu übernehmen, den Zeigefinger der geballten Faust erhebt, um anzuzeigen, daß das der Zeitpunkt ist, an dem die Gedanken des Künstlers einfach auf das übliche »zur Kasse« reduziert werden.

Alle haben schon von den enormen Gagen gehört, die Topstars für nur eine Aufführung bekommen und sich über die Höhe der Gagen gewundert. Es stimmt tatsächlich, die Summe, die man pro Aufführung erhalten kann, ist oft kolossal, sie muß aber auch in einer Relation zu den Gesamtaktivitäten eines Sängers, zum Risiko seiner Laufbahn und der Dauer seiner Karriere gesehen werden. Die Frage der Sängergagen habe ich oft mit einem Freund diskutiert, der ein bekannter Gehirnchirurg und gleichzeitig Opernfreund ist. Wir verglichen unsere Einkünfte und fanden heraus, daß sein Honorar für eine lange und schwierige Operation genau meiner Abendgage entsprach. Die Entwicklung unserer Konversation wäre es wert gewesen, aufgezeichnet zu werden. Wir versuchten beide, uns gegenseitig zu überzeugen, daß der andere ungerecht behandelt wäre. Er hatte die schwierige Aufgabe, Leben zu retten, Jahre der Ausbildung hinter sich, eine große Anzahl von Ausgaben zu bestreiten, die mit der Operation im Zusammenhang stehen, sowie Kosten für Versicherungen und Steuern, und ich war der Meinung, daß man eine solche edle Aufgabe nicht mit dem Singen einer Oper vergleichen dürfe. Er aber widersprach vehement und betonte, daß meine Gage durch die oft kurze Laufbahn einer Karriere, die lange Vorbereitung und die hohen Reisekosten und Provisionen leicht zu begründen wäre. Unsere Diskussion endete in Gelächter, als er feststellte, daß er jedenfalls mir gegenüber den Vorteil hatte, nicht davor Angst haben zu müssen, eine Kritik seiner Operation in der nächsten Tageszeitung lesen zu müssen, wobei diese im schlimmsten Fall von einem frustrierten, erfolglosen Medizinstudenten stammen könnte.

Ob Opernsänger nun überbezahlt sind, wird immer zur Debatte stehen. Für mich persönlich gab es jedenfalls Augenblicke, in denen ich während der Vorstellung so viel Glück empfand, daß ich meine Abendgage allein für dieses Glücksgefühl zurückgeben müßte. Dann gab es wieder Augenblicke, in denen ich mir bewußt wurde, daß ich nicht mein Bestes gegeben hatte und tatsächlich anbot, eine Gage nicht anzunehmen. Aber es gab auch Zeiten, zu denen ich mir sicher war, daß kein Betrag ausreichen würde, mich für das zu entschädigen, was ich während einer Aufführung mitmachen mußte.

Die Gage der Topstars wird von drei wichtigen Faktoren bestimmt: Sie müssen Anziehungskraft auf die Zuhörer ausüben und das Opernhaus oder den Konzertsaal alleine füllen können. Sie müssen gut gemanagt sein, eine positive Presse haben und von Film- und Schallplattenfirmen unterstützt werden. Und dann sollten sie in der Lage sein, die Spitzengage von den Direktoren der Operndirektionen auch tatsächlich zu bekommen.

Der Applaus und die Anerkennung des Auditoriums, die Nachfrage von Dirigenten und die Unterstützung von Kollegen sind auf der einen Seite mächtige Instrumente, mit denen Operndirektoren ihre Topstars verwöhnen, aber auf der anderen Seite machtvolle Verteidigungswaffen der Künstler, mit denen sie gegen die Direktoren kämpfen können, wenn es um das geht, was sie als gerechte Anerkennung empfinden. Aus dem Erfolg des Künstlers können ein tüchtiger Manager und ein Presseagent enormes Kapital schlagen, wenn sie Druck auf die Direktoren ausüben. In Verhandlungen kann man dann auch Zugeständnisse erreichen, wenn der Künstler die Spitzengage schon erreicht hat. Oft werden Schlupflöcher gefunden, die eine noch höhere Nettogage garantieren, wobei großzügige Spesenübernahmen, Reise- und Hotelkosten sowie Gagen für Aufführungen, die der Künstler dann gar nicht singt, gerne garantiert werden.

Um einer Gagenspirale zu entkommen, sind Treffen der Direktoren der größten Opernhäuser der Welt in letzter Zeit nicht unüblich geworden. Dabei werden die Spitzengagen für die einzelnen Stars festgelegt. In Deutschland veröffentlichen Magazine häufig die Spitzengagen einzelner Künstler, wobei solche Zahlen sehr wenig aussagen, weil es eben Möglichkeiten gibt, die nominelle Spitzengage zu erweitern. Mir erscheinen diese Veröffentlichungen auch gegenüber den Künstlern unfair, da sie in der Öffentlichkeit zu Emotionen führt. Schließlich sind jedermann die enormen Kosten und Defizite der Opernhäuser ein Begriff, die dann leicht mit den Spitzengagen in Zusammenhang gebracht werden. Es ist aber eine Tatsache, daß nur weniger als fünf Prozent des Budgets eines Opernhauses für Stargagen verwendet werden und mehr als 95% durch das Orchester, den Chor, die Statisten, die Direktion, die Pensionen und Fixkosten verschlungen werden. Die Topstars verdienen ihre Gage in jedem Fall über den meist erhöhten Eintrittspreis, und dabei macht das Opernhaus noch Profit. Die Spitzengage der internationalen Stars hat tatsächlich auch nicht einmal mit der Inflation Schritt gehalten. Caruso erhielt an der Metropolitan Opera zwischen 2000 und 3000 Dollar pro Aufführung, ohne daß er dabei Einkommensteuer hätte zahlen müssen. Das durchschnittliche Jahreseinkommen eines US-Bürgers war zu dieser Zeit niedriger als diese Abendgage. Max Lorenz erzählte mir selbst, daß er pro Aufführung etwa 3000,– Deutsche Reichsmark zu einer Zeit erhielt, in der man sich für 20000,– Reichsmark eine respektable Villa kaufen konnte. Der Startenor Alfred Niemann erhielt anläßlich der Pariser Premiere des TANNHÄUSER 20000,– Franc, während Richard Wagner für seine Teilnahme an den Vorbereitungen nur 3000,– Franc bekam.

Auch für mich erwies es sich natürlich als erfreulich und erhebend, daß ich in meiner Karriere pro Abend zehnmal soviel erhielt, als ich zuvor als Jahresgehalt in der Position eines Lehrers bekommen hatte. Es ist auch ein schönes Gefühl, wenn in bar bezahlt wird. An der Mailänder Scala erhält man die Gage im Hotel vor der Aufführung, in der Wiener Staatsoper wird man bezahlt, wenn man den ersten Akt übersteht. Der Mann mit dem Geldkoffer kommt in der ersten Pause und überreicht die Scheine. Vor allem in Ländern, in denen die einzelnen Geldscheine keinen großen Wert ausmachen, hatte ich oft ganze Koffer voll Geld, das mir wie Kinderspielgeld erschien. Nach einem Gastspiel in Italien, wo 10000,– Lire nicht sehr viel Geld bedeuten, mußte ich bei meiner Heimreise einen mit Geld gefüllten Koffer einfach als Gepäck aufgeben, weil es unmöglich war, ihn zu tragen.

Trotz dieses scheinbaren Geldüberflusses möchte ich die oft verdammten Künstler verteidigen. Diese Preise werden dafür bezahlt, daß jemand etwas tun will und kann, das nur wenige erreichen. Diesen Effekt gibt es überall im täglichen Leben, er erinnert mich an die Geschichte der alten Dame, die eine Rechnung ihres Installateurs erhielt, in der er ihr 75,05 Dollar für eine Reparatur in Rechnung stellte. 5 Cents für einen Dichtungsring und 75,– Dollar für die Arbeit. Auf ihre Beschwerde hin erklärte ihr der Installateur, daß sie eben 75,– Dollar dafür zu bezahlen hatte, daß er wußte, wie die Reparatur zu machen war und er sie auch tatsächlich durchgeführt hat. In der Opernwelt gibt es nur ganz wenige Künstler, die entsprechend den international gesetzten hohen Standards zur Zufriedenheit der erfahrenen Opernbesucher auftreten können. Es ist die Fähigkeit und das Know-how, das die entsprechende Bezahlung rechtfertigt.

Wie hoch auch immer die Gage für Opernsänger sein mag, verglichen mit der Bezahlung von Starathleten, Fußballspielern, Filmdarstellern oder Popsängern ist sie verschwindend. Nur einmal, als ich nach einer Saison in Europa nach Amerika zurückkehrte, wo ich gerade einen sensationellen Dreijahresvertrag erhalten hatte, übertraf ich diese Grenzen. Ich sah in den Schlagzeilen einer führenden Tageszeitung die Gage, die ein Baseballstar ebenfalls für einen Dreijahresvertrag erhalten hatte, und diese war niedriger als meine. Mein Bedürfnis, der Welt auch auf diesem Wege die Leistungen eines Künstlers, die sich eben auch in der Gage ausdrücken, mitteilen zu wollen, wurde sehr rasch durch die herkömmliche Auffassung verdrängt, nach der es unwürdig wäre, als Herr Kammersänger über Geld zu sprechen. Jeder Künstler bemüht sich, seine Gage wert zu sein, aber kann man Kunst tatsächlich auf die reine Gagenfrage reduzieren? Ich glaube ja, und das wird auch täglich so gemacht. Obwohl ich selbst nie nur des Geldes wegen aufgetreten bin, habe ich jede Gage als Bestätigung dafür aufgefaßt, wie andere meine Arbeit einschätzen.

Die Wiener Staatsoper ist ein Haus mit einer langen, langen Tradition, die eng mit Richard Strauss verknüpft ist. Richard Strauss war Direktor der Wiener Oper, seine Werke wurden dort gespielt und teilweise auch uraufgeführt. Nicht nur, daß Richard Strauss in Wien lebte, dort arbeitete und enge Beziehungen zu den Wiener Opernhäusern bestand, Richard Strauss' Musik entspringt dem Herzen der österreichischen Musiker. Österreichische Dirigenten, Sänger und Orchestermusiker sind durch das, was man als natürliches Musikempfinden, das von Kindheit auf besteht, prädestiniert, diese Musik und ihren Inhalt zu empfinden und auch zu interpretieren. Wien mußte also eine Bereicherung für mich bringen.

Die Frau ohne Schatten

Richard Strauss' Geburtstag wurde im Jahr 1964 durch zwei Neuinszenierungen gefeiert. DAPHNE hatte als Eröffnungsproduktion der Wiener Festwochen im Theater an der Wien unter Karl Böhm Premiere, DIE FRAU OHNE SCHATTEN wurde am 11. Juni, dem tatsächlichen Geburtstag, unter Herbert von Karajan an der Wiener Staatsoper in einer Neuinszenierung herausgebracht.

Wie zuvor bei den Eröffnungsfeierlichkeiten in München, war ich in Wien anläßlich des Strauss-Geburtstags eingeladen, zwei Premieren zu singen. Beide Termine standen in scharfem Konflikt mit bereits seit langer Zeit vereinbarten Engagements an der Metro-

ÖSTERREICHISCHER BUNDESTHEATERVERBAND

ENGAGEMENT-KONTRAKT

Zwischen der DIREKTION DER STAATSOPER WIEN

Telegramm: Staatsoper Wien A 1010 Wien, Opernring 2 Telefon 52 76 36

und Herrn Jess Thomas,
One Lincoln Plaza 35-R,
New York, N.Y.10023.

D-89/74

wurde folgendes Übereinkommen für die Spielzeit 1974/75 getroffen:

Anzahl der Auftritte: 6 in Worten: sechs

Honorar pro Auftritt: in Worten:

Sonstige Vereinbarungen: Zwei Flugreisen I.Kl.New York-Wien-New York

Daten:	Oper/Partie:	Sprache:	Proben:
22.Jän. 75	Siegfried/Siegfried	dt.	21.Jän. 10.00 Uhr
25.Jän. 75	Götterdämmerung/Siegfried	dt.	24.Jän. 10.00 Uhr
1.Juni 75	Tristan u.Isolde/Tristan	dt.	30.Mai 17.00 Uhr
10.Juni 75	Walküre/Siegmund	dt.	9.Juni 10.00 Uhr
13.Juni 75	Tannhäuser/Tannhäuser	dt.	12.Juni 10.00 Uhr
15.Juni 75	Tristan u.Isolde/Tristan	dt.	14.Juni 10.00 Uhr

politan Opera, es ergaben sich nicht unerhebliche Probleme. Die Terminsituation war tatsächlich so ungünstig, daß ich DAPHNE ohne eine einzige Probe hätte singen müssen und ich auch nicht für alle Proben zu FRAU OHNE SCHATTEN kommen konnte. Diese unangenehme Situation zwang mich, Doktor Böhms freundliche Einladung, in DAPHNE zu singen, abzulehnen. Nur Karajans großes Verständnis für meine schwierige Terminsituation ermöglichte mein Debüt in Wien in der spektakulären Neuinszenierung, einer Doppelpremiere mit zwei Besetzungen: Leonie Rysanek und Gundula Janowitz als Kaiserinnen, Christa Ludwig und Gladys Kuchta als Färberinnen, Walter Berry und Otto Wiener als Barak sowie Grace Hoffman, die wie ich in beiden Premieren sang, als Amme. Günter Schneider-Siemssens Kostüme und Dekoration sowie Herbert von Karajans musikalische Leitung und Regie garantierten den Erfolg allerdings von vorn herein.

Man muß Herbert von Karajan mit den Wiener Philharmonikern einfach gehört haben, um überhaupt verstehen zu können, wie diese Musik aufgeführt werden muß. Das Wiener Orchester bildet mit Karajan eine ideale Einheit, eine beglückende Partnerschaft, die ihresgleichen sucht.

Der ›Kaiser‹ war also meine erste Zusammenarbeit mit Herbert von Karajan. Seine Regieanweisungen waren für mich genauso überraschend knapp wie seine musikalischen Anweisungen präzise und detailliert waren. Was die Regie betrifft, richtete er sein Hauptaugenmerk darauf, daß ich am rechten Platz, im rechten Licht stehen würde, komplexere Regieanweisungen für diese Rolle gab es nicht. Ein einfaches Rezept: »Haltung und gut singen.« Nicht zuletzt beschreibt auch die Amme in der Oper den Kaiser mit »ein Jäger und ein Verliebter, sonst ist er nichts«. Die anderen großen Rollen der Oper sind wichtiger und auch länger. Strauss konnte sich offensichtlich nicht dazu entschließen, Tenören lange komplizierte Rollen zuzutrauen. Der ›Kaiser‹ ist aber trotz allem eine effektvolle und attraktive Rolle, immerhin hat er zwei imponierende Soli und eine Schlüsselfunktion im Schlußquartett.

Nicht nur die Produktion insgesamt, sondern auch mein persönlicher Erfolg war beeindruckend, er bescherte mir sofort weitere Verträge für die Wiener Staatsoper, und diese ohne Gagenpoker. Ich hatte also die letzte Festung erobert, was wollte ich mehr. Und doch wurden diese äußerst positiven Entwicklungen durch eine von mir unbeeinflußbare Tatsache getrübt. DIE FRAU OHNE SCHATTEN war Herbert von Karajans letzte Neuinszenierung an der Wiener Staatsoper während seiner Zeit als Kodirektor. Er verließ Wien am Tag nach der zweiten Premiere im Streit.

Herbert von Karajan und Wien

Die Kombination der Charaktere von Herbert von Karajan und Egon Hilbert schien mir aus vielen Gründen von Beginn an eine unmögliche zu sein. Das wäre zwar an sich nicht besorgniserregend, denn gerade in Wien halten unmögliche Konstruktionen oft unwahrscheinlich lange. In diesem Fall war es aber anders. Karajan forderte, wie auch schon viele Operndirektoren vor ihm, durch seine weitreichenden Aktivitäten Kritik geradezu heraus. Er arbeitete nicht nur in Wien, sondern war oft in Berlin, Salzburg und auch in Amerika. Wien ist aber eine eifersüchtige Stadt und möchte seine Lieblinge mit niemandem teilen. Sind die Lieblinge aber andererseits nicht international bekannt, wird ihnen dies schnell zum Vorwurf gemacht. Die Zeitungen brachten Karajans »Jet-Stil« groß heraus und karikierten ihn bald mit der Musik des Barbiers von Sevilla: »Karajan hier, Karajan da...« Sein Privatleben wurde ebenso öffentlich kritisiert wie sein Arbeitsstil. Karajan war extravagant, seine Inszenierungen manieriert, seine Probenarbeit durch unzählige unnötige Stell- und Lichtproben gekennzeichnet. In den Augen der Presse und damit auch der Öffentlichkeit war die Wiener Staatsoper zum Spielzeug Karajans geworden.

Vielleicht war es Karajans Plan gewesen, der Kritik an seiner häufigen Abwesenheit von Wien den Wind aus den Segeln zu nehmen, indem er der Zusammenarbeit mit dem ungleichen Partner Hilbert zustimmte.

Egon Hilbert war ein rastloser Kämpfer für die Kunst in Wien. Als ich ihn traf, war er Direktor der Wiener Festwochen. Er stellte einen Beamten im positivsten Sinn dieses Wortes dar, die Wiener Staatsoper war sein Leben schlechthin. Während seiner Amtszeit als Direktor arbeitete er unablässig und setzte dabei seine gesamte physische und psychische Kraft ein. Später aber wurde er schwer krank. Oft wankte er in die Oper, um Aufführungen mitzuverfolgen und die Pflichten seiner Direktionstätigkeit wahrzunehmen. Mehrmals beobachtete ich ihn, wie er sich mühte, die Stiegen zu seinem Büro emporzusteigen, als er allerdings bemerkte, daß er beobachtete wurde, nahm er all seine Kräfte zusammen und begegnete einem mit aufrechtem ungebrochenem Gesicht und einer herzlichen Begrüßung. Hilbert starb praktisch in der Oper, und ich bin sicher, er hat für Wien in einem Ausmaß gearbeitet, wie nur wenige seiner Vorgänger und Nachfolger.

Seine Partnerschaft mit Karajan war sicherlich eine ungleiche. Weder seine konservative Haltung noch seine Persönlichkeit paßten zu Herbert von Karajan. Sein Arbeitseifer war seine größte Gabe für den harten Job, den er übernommen hatte. Dies gepaart mit seinen profunden Kenntnissen der Opernwelt und der zahllosen Persönlichkeiten, die er als Freunde und Helfer kannte, machten ihn für den Posten eines Kodirektors an der Oper interessant. Künstlerisch war er natürlich Herbert von Karajan nicht gleichzusetzen. Karajan war schwierig, wollte seine Produktionen realisiert sehen und schaute dabei weder links noch rechts, war kompromißlos, was die Kunst betraf. Ich erinnere mich gut an einen Anruf Rudolf Bings, in dem er mich fragte, ob es wirklich wahr wäre, daß Karajan über 75 Lichtproben für eine Wagnerproduktion gebraucht hatte. Ich erinnerte mich an diese Begebenheit, es war GÖTTERDÄMMERUNG, und berichtete Bing wahrheitsgemäß, daß ich davon gehört hätte. Bing meinte: »Das ist fürchterlich, wir schaffen es in zwei Proben, die Bühne so dunkel zu lassen.«

Was immer auch den Weggang Karajans aus Wien letztendlich ausgelöst haben mag, Hauptsache war, so glaube ich, sein ständiger Streit und die vielen Probleme mit Gewerkschaften, Funktionären und Politikern. Ein Genie wie Karajan will seine künstlerischen Vorstellungen verwirklichen und Erfolge erringen. Aber die ihm eigene Paarung der Kunst mit dem Geschäft wollte diese Verwirklichung immer auch kommerziell erfolgreich sehen. Um seine Pläne zu realisieren, benötigte er die uneingeschränkte Autorität über den künstlerischen Betrieb in seinem Opernhaus, und das war schwierig. Eine derartige Konstellation mag in keiner Stadt der Welt leicht sein, denn es gibt immer die Einflüsse der Lobbies und Geldgeber. In Wien aber stellte so eine Konstruktion einen unerfüllbaren Wunschtraum dar. Karajan widerstand vielen Problemen, die für ihn kleinlich und auch peinlich gewesen sein mögen. Seinen Gegnern war er eine willkommene Zielscheibe, sie ließen ihn nicht mehr los. Zu guter Letzt wurde eine Affäre hochgespielt, in der seine Entscheidung kritisiert und auch bekämpft wurde, den »Maestro Suggeritore« der Mailänder Oper anstelle des Wiener Souffleurs für italienische Opernaufführungen einzusetzen. Für einen lokalen Gewerkschafter natürlich das lästige Fremdarbeiterproblem, für einen Künstler wie Karajan eine zwingende Notwendigkeit. In solchem Kleinkram wollte Karajan nicht untergehen, er wählte den für ihn einzigen Ausweg – er ging. Dieser Entschluß, ein Triumph der Kritiker, war eigentlich eine Tragödie für Wien. Karajan war nicht nur für das Publikum wie ein Gott, er hinterließ eine Lücke, die erst zwei Jahrzehnte später durch Gastspiele geschlossen werden konnte.

Karajan ist der Superstar unter den Dirigenten schlechthin. Neben seinen künstlerischen Eigenschaften besitzt er aber auch Originalität, Persönlichkeit und einen Geschäftssinn, der durchaus mit seinen künstlerischen Ambitionen mithalten kann. Solche Eigenschaften können nur in geringem Maße trainiert oder geübt werden, man hat sie, oder man hat sie eben nicht. Eigentlich ist außer Leonard Bernstein kein anderer Dirigent mit Karajan vergleichbar, was das Talent betrifft, Kunst und Geschäftsgeist zu vereinigen. Beide mögen einander sogar in der Statur ähnlich sein, sie wirken auch gleichermaßen magisch auf ihr Publikum, und der Unterschied ist nur in dem Kulturkreis zu sehen, aus dem sie kommen: Herbert von Karajan ist ein »von«, Leonard Bernstein Amerikaner...

Karajan stellt sicherlich eine singuläre Erscheinung im Musikleben dar, und er hat es zusätzlich verstanden, mit seinen weitreichenden Aktivitäten musikalische Bollwerke zu setzen. Seine Zusammenarbeit mit den Wiener Philharmonikern, in der auch von ihm geliebten Stadt Wien, die Salzburger Festspiele, seine Arbeiten an der Scala und vor allem seine kontinuierliche Zusammenarbeit mit den Berliner Philharmonikern stellen einen bislang unübertroffenen Zusammenschluß musikalischer Ämter dar.

Mein geliebtes Wien

Ich habe Wien immer geliebt und bin oft gefragt worden, warum. Es gibt da keine logische Antwort. Wie jede Beziehung ergibt sich so etwas, wenn die Voraussetzungen stimmen. Für einen Opernsänger sind in Wien auf jeden Fall die Bedingungen so günstig, daß mehr als ein Flirt aus so einer Beziehung werden muß. Durch all die über Generationen vererbten Voraussetzungen, die Liebe der Bevölkerung zur Musik, die Tradition der Musik und der Musiker findet sich in dieser Stadt ein Umfeld für die musikalische Entwicklungsfähigkeit eines Künstlers, das seinesgleichen sucht. Wien war für mich immer meine künstlerische Heimat. Seit meinem Debüt hatte ich ununterbrochen Verträge in Wien, länger als ich je Verträge für zusammenhängende Spielzeiten in jedem anderen Opernhaus gehabt habe. Ich bin glücklich, Kennedys Ausspruch für mich adaptieren zu können: Ich bin stolz, ein Wiener zu sein. Das liegt natürlich nicht nur an der Stadt und seiner Geschichte, sondern auch am Opernhaus und seinen Mitgliedern. Ich liebe die Wiener Staatsoper und ihre Tradition, die von jedem einzelnen Bühnenarbeiter weitergetragen zu werden scheint. Als Sänger genießt man den Luxus, Nacht für Nacht mit dem Orchester zusammenzuarbeiten, das ich als »Tiffany« der Orchester bezeichnen möchte: Die Wiener Philharmoniker.

Und schließlich: was wäre Wien und das Opernhaus ohne die Wiener Opernfans. Die Claque und Clique und alle jene, die wirklich Musik lieben. Fans sind für jeden Künstler etwas Wunderbares. Wie man sich nur fühlt, besonders als junger Sänger, wenn zum ersten Mal begeisterte Zuhörer versuchen, persönlichen Kontakt aufzunehmen, das ist unbeschreiblich. Natürlich reagiert jeder Künstler unterschiedlich und sehr individuell auf seine Verehrer. Ich war meinen immer dankbar, sie spielten eine große Rolle in meinem künstlerischen Leben. Ich erinnere mich daran, wie beeindruckt ich schon in Karlsruhe war, als eine junge Dame zu mir kam und mich bat, ein Autogramm in ein kleines Buch zu setzen. Sie war mein erster Fan in Europa. Und erst die Autogramme und Autogrammstunden! Da gibt es keine Selbsttäuschung, auch wenn es anstrengend sein mag, nach einer langen Vorstellung noch stundenlang Autogramme zu geben, der süßeste und schönste Klang der Welt ist der Klang des eigenen Namens. Dieser Klang vervielfacht sich in so einer Autogrammstunde, wenn Leute verlangen, den eigenen Namen niederzuschreiben und Bücher, Schallplatten und Photos bringen, die mit dem Autogramm versehen werden sollen. Diese Unterschrift wird dann zu einem Teil der Persönlichkeit des Künstlers, die er in viele Häuser und Wohnungen und auch Länder entsenden kann. Natürlich können Verehrer auch mühselig sein, aber ich habe es immer als meine Pflicht empfunden, meinen Fans für die Liebe, die sie mir entgegenbrachten, dankbar zu sein. Ich habe versucht, diese Pflicht mit gutem Willen und sogar mit Enthusiasmus zu erfüllen.

Die Fans in Wien brachten mir immer besonders viel Liebe entgegen. Ich gewann viele wirkliche Freunde, mit denen ich auch heute noch über Jahre hinweg in Kontakt bin. Fans drücken ihre Liebe nicht nur durch Applaus oder persönlichen Kontakt aus, sie schicken auch Geschenke. Von Andenken über Speisen bis zu Blumen reicht der Bogen der Gaben, die einem treue Anhänger bescheren. Mein Hotelzimmer in Wien sah vor allem wegen der vielen Blumen oft gerade so aus, als ob ich aufgebahrt werden sollte. Eines Tages war ich durch die vielen, vielen Blumen, die man mir gesandt hatte, überwältigt und fand einfach, daß ich damit auch jemand anderem Freude bereiten sollte. Ich nahm daher so viele Blumen in den Arm, wie ich nur konnte, um sie einem Kollegen zu bringen, den ich in einem Krankenhaus besuchen wollte. Als ich vor das Hotel trat und gerade in mein Taxi steigen wollte, stürmten etliche Fans auf mich zu und waren ganz traurig: »Unsere Blumen haben Ihnen nicht gefallen, Herr Kammersänger?« Das tat mir dann doch fürchterlich leid und seither erfreue ich mich selbst an den Blumen, die man mir gibt. Als Sänger ist man natürlich auch dafür dankbar, daß Fans ihren Schützling in jeder Art und Weise unterstützen. Nicht nur, daß sie die Zustimmung zur künstlerischen Leistung überschwenglich durch Applaus ausdrücken, viele von ihnen sind bereit, für ihren Sänger einzustehen und ihn vor Kritiken und Kritikern zu beschützen. In dieser Eigenschaft gleichen einander Fans in der ganzen Welt. Mein erster Fanclub wurde in San Francisco gegründet, viele folgten. Der größte, beeindruckendste und loyalste war und ist aber noch immer in Wien, in der Stadt, in die mich Richard Strauss und Herbert von Karajan brachten. Karajan verließ Wien nach meinem Debüt, und ich war darüber fürchterlich enttäuscht. Ich hoffte, irgendwie die Möglichkeit zu haben, bald wieder mit Maestro Karajan zu arbeiten und versuchte, mein Strauss-Repertoire zu erproben. Der ›Bacchus‹ in ARIADNE AUF NAXOS, sollte mir denn auch bald eine Fahrkarte zu einer weiteren weltberühmten Bühne in Österreich bescheren: Salzburg.

Ariadne auf Naxos

Schon bevor ich nach Salzburg kam, um bei den Festspielen ARIADNE zu singen, hatte ich mehrfach Gelegenheit, den ›Bacchus‹ zu singen. 1959, praktisch zu Beginn meiner Karriere in Europa, resultierten Erich Schäfers Bemühungen, mich nach Stuttgart zu bringen, in der Teilnahme an der ARIADNE-Aufführung unter Ferdinand Leitner. In dieser Aufführung saß auch Sir Rudolf Bing, der nach Stuttgart gekommen war, um Ruth-Margret Pütz als Zerbinetta zu hören und durch diesen Zufall Gelegenheit hatte, auch schon einen meiner früheren Auftritte beobachten zu können. Im Oktober 1962, als das wiederaufgebaute Schauspielhaus in Stuttgart neu eröffnet wurde, kehrte ich in diese Stadt zurück. Ich trat in der Eröffnungspremiere der Originalfassung von DER BÜRGER ALS EDELMANN auf, bei der nach dem Drama nur die zweite Hälfte der ARIADNE, die eigentliche »Oper« gespielt wird. Die Musik in dieser Fassung ist der üblicherweise gespielten ARIADNE AUF NAXOS äußerst ähnlich, nur die Partie der ›Zerbinetta‹ liegt geringfügig höher. Auch Wieland Wagner war im Auditorium und konnte mich bei einem meiner ersten Auftritte mit Leonie Rysanek beobachten.

Leonie Rysanek – Meine klassische Kollegin

Eine meiner ersten Partnerinnen, die der Welt der etablierten Opernstars angehörte, war Leonie Rysanek. Ich stand damals mit ihr auf der Bühne des Memorial Opera House in San Francisco und sang die kleine Rolle des Malcom in MACBETH. Meine letzte Vorstellung auf der gleichen Bühne gab ich in WALKÜRE, nur 25 Jahre später, ebenfalls mit Leonie Rysanek. In den Jahren zwischen diesen beiden Aufführungen lernte ich in Leonie Rysanek die Frau, den mitfühlenden Menschen, die perfekte Partnerin, die Künstlerin und die göttliche Sopranistin kennen. Sie gab dem Wort Kollegin für mich eine neue Bedeutung.

Wenn man diese einzigartige Person als Künstlerin kennenlernt, muß man sie bewundern: sie zu kennen bedeutet sie zu lieben, und sie als Partnerin in einer Aufführung zu haben, bedeutet vom Glück gesegnet zu sein. Dabei wird man zwangsläufig Gegenstand ihres aktiven, professionellen Interesses und genießt unweigerlich auch ihre Unterstützung, in der man erkennt, wie selbstlos und mitfühlend sie als Kollegin sein kann. Oft kam ich bei Gastspielen oder einer Tournee an ein Opernhaus, um dort sofort von Direktoren oder Dirigenten mit Glückwünschen für meinen jüngsten großartigen Erfolg überhäuft zu werden. Leonie war dagewesen und hatte berichtet! Ich war sicherlich nicht die einzige Person, über die sie sich positiv geäußert hat, denn sie verbreitete alle guten Neuigkeiten – und ausschließlich diese – über alle ihre Kollegen und Kolleginnen in der ganzen Welt. Ich habe nie auch nur ein negatives Wort über einen Kollegen oder eine Kollegin aus ihrem Mund gehört. Bei jeder Aufführung hatte man das Gefühl, daß sie sich den Kopf mehr über den nächsten Ton ihres Partners zerbrach, als über ihre eigene Rolle. Das liegt vielleicht daran, daß sie sich ihrer Kunst so sicher sein kann. Aber ich glaube, sie versucht, ihre Partner auch deshalb optimal zu unterstützen, weil sie ein Interesse am Gelingen der gesamten Aufführung hatte. Ich kann von vitalem Mitfühlen, Lächeln und einem sanften Händedruck oder einem Kompliment nach einer gut gelungenen Phrase berichten. Das machte mich oft schon auf der Bühne glücklich und rief mir ins Bewußtsein, wie erfüllend es ist, mit jemandem auf der Bühne zu stehen, der sich selbst kennt, und auch weiß, wie man den Partner glücklich macht. Darüber hinaus aber versteht sie es, einen enormen Zauber zu verbreiten; jede ihrer Bewegungen ist eine Studie in Technik und Erfahrung und enthält doch spontane Motivation und Leben. Ich habe nur mit wenigen Künstlerinnen auf der Bühne gestanden, die in der Lage waren, einen solchen dramatischen Ausdruck auf der Bühne zu entwickeln wie Leonie. Und dann muß noch ihre Stimme erwähnt werden. Welch Gottesgeschenk! Sie hat ein Soprantimbre, das so einzigartig ist, daß man es nicht entsprechend beschreiben kann, und auch ich finde nicht die richtigen Worte, die ihrer Stimme gerecht werden könnten. Man muß sie einfach hören. Ich denke dabei an ihre göttlichen Pianotöne genauso wie an ihre dramatischen Ausbrüche. Bei aller Kraft ist sie aber immer warm, herzlich, feminin und gewinnend. Ich gebe gerne zu, daß ich nahezu gleichviel Aufführungen mit Leonie besucht, wie ich mit ihr gesungen habe. Nur wenige Sänger können auf eine derart lange Karriere hinweisen wie Leonie, und nur wenige können der Anzahl der Rollen, die sie in ihrem Repertoire hat, auch nur nahekommen. Während unserer langen Zusammenarbeit war sie stets die gleiche, freundliche, absolut natürliche Künstlerin, die sich ohne Primadonna-Allüren an der Musik orientiert. Ich bin jedenfalls ein enthusiastischer Fan dieser großartigen Künstlerin. Sie ist für mich die Sopranistin, die alle wichtigen Eigenschaften optimal vereinigt: Technik und Leidenschaft, Vorsatz und Gefühl, Instinkt für Musik und totale persönliche Hingabe.

Schon allein aus ihrer Figur läßt sich ihre ideale Eignung zur Künstlerin ableiten. Sie ist eine der wenigen Künstlerinnen, die es geschafft haben, sich selbst so zu beherrschen, daß sie eine Figur behielt, auf die sie stolz sein kann. Als ich sie zum ersten Mal traf, war sie etwas übergewichtig, aber sie arbeitete an sich, um jene glaubwürdige Bühnenwirksamkeit zu erreichen, die wir alle kennen und bewundern. Ihre Stimme ist so bemerkenswert, daß sie sich jedes Aussehen leisten könnte, aber sie wollte ihrem eigenen Ideal der Künstlerin näher kommen und bemühte sich immer, gegen das verhaßte Schema der Sopranistinnen anzukämpfen: »Die Oper ist nicht vorüber, bevor nicht die dicke Frau singt.«

Als mein älterer Sohn Jess David noch ein kleiner Junge war, trafen wir Leonie einmal nach einer TANNHÄUSER-Aufführung in Bayreuth. Sie kannte ihn schon von früher und hatte ihn mehrfach im Park in New York spazierengeführt. Sie ging auf ihn zu, um ihn mit einer herzlichen Umarmung zu grüßen. Er verhielt sich aber distanziert und sie wunderte sich darüber. Bald gab er den Grund für seine Zurückhaltung bekannt: »Du liebst meinen Papi!« Da stimmte sie sofort zu und sagte: »Aber natürlich, mein Kind, aber doch nur auf der Bühne.« Ihre Charakterisierung »auf der Bühne« war selbst für den kleinen Jungen so überzeugend, daß er Spiel und echtes Leben nicht mehr trennen konnte. Und ihre Charakterisierungen auf der Bühne wurden auch ein Wahrzeichen ihrer Größe.

Wenn ich an Leonie denke, dann erinnere ich mich in erster Linie an sie als ›Ariadne‹. Nicht, daß ich eine ihrer Rollen besser finde als eine andere, aber wahrscheinlich deshalb, weil ich so viele Erinnerungen mit ihr in dieser Rolle verbinde. Meine erste ARIADNE an der Met, Aufführungen in Wien und Stuttgart und eine meiner Abschiedsvorstellungen mit der Wiener Staatsoper in einem Gastspiel in Ludwigshafen fanden mit ihr statt. Wie oft hatte ich doch auf das Schlußduett und die großartigen Phrasen gewartet, immer stand sie mit all ihrer Unterstützung neben mir, während ich meine letzten Phrasen sang. In Ludwigshafen konnte ich nicht glauben, daß ich dieses großartige Vergnügen, mit ihr auf einer Bühne zu stehen, nun nicht mehr haben sollte. Das Ende meiner Rolle als ›Bacchus‹ dominiert meine Erinnerungen und Gefühle für sie: »Und eher sterben die ewigen Sterne, ehe denn du stürbest aus meinen (und der Welt's) Erinnerungen.«

Leonie Rysanek ist für mich die ›Ariadne‹ schlechthin. Hätte ich in dieser Oper nicht selbst auf der Bühne zu tun, wäre ich glücklich für Vorstellungen, in denen Leonie Rysanek singt, Karten zu erhalten, allein um den einen Ton ihres ersten Monologs hören zu können, mit dem der Götterbote Hermes besungen wird.

Der damalige GMD von Stuttgart, Ferdinand Leitner, war eine außerordentliche Persönlichkeit. Er stellte vor allem für junge Sänger einen Glücksfall dar. Seine genaue Kenntnis der Stimme, seine freundlichen, aber besorgten Bemühungen um junge Sänger und letztendlich auch seine Hilfe in der Auswahl und Gestaltung von Rollen halfen mir nicht nur am Anfang, sondern leiteten mich in wesentlichen Bereichen meiner Laufbahn. ARIADNE unter Leitner war für mich ein Vergnügen. Er half der Stimme über die Klippen der schwierigen Partie mit solcher Leichtigkeit und soviel Gefühl, daß man jede Pianophrase liebevoll gestalten konnte, aber auch genug Unterstützung in dramatischen Ausbrüchen fand. Leitner begleitete mich auch in vielen anderen Rollen und war für mich ein beständiger und verläßlicher Ratgeber.

Stuttgart brachte auch die erste Begegnung mit Günther Rennert, einem wunderbaren Regisseur. Ich habe seine Arbeit immer als sehr inspirierend betrachtet und es für mich als Ehre angesehen, mit ihm zusammenarbeiten zu dürfen. Auch die bekannte Hamburger Schauspielerin Hilde Weissner, eine wunderschöne Frau, trat in BÜRGER ALS EDELMANN auf. Sie war mir so sympathisch, daß ich sie bat, mir zu helfen, mein Deutsch zu verbessern. Seither ist Hilde ein treuer Begleiter durch meine Karriere nach Bayreuth und auch Wien, es entwickelte sich zwischen uns ein intensives kameradschaftliches Verhältnis, das bis heute andauert.

Durch die vielen Eröffnungen, die ich in der Zwischenzeit hinter mich gebracht hatte, immerhin hatte ich in Berlin, Stuttgart, München und später dann auch in New York Opernhäuser bzw. wiederaufgebaute Opernhäuser eröffnet, hatte ich mir übrigens schon damals den Beinamen »Opening Boy« eingehandelt.

Die Münchner Festwochen 1960 brachten die Gelegenheit, zum ersten Mal im Cuvilliés-Theater unter Keilberth aufzutreten. Dieses Theater ist ein Schmuckkästchen, es ist der perfekte Ort für eine so intime Oper wie ARIADNE AUF NAXOS. Ganz stolz war ich bei dieser Aufführung darauf, sowohl meine Mutter als auch meinen Stiefvater an der Aufführung teilhaben lassen zu können. Beide kamen, um mich zum ersten Mal in Europa auf der Bühne zu sehen. Obwohl sie aus dem amerikanischen Mittelwesten stammen und natürlich niemals zuvor eine Strauss-Oper gehört hatten, lernten sie die auf natürliche Weise ergreifende Musik sofort lieben. ARIADNE ist keineswegs, wie vielfach geschrieben wurde, eine Oper, die Musik nur für Feinschmecker bietet. Gerade die geniale Musik des zweiten Teiles der Oper ist dazu geeignet, auch ohne jede intellektuelle Betrachtung, spontan die Wirkung dieses Kunstwerkes unter Beweis zu stellen. In Zürich hatte ich das Vergnügen, mit Lisa Della Casa eine nicht nur stimmlich, sondern auch optisch verführerische ›Ariadne‹ anzutreffen. Dabei kann ich von Glück sagen, daß ich sie überhaupt sah, denn um ein Haar hätte man mich damals schon beim Auftritt um einen Kopf kürzer gemacht.

Bacchus' Auftritt in der Oper besteht aus drei Rufen nach der Zauberin Circe, deren Fängen der Gott gerade entkommen ist. Zwischen jedem dieser Rufe soll Bacchus der Insel der Ariadne etwas näher kommen. Dieser Auftritt wurde in Zürich so gelöst, daß ich als Bacchus auf einem kleinen, einen Quadratmeter großen, wackelnden und sogar scheppernden Lift zu stehen hatte, der zwischen den Circerufen jeweils zum nächsten Stockwerk fuhr. In dieser Inszenierung aufzutreten, ohne diese Stelle geprobt zu haben,

Jess Thomas im Kostüm des »Bacchus« mit Rudolf Bing, 1962. (30)

bereitete mir während der Vorstellung schreckliche Minuten. Der Regisseur hatte offensichtlich mit einem Tenor von wesentlich geringerer Körpergröße gerechnet. Schon bei der zweiten Station des Aufzuges konnte ich mir ausrechnen, daß es nach diesem Circeruf damit enden würde, daß mein Kopf geradewegs gegen den Lüster der Dekoration gerammt würde. Die Momente, bis sich herausstellte, wie weit der Lift tatsächlich hinauffuhr, wie weit ich mich zu bücken hatte und wieviel Geklirr ich bei meiner Fahrt und später auch beim Singen verursachen würde, dehnten sich qualvoll. Nur die Zuschauer haben sich damals königlich amüsiert. Mein Kopf blieb immerhin heil.

Die Erstaufführung der ARIADNE an der Metropolitan Opera von New York fand im Jahr 1962 unter Karl Böhm statt. Wiederum arbeitete ich mit Leonie Rysanek in einer Produktion zusammen, die von Karl Ebert, dem berühmten Berliner Regisseur, geleitet wurde. Ebert nahm alles sehr ernst. Einen Gott darzustellen ist ja wahrhaftig keine leichte Aufgabe, dabei spielt natürlich auch das Kostüm eine wichtige Rolle. Oliver Messel entwarf für mich ein bemerkenswertes, aber äußerst wirksames Kostüm. Auf einer langen, bis zum Bauch offenen Seidenbluse trug ich Weinreben und Weintrauben. Darunter superenge grüne Hosen, grüne Stiefel mit gold- und orangefarbener Verzierung sowie ein mächtiges Cape, das orangefarben und goldbestickt war. Das Cape zierten Leopardenpranken. Dazu noch eine lange schwarze Perücke sowie einen Kranz aus Weinreben und ein brachialischer Gott Bacchus ist fertig.

Salzburg 1964: (v. l. n. r.) Christa Ludwig, Karl Böhm, Reri Grist, Jess Thomas, Günther Rennert. (31)

Erwin Koldin schrieb über diese Vorstellung in »Saturday Revue of Literature«: »Thomas löste das schwierige Dilemma, einen Gott darzustellen, dadurch, daß er wie ein Gott sang.« Man kann mir glauben, es ist schön, solche Kritiken zu haben. In den Salzburger Sommerfestspielen der Jahre 1964 und 1965 stand ich dann unter Karl Böhm in Salzburg als ›Bacchus‹ auf der Bühne. Die Inszenierung besorgte Günther Rennert, meine Partnerinnen waren Christa Ludwig und Hildegard Hillebrecht. Da sowohl Böhm als auch Rennert meine Mitwirkung in Salzburg gefordert hatten, war diese erste Zusammenarbeit in Salzburg problemlos zustande gekommen. Böhm war dafür bekannt, daß er sich auf die Musik und die Künstler und da wiederum auf jede Kleinigkeit konzentrierte. Selbst größere äußere Ereignisse konnten ihn hingegen kaum erschüttern. Dabei hätte schon dieser Beginn bei den Salzburger Festspielen leicht auch das Ende meiner gesamten Karriere bedeuten können, hätte mich ein schwerer Lüster, der während einer der Vorstellungen vom Plafond genau dort zu Boden fiel, wo ich noch wenige Sekunden zuvor gestanden hatte, tatsächlich erschlagen. Ich entkam dem mit lautem Donner zu Boden krachenden Ungetüm in letzter Sekunde und war verständlicherweise einigermaßen aufgeregt. Karl Böhm konnte so ein Vorfall nichts als ein kurzes Zögern und einen langgezogenen Gesichtsausdruck abringen. In diesen Aufführungen wirkte neben Hillebrecht und Ludwig auch die hinreißende Reri Grist mit. Eine kleine Schönheit, die die Zerbinetta in perfekter Art und Weise, sowohl im Spiel als in der Stimme personifizierte.

Die Handlung der Oper paßt nicht nur nach Wien, sondern vor allem auch nach Salzburg. Sie ist eine Kritik am künstlerischen Mäzenatentum, das durch seine starren Vorgaben den Künstler beeinflußt, ja limitiert. Die Kritik an der Institution der Salzburger Festspiele, der sozusagen »geschlossenen« Festspiele für einen elitären, hohe Preise zahlenden Zuschauerkreis, ist mit dem zunehmenden Interesse der Öffentlichkeit an der Verwendung öffentlicher Gelder immer wieder aufgeflammt. Alternative Festspiele wurden von vielen Künstlern gefordert, die Inzucht und Geldverschwendung sowie die Dominanz der künstlerischen Leitung von Herbert von Karajan wurden häufig kritisiert.

Wie denkt ein Künstler, der im Rahmen solcher Festspiele auftritt? Freut er sich über die fraglos guten Gagen und perfekten Arbeitsbedingungen, bei denen Qualität vor Kostenbewußtsein geht? Oder sieht er sich als Söldner der Besucher, der Finanziers, die die Herrschaft in der Ariadne in vielfacher Art und Weise darstellen? Welchen Stellenwert hat ein derartiges Kulturspektakel letztendlich, ist es bloß degeneriertes und dekadentes Vergnügen für einen kleinen Teilnehmerkreis oder eine Kultstätte oder Reproduktion und Wiedergeburt kultureller Werte in hoher Qualität?

Diese oder ähnliche Fragen tauchen im Zusammenhang mit Kritiken und kritischen Überlegungen zum modernen Kunst- und Kulturbetrieb immer wieder auf. Auch ein Künstler kann an dieser Fragestellung nicht vorbeigehen, obwohl ich glaube, daß es nicht die primäre Funktion des Künstlers ist, über diese Dinge nachzudenken. Denkt man doch darüber nach, kann man als Künstler sicherlich keinen Unterschied zwischen einem Festspielbetrieb, bei dem möglicherweise auch finanzielle Restriktionen wegfallen, und der Teilnahme am regulären Routinebetrieb an der Oper finden. Topstars verdienen überall gleichviel. Künstler sind darüber hinaus mit ihrer Aufgabe vollends beschäftigt und auch ausgelastet. Sie sind und müssen total egozentrisch sein und sich auf ihren Teil der künstlerischen Gestaltung und Reproduktion beschränken. Dabei kann man kaum Gedanken darüber verschwenden, ob die Produktion den Budgetaufwand lohnt. Die

Gage wie auch die Arbeitsbedingungen sind für den Künstler nur von nebensächlichem Interesse, das ist aber auch schon alles. Ein Künstler geht primär in seiner Arbeit auf.

Natürlich kann in einer trüben Stunde der Gedanke aufkommen, daß man als Söldner der Finanziers arbeitet. Wenn man zu sich selbst ehrlich ist, ist man sich dieser Tatsache allerdings schon von der ersten Stunde an bewußt. Oper ist eine teuflische Kunstform, die einer erzwungenen Heirat zwischen Geschäft und Kunst gleichkommt. Glücklicherweise sind Künstler heutzutage nicht mehr so abhängig von ihren Finanziers wie in früheren Zeiten, von denen uns Hofmannsthal und Strauss im ARIADNE-Vorspiel erzählen. Man erhält heute so breite öffentliche Anerkennung und eine hohe soziale Position, die für sich selbst schon eine unbezahlbare Entlohnung darstellt. Der Künstler ist in diesen Tagen sicherlich wesentlich besser gestellt, als es noch vor Jahrzehnten der Fall war, er kann sich sicher sein, daß er im modernen Kunstspektakel benötigt wird, weil letztendlich er selbst als Person dafür garantiert, daß die teuren Produktionen auch ausverkauft sind.

Oper ist und war auch immer ein Spektakel für eine Elite und dadurch in gewisser Weise eine degenerierte Kunstform. Weder in Europa noch in Amerika strömen die Massen in die Opernhäuser. Weder die Oper noch die Museen locken die breite Masse, sie haben dies auch nie getan. Oper ist eine intellektuelle und emotionelle Angelegenheit für jene, die Musikliebhaber und glücklich oder unglücklich genug sind, ihren persönlichen Weg zu dieser Kunstform gefunden zu haben. Im großen und ganzen gesehen war Oper nie populär, und sie ist besucherlos, vergleicht man sie mit den Massensportarten. Schon der Blick auf die Größe der Opernhäuser, die nicht einmal immer ausverkauft sind, spricht eine klare Sprache. In Wien sind zwei davon, aber wie viele Kinos? Und wie viele Videorecorder stehen zu Hause? Wenn man an einer Opernproduktion teilnimmt, muß man sich also bewußt sein, daß man an einer Kunstform für ein paar gutgestellte Persönlichkeiten teilnimmt. Immer mehr Amerikaner, aber auch Europäer, vor allem die Jugend, nimmt an kleinen Aufführungen teil, besucht sie und lernt die existierenden Opern kennen. Auf diese Art und Weise wird mehr und mehr Nachfrage geschaffen, und neue Produktionen bringen wieder neue Interessenten in die Opernhäuser.

Ich bin sicher, daß es generell jeder Anstrengung wert ist, die großartige Kunstform Oper am Leben zu erhalten und weiterzuentwickeln. Diese Anstrengung mag bei den verschwenderischen, überschäumenden Festivals beginnen und bei einfachen Experimentalaufführungen junger Theatergruppen in neuen Formen und neuen Dimensionen enden.

Auch in meiner kalifornischen Heimat wurde 1965 ARIADNE mit Hildegard Hillebrecht unter Horst Stein herausgebracht. ARIADNE war aber für San Francisco keine Erstaufführung, wie dies in New York der Fall gewesen war, da Adler immer schon weitaus avantgardistischer programmierte als Bing an der Ostküste. Auch im Jahr 1968 sang ich wieder ›Bacchus‹ in San Francisco. Adler gab mir damals aus meinen mit Vorstellungen dicht gedrängten Vertrag gerade eine Vorstellung frei, um die Schallplattenaufzeichnung für ARIADNE AUF NAXOS zu komplettieren. Diese Aufnahme hätte eigentlich schon früher entstehen sollen, mußte aber wegen einer Erkrankung von Karl Böhm verschoben werden. Ich traf, aus San Fancisco kommend, gerade richtig ein, um nach nur kurzer Pause im Studio zu erscheinen. Die Atmosphäre war gespannt, Karl Böhm, wie häufig brummig und nicht gerade bester Laune. In äußerster Konzentration auf die unangeneh-

Einspielung von »Ariadne«, 1968. Jess Thomas mit Karl Böhm. (32)

men drei kleinen Einsätze im Vorspiel der ARIADNE, sang ich dann, noch die englischsprachige Aufführung aus San Francisco im Kopf, anstelle: »Ist dieser reiche Herr besessen?« auch prompt die englische Vorspielversion mit: »Is this rich Gentleman demented?« Das hat aber selbst Böhm so verblüfft, daß er anstelle eines Tobsuchtsanfalls resignierend »nur« böse Miene zum guten Spiel machte.

In Wien sang ich ›Bacchus‹ in zwei Inszenierungen und traf dort alle wichtigen ›Ariadne‹-Darstellerinnen. Lisa Della Casa, Gwyneth Jones, Gundula Janowitz, Janis Martin und natürlich Leonie Rysanek wurden, wie viele andere, von mir aus ihrer Trauer erweckt.

Richard Strauss behandelt in ARIADNE AUF NAXOS zwei grundverschiedene Themen. Während in der Handlung der Oper der Triumph Bacchus', des Gottes des Weines, über das tiefste menschliche Leid gezeigt und in genialer, empfindsamer musikalischer Weise dargestellt wird, bietet das Vorspiel zur Oper eine kritische Betrachtung zum Kunst- und Kulturbetrieb unserer Gesellschaft. Die Kritik an den Umständen, unter denen Kunstwerke in dieser Gesellschaft zu entstehen haben, trifft auch im heutigen Wien durchaus zu. Hugo von Hofmannsthal wußte schon, was er schrieb, und Richard Strauss pointierte mit seiner Musik diese Handlung geschickt. Dem ursprünglichen Mäzenatentum, das in gönnerhafter Weise die nur ihm richtig erscheinende Kunstform fördert, das, wenn es ihm beliebt, in diesem Fall die perverse Verschmelzung von Komödie und Tragödie fordert, stehen heute die Kulturpolitik und die staatlichen Förderungen gegenüber. Daneben bleiben die Geburtswehen der Komponisten und Dichter, die ihr Werk hervorbringen, der eifersüchtelnde, rivalisierende Starbetrieb an

Theatern sowie der teils schmeichelnde, teils provokante, aber auch vermittelnde Einfluß der Lobbies. All das finden wir auch heute noch in der Strauss-Stadt Wien, und wie viele andere spezifische Eigenschaften unserer Gesellschaft sind auch viele Unarten durch die Entwicklung der modernen Gesellschaftsformen eher vergrößert, denn verbessert worden. Gerade Österreich und Wien scheint durch die Überlieferung, die sich schon im Grundschulsystem und in der Erziehung auswirkt, ein nahezu unerschöpfliches Potential an künstlerischer Kreativität und Schaffenskraft hervorzubringen. Ganz anders als in anderen Ländern, in denen in einer unerschöpflichen Freiheit kreative Geister ihre Werke nur so versprühen und eine brodelnde, quirlende, sich ständig verändernde Kulturvielfalt geboten wird, wird das kreative Potential in Österreich mehr gebremst als gefördert. Die konservative Haltung der Entscheidungsträger, der Förderer, aber auch des Publikums selbst, verbannen die schaffenden Künstler in einen skurrilen Untergrund oder ins Ausland, wo sie es oft rasch schaffen, bekannt zu werden. Nur die größten Genies können die gebotenen Schwierigkeiten überwinden und werden allen Widrigkeiten zum Trotz auch in Österreich berühmt. Einige pflegen auszuwandern und andere wiederum, die gar nicht so genial sind, schaffen es mit den typisch österreichischen Beziehungen. ARIADNE AUF NAXOS ist daher, so glaube ich, eine ganz typisch österreichische Oper, nicht nur musikalisch, sondern vor allem inhaltlich. Nicht zuletzt wurde die Wiener Produktion der ARIADNE AUF NAXOS wegen der schönen und technisch einfachen Dekoration häufig für Gastspiele der Staatsoper im Ausland ausgewählt. Es war eine große Ehre für mich, als Amerikaner in diesen Auslandsgastspielen auftreten zu können, ich sang ARIADNE in Prag, unter Böhm, mit Anna Tomowa-Sintow als ›Ariadne‹ und der unübertroffenen Edita Gruberova als ›Zerbinetta‹. Meine letzte Vorstellung, gemeinsam mit dem Ensemble der Wiener Staatsoper, gab ich bei einem Gastspiel in Deutschland, in Ludwigshafen, gemeinsam mit Rysanek und Gruberova. Diese Aufführung war auch gleichzeitig mein Abschied von Europa, er fand einige Wochen nach meiner offiziellen Abschiedsvorstellung von der Wiener Staatsoper mit LOHENGRIN in Wien statt.

›Bacchus‹ ist für den Tenor eine lohnende Rolle, wenn man genügend Nerven dafür mitbringt. Die Partie kommt einem Seiltanz gleich und die Tessitura ist allseits gefürchtet. Auf keinen Fall stimme ich der Meinung zu, daß Strauss Tenöre gehaßt haben muß. Strauss war aber sicher vorsichtig bezüglich der Länge der Partien, die er Tenören zumuten wollte. Wahrscheinlich vertraute er der Durchhaltekraft der Sänger wenig. Es erscheint mir, als ob er einfach versuchte, den Tenören einen saftigen Brocken vorzuwerfen und dann froh war, sie für den Rest der Oper los zu sein. In einer Partie machte er sich offensichtlich über einen Tenor lustig: Dem pompös phrasierenden Sänger im ROSENKAVALIER gab er auch einige wohlgeplante musikalische Fehler mit in die Partie.

Der Rosenkavalier

Der ›Sänger‹ im ROSENKAVALIER ist eine Rolle, von der ich mir wirklich gewünscht hätte, daß ich sie öfter hätte singen können. Diese Chance hatte ich allerdings nur zu Beginn meiner Laufbahn in München, als ich eine Unzahl von Aufführungen zu einer relativ niedrigen Gage übernahm. Die Partie ist für jeden Sänger phantastisch, sie paßt außerdem zu meiner Stimme, macht Spaß und strengt obendrein nicht an. Sänger haben normalerweise kein so einfaches Leben. Immer wenn ich in meiner späteren Laufbahn diese Rolle anbot, erntete ich mehr oder weniger Gelächter und überall gleichlautende Kommentare. Wenn man mich schon für einen Abend bezahlte, wollte man von mir anstelle der kleinen Rolle im ROSENKAVALIER für das gleiche Geld TRISTAN. Meine Gage hatte ein für diese Rolle akzeptables Maß bereits überschritten. Es ist aber nun einmal so, daß Sänger weder nach der Zeit, die sie im Laufe einer Aufführung auf der Bühne verbringen müssen, noch nach dem Schwierigkeitsgrad einer Rolle bezahlt werden. SIEGFRIED oder TRISTAN sind aus dieser Sicht gleichviel wert wie der ›Tenor‹ im ROSENKAVALIER oder ›Cavaradossi‹.

Die Rolle des Sängers ist eigentlich so, daß man geneigt ist, sich nicht einmal richtig vorzubereiten, bzw. ordentlich aufzuwärmen oder einzusingen. Das wäre aber falsch, davon konnte ich mich einmal überzeugen. Am Tage einer ROSENKAVALIER-Aufführung in München herrschte ein fürchterlicher Sturm, Bäume fielen über die Straße, der Verkehr brach zusammen und ich saß mit meinem Auto Kilometer vom Opernhaus entfernt fest. Im Verkehrsstau steckend, von Hektik und Streß geplagt, schaffte ich es, im Schneckentempo der Oper bis auf Meilendistanz nahe zu kommen, ließ dann aber mein Auto stehen und hetzte zum Theater. Wäre Joggen damals schon modern gewesen, hätte ich vielleicht mehr Übung gehabt. So kam ich völlig erschöpft und atemlos 10 Minuten nach Vorstellungsbeginn in meine Garderobe. Auch andere kamen zu spät, aber ich fürchtete doch, daß ich durch diese ungewohnte Hetzjagd und Anstrengung die Arie in der Mitte des ersten Aktes schlecht singen würde. Dies war jedoch völlig falsch geraten, an keinem anderen Abend habe ich die Partie besser gesungen als damals. Seither habe ich es in Erwägung gezogen, aber nie wirklich realisiert, vor jeder Vorstellung eine Meile um das Opernhaus zu laufen.

Neben dem Sänger im ROSENKAVALIER übernahm ich auf Ersuchen von Wieland Wagner eine weitere Strauss-Partie, die ich von mir aus wahrscheinlich nie gesungen hätte: ›Narraboth‹.

Salome

›Narraboth‹ ist ebenfalls eine kurze, aber auch wunderschöne Rolle. Für mich war es aufregend, in einer weiteren Wieland-Wagner-Produktion mit Anja Silja in Stuttgart auftreten zu dürfen. SALOME hatte für mich schon immer eine besondere Bedeutung, war dies doch die erste Strauss-Oper, die ich überhaupt gehört hatte. Es war ganz zu Beginn meines Studiums in Kalifornien, als Inge Borkh in dieser Rolle einen derartigen Eindruck auf mich machte, daß ich beinahe den Verstand verlor. Ich saß in der San Francisco Opera und beobachtete fasziniert eine Frau mit einer wunderbaren Figur und einer Stimme, die mir unter die Haut kroch. Sie tanzte mit solch beherrschtem Gefühl, daß dies gemeinsam mit der wilden, exotischen Strauss-Musik meine Sinne berauschte.

Nicht weniger aufregend war eine Aufführung der SALOME, in der ich mit Anja Silja sang. Anja Silja hatte in der Zeit vor dieser Aufführung viele Proben wie auch andere

Richard Strauss, Salome, 1961.
Jess Thomas in der Rolle des »Narroboth«. (33)

Aufführungen zu singen und stand daher unter großem Druck. An diesem Abend hatte ich sie vor der Aufführung nicht gesehen, ich war bereits auf der Bühne, als ihr Auftritt kam und sie sich, als wäre das vom Regisseur so gewollt, auf meine Schulter stützte und mir in mein Ohr flüsterte: »Mensch, ich bin heiser!« Das stimmte auch. Sie brachte zwar ein paar Töne heraus, doch je länger es dauerte, desto unmöglicher wurde es. Sie produzierte nur noch heiße Luft, umrundete verzweifelt die große Zisterne, die praktisch die gesamte Bühne einnahm und schaute wie fixiert hinunter in die Finsternis. Grace Hoffmann, die ›Herodias‹, sang ihren Part und versuchte, ihrer Kollegin dadurch zu helfen, daß sie auch einige ihrer Töne übernahm. Das Tempo wurde langsamer und langsamer, und Ferdinand Leitner, der Dirigent, war mindestens genauso grün im Gesicht wie die Silja selbst. Plötzlich wankte sie zum Rand der Zisterne und fiel oder sprang, niemand wird es je erfahren, hinein. Ich habe das sichere Gefühl, sie wäre auch gesprungen, wenn die Zisterne dreißig Meter tief gewesen wäre, so verzweifelt war sie. Die Musik hörte abrupt auf, der Vorhang fiel und man teilte dem Auditorium mit, daß sich Silja bei dem Sturz verletzt hatte. Die Aufführung war beendet. Auch ich litt Qualen in dieser Aufführung. Ich hatte mit Anja Silja so oft gemeinsam auf der Bühne gestanden, sie war eine unvergleichliche Partnerin, und es schmerzte mich, ihre Ohnmacht mitansehen zu müssen, auf der Bühne zu stehen und keine Stimme zu haben.

Auch eine andere Rolle in SALOME, nämlich die des ›Herodes‹, wurde mir oft angeboten, ich konnte mich mit ihr aber nie anfreunden. Meine Frau Violeta war ungeheuer erleichtert, als ich mich definitiv entschloß, alle Angebote für Herodes abzulehnen. Sie hatte mich immer gedrängt: »Du, der Lohengrin, ein Held, du kannst einen so minderwertigen Kindesmörder darstellen? Niemals!«

Kein Schauspieler schlüpft natürlich wirklich in die Rolle, die er darstellt, aber es muß zwischen seinen künstlerischen Intentionen und dem Inhalt und den Gestaltungsmöglichkeiten seiner Rolle eine Beziehung bestehen, um das künstlerische Vorhaben interessant erscheinen zu lassen. Diese Beziehung war für diese Rolle nicht vorhanden.

Strauss schrieb jedoch eine Tenorpartie, die im Vergleich mit allen anderen von ihm geschaffenen einem Heldentenor am nächsten kommt und auch eine wichtige und lange Rolle darstellt: den ›Menelas‹ in der ÄGYPTISCHEN HELENA.

Die ägyptische Helena

Diese Oper wird nicht oft gespielt. Wahrscheinlich ist das Werk insgesamt schwächer als andere Strauss-Opern, sie ist auch bei den Sängern nicht so beliebt, weil sie einige Schwierigkeiten beinhaltet. Die wichtigen Rollen sind schwierig zu besetzen: Helena, die schönste Frau der Welt, verlangt nicht nur nach einer Darstellerin, die dieser optischen Herausforderungen zumindest annähernd gerecht wird, sondern auch nach einer hohen, vollen Stimme. Aithra hat schwierige, dramatische Koloraturen zu absolvieren und Menelas ist eine Rolle für einen jugendlichen Tenor mit sicherer Höhe.

Das erste Angebot für diese Rolle kam für mich aus Wien und ausgerechnet für eine Zeit, in der ich an der Met engagiert war. Wegen dieser Terminschwierigkeiten mußte ich ablehnen, Wien ging dann auf eine lange und mühevolle Suche nach einem Tenor und holte sich überall abwartende Antworten. Dann half der Zufall oder besser gesagt die Gewerkschaft. Die Saison der Met wurde durch einen Streik der Orchestermusiker praktisch abgesagt, so daß ich plötzlich mehr Spielraum in meinem Terminkalender fand. Das sprach sich herum, so daß es zu einer zweiten Anfrage aus Wien kam, der ich ebenfalls äußerst skeptisch gegenüberstand. Dann verstand man es, mir die Angelegenheit schmackhaft zu machen. Wien hatte eine wichtige Neuinszenierung geplant, man hatte Josef Krips als Dirigenten, Jean Pierre Ponnelle als Ausstatter und Rudolf Hartmann als Regisseur verpflichtet. Auch Gwyneth Jones, eine ideale Helena, sowohl in bezug auf Schönheit wie auch auf Stimme, hatte schon zugesagt. Die Rolle des Menelas reizte mich nicht. Aber Krips war einer der Dirigenten, die ich mir schon seit langem gewünscht hatte. Durch Emmys Erzählungen war ich so von ihm eingenommen, daß ich ihn genau kannte, bevor ich ihn wirklich traf. Ich wurde nicht enttäuscht. Es war ein

Vergnügen für den Sänger, mit ihm zusammenzuarbeiten. Er war ein Musiker, oft spielte er bei Proben, die Zigarre zwischen seine Zähne geklemmt, selbst am Flügel – und wie er spielte! Auch bei anderen berühmten Dirigenten konnte ich feststellen, daß sie ausgezeichnete Pianisten waren: Solti, Keilberth, Bernstein, Levine wie auch Leitner spielten alle ausgezeichnet Klavier.

Josef Krips

Auch über Josef Krips hatte ich von meiner Lehrerin Emmy Seiberlich schon viel gehört, bevor ich noch mit ihm arbeiten konnte. Krips war ein Dirigent, der nicht nur seine Proben mit einem ganz speziellen Flair versehen konnte, sondern er erwies sich auch als Kenner und Liebhaber von Stimmen. Das ist traurigerweise bei den meisten Dirigenten nicht so. Krips pflegte oft am Klavier zu sitzen und die Sänger selbst zu begleiten. Während einer Probe für die schwierige Arie des ›Florestan‹ in FIDELIO erklärte er mir dann bei bestimmten Phrasen, daß sie wie Schubertlieder und bei anderen wiederum, daß sie wie Wagner zu singen wären. Sein sensibles Gefühl dafür, wie und was auf welche Art zu singen war, konnte er zudem in einer Art und Weise verständlich machen, die sich für mich auch als unschätzbare Hilfe bei anderen Rollen erwies.

Seine lange Karriere schloß auch eine Periode als Dirigent an der San Francisco Opera ein, während der ich mit ihm in meiner Heimatstadt arbeitete. Ob es nun FIDELIO in Wien, MEISTERSINGER in London oder Konzerte in Wien und San Francisco waren, ich bewunderte immer die Tatsache, daß er für die sonst oft nervtötenden Proben immer etwas Neues auf Lager hatte. Bei diesen Proben konnte er allerdings auch sehr pedantisch sein. Aber während der Aufführung erwies er sich als das Gegenteil und war eine Phrase gut gelungen, dann blickte er lobend zu uns Sängern herauf.

Krips gehörte zu jenen Dirigenten, die viel Zeit und viel Probenarbeit aufwendeten, um gemeinsam mit den Sängern an jeder Nuance und an jedem Detail zu arbeiten. Für Krips war es typisch, selbst für drei MEISTERSINGER-Aufführungen in gleicher Besetzung innerhalb einer Woche drei Proben anzusetzen. Seine seriöse und intensive Probenarbeit fand bei mir immer viel Gegenliebe. In jeder Probe wurden Verbesserungen und Korrekturen gegenüber der vorangegangenen Aufführung angebracht und natürlich fiel Krips auch immer etwas Neues ein. Diese Proben waren keineswegs nur unnütze Probiererei, sie waren Teil einer kontinuierlichen Arbeit am Werk selbst. Im Gegensatz zu diesen eher pedantischen Probenarbeiten standen die Aufführungen unter Krips. Krips liebte ganz offensichtlich Stimmen. Wenn ein bestimmter Ton gut gelungen war, strahlte er und blickte lächelnd zu uns herauf. Er ließ es zu, einen hohen Ton kurze Zeit anzuhalten, wenn man dies verlangte, er fühlte mit uns Sängern. Früh in meiner Laufbahn arbeitete ich mit ihm an ›Fidelio‹. Auch diese Arbeit half mir später und war von unschätzbarem Wert, genauso wie seine Unterstützung während des Studiums des ›Menelas‹.

Die Arbeit an HELENA brachte mir auch ein Wiedersehen mit meinem ehemaligen Chef in München, Rudolf Hartmann, der während meiner Zeit in München Generaldirektor war. Dort schon hatte ich mit ihm im Prinzregenten-Theater und im Nationaltheater an einigen Neuinszenierungen gearbeitet. Er war ein Regisseur der großen Klasse, sorgfältig, konservativ und hatte großes Wissen. Er war auch ein Gentleman der alten Schule und behielt in jeder Situation Haltung und ein Gefühl für Anständigkeit und Menschlichkeit. Ich genoß unsere Zusammenarbeit nach seiner Pensionierung, nachdem die Schwierigkeiten der Beziehung zwischen Chef und Angestelltem beseitigt waren, in jedem Augenblick. Das Verhältnis zwischen Direktor und Sänger ist immer auch ausschlaggebend für das Ergebnis der Arbeit. Ich respektierte Hartmann, der eine lange Karriere hinter sich hatte. Er war ein berühmter Regisseur und hatte sogar bei der Wiedereröffnung des neuen Hauses in Bayreuth im Jahre 1951, einer Einladung von Wolfgang und Wieland Wagner folgend, die MEISTERSINGER inszeniert. Wir wurden wirklich gute Freunde während unserer gemeinsamen Arbeit in London und nun in Wien. Zu dieser Zeit war er nun auch schon wesentlich entspannter als in München, und ich sah ihn auch aus einem anderem Blickwinkel. Manchmal vergaß er sogar seine sonst eher zurückhaltende Art. Er genoß es beispielsweise sehr, für die HELENA-Produktion Statistinnen auswählen zu müssen, die in einer Szene bloßen Busen zu zeigen hatten. Nicht nur wegen der Nähe zur Kärntnerstraße, sondern auch wegen der Proportionen wurden diese Damen aus den damals noch dort gelegenen Revieren der Schönen der Nacht ausgewählt. Es war erstaunlich, wie viele Mädchen antreten mußten, bis die richtigen gefunden waren.

Ponnelle schuf eine phantastische Bühne für diese HELENA-Serie. Der erste Akt war märchenhaft in Blau gehalten und zeigte eine große offene Muschel, die als Helenas Bett fungierte. Schon die Farbgebung stand in starkem Kontrast zu den heißen Farben der Wüsteninsel im zweiten Akt. Gwyneth Jones war als Helena einfach superb. Sie war exquisit kostümiert, mit Perlen geschmückt und hatte auch Sex. Neben ihr verblaßte die bestgewählte Statistin. Ihre stimmlichen Ausbrüche waren Perlen von Tönen, und sie zeigte sich wie immer als eine Vollblutkünstlerin mit Stimme und einer Bühnenbeherrschung, die ihr eine anrührende Charakterisierung der Rolle ermöglichte. Wir haben beide die Angewohnheit, vor unserem ersten Auftritt die Kehle durch ein langes gründliches Gähnen zu entspannen. Oft standen wir Hand in Hand, auf unseren Auftritt wartend, und gähnten mit weit geöffnetem Mund. Das war ein ungewohntes Bild von Helena und Menelas. Eines Abends hörte ich eine offensichtlich zu laut gesprochene Bemerkung eines Bühnenarbeiters zu einem Kollegen: »Um Gottes willen, wenn die beiden jetzt schon so müde sind, wie wird die Aufführung dann enden?«

Der Erfolg der HELENA-Premiere war überwältigend. Das Publikum liebte die Aufführung ebenso wie die Kritiker, die die musikalische und stimmliche Interpretation lobten. Wie aber auch schon zuvor in der Geschichte dieser Oper, wurden die meisten Zeilen der Kritiker dazu verwendet, die Schwachpunkte der Handlung und der Musik hervorzustreichen. Nach der Premiere folgten innerhalb der nächsten zwei Saisons etwa 10 Aufführungen, danach hatte ich nie wieder Gelegenheit, die Rolle zu singen. Vielleicht hatte Strauss doch recht, eine Oper mit einer zu langen Tenorrolle, das konnte nichts werden?

Mein Repertoire bestand nun aus nahezu allen wichtigen Rollen eines jugendlichen Heldentenors im französischen, italienischen und deutschen Repertoire. Es bestand aus

Am Pult sitzend: Prof. Josef Keilberth und Hans Hotter, dahinter Marta Mödl, Ingrid Bjoner, Heinrich Bender, Jess Thomas, Prof. Rudolf Hartmann. 1963 (34)

einem Gemisch der populärsten Opern, die ich wiederum in unterschiedlichsten Städten und Ländern wie München, New York, San Francisco, Mailand, Berlin, Stuttgart und nun in Salzburg und Wien sang. Begonnen hatte es in Europa ja noch vor dem Engagement in Karlsruhe, mit Johann Strauß und der Katastrophe der FLEDERMAUS-Aufführungsserie. Ich wollte aber die Musik des anderen Strauss, des Richard, singen, der in den Anforderungen an die menschliche Stimme selbst über die von Wagner gesetzten Grenzen geht. Seine Musik ist ein guter Teil Wiens, der Stadt, die für mich zur musikalischen Heimstätte wurde. Sollte ich mich aber wirklich dazu entschließen, Beethoven, Strauss und Wagner als das Herz meines Repertoires anzusehen und Wieland Wagners dauerndem Drängen nachgeben, TRISTAN und TANNHÄUSER einzustudieren, oder sollte ich einfach die vielen internationalen Angebote annehmen und die populären italienischen Rollen auf allen Bühnen, für TV und vielleicht auch im Film darstellen? Doch gab es da wirklich eine Wahl, sprach nicht die Musik für sich selbst?

Richard Strauss' Musik traf das Zentrum meines Herzens und die Stadt, die dieser Musik so unverrückbar zugeordnet ist, wurde in dieses Gefühl eingeschlossen. Jedes Opernhaus, jede Stadt und jede Bevölkerung hat Eigenheiten, eigenen Geschmack, eigene

Umgebung, das eigene Flair, die Stimmung, die ganz einfach in der Luft liegt. Wien hat, was Stimmung und Ambiente betrifft, etwas ganz Besonderes zu bieten. Und wie ich mich noch heute daran erinnere: Es begann schon mit dem ersten Eindruck, der mich meist, nach einem langen Flug aus Amerika ankommend, beim Transfer in Frankfurt gefangennahm. Betritt man dort das österreichische Flugzeug nur mit einem Fuß, ist man schon von den sanften Klängen eines Wiener Walzers umfangen. Der Duft des typischen, starken Wiener Kaffees steigt in die Nase und wird genauso gierig aufgesogen wie das köstliche Wiener Frühstück, das mit echten Semmeln, die man in Amerika selten bekommt, gegessen wird.

Johann Strauß' Musik ist ein Gütesiegel des österreichischen Geschmacks genauso wie das einfache, aber aus der Volksseele kommende »Ja going to Manhattan« eines amerikanischen Taxifahreres am JFK Airport. Nachdem man in Wien landet, empfängt einen allerdings ein ganz anderer Umgangston. Mit größter Wahrscheinlichkeit begrüßt einen der Taxifahrer sofort mit: »Guten Morgen, Herr Kammersänger, was gibt es Neues in der Oper?« Mein erstes Ziel war stets das Hotel Imperial, mein zweites Zuhause während meiner zwanzigjährigen Tätigkeit in Wien. Es war ein Hochgenuß, freundliche Grüße von allen Seiten, von der Concierge, dem Manager und auch dem Liftbuben, der mein Gepäck sofort in mein Lieblingszimmer im ersten Stock brachte. Da gab es dann noch die freundliche Hausdame, die scheinbar nur darauf wartete, um mir beim Auspakken zu helfen und meine Sachen aufzuhängen. Der Raum, voll von Blumen und Grüßen der Fans – wie leicht können da die Träume mit einem davonlaufen. Selbstverständlich wurde es auch immer akzeptiert und verstanden, wenn ich das »Bitte nicht stören«-Zeichen für die nächsten zwei Tage vor der Tür hängen ließ und während dieser Zeit in einen tiefen friedlichen Schlaf fiel, um danach wie neugeboren aufzustehen, die kurze Strecke zu meiner geliebten Staatsoper zu gehen und dort mit meiner Arbeit zu beginnen.

Natürlich hatten mir Freunde und Lehrer gesagt, daß es in jedem Theater der Welt Intrigen gibt, nur in Wien, da seien sie erfunden worden. Das mag tatsächlich stimmen, aber das sind Aspekte unseres Berufs, die man ignorieren kann. In Wien hatte ich jedenfalls viele, viele glückliche Stunden, und ich gebe zu, ich vermisse sie.

KAPITEL 7

WENN RICHARD, DANN WAGNER

Die Entscheidung zugunsten der Wagner-Partien, die meiner Persönlichkeit mehr entsprechen, war 1965 gefallen. Schon ein Blick in meinen Terminkalender zeigt diese Entwicklung deutlich. In den ersten sechs Monaten der Saison 1964/65 sang ich drei deutsche Rollen, in der zweiten Jahreshälfte nur drei Rollen, die nicht deutsch waren. Diese Spezialisierung auf Wagner bedeutete für mich natürlich nie den Ausschluß aller anderer Rollen, sondern nur die Orientierung an einem großen Ziel. Tatsächlich begann ich mich auch des anderen Richard anzunehmen, ich studierte Strauss-Opern und gab zusätzlich immer häufiger Konzerte und Liederabende, um einen Ausgleich für meine Stimme zu haben. Entscheidend waren auch grundsätzliche Überlegungen: Das Timbre meiner Stimme, meine Persönlichkeit und möglicherweise auch die Angst, daß zu jedem Zeitpunkt ein junger italienischer Tenor meine Erfolge übertrumpfen könnte, würde ich nicht Zeit und Geld in die Perfektion meines italienischen Repertoires stecken. Das bedeutet nicht, daß ich das Gefühl hatte, meine Stimme würde in diesem Fach nicht gut klingen.

Ich fühlte einfach, daß meine Stimme für Wagner geeigneter war. Und da auch meine eigenen Bedürfnisse darin gipfelten, die Rollen, die ich darstellte, bestmöglich zu charakterisieren, stellte Wagner eine interessantere Herausforderung dar. Ich wollte auf meinem Gebiet der Beste sein und hatte das Gefühl, daß es sich lohnte, mehr in Wagner zu investieren. Ich war davon überzeugt, daß Wagner-Gesang unter der Voraussetzung der entsprechenden Gesangstechnik die Stimmentwicklung keineswegs gefährdet, sondern diese sogar fördert. Wahrscheinlich hat auch Emmy Seiberlichs Kommentar, daß im italienischen Fach die besonders guten Rollen hauptsächlich den Frauen zugeteilt wären, meine Meinung geprägt. Für den Tenor gibt es eine ganze Menge phantastischer Rollen bei Wagner: ›Lohengrin‹, ›Parsifal‹, ›Tannhäuser‹, ›Tristan‹, ›Siegfried‹ und ›Rienzi‹ und die entsprechenden Partien in der WALKÜRE, der GÖTTERDÄMMERUNG und den MEISTERSINGERN.

Wahrscheinlich war es kein Zufall, daß der ›Walter von Stolzing‹ in den MEISTERSINGERN eine meiner wichtigsten Partien in meiner Laufbahn wurde. Der ›Stolzing‹ ist »italienischer« als alle anderen Tenorpartien im Wagner-Repertoire. Stolzing erfordert Stimmschönheit, Flexibilität bei der Gestaltung langer lyrischer Legatophrasen sowie einen Stimmbereich und eine Struktur, die den Anforderungen sehr ähnlich sind, die Verdi an seine Helden stellt.

Die MEISTERSINGER sind aber auch vom Inhalt her gesehen eine besondere Oper innerhalb Wagners Werk. Wagner wollte, wie schon andere bedeutende Komponisten vor ihm, Rechenschaft über den Schaffensprozeß ablegen, dem Publikum nahebringen, wie ein sogenanntes »Meisterwerk« überhaupt entstehen kann.

Alle Elemente eines »Meisterstückes« sind durch die Personen in der Oper dargestellt: Eva, die weibliche Inspiration, Pogner, der Finanzier, Sachs, der alte weise Meister als Lehrer und Hüter der Künste, die Meister als die Menge, aus denen ein Genie

Was ist ein Wagner-Sänger?

»Wagner-Sänger« sind eine relativ junge Spezies. Erst Wagners Musik und seine Behandlung der menschlichen Stimme erforderten einen neuen Stimmtyp, den es vor Wagner eben nicht gab. Wagner fordert vom Sänger alles, was auch andere Komponisten für ihre Musik erwarten: Musikalität, Flexibilität, Stimm- und Tragkraft, persönliche Linie. Darüber hinaus wird aber in Wagners Musik die Anforderung an den Sänger besonders in drei Bereichen erweitert:

- *Phrasierung und Wortverständlichkeit*
- *Stimmausdauer und Kraft in der Mittellage*
- *Dramatischer Ausdruck*

Wagner war Dichter und Musiker gleichermaßen. Er verschmolz Musik und Text zu einer Einheit des Ausdrucks und er selbst betonte, daß seine Worte ohne Musik genauso sinnlos wie seine Musik ohne Worte wären.

Die wichtigste Anforderung an einen Sänger ist daher die absolut perfekte Technik, Text ohne Verlust in musikalische Ausdruckskraft zu übertragen und auch umgekehrt, die Fähigkeit, in einem musikalischen Fluß vorzutragen, ohne auch nur ein Wort des Textes zu opfern. Dies ist eine schwierige Aufgabe, die nicht von vielen Wagner-Sängern erfüllt wurde. Dabei muß natürlich erwähnt werden, daß der oft banale und stumpfe Text der großen Werke anderer Komponisten oder Librettisten – wird er klar verständlich – auf den Gesamteindruck der Oper eher negativ einwirkt und daher der Vortrag des Wortes oft geradezu unerwünscht ist.

Viele Leute meinen, daß Wagners Musik die Stimme ruinieren würde oder schlicht und einfach unsingbar wäre. Hätten Verdi oder Puccini allerdings Tenor-, Sopran-, Bariton- wie auch Baßrollen geschrieben, die die Ausmaße von ›Tristan‹, ›Isolde‹ oder ›Wotan‹ und ›Gurnemanz‹ hätten, könnte man diese Rollen ebenso als unsingbar bezeichnen. Wagner wollte keinen punktuellen Höhepunkt, sondern ein Maximum an Leistung über die gesamte Oper verteilt. Dabei verlangt er vom Tenor eine solide Mittellage und eine gesunde Betonung des unteren Bereiches der Stimme, aber – und dieses ›Aber‹ ist wichtig – er verlangt genauso nach einer vollen, kräftigen Höhe und der Fähigkeit, ständig in dem schwierigen Bereich der Noten von E bis A zu wandern. Ausflüge in den oberen Stimmbereich sind aber bei so extremer Belastung der Mittellage nur dann über längere Zeit hin zu verkraften, wenn das offen gesungene Wort im »Passagio« des Tenors, dem Übergangsbereich, der für jeden Sänger individuell zwischen den Noten Fis und Gis liegt, dunkler gefärbt und bei einer steigenden Notenfolge ab dem A wieder offen gefärbt wird. Liegen Phrasen in einem abfallenden Notenbereich, können die gleichen Töne im Passagio, aber speziell in Pianostellen, offen gefärbt werden. Eine esoterische Verwendung der oberen Mittellage stärkt den Stimmapparat und ermöglicht es, lange Passagen gleichmäßig durchzuhalten und mit dem vergrößerten Wagner-Orchester mitzuhalten. Diese Anforderung an die Gesangstechnik kennzeichnet eines der wesentlichsten Merkmale eines Wagner-Tenors.

Ein gutes Beispiel stellt Lohengrins Abschiedsgesang an Elsa im dritten Akt dar. Innerhalb von zwei Takten wird die gleiche Note (Fis) dunkel bedeckt und offen und piano gesungen: »Ja (Fis - dunkel) bei dem Ring soll er mein (Fis – offen, piano) gedenken.«

Daraus resultiert der Klang der Wagner-Stimme, die stimmliches Heldentum erfordert. Der Begriff Heldentenor wurde geboren. Das Wort »heldenhaft« kann bei Wagner aber für alle Stimmlagen gelten.

Wagner glaubte an sich selbst, an seine Musik und daran, daß sich die Persönlichkeit derer verändert, die seine Opern singen. Verrückt? Möglicherweise. Tatsächlich aber zeigen zumindest viele der großen Kollegen, mit denen ich gearbeitet habe, dieses Phänomen bis zu einem bestimmten Grad. Amy Schuard bemerkte während einer GÖTTERDÄMMERUNG-Probe in San Francisco 1969, daß man nolens volens ein anderer Mensch sei, nachdem man zum erstenmal ›Brünnhilde‹ gesungen hat. Ich habe eine Astrid Varnay gesehen, die, obwohl nicht groß gewachsen, auf der Bühne zu einer großartigen Amazone wurde, weil sie ›Brünnhilde‹ darstellte. Ich stand neben Birgit Nilsson und fühlte, wie sich ihre Persönlichkeit mit den unvergleichlich großartigen Tönen verwandelte. Selbst das Publikum ist diesen Erscheinungen gegenüber nicht immun. Die Zuhörer fühlen solche Sternstunden und viele Generationen von Wagner-Liebhabern pilgern jährlich nach Bayreuth, um mehr in Wagner-Opern zu finden als nur einen Abend in der Oper. Wagner verlangt also vor allem vom Sänger, aber auch vom Zuhörer, die Bereitschaft zum Einsatz der ganzen Persönlichkeit und eine Bereitschaft zur Veränderung dieser Persönlichkeit im Zuge der Darstellung.

Nimmt man einmal zur Kenntnis, daß Wagner-Gesang dem Künstler ein unvermutet hohes Maß an Wandlungsfähigkeit der eigenen Persönlichkeit abverlangt, stellt sich unweigerlich die Frage, warum und wann man das Risiko eingehen sollte, Wagner zu singen. Diese Frage kann aber nie mit absoluter Sicherheit beantwortet werden. Es muß immer eine spezifische, sehr subjektive Stimmung den Ausschlag geben. Der große Leo Slezak sang ›Lohengrin‹ in der Wiener Staatsoper im jugendlichen Alter von 21 Jahren. Eileen Farell, wahrscheinlich eine der größten Wagner-Sängerinnen unserer Zeit, stand selbst nie in einer Wagner-Rolle auf der Bühne. Ich glaube, daß es sich bei Sängern sehr ähnlich verhält wie bei Dirigenten. Von großen Dirigenten der Vergangenheit kann man sagen, daß die meisten auch großartige Wagner-Dirigenten waren. Die Parallele zum Sänger zu ziehen, kann überheblich und ungerecht erscheinen. Sehr viele der größten Opernsänger der Vergangenheit waren aber tatsächlich Wagner-Sänger. Natürlich kann ich aber auch keinen einzigen der großen Armee von phantastischen Künstlern vergessen, die sich entschieden haben, nur italienische, französische oder andere Rollen zu singen – keineswegs. Es scheint aber so, daß für den wahrhaft großen Sänger, die »Feder« einer Wagner-Rolle an seinem Hut zu haben, der letzte Beweis für sich selbst, wie auch für seine Fans ist. Praktisch alle großen Sänger, gerade wenn sie nicht im Wagner-Fach berühmt wurden, sahen eine Bestätigung ihrer Kunst im Wagner-Fach als Krönung an. Es gibt dafür viele Beispiele: Caruso mit ›Lohengrin‹, Del Monaco, der sich in seiner späteren Karriere an den ›Siegmund‹ wagte, eine frühe Callas-Isolde oder Domingos LOHENGRIN- und MEISTERSINGER-Versuche.

Warum sollte man also junge Sänger nicht dazu animieren, Wagner zu singen, wenn diese Rollen ein Endziel darstellen? Warum aber sollte man Dirigenten und Regisseure gleichzeitig nicht auch daran erinnern, daß Wagner selbst einen überdeckten Orchestergraben konstruiert hat, um der Stimme die Möglichkeit zu geben, über das forcierte Orchester hinwegzukommen? Der wahre Feind der jungen Wagner-Sänger ist die falsche Liebe der Dirigenten und der Öffentlichkeit zu maximaler Lautstärke, die überdimensionale Vergewaltigung des Ohrs, die heutzutage oft mit Wagners Musik verknüpft wird. Wagners Musik, gespielt in der Form, in der sie geschrieben wurde, unter den Bedingungen, die der Meister vorgeschlagen hat, produziert eine Klangwolke, in der sowohl der junge wie auch der alte Sänger den Zuhörer begeistern kann.

Junge Sänger müssen sich Wagner allerdings mit Vorsicht nähern. Vor dem tatsächlichen Eintritt in das Studium einer Wagner-Rolle müssen Jahre des Übens, Lesens, Testens und Versuchens liegen. Die eigenen Grenzen müssen zuerst festgestellt, ausgelotet sein, bevor große Projekte begonnen werden können, die schon rein physisch einiges Stehvermögen und Technik erfordern. ›Siegfried‹ ist beispielsweise die längste Rolle in der Opernliteratur, tatsächlich länger als ›Gurnemanz‹, ›Hans Sachs‹, ›Brünnhilde‹, ›Isolde‹ oder ›Wotan‹. Jemand, der diese Rolle gesungen hat, wird sicherlich den sonst dubiosen Titel »Heldentenor« nicht mehr anzweifeln. Allein der erste Akt SIEGFRIED ist länger als die meisten gesamten Tenorrollen im Standardrepertoire. ›Siegfried‹ allerdings verläßt die Bühne auch im zweiten Akt nur für 10 Minuten und im dritten Akt wird ihm nach einer anstrengenden Szene mit dem Wanderer eine ausgeruhte ›Brünnhilde‹ als Partnerin serviert. Wahrlich nicht einfach...

Singt ein junger Sänger im RING erfolgreich, ist er sofort mit einem Glücksgefühl und einem inneren Drang konfrontiert, diese Partien »öfter« zu singen.

Das bringt mich freilich zum Grundproblem des RINGS – dem Gold. Für einen jungen Sänger bedeutet es oft eine fatale Liebe zur Mittellosigkeit, viele Jahre für die Vorbereitung von Partien zu verwenden, die relativ selten aufgeführt werden. Der RING ist jedenfalls die größte Aufgabe für jede Bühne und für jeden Künstler, wird aber vergleichsweise selten aufgeführt. Ein gutes Beispiel finden wir gerade in San Francisco, wo der 1985 fertiggestellte RING erst im Jahr 1990 wieder aufgeführt werden kann.

Vor Jahren konnte noch jede kleine Bühne in Deutschland jährlich wenigstens einen kompletten RING im Spielplan haben. Junge Sänger, die die Rollen lernen wollten, konnten also auch arbeiten und Geld verdienen. Die Opern wurden aufgeführt. Heute wird der RING nur mehr von einer Handvoll Spitzenbühnen mit einer Handvoll Spitzenkünstlern, die praktisch die ganze Welt bereisen, aufgeführt. Vielleicht ist auch durch die Vergleichsmöglichkeit mit der Schallplatte der Qualitätsbereich schmäler geworden, den der nun doch schon verwöhnte Zuhörer als passabel zu akzeptieren gewillt ist. Will man jedoch mehr Wagner-Sänger und damit mehr Wagner-Aufführungen, müssen die Möglichkeiten für junge Sänger geschaffen werden, ihr Handwerk zu erlernen; und das ist so einfach, aber auch so teuer, wie es eben im Bühnenleben ist.

hervortreten kann, Beckmesser, ein Kritiker, der den Künstler zu höheren Leistungen anspornen kann, und Stolzing, der junge Revolutionär, der die erstarrten Formen sprengt. Wieland Wagner meinte, daß sein Großvater in den MEISTERSINGERN auch autobiografische Elemente eingebaut hat und Stolzing den jungen Wagner porträtiert, der gegen althergebrachte musikalische Formen und Geschmacksrichtungen seiner Zeit kämpft. Er sah aber Sachs gleichermaßen als den reiferen Wagner, der seine Kunst gelernt hat, um sie zur Zufriedenheit seiner früheren Kritiker zu präsentieren.

Wahrscheinlich fand ich in der erquicklichen Rolle des Stolzing auch eine Formel für meine eigenen Interpretationen. Die Rolle paßte wie ein Handschuh, und ich begann sie so sehr zu schätzen, daß ich es häufig zur Bedingung machte, auf für mich neuen Bühnen in dieser Rolle zu debütieren. Sicherlich führten mich meine Erfahrungen mit den MEISTERSINGERN auch dazu, nach mehr Wagner-Rollen zu verlangen.

Für mich waren drei wesentliche Überlegungen ausschlaggebend. Mein Weg zu Wagner läßt sich nicht nur mit dem Einfluß deutscher Dirigenten und der Tatsache, daß mein Lehrer ein deutscher Kapellmeister war, erklären. Sicher hatte ich dadurch schon frühzeitig gelernt, Wagners Musik zu lieben. Schließlich war mein Lehrer Schulmann der Meinung, daß meine Stimme speziell zur Musik Richard Wagners paßt. Schon früh beeinflußte mich Wieland Wagner, der mich drängte, neue Wagner-Rollen einzustudieren. Er hatte nicht nur seine Bayreuther Saison darauf aufgebaut, daß ich neue Wagner-Rollen studierte, sondern machte auch zusätzlich gemeinsame Pläne für neue Inszenierungen in der ganzen Welt. Ein anderer Ratgeber war Knappertsbusch, den ich bat, sich eine kurze Stelle meines ›Tristan‹ anzuhören. Knappertsbusch antwortete auf die Frage, ob ich diese Rolle singen sollte, ohne zu zögern: »Es ist keine Frage *ob*, sondern bestenfalls *wann*.«

Bei der Rollenwahl war für mich auch eine praktische Überlegung wichtig. Ich sang durchschnittlich hundert Aufführungen pro Jahr, wußte aber, daß mir das nicht mehr möglich sein würde, sobald ich die schweren Wagner-Rollen in mein Repertoire aufnahm. Vor allem wegen der Reisen und Proben hätte sich die Anzahl meiner Aufführungen auf die Hälfte reduzieren müssen. Schon aufgrund der finanziellen, aber auch technischen und zeitlichen Probleme, die mit jeder Wagner-Inszenierung verbunden sind, sind nicht einmal die größten Bühnen der Welt in der Lage, eine große Anzahl von Aufführungen in einer Saison herauszubringen. Eine solche Reduzierung meiner Auftritte kam mir nicht ungelegen. Ich wollte mehr Zeit für die Gestaltung der Rollen aufwenden und dabei größten Wert auf Qualität legen. Wenn sich auch der Entschluß, den Akzent auf das Wagner-Repertoire zu verlagern, nur langsam herauskristallisierte, so war doch schon durch die Rollen, die ich laufend übernommen hatte, ein Grundstein für diese Entwicklung gelegt.

Im Jahre 1961 hatte ich in Stuttgart die erste Möglichkeit, ›Stolzing‹ zu singen. Ferdinand Leitner, der auch Wolfgang Windgassen immer sehr hilfreich zur Seite gestanden hatte, wurde nun auch für mich zum wichtigsten Ratgeber. Seine Hilfe beim Studium des ›Stolzing‹ war für mich schon deshalb unschätzbar, weil ich die Rolle mit nur einer Orchesterprobe zu lernen hatte, die über drei Tage verteilt war. Pro Tag ein Akt, die Aufführung fand am vierten Tag statt. Ich hatte nie zuvor in der Rolle auf der Bühne gestanden und sie auch nie in einem durchgesungen. Ein paar Tage nach der Premiere der sehr anstrengenden Partie des ›Jacobo‹ in Verdis DUE FOSCARI fand dann tatsächlich die MEISTERSINGER-Premiere statt. Auch Generaldirektor Schäfer bewies seine Unterstützung schon allein durch die Tatsache, mir diese Aufführung anzuvertrauen. Ich wußte, welche Schwierigkeiten er auf sich nahm, um mir die Möglichkeit zu geben, diese neue Rolle in mein Repertoire einzufügen und zu erproben. Auch er wußte, daß ich schon zu diesem Zeitpunkt das Angebot angenommen hatte, ›Stolzing‹ beim Münchner Sommerfestival 1961 zu singen.

Unter Leitners sorgfältiger und erfahrener Leitung und mit der Unterstützung einer erstklassigen ›Eva‹, Lore Wissmann, konnte die Aufführung nur zu einem Erfolg werden. Schon nach dem ersten Versuch empfand ich, daß ich in einer Partie auf der Bühne gestanden hatte, mit der ich mich außergewöhnlich identifizieren konnte.

Diesen Erfolg konnte ich auch bald darauf beim Münchner Sommerfestival wiederholen und dabei neue Kontakte knüpfen. Nach einer der Aufführungen traf ich Victor Olaf, den künstlerischen Direktor von EMI Records. Friederike Mehskolitsch, EMI-Vertreterin in Wien, hatte meinen PARSIFAL in der Radioübertragung aus Bayreuth gehört und Olaf eingeladen, mich in München selbst zu hören. Dieses Zusammentreffen führte bald zu meiner ersten Schallplattengesamtaufnahme.

Zu diesem Zeitpunkt war ich dann auch überzeugt, daß es Zeit für mich war, an der Metropolitan Opera in New York in einer deutschen Oper aufzutreten. Eine neue Inszenierung der MEISTERSINGER war geplant, und da LOHENGRIN in der Saison 1962/1963 nicht im Repertoire war, wollte ich also in diesen MEISTERSINGERN mitwirken.

Die Freude, aber auch die Aufregungen eines Debüts an der Metropolitan Opera sind unbeschreiblich! Selbst für mich, obwohl ich eigentlich eine sehr ungeduldige Person bin, ging alles sehr rasch. Ziemlich genau vier Jahre nach meinem Debüt in Karlsruhe kam ich nach Amerika zurück, um in der berühmten alten Met an der 39. Straße und Broadway in New York City aufzutreten. Für einen amerikanischen Sänger ist dies zweifellos das Endziel, die Krönung schlechthin. Besonders für mich, hatte ich doch in meiner Jugendzeit die Liveübertragungen aus diesem Opernhaus gehört und meine Sehnsüchte und Gedanken auf dieses Haus, das ich zuvor nur einmal gesehen hatte, gerichtet. Ich war erst zum zweiten Mal in New York und fühlte mich natürlich fremd. Eigentlich bewegten mich ähnliche Gefühle wie bei meiner Ankunft in Europa. In New York wurde ich aber sofort von dem Stil beeindruckt, in dem man mich empfing. Meine Schallplattenfirma hatte einen Vertreter mit einer Limousine zum Flughafen entsandt, um mich abzuholen. Ich hatte einen Manager, einen Pressesprecher, man brachte mich ins Hotel, informierte mich über meinen Zeitplan für die Proben, Interviews und andere gesellschaftliche Treffen. Alles war perfekt organisiert, es blieb kaum Zeit nachzudenken. Oft stellte ich mir die Frage: Passiert das alles wirklich? Es passierte wirklich! Ich war am 3. Dezember 1962 in New York eingetroffen und wurde sofort mit dem hektischen Zeitplan Rudolf Bings und der Metropolitan Opera konfrontiert. Die Zeit war aufregend und lehrreich zugleich. Ich war auf meine vier Rollen optimal vorbereitet. Auch hatte ich neue Garderobe, von der ich glaubte, daß sie zu einem erfolgreichen Tenor passen würde. Ich war auf alles vorbereitet – dachte ich. Aber es kommt oft anders als man denkt. Vorerst verlief alles planmäßig, ich präsentierte mein neues Gesicht, meine neuen Anzüge, und meine Interviews erschienen in den Tageszeitungen, am Sonntag, dem neunten Dezember. Diese waren allerdings die letzten Tageszeitungen, die in New York für die nächsten Monate erscheinen sollten. Manhattan wurde von einem Streik lahmgelegt, der am zehnten Dezember begann und bei meiner Abreise nach Europa im Februar noch immer andauerte. Auf ein Debüt ohne Presse war ich natürlich nicht vorbereitet, denn mangelnde Presse kann für einen unbekannten Künstler in Amerika katastrophal sein. Obwohl ich das Gefühl hatte, daß die Aufführung ganz besonders gut verlaufen war, war ich enttäuscht, daß die Anerkennung der Kritiker fehlte. Dieser Zustand dauert fast eine Woche, bis ich nach einer Probe mit der Untergrundbahn zu meinem Hotel fuhr und zufällig an einem Zeitungsstand stehenblieb. Mit einem kurzen Blick überflog ich die Magazine, mein Auge fiel auf das Time Magazin. Ob ich vielleicht doch erwähnt war...? Nein, das wäre zuviel verlangt. Darüber hinaus waren Musikkritiken im Time Magazin dafür bekannt, eine eher negative Tendenz zu haben. Trotzdem kaufte ich eine Ausgabe des Magazins und blätterte bis zur Musikseite. Tatsächlich, da stand sie, die Kritik, und sogar mit Bild!

Mehr Unterstützung als ich bei meinem Debüt in den MEISTERSINGERN von allen Seiten bekam, hätte ich mir jedenfalls nicht wünschen können. Josef Rosenstock dirigierte, Ingrid Bjoner, mit der ich in München gesungen hatte, war die Eva, und Paul Schöffler gab bei dieser Aufführung in New York die letzte Vorstellung seines unnachahmlichen Hans Sachs. Es war ein Glück und eine Ehre für mich, mit Paul gesungen zu haben. Auf der Bühne waren natürlich auch viele andere Künstler aus dem Umkreis der Metropolitan Opera. An einen erinnere ich mich speziell: Charles Anthony, ein hervorragender ›David‹, der mir nach dem ersten Akt spontan gratulierte und auf meine Schulter klopfte, um zu überprüfen, ob ich da ein Mikrophon eingebaut hätte.

Auch die Direktion der Met erwartete gespannt die Reaktionen auf diese neue Produktion, die von Robert O'Hearn entworfen und unter der Regie von Nathaniel

Richard Wagner, Die Meistersinger von Nürnberg, 1962.
Metropolitan Opera. (35)

Merrill produziert wurde. Ich hatte mir eine wunderbare neue Perücke gekauft, und neue Garderobe und Stiefel wurden für mich an der Met angefertigt. Vor allem an die Stiefel erinnere ich mich gut. Sie paßten mir perfekt – zu perfekt. Anläßlich einer Reprise überprüfte ich die Stiefel für den dritten Akt nicht, bevor ich kurz vor dem Auftritt hineinschlüpfte und auf die Bühne, direkt in die Schusterstube, lief. Nach einigen Schritten begannen meine Füße zu schmerzen, und ich fand später heraus, daß jemand meine Stiefel für eine andere Aufführung mit dicken Einlagen verwendet hatte. Als ich auf der Bühne angelangt war, wußte ich bereits, daß etwas faul war, aber es war keine Zeit mehr zurückzugehen. Ich litt Höllenqualen während der langen Szene und mußte mich an einem Tisch festhalten, um nicht in Ohnmacht zu fallen. Eine ausgezeichnete Situation für einen romantischen Helden. Nach dieser fürchterlichen Szene hatte ich glücklicherweise eine kurze Pause, bei der ich das Schuhproblem beheben konnte, anderenfalls wäre das Preislied zum Jammergesang geworden.

Nach der Premiere kamen viele Kollegen und Freunde in die Garderobe. Unter ihnen ein stattlicher Mann, der auf mich zutrat und mich umarmte, um mir zu erzählen, daß ihn mein ›Stolzing‹ sehr erfreut hätte. Dann fügte er hinzu: »Ich bin immer sehr kritisch bei denen, die die Rolle meines Vaters singen, immerhin höre ich mit den Ohren eines Tenors. Heute aber bin ich zufrieden, ich bin Walter Slezak.« Das Lob aus dem Mund des Sohnes des großen Leo Slezak war für mich ein wichtiges Lob. Ich traf diesen großen Künstler später noch viele Male in Wien.

Zwei meiner Kindheitsträume erfüllten sich in dieser Saison meines Debüts an der Met: Mein Name wurde von Milton Cross von der Met-Bühne angekündigt, und ich sang auch in der Firestone Hour. Die Firestone Hour hatte nun vom Radio zum Fernsehen gewechselt, so daß ich mit dem von der Met ausgeborgten Kostüm auftrat und das Preislied sang. Meine Kollegen in dieser Sendung waren Künstler, die ich seit langen Jahren verehrte: Jo Stafford und Mahalia Jackson.

New York war also gut zu mir. Mein Aufenthalt dort fiel mit dem Zeitpunkt zusammen, als die Beatles in New York eintrafen und Barbra Streisand am Broadway in Funny Girl arbeitete. Ich hatte wohl kaum eine andere Wahl, als in das damals populäre Lied von Frank Sinatra einzustimmen: »New York, New York ...«.

Mein Erfolg an der Met, und da bin ich ganz sicher, war zum großen Teil den privaten Proben mit Wieland Wagner zuzuschreiben. Als ich nach New York kam, hatte ich keine besondere Bühnenerfahrung mit dem ›Stolzing‹. In Stuttgart und München trat ich nur in Repertoireaufführungen auf und hatte daher nicht die Chance, durch intensive Proben in die Rolle einzudringen. Als ich dann erfuhr, daß ›Stolzing‹ meine Debütrolle an der Metropolitan Opera sein würde, bat ich Wieland Wagner um Hilfe. Während des Sommers 1962 zogen wir uns an Tagen, an denen ich keine Vorstellung in Bayreuth hatte, auf die Probenbühne des Festspielhauses zurück. Wieland führte mich praktisch durch die gesamte Oper. Auf meine Frage, warum er freiwillig soviel Zeit für eine Rolle opferte, die ich nicht einmal mit ihm gemeinsam produzieren würde, sagte er: »Aber Thomas, wir haben doch hier die Vorprobe für die MEISTERSINGER im nächsten Jahr.« Diese Privatstunden drückten meiner Interpretation der Rolle Wielands Gütesiegel auf. Ich kam zu einem Rollenverständnis, das ohne seine Leitung nicht möglich gewesen wäre.

Wieland Wagner und Jess Thomas, 1963 in Bayreuth. (36)

Auf die Zusammenarbeit mit Wieland in den MEISTERSINGERN freute ich mich besonders. Immerhin gilt dieses Werk als volksnahe deutsche Oper. Wieland hatte sonst nie gezögert, in den Rollen, die er südländische Rollen nannte, ›Parsifal‹ und ›Tristan‹, auch Ausländer einzusetzen. Für die wahrlich »deutsche« Oper MEISTERSINGER sah er aber Probleme mit Ausländern. Aus diesem Grund bestand er darauf, daß meine Interpretation bezüglich der Aussprache über jede Kritik erhaben sein müsse. Ich übte und arbeitete daher besessen daran, den Rest meines amerikanischen Akzents zu eliminieren.

Die MEISTERSINGER-Produktion der Bayreuther Festspiele von 1963 sollte etwas ganz Besonderes werden. Wieland war auf dem Höhepunkt seines Schaffens angelangt. Die Inszenierung war für seine Verhältnisse allerdings sehr konventionell, mit einer Dekoration aus schwerem Holz in elisabethanischem Stil. Wieland hüllte die Meister in Roben und ließ sie sehr wirklichkeitsnah, sehr menschlich agieren. Die Lehrlinge rumorten und tranken in der Kirche Bier, die zornigen Dorfbewohner unterbrachen das Straßengetümmel im zweiten Akt, in dem sie Nachttöpfe in die Menge entleerten. Welch ein Gegensatz zu seinen abstrakten Inszenierungen! Die ganze Szene erinnerte sehr stark an ein Brueghel-Gemälde und stand damit in krassem Gegensatz zu dem feinen Stil der meisten anderen MEISTERSINGER-Inszenierungen. Das Getümmel des zweiten Aktes wiederholte sich in den Pausen vor dem Festspielhaus. Die üblicherweise eine Stunde lang

Kostümentwurf »Walther von Stolzing«, 1963. (37)

dauernde Pause wurde um eine halbe Stunde verlängert, um die Diskussionen und das Geschimpfe der empörten Menge abebben zu lassen. Es war ungeheuer amüsant! Ich fand es ausgezeichnet, solch heiße Diskussionen über Wagner zu hören. Die Meinung des Publikums war geteilt, Begeisterung und Ablehnung hielten sich die Waage. Die Bravos und Buhs in der Vorstellung erfreuten auch Wieland.

Dabei war es gar nicht leicht, in Wielands realistischen Kostümen aufzutreten. Er hatte durch Jahre hin versucht, einen Tenor zu bekommen, der eine echte Rüstung trug, und ich war dumm genug, mich darauf einzulassen. Wieland ließ eine Serie von Körperabdrücken machen, nach denen die Kostümdesigner mein Kostüm anpaßten. Es bestand aus Elchleder, an das echte Stahlplatten angenäht waren. Schon allein die Anproben waren anstrengend. Das fertige Kostüm hatte ein Gewicht von etwa vierzig Kilogramm. Dann galt es erst herauszufinden, ob ich mich überhaupt in diesem Kostüm bewegen konnte. Am Tag der Premiere waren es 42 Grad Celsius in Bayreuth. Wieland selbst versuchte noch am Tag der Premiere, den Kostümbildner zum Festspielhaus zu bringen, um noch am Morgen Löcher in die Metallplatten bohren zu lassen.

Wieland Wagner, ständig auf der Suche nach neuen Wagner-Interpretationen, wollte für das Jahr 1963 einen neuen Dirigenten nach Bayreuth verpflichten. Thomas Schippers, ein junger Amerikaner, der in Amerika und auch in Italien sehr bekannt war, aber in Deutschland noch keinen Namen hatte, wurde eingeladen. Der verdeckte Orchestergraben erlaubte es in Bayreuth, daß Dirigenten ungesehen auftreten. Sie machen es sich daher während der Bayreuther Hitzewelle bequem und dirigieren oft in Hemdsärmeln. Schippers übertraf das noch und kam während einer Probe in weißen Tennisshorts. Der berühmte Hans Knappertsbusch, der für seine langsamen Tempi bekannt war, saß während der Generalprobe im Festspielhaus und wurde natürlich von Journalisten um seine Meinung über den jungen Aufsteiger aus Amerika befragt. Knappertsbusch war nie um einen spitzen Kommentar verlegen: »Der Junge nimmt sich Zeit!«

Das Team, das Wieland für diese Produktion zusammengetrommelt hatte, war jedenfalls beeindruckend: Anja Silja als Eva, Otto Wiener und Joseph Greindel als Sachs, Windgassen und ich als Stolzing, Carlos Alexander als Beckmesser, Erwin Wohlfahrt als David, Ruth Hesse als Magdalene und Gustav Niedlinger, Gerd Nienstedt, Kurt Böhme in der Gruppe der Meister. An eine nur knapp verhinderte Premierenkatastrophe erinnere ich mich noch gut. Am Ende des ersten Aktes wurde ich von einigen der Meister ziemlich rauh aus der Kirche geschleift. Zwei hielten mich am Arm, ein anderer stieß mich von hinten. Dabei stolperte ich über eine Schwelle und fiel schon auf der Seitenbühne zu Boden. Die Meister hatten aber meine Hände nicht rechtzeitig losgelassen, und ich krachte mit dem vollen Gewicht meines 40 Kilo schweren Brustpanzers zu Boden. Die schwere Metallkrause schlug gegen meinen Kehlkopf, was sich sofort in einigen auch in der Radioübertragung hörbaren englischen Flüchen bemerkbar machte. Der Abgang war geglückt, ich war jedoch während der nächsten Minuten nicht einmal fähig zu sprechen und befürchtete, die Vorstellung nicht weitersingen zu können. Der Hausarzt und Wieland kümmerten sich aber während der langen Pause intensiv um mich, so daß ich meine Stimme wiederfand und den Schock überwand.

Wieland wußte, daß seine Inszenierung der MEISTERSINGER einen Proteststurm entfachen würde. Er nahm daher die Gelegenheit des 150. Geburtstages Richard Wagners im Jahre 1963 wahr, eine alte Tradition bei der Eröffnung der Bayreuther Festspiele wieder aufleben zu lassen und ließ die Festspiele am Vorabend der Meistersinger-Premiere mit Beethovens Neunter Symphonie unter Karl Böhm mit Gundula Janowitz, Grace Bumbry, George London und mir beginnen.

Am Abend der Aufführung der Neunten Symphonie ging er hinter der Bühne auf und ab. Er hoffte, daß das Konzert und seine MEISTERSINGER-Inszenierung ein würdiger Tribut an Richard Wagner wären. In diesem seltenen Augenblick der ruhigen Selbstbesinnung wünschte er sich, daß sein Großvater im Jenseits seine Arbeit gutheißen würde.

Die Neuinszenierung und die folgende Aufführungsserie in Bayreuth erwies sich für mich als letzter Schliff für die Rolle des ›Stolzing‹, mit der ich als nächstes zur Eröffnungsvorstellung des Münchner Nationaltheaters ging.

Die Eröffnung des neuerbauten Münchner Nationaltheaters fand für geladene Gäste am 21. 11. 1963 mit FRAU OHNE SCHATTEN, für die Öffentlichkeit am 23. 11. 1963 mit den MEISTERSINGERN statt. Viele erinnern sich an den 22. 11. 1963. An diesem Tag erschütterte die Ermordung John F. Kennedys die Welt. Kennedy wurde besonders in Deutschland sehr verehrt, und der tragische Zwischenfall lähmte die ganze Nation. Die Leute weinten in den Straßen, und die generelle Trauer brachte die übliche Hektik der Stadt München praktisch zum Stillstand.

Ich wohnte in einer Suite nahe dem Theater, um allein zu sein und mich auf die anstrengende Aufgabe von zwei wichtigen Premieren innerhalb von drei Tagen vorbereiten zu können. Am frühen Abend kam ich in das Hotel zurück und schaltete das Radio ein. Ich hörte einen Kommentar, der sich mit der Ermordung des Präsidenten der USA befaßte. Ich war sicher, daß es eine Dokumentation über die Ermordung Lincolns war. Nach und nach begriff ich aber, daß da über Details gesprochen wurde, die aus der Gegenwart stammten und erkannte die Tragweite dessen, was ich hörte. Das Telefon läutete. Verschiedene Agenturen riefen mich an, um meine Reaktion als Amerikaner auf diesen tragischen Zwischenfall zu hören. Bald erfuhr ich auf telefonischem Wege aus dem Theater, daß die Direktion in ständigem Kontakt mit dem amerikanischen State Department in Washington war, um über die Absage der Eröffnungsvorstellung zu entscheiden. Die MEISTERSINGER waren keine tragische Oper, deshalb hätte eine Aufführung als pietätlos gelten können. Bald darauf kam man aber überein, daß die Pläne wie festgelegt ausgeführt werden konnten.

Richard Wagner, Die Meistersinger von Nürnberg, 1963.
Jess Thomas als »Walther von Stolzing« und Erwin Wohlfahrt als »David«. (38)

Die Deutschen hatten Kennedy ins Herz geschlossen, als er an der Berliner Mauer stand und spontan erklärte: »Ich bin ein Berliner.« Nun formte sich im ganzen Land eine Menschenkette, um des großen Präsidenten zu gedenken. Es gab ständige Fernsehberichterstattung, wilde Interviews, Kamerateams in unseren Proben und Spekulationen über die Eröffnungsvorstellung. Angesichts dieser Tragödie stellte sich die Frage, wie irgend jemand noch ans Singen denken konnte. Aber auch in der Opernwelt gilt: »The show must go on.«

Am Tag der Premiere versuchte ich, mich so gut es ging zu konzentrieren und ging nochmals jede Bewegung und jede wichtige Szene der bevorstehenden großen Eröffnungsvorstellung durch. Jedermann versuchte die übliche Routine einzuhalten: Ankleiden, Make-up und rechtzeitig auf der Bühne erscheinen. Claire Watson, ebenfalls Amerikanerin, war meine Eva. Wir standen auf der Bühne und blickten uns mit einem Ausdruck des Zweifels an, da uns dieser Augenblick unwirklich erschien. Wir betrachteten unseren Teil der Aufführung als persönlichen Tribut an Präsident Kennedy und schafften es, uns gegenseitig genug Kraft und Fassung zu geben, um auf das Aufgehen des Vorhangs zu warten. Der Theaterdirektor trat vor und bat die Menge, sich für die amerikanische Nationalhymne zu erheben. Unsere mühsam erkämpfte Beherrschung schmolz augenblicklich, und wir standen beide tränenüberströmt auf der Bühne.

Die Aufführung hatte einen zähen Start. Die deprimierte Stimmung lag nicht nur über den Schauspielern, sondern auch über dem Auditorium. Jeder versuchte, seine eigene Stimmung und die der Zuhörer mit jedem erdenklichen Mittel und jeder Phrase zu verbessern, aber es brauchte einige Zeit, bis Reaktionen zu spüren waren. Am Ende des zweiten Aktes hob sich die Stimmung im Auditorium dank Josef Keilberths Bemühungen am Dirigentenpult und nicht zuletzt dank Richard Wagners köstlicher Musik. Im dritten Akt entsprach die Atmosphäre endlich einer festlichen Opernhauseröffnung.

Aber die Sterne standen ungünstig, das Unglück schlug erneut zu und traf gerade mich. Als ich mich der kleinen Plattform näherte, auf der ich das Preislied zu singen hatte, gab es einen lauten Knall, und das gesamte Opernhaus war in Dunkel gehüllt. Was gerade noch eine prächtig beleuchtete Festwiese war, war plötzlich stockdunkel. Ich wußte nicht, wie ich reagieren sollte. War ein neuerlicher Anschlag verübt worden, eine Bombe explodiert, oder gab es nur eine technische Panne? Bald bemerkte ich, daß einige batteriebetriebene Notlichter noch funktionierten und auch genug Licht für den Orchestergraben gaben, was den Musikern erlaubte, weiterzuspielen.

Wie häufig in solchen Notfällen, reagierte ich mit einer Mischung aus Besonnenheit und Hysterie. Ich schaffte es zwar, weiterzusingen – Leute, die die Radioübertragung hörten, berichteten später, daß sie nichts von den dramatischen Vorgängen auf der Bühne gemerkt hatten –, aber ich mußte mich auch beherrschen, um nicht in Gelächter auszubrechen, wenn ich an den Text dachte. Da behauptete ich doch glatt: »Morgenlicht leuchtend im rosigen Schein...«, obwohl ich im Dunklen stand. Im zweiten Absatz war meine Zurückhaltung nicht minder groß, als ich sang »Abendlich dämmernd umschloß mich die Nacht«. Der Stromausfall verursachte große Besorgnis im Auditorium. Das Nationaltheater hatte schon einmal gebrannt, und einige erinnerten sich offensichtlich daran und bekamen Angst. Die Situation dauerte zudem an, der Schaden wurde erst nach zwölf Minuten behoben. Erst zu dem Zeitpunkt, als ich meine letzte Phrase sang und Pogners Meisterkette abwies, ging das Licht wieder an. Es stellte sich heraus, daß die installierte elektrische Anlage durch die volle, tageslichtartige Beleuchtung der Festwiesenszene überlastet war und versagt hatte. Am nächsten Tag erntete ich gleichermaßen Lorbeer für die Heldenhaftigkeit, in dieser Situation weiterzusingen, wie für meine Darstellung des Stolzing selbst. Die Firma Siemens, die die Lichtanlage installiert hatte, schenkte mir eine großzügig ausgestattete Stereoanlage, um ihre Dankbarkeit für meine Bemühungen auszudrücken.

Abgesehen von dem fürchterlich bedrückenden Gefühl, das wir wegen der sinnlosen Ermordung unseres jungen Präsidenten empfanden, bildeten die Eröffnungsfeierlichkeiten der Münchener Oper einen schillernden Höhepunkt in meiner Karriere. Fünf Jahre zuvor war ich in München gelandet und in der Maximilianstraße an den Ruinen des Nationaltheaters entlangspaziert. Dieser kostbare Tempel der Musik war nun wiederaufgebaut, und ich war Teil davon. Amerikanische Bomben hatten dieses Haus zerstört, ein amerikanischer Präsident mußte während der Eröffnungsfeierlichkeiten betrauert werden, Claire Watson, ihr Mann David Thaw und ich waren als Amerikaner eingeladen, an den Feierlichkeiten teilzunehmen. Musik kann offensichtlich auch solche Wunden heilen und Brücken schlagen.

Nach den Aufführungen in Bayreuth und München folgte eine Serie anderer wichtiger MEISTERSINGER-Debüts, darunter mein Auftritt in Wien, in dem ich im dritten Akt Auftrittsapplaus schon vor dem Preislied bekam. In Mainz nahm ich dann am Festival teil, kehrte im Triumph nach Karlsruhe zurück und sang anschließend in einer weiteren Wieland-Wagner-Inszenierung der MEISTERSINGER in Frankfurt. Es war nur natürlich, daß ich mir wünschte, mit dieser Rolle auch in meine Heimatstadt San Francisco zurückzukehren.

Kurt Herbert Adler, Direktor in San Francisco, war sicherlich die Person in Amerika, die meine Erfolge in Europa zuerst registriert und auch darauf reagiert hatte. Er kontaktierte mich früh und machte mir Angebote für eine Rückkehr, die noch vor Angeboten aus Chicago, London und Buenos Aires kamen. Natürlich war ich über diese Angebote sehr erfreut, wollte aber doch an der Met auftreten, bevor ich nach San Francisco ging. Ich muß sicherlich nicht ausdrücklich erwähnen, daß ich trotz dieser Verzögerung versessen darauf war, in das Haus zurückzukehren, wo ich meinen ersten professionellen Auftritt hatte: das San Francisco War Memorial House in der Van Ness Avenue. Schon allein der Gedanke an eine Rückkehr zu der Stätte, an der ich auch meine ersten Opernaufführungen live mitverfolgen konnte, erregte mich. Daher konnte ich es auch gar nicht erwarten, zu diesen geheiligten Hallen zurückzukehren und sie mit den Worten der Elisabeth in TANNHÄUSER zu grüßen: »Dich teure Halle grüß ich wieder.«

Adler bemühte sich trotz meiner Absage und übermittelte mir während einer Arbeitsperiode an der Met ein Angebot, das ich nicht zurückweisen konnte. Zuvor war mein Manager André Mertens gestorben, und seine Klienten wurden von einem seiner Assistenten betreut. Ich fühlte, daß ich die Sache selbst in die Hand nehmen mußte und direkt mit Adler zu verhandeln hatte. Wir trafen uns in seiner New Yorker Hotelsuite und besprachen die Bedingungen eines Vertrages mit der San Francisco Opera für die Saison 1965/66.

Mit Adler war es ähnlich wie mit Bing, es war eine Übung in ›Gedankenschach‹. Er hatte zwei Assistenten dabei, ich aber verhandelte allein. Adler war verständlicherweise verärgert, weil ich seine früheren Einladungen nach San Francisco abgelehnt hatte, wollte aber eine Einigung erzielen. Ich stimmte seinen Rollenangeboten und auch den vorgeschlagenen Terminen vorbehaltlos zu. Als wir zum Thema Geld kamen, wurde der freundliche Ton allerdings förmlicher. Ich verehrte Adler, aber ich hatte durch meine vorangegangenen Erfolge genügend Selbstvertrauen gewonnen, um in finanziellen Angelegenheiten standhaft zu bleiben. Wir konnten uns nicht einigen. Die Diskussion wandte sich wieder anderen Themen zu, z. B. den verschiedenen Diven, mit denen ich zusammenarbeiten sollte. Einer der Assistenten bemerkte, daß ich mit meiner schlanken Figur wohl Schwierigkeiten haben würde, einen fülligen Sopran zu umarmen. Adler beendete sein Pokerspiel und warf ein: »Meine Herren, nach dieser Diskussion bin ich sicher, daß wir uns über die Reichweite von Thomas' Armen keine Sorge zu machen brauchen.« Der Vertrag wurde abgeschlossen, und ich sang auf Grund dieses Vertrages achtzehn Vorstellungen von LOHENGRIN, ARIADNE, TOSCA und den MEISTERSINGERN.

Die Rückkehr nach San Francisco war eine Erfahrung, die mich aufs äußerste befriedigte. Kaum angekommen, versank ich in der Menge neuer Pflichten: Pressekonferenzen, Fernsehinterviews und Treffen mit alten Freunden. Dirigent der MEISTERSINGER-Vorstellungen war Leopold Ludwig, Regisseur Paul Hager, den ich während meines Debüts im Jahre 1957 in San Francisco als Regisseur des ROSENKAVALIER kennengelernt hatte. Damals, während dieser ersten professionellen Bühnenarbeit, war ich zu dem Schluß gekommen, daß Hager ein absoluter Tyrann war. Nun, bei meiner Rückkehr hatte ich schon mehr Erfahrung und empfand Hager als einen kongenialen Künstler. Nach kurzer Zeit bewunderte ich ihn. Wir wurden gute Freunde und sollten noch lange zusammenarbeiten.

Mein eigenes Meistersingerkostüm, das ich mitgebracht hatte, gefiel Adler natürlich nicht besonders. Die Öffentlichkeit hingegen liebte es. Es war dasselbe, das ich oft in München und Wien getragen hatte, Wieland Wagner nannte es mein »Prinz Charming«-Kostüm. Die Eva in dieser Aufführungsserie war Pilar Lorengar.

Sir David Webster, der Direktor der Royal Opera in Covent Garden, hatte mir ebenfalls mehrere Angebote für ein Debüt in London gemacht. Eines davon bestand in einer Serie von HOFFMANNS ERZÄHLUNGEN unter Georg Solti. Als die Verhandlungen allerdings in ein konkretes Stadium traten, stellte sich heraus, daß ein anderer Dirigent eingesprungen war und die Oper in Englisch aufgeführt werden sollte. Trotz meines Herzenswunsches, auch an der Covent Garden Opera zu singen, lehnte ich ab, unter diesen Bedingungen wäre mein Auftritt nicht attraktiv genug gewesen. Ich wartete daher, denn auch die weiteren Angebote erschienen mir nicht reizvoller oder waren zeitlich nicht mit bereits eingegangenen Verpflichtungen zu vereinbaren. Schließlich sandte Sir David Webster, ein echter Gentleman, einen privaten Boten, Mrs. Joan Ingpen, nach München, um den Grund meiner Ablehnung zu erkunden. Natürlich war es aufregend und befriedigend zugleich zu wissen, daß der künstlerische Direktor der Covent Garden Opera in meiner Münchner Meistersinger-Aufführung saß, und daß der einzige Grund dieses Besuches darin lag, Londons Interesse an einem Auftritt meiner Person zu dokumentieren. Joan Ingpen ist einer jener Menschen, die ihr Leben dafür einsetzen, die Mühlen eines großen Opernhauses in Betrieb zu halten. Sie ging später gemeinsam mit

Jess Thomas als
»Walther von Stolzing«, 1963.
Nationaltheater München.
Wieland Wagner
nannte Thomas' Kostüm
das »Prinz-Charming-Kostüm«. (39)

Solti von London nach Paris und wurde dort künstlerische Direktorin, um später an die Metropolitan Opera überzuwechseln. Diesen Posten hatte sie bis vor kurzer Zeit inne. Mein Zusammentreffen mit Joan Ingpen trug Früchte. Verschiedene Rollen kamen ins Gespräch, und Solti offerierte schließlich TANNHÄUSER. Dieser Plan wurde aber durch den überraschenden Tod Wieland Wagners vernichtet, worauf Solti meinte, daß er angesichts der Tatsache, keinen fixen Regisseur für TANNHÄUSER zu haben, eher die MEISTERSINGER dirigieren würde. Mein Debüt in London erfolgte letzten Endes dann als Stolzing, in einer großartigen Inszenierung, deren Dekoration, von Barry Kay entworfen, den Rahmen für die Regie meines früheren Chefs, Rudolf Hartmann, bildete. Partner in dieser Aufführung waren Josephine Veasy, Sir Geraint Evans, David Ward, George Shirley, Hubert Hofmann, Bocena Ruk-Focic und andere.

Auch Covent Garden war ein Opernhaus, das ich zuvor nicht betreten hatte. Jedes dieser Opernhäuser vermittelte schon bei der ersten Begegnung Eindrücke, die die Erinnerung auf immer prägen. Die menschlichen Sinne sind empfindliche Sensoren, wenn es darum geht, in angenehmen und unangenehmen Situationen Eindrücke aufzunehmen: Gerüche, das Gefühl, das man beim Gehen in einer Straße empfindet, die Töne, die sich im Gehirn festsetzen und einen an das Wo und Wann erinnern, bleiben oft ein Leben lang haften. Schon ein kleines Erinnerungsstück kann die gesamte Atmosphäre einer geliebten Umgebung wiedererwecken. Alle diese feinen Details waren schon in der Umgebung von Covent Garden gegeben. Man marschierte durch den Markt, kämpfte sich durch

Jess Thomas als »Walther von Stolzing«, 1969 in Covent Garden. (40)

Gemüseblätter, hatte den frischen Geruch des Grünzeugs in der Nase, hörte die herzlichen Gespräche der Händler und wußte, daß man sich einem der größten Opernhäuser der Welt näherte.

Covent Garden bildete im besten Sinne eine heimelige Umgebung. Die Künstlerkantine im Keller des Gebäudes war einfach und freundlich, die Garderoben traditionell. Man spürte das Ambiente des Hauses, sobald man es betrat, und man fühlte sich einfach gut. Wahrscheinlich ist es auch meiner Mischung aus englischem, irischem und Waliser Blut zuzuschreiben, daß ich mich in diesem Opernhaus sofort wie zu Hause fühlte. Das Auditorium war großartig, und man war augenblicklich von der königlichen Loge mit ihrem eleganten Dekor angezogen.

Solti hatte die MEISTERSINGER noch nie zuvor dirigiert. Wie immer begann er die neue Arbeit mit seiner üblichen Forderung: Perfektion. Die Proben in Covent Garden erwiesen sich als anstrengend, aber intensiv. Wir hatten lange Musikproben und noch längere Bühnenproben, die oft an unterschiedlichen Plätzen abgehalten wurden. Die Musikproben waren in Covent Garden selbst, die Bühnenproben fanden aber im weit entfernten East End statt. Für mich war die ganze Probenzeit durch Solti, der mich beschworen hatte zu vergessen, daß ich die Rolle schon so oft gesungen hatte, interessant. Auf seinen Wunsch hin studierte ich den ›Stolzing‹ neu ein.

Der Umgangston bei den Proben bestimmte zum Teil auch direkt die Qualität der Aufführung, und Humor kann selbst die anstrengendste Arbeit erleichtern. Solti blieb zwar, was seine musikalischen Anforderungen betraf, geradezu todernst, aber er hatte in Wahrheit auch viel Humor. Eines Tages erschien Eva Bocena Ruk-Focic, in einem der damals gerade modernen Superminikleider. Solti war ganz offensichtlich verstört und fragte sie schließlich: »Wie wird Ihr Name eigentlich ausgesprochen?« Sie antwortete: »Maestro, er wird so ähnlich betont wie das deutsch Wort ›Ruck‹.« Daraufhin Solti: »Well, let me tell you, one more ruck of your Rock and I'll see your Focic!«

Solti war einer der Dirigenten, die einen passablen Pianisten abgeben. Es war immer sehr interessant, wenn die Proben an einem totalen Tiefpunkt angelangt waren und Solti selbst zum Klavier eilte, um zu demonstrieren, auf welche Art und Weise er eine Phrase hören wollte. Wie üblich kämpfte ich darum, meine eigenen Kostüme tragen zu können, da ich der Meinung war, daß die für diese Produktion angefertigten zu groß und unattraktiv waren. Regisseur Hartmann, der meine Kostüme aus München kannte, unterstützte mich dabei. Die Presse allerdings war der Meinung, daß ich für die Inszenierung nicht adäquat gekleidet war, so daß ich bei den Wiederholungsvorstellungen die für die Produktion entworfenen Kostüme trug. Sehr zu meinem Bedauern, wie ich beim Anblick der Fotos feststellen mußte. Ich wirkte zumindest 25 Kilogramm schwerer, so daß ich mir schwor, nie mehr gegen meinen eigenen Instinkt zu handeln.

Es zeigte sich auch, daß man mit einem großen Opernhaus nur einige wenige Persönlichkeiten verbindet, an die man sich gerne erinnert. Eine davon ist der außergewöhnliche Bühnendirektor von Covent Garden, Stella Chitty. An allen anderen Opernhäusern war diese Position mit Männern besetzt, ein weiblicher Bühnendirektor war also bemerkenswert. Stella arbeitete effizient, erfolgreich und blieb dabei immer eine Dame. Ihr Wort galt auf der Bühne in Covent Garden. Trotzdem blieb sie eine freundliche, fröhliche Person mit Manieren, die eine erfreuliche Atmosphäre schufen. Als ich zum ersten Mal in Covent Garden eintraf, grüßte sie mich und berichtete sofort, daß sie schon von mir gehört hatte und auf meine Erscheinung neugierig war. Auf ihr Fragen hin hatte ihr mein Kollege Jon Vickers berichtet, daß ich der schönste unter den aktuellen Heldentenören wäre. Als der ehemalige Dicke aus Süd-Dakota, betrachtete ich mich selbst natürlich nie als schön, empfand aber Stellas Worte trotzdem als Kompliment, das unser weiteres Arbeitsklima von vorneherein in eine positive Richtung lenkte. Dieses positive Gefühl verband ich auch immer mit der Rolle des Stolzing, die eines meiner Aushängeschilder wurde.

Mit ›Stolzing‹ bereiste ich die ganze Welt und kehrte später auch nach München zurück, um die letzte Aufführung der Inszenierung der MEISTERSINGER zu singen, mit der ich das Nationaltheater in München eröffnet hatte. Die MEISTERSINGER waren auch meine letzte Zusammenarbeit mit meinem Freund Paul Hager als Regisseur. Die Aufführung im Jahre 1980 in Buenos Aires brachte auch ein Wiedersehen mit einem Kollegen, den ich in meiner ersten Saison in Europa, in Karlsruhe, getroffen hatte. Georg Völker, der Sohn des berühmten Tenors Franz Völker, den ich zumindest auf Schallplatten hatte bewundern können.

In meiner Kostümsammlung befinden sich auch heute noch drei komplette Stolzing-Kostüme. Ich bin von dieser Rolle noch immer so begeistert, daß ich jederzeit mein Kostüm anlegen würde, um mit ›Stolzing‹ auf die Bühne zu treten. Mein letzter Auftritt war bei einem Konzert 1985 in Kalifornien. Der romantische, junge Ritter, der die Meister herausfordert und seine größten Anstrengungen und Poesie in die Waagschale wirft, um die Liebe Evas durch das Preislied zu gewinnen, hat mich tief beeindruckt. Schon Stolzing lernt durch Hans Sachs: »Wer Preise erkennt und Preise stellt, der will am End, daß man ihm gefällt.« Wie Wieland hoffte, daß seine Inszenierung seinem Großvater gefallen würde, so hoffe auch ich, daß mein Stolzing dem Ideal Richard Wagners nahekam.

Während Stolzing eine Rolle darstellt, die dem italienischen Tenorfach noch am nächsten kommt, ist die nächste Rolle, die ich mit Wieland Wagner erarbeitete, den schweren Wagner-Partien zuzurechnen: TANNHÄUSER.

Tannhäuser

Schon seit dem Jahr 1961 hatte Wieland versucht, mir TRISTAN oder TANNHÄUSER schmackhaft zu machen. Ich hatte mich jedoch nicht überreden lassen, diese schwierigen Partien frühzeitig in Angriff zu nehmen. Eine Neuinszenierung von TRISTAN war auch an meiner »Heimatbühne« in München geplant, um den 100. Jahrestag der Uraufführung dieser Oper am Nationaltheater zu feiern. Auch in dieser Produktion sollte ich den ›Tristan‹ übernehmen. Opernsänger sind allerdings gezwungen, weit im voraus zu planen. Die Entscheidung, ob eine bestimmte Rolle in vier oder fünf Jahren der eigenen Stimme entspricht, ist in Anbetracht dieser langen Vorlaufzeiten nur schwer zu treffen. Obwohl es eine große Freude für mich war, Einladungen für die schweren Wagner-Partien aus praktisch allen Opernhäusern der Welt zu haben, blieb ich lange Zeit ablehnend. Eine derartige Entscheidung muß mit großer Verantwortung getroffen werden. Man benötigt vor allem ausreichend Zeit, um diese Rollen zu studieren, und gerade Wagner-Produktionen fordern diese Zeit nicht nur vom Sänger, sondern von allen beteiligten Personen. Produktionen von Wagner-Opern kosten enorm viel Geld und hängen dann letztendlich in ihrem Erfolg oder Mißerfolg von der Teilnahme einiger weniger Sänger ab.

Bald aber hatte ich das unbestimmte Gefühl, daß die Zeit für TANNHÄUSER reif war. ›Tannhäuser‹ liegt sehr hoch, viele Teile der Partie sind äußerst exponiert und anstrengend, aber die Rolle ist bei weitem nicht so lang wie ›Tristan‹. Vor allem aber liebte ich diese Partie mehr als jede andere Wagner-Rolle. Auch Wieland war mit meiner Entscheidung, den ›Tannhäuser‹ zu studieren, zufrieden, wenn er auch meinte, daß ich zuerst den Tristan hätte singen sollen. Er lächelte und bemerkte, wenn ich mit ›Tannhäuser‹ beginnen würde, müßte ich auch in kurzer Frist mit den anderen Heldenpartien bereitstehen. Die Kollegen in Bayreuth reagierten unterschiedlich auf die Mitteilung, daß ich ›Tannhäuser‹ übernommen hatte. Viele fürchteten, daß diese Rolle für mich zu früh kam und zu anstrengend wäre. Mein Freund Wolfgang Windgassen hingegen unterstützte meinen Entschluß und bestärkte mich in dem Vorhaben, diese Rolle zu singen. Das allein zeigt schon die großzügige Denkungsart dieses Künstlers, der mich in meinem Bemühen um eine Rolle, mit der er selbst berühmt wurde, selbstlos unterstützt hat.

Der Entschluß war unwiderruflich. Im Jahr 1966 sollte ich die Bayreuther Festspiele mit TANNHÄUSER eröffnen. Carl Melles dirigierte, meine Kollegen waren Leonie Rysanek, Anja Silja, Hermann Prey, Martti Talvela und viele andere. Wieder einmal stand die faszinierende Zeit der Bayreuther Proben vor mir, in der ich eine neue Rolle mit Wieland Wagner einstudieren konnte. Das Rollenstudium ist für jeden Sänger eine sehr persönliche Angelegenheit. Zuerst beginnt man mit der Partitur und bahnt sich seinen Weg durch das Notenlabyrinth, um in Bemerkungen des Komponisten dessen ursprüngliche Absicht zu entdecken. Dann bemüht man sich um die Musik und versucht, sie eigenständig zu interpretieren. Als nächsten Schritt nimmt man die Anweisungen des Regisseurs und des Dirigenten auf und versucht, sie mit seinen eigenen Vorstellungen in Einklang zu bringen. Zu guter Letzt muß ein bemühter Künstler alle diese Einflüsse zu seiner eigenen Interpretation verschmelzen. Diese Arbeit ist im wahrsten Sinne des Wortes ein herausfordernder Schöpfungsakt, in dem die Richtlinien des Komponisten, des Regisseurs und Dirigenten doch nur ein Gerüst für eine eigene persönliche Darstellung sein können. Gerade das macht die Faszination einer Oper aus und veranlaßt das Publikum, immer wieder ins Theater zu kommen, um verschiedene Aufführungen derselben Oper zu sehen. Schon eine einzige Veränderung in der Besetzung einer Oper kann auf die gesamte Arbeit ein neues Licht werfen. Dadurch hat jeder Abend im Opernhaus die Chance, die Geburtsstunde neuer künstlerischer Aussagen mit allen ihren aufregenden Attributen zu sein.

Deshalb war es für mich aufregend und interessant, mit Wieland Wagner meinen ›Tannhäuser‹ zu gestalten. In gewisser Art und Weise hatte ich auch ›Stolzing‹ mit seiner Hilfe erarbeitet, aber ›Stolzing‹ hatte ich vorher schon in anderen Inszenierungen gesungen. An meinem ›Tristan‹ sollte ich später bis ins kleinste Detail mit ihm herumfeilen, hatte aber nicht das Glück, meine erste Produktion mit ihm gemeinsam zu machen. Auch

Richard Wagner, Tannhäuser, 1966. Bayreuth. Partnerin ist Anja Silja. (41)

›Lohengrin‹ hatte ich in vielen Produktionen mit Wieland Wagner studiert, die ursprüngliche Rollengestaltung entstand aber ohne ihn. Und obwohl ›Siegfried‹ und ›Siegmund‹, ›Loge‹ und ›Rienzi‹ einige unserer gemeinsamen Pläne für Neuinszenierungen waren, sollte ›Tannhäuser‹ unglücklicherweise die einzige Rolle außer ›Parsifal‹ bleiben, in der ich seinen Anweisungen von Beginn an folgen konnte. Wieland hatte sich für die Dresdener Version von TANNHÄUSER entschieden und erwähnt, daß diese Aufführung in nächster Zeit gefilmt werden sollte.

Ich hatte keinen Begriff davon, wie überwältigend die Proben in Bayreuth im Sommer 1966 wirklich werden sollten. Wieland Wagner pflegte alle jene, die neue Rollen übernahmen, vor Beginn der allgemeinen Proben zu treffen, um mit ihnen detailliert zu arbeiten. Dadurch war sichergestellt, daß alle Künstler zu Beginn der Probenzeit die gleiche Ausgangsbasis hatten. TANNHÄUSER war bereits im Programm der Festspiele gewesen und daher keine Neuinszenierung, obwohl Wieland Wagner jedes Jahr seine Inszenierungen verfeinerte. Wir gingen mit enormem Elan an die Arbeit, und die Eintragungen in meinem Kalender erscheinen mir heute unglaublich. Sie zeigen, daß Wieland gleichzeitig mit den neueingesetzten Künstlern für seine RING-Produktion geprobt hatte. Ich habe tatsächlich nur fünf Tage gemeinsam mit ihm für TANNHÄUSER geprobt. Diese fünf Tage waren allerdings die letzten Tage, die Wieland Wagner überhaupt im Bayreuther Festspielhaus verbrachte. Damals konnte ich natürlich nicht ahnen, daß ich die letzten Stunden seiner kreativen Arbeit erleben durfte. Und das war wahrscheinlich auch gut so. Nichts konnte damals meine Bereitschaft und mein Verlangen steigern, mit Wieland gerade an dieser Oper zu arbeiten, die auch seine Lieblingsoper war. Er erwähnte oft, daß TANNHÄUSER, perfekt präsentiert, die Krönung von Richard Wagners Werk darstellen kann.

Im Jahre 1963 war das Festspielhaus renoviert und auch eine neue Probenbühne aufgebaut worden. Diese Probenbühne wurde nun für die TANNHÄUSER-Vorbereitungen benutzt und bildete den Rahmen für unsere Arbeit mit nur einem Klavierbegleiter und den üblichen Fotografen. Wir versuchten beide, einen neuen ›Tannhäuser‹ zu formen, und ich bemühte mich, Wielands Glauben und Vertrauen in meine Rollengestaltung zu festigen. Er bemühte sich, mir sein TANNHÄUSER-Konzept zu erklären, und dabei kam mir meine psychologische Ausbildung zugute. Tannhäuser war für ihn der typisch manisch-depressive Charakter, dessen Reaktionen oft nur durch ein einziges Schlüsselwort ausgelöst werden. Diese Schlüsselwörter sind für Tannhäuser: Maria, Elisabeth und Venus; sie werfen ihn von einer Welt in eine andere. Tannhäuser bewegt sich zwischen zwei Extremen: der sexuellen und der religiösen Ausschweifung. Venus steht für die Welt des Sinnlichen und Elisabeth für die der geistigen Reinheit. Zwischen diesen beiden Sphären hin und her gerissen, bemüht sich Tannhäuser, eine Vereinigung zwischen beiden Extremen herbeizuführen.

Liebe in der Oper

Als Opernbesucher fragt man sich immer wieder, ob in den Liebesszenen mehr steckt als nur Schauspielkunst. Empfinden die Darsteller mehr als nur das vom Autor Vorgegebene? Aus meiner Erfahrung gesprochen: JA! Die Darsteller empfinden mehr, vielleicht nicht in dem gewöhnlichen Sinn, der oft in den Vorstellungen der Öffentlichkeit existiert. Aber die dramatische Wirkung der Musik und des Augenblicks kann den Darstellern eine echte, tiefgreifende sinnliche Empfindung bescheren.

Je nachdem, glücklicher- oder unglücklicherweise, gibt es auf der Bühne viele Ablenkungen, und das Geschehen bleibt daher in den Grenzen des

Zulässigen. Manchmal sind diese Grenzen jedoch weit gesteckt. Das Ende des ersten Aktes der WALKÜRE gipfelt aber oft in einem berauschenden Höhepunkt, der durch das Fallen des Vorhanges dem Auditorium vorenthalten wird. Folgte man der musikalischen Beschreibung, müßte man auch das Zusammentreffen der entrückten Liebenden ›Tristan‹ und ›Isolde‹ im zweiten Akt am besten in totaler Finsternis aufführen.

Einsätze, physische Belastungen und künstlerische Bedenken sind dafür verantwortlich, daß einige Liebesszenen oft hinter dem zurückbleiben, was sie versprechen. Auch Partner, die eine echte Stimmung dadurch verderben, daß sie Zwiebelbrote essen, nach Knoblauch riechen oder den Bühnenschweiß nicht mit den richtigen Maßnahmen bekämpfen, dämpfen natürlich die Euphorie. Da fällt mir auch die hübsche Sopranistin ein, die sich genau dann ihre Kehle freihusten wollte, als man sie küssen mußte. Die zarten Umarmungen auf der Bühne, die Küsse und die dargestellte Liebe sind nicht »wirklich«, aber das bedeutet nicht, daß die Darsteller nicht manchmal doch das fühlen, was man vom Auditorium her sieht oder erwartet. Gäbe es nicht das Hindernis der offenen Bühne, die Schwierigkeiten der musikalischen Anforderungen und auch den guten Geschmack der Künstler selbst, käme es sicherlich zu sehr viel mehr und zu wesentlich ausdrucksstärkeren, gefühlvolleren Reaktionen. Viele Künstler sind von den Charakteren, die sie darstellen, tatsächlich begeistert und auch erregt, wenn nicht sogar besessen. Viele Sopranistinnen werden auch schon vor der Vorstellung in ihren Garderoben von ihren Partnern heiß begehrt. Das ist verständlich, denn sie vermitteln durch perfektes Make-up, aufreizende Kostüme und die zusätzliche Stimulanz der musikalischen Erwartung einen Zauber, aus dem leicht eine sexuelle Phantasie entspringt. Natürlich ist es unfair, die Situation der Durchschnittsfrau mit dieser spannungsgeladenen Umgebung zu konfrontieren, in der der Körper auf die erhöhte Durchblutung, den erhöhten Hormonausstoß und die Konzentration, die man braucht, um ein künstlerisches Niveau zu halten, reagiert. Aber gerade das ist das Feuer, das so vielen Künstlern schon zu großartigen Vorstellungen verholfen hat. Nur das Spiel mit diesem Feuer und mit den ihm zugeordneten Emotionen ist eben gefährlich. Selbst wenn man nur spielt und darstellt, passiert es doch oft, daß dieses Spiel Konsequenzen hat, die weit über das Ende der Vorstellung hinausreichen.

Vor allem Richard Wagner macht es auch den Darstellern nicht gerade leicht, ihre Gefühle während einer Aufführung unter Kontrolle zu haben. Ich erinnere mich an eine Aufführung von TRISTAN UND ISOLDE, in der die Szene so romantisch gebaut, der Partner so hübsch und die Musik so hypnotisch war, daß ich ganz einfach meinen Einsatz vergaß. Ein Fehler, den mir sogar der Dirigent vergeben hat. Der Effekt von Wagners Musik ist die Ursache für die Spekulation: »War Richard Wagner im Bett nur halb so gut wie seine Musik andeutet, muß er ein Gigant gewesen sein.« In seiner Musik findet sich aber auch eine unerfüllte Sehnsucht, die so sehr dominierend ist, daß ich doch glaube, daß er sich eher dem Feuer der Seele hingab als sexuellen Ausschweifungen.

Viele Schriftsteller haben das Thema »Sex und Sänger« auch schon auf eine sehr vulgäre Ebene gebracht. Da gibt es die Geschichte, in der die Frau eines Tenors enthüllt, daß ihr Mann weder vor noch nach einer Aufführung Sex haben kann, aber leider singt er dreimal pro Woche. Athleten stehen vor dem gleichen Problem, auch sie werden oft vor bedeutenden Wettbewerben ›kaserniert‹. Ich kann in dieser sehr persönlichen Angelegenheit des Sängerlebens leider keine Einblicke eröffnen, aber eines ist sicher: Niemand kann gut auftreten oder kämpfen, wenn er sich überißt, verausgabt oder übertreibt. Der Maßstab dafür ist aber in jedem Fall individuell. Hätte ich aber tatsächlich alle Affären gehabt, die man mir mit Kolleginnen andichtete, dann wäre mir auf keinen Fall Zeit geblieben, auch nur eine Aufführung zu singen. Aber es macht wahrscheinlich auch den Fans und Zuhörern Spaß, das künstlerische und private Leben der Sänger zu vermischen und dabei so weit zu gehen, wie es dem auf der Bühne dargestellten Ausdruck entspricht.

Um meine Rollengestaltung zu unterstützen, zeigte mir Wieland ein bemerkenswertes Buch mit Hunderten von Fotografien von Gesichtern, Statuen und Zeichnungen; sie alle zeigten das menschliche Gesicht in einem Zustand der Ekstase. Der Grund dieser Extase aber war nicht bekannt, er konnte religiös motiviert sein oder sinnlich oder andere Ursachen haben. Die Unterschiede waren unwichtig und kaum zu erkennen. Auch Tannhäusers Ekstasen waren voneinander kaum zu unterscheiden. Der abrupte Wechsel zwischen extremem Bereuen und sinnlicher Selbstaufgabe bilden eine Rolle, die nicht nur herausfordernd ist, sondern es praktisch unmöglich macht, sie in allen Dimensionen darzustellen.

Wieland arbeitete mit mir wie besessen von früh bis abends. Nach einer langen Probe lud er mich zu Erfrischungen nach Wahnfried. In den ruhigen, kühlen Räumen des renovierten Hauses setzten wir unsere Diskussion über TANNHÄUSER fort. Das Haus war ein ansprechender Rahmen. Die Veränderungen, die Wieland in Wahnfried hatte durchführen lassen, um eine seinen Vorstellungen entsprechende Arbeitsstätte zu schaffen, wurden später als für diese heiligen Hallen unadäquat angesehen. Nach seinem Tod wurde das Haus in der ursprünglichen Form wiederhergestellt und als Museum umfunktioniert. Wielands Wahnfried aber war beeindruckend und anregend gleichermaßen. Offene Halbbögen bildeten mit weißen, modernen Wänden eine Art Studio und insgesamt eine Umgebung, von der ich glaube, daß sie auch Richard Wagner gefallen hätte.

Meine fünf Arbeitstage mit Wieland Wagner waren in jeder Hinsicht fruchtbar. Am letzten Probentag übersiedelten wir auf die Hauptbühne des Festspielhauses. Wieland Wagner saß im abgedunkelten Auditorium, und wir probten den endgültigen Durchlauf. Mit Ausnahme einiger kleiner Korrekturen war unsere neue Version so weit gediehen, daß wir mit der übrigen Besetzung weiterproben konnten. Ich verließ also Bayreuth und wußte nicht, daß meine letzte Begegnung mit Wieland bereits stattgefunden hatte.

Wieland wurde kurz nach unseren Proben in ein Münchner Krankenhaus eingeliefert. Alle sandten ihm Genesungswünsche und waren sicher, daß er rechtzeitig für die nächste Probenserie nach Bayreuth kommen würde. Er kam nicht und versuchte noch, mit Hilfe seiner »rechten Hand«, Peter Lehmann, die Proben aus dem Krankenhaus zu leiten. Um die Arbeit sinnvoll weiterzuführen und alle Änderungen in der Regie auch der übrigen Besetzung verständlich machen zu können, hätten wir Notizen der Probenarbeit gebraucht. Peter Lehmann nahm nun meine persönlichen Notizen zu Hilfe. Ich hatte mir tatsächlich sorgfältige Aufzeichnungen von allen Regieanweisungen gemacht, die Wieland nun mit Lehmanns Hilfe in die Probenarbeit einbrachte. Natürlich waren sich nicht alle Darsteller der ursprünglichen Besetzung ganz sicher, ob die Änderungen tatsächlich aus Wielands Hand stammen würden. Durch seinen ständigen Kontakt mit Lehmann wurden jedoch alle Zweifel geklärt und seine Absichten auf der Bühne realisiert.

Die Besetzung, der Dirigent und der Chor bemühten sich in einer einmaligen Zusammenarbeit, Wielands letzte Regiearbeit zur Blüte zu bringen. Selbst die Premiere war

Bei den Proben zu Tannhäuser, 1966 in Bayreuth:
Jess Thomas, Anja Silja und Peter Lehmann. (42)

aufregender als üblich, Wieland rief mich jeweils während der Pausen aus dem Krankenhaus an, und sogar mein Kollege Wolfgang Windgassen benützte sein Autotelefon, um mir mitzuteilen, daß die Radioübertragung ausgezeichnet ankam. Windgassen hatte mir selbst einige wichtige Hinweise gegeben, wie ich die schwierigsten Passagen der Rolle überwinden könnte. Er empfahl mir, niemals alle Ensembles im zweiten Akt zu lernen, denn dann würde man von mir erwarten, diese langen Passagen auch zu singen. Er verriet mir auch einen seiner Tricks für die äußerst schwierigen »Erbarm dich mein« – Rufe. Schon zu Beginn sollte ich in die Rufe einige gut geplante und vorgetragene Schluchzer als stimmliche Gemütsausbrüche einbauen. Die Zuhörer sollten am Ende des Ensembles ungewollt auftretende Ausbrüche auch für beabsichtigt halten. Sein Kommentar während der Aufführungspausen war äußerst ermutigend. Für mich schien es, als

Wolfgang Windgassen

Als ich nach Europa kam, war Wolfgang Windgassen der anerkannte König der Heldentenöre. Diesen Titel hatte er nicht nur erarbeitet, sondern auch ererbt, denn sein Vater war Kammersänger Fritz Windgassen, der selbst lange Zeit als einer der führenden Heldentenöre in Deutschland galt. Ich traf den stattlichen alten Herrn oft in Stuttgart und Bayreuth und hatte die Gelegenheit, mich mit ihm lange zu unterhalten und ihm meine Bewunderung auszudrücken. Er erzählte mir eine nette Geschichte über das Debüt seines Sohnes Wolfgang in Stuttgart, seiner und seines Sohnes Heimatbühne. Wolfi, wie er im Freundeskreis genannt wurde, war wie jeder Tenor vor der Premiere nervös und verwechselte dann katastrophalerweise die erste »Phrase« des ›Lohengrin‹ mit dem Abschied in der Schlußszene. Er sang schon zu Beginn »Mein lieber Schwan, ach diese letzte traurige Fahrt...« Die Aufführung endete aber ohne jedes weitere Debakel und wurde sogar zu einem enormen Erfolg. Vor der nächsten Aufführung sandte Fritz Windgassen folgendes Telegramm an seinen Sohn: »Mein Sohn, das Stück fängt an ›Nun sei bedankt mein lieber Schwan‹ Herzlich, Dein Vater Parsifal.« Die Tradition dieser Künstlerfamilie, die auf dem Gebiet der Oper schon soviel geleistet hat, wird nun durch Wolfis Sohn Peter fortgesetzt, der ein bekannter Regisseur wurde.

An Wolfgang Windgassens Karriere waren Ferdinand Leitner, Prof. Erich Schäfer und Wieland Wagner beteiligt. Sie ermutigten, schulten und förderten die Talente eines jungen, großen, aber dünnen Wolfi, der sich nach den Wirrnissen des Zweiten Weltkrieges als eine der wenigen Hoffnungen für einen Heldentenor in Deutschland erwies. Wolfi vertraute mir selbst an, daß seine Aussichten nicht vielversprechend waren, denn er war unterernährt, und seine Stimme war genauso dünn wie seine Statur. Beide sollten sich aber rasch entwickeln, und unter Leitners musikalischer Leitung, mit Schäfers Unterstützung und Wieland Wagners Inspiration wurde er die treibende Kraft als Heldentenor in den frühen Jahren Bayreuths und das Rückgrat des bekannten Ensembles der Stuttgarter Oper.

Sein Repertoire war natürlich keineswegs nur auf Wagner-Rollen beschränkt und schloß sowohl die meisten jugendlichen Heldentenorrollen sowie ›Othello‹ und Rollen in Verdi-und Strauss-Opern ein. Ich sang auch oft mit Wolfis Frau, der bekannten Starsopranistin der Stuttgarter Oper, Lore Wissmann. Wenn man einen Mann nach der Wahl seines Partners beurteilen kann, dann muß Wolfi sowohl Held auf der Bühne, wie auch zu Hause gewesen sein. Mit Wolfi verband mich eine lange, intensive Freundschaft, und sowohl meine Erfahrungen als auch die vieler Kollegen reflektieren Wolfis Eigenschaften als großartigen Kollegen, sanften, generösen und begabten Mann, der es zuwege brachte, die häufig mißinterpretierte Bezeichnung Heldentenor in ein neues, dem 20. Jahrhundert entsprechendes Licht zu rücken. Sein männliches, kraftvolles Auftreten, seine große Kunst und Musikalität erlaubten es Wieland Wagner, ihn als idealen Wagner-Helden zu präsentieren, der weder unnötiges Gewicht noch falsche Sentimentalität oder Starallüren auf die Bühne brachte.

Während ich mit ihm in Paris, wo er Tristan inszenierte, arbeitete, bat er mich, für ihn in Stuttgart als Tristan einzuspringen. Ich stimmte erfreut zu und forderte ihn lachend auf, eine Provision für die zu erwartende Gage festzusetzen. Seine Forderung lautete: »Aber gar nichts, Jess, nur eine Kiste Champagner!« Ich erwies mich nicht gerade als gewissenhafter Schuldner und verabsäumte diese Provisionszahlung für lange Zeit. Eines Tages aber, als ich gemeinsam mit Wolfi in Wien arbeitete, wo er als ›Orlovsky‹ in der FLEDERMAUS seine letzte Fernsehaufzeichnung machte, erinnerte ich mich an unsere Abmachung und ließ eine Kiste Champagner in das Studio bringen. Er rief mich an und wir trafen uns kurz darauf, wobei ich ihn an den Grund meiner »Zahlung« erinnern mußte. Kurz vor der Premiere von TRISTAN UND ISOLDE im Jahr 1974 in San Francisco starb Wolfi plötzlich nach kurzer Krankheit und einer sehr erfolgreichen Periode als Direktor der Stuttgarter Oper. Kurt Herbert Adler trat vor der Premiere vor den Vorhang und gab den Tod unseres Freundes bekannt, der im Jahr 1971 in San Francisco großen Erfolg als ›Tristan‹ hatte. Adler erinnerte das Publikum an diesen großen Künstler und widmete die Vorstellung Wolfgang Windgassen. Auch seine Beerdigung entsprach ganz dem Stil dieses großen, aber einfachen Mannes und wurde im privaten Familienkreis abgehalten. Er wurde in einem schlichten, aber eleganten Eichensarg bestattet. Auch er selbst war eine Eiche in der Welt der Oper, die viel zu früh gefallen war, an die sich aber viele Opernfreunde und zukünftige Opernliebhaber erinnern werden.

Natürlich war ich geehrt, von Prof. Schäfer sowie einigen Kritikern als »Nachfolger« Windgassens bezeichnet zu werden. Das war ich aber nicht. Kein Sänger kommt nach einem anderen oder ersetzt einen anderen. Windgassens Platz in der Operngeschichte bleibt einzigartig und leer. Er war aber für mich eine Inspiration und, was wohl wesentlich wichtiger ist, ein Freund.

ob Gott und die Welt diese Aufführung miterlebten oder im Radio gehört hätten und sie allen gefallen hatte. Ich wurde in meine neue Laufbahn als Heldentenor gestoßen.

Im Auditorium saß auch ein sehr junger Dirigent, mit dem ich später zusammenarbeiten sollte: James Levine. Damals verließ ich Bayreuth mit Levine, um zur Stätte seines späteren Wirkens zu gehen und dort meine neue Rolle zu präsentieren. In der Zwischenzeit war ich mir schweren Herzens bewußt geworden, daß mein Freund und Förderer Wieland Wagner ernster erkrankt war, als wir ursprünglich angenommen hatten.

In New York angekommen, fand ich heraus, daß Bing und Adler hinter meinem Rücken meinen Terminkalender so verändert hatten, daß es mir auch möglich war, während meiner Aufführungsserie an der Met in einer neuen Inszenierung des TANNHÄUSER in San Francisco mitzuwirken. Natürlich hatte ich die Möglichkeit, die Pläne nach meinen Wünschen zu verändern, oder mich zu widersetzen, doch ich freute mich, meinen neuen TANNHÄUSER, mit dem ich bereits so erfolgreich war, auch in San Francisco präsentieren zu können. Zu diesem Zeitpunkt hatte ich schon zugestimmt, in einer neuen Inszenierung von TRISTAN UND ISOLDE im Jahre 1967 unter Wieland Wagner in San Francisco aufzutreten. Ein TANNHÄUSER vor dieser Premiere schien aber durchaus attraktiv. Paul Hager war der Regisseur und Horst Stein der Dirigent. Meine Partner waren Regine Crespin als ›Elisabeth‹, Janis Martin als ›Venus‹ und Thomas Stewart als ›Wolfram‹. Mit so erfahrenen Kollegen, die gleichzeitig noch gute Freunde waren, konnte ich es schon riskieren, die verkürzte Probenzeit in Kauf zu nehmen. Innerhalb von sechs Tagen, die noch in meinen dichtgedrängten Terminkalender eingeschoben werden konnten, waren alle Vorbereitungen und Proben inklusive der Generalprobe abzuwickeln.

Das Team mußte während dieser Probenzeit harte Arbeit leisten, aber endlich ging auch die überlange Generalprobe, die bis zum Morgengrauen des nächsten Tages dauerte, vorbei. Ich setzte mich in mein Auto und fuhr in mein Haus in Napa County, wo ich gerade rechtzeitig zum Frühstück eintraf. Um ungefähr 10 Uhr läutete das Telefon, Paul Hager weckte mich mit einer schrecklichen Nachricht. Als langjähriger Assistent von Wieland Wagner wollte er, daß ich die Nachricht von Wielands Tod nicht aus dem Radio, sondern aus seinem Mund erführe. Er versuchte auch, den Schmerz, den diese Mitteilung hervorrief, zu lindern. Es war der Premierentag des TANNHÄUSER in San Francisco und der Schock, den die Todesnachricht meines Freundes und Förderers hervorgerufen hatte, saß tief. Einige Stunden später war ich wieder unterwegs, um zur Premiere des TANNHÄUSER zu fahren.

In der Aufführung selbst war ich müde, aber auch durch die Ereignisse aufgewühlt. Ich zweifelte, ob ich die gesamte Vorstellung durchstehen würde. Ich konzentrierte mich auf die Musik und die große Aufgabe, die vor mir lag. Nachdem ich mein letztes »Heilige Elisabeth, bitte für mich« gesungen hatte, fiel ich auf die Bühne, meine Fäuste waren verkrampft, und ich erfaßte den Verlust meines Freundes Wieland in voller Tragweite. Langsam löste sich die Verkrampfung meiner Hände, Tannhäusers Erlösung und Tod gaben mir Gelegenheit, mich auszustrecken. Die Arme und der gesamte Körper entspannten sich, und die bis zu diesem Zeitpunkt zurückgehaltenen Tränen rannen über mein Gesicht.

Selbst die Kritiken, wie beispielsweise jene im San Francisco Chronicle, drückten diesmal genau das aus, was viele von uns empfanden: »Tannhäuser: Ein wunderbarer Tribut an Wieland Wagner, den Enkel des Komponisten.« Immerhin waren alle Hauptdarsteller, der Regisseur und der Dirigent durch lange Jahre mit Wieland Wagner verbunden gewesen.

Richard Wagner, Tannhäuser, 1973. San Francisco.
Jess Thomas und Leonie Rysanek. (43)

». . . Tannhäuser ist der typische manisch-depressive Charakter.«
Jess Thomas, 1973. San Francisco. (44)

Im Jahre 1967 kehrte ich für eine Wiederholungsserie der Wieland-Wagner-Inszenierung nach Bayreuth zurück. Gleichzeitig sang ich die Partie in Wien, in der Inszenierung Herbert von Karajans. Diesem Engagement waren einige Verhandlungen vorangegangen. Nach meinem Erfolg im Jahre 1965 in LOHNENGRIN trat Egon Hilbert, der Direktor der Wiener Staatsoper, an mich heran und fragte, in welcher Inszenierung ich am liebsten auftreten wollte. Da ich wußte, daß ich TANNHÄUSER in Bayreuth singen würde, wünschte ich mir eine neue TANNHÄUSER-Inszenierung. Hilbert war entgeistert und beteuerte mir, daß Karajans Inszenierung, die noch nicht alt war und enorm viel gekostet hatte, keineswegs abgelöst werden könnte. Das zuständige Ministerium für Unterricht würde einer Neuinszenierung innerhalb von so kurzer Zeit nie zustimmen. Trotz allem interessierte er sich dafür, wer meiner Meinung nach dirigieren und inszenieren sollte. Ich wünschte mir natürlich Wieland Wagner und als Dirigenten Georg Solti. Er sah mich groß an und meinte, daß das Projekt in dieser Zusammensetzung durchaus Chancen hätte. Im Ministerium wünschte man sich schon seit langem eine Zusammenarbeit mit Solti. Sollte dieser einem TANNHÄUSER-Projekt zustimmen, würde man im Ministerium kaum ablehnen können. Die Wiener Staatsoper wandte sich daraufhin an Solti, der äußerst interessiert war und sofort nach Details der Besetzung und nach dem Regisseur fragte. Als er die Namen Wieland Wagner und Jess Thomas hörte, lehnte er sofort ab. Damit war das Projekt gestorben. Trotz allem siegte die Gerechtigkeit. Kurz vor Wielands Tod erhielten wir von Solti selbst eine Einladung, in Covent Garden einen neuen TANNHÄUSER herauszubringen. Auch dieses Projekt konnte nicht mehr realisiert werden. Nach Wielands frühzeitigem Tod änderte Solti seine Pläne; die MEISTERSINGER wurden anstelle von TANNHÄUSER neu inszeniert.

TANNHÄUSER brachte mich auch im Jahre 1973 wieder zurück nach San Francisco. Diesmal gemeinsam mit Leonie Rysanek und Marita Napier. Wiederum begann eine anstrengende Probenarbeit mit Paul Hager, an die ich mich aber trotzdem gerne erinnere. Trotz allem legten mich diese Proben nahezu lahm. In einer großen Halle der San Francisco Opera, in der die Proben auf einer improvisierten Bühne abgehalten wurden, arbeiteten wir an der Szene Venus/Tannhäuser im ersten Akt. Paul und Marita beugten sich über mich, wobei er ihr seine Vorstellungen begreiflich machen wollte. Beide umarmten mich mit einer Hand und stützten sich mit der anderen ab. Da die Arbeit an dieser Szene sehr lange dauert, lag ich ganz entspannt auf dem Rücken und hatte die Augen geschlossen. Plötzlich verloren Paul und Marita ihr Gleichgewicht und stürzten auf meine Brust. Mich durchzuckte ein schrecklicher Schmerz, und ich konnte nicht mehr atmen. Mein Brustkasten war sichtbar deformiert. Sofort brachte man mich zu einem Arzt, der eine Rippenprellung feststellte. Man verpaßte mir einen stützenden Verband, den ich während der gesamten anstrengenden Probenarbeit bis zur Premiere in einer Woche zu tragen hatte. Mit diesem Verband konnte ich kaum arbeiten, jede Bewegung war schmerzhaft. Bei der Rollengestaltung war das allerdings möglicherweise hilfreich, Tannhäusers Schmerzen wurden mir auf drastische Art und Weise näher gebracht. Ich hatte also meine Grenzen zum Teil erkannt. Während ich immer in der Lage war, mit meiner Heldenbrust selbst den fülligsten Sopran zu tragen, zeigte sich, daß ein Regisseur als Zusatzlast denn doch zuviel war.

Viele sehr erfreuliche TANNHÄUSER-Aufführungen gab ich im Münchner Nationaltheater in den Jahren 1974 bis 1976. In einer dieser Aufführungen saß dann auch mein Freund Peter Hofmann, der zu diesem Zeitpunkt schon in Bayreuth aufgetreten und gerade auf dem Weg war, der führende Wagner-Tenor zu werden, der er heute ist. Das Wiedersehen mit einem anderen bekannten Künstler, der meine Bayreuther TANNHÄUSER-Premiere mehr als ein Jahrzehnt vorher beobachtet hatte, brachte meine Rückkehr an die Metropolitan Opera mit einer neuen Schenk-Schneider-Siemssen-Inszenierung: James Levine, inzwischen ein bemerkenswerter Wagner-Dirigent geworden, leitete die Aufführungen, in denen ich gemeinsam mit Teresa Zylis-Gara und Bernd Weikel auftrat. Diese Aufführung ging mit der Metropolitan Opera auch auf Tournee und wurde in Memphis, Dallas,

Minneapolis und Philadelphia gezeigt. Meine Partnerin als ›Elisabeth‹ war dabei wiederum Leonie Rysanek.

Man sagt, viele Wege führen nach Rom, mein Weg zu den schweren Wagner-Partien führte jedenfalls über TANNHÄUSER. Der Weg war oft in jeder nur erdenklichen Art steinig. Selbst in abstrakten Bühnenbildern kroch ich oft auf meinem Weg von und nach Rom über viele verstreute Nägel. Einmal lief ich im dritten Akt in einer Aufführung barfuß, um meine letzten verzweifelten Rufe an Venus zu richten. Meine Ekstase erreichte einen natürlichen Höhepunkt, als ich auf eine große Heftzwecke trat, die ich mir fest in die Fußsohle stieß. Glücklicherweise paßte es zur Darstellung meines Deliriums, in Ekstase an meine Füße zu greifen, die Heftzwecke herauszureißen und sie in Richtung Auditorium zu schleudern, wo der Schleiervorhang den Wurf abfing. Die Zuschauer merkten nichts von dem Zwischenfall.

Mit meinem erfolgreichen ›Tannhäuser‹ war der Sprung in das Fach des Heldentenors gelungen. ›Tannhäuser‹ ist eine Rolle, die ich immer lieben werde und die für mich in jeder Hinsicht günstig ist. Ich fühle mich zu ihr hingezogen. Es ist eine Partie, in der nicht wie in anderen Wagner-Opern der Sopran in letzter Sekunde auftritt, die Schlußworte singt und den Applaus auf sich konzentriert. Zu meinem größten Bedauern wurde Wieland Wagners Plan, unseren TANNHÄUSER zu filmen, nicht mehr realisiert. Seinem Rat, nach ›Tannhäuser‹ TRISTAN einzustudieren, folgte ich allerdings bald.

Tristan und Isolde

Als ich vor meiner Karriere in Kalifornien begann, mit Otto Schulmann zu arbeiten und mich dafür entschied, Sänger zu werden, besorgte ich mir die Noten von drei Werken: Schuberts WINTERREISE, Verdis OTHELLO und Wagners TRISTAN. Ich war sicher, daß ich mit diesen drei Werken drei Sterne gewählt hatte, die zu den hellsten gehören, die ein Tenor in seiner Krone tragen konnte.

Ich kann ohne Übertreibung behaupten, daß meine Karriere in den Jahren 1965/1966 in ganz außergewöhnlicher Weise mit Wieland Wagner verbunden war. Wir hatten zum Zeitpunkt seines Todes Pläne und Verträge für zwölf neue Inszenierungen auf sieben der weltgrößten Bühnen. Nach seinem Tod wurden dann nur drei dieser Projekte, wenn auch verändert, realisiert. Der für Covent Garden geplante TANNHÄUSER wurde durch die MEISTERSINGER, der für Wien geplante RING, der mit der WALKÜRE beginnen sollte, wurde durch TRISTAN UND ISOLDE ersetzt, nur in San Francisco wurden die mit Wieland Wagner gemachten Pläne nicht verändert, es blieb bei TRISTAN.

Ich hatte geplant, TRISTAN beim Bayreuther Gastspiel in Osaka als eine Art Vorprobe für die Inszenierung in San Francisco zu übernehmen. Kurt Herbert Adler hatte Paul Hager, der intensiv mit Wieland Wagner gearbeitet hatte, als Regisseur und Horst Stein als Dirigent engagiert. Ich war natürlich verunsichert, nun meinen ersten ›Tristan‹ ohne Wieland zu versuchen, immerhin war er es, der mich durch Jahre hindurch gedrängt hatte, die Rolle zu übernehmen.

Als mir Wieland im Jahre 1961 zum erstenmal sagte, daß er einen neuen, jungen Tristan engagieren wollte, bot er mir gleichzeitig an, alle nur vertretbaren Striche in der Partie vorzunehmen. Damit wollte er mir die Rolle schmackhaft machen. Weiter bot er an, eine Bühne zu besorgen, auf der ich die Partie vor meinem Auftritt in Bayreuth erproben konnte. Er wünschte sich, daß ich pro Tag eine Seite der Partie lernen sollte und drängte auf meine feste Terminzusage für eine Premiere. Ich gab ihm gegenüber zu, daß ich mit solcher Ehrfurcht vor der Aufgabe stand, daß ich mich praktisch paralysiert fühlte. Daraufhin antwortete er erstaunt: »Aber Thomas, das ist doch nur eine Oper!« Der Enkel Richard Wagners beruhigte mich mit dem Hinweis, TRISTAN wäre »nur eine Oper«. Für mich bedeutet das Werk zwar mehr, aber ein großer Mann hatte mich so auf den Boden der Realität zurückgebracht. Meine Liebe zu dieser gigantischen Musik und der Gedanke, mit Wieland zusammenzuarbeiten, besiegten meine Ängste, so daß ich mit der Rollenvorbereitung begann. Nun, nach Wielands Tod mußte ich diese gigantische Aufgabe allein in Angriff nehmen. Natürlich stand ich auch jetzt in meinen Bemühungen nicht ganz verloren da. Adler war stets hilfreich und versuchte, alles in seiner Macht Stehende zu tun, um mir gute Arbeitsbedingungen zu schaffen. Er ermöglichte mir zusätzliche Proben und Proben vor Saisonbeginn, bei denen sowohl Regisseur wie auch Dirigent und die Isolde anwesend waren. Adler erwies sich als genial in seinen überraschenden Rollenbesetzungen. Neuen Ideen stand er immer offen. Lange vorher hatte er sich mit mir über die Besetzung der Isolde unterhalten. Dabei schlug ich den Sopran vor, den Wieland für Bayreuth gewünscht hatte: Irene Dalis. Dieser Vorschlag kam ihm entgegen, und er nahm Kontakt mit Irene auf. Wieland Wagner hatte Irene Dalis durch die großartige Martha Mödl, die selbst zwischen Mezzo- und Sopranrollen hin und her gependelt war, empfohlen bekommen. Sie war eine berühmte und seit langem etablierte Mezzosopranistin an der Met und keineswegs überzeugt, daß sie diese Herausforderung annehmen konnte. Nun stand sie vor der Entscheidung. Sicherlich hatte sie Lady Macbeth mit großartigem Erfolg gesungen, aber auch Kundry, Venus, Ortrud, und es tat mir schon leid, sie in diese schwierige Lage gebracht zu haben. Ich freute mich aber doch, als sie das Angebot annahm und dadurch zu meiner ersten Isolde wurde. Ich fühlte, daß ihre Stimme für diese Rolle genau richtig war: warm, mit einer großen Palette von ausdrucksvollen Schattierungen. Paul Hager bemühte sich, eine Inszenierung zu schaffen, die sich unseren eigenen, aber auch Wielands Erwartungen als würdig erweisen konnte. Seine Proben waren so intensiv, aber auch so erfreulich, daß mich die gesamte Atmosphäre in San Francisco sehr an Bayreuth erinnerte.

Bei jeder Probenarbeit gibt es natürlich Strapazen, Nervenanspannung und Aufregungen, wie sie eben im Bühnenbetrieb besonders bei der Schöpfung von neuen Inszenierungen unvermeidbar sind. In unserem Falle gab es zwei Debütanten, die natürlich besonderem Streß ausgesetzt waren, Irene und mich. Die übrige Besetzung hätte unseren Bemühungen um die Gestaltung der Rollen nicht hilfreicher gegenüberstehen können. Mignon Dunn, Chester Ludgin und Joseph Greindl hatten weitere Partien übernommen. Die übliche Nervosität, die vor der Premiere ihren Gipfel erreichte, wurde dadurch noch gesteigert, daß Irene Dalis' Vater kurz vor der Premiere starb. Jedermann hätte eine Absage verstanden. Als Profi sang sie die Premiere jedoch mit großer Hingabe.

Hager hatte mir tatsächlich geholfen, meinen ersten ›Tristan‹ zu realisieren. Die Rolle wurde so, wie ich sie mir immer vorgestellt hatte. Obwohl ich zu diesem Zeitpunkt erst die Oberfläche der vielen Gestaltungsmöglichkeiten dieser Partie berührt hatte, fand meine Interpretation des neuen TRISTAN große Anerkennung von Kollegen, Publikum, Presse und auch der Direktion.

Adler muß ich jedenfalls für seine Hilfeleistung während der Vorbereitungen zum TRISTAN in San Francisco dankbar sein. Selbst nach der Generalprobe kam er in meine Garderobe, nahm mich am Arm und sagte begeistert: »Jess, selbst wenn diese Aufführung nie auf die Bühne käme, für mich alleine war die Interpretation heute abend die gesamte Arbeit wert.«

Einige Wochen später flog ich nach Wien, um in einer weiteren Neuinszenierung von TRISTAN aufzutreten. Diese Premiere hatte alle Voraussetzungen für einen Erfolg. Karl Böhm war als Dirigent engagiert, August Everding als Regisseur und Birgit Nilsson als Isolde. Günther Schneider-Siemssen entwarf eine verschwenderische Ausstattung, und Brangäne und Kurwenal wurden mit Ruth Hesse und Otto Wiener besetzt. Diese Inszenierung ersetzte den ursprünglichen Plan einer WALKÜRE unter Wieland Wagner. Birgit Nilssons Pläne waren noch auf DIE WALKÜRE abgestimmt, und sie stieß später zu den Probenarbeiten, da sie in WALKÜRE erst im zweiten Akt aufzutreten hat. Meine Probenarbeit mit Everding begann mit dem dritten Akt. Von Beginn an begrüßte ich seine intensive Arbeitsmethode. Er arbeitete an jedem Detail und wünschte sich als Gipfelpunkt meiner Fieberszene am Ende des dritten Aktes, daß ich eine zwei Meter hohe Mauer hinaufklettern und von dort auf den Boden stürzen sollte. Der Sturz sollte am Höhepunkt der Phrase »Verflucht sei, furchtbarer Trank« stattfinden. Diese Einlage brachte mir dann immer ein Raunen aus dem Publikum ein, und in einer Aufführung einen schmerzlichen eigenen Seufzer. Eben hatte ich meine Faust geballt und die Hände in eine angewinkelte Position gebracht, um den Sturz aufzufangen, als ich unvorbereiteterweise so fiel, daß ich mir die eigene Faust in den Kehlkopf stieß. Die nächsten Worte erklangen tatsächlich im Piano. Glücklicherweise erholte sich die Stimme, wenn sie auch während der nächsten Minuten noch etwas rauh klang.

Mit Karl Böhm hatte ich zuvor schon oft zusammengearbeitet, nie jedoch in TRISTAN. Böhm war krank gewesen und erschien relativ spät zu den Proben. Tatsächlich kam er so spät, daß er mit der Orchesterarbeit noch nicht fertig war, obwohl das Orchester schon für die Bühnenproben gebraucht wurde. Ich erwartete ihn schon voll Interesse, da ich den dritten Akt noch nie ungekürzt gesungen hatte, und unter Böhm nicht einmal einen Teil davon. Nicht einmal eine Klavierprobe hatte ich mit ihm und so erwartete ich spannungsgeladen den Beginn der Proben für den dritten Akt, um ihm meinen ›Tristan‹ zu präsentieren und seinen Kommentar zu hören. Böhm jedoch schien an meinem Gesang in keiner Art und Weise interessiert. Er arbeitete auch während der Bühnenproben hauptsächlich mit dem Orchester, das mit seinen Proben noch nicht fertig war. Sehr häufig unterbrach er wegen des Orchesters gerade am Höhepunkt der dramatischen Ausbrüche des Tristan. Ich hatte Szene um Szene zu wiederholen und zu wiederholen, wobei mein Gesang total ignoriert wurde. Dies führte zu einer gewaltigen Frustration meinerseits. Kurz vor einem Wutausbruch stehend, hörte ich plötzlich eine Stimme aus dem Auditorium: »Papi, das kannst du nicht immer wieder tun, der arme Jess muß mal durchsingen!«. Der Schauspieler Karl Heinz Böhm, der Sohn des Dirigenten, hatte die

Richard Wagner, Tristan und Isolde, 1967. Wien. (45)

Probe besucht und seinen Vater auf die untragbare Situation aufmerksam gemacht. Böhm hatte mich natürlich nicht absichtlich ignorieren wollen, lächelte und stimmte seinem Sohn zu. Er entschuldigte sich, und von diesem Zeitpunkt an sang ich meine Teile im dritten Akt ohne eine Unterbrechung. Böhms TRISTAN war ganz außergewöhnlich, viele Zuhörer und Kritiker waren der Meinung, er wäre unübertrefflich, und auch Böhm schien unsere Arbeit zu gefallen. In einem Interview in Music and Artists sagte er später in seinem unnachahmlichen Englisch: »American singers I like very much... Jess Thomas sang with me the first Tristan last year in Vienna. Very, very good.«

Nicht minder aufregend war die Zusammenarbeit mit Birgit Nilsson; es ist einfach wunderbar, mit einer so perfekten Kollegin zusammenzuarbeiten. Sie erscheint zu jeder Probe pünktlich, gut vorbereitet und ist immer in allerbester Stimmung. Allerdings ist es für keinen Tristan einfach, neben Birgit auf der Bühne zu stehen und gemeinsam mit dieser lebenden Legende, diesem Monument, zu singen. Man mußte sich schon bemühen, um dabei nicht vor Ehrfurcht zu erstarren. Birgit aber war viel zu sehr Künstlerin und auch Frau, um auch nur die Gefahr aufkeimen zu lassen, durch solche Gefühle die Qualität einer Aufführung zu gefährden. Sie war in jeder Phase kollegial und behandelte jeden Kollegen wie ihresgleichen.

Die Premiere des TRISTAN bildete eine der seltenen Ausnahmen in Wien: sie fand Zustimmung von allen Seiten. Sowohl Presse wie auch Zuhörer waren überschwenglich und schlossen die Sänger, den Dirigenten und die Inszenierung in ihren Beifall ein.

Die Nilsson – Natürlich eine Legende

Wir kennen Birgit Nilsson alle als die »Primadonna assoluta«, die Inkarnation der grimmig rächenden Brünnhilde, den nordische Giganten unter den Wagner-Heroinen. Mit den Spitzen ihrer mächtigen metallischen Stimme, die sie wie Raketen in den Himmel der Wagner-Welt und in die Herzen der Zuhörer schießen konnte, war sie für mehr als eine Generation von Opernliebhabern der Star schlechthin.

Welche Frau von Gegensätzen jedoch; diese imponierende große Künstlerin ist auch eine warmherzige humorvolle Frau, bei der man selbst den gewissen Sex-Appeal nicht vermißt. Eine Person, die all diese Eigenschaften, gepaart mit außerordentlicher Intelligenz und scharfem Humor besitzt, ist sicherlich für jeden Künstler der Idealfall der Bühnenpartnerin.

Birgit ist nicht zuletzt eine jener unendlich begabten Leute, die als echte Weltmeister der Schlagfertigkeit bezeichnet werden können. Sie hat immer das letzte Wort. Ihre Antworten gehören in die Kategorie der perfekten Pointen, die stets hundertprozentig ins Schwarze treffen. Operndirektoren, Dirigenten und Kollegen haben dafür gleichermaßen als Zielscheibe gedient. Birgits Pointen sitzen jedenfalls genauso sicher wie ihr hohes C. Eigentlich überflüssig zu erwähnen, daß Birgit auch in der gleichen Lautstärke zu pfeifen vermag, wie sie mit ihrer wunderbaren Stimme Spitzentöne zu singen versteht. Ich erinnere mich an einen Abend, an dem eine Künstlergruppe nach dem Ende einer Party in der Met versuchte, ein Taxi aufzuhalten. Meine eigenen, besten und gleichzeitig wildesten Anstrengungen versagten kläglich. Birgit aber sprang auf die Straße, hob an und brachte mit zwei Fingern im Mund einen Pfeifton hervor, der ungefähr die Hälfte aller Taxis am Broadway zum Stillstand brachte.

Diese Frau liebt fürchterliche Späße über alles. Anekdoten über Birgit sind berühmt. Ich erinnere mich an meinen Kollegen Wolfgang Windgassen, der gerne die Geschichte erzählte, in der er im letzten Akt des SIEGFRIED die schlafende Brünnhilde zu erwecken hatte. Vorsichtig hob er den Panzer von der liegenden Birgit, um darunter ein bekanntes Schild aus dem Hotel zu finden: »Please do not disturb.«

Ihre Lieblingsbeschäftigung während Isoldes Liebestod bestand zum Beispiel darin, an meinen Brusthaaren zu ziehen, um herauszufinden, ob ich als toter Tristan wirklich ruhig liegenbleiben konnte.

Birgit Nilsson hat sich – abgesehen von derartigen Späßen – immer in außergewöhnlicher Weise für ihre Bühnenpartner engagiert. Ich selbst sang zuerst mit ihr gemeinsam an der Metropolitan Opera in New York während der Weltausstellung von 1964 in AIDA und später in TURANDOT; es folgten Vorstellungen von FIDELIO, TRISTAN, SIEGFRIED, WALKÜRE und GÖTTERDÄMMERUNG. Gleich zu Beginn sagte sie mir eine große Zukunft im italienischen Fach voraus. Als sie hörte, daß ich die Partie des ›Tristan‹ angenommen hatte, fragte sie mich, ob ich nicht auch meinte, daß dies zu früh wäre und ich damit nicht meine Höhe gefährden würde. Trotz ihrer Bedenken war sie immer an meiner Seite und freute sich letztendlich nach unserem ersten gemeinsamen TRISTAN, einen, wie sie sagte, neuen *Spielgefährten* zu haben. Ich kann mich nicht erinnern, Birgit einmal zu einer Probe zu spät kommen gesehen zu haben. Sie ist der Inbegriff des Professionals schlechthin und als solcher auch immer bestens vorbereitet. Wieland Wagner machte ihr in meinen Augen ein großes Kompliment, indem er sagte: »Birgit wurde berühmt, bevor sie großartig wurde.« Er meinte damit, daß ihre Stimme allein so phänomenal war, daß dies für eine ruhmreiche Karriere genügt hätte, nicht aber für die Ansprüche, die Birgit selbst an sich stellte. Unablässig arbeitete sie an sich und an jeder Facette ihres Künstlertums, um eine der großartigsten Sopranistinnen aller Zeiten zu werden.

Als ich erfuhr, daß ich die Premiere von TRISTAN UND ISOLDE in Wien unter Karl Böhm mit Birgit Nilsson singen sollte, begann ich mir über diese Künstlerin Gedanken zu machen. Diese großartige Oper unter Karl Böhm, gemeinsam mit dem absoluten Ideal einer ›Isolde‹? Ich versuchte mir vorzustellen, wie dies sein würde. Was würde ich fühlen, sollte ich glücklich durch diese schwierige Rolle kommen und am Ende des dritten Aktes in Birgits Arme fallen und mein letztes »Isolde!« singen? Ich sollte es erfahren, der Augenblick kam. Ich stand den dritten Akt durch und Birgit, wunderbar anzusehen, eilte auf die Bühne, nahm mich in ihre Arme und wisperte in mein Ohr: »Mein Lieber, du schwitzt ja nicht einmal!« Spiel und Wirklichkeit liegen auf der Bühne eben sehr eng beisammen. Sie hatte mich mit einem Kommentar aus der Verzückung des TRISTAN auf die Erde zurückgebracht, um selbst einen phantastischen, der Welt scheinbar entrückten Liebestod zu singen.

An der Met hatte ich einmal Proben für eine TRISTAN-Aufführung vor Birgits Ankunft begonnen, der Regisseur verlangte für den zweiten Akt einen schwierigen Schritt, mit dem das Liebespaar von einer Bank auf eine erhobene Scheibe zu steigen hatte. Als Birgit nach ihrer Ankunft gefragt wurde, ob sie diese schwierigen Manöver in Angriff nehmen wollte, fragte sie sofort, was ich dazu gesagt hätte. Man gab ihr zur Antwort: »Natürlich, Jess macht das.« Daraufhin schaute sie sich die Szene nicht einmal mehr an und meinte nur: »Wenn er es macht, mach' ich es allemal.« In der gleichen Inszenierung wurden wir am Ende des ersten Aktes auf die Plattform hochgehoben. In einer Probe gab es dabei einige technische Schwierigkeiten, man unterbrach, hielt uns jedoch einige Meter über der Bühne im Finsteren auf der relativ kleinen, sehr unkomfortablen Scheibe gefangen. Birgit hatte zuerst geduldig stillgestanden, brüllte aber nach einiger Zeit, in der wir einander gegenseitig festgehalten hatten, nach unten: »Was ist los, Freunde, habt ihr uns vergessen? Es ist noch immer zu hell hier oben, um zu schlafen, und nicht finster genug für die Liebe. Also laßt uns gefälligst runter!«

Anläßlich der 100-Jahr-Feier der Metropolitan Opera im Jahre 1983 sind viele Künstler nach erinnernswerten Augenblicken gefragt worden. Schon bei dieser Gelegenheit hatte ich Birgit in meine persönlichen Erinnerungen an dieses großartige Opernhaus einbezogen, und mich an die gemeinsame Premiere der GÖTTERDÄMMERUNG erinnert. Birgit hatte sich bei einem Sturz zwei Tage zuvor ihre Schulter ausgerenkt, sie war von der Schulter bis zur Hüfte fest bandagiert, sogar ein Arm mußte fixiert werden. Sie war bedauernswert und hatte sicher arge Schmerzen. Dies alles war für Birgit aber kein Problem, sie demonstrierte einfach persönlich, aus welchem Holz Heroinen physisch und stimmlich geschnitzt sein müssen.

Meine Frau Violeta besteht übrigens darauf, nie eine schönere Frau auf der Bühne gesehen zu haben als Birgit während ihrer Verkörperung der ›Isolde‹ in Wien. Sie ist der lebende Gegenbeweis dafür, daß nur dicke Körper große Stimmen hervorbringen können. Birgit hat eine Idealfigur, war immer chic, ist nur mittelgroß, breitschultrig, hat reichlich Busen, schlanke Hüften und wohlgeformte Beine. All das zusammen verknüpft sie mit der Begabung, elegant zu gehen und als hervorragende Schauspielerin zu agieren.

Ich hatte das Vergnügen, viele RING-Produktionen und TRISTAN-Aufführungen mit ihr gemeinsam in den Opernhäusern von New York, Wien, London, San Francisco und anderen Städten zu singen. Wir gastierten auch mit FRAU OHNE SCHATTEN in Buenos Aires. Eines Tages probten wir TURANDOT an der Met. Ich faßte sie unbedacht sehr heftig während des Duetts im dritten Akt an, genau zu jenem Zeitpunkt, bei dem der berühmte »Atomkuß« kommt. Birgit flüsterte: »Vorsichtig, ich verliere meine Krone.« Damals wie auch heute kann ich nur versichern: »Meine Liebe, deine Krone hast du für ewig.«

Ich hatte das Glück, auch von der Presse als ebenbürtiger Partner Birgits bezeichnet zu werden. Egal, wie man das sieht, wir sollten als ›Tristan und Isolde‹ noch auf der ganzen Welt gemeinsam auftreten. Mit Birgit sang ich mehr Vorstellungen als mit allen anderen Darstellerinnen der Isolde. Vorderhand legte ich in meine Tristanserie eine Pause ein. Ich widmete meine freie Zeit in den Saisonen 1968/69 und 1969/70 dem Studium der für mich neuen Partien im Ring und akzeptierte daher keine Angebote für TRISTAN. Die nächste Neuinszenierung des TRISTAN fand erst im Jahre 1971 in Covent Garden unter Sir Georg Solti in der Regie von Peter Hall, mit Birgit und Ludmilla Dvorakova als alternierenden Isolden statt.

Diese Produktion war die letzte in Soltis Ära als Generaldirektor in Covent Garden. Die Leitung sollte dann von einem Triumvirat übernommen werden: John Tooley als administrativer, Peter Hall als künstlerischer und Colin Davis als musikalischer Leiter.

». . . es ist für keinen Tristan einfach, neben Birgit auf der Bühne zu stehen.«
Birgit Nilsson und Jess Thomas in Tristan und Isolde, 1967, Wien. (46)

Peter Hall, bis dahin Leiter des National Theater of Great Britain sowie Consulting Director der Royal Shakespeare Company, hatte schon einige Operninszenierungen hinter sich. Diese Arbeit war aber sein erster Versuch an einer Wagner-Oper.

Die Arbeit begann erneut mit Eifer, ja Inbrunst aller Beteiligten. Von der ersten Stunde an erfreute mich die Zusammenarbeit mit Peter. Er präsentierte sich als aufregender Regisseur, der sich bestens vorbereitet hatte. Die Arbeit wurde in szenischer Reihenfolge durchgeführt und, obwohl die Fortschritte im ersten und zweiten Akt gut waren, kosteten sie einen guten Teil der Zeit. Langsam merkte ich, daß bei dieser Arbeitsmethode keine Probenzeit mehr für den dritten Akt zur Verfügung stehen würde. Sofort schlug ich Alarm, und Peter stimmte mir zu und war einverstanden, sofort mit dem dritten Akt zu beginnen. Wir arbeiteten dann gemeinsam, und ich präsentierte ihm meinen Monolog im dritten Akt. Peter gab vorerst keinen Kommentar ab, die Probe endete ohne Diskussion. Wieder vergingen Tage, ohne daß ein weiterer Probenplan für den dritten Akt erstellt wurde. Nach einiger Zeit wandte ich mich in dieser Angelegenheit wieder an Peter, um Termine für eine Fortsetzung der Probenarbeit zu vereinbaren.

Der nächste Termin bestand dann in einer Einladung zum Tee, wobei er mir zu erklären versuchte, daß er meinen ›Tristan‹, wie er war, gut und seinen Wünschen entsprechend fand und er kein bißchen daran verändern wollte. Das wollte ich mir aber doch nicht gefallen lassen. Ich war nicht hier, um ihm meine Interpretation des dritten Aktes

Mit Ludmilla Dvorakova, Tristan und Isolde, 1971. San Francisco. (47)

unverändert zu überlassen. Immerhin hatte er im ersten und zweiten Akt so großartig gearbeitet, daß ich fand, er sollte auch dem dritten Akt seinen persönlichen Stempel aufdrücken. Er lachte und meinte, daß ihn unsere Situation an die Zeit erinnere, in der er zum erstenmal mit Sir Lawrence Olivier gearbeitet hatte. Auch damals hatte er gezögert, Sir Lawrence in einer bestimmten Szene Regieanweisungen zu geben, da er fand, daß diese Szene durch ihn bereits bestens ausgearbeitet war. Sir Lawrence machte ihm dann offensichtlich noch deutlicher als ich klar, sich schleunigst an die Arbeit zu machen und nicht länger auf der faulen Haut zu liegen.

Solti stellte für seine Londoner Inszenierung einige spezielle Anforderungen. Zuallererst wollte er absolut keine Striche in der gesamten Oper. Das war ungewöhnlich, selbst in Wien hatten wir zumindest einige Striche im zweiten Akt gemacht und die »Tag und Nacht«-Szene und damit zwanzig Partiturseiten, die etwa zwölf Minuten Musik entsprechen, eliminiert. In San Francisco hatten wir weitergehende Striche im dritten Akt, die ich schon für Wien zusätzlich lernen mußte. Ohne Zögern stimmte ich der ungekürzten Version zu, verlangte aber von Solti eine Garantie dafür, zwischen dem zweiten und dritten Akt eine Pause von 45 Minuten zu bekommen. Solti stand zu seinem Wort, er wartete in jeder Aufführung ungeduldig hinter der Bühne, um in der zweiten Pause dann darauf zu achten, daß ich die garantierten 45 Minuten, aber auch keine Sekunde mehr, bekam. Solti verlangte auch meine Zustimmung dafür, bei diesen Aufführungen auf den Souffleur zu verzichten. Er wollte die Bühne über den Souffleurkasten hin erstrecken, um das intime Gefühl während der sehr lyrischen Pianostellen zu verstärken. Auch diesem Wunsch Soltis stimmte ich zu, nachdem er mich seiner Hilfe bezüglich Stichworten während der langen und schwierigen Monologe im dritten Akt versichert hatte. Tatsächlich erwies es sich als sehr effektvoll, die Bühne so weit wie möglich zum Auditorium hin zu erstrecken. Besonders in den Duettszenen bescherte dieser verstärkte Kontakt zwischen Sängern, Dirigenten und dem Auditorium einen zusätzlichen Reiz.

Peter Hall und Solti arbeiteten harmonisch zusammen, und das ergab eine sehr schöne Inszenierung, mit vielen originellen und beeindruckenden Momenten. Allerdings war nicht jedes der vorgeschriebenen Manöver einfach auszuführen, so daß noch nach der Generalprobe Änderungen angebracht wurden. In einem Punkt erwies sich meine Ansicht, nach der Generalprobe keine Änderungen vorzunehmen, als richtig. Hätte ich sie nur befolgt! Mein Kostüm für den dritten Akt hatte an der Seite meiner Wunde einen Schlitz mit einem Klebeverschluß, den ich während meiner letzten Fieberausbrüche auseinanderreißen konnte. Peter fand nach der Probe, daß die Wunde durch eine Spur Blut angedeutet werden sollte, um sie für das Publikum besser sichtbar zu machen. In der Premiere war sie dann sichtbar, und wie! Die Kostümbildner hatten die Innenseiten meines Kostüms reichlich mit Blut getränkt. Als ich den Schlitz aufriß, fiel der blutgetränkte Teil des gesamten Kostüms nach vorn. Für die Zuschauer sah das aus, als ob ich mir die Eingeweide aus dem Leib riß. Ein besonders empfindlicher Mann im Auditorium konnte sich nicht zurückhalten, ich hörte deutlich das Wort »ekelhaft«.

Durch ein anderes Mißgeschick wurde ein weiterer, ansonsten sehr starker Bühneneffekt zunichte gemacht. Peter Hall hatte eine neue Vorstellung vom Ende der Oper. Im Gegensatz zu Richard Wagners Vorschrift, Isolde sollte leblos über Tristan gebeugt liegen, oder Wielands Interpretation, in der Isolde allein über Tristan stand, wollte er am Schluß Isolde mit einer Projektion von Tristans Kopf zeigen. Isolde hatte sich vor Tristan zu stellen und ihr Cape so auszubreiten, daß er während der letzten Momente der Musik vom Auditorium aus nicht gesehen werden konnte. In dieser Phase hatte ich mich vorsichtig zu erheben und so hinter Isolde aufzustellen, daß Isolde während der letzten Akkorde der Oper mit einer Silhouette von Tristans Kopf zu sehen war. Peter arbeitete mit einer Präzision, die mit dem Zentimetermaß abgestimmt war, und verlangte fürchterliche Verrenkungen von uns. Der Effekt war phantastisch. In der Premiere funktionierte alles bis auf die Lichtregie. Die gesamte Bühne war derart hell erleuchtet, daß man jede meiner Bewegungen hinter Isolde sehen konnte und die gesamte Illusion zerstört wurde. Ich habe mich oft gefragt, ob die vielen technischen Zwischenfälle während dieser TRISTAN-Vorstellungen nicht auch dafür verantwortlich waren, daß Peter Hall den angebotenen Posten an Covent Garden nicht annahm.

Zwischen Juni 1971 und Juni 1972 findet sich in meinem Terminkalender fast ausschließlich das Wort Tristan. Nach der Neuinszenierung in London reiste ich mit der Wiener Staatsoper nach Moskau, um als erster ›Tristan‹ an der Bolschoi-Oper aufzutreten. TRISTAN war zuvor schon in Leningrad, nie aber in Moskau aufgeführt worden. In der gleichen Saison kam die Neuinszenierung an der Met heraus, eine Neueinstudierung der Wieland-Wagner-Produktion in Paris, mein Debüt in dieser Rolle in Stuttgart, Aufführungen in Zürich und natürlich in Wien.

Mit der Wiener Staatsoper in Moskau zu singen war ein Erlebnis für sich. Die Wiener Philharmoniker und die Wiener Staatsoper waren eingeladen worden, eine Aufführrungsserie in der Sowjetunion zu geben, die Beethovens Neunte Symphonie unter Böhm, in der ich den Tenorpart übernahm, sowie Aufführungen des ROSENKAVALIER, der HOCHZEIT DES FIGARO und des TRISTAN einschloß. Die gesamte Truppe stieg im gigantischen Hotel Rossia ab, wir erfreuten uns an dem wunderbaren Bolschoi-Theater und an den neuen Erfahrungen, die diese Reise mit sich brachte. In diesem Jahr gab ich nicht nur in der Metropole des Ostens, sondern auch in der des Westens, in New York, TRISTAN.

Diese Oper war auch der größte Erfolg der Saison 1971/72, dem letzten Direktionsjahr Rudolf Bings an der Met. Bing selbst erzählt in seinen Erinnerungen: »Die glorreiche Tristan-und-Isolde-Inszenierung siegte in meiner letzten Saison selbst über die Presse.« Diese Inszenierung war in der Tat bemerkenswert, sie war praktisch aus Wien übernommen worden und beschäftigte auch das Wiener Team Everding, Schneider-Siemssen, Birgit und mich.

Die Produktion war eigentlich wie auch in Wien ein Ersatz für eine geplante RING-Produktion, die ursprünglich Herbert von Karajan übernehmen sollte. Die Pläne wurden zuerst durch einen Streik verzögert und später dann durch Karajans Weigerung, das Projekt fertigzustellen, ernstlich gefährdet. Bing gewann Erich Leinsdorf, mit dem ich immer gerne zusammengearbeitet hatte. Er ist für mich einer der besten TRISTAN-Dirigenten, unter denen ich überhaupt die Ehre hatte, singen zu dürfen.

Nachdem ich auch diese schwierige Wagner-Partie in mein Repertoire aufgenommen hatte, erreichte ich die von mir angestrebte Reduzierung auf 50 Aufführungen pro Saison. In der Saison 1971/72 sang ich 46 Vorstellungen, darunter 23mal TRISTAN. Häufig hat man mir vorgeworfen, zu viel zu singen, das entsprach aber keineswegs der Realität. Ich sang wohl oft an großen und bekannten Häusern, so daß die Aufführungen rasch bekannt wurden, bemühte mich aber immer, weder Rollen noch Geldgier in den Vordergrund treten zu lassen und künstlerische Vollendung als oberstes Ziel zu setzen. Bewundernswert erscheinen mir die Statistiken anderer Sänger, die bestimmte Rollen 200mal oder 500mal gesungen haben. Während meiner ganzen dreißig Jahre als Sänger sang ich in etwas weniger als 2000 Aufführungen. Jeder TRISTAN oder TANNHÄUSER, der sich darunter befand, kostete mich viel, gab mir aber noch mehr, und einige Kritiker schrieben, daß mein ›Tristan‹ durch mein Aufgehen in der Rolle einer Selbstaufopferung gleichkomme. Aber welche Aufführung, an der man mit Hingabe teilnimmt, ist das nicht. Das ist eben die Grundlage eines ehrlichen, gelungenen Auftritts: Selbstaufgabe an die Musik und an eine Charakterisierung, von der man glaubt, daß sie der Komponist gewollt hat. Die Tatsache, daß Aufführungen von TRISTAN UND ISOLDE so selten stattfinden, bringt mich wieder zur Frage von Angebot und Nachfrage. Gibt es wenige Aufführungen, weil es wenige Wagner-Sänger gibt, oder gibt es wenige Wagner-Sänger, weil es wenige Aufführungen gibt? Im Fall des Tristan gab es in Amerika sogar sehr wenige Aufführungen. In San Francisco lagen viele Jahre zwischen den letzten Inszenierungen, und auch an der Met hatte es über eine Dekade gedauert, bis eine neue Inszenierung herausgebracht wurde.

Nach einem so erfolgreichen TRISTAN an der Met erwartete mich schon mein nächster in der Pariser Grand Opéra. Ich hatte spezielles Interesse daran, in einer Inszenierung Wieland Wagners aufzutreten, deren Betreuung nun Wielands berühmtester Tristan,

Bei den Proben zu Tristan und Isolde, 1971:
August Everding und Jess Thomas. (48)

Wolfgang Windgassen, übernommen hatte. Wolf und ich waren schon seit unseren frühen Stuttgarter Tagen gute Freunde. Unsere Freundschaft hatte sich damals während der Bayreuther Saison im Jahre 1963 vertieft, als ich in Wielands MEISTERSINGERN die Premiere sowie den Tenorpart in Beethovens Neunter Symphonie sang. Windgassen sang einige der nachfolgenden MEISTERSINGER-Aufführungen sowie die Premiere des PARSIFAL, in der ich wiederum einige Reprisen übernommen hatte. Ich war zufolge dieser Rollenaufteilung keineswegs überrascht, als ich bemerkte, daß man während der Schlußproben daranging, den dritten Akt der MEISTERSINGER für das Fernsehen aufzuzeichnen, obwohl mich Wieland Wagner nicht darüber informiert hatte. Ich nahm einfach an, daß Windgassen die Fernsehaufnahmen machen würde. Der Sachs dieser Aufführung war nicht so ohne weiteres vorbereitet, eine Fernsehaufzeichnung an die Alternativbesetzung abzugeben. Der »andere« Sachs und Windgassen waren aber tatsächlich für die Generalprobe am nächsten Abend angesetzt, während der die Fernsehaufzeichnung gemacht werden sollte. Wieland hatte einfach nicht genug Zivilcourage oder nicht die nötigen guten Manieren aufgebracht, um das dem Darsteller des Sachs und mir mitzuteilen. Eine typische Facette dieses komplexen Mannes. Der Sachs war wütend und verließ die Probe. Er weigerte sich, für eine Fernsehprobe zu singen, wenn die Aufzeichnung mit einem anderen Künstler gemacht würde.

Mit verschämtem Gesicht kam Wieland Wagner in meine Garderobe und teilte mir mit, daß Sachs abgereist war und ich das gleiche tun könnte. Ich antwortete ihm, das würde ich in Erwägung ziehen, wenn es ihn nur persönlich treffen würde. Eine Abreise meinerseits würde sich jedoch gegen Windgassen richten, dessen ohnedies schon schwierige Position ich nicht noch komplizieren wollte. Die Situation war für mich damit bereinigt. Windgassen kam kurz darauf zu mir, bedankte sich herzlich und bot mir das Du an. Seit diesem Zeitpunkt sind wir echte Kameraden.

Windgassen war in Paris in der Lage, mir Wielands TRISTAN-Interpretation aus erster Hand zu vermitteln. Es gab eine riesige Anzahl von Proben. Einige Tage vor der Premiere kam er zu mir und berichtete, daß er sich nicht allzu gut fühlte, er aber eine TRISTAN-Aufführung in Stuttgart zu singen hätte, für die er sich nicht in der richtigen Verfassung fühlte. Ob ich ihm helfen könnte? Da es, um Paris zu verlassen, nur seiner Zustimmung bedurfte und Isolde in beiden Aufführungen Ingrid Bjoner war, war es kein Problem für mich, nach Stuttgart zu reisen und dort zwei Tage vor der Pariser Premiere Tristan zu singen. Diese beiden Auftritte hatten ihren besonderen Reiz, da in Stuttgart eine ältere Inszenierung Wieland Wagners gespielt wurde. Ich konnte die neue Pariser Version sehr gut mit dieser älteren Inszenierung vergleichen und hatte das Vergnügen, innerhalb von zwei Tagen in zwei unterschiedlichen Inszenierungen Wielands aufzutreten. Zusätzlich war es eine gute Gelegenheit für mich, meinen alten Freund, Professor Schäfer, wiederzusehen und mich auch meinem Stuttgarter Publikum, für das ich schon viel zu lange nicht gesungen hatte, zu präsentieren. In Paris alternierten die Bjoner und Berit Lindholm als Isolde, Brigitte Fassbaender und Ruth Hesse als Brangäne sowie Jean Cox, Hermin Esser und ich als Tristan.

TRISTAN in Paris hat auch noch zusätzliche Facetten. Wer liebt Paris nicht? Schon im Jahre 1967 hatte ich Bekanntschaft mit der Lichterstadt geschlossen. Nun hatte ich mehr Zeit und konnte die Stadt in Ruhe genießen. Ingrid Bjoners Gatte, der für eine Flugzeugfirma arbeitete, lud mich zur berühmten Pariser Air Show ein, wo ich Graf Sikorsky, den berühmten Konstrukteur von Helikoptern, traf. Er lud uns zu einem aufregenden Flug über Paris und den Flußlauf der Seine ein, der großartige Eindrücke bescherte. Mein Aufenthalt wurde auch dadurch bereichert, daß ich bei vielen Einladungen reichlich Gelegenheit hatte, die berühmte französische Küche zu genießen. Ich konnte feststellen, daß mein einfacher Geschmack offensichtlich nicht an das reichhaltige Delikatessenangebot der Franzosen, und hier insbesondere an die mannigfaltigen Zubereitungsarten von Enten, gewöhnt war. Jedermann bot mir Ente an, ich aber haßte diese Speise nach meinem Aufenthalt in Paris noch mehr als zuvor. Alles andere genoß ich mit großer Freude. Die Stadt, die Kleider, die Museen, die Nachtlokale und natürlich die Grand Opéra und deren enthusiastisches Publikum.

Am Ende dieses »Tristan-Jahres« standen Festwochenaufführungen in Zürich. Das schöne, alte Haus in Zürich hatte eine spezielle Atmosphäre, die mich immer sehr beeindruckte. Während dieser Aufführungsserie hatte ich eine sehr schwierige Zeit zu überstehen. Es wurde über eine Naturkatastrophe in Süd-Dakota berichtet, gerade in der Stadt, in der meine Mutter lebte. Ein Dammbruch hatte über dreihundert Personen getötet; meine Aufregung war groß. Drei Tage lang versuchte ich, meine Mutter zu erreichen – erfolglos. Bekannte, Freunde, aber auch das Rote Kreuz bemühten sich, mir zu helfen. Zu guter Letzt erinnerte ich mich an Freunde, die an der Ostküste der

Vereinigten Staaten lebten. Sie waren Radioamateure. Das war die Lösung: Nach einem Anruf riefen sie mich schon nach wenigen Stunden zurück und berichteten mir, daß sie mit Hilfe eines anderen Funkamateurs mit meiner Mutter Kontakt herstellen konnten. Sie hatte das Unglück unbeschadet überlebt. Nach all der Aufregung konnte ich beruhigt sein, und so verlief auch die letzte Aufführung problemlos.

In den nachfolgenden Saisonen gab es viele Reprisen der wunderbaren Inszenierung Everdings in Wien. Auch an der Met standen 1974 TRISTAN-Reprisen mit der Nilsson und Erich Leinsdorf auf dem Programm.

Im Herbst 1974 lud mich die San Francisco Opera zu einer Neuinszenierung ein. Unter Silvio Varviso sangen Birgit Nilsson, Kurt Moll und Yvonne Minton, die Regie übernahm Dietrich Haugk.

Die Kostüme waren so schwer und so dick, daß sie der arme Garderobier nicht auf einmal aus dem Keller in die Garderobe bringen konnte. Sie sollten eine schichtenartige

Richard Wagner, Tristan und Isolde, 1974. Metropolitan Opera.
Jess Thomas und die unvergleichliche Birgit Nilsson. (49)

Struktur zeigen und bestanden aus gewebtem Material, das ungefähr zwei Zentimeter dick und entsprechend warm war. Im dritten Akt konnte ich mich jedoch »abkühlen«, der Regisseur verlangte, daß mein Kostüm so geschneidert war, daß ich es mir tatsächlich ganz vom Leib reißen konnte. Diese Szene warf das Problem auf, was ich unter dem Kostüm tragen sollte. Wir entschieden uns für ein fleischfarbenes Höschen aus rauhem Material. So weit, so gut, niemand hatte jedoch mein Kostüm mit Birgit Nilsson besprochen. Als sie in der Schlußszene auf die Bühne kam und ihren Tristan praktisch nackt am Boden liegen sah, brach sie in Gelächter aus. Als sie sich über mich beugte, fragte sie mich kichernd: »Wo soll ich denn eigentlich meine Hände hintun?« Tristans Striptease gefiel einigen, anderen wiederum weniger, brachte mir aber einige Popularität in der Umgebung ein, in der ich eigentlich zu Hause war.

Ich hatte mir während der Saison ein neues Haus in der Nähe von San Francisco gekauft und hatte auch schon aus meiner früheren Zeit viele gesellschaftliche Kontakte im Gebiet San Francisco Bay. So war es kein Wunder, daß sich unter den ehrenwerten Damen der San Francisco Opera Guild, die immer die Generalprobe besuchen konnten, auch viele meiner persönlichen Bekannten fanden. Als ich daran ging, mir die Kleider vom Leibe zu reißen, konnte man selbst über das starke Orchester hinweg den empörten Aufschrei einer älteren Dame hören: »Und das ist mein Nachbar!« Ein Kritiker nannte mich sogar einen Exhibitionisten, aber wer in der Opernwelt ist wohl kein Exhibitionist? Selbst im täglichen Leben bekam ich Probleme. Eines schönen Nachmittags ging ich mit meiner Frau Violeta in ein Geschäft in San Francisco, um Lampen für unser neues Haus zu kaufen. Eine charmante junge Dame bediente uns und ließ die Augen nicht von mir. Nachdem wir uns für eine Leuchte entschieden hatten, starrte mich die freundliche Verkäuferin noch immer an, um schließlich zu fragen: »Sind Sie nicht Jess Thomas?« Ich gab mich bereitwillig zu erkennen und erwartete einen Autogrammwunsch, doch sie fuhr fort: »Das dachte ich, aber ich erkannte Sie in Ihren Kleidern nicht!« Meine Frau Violeta – sie hat südamerikanisches Temperament – zog ihre Augenbrauen hoch. Eine Katastrophe kündigte sich an. In letzter Sekunde erst konnte ich die Situation klären.

Im September 1977 kehrte ich in die Heimat meiner Frau, an das Teatro Colon in Buenos Aires, zurück. Die politische Situation hatte sich so verändert, daß selbst die Künstler in vielfacher Hinsicht eingeschränkt wurden. Viele zögerten daher, nach Argentinien zu kommen, und schließlich und endlich hatte auch die dortige Oper Probleme, die üblichen internationalen Gagen zu bezahlen. Meine Frau Violeta wünschte sich verständlicherweise von mir einen Auftritt in ihrer Heimatstadt. Sie übernahm die Initiative und schrieb selbst an den Direktor der Oper von Buenos Aires, der ihr postwendend antwortete, daß er seit Jahren erfolglos versucht hatte, Jess Thomas an das Opernhaus zu engagieren. Zum gegenwärtigen Zeitpunkt allerdings befände sich das Opernhaus in einer fürchterlichen finanziellen Situation und könnte kein adäquates Angebot machen. Das bedeutete für meine Frau gar nichts. Violetas Eigenschaft ist es, immer einen Weg zu finden. Sie antwortete der Oper, daß ich bereit wäre, ein Benefizkonzert gegen Spesenersatz zu geben. Man war über dieses Angebot entzückt, Violeta brauchte mich nur noch zu überreden, und schon hatte sie meinen Auftritt in ihrer Heimat arrangiert. Wir flogen dann 1976, einem aus politischer Sicht schwierigen Jahr in Argentiniens Geschichte, nach Buenos Aires, um ein Wagner-Konzert im Teatro Colon zu geben. Ich verstand bald Violetas Wunsch, mich hier auf der Bühne zu sehen und konnte auch feststellen, warum viele meiner Kollegen der Meinung sind, daß das Teatro Colon nicht nur schön ist, sondern auch die beste Akustik der Welt hat. Ich konnte mir hier Violeta sehr gut als kleines Mädchen vorstellen. Sie mußte in einem entzückenden weißen Kleid mit weißen Handschuhen zu ihrem Platz in diesem großartigen Opernhaus getrippelt sein und mit großen Augen aus dem großzügigen Sessel auf die Bühne geblickt haben. Ich bin sicher, daß die Anordnung der Sitzreihen nicht nur deswegen so großzügig war, damit Zuspätkommende niemanden zum Aufstehen zwingen mußten, sondern auch, weil man auf die extravaganten Kleider der Damen in Buenos Aires Rücksicht nehmen wollte. Nirgendwo sonst erschienen mir die Damen eleganter und mit kostbarerem Schmuck als in Buenos Aires.

Das Wagner-Konzert erwies sich als ein so durchschlagender Erfolg, daß mir der Direktor sofort das Versprechen abnahm, in der nächsten Saison zur Aufführung des TRISTAN zurückzukommen. Es gefiel mir, daß das Konzert sich als Anregung für weitere Auftritte entwickeln sollte, und ich war überzeugt, daß Violeta recht hatte, als sie sagte, daß ich mit meinen Auftritten ihrem Land einen Gefallen erweisen würde.

Als wir das nächste Mal nach Buenos Aires zurückkehrten, waren wir nicht länger allein. Violeta saß während keiner der TRISTAN-Vorstellungen im Auditorium, denn sie erwartete unseren Sohn. Um nichts zu versäumen, saß sie hinter der Bühne in einem Metallsessel und verfolgte die Aufführungen. Vier Vorstellungen lang verbrachte sie in diesem unbequemen Möbel, die fünfte aber versäumte sie. Unser Sohn Victor Justin wurde am 20. September zwischen der vierten und fünften Vorstellung von TRISTAN UND ISOLDE in Buenos Aires, der Heimatstadt meiner Frau, geboren. Seine Geburt wurde während der letzten Vorstellung auch von der Bühne verkündet, während einer Party sang meine Isolde, Ute Vinzing, Brahms' »Kinderlied« zu seinen Ehren. Violetas Mutter war froh, ihren einzigen Enkel zu sehen, und viele unserer Freunde dachten, wir hätten alles so geplant, damit Victor in der Heimat meiner Frau zur Welt kam. Das stimmte nun keineswegs, Victor wäre wahrscheinlich auch in China geboren worden, hätte ich zu diesem Zeitpunkt ein Engagement dort gehabt.

KAPITEL 8

WHY NOT ENGLISH?

Rudolf Bing, Generalmanager der Metropolitan Opera, nannte mich oft eine schwierige Person. Es fällt mir leicht, dieses Kompliment zurückzugeben, erwies er sich doch oft nicht nur als schwierig, sondern als schlechthin unmöglich. Trotz allem machten mir die geistigen Auseinandersetzungen mit Bing großen Spaß. Er war sehr klug und hatte viel Humor, der freilich oft an die Grenzen des Galgenhumors reichte.

Nach meinen großen Anfangserfolgen an der Met dachte ich, daß er in unserem alten Disput nachgeben würde und mir, meinem Wunsch entsprechend, deutsche Rollen anvertrauen würde. Keineswegs! Bing erinnerte mich immer wieder daran, daß er die Met als italienisches Haus führte. Es gab damals nicht so viele Aufführungen deutscher Opern wie heute. Er bestand darauf, daß ich TROUBADOUR übernahm. Diese Rolle verweigerte ich, fragte ihn aber dummerweise, ob ich statt dessen nichts anderes für ihn tun könnte. Kaum ausgesprochen, konnte ich schon triumphales Leuchten in seinen großen Augen sehen, als er sich mein Angebot durch den Kopf gehen ließ. Er hatte mich dort, wo er mich haben wollte, und spielte Katz und Maus mit mir. Er begann mit »Well«, um dann eines seiner Lieblingsprojekte für die nächste Saison zu erwähnen: ONEGIN. Das war sicher faszinierend. Die Rolle war mir zuvor nie angeboten worden, sie war auch, verglichen mit meinen bisherigen Rollen, sehr lyrisch, aber warum sollte ich sie nicht übernehmen? Bing beschrieb mir die geplante Produktion in leuchtenden Farben und erwähnte die übrige Besetzung: Leontyne Price als ›Tatyana‹, Rosalind Elias als ›Olga‹, William Dooley als ›Onegin‹, Giorgio Tozzi als ›Gremin‹ und Thomas Schippers am Dirigentenpult. Als Krönung des Ganzen sollte ONEGIN in Englisch aufgeführt werden. Das brachte nun wieder mein Gehirn auf Trab.

Ich bin wohl einer der wenigen, die die Schönheit der englischen Sprache durchaus schätzen und einer derer, die auch davon überzeugt sind, daß Englisch auch eine sehr schöne Sprache für den Sänger sein kann. Trotzdem sah ich keinen besonderen Anreiz darin, eine große Rolle, für die auch internationales Interesse besteht, in Englisch einzustudieren. Wo kann man ONEGIN schon in Englisch singen? Vielleicht in Amerika, möglicherweise auch in England, aber selbst da würde schon die Übersetzung unterschiedlich sein. Das alles machte mir aber nichts aus. Ich hatte erstmals eine Rolle gefunden, mit der ich Bings Drängen, den TROUBADOUR zu singen, abwehren konnte und willigte ein.

Die Übersetzung, mit der wir arbeiteten, ließ allerdings eine Menge zu wünschen übrig. Das Problem war bekannt, und Dirigent Thomas Schippers hatte mich darauf schon anläßlich unserer Zusammenarbeit in Bayreuth angesprochen. Er meinte, daß ich mir selbst eine Übersetzung ausarbeiten sollte, er wäre in jedem Fall einverstanden. Wichtig war es, speziell für die große Arie einen Text zu finden, der gut zu meiner Stimme paßte. An der Met traf ich dann Richard Tucker, der Lenski in der vorhergegangenen Inszenierung schon in Englisch gesungen hatte. Tucker, ein großartiger Tenor und Kollege, bot mir wie immer seine Hilfe an. Er zog mich beiseite und sagte geheimnisvoll: »Jess, wenn du meinen eigenen, persönlichen Text für die Arie verwenden willst, überlasse ich ihn dir gern. Es sind die Worte, von denen ich herausgefunden habe, daß sie am besten zur Musik passen.« Ich war neugierig und sagte: »Aber natürlich, ich würde deine Übersetzung gerne verwenden.« Tucker antwortete: »Du kennst sicherlich das erste Thema, die Arie nach dem Rezitativ? Die Worte, die zu dieser schwierigen Stelle am besten passen, sind: Why did I eat those mashed potatoes? Tatsächlich passen diese Worte perfekt und klingen exzellent zu der Melodie. Solche Scherze bergen freilich auch Tücken, denn man läuft Gefahr, diese Worte unabsichtlich zu singen, mir ist das aber glücklicherweise erspart geblieben.

Es erwies sich, daß ich Bing für die Idee, den Lenski zu singen, dankbar sein mußte. Lenski ist eine wunderbare Rolle, in der ich gleichermaßen großen Erfolg beim Publikum und bei der Presse hatte. Bei einer früheren Gelegenheit hatte ich Teile aus BORIS

GODUNOW und die Lenski-Arie in Russisch gelernt, so daß ich schon einen Vergleich zu meiner englischen Version hatte. Natürlich vermißte ich zuerst den weichen Klang der russischen Sprache, der so gut zur Musik paßt, aber Englisch erwies sich als gar nicht so schlecht, und schließlich hielt ich gutes Englisch für besser als holpriges Russisch.

Für mich besteht trotzdem die Forderung, eine Oper in der Originalsprache aufzuführen, zu Recht. Bei Wagner-Opern besteht zum Beispiel eine derartige Verschmelzung von Text und Musik, daß eine andere Sprache einen großen Verlust in der Gesamtwirkung bedeutet. Viele meinen allerdings, daß sie jedes Wort im Text verstehen müßten, um dem Verlauf der Oper folgen zu können. Das halte ich aber für sehr übertrieben. In keiner Oper kann man jedes Wort verstehen, selbst wenn man sie in seiner Muttersprache hört. Jeder Zuhörer trägt nun einmal die Verantwortung dafür, sich einige Minuten Zeit zu nehmen und zu Hause oder selbst noch im Programmheft im Theater wenigstens die Inhaltsangabe zu lesen. Erst so vorbereitet, sollte er sich zurücklehnen und es der Musik überlassen, ihm näherzubringen, was auf der Bühne vor sich geht. Im übrigen ist es ohnehin sinnlos zu erwarten, eine Oper beim ersten Mal zu verstehen. Bei Übersetzungen stellt sich außerdem das Problem, daß sie oft so schlecht sind, daß die Handlung bis zur Unkenntlichkeit entstellt ist. Wenn man ehrlich ist, muß man allerdings zugeben, daß in vielen Fällen selbst das Originallibretto, um es sanft zu sagen, kein Meisterwerk der Literatur darstellt. Etliche Geschichten sind so stupid, daß es das beste ist, wenn man sie gar nicht so genau kennt.

In letzter Zeit wird besonders in Amerika die Einblendung von Untertiteln zur Erklärung der Handlung populär. Ich bin sicher, daß dieses Vorgehen eine große Hilfe für alle jene Personen ist, die der Handlung folgen wollen und zu faul sind, die Inhaltsangabe zu lesen. Persönlich bin ich aber aus zwei wichtigen Gründen gegen diese Praxis. Zum ersten stört die Leuchtschrift in Bühnennähe. Sie lenkt die Zuhörer sowohl vom Bühnengeschehen wie auch von der Musik ab. Zum zweiten ergibt sich zwangsweise, daß der dargestellte Text mit dem Gesungenen asynchron verläuft. Dadurch erfolgen die Reaktionen des Publikums zu einem völlig falschen Zeitpunkt, was wiederum für den Darsteller äußerst störend sein kann. Wenn auch das Einblenden von Untertiteln noch einige Zeit praktiziert werden wird, hoffe ich doch, daß dies sparsam und mit großer Vorsicht geschieht. Die Met hat derartige Versuche ohnehin nie unternommen, und trotzdem war die Arbeit dort immer aufregend. An dieser Bühne konnte man Legenden und berühmte Persönlichkeiten der Opernszene treffen. Ich hatte das Glück, als Regisseur des ONEGIN Henry Butler zu haben, mit dem ich später in San Francisco auch in LOHENGRIN zusammenarbeitete. In dieser, meiner zweiten Saison an der Metropolitan Opera hatte Bing meine Anwesenheitszeit schon auf über drei Monate ausgedehnt. Zusätzlich zu ONEGIN sang ich Vorstellungen von ARIADNE, LOHENGRIN und AIDA. Es gab auch Konzerte mit dem dritten Akt von PARISFAL, sowie Tourneen nach Boston und Galavorstellungen im Rahmen der dortigen Weltausstellung.

Bing versuchte ständig, mich zu überreden, die Met als mein Heimathaus anzusehen. Ich sollte München und Europa generell als wesentlich weniger wichtig einstufen und meine Entscheidungen immer im Hinblick auf die Met treffen. Als ich ihm gegenüber erwähnte, daß die Teilnahme in Bayreuth für mich genauso wichtig war wie meine Arbeit an der Met, verlor er fast die Fassung und antwortete: »Thomas, wo ist Bayreuth?« Er wollte nicht verstehen, daß es einen Amerikaner nicht restlos begeisterte, an die Oper berufen zu werden, von der er selbst meinte, daß sie das wichtigste Haus der Welt wäre. Da er mir aber dann tatsächlich viele Aufführungen für die nächste Saison anbot, dachte ich ernstlich daran, den Schwerpunkt meines Interesses nach New York zu verlegen. Ich fand ein wunderschönes Apartment in den berühmten Dakotas am Central Park. Es war eine Wohnung, in der man das Leben in New York von seinen besten Seiten genießen konnte. Im Innersten meines Herzens konnte ich aber Bings Meinung, daß man als Sänger in Europa und Amerika nicht gleichermaßen bekannt sein kann, nicht zustimmen. Er sah eine europäische Karriere zu der in Amerika nur als Alternative. Eine Karriere in Europa und Amerika war seiner Meinung nach unmöglich. Dabei übersah er aber, daß er selbst viele Künstler unter Vertrag hatte, die wirklich in der ganzen Welt bekannt waren. Ich selbst hatte Angebote für aufregende neue Vorhaben in München und Wien und fühlte mich in der künstlichen Hektik New Yorks zunehmend unwohl. Ich beschloß also, keinswegs mehr Zeit in New York zu verbringen, als ich es bisher getan hatte, ich wollte meine Verbindungen in Europa aufrechterhalten.

Natürlich war ich nicht der erste Amerikaner, der in dieses Dilemma geraten war. Es gab schon Generationen amerikanischer Sänger, die entweder zuerst eine Karriere in Europa gemacht hatten, bevor sie nach Amerika zurückkehrten, oder solche, die tatsächlich in Europa geblieben waren. Amerikanische Stimmen waren zu einem wichtigen Exportartikel der USA geworden. Dabei ist der Beitrag Amerikas zur internationalen Opernszene natürlich nicht nur auf Sänger beschränkt. Viele Dirigenten, Regisseure, Bühnenbildner, Lehrer und Instrumentalisten hatten wesentlichen internationalen Einfluß. Nimmt man nur Aufführungen in Salzburg oder Bayreuth, aber auch an vielen wichtigen europäischen Opernhäusern unter die Lupe, kann man erkennen, daß Amerika ganz außerordentlich stark vertreten ist.

Vielleicht war es ein Fehler, Bings Rat, den Posten eines Haustenors an der Met anzunehmen, nicht zu folgen. Ich wollte aber ungebunden sein und sang im Laufe meiner Karriere etwa 110 Aufführungen an fünfzehn verschiedener Opern, darunter acht WagnerOpern in New York. Allerdings wurde ich während meiner zwanzigjährigen Zusammenarbeit mit der Metropolitan Opera nie ständiges Mitglied dieses Hauses. Trotzdem gab ich meine Abschiedsvorstellung auf der Bühne mit der Met im Rahmen einer Tournee in Washington D.C. Eine amerikanische Karriere ohne Engagement an der Met ist allerdings auch mir schwer vorstellbar. Ein Sänger wäre dann vielen unwägbaren Einflüssen ausgesetzt, denn es gibt kaum ein Opernhaus, das eine derart lange Saison, eine solche Kontinuität und vor allem ein so großes Budget aufweisen kann wie die Met. Abgesehen von der New York City Opera, die an diese Gegebenheiten gerade noch heranreichen mag, haben praktisch alle anderen Opernhäuser in Amerika kürzere Spielzeiten und bieten überhaupt keine Möglichkeit eines ständigen Engagements. Selbst die Spielzeiten in San Francisco und Chicago dauern nur einige Monate. Ein rein amerikanisches Engagement an diesen Opernhäusern würde einen Sänger dazu zwingen, seine Saison durch große Reisen zu vielen verschiedenen Opernhäusern zu komplettieren. In Amerika gibt es ja die in Europa übliche Anhäufung von Opernhäusern innerhalb vergleichsweise geringfügiger Distanzen nicht. Für amerikanische Verhältnisse liegen Wien, Mailand, Paris, London, Salzburg, Wien, München, Hamburg oder Bayreuth, um nur einige der wichtigen Opernhäuser aufzuzählen, innerhalb bequem erreichbarer Entfernungen.

Verglichen mit früher, erhalten heutzutage wesentlich mehr amerikanische Künstler die Möglichkeit aufzutreten. Trotz allem singen diese Sänger oft kostenlos oder bestenfalls für einen »Hungerlohn«. Junge Dirigenten, Regisseure sowie hoffnungsvolle Anwärter aller Disziplinen im weiten Gebiet der Oper sind hier wie auch in Europa bereit, praktisch gratis, nur um der Ehre willen, zu arbeiten. Die Situation der Opernszene in Amerika kann am besten aus der großen Anzahl neuer Operngruppen abgelesen werden. In einer Publikation der Metropolitan Opera Guild sind nicht weniger als 40 größere Opernproduktionen angeführt, die von kleineren Opernhäusern innerhalb eines Jahres herausgebracht werden. Zusammen mit College- und Universitätsaufführungen geht die Anzahl der jährlichen Produktionen in die Hunderte. Derzeit finden in Amerika etwa 325 Prozent mehr Opernaufführungen pro Jahr statt als vor dreißig Jahren, als ich mich auf diesem Gebiet zu betätigen begann. Diese Anzahl von Aufführungen wird allerdings nur durch die Opfer der kaum oder gar nicht bezahlten jungen Künstler und durch die Unterstützung vieler Firmen ermöglicht. Zusätzlich fördern die Mitglieder der verschiedenen Opernhäuser, einige wenige staatliche Programme sowie andere private Quellen den Opernbetrieb und gleichen das nach dem Kartenverkauf defizitäre Budget aus. Dabei läuft die Finanzierung in Amerika sicherlich nicht so einfach ab wie im europäischen Raum. Auf lange Sicht aber scheint mir die auf privatwirtschaftlicher Basis fußende Finanzierung der Opernaktivitäten eine gesunde Basis für eine weitere Zukunft in Amerika zu sein. Generell muß man der Tatsache ins Auge sehen, daß die Kunstform Oper noch nie ein finanzieller Erfolg gewesen ist. Oper ist ein Luxus wie ein Museum, der immer unterstützt werden mußte. Glücklicherweise wird diese Tatsache von vielen erkannt, so daß vor allem in Amerika zahlreiche private Initiativen alle Kunstformen unterstützen und dadurch einen wichtigen Teilzweig des »American Dream« ermöglichten. In der Praxis bleiben in Amerika wie in Europa viele junge Künstler in der Szene und kämpfen um die wenigen gutbezahlten Posten. Nur wenige erreichen das Ziel, sich durch ihre Kunst selbst zu erhalten und ohne die Annahme eines Nebenjobs oder die Unterstützung eines Finanziers zu überleben. Das sind dann die bekannten Künstler, oft die Stars.

Während des Zweiten Weltkriegs blühte die amerikanische Künstlerlandschaft auf. Da europäische Künstler kaum nach Amerika kommen konnten, gab es ein breites Betätigungsfeld für Einheimische. Die Met war die Heimat so wichtiger in Amerika ansässiger Personen wie Lenard Warren, Robert Merrill, Jan Peerce, Richard Tucker, Jerome Hines, Roberta Peters, Rise Stevens, Blanche Thebom, Helen Traubel, Lawrence Tibbett oder James Melton. Später förderten dann Bing in New York und Adler in San Francisco die Karrieren anderer amerikanischer Künstler wie Leontyne Price, James King, Evelyn Lear und Thomas Stewart, Beverly Sills, Eileen Farrell, Irene Dalis, Sherill Milnes, um nur einige zu erwähnen. Jeder amerikanische Künstler bemühte sich natürlich um die wenigen anspruchsvollen Aufgaben im Land, die auch internationale Beachtung fanden. Daher bestand gerade unter amerikanischen Sängern großes Interesse daran, eine Rolle für die Eröffnung der neuerbauten Metropolitan Opera am Lincoln Center im September 1966 zu bekommen. Für die Eröffnungssaison waren viele Neuinszenierungen geplant, jeder Künstler und Manager war bemüht, eine wichtige Rolle oder Position für sich selbst herauszuschlagen.

Ich wußte von Wieland Wagners LOHENGRIN-Plänen für die Eröffnungssaison. Wieland hatte mir persönlich von seinem Übereinkommen mit Bing berichtet und mir auch versichert, daß er auf meiner Teilnahme bestand. Weiter wußte ich von dem Plan, eine neue Produktion der FRAU OHNE SCHATTEN herauszubringen, vom Auftrag Marvin

Der Wiener Kurt Herbert Adler, ehemaliger Direktor der San Francisco Opera, antwortete auf die Frage nach der Bedeutung englischer und englischsprachiger Opern:

»Zuallererst muß man sagen, daß es nur sehr wenige gute Übersetzungen gibt. Das ist mein Einwand. Für mich ist der Idealfall dann gegeben, wenn eine Oper in der Originalsprache aufgeführt wird. Aber es gibt bestimmte Opern, in denen das Buch oder besser gesagt die Geschichte so bedeutend ist, daß man den Text verstehen muß. Ich meine WOZZECK oder komische Opern. Ich habe sie auf beide Arten aufgeführt, sowohl in englischer Übersetzung als auch in der Originalsprache. Wenn man zurückdenkt, wurde auch früher in Deutschland und Italien vom Sänger erwartet, in der Landessprache zu singen. Allerdings sind diese Zeiten vorbei, und nun werden alle Opern normalerweise in der Originalsprache aufgeführt, und dem Publikum macht das nichts aus, weil es genug Möglichkeiten gibt, dem Verlauf zu folgen. Man kann den Ausdruck beobachten und sich auf Dinge konzentrieren, die man vorher nicht beachtet hat, selbst wenn man den Sänger nicht versteht. Daneben ist es ohnedies absolut unmöglich, jedes Wort verständlich zu machen, selbst wenn man einer Oper in der eigenen Muttersprache zuhört. Wenn ich in Wien im ROSENKAVALIER sitze, kenne ich die Oper sicher besser als der durchschnittliche Opernbesucher, weil ich diese Oper in meinem Herzen trage, aber es sitzen auch viele dort, die die Oper gar nicht kennen und auch den Text nicht verstehen. Wenn man Worte nicht in normaler Tonhöhe singt, wird es oft unmöglich, jedes Wort zu verstehen, und diese fürchterliche Angst, jedes verdammte Wort verständlich zu machen, das funktioniert nirgends. Es läßt nur den Kritikern die Möglichkeit, schlechte Kritiken zu schreiben. Nehmen wir nur eine Aufführung von Mozart oder den BARBIER VON SEVILLA. Da macht es schon einen Unterschied, wenn das Auditorium den Text versteht. Aber Leute, die sich sehr bemühen, den Text zu verstehen, können sich nicht auf die Musik konzentrieren. Dieses Problem kann nie gelöst werden. Glauben Sie, daß man früher, als die Leute in Italienisch oder Französisch geschrieben haben, alles verstanden hat?

In vielen Opernhäusern werden heutzutage auch Laufschriften verwendet, aber da kann ich nicht objektiv sein, denn wenn ich in die Oper gehe, weiß ich schon alles. Ich bereite mich vor, das kann oder will nicht jedermann so halten. Ich verstehe auch die unterschiedlichen Sprachen, also verstehe ich genug. Generell gesehen empfinde ich aber die Untertitel als große Ablenkung. Vielleicht kann man das verbessern, aber ich habe bis heute nirgendwo eine gute oder ideale Lösung gefunden.

Wir können heute auch noch nicht darüber befinden, welche Werke Meisterwerke sind, weil es immer Jahrzehnte gedauert hat, bis echte Meisterwerke als solche erkannt wurden. Benjamin Brittens PETER GRIMES ist eine Ausnahme, aber es gab auch Verdi-Opern, die sofort als großartige Werke erkannt wurden, während andere Jahre brauchten. Ich verstehe die Ungeduld der Amerikaner, neue eigene Meisterwerke auf dem Gebiet der Oper zu schaffen, aber es kostet eine Menge Geld für Auftragsarbeiten, und es erfordert eine Menge wichtiger Schritte, bevor etwas Gutes herauskommt. So ist es heute, und so war es auch früher. Wie viele Meisterwerke auch immer in einer Epoche entstanden sind, es gab auch viele, die begraben wurden.

Vorerst gilt es ja auch noch, die bestehenden Opern ordentlich herauszubringen. In Amerika waren Kunst und Musik generell bis vor kurzem nicht Teil des täglichen Lebens. Ich glaube, das wird jetzt langsam anders, und selbst die Regierung, die bisher nur wenig getan hat, um die Künste zu unterstützen, erkennt, daß nicht nur Oper, sondern auch Tanz und Theater Teil des amerikanischen Lebens werden. Dies auch deshalb, weil man mehr Zugriff auf die Künste hat und weil es mehr Talente und mehr aufnahmebereite Zuhörer gibt. Bestimmte Kunstbereiche gab es hier schon seit langem, so ist z. B. der prozentuale Anteil von Leuten, die Museen besuchen, höher als derjenige, die Kunstformen wie die der Musik unterstützen. Im Bereich der Musik wuchs zuerst das Interesse für Symphonien, und Symphonieorchester gibt es in Amerika schon wesentlich mehr als in Europa. In vielen Städten spielen die Symphonieorchester auch in den Opernhäusern, z. B. in Wien die Wiener Philharmoniker. Aber wie viele Konzerte haben sie eigentlich? Vielleicht 9 Doppelkonzerte, so daß eine Saison aus 18 Konzerten besteht, das ist die Anzahl von Konzerten, die amerikanische Orchester in fünf Wochen absolvieren und das in einer 10 Monate langen Saison. Aber Wagner aufzuführen ist nicht nur in Europa, sondern auch in Amerika immens schwierig. Es ist nicht leicht, so viele Leute und damit eine ordentliche Besetzung zusammenzubringen. Im RING gibt es ein zusätzliches Problem: Wie lange müssen diese Künstler an einem Ort bleiben? Viele weigern sich, an einem Theater während einer längeren Probenzeit oder Aufführungsserie zu bleiben. Aber natürlich kann das Problem gelöst werden, und es stimmt, daß die große Menge des Publikums Wagner liebt. Man könnte auch glauben, daß der Bedarf so groß ist, weil Wagner so selten aufgeführt wird. In San Francisco gab es 1985 einen RING, und er wird vor 1990 nicht mehr aufgeführt. Das ist eine lange Zeit, und dann gibt es schon wieder eine neue Generation von Zuhörern. Aber es gibt mit dem RING auch noch andere Probleme. Die Anforderungen an das Orchester sind enorm. In San Francisco haben wir nicht genug Orchestermitglieder, um sie, wie anderswo, im dritten Akt auszutauschen. Persönlich bin ich ohnedies gegen diese Sitte, ich mag das gar nicht. Jeder Musiker, so gut wie er eben ist, hat auch einen eigenen individuellen Stil. Nehmen wir als Beispiel die erste Oboe. Es gibt keine zwei Oboen, die exakt die gleiche musikalische Auflösung oder selbst den gleichen Ton finden. Dabei ist die Oboe im Orchester so wichtig, daß, wenn es dort einen Wechsel gibt, nichts mehr zusammenpaßt. Ein paarmal mußte ich die ersten Hörner austauschen, weil sie mir gesagt haben, daß sie weder den Atem noch die entsprechenden Lippen hätten, um weiter zu spielen, aber das ist vielleicht auch nur deshalb so, weil lange Wagner-Opern nicht so häufig gespielt werden, und es ist oft eine Frage, ob man dafür genügend trainiert ist.

In Amerika stellt sich auch ein spezielles Problem mit der Länge der Opern. Das Orchester hat eine gewerkschaftlich regulierte, maximale Arbeitszeit, die kürzer ist als die Wagner-Opern selbst. Wenn man über Mitternacht hinausspielt, kostet es auch mehr. Ein Dirigent benötigte einmal für eine MEISTERSINGER-Aufführung genau 2 Minuten zu lange und überschritt die Zeit, und das kostete mich mehrere tausend Dollar, weil das Orchester doppelt bezahlt werden mußte. Der Dirigent fragte mich dann, warum ich ihm während der Aufführung keine Mitteilung geschickt hätte, so daß er die von mir geforderte Zeit hätte einhalten können. Bei der nächsten Aufführung sandte ich ihm schon während des Vorspiels einen Zettel, auf dem stand, daß er zu langsam war. Den las er und lachte plötzlich während des Dirigierens laut auf. Er reichte den Zettel im Orchester herum, und schließlich lachte das ganze Orchester. Jedenfalls war die Lage der Oper schon immer schlecht und das nicht nur aus finanziellen Gründen und nicht nur in Amerika. Im Jahr 1984 nahm ich an einem Symposion mit dem Titel ›Stirbt die Oper?‹ in Verona teil, von dort fuhr ich zum Schloß Leopoldskron in Salzburg und nahm an einem Symposion, das auch aus Wien gesponsert wurde, teil und der Titel war ›Ist die Oper tot?‹ Ich verbrachte mit anderen Worten den ganzen Sommer damit, die Oper zu begraben. Es ist immer die gleiche Frage, und sie stellt sich immer wieder in der Geschichte der Musik und nicht nur bezüglich der Oper. Man findet das zu jeder Zeit.«

Levys »Mourning Becomes Electra« zu komponieren, sowie den Bemühungen, eine neue GIOCONDA zu inszenieren, TURANDOT neu einzustudieren und PETER GRIMES und TRAVIATA herauszubringen. Dann gab es da noch die Frage der Besetzung der »echten« Eröffnungsvorstellung, für die die Uraufführung der bei Samuel Barber in Auftrag gegebenen Oper ANTHONY AND CLEOPATRA vorgesehen war.

Über die Architektur und das Ambiente in der neuen Met wurde schon viel geschrieben. Die Einrichtung ist verschwenderisch, großartige Bilder von Chagall, Kristallüster aus Wien, Blattgoldausstattung, weiße Inneneinrichtung, eine majestätische Umgebung und ein großartiger Vorhang. Trotz allem bildet das neue Haus eine intimere Atmosphäre als das kavernenartige alte. Zusätzlich ist es adäquat für den modernen Bühnenbetrieb, mit Probenräumlichkeiten, Büros und anderen Zusatzeinrichtungen ausgestattet, die in den großen Kellern am Lincoln Center untergebracht sind.

Als ich kurz nach meinen ONEGIN-Aufführungen zu Bing kam, um Pläne für meine Teilnahme in der Eröffnungssaison zu machen, war ich sicher, daß er mir den von Wieland erwähnten LOHENGRIN anbieten würde. Obwohl diese Oper nicht in den festlichen Eröffnungswochen aufgeführt wurde, war ich der Meinung, daß diese Partie am besten geeignet war, um mich an der neuen Met zu präsentieren. Bing hatte aber, wie könnte es anders sein, ganz andere Ideen. Gemeinsam mit seinem Assistenten Robert Hermann saß er vor mir und sagte einfach, daß er LOHENGRIN an der Met mit mir nicht in Verbindung bringen wollte. Das war ein Schlag! Immerhin hatte ich gerade zwei Gesamtaufnahmen der Partie hinter mir, die Partie mit größtem Erfolg in allen europäischen Opernhäusern inklusive Bayreuth gesungen, und dann kam Bing und teilte mir seelenruhig mit, er verbinde mich nicht mit dieser Rolle! Er bot mir vielmehr den ›Peter Grimes‹ an. Diese Rolle gefiel mir sehr und stand schon lange auf meiner Wunschliste. Wieland aber riet mir, mich etwas zurückzuhalten, da er LOHENGRIN an der Met unbedingt mit mir herausbringen wollte. Als ich GRIMES daher ablehnte, kam Bing mit dem Vorschlag, in der neuen ELEKTRA mitzuwirken. Dirigent Levin war so an dem Projekt interessiert, daß er allen Ernstes bereit war, die Baritonrolle des ›Orest‹ für einen Tenor zu transponieren. Ich besorgte mir die Partitur, die mich sehr interessierte. Schon nach kurzem Studium war ich entmutigt, weil ich drei große Szenen hatte, die meinen Vorstellungen allesamt zuwiderliefen. Erstens gab es eine Liebesszene mit meiner Mutter, zum zweiten eine Liebesszene mit meiner Schwester und als Krönung meinen Selbstmord. Das war mir denn doch zuviel, ich lehnte ab.

Die Zeit, in der die Rollen fest besetzt werden mußten, kam, und ich nahm resigniert zur Kenntnis, daß ich in diesem Jahr wohl nur einige meiner Standardrollen in Repertoireaufführungen singen würde. Dann allerdings schlug mir Bing völlig unerwartet eine wirklich interessante Partie vor. Er hatte aller Welt versichert, daß die Premiere im neuen Haus der Met eine echt amerikanische Angelegenheit und dem Rang des ersten Hauses im Lande entsprechen würde. Der Komponist, der Dirigent wie auch die Besetzung, alle sollten Amerikaner sein. Er bot daher auch mir eine Rolle in dieser Premiere an. Eine große Ehre, immerhin stellte ich mir vor, daß ich meinen Kindern und Enkelkindern erzählen konnte, dieses großartige neue Haus Amerikas eröffnet zu haben. Die Oper selbst war noch immer nicht fertiggestellt, und Bing arrangierte ein Treffen mit dem Komponisten Samuel Barber, um meinen Part zu besprechen. Ich hatte Barber schon vorher als einen der wichtigsten Komponisten Amerikas bewundert und einige seiner Lieder gesungen, aber es war aufregend, diesen Mann zu treffen. Als ich ihn in seinem Haus an der East Side in New York besuchte, fühlte ich, daß ich das Glück hatte, zur richtigen Zeit am richtigen Platz zu sein. Barber war erfrischend ehrlich zu mir und drückte sein Erstaunen darüber aus, daß ein Tenor den Unterschied zwischen Shakespeares Antonius und Cleopatra und Shaws Behandlung dieses Stoffes kannte. Er hatte wohl, wie so viele andere, keine hohe Meinung von Tenören. Ich hatte das Glück, Shakespeare vorher sorgfältig studiert zu haben und traf bewaffnet mit einer Menge von Vorschlägen ein. Darüber hinaus hatte ich eine gute Vorstellung davon, wo der Text Möglichkeiten bot, den großen Moment für eine Tenorarie einzuplanen. Nie zuvor wurde eine Rolle für mich und meine Stimme maßgeschneidert, und das Erlebnis, eine Rolle mit mir und meiner Stimme entstehen zu sehen, begeisterte mich natürlich. Ich las den Text Octavius Cäsars an der Stelle, an der er von Antonius' Tod erfährt: »The breaking of so great a thing should make a greater crack.« Barber war sofort davon überzeugt, daß dies die Schlüsselstelle war und hatte die Idee zu einer Tenorarie, die nicht nur organisch in die Entwicklung des Stückes paßte, sondern mir die Möglichkeit gab, mich in einem kurzen, aber ausdrucksfähigen Solo darstellen zu können. Meine Verbindung mit Barber sowie die gesamte Arbeit an ANTHONY AND CLEOPATRA sollte einer der künstlerischen Höhepunkte meiner Arbeit an der Met werden. Sofort schwärmte ich aus, um mehr über den Charakter des Octavius Cäsar zu erfahren. In Wien besuchte ich das Kunsthistorische Museum, das eine berühmte Büste des Kaisers besitzt. Ich begann, seine Gesichtszüge zu studieren und erhielt auch die Erlaubnis, gemeinsam mit der Büste fotografiert zu werden, um eine tatsächliche oder auch nur eingebildete Ähnlichkeit in unserem Profil zu dokumentieren. Während dieser Zeit liefen in New York schon die ersten Vorbereitungen.

»Charakterköpfe«: Jess Thomas bei seinen Studien zu Anthony and Cleopatra, 1966. (50)

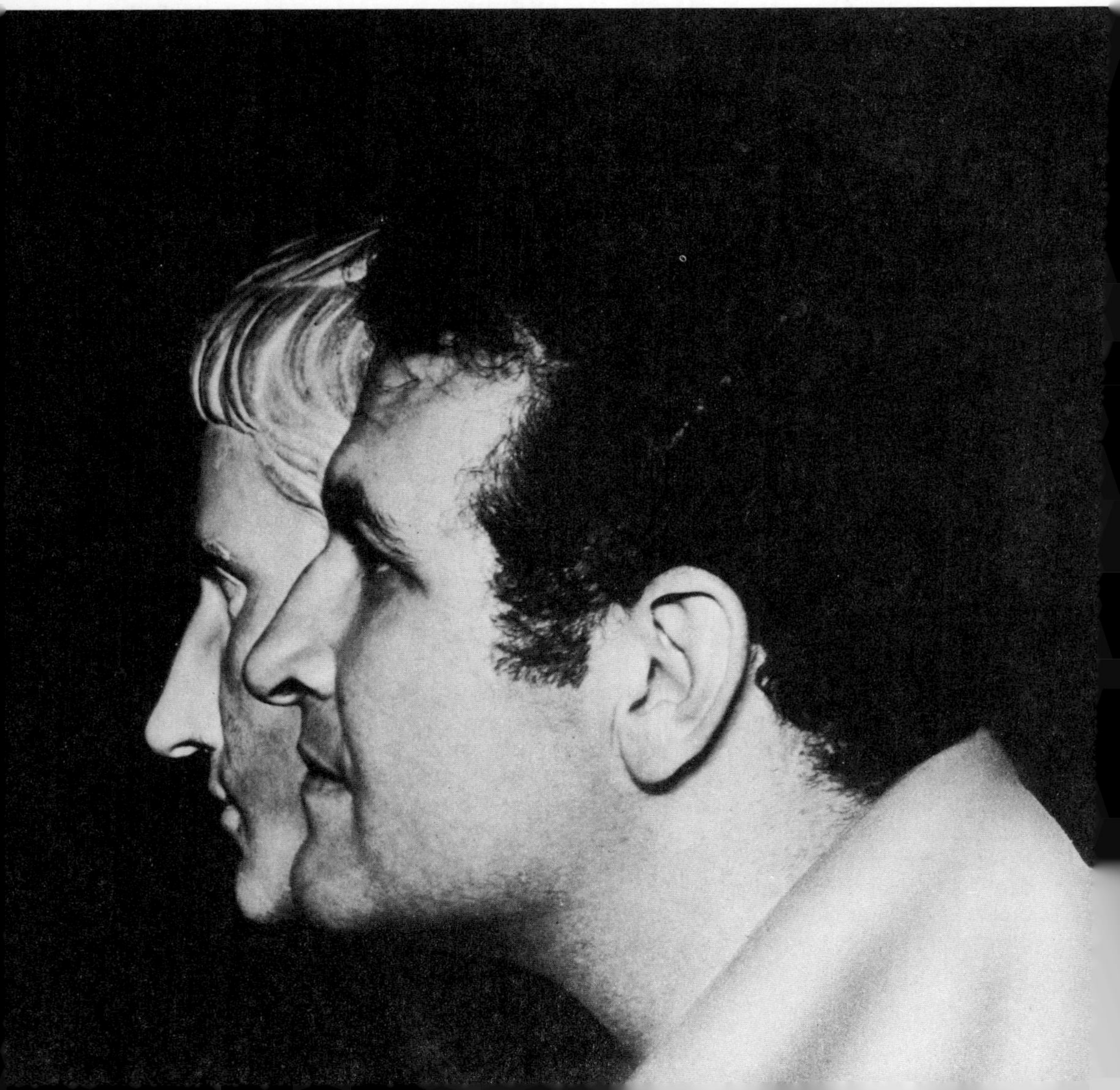

Bing machte meiner Meinung nach bei der Planung der Premiere trotz all seiner Genialität einen fatalen Fehler. Er hatte auf amerikanischen Komponisten, Dirigenten und Sängern bestanden – so weit, so gut. Aber wie paßte der Regisseur Franco Zeffirelli in dieses Konzept? Sicherlich hatte Bing nicht den geringsten Zweifel, daß der geniale Zeffirelli eine Inszenierung auf die Beine stellen würde, die die nötige Größe für den glanzvollen Anlaß besaß. Zusätzlich wurde Zeffirelli noch für die Adaptierung von Shakespeares Text verantwortlich gemacht. Das Ergebnis war interessant. Shakespeares Englisch ist natürlich weit entfernt vom gebräuchlichen amerikanischen Englisch, und die Bearbeitung durch einen Italiener führte zu einem Libretto, das weder lyrisch noch verständlich war. Das Grundübel bestand schon darin, daß das Projekt auf einem Shakespeare-Drama basierte. Die Eröffnung der Met wäre doch die Gelegenheit gewesen, einer Oper ein echtes amerikanisches Thema, beispielsweise aus den Revolutionskriegen, oder ein anderes patriotisches Thema zugrunde zu legen. Das wurde allerdings versäumt. Wenn das schon Bings Schuld war, so war es auch er, der unter den Konsequenzen zu leiden hatte.

Zeffirelli ist sicherlich in einer Position, in der man ihn kaum angreifen kann. Er ist eine echte Größe auf dem Gebiet der Opernregie, und ich kann nur sagen, daß ich seine großartige Arbeit immer bewundert und es jedesmal begrüßt habe, mit ihm zusammenzuarbeiten. Aber auch Größen können stolpern, und Anthonys und Cleopatras geringer Erfolg muß auf Zeffirellis Konto gebucht werden. Er kam nach anstrengender Filmarbeit von »The Taming of the Shrew« mit Richard Burton und Liz Taylor zu den Proben, war erschöpft, in Zeitnot und sah sich einem dichtgedrängten Terminplan und gleichzeitig einem unlimitierten Budget gegenüber. Die für die Erstellung einer erfolgreichen Produktion notwendige Zusammenarbeit, die während der Probenzeit präzise wie ein Uhrwerk ablaufen sollte, wurde zum Chaos. Das war natürlich nicht ausschließlich Zeffirellis Schuld, er hatte aber durch seine Gemächlichkeit und unkonzentrierte Arbeit seinen Anteil daran und brachte anstelle von Öl Sand in das Getriebe der Inszenierungsarbeit. Zeffirelli ›überinszenierte‹ ANTHONY AND CLEOPATRA, das war besonders schade, denn für dieses Projekt hatten viele Personen große Opfer gebracht. Leontyne Price wurde schon während der Probenzeit als Heroine geprüft. Sie hatte viele lukrative Angebote ausgeschlagen, um sich der Vorbereitung jener Rolle zu widmen, die die Rolle ihres Lebens werden würde. Leontyne hatte direkten Einfluß auf Barber und die Rollengestaltung der Cleopatra ausgeübt. Sie hatte selbst Monate und die Gagen vieler Auftritte geopfert, um das Beste für ihre Met hervorbringen zu können. Bereitwillig unterzog sie sich einer strengen Diät, um die Rolle der schönen Cleopatra auch glaubwürdig darstellen zu können. Perverserweise steckte Zeffirelli sie in ein voluminöses Kostüm, das im Rahmen seiner Interpretation auf elisabethanischem Stil basierte. Das Kostüm und auch die Perücken verbargen die neugewonnene schlanke Figur. Es war ein Jammer.

Meine Kostüme waren Zeffirelli wichtiger als meine Partie. Ich hatte bei dieser Gelegenheit wahrscheinlich die schönsten und extravagantesten Kostüme, die ich je auf der Bühne getragen habe. Handgearbeitete Stiefel und Rüstung, ein wunderschönes Cape, ein Kostüm, das an Luxus nicht zu überbieten war. Die Bühne befand sich während der Proben im Zustand des Chaos. Zeffirelli stellte Horden von zusätzlichen Tieren, Choristen und Solisten auf die neue Drehbühne, die prompt einen Defekt bekam, der die Drehfähigkeit der Bühne für die gesamte Saison lahmlegte. Überladene Waggons liefen auf Schienen über die Bühne und verursachten schwere Schäden, Wolkenformationen, die aus Röhren bestanden, waren so groß geraten, daß sie sich während der Proben ineinander verhängten und in ganzen Wagenladungen als unbrauchbares Altmetall auf den Schrottplatz geführt werden mußten. Bald machte der Witz die Runde, daß es an der Met genug Röhren gäbe, um das gesamte Wasserleitungssystem in Manhattan neu zu bauen.

Obwohl ich mit Bing oft ernste Differenzen hatte, muß ich sagen, daß ich während dieser Proben für ANTHONY AND CLEOPATRA ein Gefühl von Sympathie für ihn entwickelte, wie ich es später für kein anderes menschliches Wesen mehr besaß. Er kam oft, um bei den Proben zuzusehen, stand dann verloren herum oder ging mit dem Ausdruck größter Verwunderung durch die Dekoration. Die Proben für andere Produktionen mußten ständig verschoben werden, täglich gab es neue Verzögerungen, und um die Wirrnisse zu vergrößern, war auch die Musik dauernden Änderungen unterworfen. Die musikalischen Ergänzungen und Änderungen wurden den Solisten direkt vor den Proben, praktisch noch naß aus dem Kopierer, übergeben. Für uns Beteiligte war die kreative Atmosphäre aufregend, die Folgen für die anderen Produktionen waren aber katastrophal. Bing stand da genau in der Mitte. Er mußte seine Eröffnungspremiere zum Erfolg führen, aber auch den Künstlern der weiteren Produktionen zumutbare Arbeitsbedingungen bieten. Alle gingen auf ihn los.

Samuel Barber, Anthony and Cleopatra, 1966. Metropolitan Opera. (51)

Ich hatte laut Buch auf einem weißen Pferd reitend zu erscheinen. Die für diesen Zweck speziell engagierten Tiere und ihr Trainer waren froh, daß ich reiten gelernt hatte und Pferde liebte. Mit den Pferden gab es keine Schwierigkeiten, selbst dann nicht, wenn wir Stunden auf die Proben des Auftrittes zu warten hatten. Oft kam Bing vorbei und fand mich auf meinem Pferd sitzend. Er pflegte dann die Nüstern des Pferdes zu streicheln oder fütterte Karotten. Er wirkte dabei so verzweifelt in seinen Bemühungen und Versuchen, die Proben voranzutreiben, daß man einfach Mitleid mit ihm haben mußte. Einmal gab ich einen Kommentar von mir und bemerkte, daß ich seine Beschäftigung mit der Pferdeschnauze durchaus verstehen konnte. Er schaute mich verwirrt an, und ich fügte hinzu, daß es für ihn wohl notwendig war, sich mit der Vorderseite eines Pferdes zu befassen, wenn er es doch normalerweise mit dem hinteren Ende zu tun hatte.

In einer anderen Szene mußte ich mit meinem Pferd bis zur Bühnenrampe reiten, eine kurze Arie singen und dann wieder zurückreiten. Die gesamte Bühne war mit goldenem, lederartigem Plastik verkleidet, ganz vorne führten zwei Stufen zum Souffleurkasten. Das Pferd war darauf trainiert, auf gesprochene Befehle zu reagieren, und ich konnte daher während des Singens kaum Anweisungen geben. Das Pferd versuchte, ständig auf die Stufen des Souffleurkastens zu steigen, das irritierte mich während des Singens. Schließlich bemerkte ich das Problem. Mein Pferd wurde an der Hinterseite von zwei anderen Pferden beschnüffelt und geriet dadurch in Aufregung; nur allzu verständlich. Daraufhin ersuchte ich die anderen Reiter, etwas mehr Abstand zu halten, und das Problem war gelöst.

Jedermann gab sein Bestes, um die Premiere bemerkenswert zu machen. Thomas Schippers war ein guter Freund Samuel Barbers. Er vollbrachte die meisterhafte Arbeit, die Aufführung musikalisch zu gestalten. Aber auch er litt unter den supertechnischen Wunderapparaten der neuen Bühne. Am Abend der Premiere nahm er seinen Platz vor dem Orchester ein, hob den Taktstock, um den ersten Auftakt im großen neuen Haus zu geben, aber zu seiner Überraschung senkte sich plötzlich die hydraulische Plattform, er wartete, hob seine Hand neuerlich, als sich das Podium unerwartet wieder hob. Nach einigen weiteren Auf-und-ab-Bewegungen konnte er mit dem Orchester endlich beginnen und der Vorhang öffnete sich, um den Blick auf ein gigantisches Spektakel freizugeben. Nichts konnte die Wirkung der Eröffnungsszene übertreffen, und nichts übertraf sie an diesem Abend tatsächlich. Die Oper war derart extravagant inszeniert, daß Schauspiel, Musik und auch der Gesang im Überschwang der cinemascopeähnlichen Effekte untergingen. Jede Aussage über den tatsächlichen Wert der Oper und seiner musikalischen Nummern wurde dadurch in den Hintergrund gedrängt.

Später wurde ANTHONY AND CLEOPATRA in einigen wenigen Studenten- und Universitätsproduktionen wieder aufgeführt, wurde aber nie wirklich ernsthaft in einer Umgebung inszeniert, die es erlauben würde, eine kritische Beurteilung der Oper abzugeben.

Die Eröffnung der neuen Met hätte ein Meilenstein in der amerikanischen Operngeschichte werden können. Das Ergebnis konnte die hochgesteckten Erwartungen leider nicht erfüllen und war weniger aufregend. Traurig! Und doch bin ich stolz, Teil dieser Zeremonie gewesen zu sein. Die Met blieb aber ein italienisches Haus und ließ sich die Chance entgehen, sich auch in Englisch zu profilieren.

Samuel Barber, Anthony and Cleopatra, 1966. Metropolitan Opera. (52)

Opern in englischer Sprache haben eine große Geschichte. Man braucht nur an Purcell, Händel und andere zu denken, um zu erkennen, daß die großen Komponisten Italiens, Deutschlands und Frankreichs eine Form der Oper schufen, die sich an eine breitere Öffentlichkeit wendete als jene in den englischsprachigen Ländern. Englische Komponisten wie Walton und amerikanische Komponisten wie Carlyle, Copeland, Menotti, Barber und viele andere haben die Opernliteratur aber doch um viele englische Glanzstücke bereichert, und viele weitere Werke kommen Jahr für Jahr dazu.

Das wichtigste und wahrscheinlich derzeit einzige Meisterwerk, das einem englischen Komponisten zugeschrieben werden kann, ist PETER GRIMES von Benjamin Britten. Obwohl ich Bings früheres Angebot, PETER GRIMES an der Met zu übernehmen, nicht angenommen hatte, akzeptierte ich die nächste Einladung für diese Rolle, die von Adler aus San Francisco kam.

Kurt Herbert Adler hatte es im Handumdrehen geschafft, den provinziellen Status der San Francisco Opera so zu verändern, daß sein Opernhaus zu einem der führenden in der ganzen Welt wurde. Er schuf das »Merola Programm«, eine Kombination zwischen einem Vorsingen und einer Übungszeit für junge Künstler, an dem auch ich als einer der

Bei den Proben zu Anthony and Cleopatra, 1966.
(v. l. n. r.) Franco Zefirelli, Jess Thomas und Samuel Barber. (53)

Ersten teilnahm und gewann. Er bemühte sich intensiv darum, sowohl ausländische wie auch einheimische Künstler zu Debütrollen nach San Francisco zu bringen und schlug dabei Bing um ein Vielfaches. Er holte viele prominente Künstler zuerst nach San Francisco, bevor sie nach New York gingen. Dabei war er auch sehr innovativ in der Wahl seines Repertoires. Er war ein scharfsinniger Direktor und diente der San Francisco Opera mehr als dreißig Jahre lang. Sie war sein Lebenswerk, das er genauso wie Bing in New York mit eiserner Hand führte.

Es ist nicht uninteressant festzustellen, daß die zwei bedeutendsten Opernhäuser in Amerika jahrzehntelang von geborenen Wienern geleitet wurden. Beide, Bing und Adler, waren Autokraten, Adler würde ich sogar als Diktator bezeichnen. Beide akzeptierten, daß sie für alles, was an ihrem Haus schiefging, verantwortlich gemacht wurden, da ihnen auch jede Entscheidung überlassen war. Aber beide verlangten auch gleichermaßen Anerkennung für alles, was an ihrem Opernhaus ein Erfolg wurde. Und über Erfolg konnten sich beide lange Zeit erfreuen.

Adler kommandierte ein kleineres Schiff als Bing. Daraus resultierte, daß er ein wesentlich kleineres Budget hatte, in dem er sich nicht den Luxus leisten konnte, für alle Rollen eine Zweitbesetzung zu engagieren. Er bewegte sich daher auf sehr dünnem Eis und geriet oft in die Nähe der Katastrophe, wenn Künstler kurzfristig absagten. Er war aber häufig in der Lage, eine Vorführung schlicht und einfach dadurch zu retten, daß er via Telefon Kontaktleute anrief und um Hilfe bat. Sowohl Bing wie auch Adler waren herrische Charaktere, die oft bis zur Grenze der Unmenschlichkeit gingen und sich dadurch viele Feinde schufen. Wer aber würde sich in einer derart exponierten Position nicht ebenso verhalten? Beide hatten auch eine wichtige Eigenschaft: Sie konnten äußert geschickt verhandeln und scheuten sich nicht, jede kleinste Nuancierung zwischen Lüge und Wahrheit zu verwenden. Gaben sie aber schließlich eine endgültige Antwort, dann war die Sache abgeschlossen. Auf das endgültige Wort Bings und Adlers war Verlaß.

Ich kenne Kurt Herbert Adler nun seit mehr als 33 Jahren. In dieser Zeit wurde ich vom erschreckten Studenten zum dankbaren, aber vorsichtigen Gewinner des Vorsingens, vom gefeierten und kontroversen Künstler zum bewundernden Freund und Nachbarn in Marine County in Kalifornien. Kurt ist eine komplexe Persönlichkeit, und er birgt eine Menge von Widersprüchen. Seine harte Schale ist nun schon etwas geschmolzen, seitdem der Druck des Direktorpostens nicht mehr länger auf ihm lastet und er geruhsam mit seiner Frau und seinen beiden kleinen Kindern in Kalifornien leben kann. Nach wie vor ist er allerdings viel beschäftigt. Er dirigiert, arbeitet im »National Council for the Endowment to the Arts« sowie an vielen anderen Projekten. Wahrscheinlich verließ er die Opernszene zu früh, denn er ist so vital, daß er mit seinen 80 Jahren noch immer mit den meisten Männern mithalten kann, die erst halb so alt sind wie er.

Nur wenige Künstler, die mit Kurt zusammenarbeiten, werden nicht sofort zugeben, daß sie zu ihm immer eine intensive Beziehung hatten. Sehr häufig bestand diese Beziehung aus einer Art Haßliebe. Auch meine Zusammenarbeit mit ihm bildete da keine Ausnahme. Wir hatten unsere Meinungsverschiedenheiten, unsere Streitigkeiten, die sich aber zu guter Letzt alle aus dem Stoff erwiesen, aus dem gute Freundschaft gewebt ist.

Während der Proben zu PETER GRIMES lagen wir oft im Streit. Ich war erfreut, diese Rolle singen zu können, stand aber unter Zeitdruck, da ich mit den Proben noch vor

Benjamin Britten, Peter Grimes, 1973. San Francisco. (54)

Beendigung einer TANNHÄUSER-Serie beginnen mußte. Glücklicherweise hatte ich den ausgezeichneten englischen Dirigenten John Pritchard zu meiner Unterstützung. Die erfreuliche Zusammenarbeit mit ihm setzte sich später in Genf mit einer ARIADNE fort. Vor kurzem wurde er musikalischer Leiter der San Francisco Opera. John hatte einen sehr talentierten jungen Assistenten zur Hand: Calvin Simmons. Calvin machte eine kurze, aber brillante Karriere als Dirigent, die ihn von San Francisco nach Glyndeborne und wiederum zurück nach Oakland als Dirigent des Oakland-Symphony-Orchesters führte.

Um die Rolle des PETER GRIMES optimal zu gestalten, wandte ich mich an Benjamin Britten selbst. Er gab mir viele Anregungen in bezug auf Typ, Verhalten, Aussehen und Inhalt der Oper. Ich war also bestens vorbereitet, als ich mir der Tatsache bewußt wurde, daß mich sowohl Adler als auch andere in eine Form zwängen wollten, die mir weder gefiel noch richtig für mich war. Jon Vickers war über eine sehr lange Zeit praktisch die

Benjamin Britten, Peter Grimes, 1973. San Francisco. (55)

Inkarnation des Peter Grimes, man konnte sich offensichtlich keinen anderen als ihn in dieser Rolle vorstellen. Selbst meine Perücke ähnelte der von Jon. Gegen soviel Beeinflussung lehnte ich mich auf und wollte wissen, was eigentlich gegen meine eigenen Haare sprach. Keiner konnte sich auch darüber beschweren, daß ich der falsche Typ für diese Rolle war, immerhin kamen meine Vorfahren aus der Gegend, in der die Oper spielt. Auch Britten verlangte kein graues Haar, warum also die Verkleidung? Ich hatte um meinen eigenen Peter Grimes zu kämpfen, und jeder Tag brachte neue Auseinandersetzungen.

Adler stürmte einmal in meine Garderobe und teilte mir mit, daß ich für seinen Geschmack nicht bedrohlich genug aussah. Daraufhin schnappte ich ihn bei seinen Rockaufschlägen und warf ihn zur Tür hinaus. Peter Grimes konnte also sehr wohl bedrohlich sein. Ich blieb schließlich in Fragen des Kostüms und der Perücke erfolgreich und war überzeugt, meinen eigenen ›Peter Grimes‹ auf die Bühne stellen zu können. Der bekannte Sir Geraint Evans wurde sowohl als Regisseur wie auch als Sänger des Balstrode engagiert. Seine einzige Kritik bestand darin, daß meine amerikanische Herkunft in einem einzigen Wort zu hören war. Ich sagte »wa-ter« anstelle von »wah-tah«. Ich wußte, daß Geraint diese Rolle oft gesungen hatte, und daß seine Kommentare und Anweisungen authentisch waren. Die Kritiker schließlich bezeichneten die lange erwartete Britten-Oper als Triumph für die San Francisco Opera, und auch ich selbst war höchst befriedigt über die Tatsache, daß ich in die interessante Rolle des Peter Grimes Zeit und Mühe nicht vergeblich investiert hatte. Ich war sehr zufrieden, eine englischsprachige Oper gefunden zu haben, die die Tiefe meiner Ausdrucksfähigkeit genauso auslotete, wie die Wagner-Rollen. Es hatte sich gezeigt, daß auch eine englische Oper für mich und mein Publikum ein Spitzenerlebnis sein konnte.

KAPITEL 9

DER RING SCHLIESST SICH

»Was ihr mir nützt, weiß ich nicht, doch nahm ich euch aus des Horts gehäuftem Gold, weil guter Rat mir es riet. So taug' eure Zier als des Tages Zeuge, es mahne der Tand, daß ich kämpfend Fafner erlegt, doch das Fürchten noch nicht erlernt.« Das sind Siegfrieds Worte, nachdem er dem erschlagenen Fafner Ring und Tarnhelm entwendet hat. Der Ring erweist sich für Siegfried genauso wie für alle, die ihn je besaßen, als nutzlos. Der Ring, das von Wagner gewählte Machtsymbol, wird den Rheintöchtern entrissen und geht durch viele Hände. Alberich besitzt ihn, er bleibt aber gegenüber Wotans und Loges Bemühungen, ihm den Ring zu entreißen, machtlos. Auch Wotan kann des Ringes Kraft nicht zu seinem Vorteil nützen und muß ihn an Fasolt und Fafner hingeben. Fafner tötet Fasolt, um den Ring zu erringen, wird aber von Siegfried erschlagen, der das Symbol der Macht, das bis zu diesem Zeitpunkt nutzlos war, an sich reißt. Siegfried gibt den Ring wiederum an Brünnhilde weiter, um ihr damit Schutz zu bieten, er kommt aber selbst als Gunther zurück, um ihn wieder an sich zu nehmen. Brünnhildes Versuche, ihn abzuwehren, bleiben erfolglos, Siegfried gewinnt den Ring leicht zurück. Aber auch Siegfried erlangt durch den Ring keine Macht, er steht Hagens Attacke wehrlos gegenüber und wird getötet. Zuletzt nimmt Brünnhilde den Ring an sich und reitet in das Feuer, um den Ring dem aus dem Ufer tretenden Rhein und damit den Rheintöchtern zurückzugeben. Die letzten Worte dieser grandiosen Tetralogie sind Hagens Warnung: »Zurück vom Ring!« Für wen war der Ring von Nutzen?

Der Ring erwies sich auch in meinem Leben als ein wichtiges Symbol, das für mich gleichermaßen nutzlos war. Schon in meinen Kindheitsträumen wünschte ich mir einen Diamantring wie jenen meines Förderers Dr. John Butler. Es war ein großartiger Ring, den mein Freund und Hofjuwelier Friedrich Weiss in München nach meinen Angaben entwarf. Der Ring bestand aus drei lupenreinen quadratisch geschnittenen Diamanten von jeweils über einem Karat. Den Steinen waren auf meinem Ring die Buchstaben M, L und P zugeordnet, sie standen für MEISTERSINGER, LOHENGRIN und PARSIFAL. Der Ring war bestechend schön, man könnte sagen typisch für einen Tenor. Allerdings konnte ich mich nicht lange daran erfreuen, er wurde mir aus meiner Hotelsuite in Mexiko City gestohlen, während ich in der Badewanne saß.

Auch einen anderen Ring versuchte ich mir aus reiner Sentimentalität anfertigen zu lassen. Er sollte mich an die Fertigstellung meines ersten RINGS in Bayreuth erinnern. Ich begann dafür von allen wichtigen Personen, die mich in meiner Laufbahn begleitet hatten, kleine Goldstücke zu sammeln und plante, sie zu einem Ring zu verschmelzen, den ich als Talisman tragen wollte. Von meinem Lehrer, Otto Schulmann, bekam ich zwei Manschettenknöpfe, die er während seiner Dirigentenzeit in Deutschland getragen hatte. Von meiner Mutter nahm ich ein kleines Goldmedaillon, weiter erhielt ich eine Goldmünze aus München, die anläßlich der Eröffnung des Nationaltheaters geprägt wurde. So begab ich mich zur Familie Wagner in Bayreuth und bat um ein kleines Goldstück aus dem Nachlaß Wielands, etwas, das sich in seinem persönlichen Eigentum befunden hatte. Es gab keines! Wieland hatte offensichtlich kein einziges Goldstück besessen. So konnte ich mein privates Ringprojekt nicht vollenden.

In Mexico City hatte man mir allerdings nicht nur meinen M-L-P-Ring gestohlen, praktisch all mein privater Schmuck, Uhren, Ring, Krawattennadeln und vieles mehr war verschwunden. Bevor ich dann zu einer meiner letzten Vorstellungen ging, mußte ich mir in einem Geschäft sogar ein Paar Manschettenknöpfe besorgen, um nicht mit offenen Hemdsärmeln herumlaufen zu müssen. Es war katastrophal. Die einzigen Gegenstände, die mir nach diesem Diebstahl übriggeblieben waren, bestanden aus einer goldenen Uhr sowie meinem Tristan-Tannhäuser-Ring, die sich bei mir im Badezimmer befunden hatten. Zu allem Unglück war der Verlust nicht durch eine Versicherung gedeckt – und doch sollte er schon in naher Zukunft reich aufgewogen werden. Ein anderer Ring, den ich als Geschenk bekam, bescherte mir eine Zufriedenheit, die ich mir bis dahin nicht hätte träumen lassen. Er wurde mir von einem ergebenen Fan an der Metropolitan Opera geschenkt und brachte mich mit meiner geliebten Frau Violeta zusammen. Die daraus resultierende Romanze und Ehe ist ein unauslöschlicher Teil meiner Ringerlebnisse und gleichzeitig mein beständigster Ring.

Ein Ring hat wie ein Kreis keinen Anfang und kein Ende. Diese Weisheit stimmt auch für Wagners RING. Aus praktischen Gründen muß man bei der Beschreibung an irgendeiner Stelle beginnen, und Wagner begann seinen RING mit RHEINGOLD.

Das Rheingold

Meinen ersten ›Loge‹, den Feuergott im RHEINGOLD, gab ich schon in Karlsruhe am Ende der Spielzeit 1959/60. Die Kritiker wie auch das Publikum fanden großen Gefallen an meiner Darstellung. Ich selbst wiederum fand in ›Loge‹ einen interessanten Charakter und eine musikalische Herausforderung. Man hatte mir erzählt, daß die Rolle bei der Uraufführung von RHEINGOLD in München mit einem jugendlichen Tenor besetzt war.

Richard Wagner, Das Rheingold, 1967.
Jess Thomas als »Loge«. (56)

Dieser Sänger erntete zum Entsetzen Wagners einen großen Szenenapplaus nach »Immer ist Undank Loges Lohn«. Die Rolle wird auch oft von Tenören aus dem Charakterfach besetzt, verlangt aber sicherlich mehr. Ich sehe in Loge einen der nobelsten Wagner-Helden. Er ist ein Halbgott und manipuliert seine Umgebung mit schonungsloser Offenheit und viel Geschick. Er stellt den modernen Menschen schlechthin dar und wird oft als der beschlagene schlaue Anwalt dargestellt. Eine Personifizierung des Politikertyps Kennedy liegt im Charakter Loges immanent verborgen. Welche Intention Wagner auch immer mit der Rolle gehabt haben mag, ich erfreute mich der Arbeit an der Rolle, fand sie erheiternd und sehr verschieden von allen anderen Wagnerschen Tenorrollen.

Nach meinen ersten Auftritten als ›Loge‹ ließ ich ihn allerdings für einige Jahre in seiner feurigen Umgebung rasten. Ich sang die Rolle dann erst 1967 in San Francisco wieder. Adler hatte mir das Versprechen abgerungen, alle vier Tenorrollen des RINGS in seinem Projekt in San Francisco zu übernehmen, das im Jahr 1967 mit RHEINGOLD begann. Es war das die Zeit, in der ich meinen ersten ›Tristan‹ sang.

Adler gewann wie immer eine wunderbare Besetzung mit David Ward als ›Wotan‹, Irene Dalis als ›Fricka‹, Thomas O'Leary und Joseph Greindl als Riesen, Arlene Saunders als ›Freia‹ und der jungen Mignon Dunn als ›Erda‹; Paul Hager inszenierte in Wolfram Skalickis Bühnenbild, als Dirigent wurde Leopold Ludwig gewonnen. RHEINGOLD war der Beginn eines gesamten RINGES, der in San Francisco seit über dreißig Jahren nicht mehr aufgeführt worden war. Ein Kritiker erfreute sich besonders an der Tatsache, daß es in San Francisco wieder einen RING geben würde und begann seine Kritik mit der Bemerkung: »Eine Aufführung von Wagners Werk ist mehr wert als zehntausend Bücher, die den Leuten sagen, was sie zu denken haben, wenn sie die Musik hören.« Diese Ansicht hatte der Kritiker im übrigen auch mit Wieland Wagner gemeinsam.

Während der Zeit der RHEINGOLD-Produktion hielt die San Francisco Opera viele ihrer Proben in einer großen Halle der Armee ab, die einige Meilen vom Opernhaus entfernt war. Das Gebäude selbst war riesig genug, um eine eigene Atmosphäre und ein eigenes Klima zu entwickeln. Es bildeten sich tatsächlich Wolken unter dem Dach, das für gewöhnlich zahllosen Militärfahrzeugen Schutz bot, Militärfahrzeugen, die schließlich auch während der Proben von Zeit zu Zeit heulend ein und aus fuhren. Vor einer dieser Proben wurden wir bereits geschminkt und im Kostüm vom Opernhaus zu dieser Halle befördert. Irene Dalis saß gemeinsam mit mir im Taxi und zerbrach sich den Kopf, was wohl die Polizei zu unserem wilden Aussehen und zu den verrückten Kostümen sagen würde, sollte man unser Auto aufhalten. Was würden wir sagen? Unsere Bedenken waren sicherlich völlig grundlos. Wir waren doch in San Francisco, wir hätten uns auch keineswegs als Theaterleute zu erkennen geben müssen. Sogar damals schon war eine derartige Aufmachung durchaus nicht außergewöhnlich, heute könnte man sie beinahe bereits als normal bezeichnen.

Der große Erfolg der RHEINGOLD-Aufführungsserie dokumentierte das öffentliche Interesse an der Fortführung des Ringprojektes. Dieser RING setzte aber auch Maßstäbe für einen neuen Stil in San Francisco, der im wesentlichen auf Bayreuths Neuerungen fußte und doch einige Kompromisse schloß und zusätzliche Erweiterungen beinhaltete, die die Szenen an den amerikanischen Geschmack anpaßten. Der größte Teil der Produktion war begeisternd, und doch wurden einige der Herausforderungen an eine RING-Realisierung nicht erfüllt. In San Francisco waren offensichtlich die Erwartungen

Richard Wagner, Das Rheingold, 1961. San Francisco.
Jess Thomas als »Loge«. (57)

zu hoch gesteckt, denn eine für die Mehrheit gültige, optimale Lösung kann es für den RING nicht geben.

Nachdem ich ›Loge‹ in mein Repertoire aufgenommen hatte, bekam ich bald die Möglichkeit, diese Partie in Wien zu präsentieren. Im Herbst 1968 sang ich dort ›Loge‹ zum erstenmal und bemerkte, daß das Publikum meine neue Rolle mit Interesse aufnahm. Gerade Wien mit seiner langen Wagner-Tradition erscheint mir als Gradmesser für eine gelungene Interpretation wichtig. Trotz der Unterschiede zu den Wagner-Helden hatte Wagner selbst angedeutet, daß alle vier Tenorrollen im RING von ein- und demselben Tenor gesungen werden sollten. Ich hatte den RING in San Francisco mit RHEINGOLD begonnen, warum sollte ich Wagners Empfehlung, alle vier Rollen in einer Aufführungsserie zu singen, nicht aufgreifen? Mein Vorschlag stieß in Wien nicht auf taube Ohren. Dort gab man mir die Chance, während der Wiener Festwochen 1970 alle vier Rollen in einem Zyklus zu singen. Die Aufführungen waren optimal auf 10 Tage verteilt, so daß ich diesen RING-Marathon leicht durchstehen konnte. Die konzentrierte Teilnahme an einem solchen Projekt gibt dem Sänger auch die Möglichkeit, die unterschiedlichen Anforderungen an die Rollen des Loge, Siegmund und Siegfried praktisch zu erleben und zu empfinden. Die Aufführungen sind dann nicht nur für das Publikum, sondern auch für den Sänger ein großes Erlebnis. Diese Serie war für mich ein persönlicher Triumph, der nur durch meinen Auftritt bei den 100-Jahr-Feiern der Wiener Staatsoper ein Jahr zuvor übertroffen wurde. Hilbert hatte mir angeboten, innerhalb einer sechswöchigen Periode praktisch alle wichtigen Rollen, die Wien zu bieten hatte, zu singen: ›Loge‹, ›Siegmund‹ und ›Siegfried‹, MEISTERSINGER, PARSIFAL, TRISTAN, LOHENGRIN und TANNHÄUSER, sowie FIDELIO und ARIADNE. Später erzählte mir mein Freund Peter Hofmann, daß er bei seinem ersten Auftritt als Loge in Wien mein altes Kostüm getragen hatte. In Bayreuth hatte er zu diesem Zeitpunkt schon ›Siegmund‹ gesungen, eine Rolle, die auch ich schon frühzeitig erarbeitet hatte.

DIE WALKÜRE

Während meiner letzten Saison in Karlsruhe nahm ich ›Siegmund‹ in mein Repertoire auf. Der erste Kapellmeister in Karlsruhe, Walter Born, der auf mich auch in Bayreuth hingewiesen hatte, war der Dirigent meiner ersten WALKÜRE. Born hatte schon in Bayreuth gearbeitet und mich in die inneren Zusammenhänge der Festspiele eingeführt.

Born kannte meinen dichtgedrängten Terminkalender und bot mir die Rolle des ›Siegmund‹ gerade zu einer Zeit an, als ich eine Menge Rollen neu einstudierte und dabei war, erste Gastspiele auf anderen Bühnen zu geben. In so einer Situation mit der WALKÜRE zu beginnen, erschien mir zwar reizvoll, aber auch ein wenig gewagt. Dann machte mir Born allerdings ein Angebot, das ich nicht ablehnen konnte. Er versprach mir sogar die Premiere, sollte ich in der Lage sein, die erste Orchesterprobe ohne einen Fehler im wirklich schwierigen Text zu überstehen. Mit ›Siegmund‹ so frühzeitig in einer Premiere auftreten zu können, war eine echte Chance. Der Tag der Probe kam. Ich hatte die Rolle mit großer Hingabe studiert und war gut vorbereitet, der erste Akt ging ohne

Schwierigkeiten vorüber. Auch im zweiten Akt, an dessen Ende Siegmund stirbt, schien alles gut zu laufen. Ich stand schon vor meiner letzten Phrase, voll Euphorie und der Gewißheit, daß ich die Premiere singen würde und mein Repertoire um eine weitere Wagner-Rolle ergänzt hatte. In den letzten Sekunden verlor ich durch dieses Gedankenspiel meine Konzentration und sang meine letzten fünf Worte mit großer Überzeugung: »Seine Schnecken schmecke jetzt du« anstelle »Seine Schneide schmecke jetzt du!«. Born wäre vor Lachen beinahe vom Podium gefallen. Am nächsten Tag sang ich trotzdem die Premiere, und da fehlerfrei.

Born war an Probleme mit meinen deutschen Textstudien gewohnt. Schon früher hatte ich ihm reichlich Grund zum Lachen gegeben und ihm die Tränen in die Augen getrieben, als ich während einer Klavierprobe eine drastische Veränderung im Text Siegmunds vornahm.

Siegmund erzählt Sieglinde, woher er kam und berichtet enthusiastisch, daß die Dunkelheit, die ihm widerfuhr, durch die hellstrahlende Sonne ihrer Anwesenheit verdrängt wurde. Die erzählerische Phrase: »Sank auf die Lider mir Nacht, die Sonne lacht mir nun neu« schien mir ursprünglich kein Problem. Nicht einmal nachdem ich die Stelle gesungen hatte, machte Born, ein vollendeter Gentleman, mich in Anwesenheit der Sieglinde auf meinen Fauxpas aufmerksam. Kurz danach zog er mich sanft beiseite, er hatte noch immer Tränen in den Augen, und erklärte mir, daß das, was ich gesungen hatte, für ihn klang wie: »Sank auch die Glieder mir nackt.«

Die Berichte vom Erfolg der Premiere drangen bis nach München, wo schon bekannt war, daß ich für die nächste Saison engagiert war. Trotz dieser Bestätigung war ›Siegmund‹ eine Rolle, die ich wie ›Loge‹ bis zu einem späteren Zeitpunkt vertagte. Siegmund liegt so tief, daß mir eine Konzentration auf diese breite, niedrige Stimmlage mit all den anderen Rollen mit hochliegender Tessitura unvereinbar erschien. Es sollten sechs Jahre vergehen, bevor ich mich dieser Rolle wieder zuwandte.

Zwei wichtige Angebote im Jahre 1967 brachten mich dann dazu, ›Siegmund‹ neu einzustudieren. Zuerst stand Wieland Wagners Einladung, an Bayreuths erster Gastspielreise teilzunehmen. Die Bayreuther Festspiele waren eingeladen, an Festspielen in Osaka, Japan, mit TRISTAN UND ISOLDE und WALKÜRE teilzunehmen. Ich sollte dabei TRISTAN als Vorbereitung für die bereits geplante Produktion in San Francisco studieren und ›Siegmund‹ singen. Wieland Wagner kontrollierte die Vorgänge von seinem Krankenbett aus, änderte Kostüme, ließ sich Fotos zeigen und überwachte alles. Nichts geschah ohne seine Zustimmung. Ich war dann sehr erfreut, sein endgültiges Einverständnis zu meinem Kostüm und der Perücke für das kommende Gastspiel in Japan zu haben. Wieland verstarb allerdings noch vor dem Gastspiel, seine Pläne jedoch wurden ausgeführt. Der Vertrag für dieses Gastspiel wurde eingehalten, und die meisten der künstlerischen Teilnehmer waren von tiefer Trauer erfüllt, daß er selbst nicht dabei sein konnte, um seine Produktion zu überwachen. Die Bemühungen der Japaner, das Gastspiel der Bayreuther Truppe optimal vorzubereiten, waren rührend. Frau Miki Muriyama, die Direktorin der Festspiele in Osaka, war oft in Bayreuth gewesen und hatte immer davon geträumt, das authentische Ensemble in ihre Heimatstadt einzuladen. Sie hatte dafür gesorgt, daß ihr Festspielhaus so geschmückt und umgebaut wurde, daß es dem Festspielhaus in Bayreuth ähnelte, so gut es nur möglich war. Selbst eine Büste Richard Wagners war aufgestellt worden. Tatsächlich gastierten wir in einer echten

Gastspiel in Japan. Richard Wagner, Die Walküre, 1967. Osaka.
Jess Thomas als »Siegmund«. (58)

Bayreuth-Besetzung, mit eigenen Sängern und Dirigenten. Nur der Chor wurde von den Japanern gestellt, mit der Begründung, daß die gewählten Opern in dieser Hinsicht nur geringe Anforderungen stellten. Die Japaner stellten freilich auch das Orchester, obwohl an dieses bekanntlich weit höhere Anforderungen gestellt werden.

Die Dekorationen wurden exakt nach den Anforderungen angefertigt, die man aus Bayreuth gestellt hatte. Es entstanden also präzise Kopien der Bühnenbilder von TRISTAN UND ISOLDE und WALKÜRE. Aber ganz exakt waren diese Kopien dann doch nicht. Wie allgemein bekannt ist, sind die Japaner Meister im Kopieren, und dabei gelingt die Kopie oft sogar besser als das Original. Der Bodenbelag für den ersten Akt der WALKÜRE wurde den Japanern beschrieben und durch Farbfotos und Zeichnungen illustriert, er war erdfarben und schwarz getönt. Auf den Bildern konnte man leicht erkennen, daß die Oberflächenstruktur aus unregelmäßigen Spitzen, die aus weichem

Schaumgummi gemacht waren, bestand. Daraus ergab sich zufolge der Beleuchtung ein guter räumlicher Eindruck. Bei meinem ersten Auftritt im Kostüm stürzte ich auf die Bühne und warf mich, wie von der Regie vorgeschrieben, auf die Knie. Ein Schreck durchzuckte mich: Die Japaner hatten den Boden in seinem Aussehen perfekt kopiert, dann aber das falsche Material gewählt. Das rauhe Profil wurde in Japan nicht aus Schaumstoff, sondern aus hartem Plastikmaterial nachgebildet. Meine Knie fühlten den Unterschied, den meine Augen übersehen hatten, sofort. Ich riß mir auf beiden Beinen die Haut in Fetzen, am Ende des ersten Aktes konnte Siegmund seine Wunden schon durch das herabrinnende Blut beweisen. Der Bayreuther Hausarzt, der auf die Tournee mitgenommen wurde, verbot mir in den weiteren Aufführungen meine Kniefälle. Durch geschickte Anwendung von Bandagen und vorsichtigere Bewegungen erfüllte ich dann aber doch die Regieanweisungen, ohne weitere Verletzungen davonzutragen.

Wir hatten eine aufregende Zeit in Osaka. Pierre Boulez dirigierte TRISTAN UND ISOLDE, Thomas Schippers die WALKÜRE. Jede Oper wurde viermal aufgeführt, Windgassen und Nilsson gaben TRISTAN UND ISOLDE, Helga Dernesch und ich waren ›Siegmund‹ und ›Sieglinde‹. Viele Bayreuther Lieblinge waren mit auf die Tournee gekommen, so daß Frau Muriyama, die sich als perfekte Gastgeberin erwies, alle Hände voll zu tun hatte. Sie arrangierte Besichtigungstouren, führte uns in Tempel und Gärten und zu Geschäften, in denen man günstig Perlen oder Seide kaufen konnte. Es gab eine Unzahl von Ausflügen nach Kyoto sowie in das Landesinnere, und ich hätte mir keine bessere Einführung in die japanische Lebensart vorstellen können. Selbst das berühmte, vornehme, zurückhaltende und doch höfliche Kichern japanischer Frauen konnte ich hautnah erleben. Betrat ich gemeinsam mit einheimischen Damen einen Aufzug, erschien ich mir, wie auch ihnen, als Riese. Mit meinen 1,90 Metern hatte ich in Japan auch große Probleme auf der Unterbühne, von einer Seite auf die andere zu gelangen. Wenn ich nicht mit dem Kopf an die Decke stoßen wollte, mußte ich mich bemühen, tief gebückt zu gehen.

Die Japaner sind ergebene Liebhaber der Wagnerschen Musik, und die Festspiele waren total ausverkauft. Die Stimmung war immer euphorisch und explosiv zugleich. Nach den Aufführungen bemerkte ich immer, wie extrem erschöpft die Orchestermitglieder und hier insbesondere die Geiger waren. Durch einen Dolmetscher erklärte mir einer von ihnen, daß ihre Arme, an der Körpergröße ihrer europäischen Kollegen gemessen, klein wären und sie sich bei den extensiven Bewegungen, die ihr Spiel erforderte, besonders anzustrengen hätten. Trotz alledem spielten sie exquisit und hielten immer mit totaler Hingabe durch.

Es überraschte mich schon zu dieser Zeit die in Japan sehr fortgeschrittene Kameratechnik der Fernsehleute. WALKÜRE wurde für das Fernsehen aufgezeichnet, und das ist keine leichte Aufgabe, denn die Ausleuchtung dieser Produktion war so spärlich, daß viele Fotografen nicht einmal versuchten, Fotos von den Proben zu machen. Die TV-Kamerateams saßen mit ihren japanischen Textbüchern in jeder Probe und machten Notizen für die Aufnahme der Liveaufführung. Die Kameras waren auch damals schon so empfindlich, daß man selbst das Licht einer einzelnen Kerze so verstärken konnte, daß sie den Effekt der aufgehenden Sonne ergab. Eine Aufzeichnung dieser Übertragung konnte ich zwei Wochen später am Ende der Tournee in Tokio sehen. Ich wollte die bezaubernde Stadt aus der gemütlichen Sicht des historischen Frank Lloyd Wright

Imperial-Hotels kennenlernen und konnte am Abend meines Eintreffens feststellen, daß Aufzeichnungen von dem Osakafestival im Fernsehen gebracht wurden. Ich setzte mich vor den Fernseher und bewunderte, wie es den Technikern gelungen war, die wesentlichen Elemente von Wielands Produktion auf den Bildschirm zu bannen. Die Einstellungen waren generell in der Totale, sie waren technisch so klar und plastisch, daß man alle Nuancen des Spiels, besser als vom Auditorium aus, erkennen konnte. Es war erstaunlich. Ich hatte nie zuvor eine geschmackvollere Aufnahme einer Liveaufführung gesehen, dabei waren diese Aufnahmen doch von Künstlern und Technikern gemacht worden, die nur mit dem japanischen Textbuch bewaffnet waren.

Nach einem kurzen Aufenthalt in Hawaii kam ich nach San Francisco zurück, wo ich eine seit langem anstehende Operation an meinen Beinen vornehmen ließ. Der Arzt versicherte mir, daß eine Woche Ruhe nach der Operation mehr als ausreichend wäre und ich dann meine Arbeit fortsetzen könnte. So wurde ich operiert und war schon eine Woche später auf dem Weg nach Paris, um in der Lichterstadt zu debütieren. Ich hatte das Glück, dort wieder in einer Wieland-Wagner-Inszenierung aufzutreten, in der ich viele meiner Bayreuther Freunde traf. Die französische Sopranistin Regine Crespin war meine Sieglinde, ich kannte sie und ihren Gatten Lou Bruder aus Bayreuth besonders gut. In San Francisco hatte ich mit Regine TANNHÄUSER gesungen und an der Met mit beiden für meinen SAMSON Französisch gelernt. Sie waren die idealen Begleiter, mit denen man Paris kennenlernen konnte. Die weitere Besetzung brachte ein Wiedersehen mit Anja Silja und Thomas Stewart.

Paris! Welche Stadt, welche Sprache, welches Flair und erst recht welches Publikum! Und wie es DIE WALKÜRE liebt, das ist unbeschreiblich.

Schon vor der Aufführung war ich allerdings gewarnt worden, daß das Pariser Publikum ausgesprochen unfreundlich sein konnte und sich keineswegs scheute, ein eventuelles Mißfallen lautstark kundzutun. Ich blieb davon glücklicherweise verschont. Vielleicht hat mich die Partnerschaft mit einer der ersten Damen der französischen Opernwelt vor den Mißfallenskundgebungen bewahrt, vielleicht gefiel meine Darstellung wirklich so gut. Die Aufführung wurde jedenfalls ein enormer Erfolg, meine Freude an dem großartigen Opernhaus, an der Stadt sowie den köstlichen Gaben der französischen Küche wurden in keiner Phase getrübt. Ich verließ die Stadt beschwingten Herzens mit einem Vertrag für die nächste Saison.

Ein Jahr später, 1968, sang ich meinen ersten ›Siegmund‹ in Wien. Wien hatte damals schon jene Inszenierung Herbert von Karajans, die auch heute noch zu sehen ist, die im ersten Akt viel freien Raum auf der Bühne bot. Gottlob Frick sang ›Hunding‹, und ich höre heute noch sein kräftiges Räuspern, das vor seinem Auftritt durch die spärliche Dekoration zu mir auf die Bühne drang. In diesem Augenblick verlor ich für eine Sekunde die Konzentration, und ich sang anstelle von »Wehwalt hieß ich mich selbst, Hunding will ich erwarten«: »Hunding hieß ich mich selbst, Hunding will ich erwarten.« Das wurde vom kritischen Wiener Publikum sofort und mit sanftem Gelächter aus dem Stehparterre quittiert. Trotz dieses Zwischenfalls wurde mein ›Siegmund‹ in Wien begeistert aufgenommen. In den folgenden Jahren sang ich ›Siegmund‹ in Wien neben anderen Sängerinnen besonders oft mit Wiens berühmtesten Sieglinden, Leonie Rysanek und Gwyneth Jones.

Für den Herbst des gleichen Jahres war in San Francisco die Fortsetzung des RING-Projektes geplant. Paul Hager setzte seine Regie fort und Leopold Ludwig dirigierte.

Regine Crespin war für die Rolle der Sieglinde engagiert worden, sie war immer eine äußerst sympathische Partnerin, jovial, herzlich und humorvoll.

Eines Abends kam sie gerade aus Salzburg, wo sie unter Herbert von Karajan die ›Brünnhilde‹ anstelle der ›Sieglinde‹ gesungen hatte. Es war keine leichte Aufgabe für sie, die Namen ihrer Partner nicht zu verwechseln und nicht irrtümlicherweise Siegfried anstelle Siegmund zu singen. Sie irrte sich nicht, das Mißgeschick passierte mir. Am Ende des ersten Aktes ergreift Siegmund das Schwert und singt triumphierend: »Siegmund heiß' ich, und Siegmund bin ich.« Mit voller Überzeugung sang ich: »Siegfried heiß' ich, und Siegmund bin ich.«

Ein anderer Zwischenfall, der in Europa sicherlich mehr Beachtung gefunden hätte als in San Francisco, passierte mir im zweiten Akt. Ich hatte mich schon bei der Bühnentechnik darüber beschwert, daß die Konstruktion des Schwertes, das am Ende des zweiten Aktes unter dem Einfluß von Wotans Speer zu zerbrechen hatte, zu kompliziert war. Es gab einfach zu viele Dinge, die mißlingen konnten, aber die Konstruktion blieb unverändert. Immerhin mußten sowohl Speer als auch Schwert gleich wie jene Requisiten im SIEGFRIED aussehen, wo allerdings das Schwert hält und der Speer bricht. Der Moment der Betätigung kam. Ich erhob mein Schwert, und Wotan kam mit grimmiger Geste mit seinem Speer, um mein Schwert zu zerbrechen. Nur mein Schwert brach nicht, ich zog an dem Hebel, schüttelte das Schwert und versuchte sogar, es über meinem Knie zu zerschlagen, aber es half nichts, das Ding war schlicht und einfach zu stabil.

Man kann sich nicht vorstellen, welche Verzweiflung einen packt, wenn so etwas auf offener Bühne passiert. Hubert Hofmann sang den ›Wotan‹ und hatte natürlich in dieser Aufführung auch den falschen Speer bekommen. Wir hatten also die Waffen für die Szene im dritten Akt des SIEGFRIED, in der Wotans Speer durch Siegfrieds Schwert gebrochen wird. Alles war zusammengekommen – Siegmunds Schwert blieb heil, Wotans Speer zerbrach. Die Reaktion aus dem Publikum war eher mäßig. Wäre das in Wien passiert, das Publikum hätte aufgeheult.

Im Jahr 1972 wurde der RING fertiggestellt und vollständig zur Aufführung gebracht. Ich kam mit Adler überein, daß ich, der ich drei RING-Zyklen zu singen hatte, nicht alle vier Tenorpartien übernehmen würde. Wir entschieden uns dafür, ›Loge‹ aus meinem Terminkalender zu streichen, und ich sang ›Siegmund‹ und beide ›Siegfried‹-Partien in allen drei RING-Zyklen.

Eine Aufführung des kompletten RINGS hatte San Francisco seit mehr als drei Dekaden nicht gesehen. Man konnte endlich den neuen Einfluß des Bayreuther Nachkriegsstils hautnah erleben und hatte doch eine Inszenierung, die Schönheit, Romantik sowie die zur RING-Musik gehörenden Mysterien enthielt. Der RING brachte für die Opernfreunde in meiner kalifornischen Heimat wunderbare, erlebnisreiche Stunden, und Adler hätte spielend mehr als dreimal so viele Aufführungen füllen können.

Die Rollen der ›Sieglinde‹ waren mit Marita Napier und Berit Lindholm, die der ›Brünnhilde‹ mit Berit Lindholm und Birgit Nilsson besetzt. Thomas Stewart war als ›Wotan‹ und Clifford Grant als ›Hunding‹ und ›Hagen‹ angesetzt. Otmar Suitner dirigierte. Leute aus ganz Amerika, ja aus der ganzen Welt kamen nach San Francisco, um diesen RING zu sehen. Dazu kam noch, daß die Produktion an der Metropolitan Opera verschoben worden war und es in ganz Amerika keinen anderen RING gab. Vor allem die Aufführungen der WALKÜRE fanden beim Publikum besonderen Anklang. Es bestätigte

Richard Wagner, Siegfried, 1972. Metropolitan Opera.
Birgit Nilsson und Jess Thomas. (59)

sich wieder einmal, daß diese Oper die populärste der RING-Opern ist. Sie wird auch am häufigsten einzeln aufgeführt. Natürlich ist DIE WALKÜRE ein integraler Bestandteil des gesamten RINGS, aber sie kann mehr als die anderen Opern auch als Einzelwerk effektiv wirken.

Kurz nach den Aufführungen der WALKÜRE in San Francisco kehrte ich an die Met zurück, wo ich gemeinsam mit Gwyneth Jones meine erste WALKÜRE unter Erich Leinsdorf sang. Neben Rudolf Bing hatte auch ein anderer, äußerst kreativer Operndirektor Amerikas schon lange davon geträumt, eine RING-Inszenierung in sein Programm aufnehmen zu können: Glynn Ross in Seattle. Seattle erinnert sofort an Flugzeugindustrie und karge Landschaft, aber der Nordwesten und damit auch Seattle bieten für Touristen eine ganze Menge. Ross war sicher, daß er für ein RING-Projekt in Seattle genügend Interessenten und Zuhörer finden würde. Er brachte die finanziellen Mittel auf, und ein RING wurde neu angesetzt. Man begann mit WALKÜRE und konnte eine der großartigsten Opernpersönlichkeiten als Regisseur gewinnen: George London.

George London ist einer jener einzigartigen amerikanischen Künstler, die in der ganzen Welt berühmt waren. Man erinnerte sich ebenso an den ersten Boris eines Amerikaners am Bolschoi-Theater in Moskau, wie an seine Erfolge an der Metropolitan sowie seine Auftritte in Bayreuth, ganz zu schweigen von seinen zahllosen Fans in Wien. George verstand es, eine Wirkung auf der Bühne zu erzeugen, die um Dimensionen größer als das wirkliche Leben erschien. Diese Darstellungsintensität prägte seine Rollen. Seine sensationelle Karriere wurde viel zu früh durch seine Krankheit unterbrochen. Er ließ sich aber nicht davon abhalten, sein vielfältiges Talent weiter einzusetzen und beschäftigte sich mit jungen Sängern, arbeitete in vielen administrativen Funktionen und übernahm auch Regien.

Ich hatte mein Bayreuther Debüt in PARSIFAL gemeinsam mit George gemacht und auch später anläßlich der Eröffnungsgala in München in AIDA mit ihm gearbeitet. Ich wußte also, wieviel George für die Regie der WALKÜRE zu bieten hatte. Seattle konnte sich glücklich schätzen, George für diese erste Produktion zu gewinnen, in der er Maßstäbe setzte, die für den anhaltenden Erfolg des RING-Projektes verantwortlich waren. Henry Holt dirigierte DIE WALKÜRE. Meine Kollegin Ingrid Bjoner mußte aus Krankheitsgründen absagen und ich empfahl daher Bocena Ruk-Focic, mit der ich in London unter Solti zusammengearbeitet hatte, als ›Sieglinde‹. Der RING wurde in doppelter Besetzung sowohl in Deutsch als auch in Englisch aufgeführt. Er ist nun seit mehr als 14 Jahren ein Prunkstück in Seattle.

Nach dem großen Erfolg der WALKÜRE sang ich ›Siegmund‹ in vielen Städten und Aufführungen. Darunter befanden sich auch konzertante Aufführungen des ersten Aktes mit vielen großen Orchestern, Dirigenten und Künstlerkollegen. Partner bei diesen Aufführungen waren Schippers, Leinsdorf, Levine, Schemmerhorn, Torkanovsky, Cherry sowie Eileen Farrell, Phyllis Curtin, Johanna Meier, Claire Watson, Jessye Norman u.v.a. DIE WALKÜRE wurde überhaupt zu der Oper, die ich am häufigsten in konzertanten Aufführungen gab und jene, in der ich in den meisten Städten, und hier wiederum in den meisten amerikanischen Städten, aufgetreten bin: New York, Rochester, Philadelphia, Boston, New Orleans, Ravinia, Cincinnati, Witchita, Nashville, Houston, Detroit und viele, viele mehr.

Ein Ring schloß sich auch, als Jacques Karpo mich einlud, ›Siegmund‹ in Marseille zu singen. Jacques war Paul Hagers Assistent in San Francisco gewesen, in der Zwischenzeit jedoch selbst zu einem berühmten Regisseur und zum Direktor der Municipal Oper in Marseille geworden. Es war großartig, mit Jacques, dessen spezieller Wagner-Stil einen neuen Siegmund kreierte, zu arbeiten. Zusätzlich bewunderte ich die farbenprächtige Hafenstadt Marseille, die Schönheit der Umgebung, die köstlichen Meeresfrüchte, das Klima sowie die Atmosphäre, die mein Freund Jacques in seiner Umgebung geschaffen hatte. Anläßlich dieser Aufführungen im November 1978 hatte ich mir übrigens meinen ersten Flug mit der Concorde nach Europa geleistet, auf der Rückreise besuchte ich Freunde in Paris und verbrachte einige Tage im weltberühmten Ritz.

DIE WALKÜRE brachte mich weit in der gesamten Welt herum; ›Siegmund‹ war stets eine meiner Lieblingsrollen, eine Rolle, die mir auch zwei der aufregendsten Abschiedsvorstellungen meiner Laufbahn bescherte. Im Dezember 1981 genoß ich einen kurzen Urlaub in meinem Haus in Tiburon. An der nahe gelegenen San Francisco Opera war ich seit PARSIFAL und TRISTAN im Jahre 1974 nicht mehr aufgetreten. Mein Verhältnis zu Adler war in dieser Zeit recht gespannt gewesen, so daß sich durch Probleme mit seinen Angeboten oder meinen Terminplänen keine Engagements ergaben. Die Differenzen gingen so weit, daß ich nicht einmal Pläne hatte, in seiner Abschiedssaison im Jahre 1981/82 aufzutreten, obwohl ich von Adlers Nachfolger, Terrance McEwen, zu diesem Zeitpunkt schon Angebote für mehrere Saisonen, die auch ein Mitwirken an dem von ihm geplanten neuen RING-Projekt vorsahen, hatte. Zu Beginn dieses Urlaubs im Dezember 1981 trat ich allerdings an Terry heran und bat ihn, mich aus meinen Verträgen zu entlassen, da ich mich von der Opernbühne zurückziehen wollte. Wohl plante ich, in Konzerten aufzutreten und mich anderen Aspekten der Musikwelt, wie dem Unterricht, der Regie und anderen Dingen zuzuwenden, doch wollte ich im großen und ganzen meiner jungen Familie mehr Zeit widmen. McEwen, ein perfekter Gentleman, akzeptierte meinen Entschluß und entließ mich, wenn auch mit Bedauern, aus meinen Verträgen. Ich begann, meinen Urlaub zu genießen.

Am 6. Dezember befand ich mich in Hauskleidung, unrasiert in meiner Küche und bereitete für mich und meine Familie einen Brunch vor. Das Telefon läutete genau um 12 Uhr mittags, Adler war am Apparat und fragte mich unvermittelt nach meiner augenblicklichen Beschäftigung. Ich erzählte von meinen Anstrengungen als Koch, worauf er mich sanft fragte, ob ich ihm helfen würde. Ihm helfen? Was sollte ich tun? Er erklärte mir, daß James King erkrankt war und eine WALKÜRE kurzfristig abgesagt hatte. Es war die Matinee am gleichen Tag, die in genau einer Stunde, also um 1 Uhr nachmittags, beginnen sollte. Ich versuchte, Adler begreiflich zu machen, daß ich unrasiert war und nicht wüßte, ob meine Stimme in Ordnung war, aber ich wollte es versuchen. Nach kurzer Zeit rief ich ihn zurück und sagte zu. Obwohl ich sicher war, daß King es sich noch überlegen würde, setzte ich mich in mein Auto, um zur Oper zu fahren und Adler zu beruhigen. Ich packte meine Perücke und andere persönliche Dinge in die Tasche, rasierte mich, arrangierte, daß unser Sohn zu einem Nachbarn gebracht wurde und machte mich auf den Weg. Nach 40 Minuten Fahrzeit im Sonntagsverkehr traf ich ein.

Es war zehn Minuten vor Aufführungsbeginn, Adler und eine Menge anderer Personen, unter ihnen auch Placido Domingo, wünschten mir Glück.

Die nachfolgenden Minuten fühlte ich mich wie in einer japanischen Sauna. Von jeder

Seite bearbeitete man mich: Einer setzte mir die Perücke auf, ich wurde geschminkt, mit Schuhen versehen, von allen Seiten kamen Hände, um an mir zu nesteln. Da ich die Premiere dieser Inszenierung gesungen hatte, paßte das Kostüm, und ich hatte meine eigene Perücke. Sowohl den Dirigenten Suitner wie auch Leonie Rysanek kannte ich aus vielen Aufführungen, also war ich nach nur wenigen Minuten bereit. Es war nicht mehr viel übrig geblieben von den ursprünglichen zehn Minuten, aber Adler warf noch alle Anwesenden aus meiner Garderobe, um mit mir über die Gage für diese Aufführung zu verhandeln. Ich erklärte, daß ich auf meinem Weg in die Oper bei der Mercedes-Benz-Generalvertretung vorbeigefahren war und sagte Adler, daß ich mir bereits ein Modell ausgesucht hätte. Adler wurde bleich, machte aber sofort ein akzeptables Angebot, das ich annahm. Nun war ich für den Auftritt, der sofort nach dem Vorspiel erfolgt, bereit. Ich begab mich zur Bühne, wo mich Leonie noch vor der Vorführung heftig umarmte. Leonie begrüßte mich nur knapp mit einem gewisperten »Wir machen es wie immer«. Adler gab in der Zwischenzeit dem Auditorium die Änderung in der Besetzung bekannt. Der Vorhang ging auf, ich stürzte auf die Bühne und sang: »Wess' Herd dies auch sei, hier muß ich rasten.«

Nach all der Hektik und Anspannung brauchte ich tatsächlich eine kurze Rast. Die Aufführung lief außergewöhnlich gut, und selbst Adler kam am Ende des ersten Aktes begeistert auf die Bühne. Für mich war es eine glückliche Fügung, eine Abschiedsvorstellung in meiner geliebten San Francisco Opera geben zu können. Ich bewies mir auch selbst, daß man nicht unbedingt ein Verbrecher oder Mörder sein muß, um auf der ersten Seite einer Tageszeitung zu erscheinen. Die Zeitungen in San Francisco berichteten in großer Aufmachung von dieser ungewöhnlichen Vorstellung.

James Levine

Schon als sehr junger Maestro übernahm »Jimmy« Levine viele und sehr schwierige Dirigentenaufgaben in der gesamten Welt. Er ist einer der ersten amerikanischen Dirigenten, die in beeindruckender Art und Weise auch in europäischen Opernhäusern und bei den Salzburger und Bayreuther Festspielen Fuß gefaßt haben. Dabei errang er auch den Posten eines musikalischen Direktors an der New Yorker Metropolitan Opera und etablierte sich als vielgefragter Künstler für Schallplattenaufnahmen. Er erfüllte dadurch die Versprechungen, die er in seinen frühen Entwicklungsperioden gegeben hatte, bei weitem. Seine weitreichenden Kenntnisse über alle Sänger, Orchester und Aufnahmen, die er schon in sehr frühen Jahren erwarb, ermöglichten ihm eine Karriere, die ihresgleichen in der amerikanischen Musikszene sucht. Obwohl es auch andere amerikanische Dirigenten gibt, die international bekannt sind, Stars und sogar Operndirektoren in Europa wurden, wie Thomas Schippers, Lorin Maazel und Leonard Bernstein, Amerikas Stardirigent par excellence, bleibt Levine in gewisser Art und Weise einzigartig. Er steht mit einem Fuß auf dem soliden Fundament der Metropolitan Opera und betätigt sich auch gleichzeitig in Europa.
Als Levine begann, wirkte er so persönlich, entspannt und freundlich, daß man sich nur schwer vorstellen konnte, daß er auch tiefe musikalische Fähig-

keiten aufbringen konnte. Er überzeugte aber alle und erarbeitete sich einen Komponisten nach dem anderen. Durch sein wachsames und geschultes Ohr wurde er sofort zum Liebling bei den Sängern. Bald perfektionierte er seine Technik, feilte an seinen Fähigkeiten auf administrativem Gebiet, trat pausenlos auf, um mit ständig steigender musikalischer Autorität zu dirigieren und wurde so zum ständigen Dirigenten an der Met, der eine künstlerische Begabung und Erfahrung hat, die man schon seit Dekaden nicht erlebt hatte. Unter seiner Führung wurde die Metropolitan Opera nicht nur ein Ausstellungsstück für internationale Stars, sondern auch die Bühne für amerikanische Künstler. Er folgte damit der alten Tradition eines Kraus, Solti,

Karajan oder Böhm und wurde eine starke musikalische Kraft in einem großen Opernhaus, die von vielen als das seit langem benötigte Element für eine kontinuierliche Ensembleplanung und musikalische Exzellenz sehen.

Trotz seiner ständigen Beschäftigung an der Met ist sich Levine wohl der Notwendigkeit bewußt, auch andere talentierte Dirigenten zu engagieren. Seine Aufgabe an der Met schließt daher nicht nur eigene Dirigententätigkeit ein, sondern er hat zusätzlich seinen Finger am Puls aller Produktionen und entwickelt dabei ein ständig wachsendes Gefühl für andere Disziplinen wie Inszenierungen und Administration. Seine intensiven Kontakte zu vielen anderen großen Bühnen der Welt führten ihn dazu, sehr prominente Regisseure und Bühnenbildner an die Met zu engagieren, und diese Tätigkeit könnte sehr leicht in ein neues goldenes Zeitalter der amerikanischen Oper führen.

Levines Enthusiasmus, mit dem er sich jeder Aufführung und jedem einzelnen Künstler nähert, ermöglicht die besten Resultate aller Beteiligten. Es ist dabei für jeden Sänger eine große Unterstützung, da er die Schwierigkeiten der Sänger versteht und weiß, wie sie schwelgen können, wenn man sie fördert und unterstützt. Es ist eine Freude, mit so einem Dirigenten zusammenzuarbeiten, und für mich war es eine große Ehre, meine Abschiedsvorstellung mit der Met unter seiner Leitung geben zu können.

Die zweite Abschiedsvorstellung mit einer WALKÜRE war nicht minder aufregend und stellt ebenfalls ein gutes Beispiel für einen RING, der sich in meinem Leben schloß, dar. James Levine und die Metropolitan Opera luden mich ein, im Oktober 1983 anläßlich der Gala zum 100jährigen Jubiläum der Met aufzutreten. Ich sang dabei das Ende des ersten Aktes der WALKÜRE unter Levine mit einer Partnerin, mit der ich schon oft in Konzerten aufgetreten war: die unnachahmliche Jessye Norman. Schon die Kombination unserer Namen ist ungewöhnlich, Jessye und Jess weckt eher die Erwartung an einen amerikanischen Soft-shoe-dance als an ein seriöses Wagner-Konzert. Jessye ist mit einer göttlichen Stimme gesegnet, sie hat es verstanden, eine Karriere zu machen, die ihresgleichen sucht. Diese letzte Zusammenarbeit mit James Levine erinnerte mich auch an mein erstes Treffen mit ihm im Jahr 1971. Wohl kannte ich ihn schon zu diesem Zeitpunkt, da er frühzeitig in San Francisco dirigiert hatte, doch hatte ich nie Gelegenheit gehabt, mit ihm zusammenzuarbeiten. Im Jahr 1971 hatte ich eine Verpflichtung für ein Konzert in Hollywood unter Zubin Mehta. Mehta zog sich aber bei einem Autounfall eine Wirbelverletzung zu, so daß er durch James Levine ersetzt werden mußte. Das war keine leichte Entscheidung, denn auf dem Programm stand Wagner.

Eine meiner Lieblingssängerinnen, Ingrid Bjoner, war ebenfalls engagiert worden, und wir waren uns ehrlich gesagt nicht so sicher, ob dieser wohl begabte, aber doch junge Dirigent für ein Wagner-Konzert reif war. James Levine kam mit ausgestreckten Armen und einem breiten Lächeln auf dem Gesicht auf mich zu. Bevor ich noch ein Wort sagen konnte, berichtete er mir, daß er meine Schallplattenaufnahme des LOHENGRIN kannte und den besten Wagner-Gesang seines Lebens gehört hätte. Natürlich war ich völlig entwaffnet. Jemandem mit soviel Charme muß man einfach vertrauen, zu guter Letzt war ich überzeugt, daß dieser geschickte junge Mann auch seinen Weg durch die komplizierte Wagner-Partitur finden würde. Meine Hoffnung bestätigte sich schon in der ersten Probe. Viele Jahre waren in der Zwischenzeit verstrichen.

Am Morgen nach der Met-Gala saß ich mit meiner Frau beim Kaffee, als uns meine Managerin Ann Colbert anrief. Sie fragte, ob ich mein Bild in der New York Times gesehen hätte. Natürlich wußte ich nichts davon und begann sofort, hektisch nach dem Musikteil zu suchen. Bald fand ich es und drückte meine Begeisterung aus, aber Ann sagte: »Doch nicht dieses, ich meine das Bild auf der Titelseite.« Sie hatte recht, auf der Titelseite gab es noch ein Bild, auf dem ich mit Jessye Norman sowie einer anderen Sieglinde, Regine Crespin, zu sehen war.

Welche Ehre, DIE WALKÜRE brachte mich sowohl in San Francisco als auch in New York auf die Titelseiten der größten Zeitungen. Trotzdem waren beide Anlässe der Abschied von diesen angenehmen Seiten des Ruhmes.

Siegfried

Der Rolle des ›Siegfried‹ stehe ich sehr ambivalent gegenüber. Schon Otto Schulmann hatte mir geraten, die Finger von dieser Partie zu lassen, er wollte, daß ich mich eher auf TRISTAN und TANNHÄUSER konzentriere. Emmy Seiberlich hatte mir hingegen erklärt, daß ›Siegfried‹ sicherlich meine beste Rolle sein würde.

Selbst viele Kritiker, wie die berühmte Amerikanerin Stephanie von Bouchau, halten ›Siegfried‹ für meine beste Rolle. Auf alle Fälle erwies sie sich für mich als Glücksbringer, denn ich traf Violeta, meine geliebte Frau, nach einer SIEGFRIED-Vorstellung.

Man muß den Tatsachen in die Augen sehen: ›Siegfried‹ ist die längste Rolle in der Opernliteratur, sie ist sogar länger als Sachs in den MEISTERSINGERN. Die Rolle ist kein Marathon, sondern der »Iron Man Triathlon« der Opernliteratur.

Nicht uninteressant ist die Tatsache, daß ›Siegfried‹ Wolfgang Wagners Lieblingsheld ist. Dabei kann ich ihn durchaus verstehen, denn wer würde nicht den jungen, erquickenden Revolutionär bewundern, der keine Furcht kennt. Wünschen wir uns nicht alle, so furchtlos und tapfer zu sein und das Selbstvertrauen zu haben, das ein Leben ohne Angst bietet?

Meinen ersten ›Siegfried‹ gab ich allerdings nicht bei den Bayreuther Festspielen Wolfgang und Wieland Wagners, sondern an einem nicht minder berühmten Festspielort, in Salzburg.

Herbert von Karajan begann in den 60er Jahren, sein Konzept der Salzburger Festspiele zu erweitern und rief die Osterfestspiele ins Leben, die Wagners Werk gewidmet sein sollten. Die geplanten Aufführungen fanden großes Interesse beim Publikum. Auch aus Japan und Amerika reisten die Zuschauer an. Eine zweite Festspielserie neben Bayreuth war also gerechtfertigt. Für Wagner-Liebhaber gab es zusätzlich den Anreiz, den Bayreuther RING mit einem in Salzburg vergleichen zu können. Karajan begann auch gleichzeitig ein Mammutprojekt mit der Deutschen Grammophon-Gesellschaft, für die er den neuen RING mit den Berliner Philharmonikern aufnehmen wollte. Karajans RING bekam auch dadurch einen internationalen Anstrich, daß Eastern Airlines eine Übertragung von Karajans Inszenierung an die Metropolitan Opera finanziell unterstützte. Der Plan bestand darin, Wagners RING Oper für Oper zuerst auf Platte aufzunehmen, sie dann in Salzburg aufzuführen und die Produktion anschließend an die Met zu übersiedeln. Sowohl RHEINGOLD wie auch WALKÜRE waren schon in Salzburg enorm erfolgreich gewesen, und die amerikanische Opernwelt erwartete mit Spannung Karajans RING in der von ihm ausgewählten Besetzung.

Herbert von Karajan besetzte Sänger, von denen er annahm, daß ihre Stimmen zum Zeitpunkt seiner Aufführungen optimal wären. Er hatte oft harte Verhandlungen mit Bing, um seine Künstler, die er in Salzburg und in seinen Schallplattenproduktionen unter Vertrag hatte, auch an die Met verpflichten zu können. Meistens, aber nicht immer, blieb Karajan erfolgreich. Dietrich Fischer-Dieskau beispielsweise gab den ›Wotan‹ im Salzburger RHEINGOLD, nicht jedoch an der Met. Nilsson wiederum war die ›Brünnhilde‹ der Met-WALKÜRE, Crespin die in Salzburg.

Im Sommer 1967 erreichte mich ein Anruf Karajans in Bayreuth. Er lud mich nach Salzburg ein, um mit mir die Rolle des Siegfried zu besprechen. Davon war ich natürlich begeistert. Am Tag vor meiner Abreise nach Salzburg fand ich allerdings einen interessanten Artikel in einer süddeutschen Zeitung: Karajan hatte seinen neuen ›Siegfried‹ gefunden. Ich war erstaunt und verärgert, weil ich in dem Artikel meinen Namen nicht las. Sofort rief ich in Salzburg an, um herauszufinden, ob meine Reise überhaupt noch Sinn hatte. Man versicherte mir, daß mich Karajan dringend erwarten würde, und man im übrigen nicht allen Zeitungsartikeln Glauben schenken darf. Am nächsten Tag traf ich also Karajan in Salzburg. Durch seinen Weggang aus Wien bedingt, hatte ich nach meinem Debüt in DIE FRAU OHNE SCHATTEN nicht mehr mit ihm zusammengearbeitet. Unser Treffen erwies sich als fruchtbar und endete mit Karajans Einladung, sowohl an der Schallplattenaufnahme für SIEGFRIED wie auch an der Salzburger Inszenierung teilzunehmen. Kurz darauf engagierte mich auch Bing, um in Karajans SIEGFRIED an der Met aufzutreten.

Es war ein großartiger Tag, als ich zum ersten Mal das Salzburger Festspielhaus betrat, um in der Dekoration des ersten Aktes SIEGFRIED zu proben. Die breite Bühne glich dem großartigen kalifornischen Redwood-Forest. Karajan wußte natürlich, daß ich zuvor schon am RING in San Francisco teilgenommen hatte, er empfing mich lächelnd und sagte: »Genau wie in San Francisco, nicht wahr?« Seine Ironie war nicht zu überhören, und ich ging daran, mich in der majestätischen Dekoration sowohl geistig wie auch körperlich zurechtzufinden. Karajan verlangte von den Darstellern, von der ersten Probe an im Kostüm zu agieren. Ich trug eines der üblichen Siegfried-Kostüme, das aus kleinen Fellteilen bestand und knapp saß. Ich hatte meine Not während der Probenzeit,

Herbert von Karajan

Wegen seiner einzigartigen, singulären Position in der Musikwelt benötigt Herbert von Karajan genausowenig Lob von meiner Seite wie er einen weiteren Rolls-Royce benötigt, oder überhaupt die Bestätigung eines Musikexperten braucht. Und doch erinnere ich mich daran, daß Herbert von Karajan jeden einfachsten und kleinsten Ausdruck meiner Dankbarkeit für seinen großen Einfluß auf meine Karriere mit Dank und einer echten Gefühlsregung aufnahm. Er war es, der die Standards für Musikinterpretationen und Bühnenregie in Salzburg und Wien gesetzt hat und durch seine Tätigkeiten als Direktor der Wiener Staatsoper und der Salzburger Festspiele in seiner Zusammenarbeit mit den Wiener Philharmonikern und den Berliner Philharmonikern seinen Stempel aufgedrückt hat. Aber auch in seinem Privatleben setzte er neue Maßstäbe. Wie im künstlerischen Bereich, weitete er auch seine privaten Aktivitäten in viele Bereiche aus, und er ist bekannt dafür, selbst Flugzeuge zu steuern, Ski zu laufen und auch bei gesellschaftlichen Anlässen präsent zu sein. Er hat den Titel »Maestro« mit dem Star-Image und den Starallüren versehen und lebendige Konzepte für publicity-wirksame Aktionen entwickelt, die seinem ständigen Verlangen, etwas für sich selbst und das ihm zugeneigte Publikum zu tun, entsprechen. Er erhob die noble Hingabe an die Künste zu neuen diplomatischen und internationalen Höhen und war daher auch das Opfer vieler Karikaturisten, die versuchten, ihn mit spitzer Feder zu attackieren. Karajan wurde dadurch zu jener musikalischen Persönlichkeit, die gerne imitiert, verspottet und kopiert wurde und dabei bis heute von niemandem übertroffen ist.

Wäre Karajan Politiker geworden, wäre seine Macht sicherlich gefährlich. Er besitzt jene persönliche Größe und überwältigende Überzeugungskraft, die Menschen anzieht und zwingt, ihm zu folgen, ohne Fragen zu stellen. Personen mit solchen Fähigkeiten kommen leicht an jenen Punkt, an dem sie in Versuchung geraten, diese Macht zu mißbrauchen, und viele Spötter meinen, daß auch Karajan oft mindestens genausogut manipuliert wie dirigiert hat. Karajan ist ein extravaganter Künstler, dessen Talente viele Facetten zeigen, aber sein innerer Drang nach künstlerischer Perfektion ist in erster Linie dafür verantwortlich, daß er verschwenderisch wirkt. Sowohl die großartigen Salzburger Festspiele wie auch die Wiener Staatsoper wurden oft als Spielzeuge seiner Verschwendungssucht bezeichnet. Jede Kritik seiner Arbeitsmethode trat allerdings dann in den Hintergrund, wenn man das Produkt seiner Aufführungen erlebte. Dabei ist seine Universalität bemerkenswert. Er, der vielverehrte Sohn Salzburgs und die sicherlich bedeutendste musikalische Persönlichkeit der Gegenwart, schlüpfte leicht in die ›mozartsche‹ Umgebung, in der er geboren wurde, erwies sich aber als genauso begabt, die Werke aller anderen Komponisten aufzuführen. Er brachte phantastische italienische Ensembles nach Salzburg und Wien und wurde selbst eine gefeierte Kraft an der Mailänder Scala. Nur wenige Dirigenten haben sich in all diesen Disziplinen als so erfolgreich erwiesen, und Karajan nützte diese Erfolge auch, um seine Position als Spitzendirigent zu festigen, sowohl die Wiener wie auch die Berliner Philharmoniker von einem Höhepunkt zum anderen zu führen, Wagner-Festspiele in Salzburg zu etablieren und von allen wesentlichen Werken Schallplattenaufnahmen zu machen. Dabei wurde er selbst rasch zum wichtigen Faktor im Planungsprozeß von Schallplatten und Filmfirmen und zog auch in diesem Bereich eigene Organisationen auf. Karajan ist daher nicht nur eine künstlerische, sondern auch eine innovative Kraft, die neuen technischen Fortschritten immer offen gegenübersteht und diese in seinen Inszenierungen verwendet. Die Grundlage für alle seine Erfolge ist aber seine Genialität als Musiker. Man vergißt leicht, daß alle anderen Fähigkeiten, die ihn in seine einzigartige Position brachten, gegenüber seiner orginellen, unfehlbaren musikalischen Begabung in den Schatten treten. Es erscheint nahezu überflüssig, auch seine Technik als Dirigent zu erwähnen, die es für jeden Sänger zur reinen Freude werden läßt, mit ihm zu musizieren. Er dirigiert entspannt und doch präzise und entscheidend, gibt niemals auch nur einen falschen Einsatz oder eine mißverständliche Geste, sondern beschreibt seine musikalischen Wünsche ganz genau mit seinem Taktstock und zieht den willigen Sänger auf einem unfehlbaren aufregenden Pfad mit sich. Wenn man ihn dirigieren sieht, könnte man glauben, daß jede Geste einstudiert und nur des Effektes wegen ausgeführt wird. Das stimmt aber keinesfalls, seine Gestik ist ein echter, direkter Impuls, mit dem er es vermag, seine musikalischen Wünsche auf den Künstler zu übertragen. Ich hätte sehr gerne in einer Produktion gearbeitet, in der Wieland Wagner inszeniert und Karajan dirigiert hätte. Diese optimale Kombination war einmal in Bayreuth mit TRISTAN UND ISOLDE gegeben. Ein bekannter Ausspruch über die prägnante Handschrift Wieland Wagners besagt, daß sie so aussieht, als ob sie von Herbert von Karajan dirigiert würde.

Die vielen jungen Künstler, die von Karajan beeinflußt wurden, die Bühnenbilder und vor allem die zahllosen Plattenaufnahmen, die er gemeinsam mit seinen weichenstellenden Einflüssen in Salzburg und Wien schon bis heute hinterlassen hat, sind ein reicher Schatz für seine Bewunderer.

die feuchte und kühle Bühnenluft zu überstehen. Die langen Proben in diesem luftigen Kostüm forderten allerdings ihren Tribut. Also hatte ich kurz vor den letzten Orchesterproben meine Erkältung. Karajan bewies viel Sympathie, bot jede mögliche Hilfe, darunter auch sein Privatflugzeug an, um mich zu meinem Arzt nach München bringen zu lassen. Das, so dachte ich zumindest, war doch nicht notwendig, und ich ließ mich von einem Arzt in Salzburg behandeln. Dieser Arzt war auch eine Kapazität, hatte aber offensichtlich mit meiner Kehle noch keine Erfahrung und versuchte, mich durch Einsprühen mit einer scharfen Medizin zu kurieren. Auf diese Medizin entwickelte ich eine allergische Abwehrreaktion und begann sofort unkontrolliert zu husten. Der Hustenreiz dauerte über 24 Stunden und hinterließ meine empfindlichen Stimmbänder in einer üblen Verfassung für die Generalprobe und die folgenden Aufführungen. Auch in dieser Situation versuchte Karajan mit Rat und Hilfe zur Stelle zu sein und stellte mir frei, aufzutreten oder abzusagen. Sollte ich tatsächlich absagen? Da müßte doch zwangsläufig

Richard Wagner, Siegfried, 1969. Salzburg.
Jess Thomas bei den Proben mit Herbert von Karajan. (60)

der Eindruck entstehen, ich hätte in letzter Sekunde gekniffen, und diesen Eindruck wollte ich wirklich nicht erwecken. Ein Siegfried kennt weder Angst noch Zaudert, das teilte ich Karajan mit und erklärte mich bereit, aufzutreten.

Er stimmte zu, und ich sang die erste Aufführung mit offensichtlicher Indisposition. Nach der Vorstellung versuchte ich Karajan mein Bedauern über meinen Zustand auszudrücken, er wies dies aber zurück und stellte fest, daß kein Sänger bei der ersten Aufführung perfekt sein könnte, seiner Meinung nach müßte man diese Rolle dreißigmal singen, bevor man sie beherrschte.

Die gesamte Inszenierung war wirklich großartig, Günther Schneider-Siemssens Ausstattung sowie die Kostüme von George Wakhevitch entsprachen Karajans exzellentem Geschmack und waren bemerkenswert. Karajan stellte sich einen schlanken, langhaarigen, jungen athletischen Siegfried vor. Die Perücke, die er für mich entwerfen ließ, war langhaarig, blond und paßte doch nicht richtig. Statt mich in den hippieähnlichen Jugendlichen, den sich Karajan vorstellte, zu verwandeln, machte sie mich eher zu einer Puffmutter. Als ich die ersten Probenfotos sah, begriff ich, daß ich bezüglich der Perücke etwas unternehmen mußte. Was sollte ich tun? Ich wollte diplomatisch vorgehen, aber ich konnte mich keinesfalls so entstellen lassen. Also ersann ich einen Plan, um Karajan zu einer Änderung zu bewegen. Er hatte ohnedies Probleme mit Birgit Nilsson, und das wollte ich ausnutzen. Die Zeitungen traten einen Streit zwischen Karajan und Nilsson breit, der sich um Details der WALKÜRE an der Met drehte. Dieser Streit blieb aber im Festspielhaus ein heikles Thema. Ich begab mich mit einem der gräßlichsten Bilder, das mich mit der unmöglichen Perücke zeigte, auf den Weg zu Maestro Karajan, zeigte ihm das Bild und erzählte ihm so ganz beiläufig, daß man mich auch schon an der Met gedrängt hatte, in ARIADNE eine Langhaarperücke zu tragen. Die Kritiker dieser ARIADNE schrieben dann, daß ich mit dieser Perücke wie Birgit Nilsson aussähe. Das genügte! Karajan antwortete brüsk: »Ja, Thomas, wir müssen etwas mit der Perücke unternehmen.« Mein guter Freund Willi Klose, der mir schon in Bayreuth viele Perücken verpaßt hatte, half Karajan in Salzburg. Er betrachtete das strittige Stück und ersetzte es durch eine halblange, die zusätzlich eine attraktivere Form hatte.

Karajan konnte während der Probenzeit alles von mir verlangen. Ich bewunderte seine große Begabung als Dirigent und als Regisseur und empfand es als echtes Privileg, mit ihm arbeiten zu dürfen. Tatsächlich brachte ich auch seinetwegen ein wesentliches Opfer. Schon während der ersten Beleuchtungsproben hatte ich bemerkt, daß Karajan mein Spiel irritiert verfolgte. Schließlich kam er dann zu mir und stellte fest, daß meine Brustbehaarung durch die Beleuchtung komische Schatten auf meinem Körper hervorrief. Ob ich dagegen etwas tun könnte? Natürlich konnte ich dagegen etwas tun, ich rasierte meine Brust, Arme und Rücken. Diese Aktion bescherte, wie man sich leicht vorstellen kann, ein unangenehmes und sticheliges Gefühl an den rasierten Stellen. Ein Künstler bringt eben jedes Opfer für seine geliebte Kunst.

Wahrscheinlich ergab sich dann der Effekt, den Karajan wollte, es gab aber auch andere Meinungen. Als ich Tage danach geschminkt und in meinem Kostüm in den Aufzug trat, traf ich Eliette von Karajan. Sie versicherte mir in einer netten Plauderei, daß es ihr sehr gefiele, einen großen jungen ›Siegfried‹ zu sehen, es sei in ihren Augen aber unglaubwürdig, daß er eine unbehaarte Brust hätte. Man kann es nie allen Leuten recht machen!

». . . ich bewunderte seine große Begabung als Dirigent und Regisseur.«
Herbert von Karajan und Jess Thomas bei den Proben zu Siegfried, 1969 in Salzburg. (61)

Sowohl vor der in Berlin gemachten Schallplattenaufnahme von SIEGFRIED wie auch vor der Salzburger Premiere arbeitete ich intensiv mit Karajan zusammen. Er erinnerte mich ständig daran, daß er die Pianostellen für äußerst bedeutend fand und daß ich lyrisch zu singen hätte und nicht zuviel Stimme geben müßte. Als ich dann das Orchester im ersten Akt hörte, dachte ich, daß er seine Empfehlung schon lange vergessen hatte. Das Orchester begann in einer respektablen Lautstärke und schien nicht nur ständig zu beschleunigen, sondern wurde auch lauter und lauter, so daß am Ende des Aktes von einer nuancierten Darstellung keine Rede sein konnte. Als ich Karajan darauf ansprach, bestätigte er meinen Eindruck, stellte aber fest, daß die Berliner Philharmoniker eben kein Opernorchester seien und es nicht einmal er schaffe, das Orchester nach einem langen ersten Akt noch zurückzuhalten. Somit hatte ich genug von den Pianostellen und entwickelte eine merkwürdige Beziehung zum Orchester, das ich als stellvertretendes Element für den feuerspeienden, bedrohlichen ›Fafner‹ betrachtete. Karajan hat offensichtlich eine innige Beziehung zum Orchester, und dies war auch an der Met so. Ich besuchte dort einmal eine Aufführung von RHEINGOLD und wunderte mich, da ich die berühmten Sänger auf der Bühne kannte, von ihnen nur wenig zu hören. Als ich am nächsten Tag über die offene Bühne ging, um Bing zu besuchen, sah ich zu meiner Verwunderung, daß der Orchestergraben um einen Meter gehoben worden war. Sofort wies ich Bing auf diese Tatsache hin, der nur verzweifelt seine Hände in die Luft streckte und aufstöhnte: »Um Gottes willen, Thomas, machen Sie keinen Wind.« Der Orchestergraben wurde auf Karajans speziellen Wunsch gehoben. Er ist ein Star und wollte nicht nur gehört, sondern auch gesehen werden. Ich fand dieses Vorgehen sehr übertrieben, immerhin widersprach es diametral Richard Wagners Bayreuther Wunsch, den Orchestergraben zu überdecken. Es wunderte mich dann auch nicht mehr, daß einige Kritiker über Karajans Salzburger Wagner-Aufführungen schrieben, daß es sich dabei um ein Orchestersolo mit Gesangsbegleitung handelte.

Karajan engagierte für seine Osterfestspiele eine neue, aufregende ›Brünnhilde‹: Helga Dernesch. Aus meiner früheren ›Sieglinde‹ wurde dadurch eine ›Brünnhilde‹, mit der ich bestens harmonierte. Selbst der Maestro betrachtete uns als ein schönes, ideales Paar.

Eine der ersten Proben für den ersten Akt endete eher amüsant. Man hatte einen genial konstruierten Amboß in die Szene gestellt, der massiv aussah, aber so gemacht wurde, daß ein einziger Schlag auf eines der erhabenen Enden eine Feder freigab, die einen Teil des Ambosses zu Boden kippen ließ. Diese Konstruktion war keineswegs so kompliziert wie in anderen Inszenierungen und sollte mich auch nicht in Schwierigkeiten bringen. Während der Proben unterbrach mich Karajan und beschwerte sich darüber, daß ich mich während der Schmiedeszene dauernd kopfüber nach vorne beugte. Ich entgegnete, daß der Amboß so niedrig sei, daß ich mich entweder niederknien müßte oder mich, was ich eben tat, vorzubeugen hätte. Ich schloß damit, daß der Amboß eben für einen Zwergen konstruiert worden war. Karajan, selbst nicht gerade von riesenhafter Gestalt, rannte auf die Bühne, nahm Hammer und Schwert und begann wie wild zu hämmern. Plötzlich lächelte er, die Größe des Ambosses war auf ihn maßgeschneidert. Als die anderen Beteiligten breit zu lächeln begannen, merkte ich, daß ich unabsichtlich auf seine geringe Körpergröße angespielt hatte und bedauerte meinen Einwand. Karajan verzog keine Miene, bestätigte meine Aussage und sorgte dafür, daß der Amboß bei der nächsten Probe entsprechend umgebaut war.

Die gesamte SIEGFRIED-Produktion sollte eine der schönsten werden und bleiben, die man sich vorstellen kann. Gleichzeitig eine der prachtvollsten, die ich je zu sehen bekam. Der Wald sowie die Höhle des ersten Aktes waren realistisch und großzügig dargestellt. Der zweite Akt enthielt eine Lösung des Fafner/Drachenproblems, die nicht so leicht zu übertreffen sein wird. Der dritte Akt bot eine spektakuläre Ansicht in einer großzügigen Ausstattung. In dieser Umgebung lernte ich Karajan als Regisseur kennen, wie ich ihn aus Wien während der Arbeiten an der FRAU OHNE SCHATTEN nicht kannte.

Dieses grundlegend sanfte und höfliche Genie schuf einen SIEGFRIED, von dem man sich vorstellen kann, daß er ihn ein Leben lang erträumt hatte. Das gab auch gleichzeitig einen Einblick in seine eigene Denkungsart. Herbert von Karajan ist eine komplizierte Persönlichkeit. Er hatte Erfahrungen in Wagner-Produktionen, mit anderen großen Dirigenten und Regisseuren und war selbst ein integraler Bestandteil der neuen Bayreuther Produktion gewesen. Nun war er an seiner Heimatbühne, er war der König und konnte es sich persönlich und auch finanziell leisten, die gigantische Herausforderung einer RING-Inszenierung zu übernehmen, ohne auch nur auf einem einzigen Sektor Einschränkungen hinnehmen zu müssen. Diese RING-Inszenierung war sein persönliches Manifest: so sollte Wagner inszeniert werden. Er legte sein ganzes Herz und seine Seele in jedes Detail der Inszenierung und nutzte dabei auch sein Talent, Bewegungsabläufe jedem Künstler selbst vorzuführen, um sein Konzept zu demonstrieren. Er hatte viel Humor; so bemerkte er z. B, daß ihn das »Kavalier-Duett« zwischen ›Mime‹ und ›Albrecht‹ im zweiten Akt des SIEGFRIED an Hilbert und ihn selbst erinnere. Damit wollte er uns wohl einen Hinweis geben, wie die Szene aufzufassen sei.

Karajan war in jeder Beziehung der vollkommen musikalische Regisseur. Für jede Bewegung auf der Bühne fand er eine musikalische Begründung. Ich bin auch überzeugt davon, daß er besser als alle anderen über die musikalischen Intentionen Wagners Bescheid wußte. Karajan ging in der Darstellung oft so weit, aus seinen Darstellern Skulpturen zu machen. Mit seiner rauhen Stimme konnte er selbst die subtilsten Klangfarben der Stimme imitieren, um einem Sänger zu zeigen, wie er eine bestimmte Stelle gesungen wünschte. Mit Karajan zu arbeiten, war ein großes Vergnügen, insbesondere auch deshalb, weil er um jeden Künstler besorgt war. Er bestand oft darauf, bei Bühnenproben Schallplatten als Playback abzuspielen, um den Sänger von der Anstrengung des Singens zu befreien. Damit konnte man sich bei den Proben auf wichtige Bewegungen und Positionen konzentrieren.

Zuhörer aus der ganzen Welt kamen nach Salzburg, um Karajans RING zu sehen und zu hören. Auch in New York erwartete man ungeduldig die Fortsetzung dieser großartigen Arbeit. Der unglückliche Streik an der Met verhinderte allerdings die Beendigung dieser RING-Inszenierung durch Karajan in New York. Das Projekt wurde von seinem Assistenten Wolfgang Weber später weitergeführt. Nach meinem Salzburger ›Siegfried‹ konnte ich es kaum erwarten, meinen neuen »furchtlosen Helden« in Wien zu präsentieren. Dies war schon wenige Wochen nach der Salzburger Premiere möglich. Ich sang in der bereits vorhandenen Inszenierung, die ebenfalls von Herbert von Karajan stammte, in der Dekoration von Emil Preetorius. Diese Inszenierung war wesentlich abstrakter als seine neue Salzburger Gestaltung, und ich hatte mit diesem RING in Wien eine gute Möglichkeit zu beurteilen, wie sich Karajan entwickelte, welche neuen Lösungen und Dimensionen er in seiner Arbeit erschloß. Die Salzburger Interpretation war persönlicher, wesentlich menschlicher, enthielt mehr Elemente zwischenmenschlicher Beziehungen als seine Inszenierung in Wien, die sich mehr auf generelle, abstrakte und entfernt liegende Perspektiven bezog. Auch bezüglich der Dekoration gab es Unterschiede zwischen dem Salzburger und dem Wiener SIEGFRIED. Sie resultierten aus den unterschiedlichen Positionen der auf der Bühne befindlichen Gegenstände: Herd und Amboß. Welchen Unterschied einige Meter auf der Bühne aber für einen Künstler machen können, sollte ich erst lernen.

Zu meiner ersten Aufführung in Wien war ich aus Salzburg gekommen. Ich hatte keine Bühnenprobe und war praktisch schon auf dem Weg nach Bayreuth, um dort den RING zu singen, wollte aber in Wien meine neue Rolle präsentieren und außerdem vor Bayreuth noch eine weitere Aufführung hinter mich gebracht haben. Ich sah keine Probleme, in Wien aufzutreten, meine Fans verehrten mich, ich hatte nichts zu befürchten, wozu also Proben? Ich kam doch gerade von extensiven SIEGFRIED-Proben, hatte ein perfektes Kostüm und eine passende Perücke. Horst Stein dirigierte, und Birgit Nilsson war meine Partnerin. Was sollte also schiefgehen? Ist Murphys Gesetz auch auf die Opernwelt anwendbar?

In Salzburg stand der Amboß auf der rechten Seite der Bühne, Herd und Blasebalg auf der linken. In Wien waren beide Positionen genau vertauscht. Das war an sich noch kein Problem, aber ich hatte zum Zeitpunkt der Aufführung mein übliches Lampenfieber und zusätzlich immense Probleme mit meinen »schwimmenden« Kontaktlinsen, die mir praktisch die Sicht raubten. Am Ende des ersten Akts erhob ich dann mein eben geschmiedetes Schwert Nothung und schlug es mit einem mächtigen und überzeugenden Hieb auf den Herd statt auf den Amboß. Das Auditorium war genauso überrascht wie ich und stöhnte bei »So schneidet Siegfrieds Schwert« auf. Das Ende eines ansonsten

Richard Wagner, Siegfried, 1969. Salzburg. (v. l. n. r.) Günther Schneider-Siemssen, Herbert von Karajan, Helga Dernesch, Thomas Stewart und Jess Thomas. (62)

gelungenen ersten Aktes war diesmal in die Hosen gegangen. Nach diesem frustrierenden Erlebnis in Wien ging ich vor der nächsten Aufführung daran, mich mit dem Arrangement auf der Bühne genau vertraut zu machen. Ich inspizierte den komplizierten Wiener Amboß, der in zwei Schritten bedient werden mußte. Zuerst mußte man einen Schalter am Amboß umlegen, um den gesamten Mechanismus zu aktivieren, um dann im richtigen Augenblick auf einen Fußschalter zu treten, der den Amboß in zwei Teile zerspringen ließ. Ich ging sorgfältig alle Anleitungen durch und schwor mir, daß es beim nächsten Mal keine Probleme geben würde. Wieder näherte ich mich der Schlußszene des ersten Aktes: »So schneidet Siegfrieds Schwert.« Schon zuvor hatte ich den richtigen Schalter umgelegt und machte einen Schritt zurück, um für meine letzte Phrase gerüstet zu sein. Dabei trat ich jedoch versehentlich auf den Fußschalter, unbarmherzig fiel der Amboß entzwei, bevor ich noch auf ihn losgeschlagen hatte. Bei dieser Aufführung konnten die Zuhörer ein freundliches Gelächter nicht unterdrücken. Wahrscheinlich habe ich verdattert ausgesehen. In so einem Augenblick ist einem nicht nach Lachen zumute. Erst in der Erinnerung kann ich darüber lachen. Glücklicherweise ist mir diese schwierige Szene in den meisten nachfolgenden Aufführungen gelungen.

Im August 1969 sang ich SIEGFRIED erstmals in Bayreuth. Es war eine ausgesprochene Ehre mit meinem Freund und Kollegen Hans Hotter, der die Regie übernommen hatte, und mit Lorin Maazel zu arbeiten. Berit Lindholm war meine ›Brünnhilde.‹ Wolfgang Wagner hatte mich freundlicherweise eingeladen, in den letzten Aufführungen der Produktion von Wieland Wagner aufzutreten, die nun Hans Hotter betreute. Hotter hatte lange Zeit mit Wieland Wagner zusammengearbeitet, und es stellte für ihn kein Problem dar, mich durch die schwierige Rolle zu führen und mir auch das Gefühl einer authentischen Wieland-Wagner-Regie zu vermitteln. Die Zusammenarbeit mit dem großen Künstler erwies sich für mich als Erfüllung eines Jugendtraumes. Ich hatte Hans Hotte schon seit meiner Studentenzeit bewundert und mich verband mit ihm eine Erinnerung an SIEGFRIED. Solti hatte mich schon 1961 eingeladen, an einer Plattenaufnahme des SIEGFRIED teilzunehmen. Diese Einladung ehrte mich zwar, ich war aber davon überzeugt, daß ich für diese Rolle zu diesem Zeitpunkt noch nicht reif war. Ich lehnte damals auch ab, weil ich glaubte, daß das Publikum nach einer Platteneinspielung diese Rolle von mir auch auf der Bühne erwarten würde. Solti war hartnäckig und schickte Hans Hotter, um mit mir zu verhandeln. Er wußte sehr gut, daß ich mit Hotter befreundet war und er zu dieser Zeit in München-Solln sogar mein Nachbar war. Hans sollte also meine Bedenken zerstreuen. Er erwies sich in dieser Mission als ehrlicher und diplomatischer Bote, kam rasch zur wesentlichen Frage einer Schallplattenaufnahme mit Solti und betonte die Wichtigkeit dieses Unterfangens auch für meine Karriere. Er zeigte aber auch Verständnis für meine Abneigung gegen eine derartige Plattenaufnahme und drängte mich keinesfalls.

In Bayreuth war es meine Intention, einen jugendlichen ›Siegfried‹ zu verkörpern, der in Wielands Produktion paßte. Ich wollte einfach innerhalb der Richtlinien bleiben, die wir so oft gemeinsam diskutiert hatten. Wieland war sicher, daß mein ›Siegfried‹ eher eine psychologische Studie als eine Kopie eines ›Siegfrieds‹ nach herkömmlichem Muster sein würde. Mein ›Siegfried‹ sollte nicht der einfache, naive Naturbursche sein, der mit seiner Furchtlosigkeit und Energie als Supermann auf die Umwelt losgelassen wird. Ich wollte eher den komplizierten, modernen Menschen darstellen, der von seiner Umwelt gefangen wird und aufgrund seiner Unfähigkeit, sich an die Verdorbenheit der Menschen und seiner Umgebung anzupassen, scheitert. Wieland fühlte wie Karajan, daß die lyrischen, nach innen gekehrten Augenblicke in der Oper Höhepunkte sind, die sich günstig mit meiner Begabung paaren könnten. Wie Siegfried im Rahmen der Tetralogie, so näherte auch ich mich zu dieser Zeit einem Höhepunkt in meiner Laufbahn, und ich erkannte diese Entwicklung. Ich war nun über vierzig, und es wurde mir klar, daß ich meine Stimme und meinen gesamten Körper im Training halten mußte, um das auf die Bühne bringen zu können, was ich für den jungen Siegfried als Muß empfand. Weiter wollte ich aus alten Quellen für die Rolle lernen. Zu Hause beobachtete ich meinen jungen Sohn Jess David, der damals zehn Jahre alt war. Ich versuchte, mir zu merken, wie er in einen Raum trat, wie er sich vor den Kamin setzte, beobachtete seine Posen, seine jugendliche Gelassenheit und seine Ausstrahlung. Ich versuchte, von ihm zu lernen und versuchte, mir den Weg in meine eigene Kindheit wieder zu eröffnen, um eine mehr körperbezogene Bewegungsart wiederzuentdecken, die Jugend ausstrahlen sollte.

Leider hatte ich damals gesundheitliche Probleme, die die Leichtigkeit meiner Bewegung behinderten. Dabei hatte ich doch für meine Siegfried-Pläne umgehend Entscheidungen zu treffen. 1969 verließ ich dann Bayreuth mit der Versicherung Wolfgang Wagners, Siegfried auch in seinem neuen RING im Jahr 1970 unter Lorin Maazel darzustellen. Ich hatte gehofft, mich in der Zwischenzeit zu erholen und rechnete nicht mit ernsten Problemen. Im Frühjahr des Jahres 1970 war ich dann in Wien engagiert und wurde dort durch eine akute Venenentzündung gezwungen, meine Saison zu unterbrechen und etliche Vorstellungen abzusagen. Gerne hätte ich meine Verträge erfüllt, doch die Ärzte versicherten mir, daß die Venenentzündung, bliebe sie unbehandelt, lebensbedrohliche Ausmaße annehmen könnte. Es war für mich eine äußerst ungünstige Zeit, jeder andere Zeitpunkt wäre hinsichtlich meiner Engagements leichter zu verkraften gewesen. Es sollte aber noch schlimmer kommen. Nachdem ich meine Aufführungen in Wien abgesagt hatte, sah ich mich auch gezwungen, meine Teilnahme am neuen RING in Bayreuth abzusagen. Ich flog nach San Francisco, wurde operiert und hoffte, so rechtzeitig wieder in Form zu sein, um für die neue SIEGFRIED-Inszenierung im September desselben Jahres in San Francisco zur Verfügung zu stehen. Meine Absage an Bayreuth war mir besonders peinlich, denn schon einmal, zwei Jahre zuvor, hatte ich Wolfgang Wagner enttäuschen müssen.

Glücklicherweise wurde ich rechtzeitig gesund, um mit den Proben in San Francisco beginnen zu können. Die Zeit der Rekonvaleszenz hatte ich in meinem Heim in Tiburon verbracht und dabei reichlich Gelegenheit gehabt, der Stimme der kalifornischen Waldvögel zu lauschen. Oft träumte ich und versuchte wie Siegfried, ihre Sprache zu verstehen. Meine innere Stimme und die Stimmen der Waldvögel schienen mir zu raten, daß es Zeit wäre, mein Leben zu verändern. So nahm ich dann tatsächlich einen drastischen Schritt vor, trennte mich endgültig von meiner Frau und begann einen neuen Lebensabschnitt.

Die Inszenierung des RING in San Francisco wurde entgegen der vorgesehenen Reihenfolge durchgeführt. SIEGFRIED komplettierte dort den neuen RING. Otmar Suitner dirigierte, Berit Lindholm war meine Partnerin als ›Brünnhilde‹ und Thomas Stewart der ›Wanderer‹. Ich hatte mich nun körperlich vollständig erholt, meine private Situation hatte sich entspannt, und ich bereitete mich als ›Siegfried‹ auf eine aufregende Rheinfahrt vor, um mich von dem überraschen zu lassen, was mir mein weiterer Lebensweg bescheren würde.

»Der furchtlose Held«:
Jess Thomas als »Siegfried«, 1972. Metropolitan Opera. (63)

Mein nächster SIEGFRIED fand dann an der Metropolitan Opera statt. Maestro von Karajan hatte seine Teilnahme am RING-Projekt abgelehnt und es Wolfgang Weber, seinem Salzburger Assistenten, gestattet, die Regie zu übernehmen. Bing hatte das Glück, Erich Leinsdorf als Dirigenten zu gewinnen, Nilsson und Stewart waren meine Partner im Jahre 1972. Die gesamte Inszenierung war der aus Salzburg nachgebildet, und die Bühnenbilder von Schneider-Siemssen wurden perfekt für das neue Haus am Lincoln Center adaptiert. Die SIEGFRIED-Premiere wurde mit dem üblichen Spektakel vorbereitet.

Wie auch bei anderen Anlässen, förderten die ehrenwerten Damen der Metropolitan Opera Guild eine Benefizvorstellung sowie einen Premierenempfang.

Obwohl ich in Wien und an der Met noch in vielen anderen Aufführungen des SIEGFRIED auf der Bühne stehen sollte, wurde diese Premiere zu einem Wendepunkt meines Lebens wie auch meiner Laufbahn. Ich traf dabei nämlich mein liebliches Veilchen Violeta, das heute meine Frau ist. Sollte man von einem Opernsänger, der sein Repertoire perfekt plant, nicht verlangen, die Namen der Beteiligten zu ändern? Siegfried und Violeta? Hatte das eine Chance? Da hätte schon eher Alfred und Violeta gepaßt. Obwohl die Namen nicht stimmten, wurde aus unserer Begegnung eine Liebesgeschichte, die sich für mich bis heute als perfekt erwiesen hat.

Unsere Begegnung hatte eine Vorgeschichte, die schon länger zurückreichte. Schon während meiner TRISTAN-Serie in New York erhielt ich täglich extravagante Buketts der schönsten Rosen, die während meiner gesamten Saison im Jahre 1971 in mein Hotel am Central Park geliefert wurden. Die Rosenflut begann einige Tage, nachdem ich an einer Party teilgenommen hatte, bei der ich eine hübsche großgewachsene Dame aus Argentinien traf, von der ich lediglich in Erinnerung behielt, daß sie einen ausgesprochen deutsch klingenden Namen hatte. Soweit ich mich erinnern kann, erschien mir diese Dame äußerst attraktiv, und ihre Gesellschaft gefiel mir, obwohl sie nicht allein war. Natürlich brachte ich die Blumen mit dieser Bekanntschaft nicht in Zusammenhang, aber ich bemühte mich nach einiger Zeit, ihren Ursprung zu ergründen. Sie kamen aus der Blumenhandlung des Placa Hotels, aber ohne Karte. Also rief ich die Blumenhandlung an, um die Identität meines unbekannten Rosenkavaliers zu enthüllen. Das war aber keineswegs einfach. Die Angestellten der Blumenhandlung waren hilfsbereit, konnten aber lediglich berichten, daß die Bestellungen von einer großen, attraktiven argentinischen Dame kamen, die einen deutsch klingenden Namen hatte. Damit waren meine Nachforschungen auch schon beendet, und ich ließ die Sache auf sich beruhen. Ich hatte andere Probleme und war zu diesem Zeitpunkt gerade dabei, meine Scheidung durchzufechten. Eine neue Damenbekanntschaft wollte ich keineswegs näher in Erwägung ziehen. Trotz meiner ausbleibenden Reaktion kamen die Rosen täglich bis zum Zeitpunkt meiner Abreise aus New York.

Als ich nun im darauffolgenden Jahr wiederum in New York eintraf, um die Arbeiten an SIEGFRIED aufzunehmen, begann auch die Rosenflut von neuem. Die Geschenke erfreuten mich, aber ich fühlte eine gewisse Frustration, da ich dem Spender, besser gesagt der Spenderin, nicht danken konnte. Am Abend der SIEGFRIED-Premiere empfing ich nach der Vorstellung eine Menge Gäste in meiner Garderobe. Wie üblich, ließ ich alle Besucher so lange warten, bis die Garderobiere mein Kostüm und die Perücke entfernt hatte, so daß ich die Besucher wohl mit Bühnenschminke, jedoch ohne Perücke und in

Violeta Thomas. (64)

einem Umhang empfing. Viele Freunde kamen, um mich zu beglückwünschen, darunter auch meine Managerin Ann Colbert. Endlos schien die Schar der Fans, die sich in den kleinen Raum drängte, erschöpft, aber glücklich setzte ich mein Autogramm auf die Programme. Trotz all dieser in Glücksgefühl untergehenden Konfusion bemerkte ich plötzlich eine hübsche, großgewachsene junge Dame, die sich mit meiner Managerin unterhielt. Ann führte mich zu ihr und stellte mich der Schönheit vor. Die unbekannte Schöne fragte mich sofort mit äußerstem Charme, ob ich ihre Blumen erhalten hätte. Nun hatte ich, ohne übertreiben zu müssen, in der Zeit vor der Premiere Unmengen von Blumen erhalten, so daß ich mich, ohne eine bestimmte Sache im Kopf zu haben, bei ihr bedankte und mich dann den anderen Gästen zuwandte. Trotz dieser nur kurzen Begegnung bemerkte ich, wie außergewöhnlich diese entzückende junge Dame war. Wie war doch ihr Name? Klang er deutsch? Sie sah doch so spanisch aus. Im weiteren Verlauf des Abends wurden wir einander durch ein Mitglied der Opera Guild erneut vorgestellt, und ich versuchte, mich nochmals unsicher für die Blumen zu bedanken.

Am nächsten Tag wurde ich in meinem Hotelzimmer angerufen, die Concierge teilte mir mit, daß man ein Päckchen bekommen hatte, dessen Annahme ich mit meiner Unterschrift zu bestätigen hatte. Der Bote wurde in mein Zimmer gesandt und überbrachte eine Geschenkpackung des Juweliers Cartier. Obwohl ich sicher war, dort nichts bestellt zu haben, unterschrieb ich und öffnete das Paket. Darin fand ich einen großartigen goldenen Siegelring, der eine Inschrift trug: »To the Best Siegfried, Ever!« Auf der Innenseite war eingraviert: »From Violeta von Bernick«. In diesem Augenblick ging mir ein Licht auf. Es hatte lange gedauert, doch nun hatte ich die mysteriöse Schönheit aus Argentinien mit ihrem deutsch klingenden Namen wiedergefunden. Allerdings war mir klar, daß ich mich als Gentleman zeigen mußte und ein derartiges Geschenk weder akzeptieren noch ohne entsprechenden Dank zurückweisen konnte. Nach einigen Telefonaten konnte ich mir die Telefonnummer besorgen, unter der ich Violeta erreichen würde und rief sie an. Ich versuchte, ihr die Situation zu erklären und sagte ihr, daß ich ihren wunderbaren Ring erhalten hatte, aber aus verschiedenen Gründen nicht annehmen könnte. Erstens hatte man mir gesagt, daß sie verheiratet war, zweitens befand ich mich gerade in Scheidung, und drittens wollte ich sie zu einem Kaffee einladen, um mich für das Geschenk zu bedanken und es zurückzugeben. Bevor ich weitersprechen konnte, versicherte sie mir, daß sie nicht mehr verheiratet war. Der Ring sei einfach ihr Dankeschön für eine großartige Aufführung und ein Versuch, mich für ein von ihr geplantes Interview zu gewinnen. Diese Antwort eröffnete neue Aspekte. Aber welcher Art sollte das von ihr geplante Interview um Gottes willen sein? Sie erläuterte mir, daß sie für Time Inc. arbeitete. Time hatte alle Rechte für die Vermarktung der Solti-Ringaufnahme gekauft, wodurch sie auf den Gedanken gekommen war, den gegenwärtigen Siegfried der Met, einen bemerkenswerten amerikanischen Sänger, auf die Titelseite des Time-Magazins zu bringen, und damit bei Anotol Grünwald, dem aus Wien stammenden Chefredakteur, große Zustimmung fand. Dies alles, um für die neue Siegfried-Aufnahme in Amerika zu werben. Ihr Vorschlag stieß bei mir keineswegs auf taube Ohren, ich stimmte dem Interview nach einem kurzen Geplänkel über Ort und Zeit zu.

Die nächsten Tage brachten für mich eine Menge Arbeit. Meine Gedanken waren durch weitere SIEGFRIED-Aufführungen und Proben für einen Liederabend am 9. Dezember in der Alice Tully Hall am Lincoln Center völlig ausgefüllt. Violetas Ring aber paßte perfekt, so daß ich ihn trug. Ich telefonierte mit ihr, hatte aber soviel Arbeit, daß an ein Treffen nicht zu denken war.

Violeta wiederum hatte Probleme mit ihrem Interview-Projekt. Das Interesse an der Titelstory war dadurch abgekühlt, daß die SIEGFRIED-Premiere schon vorüber war und man das Gefühl hatte, die Story käme nun zu spät. Violetas Herz war zwar gebrochen, sie versuchte jedoch, alle Hebel in Bewegung zu setzen, um im Verlag das Interesse an ihrem Lieblingsprojekt wiederzubeleben. Sie zögerte sicher auch, mich über die auftretenden Probleme aufzuklären, und ich wiederum war zu beschäftigt, mich damit zu befassen. Der Abend, an dem der Liederabend stattfand, war besonders aufregend. Viele meiner Kollegen kamen zu dieser Vorstellung, unter ihnen auch Birgit Nilsson. Der Höhepunkt war ein äußerst herzlicher Applaus am Ende der Vorstellung, bei dem ich die Vision hatte, daß sich eine Erscheinung in einem wunderschönen malven- und rosafarbenen Pariser Kleid aus der ersten Reihe erhob und mir einen gigantischen Strauß Rosen übergab. Es war keine Vision, Violeta stand vor mir. Sie kam auch in den kleinen grünen Raum hinter der Bühne, um mir gemeinsam mit anderen Fans zu gratulieren. Ganz nebenbei fragte sie mich, ob ich Zeit hätte, zu ihrer kleinen Party in ihr nahegelegenes Appartement zu kommen. Ich freute mich über diese Einladung, trotzdem lehnte ich ab. Mein Manager und mein Presseagent hatten mich zu einem Empfang geladen, und ich konnte nicht mehr absagen. Kurze Zeit später erfuhr ich, daß Violeta mehrere Dutzend Eintrittskarten zu meinem Liederabend gekauft hatte und ihre Freunde, an die sie diese Karten verteilt hatte, zu ihrer Party eingeladen hatte mit dem Versprechen, daß ich teilnehmen würde. Durch meine Absage hatte ich sie offensichtlich in Schwierigkeiten gebracht. Langsam hatte ich das Gefühl, sie anrufen zu müssen. Ich fragte sie nach dem bevorstehenden Interview, und sie gab zu, daß die Dinge nicht so liefen, wie sie es erwartet hatte, kündigte aber an, mit mir in Kontakt bleiben zu wollen. Wahrscheinlich käme sie zu meiner nächsten Aufführung. Vielleicht könnten wir gemeinsam zu Abend essen? Diesem Plan stimmte ich zu.

Die verbleibende Zeit konnte ich in Ruhe verbringen. Nach dem Liederabend war ein großer Teil der Anspannung von mir gewichen, und ich freute mich, einige lange aufgeschobene Vorhaben, wie beispielsweise Weihnachtseinkäufe, erledigen zu können. Ich ging auf der Straße in Central Park South, um mich an einem frischen Dezembertag den Verlockungen der Fifth Avenue auszusetzen. Ich fühlte mich prächtig, und New York und die Welt machten auf mich einen wunderbaren Eindruck. Plötzlich fühlte ich einen Schlag, ich lag rücklings auf dem Gehsteig und konnte mich nicht bewegen. Es kam mir vor, als ob mich der Blitz getroffen hätte. Andere Passanten dachten offensichtlich, ich wäre betrunken, stiegen über mich hinweg oder machten einen weiten Bogen um mich; niemand bot auch nur die geringste Hilfe an. Langsam schaffte ich es, zu einem Gebäude zu kommen, konnte mich an einer Ecke festhalten und zog mich langsam und vorsichtig auf die Beine. Die Schmerzen in meinem Rücken nahmen alarmierende Ausmaße an. Einige Minuten lang stand ich unbeweglich und fürchtete, daß ich in den nächsten Sekunden wieder umfallen würde. Zu meinem Glück befand ich mich nur wenige Schritte von meinem Hotel entfernt und konnte mich mühsam, Schritt für Schritt, an der Hausmauer bis zum Hoteleingang vortasten. Von dort an begleitete man mich in mein Zimmer. Kurze Zeit später wurde ich in ein Krankenhaus eingeliefert, wo mir die Ärzte nach einer ausführlichen Untersuchung mitteilten, daß man eine akute Rückenverletzung entdeckt hätte und mehrere Bandscheiben verletzt wären. Eine Rückenverletzung? Man fragte mich, ob ich in letzter Zeit gestürzt war, und dann fiel es mir ein. Während der letzten GÖTTERDÄMMERUNG in San Francisco erstach mich ein besonders eifriger Hagen mit seinem Speer so kräftig, daß mein Sturz in einer Position zu enden drohte, die in keiner Art und Weise zur geplanten Regie und Beleuchtung für die nachfolgende Todesszene paßte. Während des Sturzes versuchte ich, mich durch eine spiralartige Bewegung zu korrigieren, um auf die vorgesehene Stelle zu stürzen. Das gelang auch, nur beim Aufprall auf die Bühne schlug ich so heftig auf meinem Ellbogen auf, daß mir Hören und Sehen verging. Nun erinnerte ich mich an den Schmerz in meinem Rücken, der wohl durch die Drehung während des Sturzes entstand. Wie konnte es passieren, daß ich die Auswirkungen des Sturzes erst sechs Wochen später zu spüren bekam? Auf die Frage, ob und was ich tun könnte, antworteten mir die Ärzte wie häufig: »Nichts. Es wird vorübergehen oder auch nicht.« Man brachte mich in mein Hotel zurück, wo ich die nächsten Tage auf dem Rücken liegend verbrachte. Es blieben mir noch neun Tage Zeit, um mich bis zur nächsten Aufführung, einer WALKÜRE, zu erholen. Meine Heilung machte scheinbar gute Fortschritte. Die Ruhelage half, den Schmerz zu lindern, so daß ich in der Lage war, gestützt durch eine starke Bandage, die Aufführung zu singen. Einige Tage später mußte ich eine anstrengende Reise nach Wien und München antreten, um dort in WALKÜRE, SIEGFRIED, GÖTTERDÄMMERUNG, TRISTAN, ARIADNE und TANNHÄUSER zu singen.

Violeta besuchte meine WALKÜRE. Ich stimmte einem gemeinsamen Abendessen endgültig zu, und wir vereinbarten einen Termin für den nächsten Tag, den 21. Dezember. Ich überlegte mir ein passendes Geschenk für diese hübsche generöse Dame, die es verstanden hatte, mein Interesse und meine Bewunderung zu wecken, und auch sie traf Vorbereitungen in ihrem in einem Wolkenkratzer am Lincoln Center liegenden Appartement. Violeta hatte nie Alkohol getrunken und versuchte nun, sich mit fremder Hilfe bestmöglich auszustatten. Da sie mich als weitgereisten Mann einschätzte, wollte sie jedes nur denkbare alkoholische Getränk, das mir nur in den Sinn kommen konnte, verfügbar haben. Sie bestellte zu diesem Zweck für diesen Abend eine Auswahl aller nur erdenklichen alkoholischen Getränke und war sicher, daß ihre Ausstattung komplett war, um jeden meiner Wünsche zu erfüllen.

Ich war mittlerweile zu dem Entschluß gekommen, Violeta einen Blumenstrauß mitzubringen und hatte mich für Veilchen entschieden. Zu meiner Überraschung stellte sich heraus, daß ich durch einen speziellen Service tatsächlich passende Blumen besorgen lassen konnte, obwohl es im Winter in New York keine Veilchen gab. Zusätzlich bestellte ich eine exquisite Kristallschale und bat den Floristen, diese bis zum Rand mit den schönsten Blumen, die er besorgen könnte, zu füllen. So bewaffnet, traf ich zum Abendessen in Violetas Appartement ein. Siegessicher bedankte sich Violeta für meine Veilchen und bot mir einen Drink an. Nun trinke ich eigentlich keine harten Getränke und äußerte den Wunsch nach einem Glas Weißwein. Ein einfaches Glas Weißwein. Violeta erbleichte, und ich konnte mir darauf vorerst keinen Reim machen. Wohl hatte sie Rosé vorbereitet, um ihn mit der Paella, die sie als Abendessen vorbereitet hatte, zu servieren. Natürlich gab es auch Rotwein und »harte Getränke«, aber Weißwein hatte sie vergessen. Wir lachten beide, und ich entschied mich für den Rosé.

Durch die intensive, ruhig geführte und doch kluge Konversation Violetas wurde ich rasch in Bann geschlagen. Und dann war da natürlich noch ihr faszinierender Anblick, der meine Konzentration ablenkte. Sie trug ein exquisites Kleid mit einem großen Blumenmuster auf rotem Hintergrund und wehend weiten Ärmeln. Ihre braunen Augen funkelten. Kaum daß ich mich noch an irgend etwas anderes erinnern könnte! Wir unterhielten uns über die Aufführung der WALKÜRE, worauf ich vorsichtig bekannte, daß ich die goldenen Manschettenknöpfe, die sie mir an diesem Tag in mein Hotel gesandt hatte, trug. Sie waren wieder von Cartier und graviert: auf dem einen Siegfried, auf dem anderen Siegmund. Ich verbat mir mit Bestimmtheit weitere Geschenke und bat sie, mir zu sagen, was ich als Gegenleistung für sie tun könnte. Offensichtlich war sie auf meine Frage vorbereitet und sagte, daß sie davon gehört hatte, daß ich in Wien und München in den Monaten Januar und Februar singen würde. Sie erbat meine Hilfe bei der Beschaffung von Eintrittskarten für diese Aufführungen. Natürlich konnte ich dabei helfen, keine Frage. Bedeutete das allerdings, daß sie eine Reise nach Wien und München plante? Ja, sie plante eine solche Reise.

Wir trennten uns als neue und gute Freunde. Allerdings waren wir zu diesem Zeitpunkt nur Freunde, und ich versprach lediglich, sie aus Kalifornien anzurufen, um ihr Details über ihre Karten für die europäischen Aufführungen mitzuteilen.

Während der letzten Tage in New York ließ ich meinen Rücken weiter behandeln und erreichte dadurch eine Besserung. Danach flog ich in die Weihnachtsferien, um meine

Kinder in Tiburon zu treffen. Ich hatte ein prachtvolles Haus am Meer gemietet und wollte dort einige Wochen in Ruhe verbringen. Schon fühlte ich mich etwas besser, als ich mich beim Heben eines Kanus wiederum verletzte und beim Arzt landete. Ich wurde gestreckt, mußte Turnübungen machen und schließlich versicherte man mir wieder, daß meine Beschwerden entweder anhalten oder eben vorübergehen würden. Ein neuer Rückschlag drohte. Meine Abreise nach Wien war für den 1. Januar geplant, und ich versuchte rechtzeitig, die vor mir liegenden Rollen zu üben, aber alle Anstrengungen waren fruchtlos, ich konnte kaum stehen und keinen Ton singen, ohne mich am Klavier abstützen zu müssen. Wie sollte ich mich als Siegfried über die Bühne bewegen? Ich fühlte mich einfach elend, aber die Pflicht rief. Trotz allem versuchte ich, meine Pläne aufrechtzuerhalten und traf die letzten Reisevorbereitungen. Dabei wurde ich wieder von einem Lähmungsanfall überrascht und konnte nur unter größten Schwierigkeiten nach Hause zurückkehren. Langsam begriff ich, daß es einfach keine Möglichkeit gab, nach Europa zu reisen und dort aufzutreten. Schweren Herzens rief ich in Wien und München an und sagte ab. Dann mußte ich die enttäuschenden Neuigkeiten auch Violeta mitteilen. Sie zeigte sich allerdings mehr über mein Wohlbefinden besorgt als über die abgesagten Vorstellungen und bat mich liebevoll, sie auf dem laufenden zu halten.

Dieser Januar wurde ein schwieriger Monat für mich. Ich kündigte den Mietvertrag meines Hauses am Strand und zog in ein Zimmer, das ich im Haus meines Lehrers Otto Schulmann in San Francisco gemietet hatte, um in der Nähe meiner Ärzte zu sein. Zu diesem Zeitpunkt begann ich mich auch darum zu sorgen, ob ich mein nächstes Engagement in Seattle, dessen Proben im Februar beginnen würden, antreten konnte. Ich wurde von der Tatsache entmutigt, wenn nicht sogar in Verzweiflung versetzt, daß mir meine Ärzte eine eventuell notwendige Operation ankündigten, sollten ihre Behandlungsmethoden nicht bald Erfolge zeigen.

Von Zeit zu Zeit telefonierte ich mit Violeta und gab ihr auch meine Telefonnummer in Schulmanns Haus. Eines Tages rief sie an und erreichte Schulmann, der in seinem deutsch gefärbten Englisch antwortete. Violeta glaubte, daß ich in meinem Landhaus lebte und mein Butler ans Telefon gegangen wäre. Sie konnte sich offensichtlich nicht vorstellen, daß ich nur ein kleines Zimmer im Haus meines Lehrers bewohnte. Schulmann berichtete ihr von meinem Zustand und schlug ihr vor, mich zu besuchen und mir Mut zuzusprechen. Schon im nächsten Telefonat erwähnte Violeta Schulmanns Vorschlag und bot tatsächlich an, mich zu besuchen. Immerhin hatte sie eine Schwesternausbildung und könnte vielleicht behilflich sein.

Violeta sagte mir, daß sie einen Freund in Hawaii besuchen wollte und mich, sollte es mein Gesundheitszustand erlauben, auf ihrer Durchreise in San Francisco besuchen würde. Für diesen Besuch fühlte ich mich natürlich stark genug, und so schlug ich als Zeitpunkt Anfang Februar vor. Ich hatte wieder ein nettes Haus in Tiburon gemietet, um dort einige Zeit mit meinen Kindern zu verbringen. In diesem Haus wollte ich auch Violeta empfangen, denn mein Junggesellenrevier in Schulmanns Haus wollte ich nicht unbedingt vorzeigen. Am 2. Februar 1973 entstieg sie als erste dem Flugzeug. Mit langsamen grazilen Schritten trat sie, das Haar meisterhaft arrangiert, mit sorgfältigem Make-up, das ihre großartigen Augen umrahmte, auf mich zu und nahm mich in die Arme. Ich begrüßte sie herzlich, vielleicht auch ein bißchen ungeschickt und konnte ihr Aussehen nicht genug auf mich einwirken lassen. Sie trug 12 cm hohe Absätze an ihren Sandalen, die sie exakt auf meine Augenhöhe brachten. Meine Blicke aber saugten mehr

Violeta, Victor und Jess Thomas, Tiburon 1981.
Violeta Thomas, New York 1976 (unten).

Jess Thomas als »Cavaradossi«, Wien 1965 (rechts, I), als »Tannhäuser«, Bayreuth 1966 (links unten, II) und als »Vasco da Gama«, München 1962 (rechts unten, III).

In der Rolle des »Loge«, Karlsruhe 1969 (links oben), als »Tamino«, Karlsruhe 1959 (rechts oben) und in seiner »Meisterklasse«, Marin County 1982 (unten).

In seinen großen Rollen: »Tristan«, Wien 1967 (IV), »Walther von Stolzing«, London 1970 (links unten) und »Radames«, München 1963 (rechts unten, V).

als nur ihre Augen auf. Sie trug eine gewagte und raffiniert geschnittene exotische Pelzjacke aus langen schwarzen, braunen und weißen Fellen, enge Glockenhosen, die zweifellos für sie entworfen waren, und ein winziges Bolero aus schwarzem Material, das alles ahnen ließ. Der Gesamteindruck war extravagant, chic, einfach umwerfend. Sicherlich hätte nichts ihre schlanke Taille, ihre langbeinige Eleganz und ihre fast orientalischen Augen mehr zur Geltung bringen können. Niemanden hätte es verwundert, sie auf einem Flug aus Kuwait in Begleitung eines Scheichs oder einem Flug aus Bagdad am Arm eines Märchenprinzen zu treffen. Es war daher kein Wunder, daß sie der Blickpunkt aller Reisenden war, die mitverfolgten, wie diese exotische Schönheit von einem hingerissenen, faszinierten, Jeans und Lederjacke tragenden Amerikaner im mittleren Alter empfangen wurde. Wahrlich ein ungleiches Paar! Violeta war zum ersten Mal nach Kalifornien gekommen, dieser erste Besuch war für sie und auch mich aufregend. Meine ersten Versuche an diesem Tag, jugendlich zu erscheinen, waren trotz aller Bemühungen sehr konservativ. Ich öffnete noch einen Hemdknopf und trug eine Goldkette. Violeta hingegen bewegte sich und reagierte so außergewöhnlich, daß uns auf dem Weg zur Gepäckaufgabe nur verwunderte Blicke folgten.

Sie war gekommen, um einen Opernstar in seiner eigenen Umgebung zu erleben. Was hatte sie eigentlich erwartet? Was hatte ich erwartet? Wir hatten uns gegenseitig überrascht. Seit diesem Moment hat sich in vieler Hinsicht nichts mehr verändert. Ich war nie in der Lage, Violetas Verhalten vorherzusagen. Sie war und ist eine verletzliche Person mit immenser Ausdrucksfähigkeit, die es nicht zuläßt, sie in irgendeiner Art und Weise nach Stimmung, Gehabe oder Denkungsart in ein Schema zu pressen. Selbst heute bin ich nicht in der Lage, ihre Absichten für die Zukunft, ja selbst für den nächsten Tag oder Stunde vorauszusagen, doch das ergibt auch einen gewissen Reiz.

Nachdem wir ihr nicht geringes Gepäck – immerhin plante sie eine Reise nach Hawaii – eingesammelt hatten, gingen wir zum Auto, um nach Hause zu fahren. Natürlich hatte sie ein Hotel gebucht, ich schlug aber vor, daß sie sich zuerst das Haus, das ich gemietet hatte, ansehen sollte. Es war groß und gefiel ihr. Da wir nie zuvor allein gewesen waren, wollte ich die Gewöhnungsphase etwas leichter gestalten. Für den ersten Abend hatte ich eine Einladung zu einer Cocktailparty angenommen und zusätzlich Karten für ein symphonisches Konzert besorgt. Was würde sie unternehmen wollen?

Nachdem sie das Haus als äußerst einladend empfand, nahm sie meine Einladung an und bot mir an – sollte es mir ernst sein –, die Hotelreservierung zu stornieren. Das Haus war die perfekte Umgebung für unseren ersten Kuß. Die warmen roten Teppiche glühten wie das lodernde Kaminfeuer, wir fühlten uns so vertraut, als ob wir schon immer ein Liebespaar gewesen wären. Widerwillig stimmte sie dem Besuch der Cocktailparty zu. Das Konzert war aber dann nach der langen Reise doch zu anstrengend. Eigentlich hielten wir den Besuch der Party für überflüssig, gingen dann aber doch zu meiner dummen Verabredung, um uns danach schnellstmöglich in die heimelige Atmosphäre unseres Hauses zurückzuziehen. Dort begann unsere reine, leidenschaftliche Liebe, die bis zum heutigen Tage anhält. Violeta entschied, daß sie nicht nach Hawaii reisen wollte und blieb für einige Tage in unserem Nest. Wir empfanden kein Verlangen nach Mahlzeiten und tranken nur ab und zu etwas. Ich hatte einen Vorrat des Rosé-Weines gekauft, von dem ich seit meiner Einladung in ihr Appartement in New York dachte, er sei Violetas Lieblingswein. Ich erwähnte nicht, daß ich Rosé-Wein eigentlich hasse. Sie genoß diesen Wein, der ihr in Wirklichkeit überhaupt nicht schmeckte, mit mir, da sie dachte, ich wäre versessen auf ihn. So sollten wir noch längere Zeit einen Wein trinken, den wir beide eigentlich nicht mochten. Erst später klärte sich dieser gegenseitige Irrtum auf. Der Anfang unsere Beziehung war vielversprechend. Allerdings verließ mich Violeta schon bald, um nach New York zurückzureisen. Unsere erste gemeinsame Zeit war aufregend und voll Zuneigung. Das Bewußtsein unserer neuen Liebe erfüllte uns beide, und schon zehn Tage später kam Violeta zu ihrem zweiten Besuch zurück. Dieses Zusammentreffen unterschied sich gänzlich von unserem ersten. Wir bewegten uns auf geistiger, nach innen gekehrter und ruhiger Ebene. Ich arbeitete an einer Bachkantate, die unserer Gemeinschaft einen nahezu geheiligten Hintergrund verlieh. Meine Einladung, mit mir nach Seattle zu kommen, mußte sie ablehnen, sie hatte zu arbeiten. Als sie dieses Mal nach New York abreiste, übergab ich ihr einen schlichten Ring mit einem Amethyst. Wir hatten Ringe getauscht und wollten zusammen bleiben, der ›legale‹ Austausch unserer Ringe sollte aber erst später erfolgen.

Mein Lehrer Schulmann traf bald darauf Violeta und meinte, daß unsere wachsende Liebe alle Elemente einer legendären Liebesgeschichte mit einem Happy-End oder aber einer typisch wagnerianischen Tragödie enthalten würde. Ich bin froh, daß es zu einem Happy-End kam. Während Violeta noch im Flugzeug nach New York saß, rief mich Adler an, der mich einlud, in einer neuen TRISTAN-Inszenierung aufzutreten, für die mich der Mäzen dieser Produktion speziell angefordert hatte. Hatte Violeta damit etwas zu tun?

Im Jahr 1973 wurde ich endgültig geschieden, und ab dieser Zeit war ich mit Violeta in ständiger Verbindung. Entweder kam sie zu meinen Auftritten oder ich besuchte sie in New York. Konnten wir nicht zusammen sein, bescherten wir den Telefonfirmen ein reiches Einkommen. Es gäbe noch viele Geschichten aus der Zeit zu erzählen, bevor sich der Ring unserer Beziehung schloß. Hier aber gilt es, zuerst Wagners RING zu komplettieren.

Götterdämmerung

Noch im Sommer 1969, kurz nach dem SIEGFRIED in Salzburg und Vorstellungen in Wien, ging ich an meinen ersten ›Siegfried‹ in der GÖTTERDÄMMERUNG. Dieses Debüt machte ich wieder in Bayreuth, wo ich beide ›Siegfried‹-Partien in Aufführungen von Wieland Wagners letzter Inszenierung sang. Ich glaube, daß es absolut richtig war, Wielands Inszenierungen aus dem Bayreuther Repertoire zu nehmen. Sie waren einfach nicht mehr wirklich authentisch, weil Wielands persönlicher Einfluß fehlte. Und doch war es traurig mitanzusehen, wie diese glorreiche RING-Inszenierung abgesetzt wurde.

Wie schon früher erwähnt, wurde Hans Hotter mit der Regie betraut und Lorin Maazel als Dirigent gewonnen; Gladys Kuchta sang die ›Brünnhilde‹. Der ›Götterdämmerungs-Siegfried‹ stellt also die dritte Wagner-Partie dar, die ich für Bayreuth einstudiert hatte. Er steht dabei neben ›Parsifal‹ und ›Tannhäuser‹.

Es ist unmöglich, von der Stimmung in Bayreuth nicht gebannt zu werden. Diese Gefühle beeinflussen natürlich auch die persönliche Denkungsart, die eigenen Empfindungen. Unbeschreibliche Gefühle können einen Künstler in den unglaublichsten Momenten überfallen. Szenen, die man sonst nie wahrnehmen würde, prägen sich ein. Unvergeßlich bleibt mir das Gefühl, das mich überkam, als ich in der Premiere nach Siegfrieds Tod auf den Brettern lag und die eindrucksvollen Farbprojektionen über mich huschen sah. Die perfekte Harmonie dieser Lichtspiele, gepaart mit den großartigen Motiven der letzten Phrasen der Musik, überwältigte mich.

Dann kehrte ich mit dem ›Götterdämmerungs-Siegfried‹ nach San Francisco zurück, um am dortigen RING weiterzuarbeiten. Amy Schuard und Thomas Stewart standen mit mir auf der Bühne, Otmar Suitner dirigierte.

Amy Schuard war eine bewundernswerte Dame und Künstlerin, aber von Statur aus klein und schmächtig, verglichen mit dem, was man normalerweise von einer Wagner-Sängerin erwartet. Sie stellte die feminine, zarte Brünnhilde dar, die sie aber doch durch ihre schauspielerischen und stimmlichen Stärken in die aktive, rachevolle Walküre verwandeln konnte. Sie erzählte mir oft, daß sie gerade diese Rolle besonders liebte, obwohl sie sich bewußt war, daß dabei alles gefordert wurde, was ein Künstler zu geben imstande ist. Man konnte einfach nicht ›Brünnhilde‹ singen, so meinte sie, und dabei unverändert bleiben. Das Erlebnis dieser Rolle war für sie so grundsätzlich, daß ihr Leben dabei tatsächlich verändert wurde. Welche Veränderungen meinte sie? Wie verändert Wagner-Gesang generell das Leben eines Künstlers? Ich bin sicher, daß jeder Künstler eine individuelle Antwort darauf finden wird. Es steht aber fest, daß sich eine Veränderung vollzieht. Jeder Künstler muß, um die übermenschlichen Rollen in Wagners Werken porträtieren zu können, seine eigenen Tiefen erforschen und ausloten. Diese Beschäftigung mit dem eigenen Ich ist eine Selbstanalyse und kann auch gleichzeitig Therapie sein.

Während der Arbeiten an dieser Inszenierung erinnerte ich mich an Wolfgang Windgassen, der in einer Aufführung als ›Siegfried‹ zu den Klängen des Trauermarsches so ungeschickt von der Bühne getragen wurde, daß er dabei von der Bahre zu Boden fiel. Das hatte er nie vergessen und riet mir, jedesmal genau darauf zu achten, daß die Statisten, die die Aufgabe der Träger übernehmen, gut geschult waren. Solche Dienste werden meist von Statisten oder Chorsängern ausgeführt, die sich freiwillig melden. Die Aufgabe ist nicht leicht. Obwohl von schlanker Gestalt, wiege ich doch ungefähr 95 Kilo, und selbst für vier Personen ist es eine nicht unerhebliche Anstrengung, dieses Gewicht zu schultern und über eine weite Strecke, oft über steile Stufen zu tragen. In San Francisco übernahmen Freiwillige diese Aufgabe. Man mußte mich auf eine Bahre legen, diese wurde dann auf die Schultern der Träger gehoben, die eine steile Rampe hinaufzugehen hatten. Weiter ging es dann ein Stockwerk tiefer, um von der Bühne wegzukommen, dann wieder über eine steile Treppe, um unter den Bühnenraum zu gelangen. Bei den Proben gab es keine Probleme, einzig die Träger taten mir leid. Am Tag der Premiere kam einer der Träger und sagte: »Jess, es gibt etwas, das du wissen solltest. Der erste Mann, der die Bahre am Fußende trägt, hat ein künstliches Bein und muß zudem die Hauptlast während unseres Abstieges über die Stiegen tragen.« Natürlich wollte ich zu diesem Zeitpunkt keine Einwände mehr erheben, aber Windgassen fiel mir ein, und allein der Gedanke an seine Erzählung verursachte mir ein flaues Magengefühl. Es war für mich jedesmal eine große Erleichterung, wenn wir ohne Zwischenfall bei der letzten Stufe angekommen waren. Der Freiwillige mit seinem künstlichen Bein erwies sich als Held, und ich bewunderte, daß er es auf sich genommen hatte, mich zu tragen. Er sollte nie von meinen Zweifeln erfahren, und meine Aufregung zählte nicht, da ich ja nach dieser Szene nicht mehr singen mußte.

In Wien sang ich meine erste GÖTTERDÄMMERUNG mit Birgit Nilsson unter Horst Stein. Wie schon SIEGFRIED, war auch GÖTTERDÄMMERUNG noch aus der alten Karajan-Inszenierung in der Dekoration von Emil Preetorius, die mir ungemein gefiel. Ich erinnere mich noch an viele andere erregende Aufführungen mit Gwyneth Jones und Catherina Ligendza. Eine spezielle Aufführung mit dem unvergleichlichen Horst Stein, aus dem Jahre 1974, wird mir ebenfalls unvergeßlich bleiben. Ich war zu dieser Aufführungsserie aus New York nach Wien angereist. Gemütlich bereitete ich mich darauf vor, im dritten Akt in der Rheintöchter-Szene aufzutreten, und stand mit dem Inspizienten plaudernd hinter der Bühne. Irgendwie wurde ich unruhig und fragte den Inspizienten, ob ich für meinen Auftritt auch auf der richtigen Seite der Bühne stünde. Er versicherte mir, daß alles o. k. sei, und ich vergaß meine Bedenken. Plötzlich ertönte das Stichwort für meinen Auftritt. Der Inspizient riß mich am Arm und stieß mich in die gegenüberliegende Richtung. Meine Proteste, daß es nun zu spät wäre, halfen nichts. Ich stürmte in eine Richtung, er zog mich in eine andere, es gab ein Hin und Her. Endlich riß ich mich los und stürmte auf die Bühne. Nach all den Schwierigkeiten, die ich hatte, war es für mich gleichgültig, von welcher Stelle ich kam. Es war zu spät. Ich hatte meinen Auftritt versäumt und Horst Stein Anlaß zu einer Soloeinlage gegeben. Der Dirigent hatte eine Tenorausbildung absolviert und ich hörte, wie er meinen ersten Satz selbst sang. Dann hielt er das Orchester an und wiederholte diesen Satz, als ich plötzlich auf die Bühne platzte. Mein »Ein Albe führte mich irr« wurde von freundlichem Gelächter und Applaus begleitet.

Karajans RING wurde bei den Osterfestspielen 1970 mit der GÖTTERDÄMMERUNG abgeschlossen. Weder hatte ich die Premiere noch die Schallplattenaufnahme gesungen, doch wollte Karajan, daß ich zumindest eine Aufführung in Salzburg singen sollte. Er sah dies als eine Art Vorbereitung für die Premiere an der Met an, für die ich engagiert war. Bei dieser Aufführung, die auch im Rundfunk übertragen wurde, traf ich meine frühere ›Brünnhilde‹, Helga Dernesch, wieder. Diese GÖTTERDÄMMERUNG war auch sonst exzellent besetzt; Christa Ludwig, Thomas Stewart, Karl Ridderbusch und andere große Sänger setzten die berühmte Aufführungsserie nach Karajans Konzept fort. Zu meinem Mißvergnügen hatte ich für diese Rolle keine extensiven Proben unter Karajan.

Zwei sehr spezielle konzertante Aufführungen der GÖTTERDÄMMERUNG machten mir große Freude. Die erste fand in New York mit den New Yorker Philharmonikern unter Leonard Bernstein mit Eileen Farrell, die andere unter Solti mit Helga Dernesch, gemeinsam mit dem Chicago Symphony Orchestra in Chicago sowie in der Carnegie Hall in New York statt.

Die Übernahme der GÖTTERDÄMMERUNG aus dem Salzburger RING nach New York fiel in die Amtszeit Rafael Kubeliks als neuem musikalischem Leiter der Met in der Saison 1973/74. Da Karajan die Arbeiten nicht selbst fortführte, übernahm Kubelik die Regie nach Karajans Konzept.

Violeta war es gelungen, mir in New York ein Heim zu schaffen, das echte Qualitäten einer Walhalla aufwies. Schon allein die großartige Aussicht über die Dächer von New York machte ihr Appartment am Lincoln Plaza im 35. Stock eines Hochhauses attraktiv. Zu meinem Eintreffen arrangierte sie eine Neujahrs-Party, um mich zur Saison 1973/74 der Met zu begrüßen. Violeta erwies sich als charmante Gastgeberin, die sich auch weiterhin bewährte. Viele meiner Kollegen von der Met sowie auch andere Freunde besuchten nicht nur diese große Party, sondern auch andere, die wir während der langen, langen Saison, die aus TRISTAN-, GÖTTERDÄMMERUNG- und PARSIFAL-Aufführungen bestand, gaben.

Birgit Nilsson, die uns oft besuchte, probte gemeinsam mit mir für die Premiere der GÖTTERDÄMMERUNG. Während dieser Proben hatte sie einen schrecklichen Bühnenunfall, so daß sie nicht sicher war, ob sie die Premiere tatsächlich singen konnte. Eine Absage hätten nicht nur die Fans, sondern auch alle Kollegen aufs äußerste bedauert. Violeta besuchte sie dann in ihrem Hotel und brachte ihr ein Armband, das ich ihr selbst nach der Aufführung hatte geben wollen. Sie berichtete ihr, wie sehr ich betete und hoffte, daß sie singen könnte. Birgit probierte ein spezielles Kostüm, das ihren verbundenen Arm und ihre bandagierte Schulter bedeckte. Sie versicherte Violeta, daß, wenn sie tatsächlich singen sollte, dies zum Teil darauf zurückzuführen war, daß sie mein Armband, in das ich eine Inschrift hatte eingravieren lassen, angenommen hatte. Die Inschrift lautete: »... zum Tausche deiner Runen reich ich dir diesen Ring«.

Birgit und ihr Mann Bertel hatten auch private Kontakte zu Violeta und mir. Beide waren während ihres Aufenthaltes in New York oft in unserem Appartement zu Gast und dabei hörte Birgit einmal, wie Violeta mich mit einem meiner Spitznamen rief: Jess-C-Poo. Ich hatte nichts dagegen, daß mich Violeta so rief, wollte diesen Namen aber nicht unbedingt publik machen. Während einer Generalprobe allerdings ließ sich die Enthüllung dieses kleinen Geheimnisses nicht vermeiden. Birgit stand hinter der Bühne und suchte mich fieberhaft für den gemeinsamen Auftritt. Es gelang ihr aber offensichtlich nicht, meine Aufmerksamkeit zu erregen, denn ich konzentrierte mich darauf, die Vorgänge auf der Bühne zu beobachten. Aber Birgit wußte sich zu helfen. Ich hörte plötzlich ihre göttliche Stimme »Jess-C-Poo« rufen, nein, singen. Kurz darauf stand ein Siegfried mit hochrotem Kopf neben ihr und war bereit für den Auftritt. Diesen Vorfall habe ich ihr lange Zeit nicht vergeben.

Aus Anlaß der Premiere der GÖTTERDÄMMERUNG überreichte ich Violeta ein großes Armband, an dem ein Ring befestigt war. Ich hatte eine Inschrift eingravieren lassen »Veilchen with Love, Jess upon the completion of our first Ring together«. Während der Zeit der Aufführungen des kompletten RINGS im Jahre 1975 ging dieser Talisman allerdings verloren. Das Schicksal versuchte uns offensichtlich wieder einmal zu lehren, wie kindisch es war, zuviel Bedeutung in einen einzelnen Gegenstand zu legen. Der Verlust wurde dadurch aufgewogen, daß wir zu diesem Zeitpunkt einen anderen, einfachen Goldring trugen, unseren Ehering.

Im Jahr 1976 kehrte ich in GÖTTERDÄMMERUNG nach Bayreuth zurück, um an der Produktion des »Jahrhundert-Rings« teilzunehmen. Wolfgang Wagner hatte mich eingeladen, an der kontroversen Produktion, die Pierre Boulez dirigierte, teilzunehmen. Mit Boulez hatte ich schon einige Konzerte in London gesungen und eine Schallplattenauf-

Richard Wagner, Götterdämmerung, 1976. Bayreuth. (65)

nahme gemacht. Auf der Opernbühne hatte ich allerdings mit ihm noch nicht zusammengearbeitet. Als Regisseur wurde der revolutionäre junge Franzose Patrice Chéreau engagiert.

Sieben Jahre war ich nun nicht in Bayreuth gewesen. Ich war auch nicht sicher, ob ich tatsächlich zurückkehren sollte. Ich tat es aber für Violeta, die wohl schon in Bayreuth gewesen war, mich dort aber noch nie auf der Bühne gesehen hatte. Obwohl ich der Meinung war, daß ich den neuen RING in Bayreuth den jüngeren Künstlern überlassen sollte, entschied ich mich dafür, Violetas Traum zu erfüllen und akzeptierte die Partie des ›Siegfried‹ in der GÖTTERDÄMMERUNG. Natürlich war es auch eine Versuchung, an der Hundertjahrfeier Bayreuths teilzunehmen. Man muß sich aber auch immer den Spruch vor Augen halten »You cant't go back«. Meine Erfahrungen in Bayreuth waren letztendlich auch gemischt. Mein Freund und ehemaliger Fan Peter Hofmann erzählte mir, daß er hocherfreut war, mit mir gemeinsam in einer RING-Produktion aufzutreten und dabei sogar meinen Vater, ›Siegmund‹, singen zu können. In Bayreuth hatte mich Peter Hofmann vor fast zehn Jahren getroffen und meine Vorstellungen besucht, nun stand er selbst auf der Bühne.

Die Rolle des ›Siegfried‹ in der GÖTTERDÄMMERUNG bescherte mir sehr viel neues Wissen. Es ist eine schmerzliche Angelegenheit, in einen Charakter schlüpfen zu müssen, der sich auf Kollisionskurs mit dem eigenen Schicksal befindet und auf eine bestimmte Art und Weise vor den Augen der Öffentlichkeit zerbricht. Der alte Siegfried verliert viel von seiner Glaubwürdigkeit, wenn er von den Gibichungen getäuscht wird und Brünnhilde vergißt. Er läuft auch maskiert als falscher Gunther herum, erringt seinen eigenen Ring und betet pathetisch nach Hagens tödlichem Anschlag. Er ist ein schwacher Held, der allerdings eine Menge wunderbarer Musik zu singen hat, am Ende aber doch dem Auditorium unsympathisch bleiben muß.

Das echte Liebesopfer wird von Brünnhilde gebracht, indem sie sich selbst in den Scheiterhaufen stürzt. Die wirkliche Tragödie Siegfrieds ist wahrscheinlich ganz einfach die Tatsache, daß er an seiner Aufgabe zerbricht und seine Mission nicht erfüllen kann; er kann die neue Rasse der furchtlosen Helden und Menschen nicht gründen. Ich habe mich immer bemüht, die positiven Eigenschaften des Charakters auszuloten, aber nur wenige gefunden. Siegfried stellt einen Verlierertyp dar, und wer liebt schon einen Verlierer?

Mit Ausnahme einer einzigen konzertanten Aufführung der GÖTTERDÄMMERUNG in Linz sang ich meine letzte GÖTTERDÄMMERUNG auf derselben Bühne, auf der ich meine erste gesungen hatte: Auf der Bühne des Festspielhauses in Bayreuth. Auch dadurch schloß sich ein symbolischer Ring.

KAPITEL 10

RICHARD WAGNER

Ich habe mich oft mit Wieland Wagner über das Werk seines Großvaters unterhalten und konnte dabei viele Übereinstimmungen in unseren Ansichten feststellen. Vor allem pflegte Wieland jeden an Richard Wagners Werk Interessierten auf die Musik zu verweisen und empfahl, alle Bücher und Schriften von und über Richard Wagner beiseite zu legen. Richard Wagner ist seine Musik. Welche Unzulänglichkeiten auch immer in Richards Person gesteckt haben mögen, sie wurden doch bei weitem durch die Eigenschaften aufgewogen, die ihn zum Genie machten. Die Quintessenz seines Schaffens und seines Ausdrucks findet sich nicht in seinen Schriften, nicht in den Handlungen seiner Werke, sondern ganz klar nur in seiner Musik.

Der englische Übersetzer und Chronist Nietzsches schrieb, daß Wagner einen mächtigen und ausdauernden Einfluß auf Nietzsche hatte, den dieser trotz aller Bemühungen bis zu seinem letzten Tag nicht abschütteln konnte. Nietzsche selbst wertete seine Begegnung mit Wagner als den größten Augenblick seines Lebens, und auch Bryan Magee schreibt in »Aspects of Wagner«, daß Wagner einen größeren Einfluß auf unsere Kultur hatte als jeder andere Musiker.

Wie denkt man heute darüber? Kann man heute als Künstler oder als Musikliebhaber diesen Einfluß fühlen oder gar ermessen?

Da ist zuerst die Wirkung, die Musik auf unsere Gefühle ausübt, das reine gefühlsmäßige Empfinden, durch das in jeder Vorstellung eine Reaktion bei den Zuhörern ausgelöst wird.

Im besten Fall werden diese in einen Zustand versetzt, der nach Drogengenuß als »high« bezeichnet wird. Das Publikum kann aber auch abgestoßen werden, und manchmal langweilt es sich und verläßt die Aufführung, weil man daheim besser schläft. Eines jedoch ist sicher, nur wenige können den Effekt des akustischen Reizes auf die Sinne verleugnen. Wissenschaftler haben sich in vielen Forschungsarbeiten um diese Effekte bemüht und Beweise dafür erbracht, daß akustische Reize nicht nur im Zusammenhang mit der Reizleitung direkte chemische Reaktionen im Gehirn auslösen und dadurch veränderte Gemütszustände hervorrufen können. Diese Wirkungskette Ton, chemische Reaktion, Gefühl läßt den Schluß offen, daß bestimmten Schallmustern auch direkt bestimmte Empfindungen zugeordnet werden können, ohne daß diese durch den Verstand oder die Erinnerung interpretiert werden müßten. Dieser Effekt darf keineswegs mit den Gefühlen verwechselt werden, die wir empfinden, wenn wir ein sentimentales Lied hören, denn diese Reaktion beruht auf anerzogenen Gefühlen, die durch die Erinnerung an diese oder ähnliche Melodien hervorgerufen werden.

Neben der direkten, naiven und der anerzogenen Reaktion auf Musik besteht auch noch die intellektuell interpretative, die ihren Ausgangspunkt in unserer Beschäftigung mit der Aussage eines Werkes hat. Dieser Effekt kann in Anlehnung an die Literatur als der ›sentimentalische‹ bezeichnet werden, wobei sich durch die Möglichkeit der Verschmelzung der klassischen naiven und sentimentalischen Kunst eine wesentliche Steigerung der Ausdrucksfähigkeit der Musik gegenüber der Literatur zeigt.

Musik berührt also ganz allgemein dann, wenn zumindest einer der drei Auslösefaktoren beim Zuhörer akzeptiert wird und ankommt, wobei eine optimale Wirkung aus der Kombination dieser drei Effekte entsteht. Damit ist auch schon ein wesentliches Charakteristikum Wagnerscher Musik beschrieben, in der direkter Stimmungsauslösung, intellektueller Interpretation und reinem Gefühlsfluß gleichermaßen Bedeutung eingeräumt sind. Wahrscheinlich ist dieser mehrfache und direkte Reiz auch der Grund dafür, daß man von Wagners Musik kaum gleichgültig gelassen werden kann. Man wird entweder zum Wagnerianer oder zum Verächter dieser Musik.

Der Besuch einer Wagner-Oper bedeutet nicht nur Unterhaltung, sondern vielmehr Erleuchtung und Erbauung. Richard Wagners Werke erreichen eben alle verschiedenen Bewußtseinsebenen der Zuhörer.

Ich selbst habe vierzig Jahre als Sänger wie auch als Zuhörer hinter mir. Diese doppelte Rolle hat mich zu eigenen Erkenntnissen gebracht, mir aber auch die Meinungen und Erlebnisse anderer verständlich gemacht.

Oft habe ich mich mit einer besonderen Wagner-Liebhaberin unterhalten, die auch in meiner Heimat in Marin County lebt. Verna Parino besucht seit ihrer Kindheit Opernaufführungen, sie hat Künstler wie Flagstad und Melchior erlebt und RING-Aufführungen in Seattle, San Francisco, Salzburg, Bayreuth, Wien und all jenen Städten, in denen wichtige Wagner-Aufführungen gegeben wurden, verfolgt. Sie ist auch aktiv und hat sie sich als unermüdliche Arbeiterin für die lokale Wagner-Gesellschaft erwiesen und sich selbstlos den Aktivitäten der Opera Guilds verschrieben, die große, aber auch kleine Opernaufführungen unterstützen.

Wagner war für sie aber nicht nur der Selbstzweck einer Kunstform, sondern ein Musterbeispiel für die Wirkung eines Kunstwerkes auf das Verhalten und das Leben des Menschen. Vor allem hat ihr Wagners Werk geholfen, ein tieferes Verständnis der Welt, der Menschen und menschlicher Reaktionen zu gewinnen. Er hat sie auf gemeinsame Eigenschaften aller Völker hingewiesen und ihr die Möglichkeit gegeben, ihr Bewußtsein zu erweitern und sich auch vieler unbewußter Dinge bewußt zu werden. Sie fand in den Personen, die Wagner porträtiert hatte, die unseres Lebens wieder. Sich selbst hat sie in vielen der Wagner-Charaktere wiedergefunden und hatte dadurch nicht nur die Gelegenheit, mehr über die Menschheit generell und mehr über Wagner, sondern auch mehr über sich selbst zu erfahren. Sie wußte aus jeder RING-Interpretation zu lernen und jedesmal, wenn sie das Gefühl hatte, eine Sache zu verstehen, fand sie sich doch wieder auf der Stufe eines Anfängers, der besessen ist, mehr zu erfahren. Dadurch sieht sie auch ihre Arbeit in der Wagner-Gesellschaft in erster Linie für sich selbst als befriedigend an.

Wenn es tatsächlich wahr ist, was Bryan Magee in seinen »Aspects of Wagner« schreibt, dann beeindruckt Wagner von vorneherein eine bestimmte Gruppe von Menschen: »...jene, die emotionell isoliert oder unterdrückt sind.«

Diese Anziehungskraft allerdings kann dann keineswegs nur auf die durch Unglück Isolierten beschränkt sein, sondern gilt auch für die durch ihre Begabung Isolierten wie Strauss, Mahler, Bruckner, Schönberg, George Bernard Shaw, Proust, Wittgenstein, Nietzsche, Albert Schweitzer, Thomas Mann und andere, die zurückgezogen, allein oder unnahbar, wenn nicht sogar aus freiem Willen isoliert waren. Das gilt natürlich keineswegs nur für berühmte Personen.

Ich hatte einen Fan, einen brillanten jungen Mann, Mitglied einer prominenten und begabten Familie, der ein Musterbeispiel für diese Affinität besonders sensibler Charaktere zu Wagners Werke darstellt. Er entwickelte einmal eine derartig verstörte Reaktion auf eine TANNHÄUSER-Aufführung, daß ihm sowohl seine Eltern wie sein Arzt strikt verboten, weitere Aufführungen zu besuchen. Er kam dann zu mir, um sich für seine Abwesenheit von meinen Aufführungen zu entschuldigen und erläuterte mir in einem persönlichen Gespräch, daß er deutlich die Freude wie auch Agonie fühlte, während der Aufführung mit einigen seiner eigenen Probleme konfrontiert zu werden. Er erkannte, daß er eine Lösung seiner inneren Probleme finden mußte, bevor er sich einem solch mächtigen Stimulans, wie ihn Wagners Musikdrama nun einmal darstellt, nochmals aussetzen könnte. Dieser junge Mann unterzog sich einer langwierigen Therapie und sollte später seine regelmäßigen Opernbesuche wieder aufnehmen. Nun könnte man die Angelegenheit einfach als typische entwicklungsbedingte Hyperreaktion eines jungen Mannes abtun. Man kann aber auch die Wirkung der Musik deuten und sagen, daß Wagners Musik als Katalysator fungierte, der es ermöglichte, Probleme in einem frühen Stadium zu erkennen und zu behandeln, bevor sie größere Dimensionen annahmen.

Wenn Wagner hauptsächlich isolierte Personen anspricht, so gehörte wohl auch ich zur Gruppe der Isolierten und Unausgeglichenen, die durch das Singen, den eigenen Auftritt oder das Hören von Musik eine Art Sicherheitsventil suchen und finden und die Erregungen des Unterbewußtseins im Rollenspiel freisetzen. Während der Zeit der engen Berührung mit Wagner-Partien habe ich tatsächlich eine Befreiung unterdrückter Gefühle erreicht, mein Selbstbewußtsein gestärkt und auch die Freiheit meines Ausdrucks auf der Bühne wie auch im Privatleben gesteigert. Wie konnte das geschehen? Nun, ich wurde durch das Rollenstudium mit den autobiografischen Zügen der Charaktere vertraut und begann zu verstehen, daß jede einzelne Rolle nur eine Facette des Genies Richard Wagner darstellte. Viele dieser Eigenschaften fand ich auch in mir selbst und lernte meine Schattenseite kennen. Ich lernte, mit ihnen zu leben, mich nicht immer schuldig zu fühlen, wenn es mir nicht gelang, jedermann meine Schokoladenseite zu zeigen. Ich besann mich auf mich selbst, sowohl auf meine anpassungsfähigen »Plain States«-Eigenheiten wie auch auf meine exzentrischen Angewohnheiten und begann, mich dadurch in meine eigene Umgebung – sei sie nun imaginär oder real – zurückzuziehen.

Langsam begann ich auch die Einflüsse meiner Familie oder meiner Heimat zu vergessen und mich einfach als Mitglied der menschlichen Spezies mit allen Sonnen- und Schattenseiten zu fühlen. Dabei hatte ich oft Richard Wagner selbst vor Augen. Ich habe viel über ihn gelesen, aber nur wenig verstanden. Mehr als in jeder anderen Quelle habe ich in seiner Musik gefunden. Ein Buch allerdings, in dem ich viel Nachdenkenswertes über Wagner gefunden habe, ist »Wagners Ring und seine Symbole« von Robert Donington. Aus diesem Buch stammt folgendes Zitat: »Wenn es je einen Mann gab, der gezwungen war, seine Schattenseiten zu zeigen und dafür sein Genie versteckt zu halten, dann war dieser Mann Wagner.«

Meine versteckten Schattenseiten waren weder groß genug, um sie in meinen Darstellungen zu zeigen, noch war ich mit einem vergleichbaren Genie wie Richard Wagner begabt. Trotzdem wagte ich es, die dunkelsten Vorstellungen und Gefühle, die sich je in meinen Gedanken und meiner Seele entwickelten, durch das Schauspiel, durch stimmlichen

Ausdruck freizulegen und darzustellen. Ich begann, in meinen Rollen mein Innerstes nach außen zu kehren, aber diese Öffnung birgt auch Gefahren. Mein Förderer und Lehrer Otto Schulmann hatte mir oft gesagt, daß es zwar gerechtfertigte Arroganz gibt, aber nichts jämmerlicher ist als ungerechtfertigte Arroganz. Richard Wagner war arrogant, seine Begabungen aber waren so mächtig, daß man ihn dafür entschuldigen muß. Er wagte es, sein wirkliches Ich mit allen noblen Eigenheiten und auch Widersprüchen in seinen einzigartigen Werken zu zeigen. Dieser Schritt bleibt auch keinem Künstler erspart, der diese Rollen darstellt. Jeder ehrliche Sänger dieser Rollen zeigt seinem Auditorium mehr von sich selbst als er möchte und annimmt. Ich bin da keine Ausnahme, auch ich habe meine Seele auf der Bühne schonungslos offengelegt, alle konnten mich so sehen und hören, wie ich eben war, und daraus resultiert auch die Tatsache, daß Sänger sehr sensibel oder sogar verletzt reagieren, wenn das Publikum oder die Kritiker auf dem Resultat dieser Selbsteröffnung herumtrampeln.

Durch Richard Wagner gewann ich auch einen immensen Einblick in das Verständnis der femininen und maskulinen, der »anima«- und »animus«-Eigenheiten, die jedem von uns innewohnen und der schwierigen Balance dieser Eigenschaften, die jeder Mensch halten muß. Wagner war mit seinen »anima«- und »animus«-Eigenschaften sehr vertraut, er hatte ein phänomenales Verständnis der weiblichen Mystik und entwickelte lebendige, überströmende Charaktere in seinen Opern, die sowohl durch den Text wie auch die Musik selbst Goethes Faust mit seinem »das Ewig-weibliche zieht uns hinan« eine zusätzliche Dimension verleihen. Er war seiner Anima, seinen weiblichen Eigenschaften so zugewandt, daß er seinen weiblichen Rollen klarere, glaubwürdigere Charakterzüge verleihen konnte als den männlichen. Das soll keineswegs bedeuten, daß Wagner in seinem Leben etwas anderes als männlich gewesen war. Aber er schenkte auch seinen ›weiblichen Instinkten‹ Gehör und war in der Lage, die faszinierendsten weiblichen Rollen in der Oper überhaupt zu schaffen. Ohne die Historiker und Wissenschaftler, die dieses Buch lesen, vor den Kopf zu stoßen, muß ich doch anführen, daß viele der großen Persönlichkeiten der Geschichte und Gegenwart ihre männlichen und weiblichen Grundzüge im Gleichgewicht gehalten haben. Christus war weder »macho« noch weichlich, aber er zeigte Zartheit und Hingabe, wie auch Stärke und Kraft. Ich denke weiter an Ghandi, Shakespeare, Mozart, König David, Goethe. Sie alle hatten den Vorteil, sich ihrer »anima« und ihres »animus« bewußt zu sein.

Richard Wagner stellt die Frau als starke Persönlichkeit vielleicht auch deshalb so auf die Bühne, weil er in seiner Jugend von solchen Frauen dominiert oder zumindest beeinflußt war. Er wurde sicherlich von weiblichen, aber bestimmenden Frauen angezogen, die ihre Partner dominierten.In der GÖTTERDÄMMERUNG erfindet er für Siegfried und damit auch für das Auditorium eine Entschuldigung für seine Schwäche. Er wird getäuscht und quasi unter Drogen gesetzt, bevor er Brünnhilde verrät und zustimmt, sie zu entführen. Richard Wagner findet es völlig unnötig, eine derartige Entschuldigung für Brünnhilde zu erfinden, wenn sie von Siegfrieds Verrat erfährt. Ohne Droge oder Täuschung steht sie auf, schwört Rache und willigt in den Plan ein, Siegfried zu töten.

Auch Elisabeth ist sicherlich stärker als Tannhäuser. Sie betet trotz Tannhäusers entwürdigender Angriffe für sein Heil. Isolde wirft sich nicht wie Tristan wegen seiner Gewissensbisse in ein Schwert, sondern überlebt Tristan, um ihre kosmische Vereinigung allein zu feiern, und Kundry, die wahrscheinlich faszinierendste aller weiblichen Charaktere, stichelt, beruhigt, ist für Parsifals Geschick ausschlaggebend und findet Erlösung. Siegmund stirbt in Liebe für Sieglinde, die auch einen hohen Preis bezahlen muß, vorher aber die Ekstase der Erfüllung und die Hoffnung auf die Zukunft erleben darf. Selbst Elsa zwingt den zögernden Lohengrin, seine Herkunft zu enthüllen und veranlaßt damit seine Rückkehr zum Gral. Sie stirbt nicht, bevor sie ihren Bruder den Mantel des Reiches wieder annehmen sieht. Fricka siegt offensichtlich über Wotan, und die Rheintöchter triumphieren ohnedies über jedermann.

Das bedeutet nicht, daß alle Männer in Wagner-Opern schlichtweg Weichlinge sind. Siegfried hat sowohl die Kraft und Furchtlosigkeit des Drachentöters, Waffenschmiedes und Siegers, wie auch die zarte introvertierte Liebe zur Natur, zur Mutter. Er zeigt Sanftheit, Gefühl und sogar Liebe für jene, die er nicht mag. Siegmund ist tapfer und sympathisch, Tristan ist loyal und geradlinig, bis Wagner mit dem Mittel eines weiteren Trankes seine unbewußten, dunklen Wünsche enthüllt. Ob es nun gewollte Symbole sein mögen oder auch nicht, die rein menschlichen Qualitäten der Frauen in Wagners Werken sind herrschender, fordernder und wesentlich erfolgreicher als die ihrer männlichen Gegenspieler.

Diese Deutungen sind natürlich auch sehr subjektiv und in meinem Fall durch die Tatsache beeinflußt, daß ich das Glück hatte, mit überzeugenden Darstellerinnen aus der großartigen Gilde der Wagner-Heroinen zu singen.

Auf jeden Fall ordnete ich meine »anima« und meinen »animus« und lernte die zarten, lyrischen und weicheren Stellen bei Wagner genauso zu bewundern wie die hammerwerfenden, schwertschwingenden, bombastischen. Trotzdem wurden die »anima«-orientierten Facetten meines persönlichen Geschmackes in Europa eher akzeptiert als in Amerika. Zu der Zeit, in der ich in Amerika aufwuchs, stellten Männer Liebe nicht offen zur Schau, bekamen keine Blumen, hatten kein Auge für die Schönheit und waren schon gar nicht zart. All das galt als unmännlich. Amerika hat sich weiterentwickelt, und das männliche und weibliche Rollenspiel wird zunehmend verändert. Auch Männer dürfen ihre »Animagefühle« ausdrücken und Frauen ihre »Animusreaktionen«.

Das Schlüsselwort, das alles umfaßt, was ich von Richard Wagner gelernt habe, heißt eigentlich Freiheit. Wie viele Male war ich im Netz der Unsicherheit gefangen und kümmerte mich zuviel darum, was andere denken. Durch das Studium von Richard Wagners Werken, seiner Texte und seiner Musik gewann ich Selbstvertrauen und ein Selbstbild, das sich als stark genug erwies, jede Kritik sorgfältig abzuwägen, ihre Quelle einzuschätzen und dann zu entscheiden, ob ich aus ihr lerne oder sie ignoriere. Dabei hat auch der Erfolg im Laufe meiner Karriere natürlich viel mitgeholfen. In jedem Fall entwickelte ich mich so weit, um ich selbst zu sein und kümmerte mich immer weniger darum, ob meine Handlungen anderen gefielen oder nicht. Das hat sich zunehmend als große Gabe erwiesen. Für mich war es jedenfalls auch sehr wichtig, daß Wagner seine Botschaft in ein Kunstwerk adäquaten Stils verpackt hat. Es ist also auch der Kunstform selbst, der Verpackung, zuzuschreiben, daß es Wagner mit seinem neuen deutschen Stil geschafft hat, vor allem meinen Intellekt zu emotionalisieren und mich damit einen Schritt weiter zurück zur Natur zu führen. Dieser neue deutsche Stil entstand bei Wagner historisch aus der Unzufriedenheit mit den Elementen der existierenden Oper, der Dramatik und der Lyrik. Er fand die in italienischen, französischen und selbst deutschen Opern enthaltenen Übergänge zwischen Rezitativ und Arien untragbar und versuchte, für seine Botschaft eine bessere musikalische und dramatische Lösung zu finden. Eine, die die Tätigkeit der Schauspieler und Sänger mehr dazu nutzte, die Vitalität der deutschen Sprache zu unterstreichen.

Richard Wagner schöpfte auch aus den Quellen der Antike. Er bewunderte die griechische Tragödie, die er als optimale Integration der existierenden Kunstformen von Vokal- und Instrumentalmusik über Drama, Dichtung, Tanz, bis hin zur bildenden Kunst sah. Der antike Dramatiker baute sein Drama auf den Mythos auf, der die Möglichkeit der Inspiration eröffnete und Chancen bot, Probleme des täglichen Lebens in allen Facetten zu beleuchten, ohne die für eine kreative Betrachtung notwendige Distanz zu verlieren. Diese Möglichkeit schuf vor allem der zeitlose, universelle Rahmen. Wagner blieb es vorbehalten, den Text des griechischen Dramas aus seiner rezitativartigen Struktur herauszuheben und in das symphonische Gemisch der Orchesterstimmen einzuweben. Er erreichte diese Übertragung vom natürlich gesprochenen Dialog in bedeutungsvolle, tragische und lyrische Momente durch Schaffung eines kontinuierlichen Ausdrucksgebildes, das den Platz der abrupten, jeden Ausdruck unterbrechenden Übergänge zwischen Arien und Rezitative einnimmt. Shakespeare bewies eine Begabung, die ihm Theaterwerke schenkte, die selbst die der Griechen übertreffen, Beethoven hatte Möglichkeiten des musikalischen Ausdruckes entwickelt, die die natürliche Sprache bei weitem übertreffen. Richard Wagner schuf aus diesen Kunstformen eine einzige, die man nur mit dem Ausdruck bezeichnen kann, den er selbst als richtig empfand: Musikdrama.

Bryan Magee schreibt zu diesem Thema: »Wie unterscheidet sich nun das Musikdrama von der herkömmlichen Oper und dem herkömmlichen Drama? Das traditionelle Drama stellt größtenteils das dar, was an den betroffenen Personen äußerlich vorgeht, speziell aber das, was zwischen ihnen vorgeht. Musikdrama ist genau das Gegenteil davon, es behandelt das Innenleben der Charaktere. Es erforscht und artikuliert die endgültige Wahrheit der Erfahrungen, die Vorgänge der Herzen und Seelen.«

Eine zentrale Aussage über das Wesen des Musikdramas ist also die, daß Wagners Musik wie keine andere Kunstform ausdrückt, was wir als unterdrückte Inhalte unserer Psyche ansehen. Genau das ist auch der Grund für seinen einzigartigen, den Zuhörer berührenden, ja oft unerklärlich beunruhigenden Effekt.

Da er versuchte, in seiner Kunstform die Elemente der griechischen Tragödie aufzunehmen, enthalten seine Werke auch religiöse, die sowohl dem Text als auch der Musik immanent sind und bei der Aufführung zur Entfaltung kommen. Wagner schuf auch den Tempel, in dem seine religiösen Feiern abgehalten werden sollen: Das griechisch beeinflußte Festspielhaus in Bayreuth.

Wie die Griechen, stellte er sich seine religiösen Aufführungen keineswegs als pure Wiederholung überkommener und existierender Rituale vor, sondern als intensives menschliches Erleben, ein Zelebrieren des Lebens. Er weist selbst auf dieses Ziel in seinem Werk »Oper und Drama« hin, indem er Sophokles' Antigone zitiert: »Ungeheuer ist viel, doch nichts ungeheurer als der Mensch.« An keiner Stelle scheint mir Wagners Erfolg in diesen Bemühungen, die Elemente der Musik, des Dramas sowie der religiösen Handlung in einem Werk zu vereinen, klarer als im dritten Akt des PARSIFAL. Dort wird alles durch eine einzige Phrase in der Karfreitagsszene ausgedrückt: Parsifal hat den letzten Segen für die Übernahme seines neuen Amtes erhalten, er tauft Kundry, dann, im vollen Bewußtsein seiner Bestimmung sowie des Leidens der Menschheit und der Natur, blickt er auf, sieht die reichblühende Wiese und singt »Wie dünkt mich doch die Aue heut' so schön!«

Diese Szene empfand ich immer als einen der reinsten und unverfälschtesten religiösen Augenblicke, die ich mir vorstellen konnte. Da sind Gottesglaube und Bekenntnis ehrlich empfunden, ohne Beiwerk, ohne Tand. Für die Wirkung von Wagners Werk auf dem Intellekt sind die generellen Themen bedeutsam, die Wagner durch Symbole, Mythen und Parabeln ausdrückt. Wagner erweist sich dabei als ausgezeichneter Philosoph und Dichter, der es verstand, seinen Stoff mit einer optimalen Präsentationsform zu verbinden. Aus dem Verständnis seiner Themen ergibt sich die Erkenntnis, daß die Wahrheiten, die in seinen elementaren menschlichen Regungen und zwischenmenschlichen Beziehungen liegen, auch heute noch genauso aktuell sind wie in der Zeit, in der er seine Opern komponiert hat. Offene Diskussionen über Tabus, wie Inzest, Untreue, Totschlag und viele andere Niederungen des menschlichen Daseins, werden durch ihre Verpackung in vielen Fällen überhaupt erst diskussionsfähig und dadurch der Öffentlichkeit zugänglich gemacht. Erst langsam beginnt unsere Gesellschaft, einige dieser Probleme mit realistischen, analytischen Methoden zu erklären, um daraus Lösungen und Therapien ihrer Ursachen abzuleiten. Die Effektivität einer offenen, direkten Analyse dieser Probleme im Gegensatz zur symbolischen Ausleuchtung in einem Drama oder Musikdrama ist in jedem Fall vom Problem selbst und von der Art, der Herkunft und der Anzahl der Beteiligten abhängig.

Alle jene, die selbst singen, zuhören oder aber auch einfach ein Theater besuchen, suchen dabei in irgendeiner Form auch nach Lösungen für eigene Probleme. Dabei sehen wir das Drama häufig nicht als entferntes Geschehen, sondern identifizieren uns selbst mit den Personen und nehmen am Handlungsablauf teil. Auch diese Form der Konfliktbewältigung durch Identifikation kann uns helfen, unsere täglichen Schwierigkeiten besser zu überwinden, unser Leben erfolgreicher und ruhiger zu gestalten. Natürlich kann man nicht erwarten, ein Problem, das man im eigenen Bereich findet, auf der Bühne gelöst präsentiert zu bekommen. Der Wert des Kunstwerks liegt vor allem in der Darstellung von möglichen Aktionen und Reaktionen, dem Verweben von unterschiedlichen Standpunkten der Präsentation von Lösungsmöglichkeiten, die den Betrachter wiederum zu eigenen Gedanken über die Weiterführung und den Ausgang einer dramatischen Situation anregen.

Was wäre mein eigenes Leben ohne Richard Wagner? Was brachte mich eigentlich dazu, soviel Zeit, Anstrengung und Hingabe auf die Aufführung von Richard Wagners Musik zu verwenden? Es steht außer Zweifel, daß ich eine Rechtfertigung dafür haben muß, über dreißig Jahre meines Lebens der intensiven Beschäftigung mit dem Werk dieses Mannes gewidmet zu haben. Wie kann ich also am Ende meiner Karriere die Gründe erklären, die meinen Lebenszweck begründen?

Es ist tröstlich zu erkennen, daß ich sicherlich nur einer in einer langen Kette von Personen bin, die von Richard Wagner beeinflußt wurden. Ich befinde mich durchaus in guter Gesellschaft und bin nicht allein in meiner Bewunderung. Praktisch die gesamte Welt der Musik, der Literatur und des Theaters, die geistige und künstlerische Elite, ungeachtet, ob König oder Komponist, Autor oder Dichter, aber auch der einfache Mann, hat Richard Wagner zum Idol erhoben und wurde von ihm beeinflußt. Selbst sein großer Feind Hanslick, ein Kritiker, den er selbst in den MEISTERSINGERN sehr unvorteilhaft karikiert hatte, schrieb in seiner Autobiografie, daß Wagner seinen unglaublichen Zauber ausübte, um Freunde zu gewinnen und diese zu halten; Freunde, die sich für ihn aufgeopfert haben und dreimal zurückgestoßen wurden, kamen dreimal zu ihm zurück. Je undankbarer sich Wagner erwies, desto häufiger kamen sie ihrer Pflicht nach, für ihn zu arbeiten. Die hypnotische Macht, die er überall ausübte, nicht nur durch seine Musik, sondern durch seine gesamte Persönlichkeit, die jede Opposition überrollte und jedermann seinem Willen unterwarf, genügte, um ihn als einen der bemerkenswerten Phänomene, ein Wunder voll Energie und Ausdauer auszuzeichnen.

Ob es sich nun um König Ludwig II., Proust, Joyce, Lawrence, Mann, George Bernard Shaw, Nietzsche, Mahler, Debussy, Richard Strauss, Schönberg, Saint-Saëns, von Bülow, seine Familie oder Zuhörerschaft handelt, Richard Wagner übte und übt seinen Einfluß auf die gesamte Welt aus.

Dabei stellt sich natürlich auch die Frage, wie sich das Verhalten von Politikern, Künstlern und Managern, ja von uns allen durch Wagners Einfluß verändert. Ist die Beschäftigung mit Wagners Werk im Handeln des einzelnen nachzuweisen und handeln wir besser oder schlechter zufolge dieser Erfahrungen? Ich glaube, daß sich so eine Kette qualitativ konstruieren läßt, es aber nicht möglich ist, sie quantitativ zu bewerten. Tatsächlich fühlen sich überdurchschnittlich viele Persönlichkeiten unseres öffentlichen und wirtschaftlichen Lebens zu Wagners Werk hingezogen. Sowohl der mitteleuropäische wie auch der amerikanische Kulturkreis ist daher durch Wagner beeinflußt, und ich glaube, daß es bedeutend ist, diese kulturelle Tradition zu unserem Wohle aufrechtzuerhalten. Allein aus der Funktion von Wagners Werk, Menschen in ihrer Entwicklung zu helfen und sie geistig zu bereichern, leite ich eine hinreichende Berechtigung für die Erhaltung der Opernhäuser ab.

Was begründet nun die Tatsache, daß Richard Wagner eine derartige Herausforderung auch für jeden Künstler darstellt?

Eine einfache Erklärung für mich besteht darin, daß Wagner Anforderungen an eine Aufführung stellt, die meine Psyche gefangenhält und eine Quelle der Ausdrucksfähigkeit, die ich nirgendwo sonst gefunden habe.

Über Richard Wagner ist soviel geschrieben worden, daß ich nicht vorgeben möchte, eine wissenschaftliche Erklärung dafür zu liefern, warum seine Musik einen derartigen Einfluß ausübt. Ich möchte vielmehr das Gefühl beschreiben, das man empfindet, wenn man Wagner singt.

Um meine Erfahrungen abzugrenzen, möchte ich gleich zu Beginn einige Einschränkungen treffen. DIE FEEN, eine Oper, die im Jahre 1834 fertiggestellt und 1888 zuerst in München aufgeführt wurde, habe ich selbst nur auf Platten gehört. DAS LIEBESVERBOT aus dem Jahr 1836, das im selben Jahr in Magdeburg uraufgeführt wurde, habe ich nie gehört. RIENZI, eine Oper, die im Jahr 1840 fertiggestellt und in Dresden 1842 uraufgeführt wurde, habe ich aber studiert. Meine Bemühungen wurden jedoch nicht belohnt, eine mit Wieland Wagner geplante Produktion, für die ich mich intensiv vorbereitete, kam nicht mehr zustande. Später sang ich in Konzerten und für Schallplattenaufnahmen wenigstens Auszüge aus dieser Oper.

Wieland Wagner hatte versucht, RIENZI in Stuttgart herauszubringen und spekulierte darauf, den Wunsch seines Großvaters zu ignorieren und diese Produktion später nach Bayreuth zu übertragen. Ich habe diese monumentale Aufführung im Zuge meiner Rollenvorbereitungen miterlebt und war tief beeindruckt. Wieland hingegen überdachte seine Intention, diese Oper in Bayreuth zu präsentieren und respektierte schließlich doch den Wunsch seines Großvaters.

Ich möchte mich der zehn wichtigen Opern Richard Wagners zuwenden, von denen auch der große Meister dachte, daß sie es wert sind, in Bayreuth aufgeführt zu werden:

Oper	Vollendet	Erstaufführung
Holländer	*1842*	*1843 Dresden*
Tannhäuser	*1844*	*1845 Dresden*
Lohengrin	*1848*	*1850 Weimar*
Rheingold	*1854*	*1869 München*
Walküre	*1856*	*1870 München*
Tristan und Isolde	*1859*	*1865 München*
Meistersinger	*1866*	*1868 München*
Siegfried	*1869*	*1876 Bayreuth*
Götterdämmerung	*1874*	*1876 Bayreuth*
Parsifal	*1882*	*1882 Bayreuth*

Die letzten drei dieser Opern wurden in dem Haus uraufgeführt, das der Meister selbst entworfen hatte. Das generelle Konzept der Musikfestspiele, das heutzutage in der gesamten Welt verfolgt wird, hat seinen Ursprung in den Bayreuther Festspielen, die Richard Wagner initiierte.

Er hinterließ der Welt ein Vermächtnis, das einzigartig in der Opernwelt ist. Das von ihm entworfene Festspielhaus ist seinen Ideen, Werken und seiner Musik präzise angepaßt. Während das Bühnenhaus seither renoviert und verbessert wurde, blieb das Auditorium praktisch so belassen, wie es gebaut wurde. Die besondere Akustik in diesem Haus nach griechischem Stil ist weltbekannt und zumindest zum Teil der Holzkonstruktion zuzuschreiben. Man kann das Gebäude auch als große feine Violine bezeichnen, die nun nach Jahren, in denen sie die feinsten Vibrationen hunderter Vorstellungen erfuhr, gestimmt ist.

Wagner entwarf dort auch seinen »Schalldeckel«, der das Orchester abdeckt und den Orchesterklang auf die Bühne lenkt. Dort sollen sich die Orchesterklänge mit den Stimmen mischen. Und erst die Reflexion ergibt das ausgewogene Gleichgewicht von Stimmen und Instrument, das keine andere Bühne der Welt bieten kann.

Die Tatsache, daß Richard Wagner auf dieser Orchesterabdeckung bestand, entsprang nicht etwa einer Marotte, man muß ihre Vorteile kennen, bevor man diese Konstruktion kritisiert. Neben den akustischen Effekten schirmt die Abdeckung das Auditorium von der Ablenkung durch die Beleuchtung im Orchestergraben sowie den Bewegungen der Musiker ab. Es ist immer beeindruckend, wenn man im Bayreuther Festspielhaus sitzt und auf den Beginn einer Vorstellung wartet. Nachdem die Lichter abgedunkelt wurden, weiß niemand, wann der Dirigent seinen Platz einnimmt, die

Aufführung beginnt ruhig und ohne Applaus aus der mit geladener Atmosphäre gefüllten Dunkelheit. Dieser ruhige, geheiligte Beginn des Vorspiels einer Vorstellung fügt der Stimmung eigene Momente hinzu, die der echte Wagner-Liebhaber schätzt. Im Zusammenhang mit der Orchesterabdeckung muß man auch zur Kenntnis nehmen, daß Richard Wagner große Teile des RINGS komponiert hat, während er das abgedeckte Orchester vor Augen sah. Die Schwelle, an der das schwere Orchester die Stimmen überdeckt, wird dadurch angehoben. Das ist eine Tatsache, die alle Dirigenten bedenken sollten, die den RING in anderen Opernhäusern zur Aufführung bringen. Daraus resultiert auch, daß Richard Wagners Werke in Bayreuth mit Stimmen gesungen werden können, die an keiner anderen Bühne akzeptabel wären. Der Klang der Musik ertönt in Bayreuth mit einer Klarheit und durchsichtigen Qualität, die den subtilen inneren Aufbau enthüllt, der nirgendwo anders entdeckt werden kann.

Wagner war auch der erste, der darauf bestanden hatte, überhaupt das Auditorium während der Aufführung zu verdunkeln und die Sitte einführte, Zuspätkommende bis zur nächsten Pause warten zu lassen. Diese besondere Atmosphäre in Bayreuth ermöglicht es den Künstlern, die nicht geringen Aufgaben, die ihnen Richard Wagner gestellt hat, in Angriff zu nehmen.

Wagner hatte seine frühen Werke bald analysiert und wußte, daß er von einem Sänger und Schauspieler, dem er soviel Verantwortung übertrug, oft mehr verlangte als dieser geben konnte. In TANNHÄUSER ließ er dem individuellen Künstler zum Beispiel großen Spielraum und erkannte, daß er sich auf den natürlichen Instinkt des Sängers verlassen mußte, um den intensiven Ablauf des Dramas zu erreichen. In diesem Drama drückte er Gefühle aus, die allen Männern und Frauen eigen sind, aber oft unterdrückt werden. Seine Aufgabe sah er wie jeder Künstler darin, diese Elemente unseres täglichen Lebens auf künstlerischer Ebene aufzuarbeiten.

Wagner drückte es selbst in seinen Schriften »Über Schauspieler und Sänger« aus: »Niemand aber weiß besser als der Mime, ob die vollbrachte Täuschung eine erhabene Wahrheit oder ein thörige Lüge war, und mit nichts spricht er die Erkenntnis der Wahrheit deutlicher aus, als durch seine liebevolle Begeisterung für den Dichter, der jetzt nur noch wie ein körperloser Geist über ihm schwebt, während der Mime sich im Besitze des ganzen vom Dichter ihm überlassenen Reichthumes weiß.«

Wagner wußte, daß er das Orchester graduell in ein Instrument des unüberhörbaren, unmißverständlichen Ausdrucks des instinktiven Gefühls verwandelte, das sich in völliger Übereinstimmung mit der Psyche des individuellen Künstlers befindet, während sich dieser seines Unbewußten bewußt wird und dadurch mehr ausdrückt, als er es sonst zu geben imstande wäre.

Diese Freiheit stellt ein ›innerliches Hoch‹ dar, einen euphorischen Zustand, der einem durch Drogen hervorgerufenen ›High-Zustand‹ nicht unähnlich ist. In diesem Fall aber ist die Droge Wagners Musik, und der Effekt, den sie hervorruft, wird nicht nur vom Künstler, sondern auch von den Zuhörern erfahren.

Wagner wußte genau, welchen Einfluß er auf die Ausführenden seines Werkes haben würde. Allerdings fanden die Aufführungen seiner Werke nur selten seine volle Zustimmung, und er drückte oft sein Bedauern über die Besetzung seiner Werke aus. Natürlich überlegte er auch, ob es klug war, so viele und komplizierte Rollen Tenören anzuvertrauen, und diese Zweifel werden auch heute noch von vielen Operndirektoren und Managern geteilt. Wagner liebte aber auch einige Künstler, ja er bewunderte sie sogar. In »Über Schauspieler und Sänger« bemerkte er: »Ungebildet oder gelehrt, sittsam oder ausgelassen... Wahrhaftigkeit ist die unerläßliche Bedingung allen künstlerischen Wesens...«

Richard Wagner lernte schnell, für die Stimme zu schreiben. Jede seiner Partien hat ihren Reiz, aber auch ihre Schwierigkeiten. Obwohl man natürlich die Belastung des Tenors in vielen seiner Rollen als nicht gerade angenehm bezeichnen kann, muß man sich aber doch auch darüber klar sein, daß die schwierige Lage seiner Tenorpartien auch einen anderen Grund hat. Während der letzten hundert Jahre hat es nämlich eine derartige Verschiebung der Tonhöhen gegeben, daß z. B. die Rolle des ›Tannhäuser‹ mit seiner hoch liegenden Tessitura im ersten Akt heutzutage gut einen halben Ton höher liegt, als sie Richard Wagner tatsächlich komponiert hat. Besonders die Wiener Orchesterstimmung hat hier ihren Beitrag geleistet.

Auch die Rolle des ›Erik‹ im HOLLÄNDER finde ich aus musikalischer Sicht sehr schön und leicht zu singen, bin aber gleichzeitig der Meinung, daß Wagner in dieser Rolle die Möglichkeit, einen Charakter darzustellen, vernachlässigt hat. Ich fand immer, daß Erik als Waschlappen dasteht, aber das soll wahrscheinlich auch so sein. Auch die Rolle der ›Senta‹ im HOLLÄNDER ist nicht so konsequent gearbeitet, wie seine späteren Sopranpartien. Die Ballade erfordert Eigenschaften, die nicht unbedingt jenen gleichen, die im schwierigen langen Duett mit dem ›Holländer‹ benötigt werden. Nur wenige Sopranistinnen schaffen die erwähnten Schlüsselstellen der Rolle gleichermaßen ohne Schwierigkeiten.

In der WALKÜRE liegen ›Sieglinde‹ und ›Siegmund‹ für die geforderten Stimmfächer relativ niedrig. Ich glaube aber nicht, daß sich Wagner bei der musikalischen Charakterisierung seiner Rolle geirrt hat, sondern denke, daß seine instinktive Wahl dahin ging, mit diesen Stimmen den erdnahen Bereich auszudrücken, um einen Kontrast zu den himmlischen, gottähnlichen Stratosphären zu bilden, in denen sich Siegfried und Brünnhilde zu bewegen haben.

An Hand von TANNHÄUSER, der Oper, die äußerst exponiert an einer Kreuzung in Wagners Entwicklung steht, kann man die Entwicklung Richard Wagners verfolgen. In seiner ersten Dresdner Version finden wir viele Beispiele einer ökonomischen musikalischen Struktur, die sich, um mit Wagners eigenen Worten zu sprechen, »auf den musikalischen Instinkt des Sängers« verläßt. Dies insbesondere in den Augenblicken der Übergänge vom gesprochenen Wort zu den dramatischen Momenten. In seiner überarbeiteten Pariser Version versucht Wagner, diese Stellen zu eliminieren und dem Künstler ein strenges Korsett anzulegen. Ich ziehe die Dresdner Version allen anderen vor, verstehe aber die Dirigenten, die dem Wunsch Wagners entsprechen und seine definitive Version heranziehen und damit auch den Vorteil einräumen, daß in dieser Version die Rolle für den Sopran interessanter ist.

Schon die Venusmusik zu Beginn des ersten Aktes zeigt, wie sich Wagner von der Zeit, in der er TANNHÄUSER geschrieben hat, bis zu dem Zeitpunkt, zu dem er die Oper überarbeitete, geändert hat. In der zweiten Szene der Dresdener Version des ersten Aktes sind die ersten Worte der Venus, »Geliebter, sag, wo weilt dein Sinn?«, unbegleitet. Das erfordert vom Sänger die Fähigkeit, die weiche empfindsame Stimmung auszudrücken, die Wagner in seiner Pariser Version orchestral beschwört. In dieser erhält Venus Verstärkung durch das farbige Orchester. Die gesamte Partie der Venus wurde aber nicht nur in den Rezitativteilen, sondern auch an den Stellen der dramatischen Musik geändert. Die Rolle klingt in der überarbeiteten Version auch so, als wäre sie von einem Mann komponiert worden, der Kundry zumindest musikalisch erahnt hat. Dieses Ineinanderfließen der komplizierten, parsifalähnlichen Phrasierungen der Orchestrierung transformiert die Partie der Venus der ursprünglichen Fassung nicht nur von einer Stimmkategorie in eine andere, sondern auch von einer Opernwelt in eine gänzlich neue. Die Rolle des Tannhäuser änderte Wagner überhaupt nicht. Lediglich die spartanischen Klänge des Orchesters vor Tannhäusers erstem Einsatz wurden in der Pariser Version in weicheren Farben ausgedrückt, um eine Angleichung an die davorliegende Venusszene zu bewirken. In Tannhäusers Singstimme wurde aber keine einzige Note verändert.

In der zweiten Szene des zweiten Aktes bei Tannhäusers Zusammentreffen mit Elisabeth bietet auch Wagners revidierte Version keine Erweiterung der sehr ökonomischen musikalischen Unterstützung der Sänger durch das Orchester. Sie bleiben dort auf ihre eigenen Fähigkeiten angewiesen. Die Verwendung dieser kärglichen Orchesterbegleitung erweist sich vor allem in Verbindung mit den oft explosiven und gleichzeitig lyrischen Phrasen als äußerst effektiv. Es ist eine echte Herausforderung, von »Fern von hier, in weiten, weiten Landen...« ausgehend, in einer quasi rezitativischen Form, jede Nuance des Ausdrucks verwendend, zu exponieren und sich zu einem gloriosen »Ein Wunder war's, ein unbegreiflich hohes Wunder!« aufzuschwingen. Diesen Höhepunkt führt Elisabeth weiter, und das schwellende Orchester trägt die Spannung bis zum »Ich preise dieses Wunder...«, um plötzlich mit dem 6/8-Allegretto wieder in eine kärgliche, kühle Begleitung überzugehen, die die Kontrolle der Situation ausdrückt und als Beispiel für eine plötzliche Stimmungsänderung stehen mag, die den Sängern einen weiten Bereich an Gestaltungsmöglichkeiten bietet. Diese Übergänge kann man in großartige Augenblicke für die Zuhörer verwandeln. Die Rom-Erzählung ist wiederum ein Beispiel einer musikalischen Nummer herkömmlichen Stils, die, obwohl sie in ihrer Position innerhalb des Aktes organisch eingebettet liegt, mit einem nahezu traditionellen Rezitativ beginnt und in der Partitur durch den üblichen Doppelstrich als Arie ausgewiesen ist. Natürlich folgt die Rom-Erzählung nicht der traditionellen Entwicklung einer Opernarie, die immer eine auf den Applaus ausgerichtete hohe Note an ihrem Ende enthält, sondern sie zerfällt eher, in der besten Bedeutung dieser Worte, in das organische und logische Ende der Oper, mit Wolfram, Venus und dem Chor.

In TANNHÄUSER ertappen wir den Meister also dabei, wie er sich selbst korrigiert und versucht, sein frühes Werk an die neuen Erkenntnisse anzupassen. Dadurch, so glaube ich zumindest, hinterläßt er eines seiner besten Werke in einer bestimmten Art verstümmelt und mit einem Stilbruch behaftet. Es zeigt uns aber auch, wie er nach TANNHÄUSER seine Suche nach dem von ihm angestrebten »total durchkomponierten Stil« intensivierte.

LOHENGRIN gibt uns auch schon eine Vorschau der »durchgezogenen Linie« in seinem Vorspiel. Bereits im ersten Akt wird von Elsa ein heikler Einsatz, mit den Phrasen »Mein armer Bruder!« sowie »Einsam in trüben Tagen« verlangt. Erst dann erhält sie langsam die typische Wagner-Linie und -Intensität, sie erinnert sich und die Zuhörer an den

Inhalt ihres Traumes sowie an den Helden, der kommen wird, um für sie zu kämpfen. Das Orchester wird zum Organ des Ausdrucks ihrer inneren Gefühle, ihrer Phantasie und ihrer Erheiterung, und es unterstützt ihren wachsenden Enthusiasmus, an diesen Traum auch tatsächlich zu glauben. Wird diese Arie bei einem Vorsingen präsentiert, werden die Unterbrechungen durch die rezitativartigen Kommentare des Königs und des Chors gestrichen, und die gesamte Arie wird zu einem kontinuierlichen Ganzen, das eine fanatische Intensität annehmen kann, die an religiöse Hingabe grenzt. Es fällt mir natürlich keineswegs ein, auch nur einen Takt dieser großartigen Partitur schlechtmachen zu wollen, aber die Arie gibt ohne die Unterbrechungen durch die Rezitative ein Versprechen, das Wagner erst später ganz einhalten konnte.

Zu Beginn des zweiten Aktes demonstriert der Komponist ganz eindeutig die wachsende Perfektionierung seines neuen Stils. Die großartige Szene zwischen Ortrud und Telramund ist die erste jener lang ausgesponnenen Szenen, die den ununterbrochenen Stil des RINGS vorwegnehmen. Wenn wir TANNHÄUSER als Kreuzungsstelle in Richard Wagners Suche nach einer neuen Form des Ausdrucks in der Oper ansehen können, dann ist LOHENGRIN der erste Schritt in diese neuen, unbekannten Regionen seiner Realisierung des Ziels vom echten Musikdrama.

Unter den vielen großartigen Stellen, die in LOHENGRIN enthalten sind, erscheint mir eine als besonders typisch für Wagners Genie, optimale Effekte mit ökonomischen Mitteln zu erreichen. Am Ende der Brautgemachsszene ist Lohengrin gezwungen, sein Schwert zu erheben und Telramund, der in das Brautgemach eingedrungen war, zu erschlagen. Telramund fällt und damit kommt auch das Orchester mit seinen brutal rasch fallenden Klängen zum Stillstand. Die Stille wird nur durch den Lentoeinsatz der Kesselpauken unterbrochen. Die Stimmung dieses Augenblicks ist im wahrsten Sinn des Wortes »unerhört« und kann zu den vollendetsten Eingebungen Wagners gezählt werden. Interessante Schlüsse läßt der Vergleich dieses großartigen Augenblicks mit einer ähnlichen Stelle in einer anderen Wagner-Oper zu: Am Ende des ersten Aktes der GÖTTERDÄMMERUNG zieht Siegfried als falscher Gunther sein Schwert, um der wehrlosen Brünnhilde zu ihrem Lager zu folgen. In dieser Situation beschreibt das Orchester mit beeindruckenden Klängen die Gefühle Siegfrieds und nicht nur die Bedeutung der Situation. In der GÖTTERDÄMMERUNG bleibt nichts mehr auch nur irgendeiner Mutmaßung überlassen, der Bogen der dramatischen Intensität wird nicht vor dem Schlußvorhang unterbrochen. Richard Wagner verwendete Leitmotive und konstruierte deren thematische Entwicklung aufs genaueste.

Damit legte er auf der einen Seite zunehmend weniger Verantwortung in die Hände des Sängers, seiner Stimme, seiner spielerischen Fähigkeiten, indem er das emotionale Klima jeder Situation präzise durch das Orchester vorgab. Auf der anderen Seite aber schuf er einen kontinuierlichen Klangteppich, der den individuellen Künstler dazu anhält, seine Stimme und seinen Ausdruck den reichen, empfindsamen Farben der Musik durch entsprechende innere Reaktionen anzugleichen.

Daraus resultiert auch schon der wichtigste Punkt in Richard Wagners Anforderungen an den Sänger, die weit über das hinausgehen, was je zuvor von einem Darsteller verlangt wurde. Wagner fordert von den Sängern, die Intensität von Stimme und Spiel kontinuierlich aufrechtzuerhalten. Dabei ist es offensichtlich, daß der Künstler nahezu schon verpflichtet ist, diese Spannung durch die überwältigenden Eindrücke der orchestralen Stimulierung zu fühlen. Diese Intensität erstreckt sich vom ersten Takt der Oper bis zu ihrem Ende. In einigen Fällen ist diese Intensität eine beinahe greifbare Kraft, die auch vom Auditorium gefühlt werden kann. Wenn man beispielsweise einen gut gespielten Akt einer WALKÜRE gehört hat, ist man sicher, daß es in dieser Intensitätskette keine einzige Unterbrechung gibt. Man könnte aber weitergehend sagen, daß diese Spannung auch den ganzen RING zusammenhält. In einer guten Aufführung enthält auch TRISTAN diesen gleichen nahtlosen Aufbau.

Was unternahm Wagner und unternimmt in seinem Gefolge nun der Sänger, um diese Intensität, dieses Kontinuum in seinen Aufführungen zu erhalten? Wagner, so denke ich, glaubte an die Macht eines erhebenden Orchesters. Es ist fraglos ein Egotrip, auf der Bühne zu stehen, die Brandung des Orchesters zu empfinden und sich vorzustellen, daß die Stimme den zentralen Punkt dieses Spannungsfeldes darstellt. Man spricht oft von der Erfahrung, das Orchester zu reiten, und ich gebe zu, daß das eine echte Sensation für den Sänger bedeutet. Man behält dabei aber nur so lange die Kontrolle über seine Gefühle, wie man auch die Kontrolle über seine eigenen stimmlichen, geistigen und physischen Fähigkeiten behält. Man ist oft versucht, die Zügel schleifen zu lassen, um sich von den Emotionen tragen zu lassen, statt die Situation zu kontrollieren. Der Sänger aber muß den Anordnungen Wagners folgen und zu jedem Zeitpunkt Abstand bewahren können, um, wie er es selbst ausdrückte, einen körperlosen Geist abzugeben, der die Möglichkeit hat, die gottähnliche Freiheit des Ausdruckes zu genießen und der es trotzdem schafft, den technischen Anforderungen, die zur gleichen Zeit an ihn gestellt werden, Genüge zu tun. Wenn Sie selbst schon in einer Opernaufführung gesessen haben und von spektakulären Szenen in Wagner-Opern hypnotisiert wurden, können sie sich sicher vorstellen, wie sich eine Isolde fühlen muß, wenn sie die Herausforderung des ersten Aktes angeht und ihren ersten Monolog beginnt: »Nimmermehr! Nicht heut' morgen!«

Ich habe oft in der nüchternen Umgebung hinter der Bühne gestanden und bin fast aus den Schuhen gekippt, wenn eine gut disponierte Stimme mit dem Orchester in Gleichklang trat. Man mag dabei auch an Ortrud denken, die sich mit dem gehetzten Orchester in »Entweihte Götter« vereint, oder an Hagen, der in der GÖTTERDÄMMERUNG sein Stierhorn ertönen läßt und seine Männer mit dem blutstockenden Schrei »Hoiho!« ruft. Auch Sieglinde geht an die Grenzen der Ekstase in ihren schmelzenden Phrasen am Ende des zweiten Aktes der WALKÜRE »O hehrestes Wunder!«; oder Brünnhilde mit ihrem triumphierend jubelnden »Hojotoho!«-Auftritt in der WALKÜRE. Siegfried, der sein neugeschmiedetes Schwert Nothung erfolgreich mit »So schneidet Siegfrieds Schwert!« an seinem Amboß erprobt, ist genauso ein Beispiel wie Wotan, der, von Feuer umgeben, majestätisch seine letzten Worte an Brünnhilde singt.

All diese göttlichen Szenen können dem Sänger ein gottähnliches Gefühl aufdrängen, oder zumindest die Gewißheit verleihen, eine übermenschliche Figur darzustellen. Es stellt sich ein unbeschreibliches Empfinden von Macht und Zufriedenheit ein, eine Erfahrung, die alle Sinne vereint. Für den Sänger ist das eines der größten Geschenke, die er sich machen kann.

Natürlich kann ich all die Komponisten nicht übersehen, die auf ihre eigene Art dem Sänger auch Befriedigung verschaffen. Bachs Geistigkeit, die nahezu göttlichen Klänge Mozarts, die männlich-klassische Schönheit von Verdis Musik, die brandenden Kantilenen Puccinis sowie die Musik von Hunderten, ja vielleicht Tausenden anderen Komponisten kann dem Sänger auch totale Befriedigung bringen. Wagner jedoch ermöglicht es darüber hinaus vielen – aber zumindest mir –, die Grenzen menschlicher Ausdrucksfähigkeit zu erweitern.

Es ist daher nicht nur für den Zuhörer, sondern auch für den Sänger ganz leicht, ein fanatischer Wagnerianer zu werden. Wagner selbst hatte Angst davor, daß TRISTAN deswegen verboten werden müßte, weil seine Zuhörer verrückt werden könnten, und er dachte, daß nur mittelmäßige Aufführungen zu ertragen wären. Tatsächlich starben einige Künstler, kurz nachdem sie eine größere Partie in einer Wagner-Oper übernommen hatten oder wurden wirklich verrückt. Das bekannteste Beispiel dafür war Ludwig Schnorr von Carolsfeld, der, kurz nachdem er seinen ersten ›Tristan‹ gesungen hatte, verstarb.

Wagner selbst, seine Opern und seine Aufführungen haben auch oft Sänger angezogen, die mehr daran interessiert waren, ihre eigenen unterdrückten Ängste zu lösen, als eine gute Aufführung zu geben. Vielfach wurde auch schon vermutet, daß Wagner selbst ohne die reinigende Wirkung seiner genialen Kompositionen wahrscheinlich höchst psychotisch gewesen wäre. Wahrscheinlich hatten seine Werke die gleiche Wirkung auf ihn selbst, wie auf die Sänger und Zuhörer.

Aus meinen persönlichen Erfahrungen kann ich jedenfalls berichten, daß mir meine Beschäftigung mit Wagners Musik einige der größten Augenblicke meines Lebens bescherte. Das soll nicht bedeuten, daß die gefühlsmäßige Befriedigung, die ich erlebt habe, für alle Sänger typisch ist. Ich kenne nur wenige Berufe oder Beschäftigungen, die es wie der Gesang erfordern, alle Fähigkeiten einer Person über eine Zeit in Einklang zu bringen. Die Kontrolle der Ausdrucksfähigkeit, der Emotionen, die Körperhaltung, die Gesundheit und die kontinuierliche Notwendigkeit, die Anforderungen verschiedener Werke intellektuell zu erfassen, lassen den Künstler selbst zum Teil einer Aufführung werden.

Ich bin daher davon überzeugt, daß das Leben eines Sängers mit dem eines Spitzenathleten oder sogar Astronauten verglichen werden kann. Die Anforderungen an die physische und psychische Konstitution sind ähnlich. Konzentration und Flexibilität werden verlangt, und das höchste Ziel ist Perfektion. Ein einziges Versagen im geplanten, für den Erfolg notwendigen Ablauf kann zu einer Katastrophe führen, sei es auf der Bühne, auf dem Fußballfeld oder an der Startrampe. Mein persönliches Erfolgs- und Glückserlebnis bestand im Wagner-Gesang.

Ich gebe also zu, daß das Singen von Wagner-Aufführungen für mich äußerst erbauend und auch auf meine eigene Persönlichkeit bezogen war. Diese Erfüllung vermisse ich, seit ich mich von der Bühne zurückgezogen habe, und ich habe auch bis heute keinen Ersatz dafür gefunden.

Neben der Frage nach der musikalischen Realisierung und den musikalischen Anforderungen Wagners an seine Künstler und sein Auditorium ist die Frage von Interesse, ob Wagners Werke ein zentrales Thema haben. Gibt es eine Aussage, die Wagner all seinen Werken zugrunde legt? Wieland Wagner meinte, das Kernproblem aller Wagnerschen Opern sei in der herausfordernden Frage des Landgrafen an die Sänger, im zweiten Akt des TANNHÄUSER, angesprochen: »... könnt ihr der Liebe Wesen mir ergründen?«

Eine eindeutige Antwort auf die Frage nach dem Kern des Inhalts in Wagners Werke zu geben würde daher auch bedeuten, der Liebe Wesen zu ergründen und zu beschreiben.

Richard Wagner verbrachte sein ganzes Leben mit der Vollendung seiner Opern. Eine Antwort auf diese sich in vielen Facetten widerspiegelnde Frage ist daher nicht einfach. Bestenfalls kann sie angedeutet werden, um daraus wiederum zeitlose Exempel zu statuieren. Das wahre Wesen der Liebe findet sich in Sentas Selbstaufopferung, in Elisabeths Vergebung, in Kundrys Dienen und in der Fußwaschung Parsifals. Wagner beschreibt aber auch die negative Form der Wahnliebe, z. B. in Alberichs Gier nach Gold und Sex, in Wolframs Treue und Hingebung, in Markes gütigem Vergeben, in Sieglindes Liebe zu ihrem Bruder Siegmund, in Wotan und Brünnhildes verleugneter Liebe, in Frickas Liebe zu moralischen Gesetzen, in der primitiven Liebe der Riesen zu Freia, in Loges Liebe zur Gerechtigkeit und in Siegfrieds Liebe zur Natur. In jedem Charakter Wagners und in jedem von uns steckt ein Element des wahren Wesens der Liebe und der Wahnliebe.

Die weiblichen Kräfte bringen bei Wagner den Mann immer zurück zur Quelle, zur Mutter Erde, zu seinem natürlichen, instinktiven Ursprung. Dagegen porträtiert er Männer als strebsam, erfinderisch und bemüht, Frauen zu erheben. Die perfekte Vereinigung der männlichen und weiblichen Charaktere, die totale Erfüllung all ihrer Qualitäten in ewiger Verbindung, und die Vereinigung der wahren Liebe erreicht auch Wagner nie. Das Streben nach dieser Vereinigung von Mann und Frau enthält auch die grundsätzliche Frage der Nächstenliebe. Wenn es sich schon zeigt, daß die göttliche Gabe, das Wesen der wahren Liebe zu verstehen, nicht einmal auf der einfachen persönlichen Ebene, von Mensch zu Mensch, erreicht werden kann, wie kann die Menschheit dann hoffen, durch die Liebe eine vereinigende Kraft zu entdecken, die die Welt dadurch bereichert, daß alle Menschen in eine liebende Vereinigung mit der Natur und dem Universum eingeschlossen werden? Ich glaube, daß diese Hoffnung nicht existiert. Auch Richard Wagner konnte dieses Problem nicht lösen.

KAPITEL 11

DER ENTBLÖSSTE AUFTRITT

Für mich war es ein besonderes Erlebnis, auf der Bühne des wunderschönen Saales zu stehen, der von Thomas Jefferson in Charlottsville, Virginia, entworfen wurde. Am 22. Februar 1966, an Washingtons Geburtstag, gab ich in meiner amerikanischen Heimat mein Debüt als Liedersänger. Wohl hatte ich zuvor schon viele Soloprogramme gegeben und während meiner Studentenzeit Liederabende gesungen, aber im Rahmen meiner professionellen Laufbahn war das der erste in der langen Reihe von Liederabenden, die mir viel Freude und musikalische Befriedigung schenken sollten.

Ohne Kostüm und spezielle Beleuchtung, ohne Make-up und Dekoration, allein auf einer Konzertbühne stehen zu müssen, empfand ich zu Beginn wie nackt aufzutreten. Man wird nur von einem Pianisten begleitet und erkennt zumindest an der mit Ausnahme des Flügels leeren Bühne, daß man sich in gefährlichen Gefilden bewegt. Hier gibt es kein Verstecken hinter dem Klang des Orchesters, die Stimme und der eigene persönliche Ausdruck werden vor das Vergrößerungsglas der Zuhörer gelegt und jeder Untersuchung preisgegeben. Das können für den Sänger Augenblicke der größten Angst sein.

Ich hatte das Glück, nach meinem ersten Agenten André Mertens, der im Juli 1963 starb, mit Colbert Artists Management Inc. eine der ersten Künstleragenturen in Amerika als Partner zu gewinnen. Ann Colbert wurde in Deutschland geboren und übersiedelte gemeinsam mit ihrem Gatten nach Amerika. Schon bei ihrer Hochzeit in Europa hatte sie nur einen Wunsch: Sie wollte in das Land der unbegrenzten Möglichkeiten, und so kam sie dann mit ihrem Gatten Henry, bewaffnet mit guten Sprachkenntnissen, einer ausgezeichneten Bildung und einer großen Zukunft, nach New York. Praktisch über Nacht bekam sie den Posten eines Redakteurs in New York. Kurz darauf gründete sie mit ihrem Gatten eine Künsteragentur, die schon bald als »Tiffany« unter den Agenturen galt.

Diese Firma war wirklich mit großartigen Künstlern gesegnet. Man hatte ihr das Management von Solti und seinem Chicago Symphony Orchestra, Instrumentalisten und Gruppen und Sängern wie Sutherland, Ludwig, Fischer-Dieskau, Schwarzkopf, Prey und vielen anderen anvertraut.

Da ich mit Mertens' Nachfolger bald unzufrieden wurde, begann ich mich in New York nach einer neuen Vertretung umzusehen. Da gab es natürlich viele, und immer, wenn publik wurde, daß ich an einer Agentur interessiert war, war ich erstaunt, wie viele verschiedene Agenten wiederum ihrerseits Interesse an meiner Person bekundeten. Ich hatte aber in der Zwischenzeit von Colbert gehört und war von ihren Stars beeindruckt. Sie bot geschmackvolle Werbung, und schließlich hatte ich auch Mrs. Colbert gelegentlich nach Aufführungen und Konzerten getroffen. Sie war für mich die erste Wahl. So entschloß ich mich, einfach den Telefonhörer zur Hand zu nehmen und sie anzurufen.

Sie nahm die Einladung zu einem Mittagessen an, und wir trafen uns kurz darauf in einer netten Lounge im Hampshire House beim Central Park. Während des Essens teilte ich ihr mit, daß es mir gefallen würde, wenn sie meine Vertretung übernehmen würde. Sie begegnete mir freundlich, war aber doch sehr reserviert und erklärte mir offen, daß sie lediglich an Künstlern interessiert war, die sich nicht nur auf der Opernbühne bewegen, sondern auch Konzerte und Liederabende geben. Darauf antwortete ich, daß ich mich nicht nur dazu in der Lage fühlte, sondern direkt darauf versessen war, mein Repertoire zu erweitern und eine aktive Karriere als Liedersänger zu beginnen. Wir hatten ein sehr vergnügliches Miteinandersein, trennten uns aber ohne jede genauere Vereinbarung. Wir verblieben, wie in der Künstlerbranche nur allzuoft üblich, mit einem gegenseitigen: »Don't call me, I'll call you.«

Bekommen junge Künstler diese Antwort, hören sie normalerweise nie wieder von ihrem Gesprächspartner. Ann aber rief mich tatsächlich ein paar Tage später an, um eine Gegeneinladung zum Mittagessen auszusprechen. Wir trafen uns wieder im gleichen Lokal, und es entwickelte sich eine wesentlich freundlichere Atmosphäre. Während des Essens lächelte sie plötzlich und enthüllte mir, daß sie die Zeit genutzt hatte, um über unser letztes Treffen nachzudenken. Ich hatte ihre Aufmerksamkeit geweckt, sie war überrascht über den Verlauf unserer Begegnung und argwöhnisch, da sie es durchaus nicht gewohnt war, mit intelligenten Tenören zu verhandeln. Ich bin aber sicher, daß sich ihre Meinung nach den vielen Jahren, in denen sie mein Manager war, geändert haben wird; meine gute Meinung über sie und ihre Fähigkeiten blieb jedoch unrevidiert.

Ann ermutigte mich, ein Programm für einen Liederabend zusammenzustellen und bereitete auch mein Debüt als Liedersänger in Charlottsville vor. Für dieses Debüt wollte ich mich wirklich so darstellen, wie ich war, und auch ein Programm singen, das für mich optimal war. Die Planung dieser Konzertreisen verursachte nicht nur Ann Colbert einiges Kopfzerbrechen. Ich wollte in meinem Liederprogramm meine musikalische Herkunft ausdrücken und daher Deutsch gleichermaßen wie Englisch und auch amerikanische Nummern singen. Nach langer Überlegung kam ein Programm zustande, das Werk von Purcell, Brahms, Richard Strauss, Alban Berg, Benjamin Britten, Paul Hindemith und Samuel Barber enthielt. Mit diesem Programm besuchte ich ganz Amerika, und ich stellte es auch bei meinem ersten Liederabend in Europa vor.

Dieser erste Liederabend in Europa fand in dem großartigen Cuvilliés-Theater in München im Rahmen der Sommerfestspiele im Jahr 1967 statt. Mein Debüt in Wien folgte im Jahr darauf im Rahmen der Wiener Festwochen im Brahms-Saal des berühmten Musikvereins. Diesen Tag des ersten Liederabends in Wien kann ich nicht vergessen. Ich hatte am Morgen eine Probe im Brahms-Saal, traf mich mit meinem Pianisten Erik Werba und sang die ersten Lieder meines Pogramms, durchweg Werke von Purcell, zu deren Begleitung wir auch noch zusätzliche Instrumentalisten heranzogen.

Nachdem ich zum zweiten Teil meines Programmes, den Brahms-Liedern, gekommen war, wanderte mein Blick über den wunderbaren Saal und blieb auf der Büste Brahms' hängen. Meine Stimme war praktisch in meinem Hals gefangen, es schnürte mir die Kehle zu, und ich fühlte plötzlich, wo ich eigentlich war. In Wien, im Brahms-Saal. Und ich sang Brahms! Ich bildete mir ein, daß sich die Augen der Büste auf mich richteten, und ich stellte mir die Frage, ob ich in der Lage war, zumindest einige der großartigen Tiefen, die seine Musik enthielt, auszuloten. Ich mußte diesen Augenblick der Wahrheit und der Herausforderung einfach bestehen.

In diesem Augenblick machte es sich bezahlt, einen Lehrer wie Otto Schulmann zu haben. Sein Wissen umfaßte einen weiten Bereich ganz unterschiedlicher Lieder, und er hatte mich auch dazu gebracht, die Auswahl für mein Programm in dieser Art und Weise zu treffen. Unter seiner Leitung hatte ich gelernt, so großartige Werke wie die von Brahms, Strauss, Wolf, Schumann, Schubert oder Beethoven zu verstehen. Auch mein Wiener Programm hatte ich mit ihm studiert, und in Wien erhielt ich zusätzlich die Möglichkeit, an Ort und Stelle mit einer weiteren Kapazität der Musikwelt zusammenzuarbeiten: Erik Werba. Er arbeitete mit mir weitere Feinheiten in Stil und Interpretation. Werba, mein Begleiter in Wien, war schon lange für seine Konzerte und seine Meisterklassen bekannt und allseits beliebt. Er ist eine enthusiastische und brillante Persönlichkeit, von der man enorm viel lernen kann. Nachdem er mich durch die Probe geleitet hatte und meine plötzliche Anspannung fühlen konnte, trat er auf mich zu und versicherte mir, daß meine erste Arbeit an diesem berühmten Ort sehr gut war. Er hatte recht, der Liederabend war ein großer Erfolg und führte zu einer weiteren Einladung in den Brahms-Saal für das nächste Jahr. Ich begann daher sofort mit den Vorbereitungen für ein neues Programm.

Liederabend in Wien, 1968. Jess Thomas mit Erik Werba. (66)

Das Zusammenstellen des Programmes für einen Liederabend ist eine sehr persönliche Sache. Wie schon bei meinem ersten Liederabend, konnte ich mich nicht für ein traditionelles Programm erwärmen. Ich wollte einfach nicht mit den klassischen italienischen Komponisten beginnen oder französische und anderssprachige Lieder in mein Programm aufnehmen. Ich wollte mich wieder auf deutsche oder englische bzw. amerikanische Komponisten beschränken, da ich bei beiden eine Beziehung sowohl zum Text als auch zur Musik empfand. Das Angebot an Liedern ist allein zufolge des reichhaltigen

Repertoires der deutschen Literatur überaus üppig, und ich war mir darüber klar, daß es mir nicht einmal gelingen würde, alle deutschen Lieder zu singen, die ich gerne gesungen hätte. Warum sollte ich mich also noch mit anderen befassen?

Mein zweites Programm begann mit den Wesendonk-Liedern von Richard Wagner. Diese waren ursprünglich für Orchesterbegleitung geschrieben worden und werden traditionellerweise von Frauen gesungen. Als ich eines Tages mit Wieland Wagner darüber sprach, daß sein Großvater soviel Opernliteratur für Tenöre geschrieben hatte, es aber versäumt hätte, entsprechende Lieder zu schreiben, schlug mir Wieland vor, doch die Wesendonk-Lieder zu singen. Er sah keineswegs ein, daß diese nur von Frauen gesungen werden könnten. Warum eigentlich? Ich begann, sie zu studieren, Gefallen an ihnen zu finden und machte sie zum zentralen Punkt meines Liederprogramms. Das erste, was mich an Wagners Liedern fesselte, war die Erkenntnis, daß sie mir von Beginn an äußerst vertraut waren. Richard Wagner selbst hat auch zwei dieser Lieder als Vorstudien zum TRISTAN bezeichnet, und schon allein die dem dritten Akt des TRISTAN ähnlichen Phrasen schienen mir die Richtigkeit meiner Auswahl zu bestätigen.

Um mein Programm zu komplettieren, überlegte ich, welche Kompositionen zu Richard Wagner und seinen Wesendonk-Liedern passen könnten. Ich studierte jedes einzelne der fünf Lieder und hatte die Idee, andere Komponisten auszuwählen, die etwa den gleichen Stoff behandelten. Diese Komponisten sollten außerdem eine Verbindung zu Richard Wagner haben, entweder sollten sie ihn oder er sie beeinflußt haben. Ich wollte von jedem weiteren Komponisten ebenfalls fünf Nummern auswählen, um dem gesamten Programm Symmetrie zu geben. Aber welche Komponisten sollte ich wählen? Zuerst wurde ich fündig, nachdem ich mich mit der Sammlung der Lieder Franz Liszts befaßt hatte. Ich fand fünf Lieder, die meiner Meinung nach sowohl in der Stimme als auch vom Inhalt her paßten und fand, daß es nur logisch war, sie vor Wagners Lieder zu stellen. Nun hatte ich schon die halbe Schlacht gewonnen! Die nächsten ausgewählten Lieder stammten von einem Komponisten, der mir aus Schulmanns hingebungsvollen Beschreibungen noch in bester Erinnerung war: Hugo Wolf. Ich wandte mich seiner riesigen Schatztruhe zu und fand Werke, die nicht nur in mein Konzept paßten, sondern zusätzlich zu meinen Lieblingsliedern zählen. Alle diese Lieder zeigen starke Einflüsse Richard Wagners.

In meinen Plänen für die Programmzusammenstellung fand ich außerordentlich starke Unterstützung sowohl von Schulmann als auch von Erik Werba. Mir erschien es logisch, das gesamte Programm mit einer Gruppe von fünf Strauss-Liedern zu beschließen. Aber ich hatte Strauss schon in mein vorangegangenes Liederprogramm aufgenommen; nun wollte ich einen Schritt weitergehen. Sowohl Werba wie auch Schulmann machten mich dann mit den sehr selten gesungenen, doch wunderschönen Liedern von Josef Marx vertraut. In seinen Werken fand ich reichhaltige Schätze, aus denen ich passende Nummern auswählen konnte. Nun war mein Programm komplett, und ich war stolz, daß es mir gelungen war, zwanzig Lieder zu finden, die nicht nur in das Gesamtkonzept eines Liederprogrammes paßten, sondern daß auch jedes einzelne dieser Lieder einen musikalischen und textlichen Ausdruck besaß, mit dem ich mich identifizieren konnte.

Das ist wahrscheinlich das ganze Geheimnis des Erfolges beim Singen von Liedern. Das Programm muß so sein, daß man total daran glauben kann. Es muß so gestaltet sein, daß es eine große Palette und Vielfalt von Stimmungen beinhaltet, die den Künstler bis an die Grenzen seiner stimmlichen und ausdrucksmäßigen Darstellungsfähigkeit bringen. Dieses Programm sang ich zuerst im Jahr 1970 in Wien, wieder im Brahms-Saal und wiederum mit Erik Werba am Klavier. Wiederholungen dieses Liederabends folgten in mehreren amerikanischen Bundesstaaten.

Meine größte persönliche Herausforderung war allerdings die erste Vorstellung in meiner Heimat in Süd-Dakota im Jahr 1968. Da es überhaupt keine Möglichkeit gab, dort in einer Oper aufzutreten, erwies sich dieser Liederabend als hervorragende Chance, in der Heimatstadt meiner Mutter, in Rapid City, zu singen. Dieser Liederabend in Rapid City gestaltete sich zu einem jener Egotrips, an die sich Sänger gerne gewöhnen. Er bescherte mir eine solche Fülle von persönlicher Erfüllung und Emotionen, daß ich leichten Herzen sagen kann, dieser Liederabend stelle einen jener Punkte meines Lebens dar, an denen ich wirklich gefühlt habe, daß dieses Resultat jede Entbehrung und jede Anstrengung meines Lebens aufwog. Welche Aufregung und Freude bedeutete es für meine Mutter, ihren Freunden zu zeigen, daß ich tatsächlich Sänger geworden war. Für mich bot sich die Gelegenheit, viele alte Freunde, die ich schon jahrzehntelang nicht mehr gesehen hatte, zu treffen.

Der Tag meiner Ankunft in Rapid City wurde in Süd-Dakota zum »Jess Thomas Day« erklärt, und der Gouverneur des Bundesstaates, der Bürgermeister der Stadt, zahllose andere Persönlichkeiten und Freunde holten mich am Flughafen ab. Meine Heimatstadt Hot Springs – sie liegt etwa 60 Meilen südlich von Rapid City – ehrte mich mit einem feierlichen Abendessen, für das über 300 Eintrittskarten verkauft wurden. Das entsprach genau dem Fassungsvermögen des Speisesaales des Hotels, in das viele meiner Schulfreunde und auch mein bester Freund, Don Müller, kamen. Auch einige meiner früheren Lehrer und natürlich meine frühere Förderin, Joyce Case Wilson, die das gesamte Dinner organisiert hatte, waren anwesend. Sie alle kamen, um mich zu sehen und mich über meine Laufbahn und Karriere plaudern zu hören.

Der Liederabend selbst fand in jenem Saal statt, den ich schon als junger Bursche anläßlich meiner High-School-Band-Festivitäten kennengelernt hatte. Der Saal war reichlich mit Blumen dekoriert, und als ich dann auf die Bühne trat, fühlte ich einen großen Kloß im Hals, und ich mußte alle Kraft und Konzentration zusammennehmen, um mich in dieser Atmosphäre unter Kontrolle zu halten und mein Programm vortragen zu können. Während des Empfanges nach dem Liederabend kam eine der großen Damen des Konzertkomitees zu mir und dankte mir dafür, daß ich meine »Plain State«-Zuhörerschaft von Freunden und Gratulanten nicht »von oben herab« behandelt hätte. Sie hatte wohl Angst gehabt, daß ich mein Programm aus leichten und bekannten Nummern auswählen und ihnen das Komplizierte, das ich üblicherweise sang, vorenthalten würde.

Tatsächlich war ich immer etwas puritanisch, wenn es um die Auswahl eines Liederprogrammes ging. Ich wollte einfach auch in der Wahl der Werke eine Aussage als Liedsänger und nicht als Opernsänger machen. Daher nahm ich auch nie Opernarien in das Programm auf, obwohl ich manchmal nachgab und die eine oder andere Arie als Zugabe sang. Möglicherweise habe ich mich mit dieser Programmwahl von einigen Zuhörern entfremdet, die es vorgezogen hätten, anstelle meiner Darbietungen entweder Folk Songs oder alte Gassenhauer zu hören. Ich konnte mich aber über die Verantwortung, die ich mir selbst gegenüber empfand, nie hinwegsetzen und mußte meinem inneren

Verlangen »Hier steh' ich... so bin ich nun, und das ist, was ich ausdrücken möchte« folgen.

Mein nächstes Programm, mit dem ich in Wien auftreten sollte, wollte ich mit Liedern bestreiten, die aus dieser Stadt stammten; ich entschied mich für Schuberts WINTERREISE. Die Noten hatte ich schon zu Beginn meiner Karriere gekauft. Zur Eröffnung der Wiener Festwochen 1972 wollte ich mich dann dieser Herausforderung stellen.

Mein Unterfangen, diesen großartigen Liederzyklus in Wien zu singen, konnte schon deshalb als kühn bezeichnet werden, da in dieser Zeit die WINTERREISE innerhalb von drei Wochen von zwei anderen großartigen Künstlern vorgetragen wurde: Walter Berry und Hans Hotter.

Um mir selbst die Möglichkeit zu geben, dieses Liederprogramm zu erproben, bat ich Ann Colbert, mir die Gelegenheit einer öffentlichen ›Erprobung‹ in Amerika zu verschaffen, bevor ich mit der WINTERREISE nach Wien ging. Sie verschaffte mir ein Engagement; ich sollte auf dem reizenden Campus der Dartmouth-Universität auftreten. Trotz dieser guten Vorbereitungen hatte ich Bedenken, und es schien mir eine verwegene Angelegenheit, mit der WINTERREISE nach Wien zu gehen und »Kohle nach Newcastle zu tragen«, wie wir Amerikaner sagen würden. Einer meiner Kollegen aus dem Süden der USA meinte, daß ihm mein Vorhaben so vorkäme, als würde ein ambitionierter europäischer Popsänger versuchen, in New Orleans ein Jazzkonzert zu geben.

Das Gefühl der Unzulänglichkeit, das wahrscheinlich jeder Künstler fühlt, wenn er sich an ein Werk wie die WINTERREISE heranwagt, und die damit verbundene Selbstanalyse und Studie leitet in der Vorbereitungsarbeit in einen schöpferischen Arbeitsprozeß über und stellt eine wichtige Phase der Arbeit an einem neuen Programm dar.

Dieser Liederzyklus kristallisiert in Liederform alle Ingredienzen, die auch Richard Wagner in seine Opern verpackt hat. Der einzige Unterschied liegt in der ›Verkleinerung‹, Schuberts Lieder sind im Verhältnis zu Wagners Musikdramen Miniaturen. Das Verhältnis des Liedes zur Oper beschreibt am besten ein Vergleich. Der Opernsänger hat einen großen Pinsel und muß damit ein Scheunentor streichen, demgegenüber steht der Liedersänger, der feines Porzellan mit seinem ultrafeinen Pinsel bemalt, dabei zarte Striche verwendet und unendlich viele Details herausarbeitet.

Die WINTERREISE jedenfalls verlangte alles von mir, jede Disziplin, die ich studiert hatte, wurde aufs äußerste gefordert, aber auch weitergebildet. Auch bei diesem Konzert wurde ich wieder von Erik Werba begleitet. Zudem hatte ich die Ehre, in meinem Konzert die Jury eines Gesangswettbewerbs, also eine ausgewählte Gruppe von Musikkennern, anzutreffen. Neben ihnen und den zahllosen Musikliebhabern und Fans fand ich auch viele Kollegen im Auditorium. Unter ihnen war Elisabeth Schwarzkopf, auch sie war Juror bei dem Gesangswettbewerb, bei dem sich auch meine Fans trafen, um sowohl mich als Juror zu begrüßen, wie auch den jungen Peter Hofmann als Teilnehmer zu unterstützen. Peter erreichte in diesem Wettbewerb das Finale nicht, aber Karl Löbl, ein bekannter Wiener Kritiker, erkannte Peter Hofmanns vielversprechendes Talent und rühmte seine Qualitäten, die ihn an Jess Thomas erinnerten. Mein Liederabend wurde ebenfalls ein Erfolg, und zwar ein wesentlich größerer als ich je zu hoffen geträumt hatte.

Die Konzentration, die man braucht, um ›nackt‹ vor dem Auditorium zu stehen und die 24 Lieder der WINTERREISE ohne Unterbrechung zu singen, war für mich gleich der Anstrengung für den dritten Akt eines TRISTAN. Das Gefühl, das der Sänger während eines Liederabends empfindet, ist natürlich genauso individuell wie die Persönlichkeit des Sängers selbst. Für mich waren Liederabende immer eine unübertreffliche Freude, zugleich aber auch ein Test. Ich versuchte, mich dabei den Intentionen des Komponisten bis aufs Äußerste zu unterwerfen. Obwohl die Zuhörer meine persönliche Interpretation erwarteten, mußte ich mich von jeder falschen Sentimentalität und Übertreibung befreien. Entweder war die Summe der Eindrücke, die meine Person durch den musikalischen und stimmlichen Ausdruck hinterließ, akzeptabel und führte zum Erfolg, oder mein Vortrag war fehlgeschlagen. Die in der WINTERREISE geographisch beschriebene Reise der Seele kann zu einem langen, traurigen und hoffnungslosen Lamento führen, das in Verzweiflung endet und den Zuhörer geradezu mit Selbstmordgedanken zurückläßt. Sie kann aber auch eine Zuwendung zu den intimsten Bereichen einer Suche sein, die in einem Auftrieb gipfelt und eine reinigende Wirkung hat, die im Zuhörer zwar nicht unbedingt das Gefühl eines »Happy-Ends« hervorruft, aber doch an seinen menschlichen Erfahrungsschatz appelliert und Resonanz in einem noblen Ende finden kann. Der Künstler hat allein darin ein weites Betätigungsfeld, diese Interpretation auszuarbeiten. Es darf bei so einer Liedgestaltung kein Raum für den Künstler bleiben, sich selbst auf Kosten des Werkes in den Vordergrund zu rücken. Wenn man es schon über sich bringt, bei der Programmgestaltung auf spektakuläre Effekte zu verzichten, muß man es auch schaffen, sich dem Komponisten voll und ganz hinzugeben und die eigene Person in den Hintergrund zu stellen.

Natürlich sucht der Künstler die persönliche Befriedigung und den Erfolg. Gibt es aber Aufführungen, bei denen der Sänger lediglich seine egoistische Befriedigung sucht? Das glaube ich nicht, ich habe nie einen Sänger getroffen, der nicht ehrlich bemüht wäre, seinem Publikum zu gefallen. Besonders das aber fällt beim Liedervortrag schwer. In keiner anderen Form des Gesangsvortrages muß sich der Künstler so viele Selbstopfer auferlegen wie im Liedgesang, er oder sie steht nicht auf der Bühne, um zu beeindrukken, sondern um etwas auszudrücken, und es ist auch schwer, den Vortrag ausgewogen zu gestalten. Präsentiert sich der Sänger zu introvertiert und erfreut sich hauptsächlich selbst an seinem Gesang, bekommt der Zuhörer zwangsläufig das Gefühl, störend an einer persönlichen Angelegenheit teilzunehmen. Selbst in den ausdrucksfähigsten Liedern muß der Sänger bis zu dem Grad aus sich heraustreten, mit dem er seine eigene Persönlichkeit im Rahmen des Liedes auszudrücken vermag. Er muß extrovertiert sein und alle seine Kenntnisse über die Musik, die er singt, mit seinen Zuhörern teilen. Gerade bei Schubert fiel es mir nicht schwer, mich der Musik anzuvertrauen, und ich erreichte damit eines meiner großen Ziele im Liedergesang.

Nur ein paar Tage vor meiner WINTERREISE in Wien wurde ich von der Wiener Staatsoper angerufen. Man bat mich, eine MEISTERSINGER-Aufführung zu retten. Wohl schien es mir nicht optimal, meine letzten Vorbereitungen und Proben für den Liederabend zu unterbrechen, ich sang aber trotzdem die Aufführung, in der auch Peter Hofmann mit seiner Frau saß.

Das Gemisch Konzert, Lied und Oper muß von jedem Sänger gut dosiert werden. Als gutes Beispiel dafür dient mir immer eine Liedermatinee, die ich in München während einer Bayreuther Saison zwischen TANNHÄUSER-Aufführungen gegeben hatte. Der TANNHÄUSER nach dem Liederabend erwies sich für mich als echter Lernprozeß, meine Stimme war für die hohen dünnen Phrasen der ersten Venusszene perfekt ausgerichtet.

Allerdings schon in der dritten Szene, in der die erste wirklich starke, dramatische Phrase »Allmächtiger, dir sei Preis!« zu singen ist, bemerkte ich, daß meine Liederstimme wohl für die ersten Szenen des TANNHÄUSER geeignet war, aber nicht auf die expansiven Fortephrasen vorbereitet war. Ich forcierte die Stimme bis zu dem Punkt, an dem ich tatsächlich Schwierigkeiten hatte, mein stimmliches Gleichgewicht für den Rest des Aktes wiederzugewinnen.

Schon allein ein Blick in meinen Kalender des Jahres 1972 zeigte mir, wie wichtig es war, meine Lieder-, Opern- und Konzertverpflichtungen gut einzuteilen. Innerhalb von zwei Monaten gab ich vier Orchesterkonzerte mit dem ersten Akt der WALKÜRE, sowie drei mit Gustav Mahlers LIED VON DER ERDE. Zwei Stationen meiner Konzertauftritte lagen in Amerika, eine in Europa. Zusätzlich sang ich drei Liederabende in Amerika, in Wien und in England – und darüber hinaus sechs Vorstellungen in Wien und Zürich, und dabei hatte ich doch ursprünglich für dieses Jahr geplant, Konzerte und Liederabende nur in den Monaten Juli und August zu geben, um meiner Stimme eine Ruhepause vor den schweren Opernrollen zwischen September und Dezember in San Francisco und New York zu gönnen.

Mein Interesse an Liederabenden, Oratorien und Orchesterkonzerten hatte sich schon sehr frühzeitig in meiner Gesangslaufbahn entwickelt. Selbst in meiner frühen Schulzeit und während meiner Zeit an der Universität gab ich aus verschiedenen Anlässen Liederabende. Gemeinsam mit Kirchenchören sang ich oft die Tenorsoli im MESSIAS, THE SEVEN LAST WORDS OF CHRIST, der SCHÖPFUNG, Bachs MATTHÄUS-PASSION, Verdis REQUIEM, und auch nach meiner Ausbildung zum professionellen Sänger fügte ich schon früh Verdis REQUIEM, Händels JUDAS MACCABÄUS und Mozarts REQUIEM sowie viele andere meinem Repertoire hinzu.

Eines der ersten wichtigsten europäischen Konzerte sang ich in Berlin unter Karl Böhm mit den Berliner Philharmonikern. Schon damals war es Beethovens Neunte Symphonie, ein Werk, das ich später auch mit Böhm und den Wiener Philharmonikern für Plattenaufnahmen sang und anläßlich der Eröffnungsfeierlichkeiten der Bayreuther Festspiele 1963.

Beethovens Neunte Symphonie erinnert mich an drei außerordentliche Aufführungen. Die erste fand in Berlin unter Herbert von Karajan und mit den Berliner Philharmonikern mit Gundula Janowitz, Christa Ludwig und Walter Berry statt. Dieses Konzert wurde am Silvesterabend 1967 im Fernsehen aus der berühmten Berliner Philharmonie übertragen. Die zweite Aufführung, an die ich mich ebensogut erinnere, fand in Moskau, anläßlich der Tournee der Wiener Staatsoper und der Wiener Philharmoniker unter Karl Böhm statt. Im Rahmen einer Amerika-Tournee der Wiener Staatsoper und der Wiener Philharmoniker stand ich auf der Bühne des Kennedy Centers in Washington D.C. und in der Carnegie Hall in New York City. Unter der Leitung von Leonard Bernstein konnte ich in der Hauptstadt meines Heimatlandes eine vielbeachtete Vorstellung dieses Werkes geben.

Andere Aufführungsserien unter Bernstein erinnern mich an die Tatsache, daß es für Sänger äußerst erregend ist, mit großartigen Dirigenten und hervorragenden Orchestern zu arbeiten. Für mich war es schlichtweg das höchste Vergnügen, ein künstlerischer Hochgenuß, mit den meisten der berühmten Orchester der Welt gearbeitet zu haben.

Bei einem Konzert mit Karl Böhm (links) und Walter Berry (Mitte). 1963. Berlin. (67)

Dieses Glücksgefühl stellt sich nicht nur mit europäischen, sondern auch mit amerikanischen Orchestern, wie den New York Philharmonikern unter Bernstein, ein. In meiner Zusammenarbeit mit ihnen hatte ich mehrmals das Vergnügen, die großartige Eileen Farrell als Partnerin zu haben. Die große Wagner-Sängerin hat niemals eine Wagner-Rolle auf der Bühne verkörpert und stellt doch höchste Perfektion im Wagner-Gesang dar. Es wird mir daher immer eine Ehre sein, daß sie mir gestand, gemeinsam mit mir die meisten und schönsten Wagner-Konzerte gesungen zu haben. Die konzertanten Aufführungen von TRISTAN UND ISOLDE und GÖTTERDÄMMERUNG unter Bernstein bilden Höhepunkte meiner Erfahrungen auf der Konzertbühne.

Anläßlich eines Konzertes für den Pensionsfonds in New York wurde TRISTAN UND ISOLDE unter Leonard Bernstein aufgeführt. Eileen sollte dabei erstmals ›Isolde‹ singen und war entsprechend angespannt. Da es nur wenig Zeit für Proben gab, schlug Lenny in seiner Euphorie vor, noch am Morgen des Konzerttages eine Probe einzuschieben. Das war für Eileen aber doch zuviel. Sie schäumte über und machte auch dem Maestro klar, daß sie sich glücklich schätzen würde, ›Isolde‹ einmal pro Tag singen zu können und nicht im Traum daran dächte, es zweimal am Tag zu versuchen. Für die konzertante Aufführung von TRISTAN UND ISOLDE wurde von Bernstein eine gekürzte Version der Oper erarbeitet. Sein Musikgenie brachte eben alles zustande, und er schaffte es, eine Konzertversion der Oper zu erstellen, die neben den offensichtlich unbedingt notwendigen Sängern der Titelpartien nur noch ›Brangäne‹ benötigte. Trotzdem enthielt diese Konzertfassung zumindest 80% der Partien von TRISTAN UND ISOLDE. Mit nur einer Pause konnte man die gesamte Oper in zwei Stunden singen. Auch Wagner hätte seinen Ohren nicht getraut, ›Tristan‹ im dritten Akt ohne ›Kurwenal‹ zu hören. Das gleiche Kunststück brachte Bernstein auch mit seiner wunderbaren Bearbeitung der GÖTTERDÄMMERUNG fertig, die von äußerstem künstlerischem Interesse war.

Ein weiteres Zusammentreffen mit Bernstein ergab sich anläßlich einer Zusammenarbeit mit Fischer-Dieskau im LIED VON DER ERDE. Besonders in diesem ausdrucksvollen Werk zeigt sich, daß Bernstein einer der aufregendsten Dirigenten ist, die sich ein Sänger nur vorstellen kann. Sein künstlerisches Bestreben verlangt, die Solisten auch bei Proben dauernd mit voller Stimme zu hören. Diese Anforderung hat natürlich seine Tücken, obwohl es stimmt, daß der Dirigent die kombinierte Wirkung des Orchesters und der Stimme benötigt, um einen gleichmäßig ausbalancierten Eindruck aller Klänge zu erhalten. Dirigent und Instrumentalisten brauchen die Inspiration des Sängers, die einen wechselseitigen Kontakt ermöglicht, der, wenn der Sänger nur markiert, nie entstehen kann. Aber Instrumentalisten ermüden keineswegs so rasch wie Vokalisten, und man muß also lernen, während einer Probe soviel wie möglich zu geben, ohne dabei die Aufführung zu gefährden. Bernstein ist so enthusiastisch und fordert den Sänger so kontinuierlich, daß man unter seiner Leitung leicht geneigt ist, auch sich selbst ein ähnlich überschäumendes Temperament, wie er es nun einmal an den Tag legt, abzuverlangen.

Leonard Bernstein

»Lenny«, wie ihn alle nennen, die mehr als fünf Minuten in seiner Umgebung verbracht haben, ist eine Naturkraft, ein Genie als Musiker, Dirigent ud Komponist. In dieser einzigartigen Position ergeben sich interessante Parallelen zu Herbert von Karajan. Beide sehen einander auch bis zu einem gewissen Grad ähnlich, und beide nehmen einen »Star-Status« ein, den nur wenige Dirigenten erreichen; sie sind gleichermaßen publikumswirksam und doch sind sie so unterschiedlich wie Tag und Nacht. Lenny inszeniert nicht nur Opern, sondern komponiert sie selbst. Sein Einfluß auf die amerikanische Musikszene ist auf seine Art und Weise genauso weitreichend und vielfältig, wie jener Karajans in Europa.

Ich habe nie einen Dirigenten getroffen, der eine größere Vitalität und mehr Enthusiasmus besaß als Lenny. In seiner Gegenwart wird man von seiner Begeisterung überrannt, ob man nun will oder nicht.

Er ist durch und durch Musiker und ein Dirigent, der empfindet, gibt, und eine enorme Ausdrucksfähigkeit hat, so daß ein Sänger, der von diesen Kräften nicht beeinflußt wird, praktisch halb tot sein müßte. Die Arbeit mit ihm ist für den Sänger oft sehr anstrengend, weil er verlangt, daß jede einzelne Probe – und es gibt oft viele davon – voll gesungen werden muß. Diese Anstrengung wird aber belohnt, und ich hatte nur wenige Erlebnisse, die ich mit seinen Opern und Konzertaufführungen auch nur annähernd vergleichen könnte. Er haucht jedem Werk neues Leben ein und erwartet von seinen Künstlern das gleiche Engagement. Wenn ein Künstler eine Phrase nach seinen Wünschen gestaltet, kann sein Lob überschwenglich sein, und sein sicheres Gefühl für Timing und Gestaltung ermöglicht es den Künstlern, ein Werk unter einem völlig neuen Aspekt zu betrachten.

Als Sänger muß man vor diesem Genie erstarren, er ist Dirigent des New York Philharmonic-Orchesters und schafft in seinen Konzerten, ob sie nun Wagner, Beethoven oder Mahler auf ihrem Programm haben, eine Stimmung, die unerreicht bleibt. Er ist allerdings auch der geborene Fernsehstar, und bewies das in einer Serie, in der er die wichtigen Funktionen eines Orchesters in einem Jugendprogramm erklärte. Seine Vielseitigkeit offenbart sich auch darin, daß es ihm spielend gelingt, Opernaufführungen zu neuer Blüte zu bringen und gleichzeitig Schlager wie ›Maria‹ aus WEST SIDE STORY zu komponieren. Trotz all dieser Erfolge bleibt er aber immer der nette, warmherzige Mensch, der sich Zeit nimmt, jedem neuen Künstler auf einer individuellen, persönlichen Ebene entgegenzukommen und ihn dadurch zu neuen Erfolgen zu führen.

Lenny schüttelt seine musikalischen Einfälle aus dem Ärmel und niemand, der Zeuge einer von ihm geleiteten Aufführung wird, kann sich seiner flammenden Begeisterung entziehen. Er ist eine Kraft, die Berge versetzen kann, und ich hoffe, daß in ihm auch noch jene große amerikanische Oper schlummert, die wir alle erwarten. Vielleicht hat er bald die Ruhe und Zeit, sich so einem Projekt hinzugeben, von dem ich glaube, daß es einen genauso großen Einfluß auf die Welt der modernen Oper haben wird, wie seine kometenhafte Persönlichkeit.

Lenny steht nicht einfach auf seinem Podium, er ist immer aktiv und wirkt durch seine Bewegungen durchaus akrobatisch. Während des TRISTAN-Konzertes sprang er einmal so elastisch auf, daß es seinen Taschenkamm weit in die Luft schleuderte. Seine Musikliebe und Begeisterung sind hinreißend, seine ehrliche Anerkennung und Anteilnahme, die er nach jedem Konzert dem Orchester, den Zuhörern und den Solisten entgegenbringt, erwies sich für mich immer als höchst befriedigend.

Das LIED VON DER ERDE, ein Werk, das zu meinen Lieblingspartien zählt, war für mich auch Anlaß, mit Josef Krips, einem meiner Lieblingsdirigenten, zusammenzuarbeiten. Krips lud mich mehrmals ein, diese schwierige, aber strahlende Tenorpartie zu übernehmen. Unermüdlich arbeitete er mit mir an der musikalischen Gestaltung, um genau den Effekt zu erzielen, den er sich vorstellte. Wir erfreuten uns einer langen Zusammenarbeit und traten in mehreren Städten, unter anderem auch in San Francisco und Wien, auf.

Im Laufe meiner Karriere hatte ich das Glück, mit vielen großen Dirigenten unserer Tage zusammenzuarbeiten. Nun ist es nicht leicht, einige zu erwähnen, ohne Gefahr zu laufen, dabei andere zu übersehen. Jeder Sänger wird zugeben müssen, daß die individuelle Interpretation und die Persönlichkeit großer Dirigenten seine Karriere beeinflußt hat. Dabei zeigt sich, daß der Sänger von verschiedenen Dirigenten auch unterschiedlich gefordert wird. Es ist ganz natürlich, aber auch sehr aufregend herauszufinden, wie Dirigenten unterschiedliche Aspekte einer Partitur enthüllen. Alle großartigen Werke der Musikliteratur erlauben eine nahezu unendliche Vielfalt von Interpretationen und lassen weiten Raum für Variationen. Wohl liebte ich PARSIFAL in Knappertsbuschs Auslegung, doch lernte ich auch viel von Solti oder Pierre Boulez. Kann man also die Lesart eines Dirigenten mit der eines anderen wirklich vergleichen? Nein, ich glaube, das kann man nicht, oder besser: man sollte es nicht. Es ist, Gott sei Dank, immer eine persönliche, eine subjektive Geschmacksangelegenheit, an welcher Interpretation man Gefallen findet.

Ein Dirigent, der auch wegen seines Mitwirkens an einer kontroversen Interpretation bekannt wurde, ist Pierre Boulez. Meinen ersten Kontakt zu diesem großartigen Künstler verdanke ich Wieland Wagner. Wahrscheinlich aus Respekt vor den Sängern, die mit Wieland Wagner besonders intensiv gearbeitet hatten, lud mich Boulez zu einer Konzertserie nach London ein. Im Rahmen der berühmten »Prom«-Aufführungen in der Albert Hall wurden Beethovens MISSA SOLEMNIS, eine konzertante Aufführung von PARSIFAL sowie später Schönbergs GURRE-LIEDER gegeben. Letztere wurden aufgrund der großen Nachfrage wiederholt und dann für CBS aufgezeichnet.

Ich gebe zu, daß ich, bevor ich ihn traf, vor der intellektuellen Persönlichkeit Boulez' so etwas wie Ehrfurcht empfand. Er ist ein Mann, der nur wenige Worte benötigt, um sich verständlich zu machen. Dabei hatte ich zu Beginn unserer Zusammenarbeit während der PARSIFAL-Proben Bedenken, ihm Probleme offen mitzuteilen. Ich fand ein Tempo, das er während einiger spezieller Passagen anwandte, nicht adäquat, um mir die übliche Ausdrucksfähigkeit zu erlauben, und wußte vorerst nicht, wie ich ihm das mitteilen sollte. Ich hätte aber nicht so zurückhaltend sein brauchen, denn als ich das Problem zuerst andeutete, gestand er mir in diesen Passagen soviel Zeit zu, wie ich nur wollte. Auf eine ganz bemerkenswerte Art und Weise ist er Knappertsbusch, der auch nie allzuviel sagen mußte, sehr ähnlich. Auch er konnte einfach durch sein Dirigieren überzeugen und die Sänger in die Richtung lenken, die er wollte; lange Diskussionen wurden dadurch überflüssig. Besonders besorgt war ich, ob ich die von ihm geforderte Perfektion in den schwierigen GURRE-LIEDERN treffen würde. Aber auch hier stellte sich heraus, daß sein stillschweigendes Akzeptieren meiner Interpretation mir mehr Vertrauen gab, als all die Komplimente anderer Dirigenten, mit denen ich zusammengearbeitet hatte.

Pierre Boulez führte auch in der GÖTTERDÄMMERUNG des Bayreuther Jahrhundert-Ringes 1976 den Stab. Seine präzise, jeden Überfluß eliminierende Annäherung an dieses großartige Werk erwies sich für mich als äußerst anregend. Er selbst hatte es nicht leicht, alle vier Opern des RINGS gleichzeitig vorzubereiten, aber trotzdem gab er jedem bereitwillig Zeit und bewahrte immer den richtigen Ton im Umgang mit allen Beteiligten, war nie schroff oder abweisend und blieb selbst im größten Arbeitsgewühl stets ein Gentleman.

Es ist schwierig, wenn nicht unmöglich, die Erfahrungen und Eindrücke aller Aufführungen meiner gesamten Konzertlaufbahn in nur wenigen Zeilen darzulegen. Trotzdem fallen mir dabei einige Höhepunkte ein: Das Hollywood-Bowl-Konzert mit dem Los Angeles Philharmonic Orchestra unter Julius Rudl und James Levine. Das Ravinia-Festival-Wagner-Konzert mit James Levine, die Konzerte mit dem Boston Symphony Orchestra unter dem von mir hochverehrten Erich Leinsdorf, das Konzert mit dem San Francisco Symphony Orchestra unter Maestro Seji Ozawa in der berühmten Kathedrale von Chartres und die großen Aufführungen unter Georg Solti mit dem Chicago Symphony Orchestra in Chicago und New York, um nur einige zu erwähnen.

Das Erlebnis, ein Konzert mit Orchesterbegleitung zu geben, entspricht weder dem eines Liederabends noch dem einer Opernaufführung. Es stellt sich ein Empfinden in der Mitte der beiden Extreme ein. In einer Konzertumgebung gelingt es dem Sänger praktisch sofort, einen direkten Kontakt mit dem Auditorium herzustellen. Verglichen mit einem Liederabend erweisen sich dabei die Leitung eines Dirigenten, die Unterstützung eines Orchesters oder eines Chores im Gegensatz zur Begleitung durch einen Pianisten aber auch als Ablenkung. Der Künstler wird rasch zu einem Teil des Ganzen statt, wie bei einem Liederabend, der einzige Anziehungspunkt zu bleiben. Während der Solist sowohl im Konzert wie auch auf der Opernbühne scheinbar ein singulärer Anziehungspunkt ist, stellt er in Wirklichkeit nur die Spitze einer Pyramide aus Arbeit, Bemühung und Anstrengung dar. Meine persönliche Dankbarkeit an die Dirigenten und Begleiter, die auch oft mit dem Sänger im Rampenlicht stehen, habe ich schon ausgedrückt. Mein Lob soll aber auch den Regisseuren und Bühnenbildnern gelten, die zu guter Letzt zumindest in den Kritiken erwähnt werden und auch vor den Vorhang gerufen werden. Sie sind auch an der Spitze der Pyramide, die von einer Phalanx unterstützender Personen getragen wird. Diese bleiben meist unerkannt, sind aber die Basis, auf der eine Aufführung in Wirklichkeit ruht.

Bei der Einspielung der »Gurre-Lieder«. 1974. London. (68)

Mit Violeta in der Royal Albert Hall, 1973. (69)

Der Chor

Ich kann gar nicht sagen, wie oft ich es gewünscht habe, daß man mehr für den Chor tut, als ihm nur einen Vorhang am Ende der Vorstellung zu geben. Der Chor ist in vielen Opern bedeutend, ja sogar tragend. Die Stimmen im Chor sind oft von absoluter Soloqualität. Viele Chorsänger haben zwar Karriere gemacht, konnten sich aber aus unterschiedlichsten Gründen nicht als Solist durchsetzen. Diese echten Choristen werden oft in den Hintergrund gedrängt, sie dürfen auf der Bühne nicht jenes Individuum sein, das sie gerne sein möchten. Sie verfügen häufig über eine Erfahrung, die es ihnen ermöglicht, die besten Kritiker zu sein, und ich habe mich oft besonders über das Lob von Chormitgliedern gefreut. Das Stehen, Warten, Proben und die Anforderungen, in mehreren Sprachen zu singen, sich zu bewegen, zu tanzen und auszudrücken, sind nicht vergeblich. Ich möchte hier daher mein Loblied auf die großartigen Choristen in der gesamten Musikwelt singen. Natürlich genießen sie auch Vorteile wie den einer geregelten Anstellung, und sie stehen nicht in der ersten Reihe, sind also dem Ansturm der Kritik und den Turbulenzen des Bühnenlebens nicht so ausgesetzt wie die Solisten. Die meisten von ihnen aber würden sehr gerne die wenigen Schritte tun, um im Zentrum der Bühne zu stehen und vielen Solisten zeigen, wie man diese oder jene Szene richtig macht. Applaus vom Chor, wie zum Beispiel nach dem letzten Vorhang eines LOHENGRIN oder einer MEISTERSINGER-Aufführung, war für mich immer ein Applaus, der doppelt zählte.

Mit Wilhelm Pitz in Bayreuth, 1966. (70)

Der Kopf des Chores ist der Chordirigent. Er hat die Aufgabe, die Chormitglieder zu motivieren, für ihre Rechte einzutreten und sie auch gegen Angriffe von Regisseuren, Dirigenten und auch Kollegen zu schützen. Unter den Chordirigenten gibt es auch echte Primadonnen. Da fällt mir sofort Wilhelm Pitz ein, der es während seiner Tätigkeit in Bayreuth im Handumdrehen schaffte, die Stellung des Chordirigenten zu der eines Stars zu erheben. Immerhin hat auch der verehrte Generaldirektor der San Francisco Opera, Kurt Herbert Adler, in San Francisco als Chordirigent begonnen.

Welches Erfolgsgeheimnis gibt Kurt Herbert Adler, selbst über 20 Jahre lang erfolgreicher Operndirektor in San Francisco, an einen Operndirektor weiter?

»Man braucht Ausdauer, Energie und sicherlich auch Humor. Mein Kollege Bing hat viel Humor, der sich vielleicht von meinem unterscheidet, aber er hat Humor, und den hat man entweder oder man hat ihn nicht. Vielen Operndirektoren geht auch der Humor bald verloren, oder sie haben ihn nie gehabt. Und um die Wahrheit zu sagen, man braucht auch viel Talent. Warum sind eigentlich so viele Opernhäuser in Schwierigkeiten? Weil sie entweder einen künstlerischen oder einen administrativen Leiter haben. Bing kannte sich in beiden Bereichen aus, und dasselbe wage ich von mir zu behaupten. Es ist ein offensichtlicher Vorteil, wenn man sich in beiden Bereichen zu Hause fühlt, und ich wußte jede Einzelheit über die Abläufe in meinem Opernhaus und war zwischen 10 Uhr morgens und 10 Uhr abends oder sogar bis Mitternacht im Hause. Es war wichtig, daß das jedermann wußte, denn so etwas motivierte die Mitarbeiter, und sie wußten, daß ich an jedem Detail interessiert war. Wenn die Bühne nicht richtig vorbereitet war, das sah ich als erster, und ich sprach auch darüber. Es tat mir auch leid, wenn das Orchester schlampig spielte, und ich zögerte nie eine Sekunde, es ihnen zu sagen. Wenn ich z. B. den Bläsern sagte, daß sie schlecht spielten, dann gefiel ihnen das sicher nicht, und sie dachten bestimmt, daß ich das dem Dirigenten überlassen sollte. Aber für einen Dirigenten ist es oft schwer, so etwas zu hören. Von seiner Position aus klingt das unterschiedlich, und wir hatten auch eine kurze Probenzeit und das macht es sehr schwierig, eine Kommunikation über den Dirigenten aufzubauen. Sie wollten meine ständige Beobachtung nicht und beschwerten sich, aber ich gewöhnte mich daran, und jeder lernte vom anderen. Und ich lernte auch, meinen Weg zu gehen, ohne andere Personen zu verletzen. Und wenn ich jemanden kränken mußte, war es zumindest für eine gute Sache.«

Die Statisten

Die sogenannten Speerträger sind eine spezielle Sorte von Untergebenen in der Opernwelt. Auch ihnen gebührt eigenes Lob. Ich habe schon vielfach Beispiele für die Dienste der Statisten erwähnt, einige schreien für die Künstler in der Kulisse, andere tragen den Star, und alle zusammen werden in Massenszenen benötigt, um das Gesamtbild zu komplettieren. Der Job ist oft undankbar, und ein Statist fällt eigentlich nur auf, wenn er etwas falsch macht. In einigen Opernhäusern ist es üblich, die Statisten aus Freiwilligen zu rekrutieren. Sie opfern bereitwillig Zeit für die Proben und Aufführungen und passen ihr privates Leben ganz an den Opernbetrieb an. Da heutzutage Opernhäuser meist durch Gewerkschaftsverträge verpflichtet sind, auch den Statisten eine Abgeltung zu bezahlen, ist diese Tätigkeit nicht mehr gänzlich unbezahlt. In der Regel ist der Lohn aber nicht allzu hoch, und die wirkliche Motivation der meisten Statisten liegt darin, daß sie Aufführungen hören oder mit einem angebeteten Star gemeinsam auf der Bühne stehen wollen.

Der Chor wie auch die Statisten gehören zu den Personen, die sich in der Dekoration aufhalten. Nun möchte ich aber einen Schritt hinter die Bühne treten und über jene Personen sprechen, die ihre Talente anonym einsetzen und selbst oft Leib und Leben riskieren, um den Grundsatz »The show must go on« zu ermöglichen.

Die Bühnenmeister und Inspizienten

Nur wenige sind sich darüber im klaren, daß auch hinter der Bühne sehr viele Personen mit solider musikalischer Ausbildung benötigt werden. Sie liefern Stichworte für Auftritte, Beleuchtung und Requisiten. Dazu müssen sie in der Lage sein, Noten zu lesen, um den jeweiligen Zeitpunkt exakt zu bestimmen. Ein guter Inspizient ist gleichzeitig auch Diplomat und Psychologe, hat Nerven aus Stahl und die Fähigkeit, jedem Notfall mit Ruhe entgegenzutreten. Es ist nur natürlich, daß die Tätigkeit dieser Künstler insbesondere bei Opernaufführungen mit Massenszenen oft darin ausartet, daß sie, einem Verkehrspolizisten gleich, Signale geben. Zusätzlich müssen sie in der Lage sein, Ruhe zu bewahren oder zumindest in nahezu lautloser Art und Weise Stichworte zu geben, die auch von einem in Schwierigkeiten geratenen Sänger auf der Bühne verstanden werden, auch wenn dieser gegen den Lärm hinter der Bühne anzukämpfen hat. Viele Inspizienten erreichen die Reputation eines anerkannten Künstlers dadurch, daß sie Regisseure werden. Andere wiederum opfern ihre Karriere, um ihre Bemühungen dafür einzusetzen, die echten Führungskräfte eines gutgeführten Opernhauses zu werden. Es ist mir ein aufrichtiges Bedürfnis, die Fähigkeiten dieser Männer und Frauen zu erwähnen, die auch mich schon oft vor Katastrophen gerettet haben. Es gibt aber noch eine weitere Gruppe von Personen, die für ihre Rettungsaktionen auf der Bühne bekannt sind, das sind die Souffleure.

Die Kritiker

»Ein Mann wird ein Kritiker, wenn er kein Künstler werden kann, genauso wie ein Mann ein Informant wird, wenn er kein Soldat sein kann.« Flaubert, Correspondance à Louise Colet 1846.

»Ein ehrlicher, sensibler und gut gebildeter Mann wird mich nicht verletzen und ein anderer kann mich nicht.« Alexander Pope.

»Etwas in Stücke zu zerlegen ist das Geschäft jener, die nichts zusammenfügen können.« Emerson, Journals 1858.

»Niemand kann von jemandem kritisiert werden, der nicht größer als er selbst ist. Daher lese keine Kritiken.« Emerson, Journals 1842.

Eines Tages erschien ich in der Münchener Oper zu meinen Proben und trug einige Exemplare von Tageszeitungen bei mir, die Kritiken meiner Vorstellung enthielten. Meine Kollegin Inge Borkh begann zu lachen: »Jess, hast du nicht schon einen Koffer mit guten Kritiken, die du deinen Enkeln zeigen kannst? Wozu brauchst du noch welche?«

Jeder Sänger weiß, daß in den vorstehenden Zitaten viel Wahrheit steckt und doch lesen die meisten Kritiken. Die Aufgabe der Kritiker war es auf dem Gebiet der Oper ursprünglich gewesen, neue Werke zu interpretieren und die Öffentlichkeit über diese Werke zu informieren. Nachdem kaum mehr neue Werke aufgeführt werden, verlegten sich die Kritiker darauf, Aufführungen und Leistungen einzelner Künstler zu kommentieren. Auch das ist wichtig und kann sowohl für Künstler als auch Publikum wichtig sein. Die Existenz der Kritiker wurde aber mehr und mehr parasitär, und einige wenige, die besonderes Talent entwickelten, erlagen der Verlockung, ihre Macht zu zeigen, anstatt eine Aufführung sinnvoll zu kommentieren.

Ich selbst habe keinen Grund, mit Kritikern ein Hühnchen zu rupfen, da ich mich einfach nicht darüber beschweren kann, ein Engagement, eine Gagenerhöhung oder eine neue Rolle aufgrund einer schlechten Kritik nicht bekommen zu haben. Ich habe mich vor Kritiken durch das Bewußtsein geschützt, daß ich jede Rolle, in der ich auftrat, oft gesungen und gewissenhaft studiert und geprobt hatte. Kein Kritiker konnte auch nur annähernd diese Erfahrung haben, und das genügte mir immer.

Obwohl es vielleicht auf eine zu simple Form hinausläuft, eine Methode also, die Kritiker selbst oft verwenden, scheint es mir, als ob man die Kritiker in zwei große Kategorien einteilen könnte:

An erster Stelle steht der gebildete und gut informierte Kritiker, der selbst ein ehrlich suchender Wissenschaftler ist. Er neigt dazu, zu lange, aber doch interessante einleitende Kommentare zu schreiben, seine in die Tiefe gehenden Bemerkungen über die Sänger und den Dirigenten sind meist objektiv und konstruktiv und im übrigen weder negativ noch positiv.

Daneben steht der zweite Typ der Kritiker, die Ignoranten, die frustrierten, uninformierten, aber doch cleveren Scharlatane, die sich gerne auf spekulative, wenn auch wissenschaftlich fundierte Kommentare verlegen. Diese sind meist subjektiv, destruktiv und basieren oft auf Wortspielen oder vordergründigen Schlagzeilen. Hinter einem mangelnden Verständnis der Grundlagen eines Werkes versteckt sich oft auch noch ein perverser Charakter.

Möglicherweise klingt das grob, es ist aber sachlich gemeint. Kein Kritiker kann jedenfalls eine Vorstellung so gut beurteilen wie der Künstler selbst. Man sollte auch die eigentliche Absicht des Künstlers nicht außer acht lassen, denn kein Künstler betritt die Bühne und bietet absichtlich eine schlechte Leistung. Wenn in einer Aufführung also tatsächlich ein mangelhaft vorbereiteter Künstler auftritt und in eine Situation gerät, in der er scheinbar heftig kritisiert werden muß, dann sollte man bedenken, daß es sich dabei oft um den Versuch handelt, eine Aufführung zu retten, die sonst gar nicht stattgefunden hätte. Jeder Künstler leidet genug unter seiner Selbstkritik; er soll nicht ›über jede Kritik erhaben‹ sein, aber es kommt auf Form und Fairneß an.

Es ist ja so einfach, Gesangskritiker zu sein; das gesamte Gebiet der Stimmtechnik und der Stimmpädagogie ist so nebulos und subjektiv, daß sich praktisch jedermann als Autorität bezeichnen kann und keine Angst davor zu haben braucht, für seine Meinung auch wirklich einstehen zu müssen. Einer schätzt eine Stimme, ein anderer eben nicht, es gibt keinen absoluten Maßstab. Natürlich kann man vorgeben zu wissen, was korrekte Stimmtechnik ist und darauf aufbauen, aber es läuft immer auf eines hinaus: Gefällt es mir, oder gefällt es mir nicht? Jede Kritik sollte daher schon zu Beginn eine Warnung enthalten, die lautet: Das ist meine eigene, ganz persönliche Meinung.

Auf dem Gebiet der Oper kann sich eben jeder Zuhörer die Rolle des Richters anmaßen, ohne dabei einer besonderen Anforderung entsprechen zu müssen. Ich stelle mir oft vor, wie andere Professionals reagieren würden, wenn sie eine öffentliche Analyse ihrer Arbeit in den Zeitungen finden würden. Kann man sich einen Rechtsanwalt vorstellen, der am nächsten Morgen lesen kann, wie schlecht er eine Sache vor Gericht vertreten hat?

Viele Weltstars haben schon trotz besseren Wissens und in Kenntnis der Quelle von Kritiken, eine Inszenierung und eine Stadt panikartig verlassen, nur weil sie sich durch diese Äußerungen ungerechtfertigt angegriffen fühlten. Glücklicherweise widerstand ich immer meinem spontanen Verlangen, einen der widerwärtigen Kritiker persönlich zu treffen, denn ich war der Meinung, daß dem Kritiker eine Reaktion meinerseits wahrscheinlich auch noch ein Gefühl der Befriedigung, wenn nicht sogar der Macht geben würde. Allerdings mußte ich nur wenige negative Kritiken einstecken. Einmal führte ich doch nach einem Konzert einen persönlichen Kontakt mit einer Kritikerin herbei, denn ich war der Meinung, daß sie in ihrer Kritik das Wesentliche dessen, was ich ausdrücken wollte, so perfekt erfaßt hatte, daß daraus das

Verlangen erwuchs, ihr meine Anerkennung auszudrücken. Einmal bin ich in einer der großen Hauptstädte von einem Kritiker interviewt worden, der noch in der gleichen Woche eine Kritik über einen meiner Auftritte in einer deutschen Oper schreiben sollte. Im Verlauf des Interviews verwendete ich auch deutsche Phrasen und merkte, daß der Kritiker kein einziges Wort Deutsch sprach. Dieser Mann sollte meine Aufführung beurteilen? Ich hätte lachen können, wenn es nicht so traurig gewesen wäre.

Ich gebe zu, daß ich auch über dumme Bemerkungen in Kritiken verärgert war. Aber ich bin auch stolz darauf, viel aus konstruktiven Kommentaren gelernt zu haben, wenn ich in der Lage war, die Quelle der Kritik zu respektieren. Ich bin einer der Künstler, die jede Aufführung als Geburt eines Kindes ansehen. Dabei habe ich mein Bestes gegeben und war mir der Mängel wie auch der Vorzüge meiner Neugeborenen bewußt. Die Geburtswehen sind aber oft so anstrengend und erschöpfend, daß ich kurz nachher nicht die Kraft hatte, um Kommentaren standzuhalten, die ich zu einem späteren Zeitpunkt akzeptieren konnte. Einmal empfing mich ein Fan sofort, nachdem ich die Bühne nach meinem ersten ›Tristan‹ verließ. Obschon sie mich mit ihren überschwenglichen Kommentaren überschüttete, erlaubte sie sich auch kritische Bemerkungen über die Inszenierung und die anderen Künstler und das, obgleich diese junge Dame, die später Kritikerin wurde, nie zuvor TRISTAN gesehen hatte. Zu diesem Zeitpunkt waren meine ›geistigen Batterien‹ leer, und ihr Angriff auf ein Werk, das für mich die Summe der ehrlichsten Bemühungen aller Teilnehmer war, rief in mir eine nahezu brutale Reaktion hervor. Selbst meine Frau Violeta nahm zur Kenntnis, daß ihre immer lieben Kommentare über meine Aufführungen zu einem späteren Zeitpunkt, in vertrauter Atmosphäre, erwünschter waren als kurz nach einer anstrengenden Aufführung.

In der ersten Zeit meiner Laufbahn begann ich, in einem masochistischen Projekt Paare von Kritiken über meine Vorstellungen zu sammeln, in denen Kritiker genau gegensätzliche Meinungen vertraten. Bald aber verlor ich das Interesse an dieser kindischen Sammlung und hatte auch nicht genug Zeit, sie weiterzuführen, aber als ich sie wegwarf, war sie schon sehr groß.

Jungen Sängern kann ich in bezug auf Kritiken und Kritiker nur einen Rat geben: Wenn man ihnen Macht gibt, dann haben sie Macht. Wenn man die eigenen künstlerischen Ansprüche durch die Aufführungen ehrlich befriedigen kann und auch noch das Glück hat, weitere Angebote zu bekommen, dann sollte man sich an den weisen Rat, den ich aus der Philosophie der South Dakota Sioux gelernt habe, erinnern: »Take some and leave some.« Man soll die wenigen nützlichen Ratschläge aufgreifen, aber den Rest dorthin befördern, wo sein Platz ist: in den Müll.

Die Souffleure

Sie stellen eine Gruppe dar, die sich auf oder besser gesagt in der Bühne befindet und nie Anerkennung durch das Publikum haben. Sie essen im wahrsten Sinne des Wortes den Bühnenstaub und haben doch so manche Aufführung und so manchen verzweifelten Künstler gerettet. Es kommt ja nicht so selten vor, daß ein unzureichend vorbereiteter Künstler eine Rolle kurzfristig übernehmen muß, bei der er die Unterstützung des Souffleurs ganz besonders braucht. Dann kann sich die Aufgabe des Souffleurs in gigantische Dimensionen erheben, er muß, unbemerkt vom Publikum, jedes einzelne Stichwort übermitteln und Schwierigkeiten praktisch vorausahnen. Ich bin in Aufführungen aufgetreten, in denen der Souffleur Stichworte in drei verschiedenen Sprachen geben mußte. Gerne erinnere ich mich an die Zusammenarbeit mit Susan Webb in San Francisco, und dabei insbesondere an meine letzte WALKÜRE-Vorstellung, die ich eine Stunde vor Aufführungsbeginn übernommen hatte. Susan Webb und auch der unnachahmliche Phil Eisenberg sind beide ausgezeichnete Beispiele von Star-Souffleuren, die selbst auch Kapellmeister und Korrepetitoren sind. Persönlich nahm ich die Hilfe des Souffleurs aber nicht oft in Anspruch, denn sie hätte mir wahrscheinlich auch wenig genutzt. Meine Eigenschaft, Stichworte in Notsituationen auf der Bühne nicht zu hören, ist fatal. Passierte eine Panne doch, stolperte ich, taub für jegliche Einflüsterungsversuche, durch die Rolle, bis ich den richtigen Einstieg selbst wieder fand. Gott sei Dank waren solche Pannen selten, aber ich erkenne trotzdem alle Bemühungen der Souffleure an, um mir bei Problemen im dritten Akt des TRISTAN, die leicht zufolge Müdigkeit und Konzentrationsverlust auftreten können, wieder auf die Beine zu helfen.

Die Techniker

Es ist unglaublich, welche Verantwortung die Techniker hinter, über und unter der Bühne nicht nur für den Ablauf einer Aufführung, die Lichtwechsel und das Funktionieren des Apparates, sondern auch für die Gesundheit des gesamten Ensembles übernehmen müssen. Eine Bühne enthält eine Vielzahl von technischen Gebilden wie Aufzüge, Drehscheiben, mechanischen Bühnenteilen, Lichtbrücken, hängenden Aufbauten und Tausende anderer komplizierter Einrichtungen, die hinter der Bühne ein bizarres Labyrinth bilden, durch das man sich als Darsteller erst einmal seinen Weg bahnen muß. Die Tatsache, daß im Laufe der Operngeschichte nur wenige Unfälle passiert sind, stellt den Technikern ein gutes Zeugnis aus. Die Situationen, in denen etwas schiefgehen kann, sind so vielfältig, daß es ein Wunder ist, wenn wenig passiert. Es ist praktisch unmöglich, alle Verantwortlichkeiten der Personen hinter der Bühne aufzuzählen, aber es sind schon die Techniker, die es praktisch ermöglichen, daß der Vorhang jeden Abend aufgeht.

Besondere Verehrung genießen bei mir die Lichttechniker. Sie befinden sich so hoch über der Bühne, daß man sie als Darsteller nicht einmal grüßen kann. Doch ihre Verantwortung ist bedeutend, denn sie sind es, die den Sänger erst ins rechte Licht rücken. Sie müssen ihre Arbeit mit äußerster Präzision erfüllen, denn die Aufgabe, eine

Aufführung richtig zu beleuchten und die Anweisungen der Lichtregie exakt auszuführen, ist schwieriger als die meisten denken. Zwar laufen viele Vorgänge vollautomatisch oder computergesteuert ab, den denkenden Menschen können Automaten jedoch nicht ersetzen. Die Lichttechnik stellt einen integralen Bestandteil jeder Inszenierung dar, der nur allzuhäufig zu wenig Beachtung findet. Ich habe mich immer bemüht, diesen Kollegen zumindest durch kleine Gesten zu danken. Lag ich beispielsweise als ›Florestan‹ in FIDELIO im Dunkel der Bühne, blickte ich oft zum Beleuchtungskorb auf und grüßte. Nicht selten wurde dieser Gruß durch einen kurzen Lichtblitz aus einem Scheinwerfer beantwortet. Während einiger Aufführungen befand ich mich auch selbst auf der Beleuchtungsbrücke, um ein Gefühl für die Tätigkeit dieser Techniker zu entwickeln. Aus dem Blickwinkel der Beleuchter stellt die Bühne eine eigene Welt dar, aber dieser faszinierende Beobachtungsposten kann gefährlich sein. Deshalb ist ein Betreten dieser Bereiche für die meisten Personen verboten.

Rudolf Kempe

Rudolf Kempe bin ich für seine exemplarische Arbeit an meiner LOHENGRIN-Plattenaufnahme zu Dank verpflichtet. Diese Schallplattenaufnahme ist auch heute noch eine der am meisten geschätzten und bekanntesten, die je von dieser Oper gemacht wurden. Ich hatte auch die Gelegenheit, mit Kempe LOHENGRIN in Bayreuth zu wiederholen, doch unsere weitere Zusammenarbeit wurde durch seinen frühen Tod verhindert. Kempe war auch einer jener Dirigenten, die perfekt Klavier und Cembalo spielen konnten. Er war Direktor vieler großer Orchester und Opernhäuser, unter anderem auch der Münchener Philharmonie, des BBC Symphony Orchesters, der Staatsoper Dresden und der Bayerischen Staatsoper in München. Er dirigierte in Salzburg, Wien, an der Met und anderen großen Opernhäusern. Der Maestro war ein sanfter, höflicher, hilfsbereiter Musiker, der die Gabe hatte, einem Sänger Rückhalt und Vertrauen zu bieten und dadurch sowohl wichtige Unterstützung wie auch Befreiung geben konnte. Diese Wesensart, kombiniert mit seiner Musikalität, ermöglichte den Künstlern, mehr aus sich herauszuholen als sonst in der üblichen hektischen Atmosphäre möglich war.

Der durchschnittliche Opernbesucher würde es wahrscheinlich als echte Enthüllung betrachten, könnte er nur einmal während einer Aufführung hinter die Bühne blicken, um zu sehen, wie viele Leute tatsächlich zum Gelingen einer Aufführung beitragen. Dabei sind es nicht nur die Menschen hinter oder auf der Bühne, die eine Opernaufführung ermöglichen. Ein Opernhaus hat meist mehrere Etagen, und es gibt viele Leute, die ihren Dienst in diesem Labyrinth verstreut leisten. Im Keller sind meist die freundlichen, verständnisvollen Kantineure untergebracht, in den oberen Etagen hingegen befinden sich die Direktionsbüros. Dazwischen sind die Büros von Hunderten Leuten, die jeweils eigene spezielle Aufgaben haben.

Daß der Opernauftritt nicht zu einem entblößten Auftritt wie im Konzert ausartet, dafür sorgen in jedem Opernhaus die Garderobieren.

Die Garderobiere

Sie sind die Personen, mit denen die Künstler den intimsten und vertrauensvollsten Kontakt haben. Er oder sie schirmt den Künstler von der Öffentlichkeit ab und hat schließlich noch die Aufgabe, die Kostüme bereitzuhalten, die der Künstler lange Stunden zu tragen hat. Sie sind dafür verantwortlich, daß die Kostüme nicht nur sauber, sondern auch in gutem Zustand sind. Abgerissene Knöpfe müssen ersetzt, Risse gestopft, Schuhe geputzt sowie Haken und Schnallen an den richtigen Platz gesetzt werden. Natürlich müssen sie sich auch auf die persönlichen Eigenschaften eines jeden Künstlers einstellen. Viele Sänger sind vor den Aufführungen nervös, und daher entwickeln gute Garderobieren Eigenschaften, die sie als Psychologen, Freunde und Kameraden auszeichnen. Häufig wird von diesen Personen detaillierte Kenntnis über die Eigenheiten eines Künstlers erwartet. Sie wissen dann, was der einzelne Künstler in seiner Garderobe gerne zu essen oder zu trinken vorfinden möchte, sie bereiten die Kostüme, das Make-up und viele andere Kleinigkeiten so vor, wie es der Eigenart der einzelnen Künstler entspricht. Manche Künstler haben noch dazu spezielle Glücksbringer, die sie stets in ihrer Nähe wissen wollen, andere wiederum benötigen ein spezielles Getränk, Zitronen oder Äpfel, um sich optimal auf den Auftritt vorzubereiten. Die Liste der kleinen Gegenstände, für die ein Garderobier sorgen muß, ist sicherlich ebenso lang wie die Liste der Künstler, die von ihnen betreut werden.

Ich habe die hervorragende Behandlung, die ich in der ganzen Welt durch meine Garderobieren erfahren habe, immer geschätzt. Es begann schon in Karlsruhe, wo ich das Glück hatte, in einer Gemeinschaftsgarderobe einen optimalen Garderobier zu haben. Während Gastvorstellungen mußte ich mich nur selten selbst um alles kümmern, üblicherweise fand sich immer ein geduldiger, erfahrener und aufmerksamer Garderobier, der sich um mich bemühte und meistens auch die Aufgabe übernahm, während des Auftritts hinter die Bühne zu kommen, um mir zwischen schwierigen Szenen die gewünschte Erfrischung zu bringen.

Ich erinnere mich nur an einen Garderobier, über den ich mich beschweren mußte. Er lebte praktisch in meiner Garderobe, begann zu allem Überdruß dort auch seine persönliche Wäsche zu waschen und fing zu guter Letzt noch an, intensiv riechende Würste zu kochen und Zigarren zu rauchen. In einer solchen Atmosphäre gerät man leicht in die Stimmung, die einem Hinterhoftheater entspricht und die für eine Opernaufführung in jedem Fall unpassend ist. Doch auch dieser Mann war aufmerksam zu mir: Er übersiedelte auf meine Beschwerden hin in die Garderobe eines anderen Solisten. Abgesehen von diesem Zwischenfall, traf ich überall, sei es in Bayreuth, an der Met, in Wien, New

Mit seinem Garderobier in Bayreuth. (71)

York und San Francisco, wunderbare Garderobieren, die ich alle in mein Herz geschlossen habe. Namen, die mir unvergeßlich bleiben, sind Joseph, Alex, Johnny, Herr Gleich, Groll, Nichtel und Franz. Ihnen allen verdanke ich sehr viel. Am meisten aber dem »Franz« in Wien. Wieviel ich doch von ihm gelernt habe. Er hatte sich zu seiner Position langsam hinaufgearbeitet, wie dies in Österreich üblich ist. Er begann in der Schneiderwerkstatt der Oper, arbeitete dann als Garderobier für die Statisten, diente im Chor, wechselte später zu den Solisten der Nebenrollen, dann zu den Bässen und Baritonen und schließlich zu den Tenören. Diese Karriere zeigt auch die Hierarchie innerhalb dieses Berufsstandes und auch das Maß der Verantwortung, das in den einzelnen Ebenen getragen wird. Der Garderobier ist sich seiner einzigartigen Position sehr wohl bewußt, er ist stolz und steht seinem Künstler immer loyal, ja sogar schützend gegenüber. In den meisten Fällen bleiben diese Leute ein Leben lang in ihrer Position.

In den meisten Opernhäusern gibt es, wenn überhaupt, nur wenige Einzelgarderoben, und diese werden bei Opern mit großer Besetzung mehreren Künstlern zugewiesen. Die zwei besten Zimmer sind normalerweise für den ersten Tenor und den ersten Sopran reserviert. Gibt es in einer Aufführung aber zwei Primadonnen von gleichem Rang, kann die Zuweisung der Garderoben nicht geringe Aufregung heraufbeschwören und erfordert diplomatische Manöver.

Garderobieren sind in jedem Fall heimliche Helden, die sich vor, während und nach jeder Aufführung ganz vor den Künstler stellen, um zu gewährleisten, daß nur jene, die erwünscht sind und auch gebraucht werden, in die Garderobe kommen können.

Schneider

Die meisten der größeren Opernhäuser haben ihre eigene Kostümwerkstatt, in der die Kostüme nicht nur hergestellt, sondern auch ausgebessert und angepaßt werden. Diese Werkstätten vollbringen im Fall von Absagen oder einer kurzfristigen Besetzungsänderung wahre Wunder. Um ein Kostüm einem kurzfristig eingesprungenen Künstler anzupassen, ist es erforderlich, Kostüme eines Entwurfes in unterschiedlichen Größen parat zu haben. Man muß sich nur vorstellen, wie kompliziert es sein kann, die üblichen, meist aufwendig gestalteten ROSENKAVALIER-Kostüme innerhalb kürzester Zeit zu ändern, wenn der eine Künstler groß und schlank, der andere klein und dicklich – oder umgekehrt – ist. In großen Produktionen werden oft Hunderte von Kostümen benötigt, und Herstellung und eventuelle Ausbesserung erfordern eine präzise Zeiteinteilung in der Kostümwerkstatt. Nur ein einziges extravagant gehaltenes Kostüm kann schon eine Menge Arbeitszeit für sich allein in Anspruch nehmen.

Die Leiter dieser Kostümwerkstätten haben daher die Aufgabe, einen vertretbaren Kostenrahmen einzuhalten und dabei doch die Ideen der Kostümbildner zu verwirklichen. Dabei geht es darum, Kostüme zu realisieren, die oft auf einer Zeichnung wunderbar aussehen mögen, deren Entwurf im Detail aber in keiner Weise festgelegt ist. Nach der Wahl des Stoffes und der Verarbeitung kann dabei auch ein Kostüm entstehen, das erheblich von dem abweicht, was sich der Kostümbildner vorgestellt hatte. Aber manche Designer sind auch mit dem Zuschneiden eines Kostüms, mit Materialien und mit dem

Schneiderhandwerk allgemein vertraut. Die Kostümschneiderei muß in jedem Fall herausfinden, was sich der Designer vorgestellt hat und welche Stoffe und Verzierungen für das Kostüm geeignet sind. Die Künstler mit Schere und Faden zeigen dabei oft eine Kreativität, die ihresgleichen sucht. Sie erzielen den gewünschten Effekt durch Verwendung vielfältiger Materialien wie Kunststoff, Metall, Holz, Lack und Stoff. Die Kostümschneiderei unterliegt allerdings auch noch einem ganz wesentlichen Druck, nämlich dem des begrenzten Budgets. Man erwartet, daß eine große Anzahl von Kostümen möglichst preisgünstig, aber ohne Einbußen in der Qualität hergestellt wird. Eine schöne Aufgabe hat die Schneiderei, die mit einem unbeschränkten Budget arbeiten kann. Dieser Fall ist allerdings nur selten. In jedem Fall arbeitet die Kostümschneiderei mit dem Kostümbildner eng zusammen.

Kostümbildner

Ein wirklich großer Kostümbildner kann eine häßliche Ente in einen Schwan verwandeln, ein untalentierter schafft spielend den umgekehrten Vorgang. Natürlich versucht jeder Kostümbildner, das Beste aus der Figur herauszuholen, die er zu bekleiden hat. Das kann auf der Bühne einen wahren Zauber in bezug auf Form, Farbe und Stimmung entwickeln. Ich hatte das Glück, meistens von Meisterhand entworfene Kostüme tragen zu können. Dabei fallen mir vor allem die Entwürfe von Wieland Wagner ein, die in Bayreuth von Kurt Palm ausgeführt wurden, sowie die von Zeffirelli, O'Hearn, Messel, Schneider-Siemssen, Ponelle oder Wakhevitch und Maximovna, Schröck, Bury, Skalikki, Bauer-Ecsy/West, Lapis und Oswald. Ich schätze mich wirklich glücklich, von all diesen Könnern betreut worden zu sein.

Schon seit Beginn meiner Karriere interessierte ich mich besonders für die Kostüme. Ich entwarf später auch einige Kostüme selbst und entwickelte mich sicherlich zu einer Nervensäge für Kostümbildner, denn meine Ansichten stimmten mit ihren nicht immer überein. Insgesamt fand ich aber alle sehr kooperativ, denn letztendlich wollten wir eines gemeinsam: Ich sollte gut aussehen. In wenigen Fällen gab ich gegen meine Überzeugung dem Willen des Designers nach und beschloß, einfach das anzuziehen, was man mir in die Hände drückte. Jeden einzelnen dieser Entschlüsse mußte ich bedauern. In TANNHÄUSER trug ich zum Beispiel einmal ein Kostüm, das für einen anderen Tenor bestimmt war und auf meine Maße abgeändert wurde. Vergeblich protestierte ich gegen Tonnen von schwerem Material, unter dem ich leicht noch 150 kg Gewicht verbergen hätte können. In diesem Kostüm passierte es mir zum einzigen Mal in meiner Karriere, daß ein Kritiker schrieb, ich entspräche als einziger unter den Solisten dem Allgemeinbild eines stämmigen Wagner-Sängers. Dabei hatte ich mich doch so angestrengt, das Image des rundlichen Kerls loszuwerden. Man muß eben immer genau wissen, was einem steht, und standhaft genug sein, unattraktive Kostüme abzuweisen.

Die Aufgabe des Kostümbildners ist natürlich keineswegs leicht. Man muß sich nur das Problem vorstellen, für einen großen Chor Kostüme zu entwerfen, die den unterschiedlichsten Figuren ein einheitliches Aussehen verleihen sollen. Solche Herausforderungen werden von talentierten Künstlern mit der linken Hand gelöst, und es gelingt sehr häufig, die Bühne mit atemberaubenden Kostümen zu füllen. Der Kostümbildner muß auch eng mit dem Regisseur zusammenarbeiten, um den Künstlern Bewegungsfreiheit zu gewährleisten. Seine Anwesenheit während der Proben ist daher unbedingt erforderlich, da sein geschultes Auge sofort eventuell notwendige Änderungen am Kostüm erkennen kann. Häufig wird die Funktion des Kostümbildners auch vom Regisseur oder Bühnenbildner übernommen. Wer auch immer diese Position einnimmt, zwischen den Genannten muß sich ein Geist der Einheit und des Verständnisses bilden, um eine gelungene Aufführung zu ermöglichen. Ohne Koordination zwischen Regisseur, Bühnenbildner und Kostümbildner gibt es unvermeidlich Probleme. Sicherlich ist es für keinen Künstler angenehm, wochenlang in einem nackten Proberaum zu arbeiten, um später zu erkennen, daß die Kostüme weder zur Dekoration noch zur Regie passen. Wenn aber tatsächlich alles harmoniert, ergibt sich ein außerordentlicher Effekt. Ein Sprichwort sagt, der erste Eindruck ist der entscheidende. Das kann auch für Opernaufführungen gelten, und dabei ist der erste Eindruck durch das Bühnenbild gegeben, auf das der hochgehende Vorhang den Blick freigibt. Die Verantwortung dafür trägt der Bühnenbildner.

Die Bühnenbildner

Für den Künstler ist es ungeheuer wichtig, sich schon frühzeitig den Raum vorstellen zu können, in dem er sich zu bewegen hat. Für den Bühnenbildner stellt sich daher die Aufgabe, für den Sänger eine Umgebung zu schaffen, die eine Stimmung ausdrückt oder eine Epoche der Zeitgeschichte mitsamt der ihr zugehörigen Atmosphäre darstellt. Er hat die Macht, eine kleine Bühne geräumig aussehen zu lassen oder aber auf einer großen Bühne ein intimes Klima zu schaffen.

Ich bin schon in Dekorationen aufgetreten, deren Material sicherlich zum Bau mehrerer Häuser gereicht hätte. Konstruktionen dieser Dimensionen benötigen meist auch eine Armee von Technikern. Aber nicht selten bilden gerade diese Inszenierungen keinen bemerkenswerten Rahmen, nicht einmal eine adäquate Umgebung und haben häufig auch nicht die erwartete Wirkung. Auf der anderen Seite habe ich auch in spärlichen Dekorationen gearbeitet, die für den Darsteller wie den Zuschauer die gewünschte Atmosphäre schaffen. Es erscheint mir nach meinen Erfahrungen, daß die Bühnengestaltung häufig wenig Rücksicht auf die Empfindungen der Künstler nimmt. Ich habe Künstler auf der Bühne schon klettern, springen und kriechen gesehen und selbst schon die unglaublichsten Verrenkungen unternommen, um mit einer Dekoration zurechtzukommen. Nicht davon zu reden, daß mich unbeschreibliche Hindernisse, die man mir auf dunklen Bühnen schon in den Weg gelegt hat, durchaus auch gefährdet haben. Es erfordert einiges an Konzentration, seine Rolle zu singen und die vom Regisseur geforderten Bewegungen präzise auszuführen. Einen olympischen Hindernislauf auf der Bühne halte ich für absolut überflüssig. Ein wichtiges Element der Dekorationen sind Stufen. Darüber ließe sich ein ganzes Kapitel schreiben. Die unterschiedlichsten Arten dieses Zweck- und Gestaltungselementes hatte ich schon zu bewältigen. Oft bin ich im Finsteren gefährlich schmale und steile Stiegen im Eilzugstempo hinuntergelaufen, um atemlos zu meinem Einsatz einzutreffen. In anderen Dekorationen hatte ich eine lange Treppe würdevoll und gemessenen Schrittes hinunterzugehen, wobei der Regisseur verlangte, daß ich nicht zu Boden schauen durfte. Dabei mußte ich mich, um das Ende der Treppe zu erkennen, auf das Zählen der Stufen verlassen. Schreitet man unter den Blicken des Publikums – meist zu würdiger oder spannungsgeladener Musik – eine Treppe herunter, findet man sicher mit besonderer Überraschung und Freude heraus, daß sich wahrscheinlich durch Fehlberechnungen immer wieder ein oder zwei Stufen in einer Treppe befinden, die unterschiedlich hoch oder breit sind. Erlebnisse dieser Art sorgen dafür, daß man während einer Aufführung wach bleibt oder bereichern den Auftritt durch eine nette Stolperszene.

Bühnenbildner ärgern sich zu Recht über unerfahrene Regisseure, die in der letzten Phase der Vorbereitungen, aufgrund mangelnder Planung, ständig Änderungen in der bestehenden Dekoration verlangen. Es kann aber auch gute Gründe geben, die einen Regisseur zu Änderungswünschen in der Dekoration veranlassen, oder ihn davon überzeugen, sein eigenes Regiekonzept zum Vorteil der Bewegungsfreiheit der Sänger oder des generellen Eindrucks zu verändern. Durch solche Aktionen entsteht Zeitdruck, der sich auf Techniker und Künstler auswirkt. Dabei werden diese Techniker, Tischler, Maler und andere Handwerker oft für die unzureichende Ausführung der Pläne des Bühnenbildners und das daraus resultierende Chaos verantwortlich gemacht. Die Ausführung der Pläne des Bühnenbildners erfordert seine ständige Beobachtung und Korrektur. Inszenierungen, die nur auf Plänen basieren und in ihrer Ausführung nicht vom Bühnenbildner überwacht werden, enden häufig mit einer Katastrophe.

Das Ziel der Zusammenarbeit aller mit dem Bühnenbild befaßten Personen ist es, den Sänger auf der Bühne zu präsentieren. Er muß mit der Dekoration vertraut sein und sich in ihr wohl fühlen. Wenn es sich dabei um eine Inneneinrichtung, beispielsweise um ein Haus handelt, muß es tatsächlich so aussehen, als lebte er dort. Es liegt in seiner eigenen Verantwortung, darin glaubwürdig aufzutreten. Da darf es kein Tasten nach der Türklinke geben, keine Unsicherheit, in welche Richtung die Tür aufgeht, kein Stolpern über Möbel und Teppiche. Nur: von Aufführung zu Aufführung kann selbst die vertrauteste Dekoration geringfügig verändert sein. Jeder Sänger tut daher gut daran, die Dekoration in der Pause zu inspizieren, das Öffnen von Türen und Fenstern auszuprobieren und sich ein letztes Mal vor dem Auftritt mit allen Einzelheiten vertraut zu machen. Bei seinem Auftritt wird der Sänger durch die Anweisungen des Regisseurs geleitet, der die wichtigste an einer Aufführung beteiligte Kraft ist.

Der Regisseur

Die primäre Funktion des Regisseurs besteht darin, jedem alles recht zu machen. Das erfordert besondere Fähigkeiten, wahrscheinlich sogar die eines Zauberers. Er muß den grundsätzlichen Intentionen des Komponisten folgen, dem musikalischen Leiter Tribut zollen, auf den Chor Rücksicht nehmen, natürlich die Sänger berücksichtigen, die Statisten einplanen, lokale Gegebenheiten beachten, auf Dekoration und Kostüme achten und dabei noch seine eigenen persönlichen und künstlerischen Überlegungen verwirklichen. Dieser persönliche Ausdruck soll eine künstlerische Aussage haben, die mit jener der Musik harmoniert. Die Regie entscheidet in vielen Fällen über Erfolg oder Mißerfolg einer Aufführung, die heutzutage sicherlich ein kostspieliges Unterfangen ist.

Neben der Zauberkraft eines Hexenmeisters fällt mir bei der Erinnerung an den Arbeitsstil vieler Regisseure ein weiterer wichtiger Aspekt der Tätigkeit von Regisseuren ein: Wenn ich nur an die Gewissenhaftigkeit von Wieland Wagner, Günther Rennert, Franco Zeffirelli, Peter Hall, Rudolf Hartmann, Paul Hager, Herbert von Karajan, Jean-Pierre Ponelle, August Everding und vielen anderen denke, sehe ich vor allem einen gemeinsamen Nenner – Arbeit. Der Ursprung des Wortes Oper bedeutet »Arbeit«, der Ursprung des Wortes Drama liegt in dem Wort »Leisten«. Daraus leitet sich das Schlüsselwort für den Regisseur, der ein Musikdrama realisieren soll, ab. Es ist die Kombination aus Arbeit und Leistung! Die Arbeit der Regisseure nehmen wir als gegeben hin, aber keineswegs das Resultat. Dabei kann man die Arbeit eines Regisseurs unter unterschiedlichen Aspekten betrachten. Einige regen an, andere schmeicheln, bedrohen, schreien oder imitieren in ihrem Befehlston einen General. Manche sind ruhig, andere wiederum laut. Viele bedienen sich krasser und ordinärer Ausdrücke, und nur wenige haben die Manieren eines Gentlemans. Manche sind entspannt und jovial, andere nervös oder hochnäsig. Doch spielt die Methode des Regisseurs keine Rolle, solange sie funktioniert.

Alle Regisseure sollten bei Arbeitsbeginn musikalisch zumindest so weit sein, daß sie das Buch, die Partitur kennen. Die meisten, mit denen ich zusammengearbeitet habe, waren in dieser Hinsicht bestens vorbereitet. Aber manche verlangten trotz dieser Kenntnisse akrobatische Verrenkungen von einem Sänger, die die stimmliche Gestaltung beeinträchtigten. Ein Sänger sollte natürlich in der Lage sein, allen Anforderungen an Bewegung und physikalischer Belastung gewachsen zu sein. Dabei gibt es aber Grenzen, und die sollte ein guter Regisseur auch kennen. Ich habe mich immer bemüht, alles, was man von mir verlangt hat, auch auszuführen, selbst schräg auf dem Rücken, mit dem Kopf nach unten liegend, zu singen. Das war in einer Inszenierung von SAMSON UND DALILA an der Met, in der ich mich mit dem Rücken auf ein Bett zu legen hatte. Dalila mußte über mir liegen. Meine Füße zeigten auf dem schrägen Bett nach oben, mein Kopf nach unten, und ich sah das Auditorium auf dem Kopf stehend. In so einer Position läuft man Gefahr, zuviel Konzentration auf das Spiel zu legen und den Gesang zu vernachlässigen. Leicht kann da der Ton leiden und das heutzutage moderne überinszenierte Regietheater sein Opfer fordern. Zu allem Überfluß muß man an der Stelle auch noch ein hohes B, natürlich im Piano, singen. Das Leben eines Sängers kennt jede Bewegungsart. Ich mußte laufen, springen, fallen, kriechen und vor allem viele Rollen kniend in rückwärts geneigter Position singen. Das ist nicht immer leicht, und ich bemühte mich, wie alle anderen ernsthaften Künstler, den Anweisungen des Regisseurs so lange zu folgen, wie es für mich einen Sinn ergab.

Der Regisseur stößt auch auf natürliche Grenzen, denn er kann von den Sängern nur jene Talente verlangen, die sie auch besitzen. Einige großartige Sänger schaffen es nicht, sich zu bewegen, andere Künstler bewegen sich wunderbar und singen einfach schlecht. Wenn ein Künstler das Glück hat, in beiden Disziplinen begabt zu sein, sollten sich Regisseur wie auch Publikum bewußt sein, einen glücklichen Zufall vorzufinden.

Der Regisseur bestimmt auch zum größten Teil das Arbeitsklima während der Proben. Ein gutes Arbeitsklima ergibt sich meist dann, wenn die Ansichten des Regisseurs mit denen des musikalischen Leiters übereinstimmen. Das ist nicht immer der Fall, und oft passiert es sogar, daß der Dirigent erst zu den letzten Proben erscheint und dann auf größeren Veränderungen in der Regie besteht, um seinen Anforderungen an die Sänger oder den Chor mehr Nachdruck zu verleihen. Viele Dirigenten arbeiten aber von Beginn der Proben an mit und vermeiden derartige Probleme. Eine ideale Lösung ergibt sich, wenn der Dirigent gleichzeitig die Aufgaben des Regisseurs übernimmt. Dies ist eine gewaltige Aufgabe, und ich erinnere mich nur an einen Glücksfall: Herbert von Karajan. Sollte es andere Beispiele für diese doppelte Rollenübernahme geben, sind sie mir unbekannt. Die Bedeutung des Regisseurs für das Gelingen der Aufführung steht außer Zweifel. Die Entwicklung des Arbeitsstils und Anteils der Regisseure hat allerdings schon einige Phasen durchlaufen. Es gab auch Zeiten, zu denen die Sänger dominierten und sowohl Dirigent als auch Regisseur von untergeordneter Bedeutung waren. Es gab auch Zeiten, in denen sich das Interesse hauptsächlich auf die Inszenierung richtete, so daß sowohl Sänger wie auch Dirigenten bis zur Bedeutungslosigkeit verdrängt wurden, und dann gibt es auch noch Produktionen, in denen der Dirigent so wichtig ist, daß man die Aufführung besser in konzertanter Form realisieren sollte. Der Idealfall ist dann erreicht, wenn sich alle drei Formen die Balance halten. Wenn auch nur eine Facette einer Produktion vernachlässigt wird, leidet sofort die gesamte Produktion.

Die Aufgabe des Regisseurs besteht nicht nur darin, das schwierige Problem zu lösen, alle Teilnehmer und Bestandteile einer Aufführung richtig zu arrangieren, sondern darüber hinaus auch darin, ein Werk neu zu interpretieren. Es gibt heutzutage nur selten die Möglichkeit, ein neues Werk zu inszenieren, so daß sich die Aufgabe stellt, existierendes, bekanntes Material in einer neuen Version herauszubringen. Dabei unterliegt man leicht der Versuchung, Sensationen schaffen zu wollen und dabei die Intentionen des Komponisten zu pervertieren oder schlichtweg zu vergewaltigen.

Ein Sänger kann von einem Regisseur enorm viel lernen und durch ihn in eine Rolle hineinwachsen. In der Oper verblaßt allerdings die beste Regie ohne kongeniale musikalische Leitung. Ein weiterer wichtiger Bezugspunkt für den Sänger ist daher der Dirigent.

Dirigenten, Orchester und Kapellmeister

Den ganzen, bereits beschriebenen Bühnenapparat könnte man als das Herz einer Aufführung bezeichen. Bleibt man bei diesem Vergleich, dann ist der Dirigent die Seele der Aufführung. Ohne eine disziplinierte und doch geistvolle Kraft, die das Orchester in Gleichklang mit den Absichten des Komponisten bringt und es mit den optischen und stimmlichen Gegebenheiten vereint, wäre alle Mühe vergeblich. Die Verantwortung des Dirigenten, allen anderen künstlerischen Bemühungen Leben einzuhauchen, ist die Mühe wert. Er hat die Möglichkeit, Musik zu machen. Dabei stößt er allerdings an Grenzen, die in der Fähigkeit des Orchesters, des Chores, der Solisten und der Vorbereitungen liegen. Er ist jedenfalls der verantwortliche General und muß sichergehen können, daß jedermann bestens vorbereitet ist, um seine Befehle auszuführen. Ihm stehen in der Regel zwei Leutnants als Assistenten zur Seite, der Konzertmeister und der Orchesterwart.

Der Konzertmeister geht im allgemeinen vor dem Dirigenten auf das Podium und überwacht das Stimmen der Instrumente. Außerdem ist er im Rahmen der Organisation im Orchester dafür verantwortlich, mit den Vertretern der einzelnen Instrumentalgruppen Probenpläne zu erarbeiten und Programmänderungen abzusprechen. Er muß sich aber auch um jede Beschwerde, die das Orchester vorbringt, kümmern.

Der Orchesterwart wiederum muß sich um die richtige Sitzplatzverteilung im Orchester kümmern. Er ist für den Transport der schweren Instrumente verantwortlich und für den rechtzeitigen Auftritt von Instrumentalisten, Solisten und Dirigenten. Wenn das Orchester viel reist, ist er jene Person, der größte Bedeutung zukommt.

Die Anforderungen, die an ein Opernorchester gestellt werden, unterscheiden sich von denen eines Symphonieorchesters. In vielen Städten gibt es Opern- und Symphonieorchester, wobei nur wenige Musiker in beiden Orchestern spielen. In der Regel sind diese Orchester getrennte Institutionen, nur in Wien spielt das Philharmonische Orchester jeden Tag, besser gesagt jeden Abend in der Wiener Staatsoper. Das ist eine einmalige Ausnahme, und auch nur in Wien konnte ich feststellen, daß man während einer langen Oper, wie den MEISTERSINGERN, Teile des Orchesters nach dem zweiten Akt neu besetzt. Das habe ich stets als nette Idee empfunden und mir vorgestellt, den dritten Akt mit einem neuen ›Stolzing‹ zu beginnen. Da hätten es dann nicht nur die Geiger, sondern auch die Tenöre leichter.

Das Bindeglied zwischen Dirigenten und Sänger sind die Kapellmeister. Sie halten sich hinter der Bühne oder im Souffleurkasten auf, sind aber während der Probenarbeiten die Schlüsselpersonen des musikalischen Geschehens. Sie müssen Sänger bei den Proben betreuen oder begleiten, oder aber auch Proben dirigieren. Sie müssen aber auch Sprachen beherrschen und musikalische Kenntnisse mitbringen. Nur wenige im Publikum erkennen, welch großer Teil der gesamten musikalischen Vorbereitung für eine Aufführung in den Händen der Kapellmeister liegt. Dies trifft besonders dann zu, wenn in einer Neuinszenierung mehrere Künstler auftreten, die eine Rolle zum ersten Mal singen. Aus den Reihen dieser hochspezialisierten Personen sind schon bedeutende Dirigenten und Direktoren hervorgegangen.

Die endgültige musikalische Verantwortung liegt natürlich beim Dirigenten. Er muß seine Persönlichkeit, seine Suggestionskraft und seine Inspirationsfähigkeit dazu verwenden, alle Teilnehmer an einer Aufführung – das Orchester, den Chor, die Solisten und das Ballett – zu motivieren, um eine großartige Aufführung auf die Bühne zu bringen. Es ist kein Wunder, daß Weltklassedirigenten eine seltene Rasse darstellen.

Während der Dirigent die letzte Instanz auf der Bühne ist, steht die Verwaltung der Opernhäuser hinter allen Künstlern. Ich möchte mich nun in meinem Opernhaus einige Etagen höher, in die Direktionsetage, begeben. Auch dort gibt es einige wichtige Personen, die die Organisation des Opernhauses abwickeln und die Künstler unterstützen. Die Basis der künstlerischen Pyramide liegt auf den Schultern zahlreicher Personen, wie Direktoren, Sekretärinnen, Ratgebern, Beiräten, Ministern, Sponsoren, Abonnenten und schließlich den Fans und der Öffentlichkeit. Diese Basis schließt die Gemeinden, die Stadt, den Staat und sogar die Nation ein. Der durchschnittliche Opernbesucher neigt allerdings dazu, ein Programmheft nur zu überblättern und eventuell eingedruckte Namen von Sponsoren zu ignorieren. Aber gerade die Sponsoren oder die öffentliche

Hand sind diejenigen, die dem Lieblingssänger, dem Star, die notwendige Umgebung für seinen Auftritt verschaffen. Ohne diese Anstrengungen kämen daher alle künstlerischen Leistungen und Bemühungen nie zur Blüte.

Das Betriebsklima in einem Opernhaus kann an der Qualität der Vorstellungen gemessen werden. Dieses Klima ist nichts Irreales, man kann es in jenem Moment fühlen, in dem man ein Opernhaus betritt. Es hängt vom äußeren Zustand der Häuser, von der Einstellung des Personals und dem Standard der täglichen Aufführungen ab und liegt damit ganz in der Hand des Direktors.

Die Operndirektoren

Ich habe mich bisher nie gescheut, Bing, Adler, Schäfer, Karajan und andere zu loben. Darüber hinaus kenne ich noch viele andere Direktoren, mit denen ich gerne zusammengearbeitet habe. Dabei erinnere ich mich an Egon Seefehlner, Heinrich Reif-Gintel, Egon Hilbert und Rudolf Gamsjäger in Wien sowie Göran Gentele an der Met, dessen vielversprechende Karriere allerdings schon nach kurzer Zeit durch seinen tragischen Tod als Folge eines Autounfalls endete. Später bewunderte ich Schyler Chapin als seinen Nachfolger sowie James Levine. In Berlin zählten meine Begegnungen mit Gustav-Rudolf Sellner zu den amüsantesten Perioden meiner Karriere, und in München erfreute ich mich nicht nur an der Zusammenarbeit mit Rudolf Hartmann, sondern auch eines guten Kontaktes mit seinem Nachfolger Günther Rennert.

Rudolf Bing sagte immer, daß der Job des Präsidenten der Vereinigten Staaten und seine Position als Generaldirektor der Metropolitan Opera die zwei schwierigsten Jobs in der gesamten Welt wären. Er definierte seinen Posten als diktatorisch und autokratisch. Die Angelegenheit wurde auch von Harry Truman treffend beschrieben: »The Buck stops here.« Dieses Motto trifft auf jeden Direktor zu, der die Verantwortung für ein Opernhaus auf seinen Schultern trägt. Diese Aufgabe verlangt einen Herkules.

Kurt Adler lud mich einmal in seine Loge ein, um einer Aufführung von TOSCA beizuwohnen. Während des ersten Aktes sprang er plötzlich von seinem Sessel hoch und bedeutete mir, ihm zu folgen. Wir rannten beide hinter die Bühne, und er murmelte, daß ich nun sehen könnte, wie man ein Opernhaus leitet. Als wir hinter der Bühne angekommen waren, lief er zu einer Kulisse, die sich auf der rechten Seite der Bühne befand. Er rief nach dem Bühnenmeister und wies ihn zornig auf die Tatsache hin, daß dieser Teil der Dekoration genau 18 cm zu tief hing. Andere Personen wurden gerufen, man betrachtete die Sache und fand heraus, daß er recht hatte. Er tobte, ließ die Bühnentechniker seinen Zorn fühlen und verlangte, daß diese Schlamperei in künftigen Aufführungen behoben sein müsse. Obwohl Adler oft als Tyrann bezeichnet wurde, mußte man die Tatsache bewundern, daß er nahezu jede Aufführung in seinem Opernhaus besuchte und sich nicht das geringste Detail entgehen ließ. Er bemühte sich um einen hohen Perfektionsgrad und wußte immer genau – eben auch bis auf 18 cm, die er noch von seiner Loge aus sah –, was perfekt war und was nicht. Bing und Adler, wie auch Schäfer, Hilbert und andere hatten alle ein großes Interesse an den Künstlern. Sie kamen von den

Vorstellungen oft in die Garderobe, um den Künstlern Mut zuzusprechen, aber auch Korrekturen anzubringen. Sie lebten generell in ihrem Opernhaus und kannten alle inneren Abläufe und Vorgänge aufs genaueste. Bing war dabei vielleicht etwas maßvoller und feiner in seinen Ausdrücken als Adler. Aber auch er konnte furchterregend sein. Ich habe ihn in unterschiedlichen Situationen erlebt. Viele schlaflose Nächte verbrachte er händchenhaltend mit seinen Lieblingsstars, um sie zu verwöhnen und in gute Stimmung zu versetzen. Aber genauso ausdauernd konnte er tödliche Kanonaden loslassen, die viele Künstler in Angst, ja sogar Tränen versetzten. Es ist sicherlich nicht einfach, eine Linie zu finden, auf der man mit den verschiedenen Temperamenten der vielen Künstler auskommen kann und das eigene Temperament zu jedem Zeitpunkt unter Kontrolle behält. Man muß es dabei schaffen, Künstler mit ihrer Umgebung in Einklang zu bringen und bei guter Laune zu halten. Sie müssen sich an den ihnen zugeteilten Rollen erfreuen, mit ihrer Abendgage zufrieden sein, die zugeteilte Garderobe schätzen. Man muß auf Beschwerden reagieren, echte und eingebildete Gesundheitsprobleme behandeln, Streitigkeiten schlichten und sich mit allen anderen, scheinbar nebensächlichen, aber doch wichtigen Eigenheiten der Künstler abfinden. Dies erfordert unendliche Geduld und die Ausbildung eines Psychiaters. Bing sagte in einem TV-Interview einmal, daß sich alle Sänger wie Kinder verhielten, und aus seiner Sicht war es wirklich so. Ich selbst hatte viele Differenzen mit ihm und habe auch von Schwierigkeiten anderer Künstler gehört. Trotzdem habe ich an ihm immer die Tatsache bewundert, daß er, nachdem er in seinen Manipulationsversuchen jeden Trick angewandt hatte, immer zu seinem Wort stand. Sein Wort galt. Die meisten Operndirektoren tendierten dazu, ihre Stärke auch durch die Wahl ihrer Mitarbeiter auszudrücken. Jeder wird zugeben, daß er auf die Hilfe von Assistenten, Sekretärinnen und Künstleragenturen angewiesen ist, um die Zahnräder der Maschine manchmal in gleichmäßigem und manchmal in stockendem Fluß zu halten.

Die Titel und Positionen und die Bedeutung der einzelnen Helfer in den Opernhäusern sind unterschiedlich, doch die meisten Direktoren haben ähnliche Mitarbeiter. Es sind das Assistenten, Stellvertreter, Sekretärinnen, Leiter des Künstlerbüros, Pressedirektoren und zahllose andere Mitglieder, die nicht nur den Anordnungen des Generaldirektors folgen, sondern auch nach außen als Puffer, Sündenbock und Notnagel für alle Gelegenheiten herhalten müssen!

An erster und wichtigster Stelle steht die Person, die für die Spielplangestaltung und Besetzung der Aufführungen zuständig ist. Diese Pläne werden häufig Jahre im voraus vorbereitet, müssen sich an realistischen Budgetgrenzen orientieren, den Eigenheiten des Orchesters und des Chores Genüge tragen, und vor allem auf die Verfügbarkeit von Sängern Rücksicht nehmen. Geplante Aufführungsserien und die Wünsche der Öffentlichkeit müssen gleichermaßen berücksichtigt werden wie Notwendigkeiten, die kurzfristig zu beachten sind. Das Künstlerbüro hat daher die Aufgabe, ebenso spontan agieren zu können wie auch die Kontinuität über mehrere Spielzeiten hinaus zu garantieren. Die komplexen Spiel- und Besetzungspläne eines Opernhauses ähneln sicherlich den Problemen eines Schachspieles oder des Rubick-Würfels, wobei dazu noch der Zufall als bestimmender Faktor tritt. Zur Crew eines Direktors müssen ein oder mehrere Assistenten gehören, die in der Lage sind, die Geschäfte während der Abwesenheit des Chefs weiterzuführen. Einige von ihnen erweisen sich als durchaus erfolgreich und besetzen später selbst den Posten eines Direktors in einem anderen Haus oder treten die Nachfolge ihres Chefs an. Ich denke dabei an Robert Hermann, der lange Jahre Bings Assistent war und nun ein erfolgreicher Operndirektor in Florida ist.

Eine kaum beachtete Gruppe von Mitarbeitern sind die Sekretärinnen des Direktors. Diese bewundernswerten Damen – natürlich gibt es auch vereinzelt Männer in diesem Berufszweig – sind einzigartig. Sie sind weiblichen Sängerstars nicht unähnlich, da sie auch häufig ihr Privatleben dem Ideal der Oper opfern. Ich habe viele dieser Sekretärinnen bewundert, die sich darum bemühen, ihre Direktoren und andere Vorgesetzte ins beste Licht zu rücken, und ich bin überzeugt, daß es diese Personen, die mir soviel Aufmerksamkeit und Sympathie entgegenbrachten, verstehen werden, wenn ich nur ein paar ihrer Kollegen erwähne, die mein Leben um so vieles erfreulicher gestaltet haben.

Schon erwähnt habe ich Joan Ingpen, die Direktorin des Betriebsbüros in Covent Garden, sie folgte Georg Solti und Rolf Liebermann nach Paris und nahm den gleichen Posten dann an der Met ein.

Gabriele Taut, die lange Jahre in Bayreuth mit Wieland und später mit Wolfgang Wagner verbracht hat, war auch meine Sekretärin. Meine Freundin Magdalena Saumweber, die Sekretärin Herbert Lists, des Direktors des Betriebsbüros in München, ist eine Person, die ihre Hand immer am Puls des Nationaltheaters gehalten hat. Natürlich erinnere ich mich auch an Friederike Mehskolitsch, die eine große Schallplattenfirma vertrat und später Direktionssekretärin in der Wiener Staatsoper wurde. Sie arbeitete dort für mehrere Direktoren. Taut und Mehskolitsch hatten beide Talent und eine Gesangsausbildung. Sie wurden alle von den Abläufen in einem Opernhaus so erfaßt, daß ihnen keine Anstrengung zu groß erschien. Sie arbeiteten oft weit über den Bereich ihrer Pflicht hinaus, um wichtige Anrufe durchzuführen, Kontakte herzustellen. Sie zeigten Interesse an jedem einzelnen Künstler, seiner Familie und an seinen Problemen. Sie haben sich immer bemüht, jeden Fehler auszubügeln und eine ruhige Arbeit zu gewährleisten.

Hinter der Direktion

Die Machtpyramide setzt sich fort mit den Ministern oder Aufsichtsräten und ihren Anstrengungen, Unterstützungen und Gelder zu gewinnen. Die Struktur der finanziellen Grundlage eines Opernhauses ist von Haus zu Haus und von Land zu Land verschieden. Nur eine Tatsache ist international: Oper ist ein Luxus, der sich nie selbst erhalten hat und sich auch nie selbst erhalten wird. Oper ist ein lebendiges Museum, und vom Kartenverkauf kann man einfach keinen Geschäftserfolg erwarten. Oper ist teuer, wie Heinz Fischer-Karwins Buchtitel verrät »Das teuerste Vergnügen der Welt«.

Es ist durchaus so, daß der einzelne Sänger die enormen Leistungen, die für die Realisierung auch nur einer einzigen Aufführung erbracht werden müssen, schätzt und würdigt. Ich bin durch die Straßen Wiens nie ohne einen stillen Dank an die Tausende von Menschen gegangen, die durch ihren, wenn auch unfreiwillig geleisteten Steuerbetrag meinen Auftritt erst ermöglichten. Viele von ihnen könnten sich eine Eintrittskarte in die Staatsoper, selbst wenn sie eine bekommen könnten, nicht einmal leisten und unterstützen doch ohne große Widerstände die Kunst.

In der gesamten Welt, besonders aber in Amerika, fördern Firmen gleichermaßen wie Einzelpersonen die Opernhäuser. Ich war besonders stolz darauf, in einigen Inszenierungen von den Sponsoren der Aufführungen ausdrücklich angefordert und verlangt zu werden. Wenn man als Künstler an der Spitze dieser gloriosen Pyramide steht und auch nur einen einzigen, gottgegebenen Augenblick dieses Glücksgefühl genießen kann, muß man für die Gunst danken, die einem so viele entgegenbringen. Ohne diesen Umhang, den Opernliebhaber ihren Künstlerlieblingen weben, ist der Sänger tatsächlich entblößt.

Die Fans wollen ihre Künstler aber nicht nur in der Oper, sondern auch zu Hause sehen und hören. Durch die modernen Medien und ihre Techniken bestehen dafür weitreichende Möglichkeiten.

Radio und Fernsehaufzeichnung

Der Künstler hat die Möglichkeit, seine Stimme und seine Persönlichkeit durch unterschiedliche Medien auszudrücken. Mir hat es immer Freude bereitet, Aufnahmen für Schallplatten oder Radioübertragungen zu machen. Dadurch erreicht man eine große Zuhörerschaft und zusätzliches Einkommen. Selbst heute bekomme ich noch Tantiemen für Aufzeichnungen, die ich vor Jahren gemacht habe. Jeder Künstler gibt auch Radio-Interviews. Ich habe eine ganze Bibliothek mit aufgezeichneten Interviews, die ich mir noch nie angehört habe. Das ist wahrscheinlich am besten so, denn ich glaube, daß der Künstler nur daran interessiert sein sollte, was er im Augenblick auszusagen vermag.

Auch mit dem Fernsehen habe ich viele aufregende Erfahrungen gemacht. Der Westdeutsche Rundfunk produzierte etwa DIE MACHT DES SCHICKSALS in Köln, in der ich schon zu Beginn meiner Karriere ein Fernsehdebüt feiern konnte. Diese Aufzeichnung brachte mir große Popularität. In Stuttgart arbeitete ich dann für den Süddeutschen Rundfunk an einer autobiografischen Sendung, in der ich die Möglichkeit hatte, Freunde wie Shura Cherkassky, Inge Borkh und Peter Ustinov einzuladen und vorzustellen. Auch die Eröffnung des Münchner Nationaltheaters wurde zumindest teilweise für das Fernsehen gefilmt, in Berlin wurde die Aufführung von Beethovens Neunter Symphonie unter Herbert von Karajan aufgezeichnet und in Japan das Gastspiel der Bayreuther Festspiele mit WALKÜRE. Zahllose Fernsehprogramme brachten mir in Amerika die Möglichkeit, mich in Rollen wie ›Tristan‹ oder dem ›Loge‹ im RHEINGOLD zu präsentieren. Ich trat in der Tonight-Show mit Johnny Carson und in vielen anderen Talkshows auf. Auf dem Höhepunkt meiner Laufbahn war die Fernsehtechnik bei weitem noch nicht so weit, wie sie heute ist, auch wurden damals einfach noch nicht so viele Aufführungen aufgezeichnet und übertragen. Das ist ein Umstand, den ich sehr bedauere.

Selbst wenn der Sänger das Gefühl hat, bei einem Liederabend entblößt vor seinem Auditorium zu stehen, empfindet er doch die Wechselwirkung zwischen seiner Person und dem Publikum. Im Aufnahmestudio hingegen ist man auf sich selbst und seine Ausdrucksfähigkeit reduziert. Man wird mit dem Mikrofon alleingelassen. Obwohl man sich leicht vorstellen könnte, daß dies eine Möglichkeit ist, den stimmlichen und musikalischen Ausdruck zu intensivieren und konzentriert zu arbeiten, stellt sich heraus, daß das nicht immer zutrifft. Viele Künstler sind vom direkten Kontakt zum Publikum abhängig und brauchen ihn, um eine Spitzenleistung zu erbringen. Andere wiederum fühlen sich in einem leeren Studio wohler.

Es steht daher bei Plattenaufzeichnungen die Technik der Studioaufzeichnung der des Live-Mitschnitts gegenüber. LOHENGRIN habe ich in beiden Techniken aufgenommen, das bietet eine gute akustische Vergleichsmöglichkeit. Die Studioaufnahme entstand im Theater an der Wien unter Rudolf Kempe mit den Wiener Philharmonikern. Es war dies meine erste Reise nach Wien, die schon damals die Stadt meiner Träume war, und meine erste Arbeit dort. Aufgrund meines Zeitplanes an der Met stand ich während der Schallplattenaufzeichnung unter enormem Zeitdruck. Es war geplant, am ersten Tag der Aufzeichnung die Teile aufzunehmen, in denen der Chor benötigt wurde, und ich war natürlich nervös und voller Erwartung. Es wurde ein langer Tag, und die schwierigen Passagen mußten oft wiederholt werden. Aber am Ende der geplanten Arbeiten blieben immerhin noch fünf Minuten Zeit. Ich hatte den ganzen Tag gesungen und war müde, als Maestro Kempe auf mich zutrat und mir vorschlug, in der verbleibenden Zeit die Gralserzählung zu proben. Wir hätten dann die Möglichkeit, die Gralserzählung gleich zu Beginn des nächsten Tages aufzuzeichnen. Ich war wie versteinert: nach diesem Tag sollte ich mit den Wiener Philharmonikern, und dem Chor der Wiener Staatsoper als Zeugen, meinen ersten Anlauf für diese schwierige Passage unternehmen? Ich überwand mich, konzentrierte mich und sang die Gralserzählung ohne Unterbrechung. Als ich geendet hatte, traute ich meinen Augen und Ohren nicht, das gesamte Orchester und der Chor brachten mir stehend eine Ovation dar. Eine derartige Bestätigung ist für jeden Künstler ein Ansporn, und die weiteren Plattenaufnahmen gestalteten sich fruchtbringend und blieben mir in guter Erinnerung.

Ich habe Fans, die diese Plattenaufnahme mit dem Live-Mitschnitt verglichen haben, der während einer Aufführung in Bayreuth im Jahre 1962 mit Sawallisch und Anja Silja gemacht wurde. Bei der Beurteilung der Resultate kann ich selbst nicht objektiv sein, und tatsächlich höre ich mir meine eigenen Plattenaufnahmen nur selten wieder an. Die Version, die ich gerne auf Schallplatte hinterlassen hätte, tönt aber immer nur in meinem Kopf.

Die aufregendste Plattenaufzeichnung war die des SIEGFRIED unter Herbert von Karajan mit den Berliner Philharmonikern. Für diese Aufzeichnungen gab es aufgrund des plötzlichen und tragischen Todes des Tenors Erwin Wohlfahrt Besetzungsschwierigkeiten. Die Rolle des ›Mime‹ mußte kurzfristig neu besetzt werden. Gerhard Stolze sprang ein. Allerdings konnte er sich nur einen einzigen Tag für diese Schallplattenaufzeichnung in Berlin freimachen. Maestro Karajan arrangierte es so, daß ich an diesem Tag nur die notwendigen Stichworte zu singen hatte und sich die Aufnahmen auf Stolzes Teil konzentrieren würden. Ich konnte mich daher ganz einfach entspannen und die anderen Teile des ersten Aktes von SIEGFRIED später aufnehmen. Wie angeordnet, setzte ich mich und sang ruhig und gelöst den ersten Akt, wohl wissend, daß ich nicht für eine endgültige Aufzeichnung sang und mich nur auf jene Stellen zu konzentrieren hatte, bei

Bei der Einspielung von »Lohengrin«, Wien, 1962.
(v. l. n. r.) Jess Thomas, Gottlob Frick und Dietrich Fischer-Diskau. (72)

denen ich gemeinsam mit ›Mime‹ sang. Stolze erledigte seine Aufgabe mit höchster Perfektion, und Karajan wandte sich dann anderen Teilen der Oper zu. Nach einigen Tagen sprach ich Maestro von Karajan an und wollte einen Termin für die Aufzeichnungen des ersten Aktes vereinbaren. Karajan sah mich überrascht an und nahm mich in den Kontrollraum des Studios mit. Wir hörten uns den ersten Akt so an, wie ich ihn gemeinsam mit Stolze gesungen hatte. Nach dem letzten Ton breitete er die Arme aus und fragte: »Thomas, was wollen Sie?« Er fand meinen entspannten lässigen ›Siegfried‹ genau richtig und wollte ihn nicht mehr ändern. Ich war entgeistert, stimmte aber dann doch zu, da die Aufzeichnung einen gewissen Fluß hatte. So blieb dieser Akt, wie er war. Ich habe also eigentlich den ersten Akt von SIEGFRIED nie bewußt für eine Schallplattenaufnahme gesungen, man hat nur mein Vor-mich-hin-Singen auf Band aufgenommen. Karajans Reaktion war exemplarisch für seine Person. Er hatte während dieser Aufnahmen tatsächlich einen furchtlosen ›Siegfried‹ aus mir gemacht.

In London zeichnete ich die Schönbergschen GURRE-LIEDER unter Boulez auf, und auch diese Arbeit erwies sich als aufregend und erfreulich. Ich war glücklich, ein Mikrofon zur Verfügung zu haben, mit dessen Hilfe ich die Möglichkeit hatte, mit dem wohl schön klingenden, aber sehr lauten Orchester zurechtzukommen. Meine Frau Violeta bemerkte, daß Schönberg, gemessen an der Lautstärke, zeitweilig Wagner wie Mickey Mouse wirken läßt.

Live oder Studio? Auch ich kann diese Frage nicht beantworten. Man kann über beide Aufzeichnungsarten viel Positives und auch Negatives sagen. Der Hauptbestandteil einer guten Aufzeichnung besteht aber darin, eine Stimme zum richtigen Zeitpunkt, in der richtigen Entwicklungsphase für die aufgezeichnete Rolle zu erwischen, und das gelingt selten. Ich habe allerdings heute noch das Gefühl, daß meine Aufzeichnungen des PARSIFAL, LOHENGRIN und der MEISTERSINGER meine Stimme zu jenem Zeitpunkt erfaßten, zu dem sie für die jeweiligen Rollen am besten geeignet war. Für jeden Künstler ist es problematisch und nie hundertprozentig zu erreichen, eine Aufzeichnung seiner idealen Aufführung zu hinterlassen. Auch mir ist das nur selten gelungen, einige Phasen im dritten Akt meiner PARSIFAL-Aufzeichnung stellen vielleicht das Ideal dar, nach dem ich immer gestrebt habe.

KAPITEL 12

WIELAND WAGNER

Jede Karriere basiert eigentlich auf dem Wissen anderer. Dieser alte Grundsatz hat auch für mich Geltung, denn nur wenige Erfahrungen meines Lebens haben sich als so wertvoll erwiesen wie meine Zusammenarbeit mit Wieland Wagner. Wieland Wagner nimmt zweifellos eine einzigartige Position in meinem Leben ein. Er brachte mir eine besondere Hingabe entgegen, die sich zur Grundlage für meine Odyssee durch die musikalische Welt entwickelte. Das heißt nicht, daß ich meine anderen Helfer nicht ebenso schätze. Allen voran mein Lehrer Otto Schulmann, dessen Rat sich immer als wertvoll und unfehlbar erwies. Darüber hinaus aber noch viele andere Regisseure und Produzenten, die neben Wieland Wagner versucht haben, meine ›rohen Talente‹ zu brauchbaren Bühneninterpretationen zu verschmelzen. Nicht vergessen darf man auch einige der Dirigenten, deren Akzeptanz und Lob mir sehr oft den Weg durch das steinige musikalische Gebiet geebnet haben. Und dann habe ich auch noch den vielen loyalen Freunden und Fans zu danken. Sie haben mich unermüdlich unterstützt, und ihr Interesse an meiner Kunst bedeutete für mich Glückseligkeit. Und doch, am Anfang meines Weges steht der Mann, der versuchte, aus mir mehr zu machen als ich war. Dort steht Wieland Wagner, der von mir nicht nur verlangte, als ›Tannhäuser‹ die beschwerliche Pilgerreise nach Rom zu unternehmen. Er ist die einzige Person, die ich meinen Mentor nennen würde. Ich bin mir der Tatsache bewußt, daß viele andere, allen voran die Mitglieder der Familie Wagner, wie auch Künstler, die mehr als ich mit ihm zusammengearbeitet haben, ihn besser kennen als ich. Ich fühle aber, daß Wieland es verdient, von allen Seiten beleuchtet und porträtiert zu werden. Die Darstellung meiner gemeinsamen Erlebnisse mit Wieland Wagner soll andere Darstellungen in keiner Weise ersetzen, sondern diese um einen Aspekt bereichern.

Daher stellt dieses Kapitel lediglich eine Sammlung meiner persönlichen Erinnerungen dar, deren Zweck es hauptsächlich ist, Wielands großen Einfluß auf meine Karriere, auf meine Gedankenwelt und mein Leben zu zeigen. Ich kann mir keineswegs die Aufgabe zumuten, ein auch nur annähernd erschöpfendes Porträt dieses Künstlers zu zeichnen, denn dazu fehlen der Raum und genaue biographische Details. Ich bin schon zufrieden, wenn sich aus meiner Darstellung kleine Aspekte ergeben, die einige Glanzlichter dieses komplexen Genies erstrahlen lassen.

Wieland war ein Mann, der der ganzen Welt und dem die ganze Welt gehörte. Er stand mit einem Fuß auf der Brücke nach Walhalla und mit dem anderen auf seinem geliebten Grünen Hügel in Bayreuth. Er war ein Künstler, dessen Talente mit den psychologischen Inhalten der Werke seines Großvaters ideal harmonierten. Unterstützt von der administrativen Tätigkeit seines Bruders Wolfgang, zündete er den Funken für das »Neue Bayreuth« und gab, was ich als viel wichtiger erachte, Anstöße zu Neudeutungen des Werkes von Richard Wagner.

Wieland war in seiner Dichotomie zwischen Walhalla und Bayreuth ein unerhört kreativer Künstler. Diese Eigenschaften stellten auch die Grundlage seiner Existenz und seiner Arbeit dar, sie erlaubten es ihm, Titan und Mensch gleichzeitig zu sein.

Für mich war er eine autarke Person, ein Planet, dessen Eigenschaften völlig unentdeckt bleiben würden, betrachtete man ihn nicht auch von seiner Schattenseite. Ich habe nie einen anderen Menschen kennengelernt, der jeden Augenblick seines Lebens so intensiv zu leben schien, der dem täglichen Kampf mit solcher Vitalität entgegentrat und sich daraus ständig erneuerte, wie Wieland. Aus dieser Aktivität und seiner ständigen Erneuerung entwickelte er eine nahezu aggressive Ambivalenz dem eigenen Leben gegenüber. Er konnte zur gleichen Zeit liebevoll und haßgeladen, kleinlich und generös, weltmännisch und unerfahren, charmant und verletzend, nachtragend und versöhnlich sein. Möglicherweise beschrieb ihn schon sein Großvater am besten, indem er Siegfried beschrieb: »Echter als er schwur keiner Eide; treuer als er hielt keiner Verträge; lautrer als er liebte kein andrer: und doch, alle Eide, alle Verträge, die treueste Liebe trog keiner wie Er!« Dieser Aussage folgt in GÖTTERDÄMMERUNG dann Brünnhildes Abschied mit »... Ruhe, ruhe, du Gott!«

Wieland starb nach einer relativ kurzen Krankheit am 17. Oktober 1966 in einer Münchner Klinik. Sein Tod kam für jedermann wie für ihn selbst unerwartet.

Die Arbeitsmethoden Wieland Wagners könnten natürlich als Leitfaden für künftige Opernsänger und Regisseure dienen, denn anhand von Wielands Arbeit kann man viel, ja sogar sehr viel lernen. Ich weiß natürlich auch, daß man zuviel verlangen würde, erwartete man, daß Wielands Arbeitsmethoden aufgegriffen und fortgesetzt werden könnten. Er war zu einzigartig, seine Eigenart war es, sich gemeinsam mit dem Künstler jeder Aufgabe sehr individuell zu stellen. Man muß also schon zufrieden sein, wenn man aus Wielands Arbeitsmethoden neue Anregungen für andere individuelle und persönliche Arbeiten ableiten kann.

Bevor es zu einer Zusammenarbeit mit Wieland Wagner kam, hatte ich drei nicht gerade erfreuliche Begegnungen mit ihm. Das erste Zusammentreffen kam dadurch zustande, daß ich sein drittes Angebot nach einem Vorsingen nicht mehr ablehnen konnte. Stuttgarts Generalintendant Schäfer riet mir außerdem, Wielands Wunsch endlich zu entspre-

». . . er war eine autarke Persönlichkeit, ein Planet . . .«
Wieland Wagner, 1966. (73)

chen, und ich machte mich also auf, um in Bayreuth erstmalig – wenn auch nur zu einem Vorsingen – anzutreten.

Kurz nach meinem Entschluß saß ich auch schon im Zug, um diese meine erste Pilgerreise zum Grünen Hügel anzutreten. Während der Fahrt erinnerte ich mich an die von Leo Slezak so großartig beschriebene eigene Reise nach Bayreuth und war durchaus zuversichtlich. Eine Fahrt nach Bayreuth war selbst im Jahr 1959 noch ein kleines Abenteuer. Sie dauerte lange, man fuhr mit einem Personenzug, und ich war müde, immerhin hatte ich soeben meine erste Spielzeit in Karlsruhe überstanden. Nach meiner Ankunft empfand ich sofort die Versuchung, auf die Knie zu sinken, fühlte mich wie Parsifal und hörte im Geist Gurnemanz' Stimme mir zurufen: »Hier bist du an geweihtem Ort!«

Die romantischen Anflüge wurden mir aber rasch vertrieben. Ich rief im Festspielhaus an, und man teilte mir mit, daß man ein Zimmer in einem Hotel reserviert hätte, was aber schwer gewesen sei, da der Zeitpunkt meines Vorsingens kurz vor die Bayreuther Hochsaison gefallen war und alle Quartiere schon besetzt waren. Als ich in meinem Hotel eintraf, wies man mir ein kellerähnliches Zimmer zu, in dem ich wohnen sollte. Es war äußerst ernüchternd, aber was erleidet man nicht alles um der Kunst und der eigenen Karriere willen. Mein Vorsingen war für den nächsten Tag um 13 Uhr angesetzt, und ich hatte noch Zeit, um mich zumindest etwas zu erholen. Zu diesem Zeitpunkt waren auch Proben für Wielands Inszenierung des FLIEGENDEN HOLLÄNDER im Gange. Eine Sekretärin erwartete mich nach meinem Eintreffen zur vereinbarten Stunde, führte mich über die düstere Hinterbühne des Festspielhauses und hieß mich, an einer bestimmten Stelle zu warten. Nach kurzer Zeit verließen alle Teilnehmer die laufende Probe, und ich fand mich mit einem Klavierbegleiter allein auf der Bühne. Die Dekoration für den FLIEGENDEN HOLLÄNDER wies eine ganz außerordentliche Schräge auf, so daß ich meine Balance nur schwer halten konnte und mich fragte, ob ich gleichzeitig singen und gegen die Schwerkraft ankämpfen könnte.

Plötzlich hörte ich eine Stimme aus dem dunklen Auditorium. »Ist Herr Thomas da?« Ich bestätigte, und Wieland fragte: »Was singen Sie?« Ich sang eine Nummer, und die Stimme erklang wieder: »Was noch?« Ich sang noch eine Arie, und die Stimme fragte weiter: »Was noch?«, und so sang ich ein drittes Stück. Schließlich hörte ich die Stimme wieder: »Danke schön.«

Ich wartete einige Augenblicke in der Stille. Der Klavierbegleiter verließ die Bühne wortlos, und ich wartete noch eine Weile, hörte Stimmen und Schritte aus den nebenliegenden Räumen und wartete weiter. Schließlich bemerkte ich, daß nichts mehr passieren würde, ich war allein. Nach einigen Bemühungen fand ich den Weg zum Ausgang, lief durch dunkle Gänge und verließ das Festspielhaus. Gegen Tränen der Wut ankämpfend, eilte ich den berühmten Grünen Hügel hinab, knurrte die Büste Wagners im Vorbeilaufen an und ärgerte mich über die schlechten Manieren jener Herrschaften, die mich zu einem Vorsingen einluden und es nicht einmal der Mühe wert fanden, sich vorzustellen. Ich konnte es nicht erwarten, diese Stadt zu verlassen und bestieg, am Boden zerstört, den ersten Zug nach München. Sicherlich hatte ich nicht erwartet, auf der Stelle engagiert zu werden, aber ich hatte es als gegeben angenommen, wie ein Mensch behandelt zu werden. Ich begann, mich damit abzufinden, daß ich auch ohne Bayreuth und Wieland Wagner auskommen würde. Immerhin stand mir der Weg zum Münchener Staatstheater offen. In dieser Stimmung schwor ich mir, nach dieser rein akustischen Begegnung mit

Wieland Wagner nie mehr in Bayreuth vorzusingen, schon gar nicht für Wieland Wagner. Meine eigene Sturheit hätte meiner weiteren Karriere in dieser Beziehung im Wege gestanden, hätte es Professor Schäfer nicht für richtig gehalten, meinen Zorn zu dämpfen. Schäfer versuchte dann, neue Beziehungen zwischen Wieland Wagner und mir herzustellen und mir Mut zuzusprechen. Während einer meiner vielen Diskussionen mit Schäfer erzählte ich ihm meine enttäuschende Erfahrung mit Wieland Wagner. Er wiederum versicherte mir, daß es trotz allem wert wäre, Wieland persönlich kennenzulernen und erst recht mit ihm zusammenzuarbeiten. Seine eigene Bewunderung für Wieland Wagner zeigt sich auch in seinem Buch »Wieland Wagner«, und er eröffnete Wieland in Stuttgart ein weiteres Betätigungsfeld, in dem er experimentieren konnte. Hier inszenierte Wieland Werke, die nicht von seinem Großvater stammten und erweckte auch damit weltweit Aufsehen. Schäfer berichtete mir dann oft, daß Wieland, wenn er gerade in Stuttgart arbeitete, immer in meinen Aufführungen saß.

Wieland selbst unternahm dann den entscheidenden Schritt, der zu unserem zweiten, etwas intensiveren Zusammentreffen führen sollte. Ich war in München, hatte an der Münchener Staatsoper sehr erfolgreich den ›Bacchus‹ gesungen und wurde daraufhin eingeladen, am Weihnachtstag unter der Leitung von Hans Knappertsbusch ›Lohengrin‹ im Prinzregenten-Theater zu singen. Kurz nach der Aufführung erhielt ich einen handgeschriebenen Brief von Wieland, in dem er mich ersuchte, neuerlich vorzusingen. Er würde im Februar 1961 in Stuttgart sein und dort an einer neuen Inszenierung arbeiten. Dieser persönliche Brief ließ mich meine erste Erfahrung vergessen, ich überwand meine Vorurteile und stimmte einem Treffen zu.

Stuttgart war damals nicht eben ein Haus mit ausgezeichneter Akustik, und ich konnte die Akustik besonders wenig leiden, denn ich hatte dort immer das Gefühl, in ein Polster zu singen. Obwohl sich Schäfer und das gesamte Ensemble bemüht hatten, alle wichtigen Elemente eines großen Opernhauses zu etablieren und in ihrem Haus ein positives Klima, das man sonst nirgendwo in Deutschland findet, schufen, wurde Stuttgart nie eines meiner Lieblingshäuser.

Die Details für mein Vorsingen mit Wieland Wagner vereinbarte ich dann mit dem damaligen Leiter des künstlerischen Büros, Herbert von Strohmer. Wie in Bayreuth traf ich auch diesmal vor dem Vorsingen niemand aus Wielands Umgebung oder gar ihn selbst. Kaum stand ich auf der Bühne, hörte ich die mir nun schon bekannte Stimme aus der Dunkelheit des Auditoriums. Sie verlangte von mir, mein gesamtes Arienrepertoire zu singen, und ich sang das Preislied, zwei Arien aus LOHENGRIN, zwei aus WALKÜRE und schließlich »Celeste Aida«. Diesmal war ich durchaus selbstbewußt, wußte, daß ich so gut gesungen hatte, wie ich konnte. Trotz meiner negativen Erfahrungen in Bayreuth und der Tatsache, daß es doch einigermaßen schwierige Arien waren, die ich gesungen hatte, war ich mir eines guten Eindrucks sicher.

Nach »Celeste Aida« kam Wieland tatsächlich zur Bühne und stellte sich vor. Die mir schon negativ vertraut gewordene Stimme gehörte plötzlich zu einem Körper, ich war aufgeregt, den Enkel des Meisters persönlich kennenzulernen. Er war beeindruckend, er hatte magnetische Kraft. Seine Augen und Hände fesselten meine Aufmerksamkeit zuerst. Diese Augen, gleichzeitig feurig und kalt, waren mißtrauisch und in gewissem Sinn traurig. Seine Hände bewegten sich in völliger Koordination mit seiner Stimme, alle

Körperbewegungen paßten zusammen. Er sprach deutlich, ausdrucksvoll, und seine einzigartige Stimme artikulierte scharf. Ich war intensiv damit beschäftigt, Wielands Gesamteindruck aufzunehmen und brauchte einige Zeit, um zu begreifen, was er sagte. »Thomas, wir sollten uns ein Zimmer suchen und miteinander sprechen.« In einem kleinen Kämmerlein begannen dann meine Hoffnungen auf einen intensiven Kontakt zur Wagner-Dynastie zu keimen. Ich war von dem Gedanken gefesselt, zu Richard Wagners Kindeskind selbst zu sprechen und wie benommen. Als ich aber langsam begriff, was Wieland sagte, war es nicht das, was ich hören wollte. Die monotone Stimme war mystisch und hatte eine Art hypnotische Wirkung. Erst langsam nahmen die Schemen Gestalt an, und ich begriff auch den Sinn ihrer Worte. »Thomas, ich habe von so vielen Seiten nur Gutes über Sie gehört, ich muß ganz einfach sagen, ich bin bitter enttäuscht!«

Stellte man mir die Aufgabe, die an diesen Satz anschließende Szene auf der Bühne zu inszenieren und die Schauspieler anzuweisen, würde ich den Ablauf wie folgt beschreiben:

Thomas schaut eine Weile mit erstaunten Augen, als ob er nicht richtig gehört hätte und das Gehörte nicht glauben kann. Dann schüttelt ihn ein Ausdruck wilder Erregung, er spürt sein Gesicht erröten, und sein Aussehen verrät, daß er kurz vor einer Explosion steht. Diese Reaktionen resultieren in einer Veränderung des sonst nur stockend Deutsch sprechenden, keineswegs aggressiven, im Grunde genommen sehr respektvollen Amerikaners und entladen sich in einem Zornesausbruch.

»Sie, Sie! Können Sie sich eigentlich vorstellen, was wir Künstler in der Anwesenheit einer Person mit dem Namen Wagner empfinden? Wir haben enorme Ehrfurcht vor seiner Musik, und was bedeutet dann erst die Anwesenheit seines eigenen Fleisches und Blutes? Was glauben Sie denn, mit welcher Verehrung wir auf diese Kunst blicken? Können Sie sich meine Enttäuschung vorstellen, von Ihnen nach Bayreuth zum Vorsingen eingeladen zu werden und dann ignoriert zu werden? Herr Wagner, Sie sind in Ihrem Verständnis von zwischenmenschlichen Beziehungen in dunklen Zeitepochen stehengeblieben. Vielleicht habe ich heute nicht mein Bestes gegeben. Möglich! Aber wenn es so ist, dann deshalb, weil ich bis jetzt daran zweifeln mußte, daß Sie Personen so behandeln, wie es der Erwartung an Ihre Erscheinung entsprechen würde. Ich wundere mich nur, daß Sie andere Künstler beeinflussen konnten, obwohl Sie sie als nicht existent betrachten zu scheinen, und sollte Ihre Enttäuschung für Sie unerfreulich sein, stellen Sie sich einmal vor, wie verletzt ich nun bin, erkennen zu müssen, daß ich meine Chance vertan habe, mit Ihnen gemeinsam in Bayreuth zusammenzuarbeiten. Immerhin der wichtigste Grund für mich, nach Deutschland zu kommen. Aber mein Herr! Ich kann Ihnen eines sagen: Es ist es mir wert, Ihnen die Tatsache ins Gesicht gesagt zu haben, daß Ihr künstlerisches Genie außer Zweifel steht, aber Ihre Fähigkeit, Menschen zu verstehen, sehr fraglich ist!«

Nach diesem Monolog fand ich weder weitere deutsche Vokabeln noch Atem. Ich lief zur Tür und drehte mich plötzlich um, da ich hinter mir einen Ausbruch amüsierten Gelächters hörte. »Gut, Thomas, zumindest Temperament haben Sie.« Das also war Wielands Kommentar! Nach dieser Auseinandersetzung folgte doch noch ein Gespräch in relativ entspannter Atmosphäre, und es gab einige vage Vorschläge über weitere Zusammentreffen. Wieland erwähnte ein weiteres Vorsingen in Bayreuth. Ich wiederum wollte künftigen Vorsingen nur in München zustimmen. Wieland verlangte von mir, einen Teil des PARSIFAL vorzubereiten und dann verabschiedete er sich lachend: »Thomas, versprechen Sie mir, Bayreuth nie wieder wegen mir bestrafen zu wollen.«

Kaum war ich allein, begriff ich natürlich, wie dumm es gewesen war, meine Selbstbeherrschung zu verlieren. Aber selbst heute bin ich mir nicht sicher, ob ich unter den gleichen Umständen anders reagieren würde. Vorsingen ist barbarisch. Das ist eine Tatsache, die ich jedem jungen Künstler, der unter dieser Prozedur leidet, verständnisvoll versichern kann. Man studiert jahrelang, um dann, meist nachdem man Schlange gestanden hat, innerhalb weniger Minuten beurteilt zu werden. Diese Beurteilung sagt oft nicht viel aus. Es gibt nahezu professionelle Gewinner solcher Gesangswettbewerbe, die nie Karriere machen. Andere aber brechen zwar unter der konzentrierten Nervenbelastung dieses Vorsingens zusammen, setzen ihre Laufbahn trotzdem fort und werden zu Stars.

Trotz der nicht gerade ermutigenden Vorgeschichte kam es tatsächlich zu einem weiteren Vorsingen für Wieland Wagner. Egon Seefehlner, der Stellvertreter von Gustav Rudolf Sellner in Berlin, rief mich eines Tages an und fragte unvermittelt, »Mister Thomas, sind Sie an einer AIDA in Berlin interessiert?«

Und ob ich war! Berlin plante zur Eröffnung der wiederaufgebauten Deutschen Oper eine AIDA mit Karl Böhm, unter der Regie von Wieland Wagner. Die Freude wurde allerdings sofort getrübt, ich sollte vorsingen. Immerhin hatte ich Stein und Bein geschworen, nie wieder nach Bayreuth zu kommen und dort vorzusingen. Seefehlner wand sich. Sowohl Böhm als auch Wieland Wagner wollten mich hören, obwohl mich beide schon gehört hatten. Seefehlner versicherte mir, daß Wieland Wagner die Akustik in Bayreuth so vertraut war, daß er dort Stimmen besonders gut beurteilen konnte. Ich schwankte, wollte aber trotz dieser Chance der vergangenen, unangenehmen Erlebnisse wegen einem Vorsingen in Bayreuth nicht zustimmen.

Seefehlner meinte letztendlich, daß es ja nicht wegen Wieland Wagner wäre, sondern immerhin müßten auch Böhm und er selbst in die, wie er sagte, »Wüste« reisen. Ich sagte zu. Als ich dann tatsächlich nach Bayreuth kam, war es fürchterlich kalt, und man versuchte, die Bühne mit einem kleinen Heizlüfter zu erwärmen. Das war von vornherein aussichtslos. Böhm war da, Seefehlner und auch Wieland Wagner waren gekommen. Ich sang aus AIDA vor, und alle waren ganz offensichtlich zufrieden. Wieland ging jedoch einen Schritt weiter und wollte auch Wagner hören. Ich erinnerte mich wieder an Slezak, der mit dem Vorschlag, Cosima Wagner in Bayreuth die Bajazzo-Arie vorzusingen, nicht weit gekommen war. Ohne Wagner ging es hier zweifellos nicht. Da stand ich also in Bayreuth, ganz gegen meine ursprünglichen Absichten, und sollte Wieland Wagner aus Opern seines Großvaters vorsingen. Wo waren meine Vorsätze? Wo waren all die deprimierenden Erinnerungen? Aber immerhin brachte ich eine Revanche an. Ich fragte Wieland, was er hören wollte, und er schlug PARSIFAL vor. Daraufhin erzählte ich Wieland, daß ich zwei Wochen zuvor eine Aufnahme der letztjährigen Bayreuther PARSIFAL-Aufführung im Radio gehört hatte. Da ich mir nach dieser Aufführung ganz sicher war, daß er auf Präzision ohnedies keinen Wert legt, war ich also bereit vorzusingen. Er schmunzelte. Das Vorsingen beeindruckte ihn aber doch merklich: ich sang bald ›Radames‹ in Berlin und wurde der nächste Bayreuther ›Parsifal‹.

Meine dritte Reise nach Bayreuth fand dann im Juni 1961 statt, sie diente der Probenarbeit an diesem PARSIFAL und bescherte mir freudige Erwartung auf Kommendes.

Ein bekannter Treffpunkt von Sängern sowie Zuhörern der Festspiele ist das Hotel Bayerischer Hof. Der Besitzer, Herr Seuss, erinnerte sich an meine vorangegangenen Besuche und begrüßte mich freundlich, um mich darauf aufmerksam zu machen, daß der Speisesaal an Sonntagen geschlossen war.

Ich ging daher zum nahegelegenen Bahnhof und erkannte Irene Dalis, meine zukünftige Partnerin als ›Kundry‹, die an einem Tisch im Freien saß. Ich sprach sie an, setzte mich zu ihr und hatte zuallererst ein Mißverständnis aufzuklären. Irene dachte, was jede Frau denkt, wenn sie von einem unbekannten Mann angesprochen wird, und reagierte nicht gerade freundlich. Dann stellte ich mich vor, und wir beichteten gegenseitig unsere Nervosität. Irene hatte im Gegensatz zu mir den Vorteil, ihre Rolle schon gesungen zu haben. Sie fürchtete trotzdem den kommenden Tag und hoffte, Wieland würde die Probe nicht mit der Szene beginnen, die sie als die schwierigste empfand: Den Kuß im zweiten Akt.

Ich hatte über Irene Dalis schon viel gehört, war aber doch keineswegs genügend auf ein Treffen mit dieser dynamischen Künstlerin vorbereitet. Die Tatsache, daß Wieland Wagner sie 1961 als ›Kundry‹ besetzte, unterstreicht seine ständigen Bemühungen, für seine Inszenierungen Besetzungen aus der ganzen Welt zu finden. Irene war ein prominentes Mitglied der Metropolitan Opera, und sie kam auf dem Höhepunkt ihrer Karriere nach Bayreuth. Sie ist eine Künstlerin vom Stil einer Martha Mödl und war Wieland auch tatsächlich von Martha Mödl empfohlen worden. Er sollte seinen Entschluß, sie zu engagieren, nicht bereuen. Irene war so temperamentgeladen und auch stimmlich so gut in Form, daß ihre Rollengestaltung ihn sofort ansprach. Sie erwies sich als würdige Künstlerin in einer langen Reihe von Größen, die für Wieland gearbeitet hatten. Viele Künstler, mit denen er zusammenarbeitete, hatten gemeinsame Eigenschaften: sie besaßen Intelligenz, Humor, hochentwickelte Musikalität und höchste Intensität in ihren künstlerischen Ansprüchen. Ich empfinde es noch heute als großes Privileg, Irene als meine erste Kundry getroffen zu haben und erinnere mich wehmütig an jenen ersten Probentag, an dem wir beide gedankenversunken und doch hoffnungsvoll den Grünen Hügel hinaufmarschierten.

Nachdem wir unsere persönlichen Sachen rasch in einer Garderobe verstaut hatten, traten wir in einen schummrigen alten Probenraum ein, in dem uns Wieland schon erwartete und uns mit einem einstündigen Vortrag über PARSIFAL überraschte. Dabei bescherte er uns nicht nur in Wagners Meisterwerk, sondern auch in seinen eigenen Charakter viele Einblicke. Dann begannen wir mit den Proben, natürlich mit der Kußszene. Dalis stöhnte, Wieland lachte und erklärte, daß er es für zwingend notwendig hielte, an der Schlüsselstelle der Oper zu beginnen. Der Kuß stellt den Schnittpunkt der emotionalen und physischen Existenz von Parsifal und Kundry dar. Die Bedeutung, die Wieland dieser Konfrontation beimaß, erweckte bei uns echtes, lebhaftes Engagement. Wir ließen uns willig von seiner enthusiastischen und grundlegenden Beschäftigung mit dem Werk seines Großvaters anstecken und überschritten bald den Punkt, an dem wir unser eigenes Selbstbewußtsein vergaßen. Der Kuß wurde auch für uns zur Schlüsselstelle, die zur Gänze von unseren eigenen künstlerischen Ausdrucksfähigkeiten abhängen sollte. Diese Tatsache bot uns die Chance, unsere eigenen, individuellen Gefühle und Fähigkeiten zum Ausdruck zu bringen und neue Facetten innerhalb dieses großartigen Werkes hervorzubringen. Schon nach kurzer Zeit waren wir uns der positiv gespannten Atmosphäre während dieser ersten Probe voll bewußt. Irgend etwas Geheimnisvolles ging in uns vor, und von jeder Seite kamen greifbare Weiterentwicklungen. Wieland schlug vor, daß Kundry spinnenähnlich über den auf dem Rücken liegenden Parsifal kommen sollte. Die Szene war dadurch auch physisch anstrengend, und doch wurde diese lange anstrengende Probe zu einem einzigen fruchtbaren Augenblick der künstlerischen Kreativität. Drei Individuen bemühten sich ehrlich, das Optimum aus sich herauszuholen und ihre eigenen Bemühungen mit denen des Komponisten zu verschmelzen. Wieland Wagner ordnete dann bald eine Pause an, nach der er in Begleitung einer Sekretärin, die Notizen über sein neues Regiekonzept machen mußte, zu uns kam. Diese Sekretärin berichtete uns später, daß Wieland aufgeregt zu ihr gekommen war und sie eingeladen hatte, sich anzusehen, was wir produzierten. Es war, wie er es ausdrückte, eine der aufregendsten Proben, die er je gesehen hatte.

Nach dieser Probe waren Irene und ich so erschöpft und hungrig, daß wir uns beeilten, in das Hotel zurückzukommen und unser Mittagessen bestellten. Wir dachten beide, daß wir keineswegs in der Lage sein würden, am Nachmittag nochmals eine Probe zu absolvieren, aber wir hätten uns den Kopf darüber nicht zerbrechen brauchen. Wieland Wagners Zauber hatte uns längst umfangen. Schon nach einer kurzen Pause waren wir beide heißhungrig darauf, mit den Proben fortzufahren.

Zu diesem Zeitpunkt konnte ich mir kein klares Bild davon machen, ob dieses erste Probenfeuer unter der Leitung Wielands nur ein Zufall gewesen war. Ich fühlte aber, daß ich mich trotz sorgfältiger musikalischer Vorbereitung der Rolle in einer Position befand, in der ich erkannte, daß meine Kenntnisse unvollständig waren. Ich hatte ›Walther‹, ›Lohengrin‹, ›Loge‹ und ›Siegmund‹ bereits gesungen, aber PARSIFAL nicht einmal auf der Bühne gesehen. Das ist sicherlich problematisch. Sich Kenntnisse aus bestehenden Schallplattenaufzeichnungen zu verschaffen, ist für den Sänger schwierig. Schon wegen der Länge der Oper und der eigenen Zeitknappheit kann man sich solche Aufzeichnungen kaum mehr als einmal im Vorübergehen anhören. Zusätzlich glaube ich gar nicht, daß es für einen Künstler gut ist, von Beginn an die Interpretation eines anderen Künstlers im Ohr zu haben. Man sollte in jedem Fall die Chance wahrnehmen, die Rolle selbst zu studieren. Meine Vorbereitung hatte hauptsächlich aus einer Diskussion der Rolle mit meinem Lehrer Otto Schulmann und Emmy Seiberlichs Unterstützung beim Studium der Partie bestanden. Emmy war es auch, die mir aus ihrer Kenntnis der Rolle eine Menge unschätzbarer Eindrücke vermitteln konnte. Sie ›verabreichte‹ mir die Partie portionsweise in einem konzentrierten Drei-Tage-Marathon, der es mir ermöglichte, in Bayreuth mit einer zumindest kompletten musikalischen und textlichen Vorbereitung zu erscheinen.

Nach den ersten Proben in der Vorsaison kehrte ich nach Karlsruhe zurück, um dort in der letzten Premiere AIDA und in Repertoirevorstellungen zu singen. Gleich darauf reisten sowohl Irene als auch ich wiederum nach Bayreuth, wo wir im Juli den zweiten Akt des PARSIFAL probten. Ich war gespannt, ob es Wieland wieder gelingen würde, den gleichen Zauber wie zu Beginn auf uns auszuüben. Welche Technik würde er diesmal anwenden, um die gleiche Aufregung und Anspannung zu erzeugen, die wir bei unserem ersten Zusammentreffen gefühlt hatten? Des Rätsels Lösung bestand in seiner Arbeitsmethode. Echte Kunst bringt Ordnung in jedes Chaos und macht sie dadurch wiederholbar. Wielands Inszenierungen waren echte Kunst, sie bestanden nicht nur aus einer intensiven musikalischen Vorbereitung der Sänger, sondern darüber hinaus aus einer präzisen Bewegungsregie der Sänger, die, mit einer exakten Lichtregie kombiniert, den besonderen Effekt, der Wielands Produktionen eigen war, ergaben. Dieser Effekt bestand, wenn alles gelang, nicht nur aus einem großartigen Gesamteindruck, sondern auch aus hervorragenden Leistungen der Solisten. Wenn Künstler in der Lage sind, ihr Bestes zu geben und eine musikalische und stimmliche Glanzleistung bieten, ergibt sich eine sogenannte Sternstunde. Diese Sternstunden können oft unter den unwahrscheinlichsten Umständen, die keinerlei Proben benötigen, eintreten, und trotzdem glaube ich, daß sie nicht viele Künstler als Kennzeichen der wahren Kunst bezeichnen würden. Wirklich große Künstler, wie die Callas oder eben auch Wieland, erzeugten dieses Wunder auch dann, wenn viele Begleitumstände plötzlich nicht mehr zusammenpassen. Echte Kunst kann weder durch Stimmungsschwankung, Indisposition oder Schicksalsschläge verhindert werden. Es ist die Fähigkeit, eine konstante Atmosphäre oder Stimmung in einer reproduzierbaren Art und Weise herzustellen, die den großen Opernregisseur wie auch jeden anderen Künstler kennzeichnet.

Während der zweiten Probenserie in Bayreuth wurden mir erstmals die Grundlagen von Wielands Arbeitsmethodik und damit seines Erfolges bewußt. Der erste Grundsatz Wielands war, daß die Emotionen der darstellenden Personen in Wagner-Opern durch die Musik seines Großvaters lebendig und erschöpfend dargestellt werden und jede Akzentuierung dieser emotionalen Momente überflüssig ist.

Dieser Grundsatz erfordert natürlich ein komplettes Umdenken für den in konventionellen Opernproduktionen erfahrenen Darsteller. Auch für das traditionelle Bayreuth bedeutete diese Forderung eine wesentliche Veränderung. Sie brachte Wieland nicht nur Erfolg, sondern auch sehr viel Kritik, selbst aus der eigenen Familie, ein.

Die Methode der antizyklischen, mit der Musik im Gegensatz stehenden Bewegungen brachte Wieland oft unter völlig falschen Beschuß. Seine Inszenierungen wurden oft als statisch wirkend und seine Sänger als unbeweglich bezeichnet. Für den Sänger ist es aber eine ungemeine Herausforderung, Bewegungen auszuführen, die jenen entgegengesetzt sind, die sich aus dem musikalischen Eindruck ergeben. Auf keinen Fall macht diese Art der Rollengestaltung den Sänger inaktiver, ganz im Gegenteil. Diese Arbeitsmethode erfordert wesentlich mehr individuelle Beweglichkeit von den Künstlern, die eine Spannung aufrechterhalten müssen, indem sie Bewegungen einfügen, statt eine Bewegung an eine andere dann anzufügen, wenn es durch die Musik angezeigt erscheint.

Während der zweiten Probenserie in Bayreuth lernte ich verstehen, was Wieland mit »durchgehender Intensität« meinte, ein Begriff, der von ungeheurer Wichtigkeit für Wielands Inszenierungen ist. Obwohl Irene und ich die Kußszene bereits geprobt und wir uns viele Details ausgedacht und in gewisser Weise auch perfektioniert hatten, erwies sich unsere Vorarbeit erst als Rohentwurf, an dem Wieland nun zu feilen begann. Neue Aspekte und Facetten sollten sich zeigen, und wir begannen bedeutungsvolle Brücken in das subtile elastische Gebilde unserer Rollengestaltung einzubringen und suchten den kontinuierlichen Fluß eines choreografischen Musters, der einen Bogen vom Beginn bis zum Ende der Szene bildete. Langsam stellte ich mich auch auf die Bemerkungen ein, die

Wieland ständig von sich gab, und fühlte mich zunehmend mehr in der Lage, seine Gedankensprünge, die jeder Szene jedesmal einen neuen kleinen Steigerungseffekt brachten, zu deuten.

In diesem Probenraum, auf einer mit blauem Samt bespannten Scheibe, erlebte ich mit Irene und Wieland jeden Augenblick wie durch ein Vergrößerungsglas. Ich begann zu begreifen, was man mit Gestaltung einer Szene meinte oder meinen konnte. Dies betraf nicht nur die Intensität der Darstellung, sondern vor allem die Gestaltung der gesamten Szene als Einheit, in der eine Spannung erzeugt wurde, die ohne den kleinsten Einbruch von Anfang bis zum Ende anhielt. Diese für Wieland typische Szenengestaltung schien mir wie das weiche Dehnen eines großen Gummibandes, das sich in einem dynamischen Bogen aus einer kleinen Bewegung heraus entwickeln konnte, eine ganze Szene umspannte und schließlich die ganze Oper umgab. Um auf der Bühne solche Intensität zu erzeugen, muß der Regisseur natürlich ein Werk, das sich derart gestalten läßt, in- und auswendig kennen. Mit den Opern Richard Wagners hatte Wieland dabei eine reiche Quelle gefunden.

Wir arbeiteten lange, um die Schlüsselszene des Meisterwerkes von Richard Wagner und dann den ganzen sich darum rankenden Akt zu gestalten. Der Darsteller des Parsifal hat es wie eine Kundry dabei nicht leicht. Im zweiten Akt trifft Parsifal im Zuge seiner Suche auf die Blumenmädchen, die er beiseitestößt, um freien Weg für weitere Abenteuer zu haben. Da hört er seinen Namen aus Kundrys Mund, »Parsifal«, ein Wort, das er seit dem Zeitpunkt, an dem er seiner Mutter Herzeleide entlaufen war, nicht mehr gehört hatte. Die Kombination von Schock und Überraschung, die der eigene Name auslöst, fesselt ihn und liefert ihn der magnetischen Sinnlichkeit von Kundrys Stimme aus. Bewegungslos verharrt er; der Schmerz, der einen Menschen in so einem Augenblick durchzuckt, zwingt ihn zu verharren. Dann steigen in ihm die Empfindungen auf und erhellen das Bewußtsein.

All diese Eindrücke muß ein Sänger natürlich auch ausdrücken können. Das plötzliche Aufleben der vergessenen Vergangenheit, der lustvolle Schmerz, einen solchen auch sexuell gefärbten Ruf zu hören, der Eindruck, den die gesamte Umgebung auf ihn macht, sowie seine naive Konfusion. Dieser Ausdruck muß so geformt sein, daß die gesamte Persönlichkeit des Künstlers, in Bewegung, Gesichtsausdruck und in der Stimme, die Bewegtheit Parsifals wirklich erleidet. Aber darin darf nichts enthalten sein, was zu übertrieben oder gar komisch auf das Auditorium wirken könnte. Das ist eine echte Herausforderung für den Darsteller. Ich glaube, es gibt keine andere Szene, die den Unterschied zwischen Wieland Wagners Inszenierungen und denen der traditionellen Regisseure besser ausdrückt als diese, in der es der Tenor im Rampenlicht, einen Meter neben dem Souffleurkasten stehend, schaffen muß, einen hohen Ton zu singen, sich in Hingabe an Wielands Methode auf die Knie sinken zu lassen und in echter Art und Weise zu empfinden. Dieser großartige Augenblick war, in subtilen Pianophrasen, in den Bogen seines Parsifal-Porträts eingearbeitet. Nichts durchbricht dabei die durchgehende Spannung. Ich muß dabei allerdings auch hinzufügen, daß ich Tenor genug bin, um nicht zu versuchen, diese, wie auch andere ähnliche Szenen nach meinen Wünschen zu gestalten und als Tenor zu glänzen. Aber anders als andere Kritiker von Wieland Wagner, fand ich die restriktiven Augenblicke seiner Regie als genau jenes Element, das wohl die schwierigsten künstlerischen Anstrengungen erfordert, aber dann höchsten Erfolg garantiert, wenn es konsequent befolgt wird. Man muß dabei seine Energie und Intensität innerhalb eines festen vorgegebenen Rahmens halten und doch in möglichst farbenprächtiger Art und Weise die dabei vernachlässigte eigene Persönlichkeit ausdrücken.

Was ist aber eigentlich so wichtig und auch schwierig daran, sich, wie vom Regisseur verlangt, auf die Knie zu werfen? Die Antwort ist: praktisch alles. Wieland wollte kein einfaches rasches Hinfallen, als ob man darangehen würde, den Boden aufzuwischen. Er wollte nicht einmal ein Niederknien, das an ein gedankenvolles Knien in einer Kirche erinnert. In diesem Augenblick verlangte er komplette Körperkontrolle während des Gesanges. Eine Selbstbeherrschung, die ebenfalls eine der wichtigsten Forderungen Wielands an seine Künstler war. Er verlangte einen Grad an physischer Kontrolle und Fitness, die es seinen Sängern ermöglichte, neben dem Gesang die Übungen eines Turners auszuführen. Diese Aussage ist keineswegs übertrieben, zumindest in meiner Arbeit gab es keine Bewegung, die ich selbst als völlig befriedigend empfand, bevor ich sie nicht in endloser Arbeit bis zu jenem Punkt der Perfektion geübt hatte, der Wielands Standard entsprach.

Ein wesentliches Ziel dieser zweiten Probenserie war auch die Verschmelzung der bereits perfektionierten Reaktionen jedes individuellen Künstlers zu einem gemeinsamen Ganzen, und auch das war ein langwieriger Prozeß. Nach stundenlangen Übungen spürte ich Muskeln in meinen Oberschenkeln, die ich zuvor nie wahrgenommen hatte. Dann schaffte ich es, bald nach Kundrys erstem Ruf einen passabel weich gesungenen Parsifal zu singen, konnte mir aber noch immer nicht vorstellen, diese Empfindung aufrechtzuhalten, während ich mich für eine mir Stunden erscheinenden Zeit auf den Knien befand. Ich mußte einfach lernen, mich zu beherrschen und physische Unannehmlichkeiten lang genug zu ertragen. Es gab keine andere Möglichkeit, ohne die von Wieland gewünschte kontinuierliche Intensität zu unterbrechen. Das Geheimnis war wie oft im Leben: Übung, Übung, Übung. Während dieser Bayreuther Saison erkniete ich mir Schwielen, die sich nie mehr völlig zurückbildeten. Ich trage diese Erinnerung noch heute als Lohn für die vielen Rollen, die ich auch in späteren Jahren in den unterschiedlichsten Produktionen sang. Ein Wagner-Tenor befindet sich eben oft auf Knien, und Wieland kam während späterer Inszenierungen oft lachend auf mich zu und sagte: »Aha, Thomas, schon wieder eine Bodenpartie!« Das Knien war aber erst der Anfang der Schwierigkeiten. Nachdem wir knien gelernt hatten, begannen wir gehen zu lernen. Es sollte natürlich, aber gleichzeitig auch würdevoll aussehen und so perfekt abgestimmt sein, daß man am geplanten Endpunkt präzise eintraf. Aber selbst das Stehenbleiben bringt Probleme. Man muß so stehenbleiben können, daß es keiner Korrekturschritte bedarf. Der letzte Schritt muß die exakte Endposition treffen.

Jede Position und Einstellung mußte exakt geprobt werden, und dabei bestand immer die Gefahr, daß ich mit einem abrupten Ändern meines Verhaltens die ganze, sorgfältig choreografierte Szene in sich zusammenstürzen lassen konnte. Langsam bekam ich in diesen intensiven Probensitzungen das Gefühl, eine Szene geistig filmen und wiederum abspielen zu können. Das ist praktisch. Während einer Vorstellung muß man sich dann nur diese Aufnahmen im Geist abspielen und sicherstellen, daß jede Bewegung genau mit der nachfolgenden zusammenpaßt.

Ich war natürlich im Laufe meiner Ausbildung schon mit Tänzern zusammengewesen und hatte eine Amateurausbildung im Tanz. Ich wußte also, was eine Muskelkontraktion ist. Bevor ich mit Wieland zusammengearbeitet hatte, wußte ich allerdings nicht, daß sich diese Kontraktion genauso wie Tausende anderer physischer Reaktionen ganz von allein einstellt, wenn man dazu geführt wird, eine Rolle zu fühlen und sich bemüht, den musikalischen Ausdruck zu verstärken, statt ihn zu unterstreichen. Dafür gibt es viele Beispiele, auch im PARSIFAL.

Der erste Kniefall Parsifals wird von der Wirkung des Pfeiles, von Kundrys Stimme, beherrscht. Diese Stimme verursacht eine Reaktion, die es praktisch unmöglich macht, nicht zu knien. Soweit ist die Szene noch einfach, dann aber stellt sich schon die Herausforderung, diese Kontraktion, das Knien, beizubehalten, während man Kundry, die sich Parsifal mit ihrer langen Erzählung nähert, zuhört. Am einfachsten wäre es für den Künstler, den Kopf zu senken, tief zu atmen und sich auf die nächsten Phrasen, die er zu singen hat, zu konzentrieren. Nicht aber bei Wieland Wagner.

Ein weiterer Grundsatz Wielands lautet nämlich: Wenn die Augen des Sängers vom Auditorium wegblicken, bricht die Spannung des Augenblickes, die sich zwischen dem Auditorium und den Darstellern aufgebaut hat, unwiderbringlich zusammen.

Auf unsere Arbeit übertragen bedeutet das, daß die Gefühle, die ich als Parsifal hatte, während Kundrys Erzählung ununterbrochen gehalten werden mußten. Diese Anweisung Wielands darf man nicht dahingehend mißverstehen, daß Wieland den nichtsingenden Künstler dazu aufforderte, die Aufmerksamkeit des Publikums auf sich zu ziehen. Dies passiert ohnedies häufig genug und wird als »up staging« bezeichnet. Wieland Wagner bestand einfach darauf, daß die Qualität des künstlerischen Ausdrucks gleichermaßen während des Gesangs wie auch während Perioden des Zuhörens ungebrochen bleiben müßte. Diese Anspannung stellt die Grundlage einer soliden Aufführung dar. Das hat natürlich eine plausible Erklärung, denn die Zuhörer sitzen tatsächlich nicht im Auditorium, um das Spiel jedes einzelnen Darstellers zu analysieren, sie fühlen vielmehr die Gesamtwirkung einer Produktion, die sich aus der Summe der Intensitäten und Ausstrahlungen der einzelnen Künstler ergibt.

Irene und ich versuchten, die gelernten Bewegungsmuster so gut wie nur möglich auszuführen. Wir stolzierten, folgten einander, zogen uns zurück und kamen wieder aufeinander zu, wobei wir nicht vergaßen, das gerade Erlebte oder Gesungene zu empfinden und diese Empfindungen, während der Partner sang, zu reflektieren. Für einen erfahrenen Künstler, vor allem einen, der mit Wieland zusammengearbeitet hat, erscheinen diese Elemente der Darstellungskunst trivial, aber ich war zu diesem Zeitpunkt noch nicht sehr erfahren, und die Erkenntnisse, die ich während dieser Proben gewann, stellten den bedeutungsvollsten Lernprozeß meiner ganzen Karriere dar.

In meinem Bewegungsablauf gab es damals prinzipielle Probleme, die zuvor schon einige Lehrer erfolglos zu korrigieren versucht hatten. Wieland stellte dazu trocken fest, daß ich im privaten Leben ganz natürlich gehen konnte, es ihm aber erschien, daß ich auf der Bühne agierte, als hätte ich zwei linke Beine. Nun kann ich keineswegs behaupten, besonders grazil zu gehen, war aber damals doch durch diesen rohen Ausdruck vor den Kopf gestoßen. Aber Wieland zeigte mir, wie ich von einem Punkt zu einem anderen kommen konnte. Ich konnte gehen, laufen oder kriechen und legte den Weg korrekt zurück. Kaum war ich aber am Zielpunkt angekommen, rückte ich meine Position mit einem kleinen Korrekturschritt zurecht. Diese künstliche Bewegung, vielleicht Ausdruck des Zögerns, entbehrte zeitweilig nicht einer gewissen Komik. Der kleine Schritt am Ende eines langen, bestens berechneten Weges konnte die ganze Bewegung zerstören. So begann ich langsam, an mir und meinen zwei »linken Beinen« zu arbeiten, bis ich feststellen konnte, ein linkes und ein rechtes Bein zu haben. Ich hatte mir abgewöhnt, den letzten kleinen Korrekturschritt zu tun und bemühte mich, auf Wielands Rat hin, am Ende eines Weges keine abrupten Bewegungen zu machen, sondern kontinuierlich in die nächste Geste oder die nächste Bewegung überzuleiten.

Nach diesem Training artistischer Grundlagen sowie der Perfektionierung der gemeinsamen Bewegungen und intensiver musikalischer und stimmlicher Arbeit kam der Tag, an dem wir mit der übrigen Besetzung des PARSIFAL zusammentreffen konnten. Irene und ich waren die einzigen Besetzungsänderungen gegenüber dem PARSIFAL von 1961. Für Wieland war es eine Herausforderung, seinen neugeschaffenen zweiten Akt in die bestehende Produktion einzuarbeiten und Irenes und meine Interpretation mit der erfahrenen Besetzung und ihrer Routine zusammenzubringen. Wieland hatte natürlich unsere Szenen in sein Gesamtkonzept eingebettet, alles paßte mit den Intentionen der alten Produktion zusammen. Außerdem hatte er uns genügend Freiraum gelassen, um eine eigene künstlerische Interpretation innerhalb des vorgegebenen Rahmens hervorbringen zu können.

Bei Gesprächen mit anderen Bayreuther Künstlern erfuhr ich, daß Wielands frühere Anstrengungen, die von ihm gewollten Bewegungen zu zeigen, nicht so erfolgreich gewesen waren wie seine Bemühungen während unserer Probenarbeit. Dabei war es doch so einfach, von ihm zu lernen. In unserer Zusammenarbeit erwies er sich als Meister, wenn er jemanden eine Stellung oder Haltung genau demonstrieren wollte. Er hatte eine unübertroffene Art und Weise, seinen Wunsch in einer Form auszudrücken, die genau auf den Künstler ausgerichtet war, mit dem er zusammenarbeitete.

Wielands Arbeitsmethoden und die Details unserer Zusammenarbeit sind auch Beispiele für Wielands Fähigkeit, nach einem genauen Bewegungsschema vorzugehen, das er dann langsam in eine verspielte, freundliche Form überführen konnte. Diese Arbeitsmethode gleicht dem Schneefall, der einen Hügel vorerst nur punktuell bedeckt und diesen dann langsam in weiche Watte hüllt. Wieland verwendete bei seiner Regiearbeit auch geometrische Muster, nach denen er die Bühne unterteilte.

Eines der grundlegenden Muster, die er für seine Bewegungen verwendete, war die Diagonale. Man ging dabei von der linken Hinterbühne bis zur Rampe auf der rechten Seite, wobei der Marsch oft durch kleine Kurven aufgeweicht wurde. Für komplexere Bewegungen verwendete er Dreiecke oder Quadrate. Die Grundlage seiner Bewegungsregie war jedenfalls immer bis ins kleinste geplant, kein Detail war dem Zufall oder der Eingebung des Künstlers überlassen. Seine Bewegungsmuster entwickelte er immer aus der Motivation jeder Szene und aus der Musik oder den inneren psychologischen Reaktionen, die wiederum aus der Musik resultierten. Wieland hatte auch eigene Methoden und Techniken, mit denen er seine Wünsche den Künstlern gegenüber artikulieren konnte. Er war kraftvoll und bestimmend, und in seinen Bemerkungen konnte er ätzend, ja verletzend sein. Er schaffte es spielend, alle Mitglieder einer Produktion zu terrorisieren. Ging während einer Probe etwas nicht genau nach seinen Wünschen und Vorstellungen, gab es häufig Unterbrechungen, und man hörte seine unnachahmlich

BAYREUTHER FESTSPIELE

BAYREUTH, 2o.1o.1961
TELEFON * 5722
POSTFACH 72

Verehrter, lieber Herr Thomas,

ich freue mich, Ihnen in der Anlage den Vertrag für die Bayreuther Festspiele 1962 zur Unterschrift übersenden zu können. Sie wissen, daß ich den Lohengrin eigentlich für Sie wieder in das Programm aufgenommen habe, und ich hoffe, daß unsere beiderseitigen Erwartungen sich genauso erfüllen wie beim Radames. Vereinbarungsgemäß darf ich Sie nochmals bitten, sich die Tage für die 3. und 4. Parsifal-Aufführung auf jeden Fall freizuhalten, da ich die Besetzung für diese beiden Tage erst noch mit Professor Knappertsbusch klären muß.

Ich möchte diese Gelegenheit benutzen, mich bei Ihnen nochmals herzlich für Ihre ausgezeichnete Arbeit bei den Aida-Proben und für den vorbildlichen Humor zu bedanken, den Sie in dem Augenblick gezeigt haben, in dem ich gezwungen war, meine Konzeption gewisser Szenen auf den Kopf zu stellen.

Darf ich Sie bitten, beiliegenden Vertrag mit Ihrer Unterschrift versehen an Herrn Hellwig, Berlin-Schöneberg, Ebersstrasse 73, zurückzuschicken.

Mit schönen Grüßen und Empfehlungen an Ihre verehrte Gattin bin ich

Ihr sehr ergebener

Wieland Wagner

trockene sarkastische Stimme über die Lautsprecheranlage: »Arbeitslicht, bitte!« Dieser unmißverständliche Ausdruck seiner Ungeduld war für jedermann das Zeichen, daß etwas schiefging.

Er verwendete manchmal auch sehr vulgäre Ausdrücke, die doch einige Kollegen verletzten. Ich sah sie immer als extremes Ausdrucksmittel an, das er anwandte, um einem Sänger möglichst rasch die Situation, die er schaffen wollte, zu erläutern, ohne sich dabei in umständlichen Erklärungen zu ergehen.

Nach dieser ersten Zusammenarbeit mit Wieland Wagner in meinem PARSIFAL in Bayreuth hatte ich bald weitere Gelegenheit, Wieland Wagner bei der Arbeit zu beobachten. In den Jahren 1961 bis 1962 kam es sofort nach Bayreuth zur gemeinsamen Neuinszenierung der AIDA im September sowie des LOHENGRIN im Dezember 1961. Im Sommer 1962 wiederholte ich PARSIFAL in Bayreuth und fügte dann LOHENGRIN hinzu. Wieland bat mich auch, ›Narraboth‹ in seiner SALOME-Inszenierung in Stuttgart im Februar 1962 zu singen, und glücklicherweise akzeptierte ich auch diese kleine Rolle. Die nächste Inszenierung sollte im Frühjahr 1963 in Venedig stattfinden, aber durch Verschulden der Veranstalter wurde diese Aufführung dann konzertant gegeben. Danach kam die bemerkenswerte Bayreuther MEISTERSINGER-Inszenierung im Jahr 1963.

Während der Proben für AIDA in Berlin hatte ich Gelegenheit, Wieland sowohl außerhalb Bayreuths wie auch bei der Arbeit an einer Oper, die nicht von seinem Großvater stammte, zu beobachten. Das war sehr interessant für mich, er erschien mir wesentlich entspannter zu arbeiten, behielt aber die gleiche Intensität, die schon die Arbeit am PARSIFAL ausgezeichnet hatte. Ich interessierte mich mehr und mehr für seine sorgfältige Beachtung jedes Details, z. B. Lichtregie und Kostüme. Wieland hatte auch in der Zwischenzeit schon einige der von mir entworfenen Kostüme gesehen, er wußte auch, daß ich Konzertgewänder für einige meiner Kollegen wie Astrid Varnay und Reri Grist entworfen hatte. Eines Tages bat er mich, ihn in die Kostümschneiderei zu begleiten, um meine Meinung zu einem Kostüm, von dem er das Gefühl hatte, daß es geändert werden mußte, zu hören. Das Kostüm war noch im Rohzustand, als ich es sah, es war das von Gloria Davy für die Rolle der ›Aida‹. Das Kostüm hatte einen exklusiven Schnitt, der in weichem Velours ausgeführt war. Der Schnitt war perfekt, ebenso die Paßform, und das Stück kleidete Gloria bestens. Es drückte eine einfache, aber zeitlose Eleganz aus. Eigentlich gefiel mir das Kostüm außerordentlich, und doch stimmte etwas nicht. Wieland wollte meine Meinung hören. Was war es? Das Kostüm bestand aus dem weichsten, sattesten Velour, das man hatte beschaffen können und war in Beige gehalten. Natürlich zögerte ich, dem großen Meister einen Vorschlag zu machen, raffte mich dann doch auf und erwähnte, daß der unbefriedigende Eindruck vielleicht von der zu perfekten Übereinstimmung des Kostüms mit der köstlichen mokkafarbenen Haut von Gloria resultieren könnte. Würde das Kostüm nicht in einem weichen senfähnlichen Gelb besser aussehen? Wie würde aber die Wirkung unter den Theaterscheinwerfern sein? Wieland verlangte sofort nach Farbmustern des Velours, und ich mußte ihm meine Vorstellung zeigen. Bald fand ich unter den Mustern eines, das meiner Meinung nach einen perfekten Kontrast zu Glorias Hauttönung darstellte und trotzdem zum gewählten Schnitt paßte. Er hielt das Muster an Glorias Arm, lächelte und wandte sich dann zu mir: »Danke, Herr Kollege!« Das Kostüm wurde tatsächlich in der von mir vorgeschlagenen Farbe ausgeführt.

Ich hatte Wieland auch einige meiner Versuche, Bühnenbilder zu entwerfen, gezeigt. Natürlich war ich sicher, Wieland würde meine amateurhaften Bemühungen verlachen, aber statt dessen bemerkte er ernst, daß ich bei meinem Gefühl für Kostüm und Bühnenbild auf keinen Fall versäumen dürfe, meine Bemühungen weiterzuentwickeln. Er stellte aber zwei Bedingungen: Ich sollte ihm vorerst noch als Tenor zur Verfügung stehen und ihm immer als erstem meine Ideen unterbreiten. Es war für mich eine große Ehre, diesen seinen Wunsch zur Kenntnis zu nehmen, und ich wußte auch, daß er höflich sein wollte. Aber wir setzten Gespräche über künftige Entwürfe später häufig fort.

Während meiner Zeit in Berlin hatte ich weitere Gelegenheiten, die Grundlagen von Wielands Arbeitsmethoden näher kennenzulernen. Nachdem wir die wichtigen Bühnenproben beendet hatten, folgten einwöchige Musikproben unter Karl Böhm. Erst daran schloß die Generalprobe an. Wielands Arbeit war nach der ersten Probenserie also fürs erste getan, und er konnte sich einige Tage nach Bayreuth zurückziehen, um sich anderen Projekten zu widmen. Zu dieser Zeit war es in Berlin sehr heiß, und Wieland wußte, daß ich nur in einem Hotelzimmer der mittleren Klasse abgestiegen war, das keinen Luxus bot. Bevor er abreiste, bot er mir an, sein Haus, das er für die Zeit seiner Anwesenheit in Berlin gemietet hatte, zu benutzen. Es lag am Stadtrand Berlins und hatte auch einen Garten. Er dachte wohl, daß ich mich darüber freuen würde, an die frische Luft zu kommen und mich von den anstrengenden Proben zu erholen. Dieses Angebot war eine sehr freundliche Geste, die ich nicht abweisen konnte. Nicht nur, daß ich die Freiheit genoß, in einem Haus zu wohnen, ich hatte auch Gelegenheit, einen Blick hinter die Kulissen von Wielands Arbeit zu tun. Dazu mußte man gar nicht als Schnüffler durch das Haus gehen, private Aufzeichnungen durchlesen oder Kästen öffnen. Das Miethaus war an sich eine einzige Enthüllung für mich. Jede nur verfügbare Fläche war mit Büchern, Zeichnungen und Quellen, die sich auf die AIDA-Inszenierung bezogen, gefüllt. Er hatte es geschafft, eine mittlere Bibliothek nach Berlin zu schaffen, um seine Inszenierung auf eine solide Basis zu stellen. Es gab Bilder, Zeichnungen, Fotos und Bücher, die alle ausschließlich von den in AIDA beschriebenen Perioden der ägyptischen beziehungsweise afrikanischen Kultur handelten. Obwohl ich wußte, daß sich jeder Regisseur und jeder Bühnenbildner mit historischer Hintergrundinformation ausstattet, war diese Informationsflut überwältigend. Aber trotz des Chaos und der Fülle von Material gab es eine bemerkenswerte Ordnung. Sehr beeindruckend zeigte sich für mich auch die Entwicklung der Bühnenbilder, die sich in zahllosen Zeichnungen ausdrückte. Natürlich wünschte ich mir, in dieses reichhaltige Material tiefer eindringen zu können, wurde aber doch durch das Gefühl abgehalten, nicht in Wielands Privatsphäre eindringen zu wollen. Mein Aufenthalt in seinem Haus gab mir jedenfalls einen Einblick in die Basis seiner Arbeit und seiner sorgfältigen Grundlagenstudien, die er dann für seine kontroverse AIDA-Inszenierung in Berlin verwendet hatte.

In seinem Haus entdeckte ich auch ein kleines persönliches Geheimnis. Wieland hatte immer ein spezielles Rasierwasser, über dessen Marke die Künstler rätselten. In seinem Haus in Berlin fand ich die Antwort: Es war ›Le Dix‹ von Balenciaga. Jahre später sandte ich ihm seinen Lieblingsduft als Geschenk in seine Münchner Klinik. Er war höchst überrascht, als er sah, daß ich als einziger wußte, welches es war.

Nach AIDA arbeitete ich mit Wieland auch in seiner nächsten Berliner Inszenierung, im LOHENGRIN, zusammen, und auch dabei konnte ich seine sorgfältige Arbeit mit Chor und Solisten genau beobachten. In dieser Inszenierung verwendete er wie in Bayreuth Stufen, schräggestellte Bühnenelemente und Podeste. Das Bühnenbild und die Kostüme waren jenen der Stuttgarter Inszenierung, in der ich schon ohne Wielands persönlicher Unterweisung gesungen hatte, sehr ähnlich. Viele offene Fragen um Wielands Geheimnisse wurden für mich in dieser Zeit gelöst, aber viele neue stellten sich. Nun wurde mir auch die Bedeutung der von ihm gerne verwendeten Scheibe, die eine zweite Spielebene darstellt, klar. Sie ist die Welt der Menschen, in die Lohengrin erst eindringt. Wieland demonstrierte mir die von ihm gewünschten Bewegungen Lohengrins selbst. Sie erlangen besondere Bedeutung, wenn Lohengrin auf die Welt der Menschen trifft, er ist in sich verschlossen und hält sein Schwert mit steifen Armen fest, als wollte er eine Schale festhalten, die die geheiligte Welt, aus der er kommt, repräsentiert. Durch zurückhaltende Bewegungen drückt er seine Distanz gegenüber den anderen Darstellern aus. Erst mit seinem ersten Schritt in die neue Welt beginnt er seine Bewegungen auszuweiten. Der bis zu dem Punkt formelle und reservierte, eigentlich rein symbolische Gestus verändert sich langsam, und Lohengrin wird zunehmend zu einer normalen, menschlichen Person, der sich von seiner Herkunft in dem Augenblick völlig löst, in dem er seine Arme öffnet und Elsa seine Liebe bekennt. Die menschlichen Bewegungen behält Lohengrin dann bis zu dem Augenblick im dritten Akt bei, in dem er seine Herkunft als Ritter des Gral enthüllt und nach Monsalvat zurückkehren muß.

Nach den LOHENGRIN-Proben in Berlin wußte ich, daß ich eine weitere wichtige Grundlage der Regiearbeit von Wieland Wagner kennengelernt hatte:

Keine einzige Bewegung auf der Bühne darf dem Zufall oder der Improvisation überlassen sein. Jede improvisierte Geste, die nicht aus dem vollen Bewußtsein der geprobten Bewegungen kommt, kann die Spannung, die die ganze Szene zusammenhält, unterbrechen. Man darf Spontaneität nicht mit mangelnder Einstudierung verwechseln.

Im März 1962 hatte ich die Ehre, Wieland einen Gefallen tun zu können. Er hatte sich von mir gewünscht, die Rolle des ›Narraboth‹ in seiner SALOME in Stuttgart zu übernehmen. Selbst für diese kleine Rolle hatte Wieland ein feines Konzept und Zeit, der Rolle ein echtes Profil aufzudrücken. Der junge, in Salome verliebte Offizier ist bereit, für sie zu sterben. Seine Hingabe und die schwärmerischen Posen, ja seine gesamte Geisteshaltung prägen diesen pathetischen jungen Mann. Die Arbeit an dieser Rolle bewies mir die Bedeutung des Theatersprichwortes: »Es gibt keine kleinen Rollen, nur kleine Leute.«

Im Sommer 1962 kehrte ich dann nach Bayreuth zurück, um sowohl ›Parsifal‹ als auch ›Lohengrin‹ zu singen. Obwohl mich Wieland nun schon als Teil seines Teams betrachtete, stellte sich trotzdem kein Gewöhnungseffekt ein. Die Proben waren zumindest für mich so aufregend wie eh und je. Wieland bedauerte oft die Tatsache, daß er einfach nicht genug Zeit hatte, die intensiven Proben im Stile seines Vaters Siegfried aufzulokkern, der die gesamten Festspielteilnehmer zu Landausflügen und Picknicks einzuladen pflegte. Die Festspielatmosphäre prägte jedoch ein gutes Zusammengehörigkeitsgefühl, und Wieland begrüßte die starke Loyalität seiner Sänger und Künstler.

Während der Probenzeit hatte ich auch Gelegenheit, im Festspielhaus einige Beleuchtungsproben zu beobachten, in denen Wieland Wagner sehr eng mit seinem Lichtregisseur und Techniker, Paul Eberhardt, zusammenarbeitete. Sie waren seit vielen Jahren

Die Begum Aga Khan und Jess Thomas bei den Festspielen in Bayreuth. (75)

ein Team, das es auf bewundernswerte Art und Weise verstand, eine praktisch leere Bühne mit Farben und Bewegung zu überschwemmen, die die Stimmung von Richard Wagners Musik perfekt ausdrückten. Wieland wurde oft dahingehend kritisiert, daß er zu wenig Licht auf der Bühne hatte, brutal ausgedrückt, die Bühne schien einfach zu dunkel. Ich kann mir aber nicht vorstellen, daß die von ihm in seinem subtil nuancierten Stil gewünschten, rembrandtähnlichen Effekte vor dem offenen Auge der Besucher verborgen bleiben konnten. Wenn es dunkel war, dann hatte er seinen guten Grund dafür. Wieland und Eberhardt entwickelten für jeden Künstler spezielle Abdeckungen für die Bühnenscheinwerfer, die den Künstlern nachgeführt wurden. Natürlich entsprachen auch die verantwortlichen Techniker, die die Scheinwerfer bewegten, Wielands Anforderungen und waren bestens dahingehend trainiert, einen gleichmäßigen unterbrechungsfreien Bewegungsablauf zu gewährleisten. Mit jedem Techniker wie auch mit jedem Sänger versuchte Wieland das individuell Optimale zu erreichen. Ich erinnere mich an einen Künstler, dessen Stimme nicht nur von Wieland besonders geschätzt und bewundert wurde. Aber gerade dieser Star hatte die Angewohnheit, manchmal seinen Arm unmotiviert zu einer belehrenden Geste zu heben. Solche Bewegungen störten natürlich in Wielands präzisem Konzept besonders. Er paßte daher die Lichtöffnung für seinen Beleuchtungsscheinwerfer diesem Künstler so an, daß die ungeplanten Armbewegungen unsichtbar blieben.

Während meiner Zeit in Bayreuth machte ich auch Bekanntschaft mit anderen Mitgliedern von Wielands Team, Willi Klose, der Maskenbildner und Perückenmeister, Kurt

Palm, der Wielands Kostümentwürfe ausführte, Peter Lehmann, sein Assistent, der später selbst ein berühmter Regisseur wurde, und viele andere. Alle in Wielands Team waren von Zeit zu Zeit Zielscheibe von Wielands trockenem Humor oder sogar seines beißenden Sarkasmus. Er war voll von Gegensätzen; die meiste Zeit über war er nahezu übertrieben höflich, aber dann konnte er plötzlich fürchterlich brutal sein und dabei jedes Taktgefühl vermissen lassen. Als Wieland einmal wegen einer besonders zur Schau gestellten schlechten Stimmung zur Rede gestellt wurde, soll er geantwortet haben: »Was erwarten Sie denn vom Enkel Richard Wagners und dem Urenkel von Liszt?«

LOHENGRIN in Bayreuth bescherte mir Wielands dritte Version dieses Werkes. PARSIFAL wiederum bot mir die Möglichkeit, die Veränderungen an einer einzigen Inszenierung mitzuverfolgen. Ich konnte Wieland dabei beobachten, wie er von einem Jahr zum anderen versuchte, seine eigene Inszenierung zu verbessern. Er bemühte sich sogar, von Aufführung zu Aufführung neue Ideen und Verbesserungen einzubringen. Es war durchaus nicht unüblich, zwischen Aufführungen in das Festspielhaus zu Proben gerufen zu werden, um die vorangegangene Aufführung zu korrigieren und zu verbessern.

Wieland war es auch, der mir geholfen hat, ein Konzept für die Rolle des ›Stolzing‹, die ich im Winter 1962 an der Met singen wollte, zurechtzulegen. Es war eine große Ehre und ein unschätzbarer Vorteil für mich, sowohl das Charakterporträt des ›Stolzing‹, wie auch grundlegende Überlegungen in der Bewegung gemeinsam mit Wieland zu erarbeiten und mit ihm später in seiner revolutionären Neuinszenierung in Bayreuth herauszubringen. Bei ›Stolzing‹ hatte ich die Möglichkeit, Wieland Wagner an einer Rolle modellieren zu sehen, von der er dachte, daß sie sowohl im Ausdruck als auch in der Bewegung Natürlichkeit und Menschlichkeit verlangte. Eva und Stolzing sind Menschen aus Fleisch und Blut, und dementsprechend bewegten wir uns während der langen Szene zwischen Beckmesser und Sachs im zweiten Akt über die gesamte Bühne, anstelle passiv nebeneinander auf einer Bank zu sitzen. Für Stolzing war Wieland die visionäre Einstellung, die er in PARSIFAL oder LOHENGRIN von mir verlangte, zu stark; der junge Träumer Stolzing sollte lebendiger wirken, und meine Erzählungen sollten daher direkt an die Meister auf der Bühne statt an ein imaginäres Auditorium gerichtet sein.

Eine Aussage Wielands in diesem Zusammenhang überraschte mich, und ich diskutierte lange mit ihm darüber. Er wollte alles tolerieren, solange es echt war. Das ist ein umfassender Grundsatz, aber was war für Wieland auf der Bühne echt? Seine Antwort stellt für mich eine weitere Grundlage seiner Technik dar.

Jede Bewegung muß eine Motivation haben. Diese Motivation kann durch viele Parameter wie auch durch das Bühnenbild beeinflußt werden. Die Grundlage der Motivation liegt nicht nur in der Persönlichkeit des Sängers, sie wird zum guten Teil durch den Zeitpunkt und die Position des Sängers bestimmt. Aber die tatsächliche Ausführung der Bewegung muß unabhängig von der Situation als echt empfunden werden und dazu einen gewissen Anteil menschlicher Emotion in sich tragen, die für das Auditorium eine Bedeutung hat. Auf einen Nenner gebracht, der Sänger muß natürlich spielen und der Rolle seine Menschlichkeit ständig aufprägen.

Diese Aussagen mögen dem erfahrenen Sänger trivial erscheinen. Sie widersprachen aber in vielem den Beschreibungen, die ich zuvor über Wieland gehört hatte. Es war nicht so, daß er Unterordnung verlangte. Er verlangte von den Darstellern lediglich

WIELAND WAGNER
BAYREUTH/BAYERN
HAUS WAHNFRIED

3 April 1963

Lieber Herr Thomas –

1.) Den Berliner Freunden habe ich die Verlegung der Meistersinger und Thomas als Kothner vorgeschlagen – (Sie werden begeistert sein!)

2.) Nochmal oder schon wieder: jeden Tag an Bayreuth 1963 denken – dritten Akt studieren – ich komme auf Anruf jederzeit nach München, um Ihnen ein richtiges Schema für den 3. Akt zu geben: damit eine Probe von wenig Minuten –

Ihr ergebener
Wieland Wagner

× Tristan nahtlos!!!

totales Engagement. Dafür legte er aber auch mit seinem großartigen Regietalent die Grundlage. Er brachte den Sängern großes Verständnis und große Bewunderung entgegen, um ihren individuellen Beitrag zur Gestaltung der Werke seines Großvaters zu stimulieren und zu ermöglichen.

Wieland liebte Stimmen und bewunderte den Beitrag des, wie er es ausdrückte, aufopfernden Sängerteams, das es ihm und seinem Bruder in den ersten Jahren ›Neu Bayreuth‹ half, dem Festspiel so großen Erfolg zu bescheiden. Er war sich selbstverständlich der Tatsache bewußt, daß der beste Regisseur und der beste Dirigent in der schönsten Dekoration hinter den Stimmen und Persönlichkeiten zurückstehen, die es allein in der Hand haben, Richard Wagners Werke mit neuem Leben zu erfüllen. Er drückte auch im speziellen seinen Respekt und seine Bewunderung für amerikanische Sänger aus, und davon gab es auch damals schon einige sehr prominente in ›Neu Bayreuth‹: Jerome Hines, Eleanor Steber, George London, Astrid Varnay, Regina Resink und andere. Schon nach kurzer Zeit bildeten Amerikaner einen wichtigen Bestandteil der Festspiele mit Thomas Stewart, James King, Grace Hoffmann, Grace Bumbry, Claude Heater, Karan Armstrong, Jeannine Altmeyer, Janis Martin, Simon Estes und vielen anderen.

Die Nationalität war Wieland aber letztendlich völlig egal. Er suchte Stimmen und Darsteller. Das Festspielhaus ist ein internationales Haus. Die Darsteller kamen aus Frankreich, Finnland, Schweden, Südamerika, den meisten europäischen Ländern, ja eigentlich aus der ganzen Welt. Wieland Wagner charakterisierte seine Darsteller aber nicht nur nach Herkunft und nach Stimmen, sondern auch nach ihrem Charakter. Er teilte sie in barocke und gotische Typen ein. Barocke Darsteller hatten eher eine rundliche Figur, und gotische waren groß und schlank. Aber obwohl die Figur und noch mehr die Stimme von Bedeutung waren, schätzte er Intelligenz und die Fähigkeit, sich seinen Charakterisierungen anzupassen, am meisten.

Die konzentrierte Zusammenarbeit mit Wieland bedeutete für viele Sänger den Start in eine neue, oder besser gesagt, in eine andere Richtung ihrer Karriere. Ich fand in jeder Phase unserer Zusammenarbeit neue Grundsätze seiner Arbeitsmethode heraus, die ich in meinem Notizbuch säuberlich verzeichnete. Nach und nach wurde mir die Verbindung zwischen der motivierten Bewegung, über die ich schon geschrieben habe, und den Anforderungen an den Darsteller klarer. Es bedurfte eines besonderen Zaubers, all diese Anforderungen unter einen Hut zu bringen und den Sänger wirklich dazu zu bringen, die geforderten Grundsätze einzuhalten.

Wieland arbeitete mit Phrasen, die extrem auf die spezielle Persönlichkeit des Sängers zugeschnitten waren. Sie richteten sich an das Unterbewußtsein, dessen Ebenen teilweise enthüllt wurden und es dem Künstler ermöglichten, sich mehr und mehr seinem eigenen Instinkt und seinen Gefühlen hinzugeben. Den Appell an das Unterbewußtsein übernahm Wieland in seiner Regiearbeit offensichtlich aus der musikalischen Gestaltung seines Großvaters Richard.

Die von ihm gewählten Worte und Phrasen konnten oft vulgär sein und in völligem Widerspruch zu dem ernsten Werk, das sie betrafen, stehen. Aber Wieland hatte dabei auch immer einen Hintergedanken. Manchmal wollte er einfach schockieren oder den Künstler in Erregung versetzen und eine intensive Antwort oder eine Reaktion provozie-

»Es bedurfte eines besonderen Zaubers . . .«
Wieland Wagner und Jess Thomas bei Proben in Bayreuth, 1966. (77)

ren. Bei den Proben zum zweiten Akt des PARSIFAL sagte er einmal zu mir: »Thomas, das ist eine amerikanische Bar, ein Hurenhaus, und stellen Sie sich vor, die Schlampe heißt Kundry.« Natürlich waren einige Sänger schockiert und abgestoßen. Aber diese Ausdrücke erzielten oft das gewünschte Resultat, und dabei beschränkte er sich natürlich nur auf die Proben, und auch dort auf Zeiten, in denen er mit wenigen Personen zusammen war.

Wieland ging aber nicht nur mit seinen Sängern so um. Selbst die Werke seines Großvaters behandelte er in gewisser Hinsicht respektlos. Er wurde oft dafür kritisiert, daß er in den Opern seines Großvaters viele Striche vornahm. In einer Dissertation, »Leben, Arbeit, Festspielhaus«, die in einer Broschüre im Jahr 1951 und später im Jahr 1952 in Englisch publiziert wurde, brachte er seine Auffassung zum Ausdruck, daß die Werke Richard Wagners grundsätzlich keine Veränderung erlaubten. Wie alle elementaren Kunstwerke wären sie unverletzlich und blieben für sich selbst komplett.

Trotzdem erlaubte er sich Striche, die für viele puritanische Wagnerianer zum Horror auswuchsen. Ich besitze einen Brief, in dem er mir persönlich zusagte, alle von mir nur gewünschten Striche in TRISTAN zu akzeptieren, wäre ich gewillt, die Rolle für ihn zu übernehmen. Dies war allerdings zu einem Zeitpunkt, in dem ich ›Tristan‹ noch nicht eingeplant hatte. Er bestätigte mir sogar einmal, daß einige wenige Striche in praktisch jedem Werk seines Großvaters gerechtfertigt wären. In jedem, mit einer Ausnahme:

PARSIFAL. In diesem Werk sollte kein einziger Takt auch nur berührt werden. Aber selbst in SIEGFRIED strich er in der dritten Szene einen Teil der Begegnung Siegfried/Wanderer, um eine Bemerkung über den Hut des Wanderers zu eliminieren, da dieser in seiner Regie keinen Hut trug. In LOHENGRIN veränderte er den Text nach den Anforderungen seiner Regie. Ich sang auch: »Elsa, beruhige dich«, anstelle des von Richard Wagner geschriebenen »Erhebe dich«, weil es nicht in Wielands Regiekonzept paßte, daß Elsa zu diesem Zeitpunkt wie vorgeschrieben kniete.

Diese Flexibilität leitete er aus einem Grundsatz ab, den er auch in einer Publikation über grundlegende Prinzipien für Wagner-Inszenierungen darlegte: »Die aktuelle Regie, und nur sie allein kann verändert werden. Solche Änderungen zu vermeiden, bedeutet die Tugend der Treue in das Laster der Starrheit zu verwandeln.«

An diesen erklärten Grundsatz hielt sich Wieland. Er änderte Ideen sogar von Aufführung zu Aufführung und sicherlich von einer Saison zur anderen, und jeder neue Künstler brachte ohnedies nicht nur Änderungen der grundsätzlichen Choreografie seiner eigenen Rolle, sondern auch Änderungen im Bühnenbildentwurf, in der Beleuchtung, in den Kostümen sowie der gesamten Rollenanlage.

Seine MEISTERSINGER-Inszenierung brachte ihm, weil sie in so vielen Bereichen vom Erwarteten abwich, eine Menge Kritik. Kritik, von der er zu diesem Zeitpunkt schon zuoder vorgab, sich ihrer zu erfreuen. Noch vor der Premiere der MEISTERSINGER erläuterte er uns, warum er von so vielen Seiten eine heftige Reaktion erwartete. Die Deutschen, so meinte er, sind zwar ein äußerst talentiertes Volk und sie hätten auch bemerkenswerte Qualitäten, aber ein einziges Manko im Charakter dieses Volkes mußte zur Ablehnung seiner MEISTERSINGER führen. Er führte die Meister nämlich an die Grenzen der Lächerlichkeit, und man sollte auch herzlich über sie lachen können. Doch über sich selbst zu lachen, das ist eine Eigenschaft, die den Deutschen sicher fehle.

Wieland bewunderte auch die Fähigkeit der Sänger, diese langen Wagner-Rollen zu erlernen. Das ist besonders bei Rollen, die rasch zu wiederholende Textpassagen beinhalten, einander ähneln, und doch unterschiedlich sind, schwierig. Vor allem für mich als Ausländer gab es Schwierigkeiten, Passagen zu lernen, die schon für deutschsprachige Sänger als Zungenbrecher bekannt sind. Der Ausbruch Stolzings im zweiten Akt der MEISTERSINGER ist da eine echte Herausforderung. Wenn wir diese schwierige Passage probten, stand Anja Silja immer erwartungsvoll, aber doch unterstützend neben mir. Sie strahlte, wenn ich die Hürde überwunden hatte und konnte ein Grinsen nur schwer unterdrücken, wenn ich Probleme hatte. Auch Lore Wissmann überhäufte mich mit Komplimenten, wenn ich diese schwierige Szene unbeschadet überstand. Sie bemerkte einmal, daß ihr Mann »Wolfi«, Wolfgang Windgassen, auch immer erleichtert war, wenn er diese gefürchtete Passage hinter sich hatte.

Wielands persönliche Interpretation der schwierigen Verse des Preislieds ist für mich sehr interessant. Schwierig sind sie schon deshalb, weil die Verse der Version der Schusterstube jenen der Festwiese natürlich ähnlich sind, aber doch Text- und Rhythmusänderungen aufweisen. Wielands Interpretation veranlaßte mich schon damals, Aufzeichnungen über seine Kommentare zu führen, die auch heute noch für mich so bedeutend sind, wie zu der Zeit, in der sie mir halfen, meine eigene Rolleninterpretation zu finden.

Wieland war der Meinung, daß das Preislied eine mikrokosmische Betrachtung von Richard Wagners Traum der künstlerischen Welt im generellen war. Der erste Vers beschreibt den Mythos der westlichen und christlichen Welt. Der Künstler wird im Garten Eden von den reichen Äpfelbäumen und der unendlichen Schönheit der paradiesischen Eva inspiriert und vom Licht der Schöpfung überflutet.

Der zweite Vers »Abendlicht dämmernd« zeigt die Beeinflussung des Dichters durch die dunklere, frühe griechische Mythologie. In der von Sternen erhellten Umgebung sieht er Springbrunnen und anstelle des Apfelbaumes den klassischen Lorbeerbaum. Er schwingt sich in neue Höhen und sieht die weiblichste der weiblichen Gestalten, die Muse des Parnaß.

Im dritten Vers beschreibt Richard seinen Traum, der die ideale Kunst beschreibt. Eine neue Form der himmlischen Pracht, eine Verschmelzung des Neuen mit dem Alten, des Spirituellen und Mythologischen wird zu einem einzigen großen Triumph des Sieges und der Kunst im generellen. Er wird durch das Beste von Parnaß und Paradies ausgedrückt. Diese logische und doch kreative Interpretation half mir, diese drei schwierigen Verse zu interpretieren, die mir, ehrlich gesagt, bis zu diesem Zeitpunkt ohne tieferen Sinn geblieben waren.

Das Ende der MEISTERSINGER-Serie von 1963 in Bayreuth bedeutete auch das Ende einer Arbeitsperiode mit Wieland Wagner. Dabei hatten die Vorzeichen ganz anders gestanden, denn schon während der Proben hatte ich Wieland angedeutet, daß ich

»Jede Bewegung muß eine Motivation haben.«
Wieland Wagner und Jess Thomas bei Proben in Bayreuth, 1966. (78)

anstrebte, ständiges Mitglied der Bayreuther Besetzung zu werden. Wieland war sehr erfreut, und alles schien auf eine langfristige Zusammenarbeit hinzudeuten. Allerdings hatte ich auch ein Angebot für die Salzburger Festspiele und wollte zumindest einmal an diesem im August stattfindenden Ereignis teilnehmen. Dort wurden zufolge des Mozart-Schwerpunktes damals Partien für mein Stimmfach relativ selten gegeben, also wollte ich die Chance nützen.

Ich schlug also vor, im Jahr 1964 in Bayreuth nur vier Aufführungen zu singen. Das würde es mir erlauben, in Salzburg ARIADNE und in München LOHENGRIN zu übernehmen. Weiter bot ich Wieland dann an, alternativ vier MEISTERSINGER- oder vier PARSIFAL-Aufführungen zu übernehmen, und er war der Meinung, daß PARSIFAL vorzuziehen wäre, da er ansonsten zwei Sänger für die Partie des Stolzing gebraucht hätte. Ich stimmte also zu und unterschrieb einen Vertrag für vier PARSIFAL-Aufführungen im Jahr 1964. Weiter unterschrieb ich dann meine Verträge für München und Salzburg. Alles war geregelt, oder doch nicht?

Nach der MEISTERSINGER-Premiere änderte Wieland seine Pläne. Die MEISTERSINGER wurden von der gesamten Weltpresse kommentiert, wenn auch die Inszenierung zum Teil heftig kritisiert wurde. Wieland fand, daß ich in dieser Rolle einen außergewöhnlichen Erfolg hatte und er sich gerade Böhms Mitwirkung an der Wiederholung der Aufführungen 1964 versichert hätte. Er war der Meinung, daß mein Fehlen bei der Aufführung im nächsten Jahr als Kritik an seiner Produktion gewertet werden könnte. Diese Argumente verstand ich und stimmte zu, anstelle von PARSIFAL die MEISTERSINGER zu übernehmen, machte aber gleichzeitig klar, daß ich insgesamt nicht mehr als vier Aufführungen singen konnte. Das löste dann eine lange Diskussion und Korrespondenz aus. Wieland bestand darauf, daß ich alle acht oder neun Aufführungen der MEISTERSINGER übernehmen müßte, ich aber wollte meine Verträge mit München und Salzburg erfüllen. Es kam zum Streit.

Wieland interpretierte schließlich meine Weigerung, sich seinen Wünschen zu fügen, dahingehend, daß ich die anderen Bühnen Bayreuth vorziehen würde. Obwohl ich ihm versicherte, daß ich gerne in Bayreuth mit ihm zusammenarbeiten würde, aber meine Verträge erfüllen müßte, stellte er mir ein Ultimatum. Sollte mein Entschluß endgültig sein, sah er keine andere Möglichkeit als die, daß sich unsere Wege trennen müßten. Eigentlich war das ein glatter Erpressungsversuch. Und damit hatte nicht einmal der von mir so verehrte Wieland Erfolg. Seine Drohung wurde wahr, und ich trat 1964 überhaupt nicht in Bayreuth auf. So sehr ich das auch bedauerte, sah ich keine Möglichkeit, die Situation zu retten.

Mit diesem Entschluß endete die erste Phase meiner Zusammenarbeit mit Wieland Wagner, auf die in den Jahren 1965/66 eine zweite Schaffensperiode folgen sollte. Nachdem sich unsere Wege getrennt hatten, bedauerte ich, Wieland in meinen Briefen vielleicht Dummheiten geschrieben zu haben, und wünschte, es wäre mir möglich gewesen, eine andere Lösung zu finden. Dann hörte ich aber von Egon Hilbert, dem damaligen Direktor der Wiener Staatsoper, daß mich Wieland für eine Neuinszenierung des LOHENGRIN für das Jahr 1965 in Wien angefordert hatte. Diese Tatsache ermutigte mich, und ich war voll Hoffnung, daß dieses Projekt zustande kommen würde. Mein Wunsch ging tatsächlich in Erfüllung, und mein Wiedersehen mit Wieland fand während der Proben zu LOHENGRIN in Wien statt. Schon zuvor hatte er Grüße meinerseits, die ich aus Mailand, wo ich vor den Proben weilte, sandte, erwidert. Auch sein üblicher Humor fehlte dabei nicht. Ich hatte ihm Bilder meines ›Lohengrin‹ an der La Scala geschickt, auf denen ich aussah, als hätte ich zugenommen. Wieland ermahnte mich daraufhin, wieder schlank und rank für unseren Wiener LOHENGRIN zu werden.

Der Wiener LOHENGRIN war mehr oder weniger ein Versuch, die Bayreuther Version weiterzuentwickeln und die für später geplante Neuinszenierung an der Metropolitan Opera vorzubereiten. Das himmlische Blau des Hintergrundes wurde intensiver, und sowohl Hintergrund wie auch Boden erhielten ein geometrisches Muster aus schwarzen Linien. Das Brautgemach wurde etwas dramatischer gestaltet, enthielt kräftigeres, tieferes Rot, um das dramatische und blutige Ende der Oper auszudrücken. Wieland interpretierte die erste Brautgemachsszene als den ersten Ehestreit eines frisch vermählten Paares und kommentierte auch Richard Wagners Kenntnisse der Verbindungen zwischen Mann und Frau, indem er sagte: »Thomas, mein Gott, Richard Wagner hat verstanden, wie sich Mann und Frau gegenüberstehen und sich gegenseitig zerfleischen!«

Nach dem durchschlagenden Erfolg des LOHENGRIN in Wien gab es ein festliches Dinner im Hotel Sacher. Ich saß dabei neben Winifred Wagner, die von Wielands neuer Inszenierung offensichtlich nicht sehr beeindruckt war. Er hatte sich nach ihrer Meinung zu sehr bemüht, Änderungen in seine ursprüngliche, traumhafte Bayreuther Produktion einzubringen, die er besser unverändert gelassen hätte. Mitten in der Konversation

». . . seine ausdrucksfähigsten Organe waren die Hände.«
Wieland Wagner und Jess Thomas bei Proben in Bayreuth, 1966. (79)

bemerkte sie, daß ich mein Dessert geradezu gierig verschlungen hatte, lächelte und schob ihre unberührt gebliebene Portion auf meinen Platz. Sie hatte ihre Erfahrungen mit Liebhabern von Süßem, auch Wieland liebte Süßigkeiten. Lachend fügte sie hinzu: »Traue niemandem, der nicht gerne Süßigkeiten ißt.«

Wieland wollte seinen Erfolg mit LOHENGRIN auch mit mir fortsetzen und riet mir daher, Bings Angebot, anläßlich der Eröffnung der neuen Metropolitan Opera PETER GRIMES zu singen, abzulehnen. Er rechnete vielmehr mit meiner Mitwirkung in seinem New Yorker LOHENGRIN.

Nach diesem LOHENGRIN hatte ich sehr engen Kontakt mit Wieland, wir schrieben und telefonierten häufig und diskutierten zukünftige Pläne eines RING, für TRISTAN, TANNHÄUSER, RIENZI und sogar OTHELLO. Wieland freute sich aufrichtig, als ich zustimmte, ›Tannhäuser‹ anläßlich der Eröffnung der Bayreuther Festspiele im Jahr 1966 zu übernehmen.

Die Proben für diesen Bayreuther TANNHÄUSER erwiesen sich wiederum als eine der fruchtbarsten Perioden, die ich mit ihm hatte. Wir arbeiteten allein, lediglich ein Assistent und ein Klavierbegleiter halfen bei der Arbeit. Nach jeder Probe machte ich mir präzise Aufzeichnungen, die sich später auch für Peter Lehmann, der Wieland infolge seiner Krankheit vertreten mußte, als äußerst nützlich erwiesen.

Das Glück, in so privater Atmosphäre so intensiv mit Wieland arbeiten und eine neue Rolle einstudieren zu können, bestärkte meine Erfahrungen mit Wieland. Ich sah viele der Eigenschaften, die es Wieland ermöglichten, seinen fesselnden Effekt auf die Künstler auszuüben, mit denen er zusammenarbeitete.

Ich habe mich später oft mit weiblichen Kollegen über Wieland und seine Wirkung als Mann unterhalten. Einige fanden ihn enorm sexy und attraktiv. Einige wenige fürchteten ihn. Es gab aber niemanden, der keine starke Reaktion auf seine dominante Persönlichkeit entwickelte.

Wieland war mittelgroß und hatte graues Haar, das er zurückgekämmt trug. Er hatte ein starkes Kinn und eine große Nase, einen ausdrucksfähigen Mund und wasserblaue, äußerst ausdrucksfähige Augen. Diese Augen schienen einen Schutzwall zu bilden, der half, seine Gedanken geheimzuhalten. Sie konnten aber nicht verbergen, daß sein Geist zu jedem Zeitpunkt auf Hochtouren lief, er machte immer den Eindruck, daß er sich auf sein Gegenüber voll konzentrierte. Bestimmte Teile seines komplexen Gehirns durchliefen immer neue Gedanken. Je ausdrucksloser seine Augen wurden, desto intensiver schien sein »Computer« zu arbeiten. Er konnte in einem Augenblick viel und doch gar nichts enthüllen; seine Stimme war weich und gepflegt, konnte aber auch rauh und spöttelnd sein. Wenn er lachte, zwang er sich oft zu einem Kichern, und sein Humor grenzte an Verspottung. Insgesamt gesehen war er ein netter, vitaler Mann, mit einer physischen und psychischen Präsenz, die man schätzen mußte. Seine ausdrucksfähigsten Organe waren aber die Hände. Er verwendete sie auch, um die Einstellung auszudrükken, die er von seinen Sängern wünschte. Sie waren lang, relativ schmal und hatten dünne Finger, die jede Pose eines Gebetes, einer Bitte, des Zurückstoßens, der Angst oder der Unterstützung ausdrücken konnten. In seiner typischen Position, mit gespreizten Beinen stehend, stand er da mit halboffenem Mund und erstarrtem Kiefer und hielt die Arme weit ausgestreckt. So war er in der Lage, den Sängern Posen darzustellen, die einen unvergeßlichen Eindruck hinterließen.

Diese Eigenschaft führt mich zum Schlüsselpunkt von Wielands Arbeitsmethode, der mir während dieser wunderbaren TANNHÄUSER-Proben bewußt wurde:

Wieland hatte die Fähigkeit, jeden einzelnen Sänger zu analysieren und sich exakte Kenntnisse über dessen physische und emotionale Möglichkeiten anzueignen. Dadurch war er in der Lage, dem Sänger Anregungen zu geben, die auf den Eigenschaften dieser Personen basierten. Sie bildeten lebendige Porträts, die mit ihren eigenen Persönlichkeiten und Fähigkeiten übereinstimmten.

Diese unglaubliche Fähigkeit Wielands, in die Persönlichkeit des anderen zu schlüpfen, seine Sinne zu erforschen und daraus jene Fähigkeiten zu extrahieren, von denen er wußte, daß sie für eine bestimmte Rolle und Situation am besten geeignet waren, stellten den Schlüsselpunkt in der Verbindung mit ihm dar. Ich hatte ihn auch bei der Arbeit mit anderen Künstlern beobachtet und zweifelsfrei feststellen können, daß sein Arbeitsstil und seine Demonstrationen genau seinen Partnern angepaßt waren.

Ich möchte damit nicht sagen, daß Wieland Wagner der einzige großartige Regisseur seiner Zeit war. Immerhin hatte ich das Vergnügen, auch mit anderen großen Regisseuren zusammenarbeiten zu können. Aber ich hatte das Glück, schon zu Beginn meiner Karriere mit Wieland zusammenzutreffen. Er nahm sich meiner in einer ganz speziellen Art und Weise an und übte dadurch einen großen Einfluß auf mich aus. Ich hatte die Möglichkeit, viele seiner Erkenntnisse auf andere Produktionen zu übertragen und war immer stolz darauf, daß sein Einfluß auf meine Interpretationen häufig auch lange nach seinem Tode noch erkannt wurde.

Wahrscheinlich hätte ich auch versucht, aus diesen TANNHÄUSER-Proben noch mehr herauszuholen, hätte ich gewußt, daß diese Proben die letzten mit Wieland waren. Am Ende lud er mich eines Nachmittags nach Wahnfried ein. Er war müde, aber entspannt, und wir unterhielten uns über viele zukünftige Projekte. Die luftige, offene, moderne und stimmungsvolle Umgebung der »teuren Halle« war eine neue Erfahrung für mich. Ich erinnere mich auch noch an andere überwältigende Augenblicke in privaten Gesprächen mit Wieland. Wir waren in Restaurants in Berlin und Bayreuth, und ich wußte, daß er Austern liebte und als Lieblingsspeise Bauernschmaus schätzte. Er rauchte nie und trank auch nicht. Sein Tod infolge von Lungenkrebs war für uns alle unerklärlich.

Nach seinem Tod sang ich in seinen Produktionen in der ganzen Welt: LOHENGRIN in Stuttgart, TRISTAN in Paris und Stuttgart, TANNHÄUSER, SIEGFRIED, GÖTTERDÄMMERUNG in Bayreuth, WALKÜRE in Osaka und viele mehr. Sein Team, die Sänger und die Regisseure wie Peter Lehmann, Hans Hotter und Wolfgang Windgassen gaben ihr Bestes, um den Geist seiner großartigen Inszenierungen aufrechtzuerhalten. Aber ohne Wieland war seine neue Welt nicht aufrechtzuerhalten, die Inszenierungen lebten nur durch seine Anwesenheit. Wieland wurde in der ganzen Welt durch seine Lichttechnik, seine phantastischen Bühnenbilder und Kostümentwürfe sowie für seine Courage gerühmt, Althergebrachtes zu verändern, um die Kluft zwischen dem echten Theater und dem täglichen Leben zu verkleinern. Aber seine Inszenierungen wurden Stück für Stück von den Spielplänen genommen und durch neue ersetzt, und das war auch richtig so, denn ohne Wieland und seine präzise Überwachung der detailreichen Gestaltungen war ihre Aufführung nicht mehr länger möglich.

»Was sich Wieland Wagner vorgenommen hatte, erreichte er auch.«
Wieland Wagner und Jess Thomas bei Proben in Bayreuth, 1966. (80)

Anläßlich meines Geburtstages während der MEISTERSINGER-Serie im Jahr 1963 hatte mir Wieland ein kleines Buch gegeben, das den Titel »Wieland Wagner inszeniert Richard Wagner« trug. In diesem Büchlein unterstrich er einen Absatz im Vorwort von Karl Heinz Ruppel: »Was Wieland Wagner will, wenn er Richard Wagner inszeniert, ist, kurz gesagt, Überwindung des illusionären Theaters durch das Symbolische: Bindung des Spiels durch eine leitende Idee anstatt Darstellung einer Folge von dramatischen Aktionen: bildnerische Verdeutlichung des Sinngehalts statt dekorativer Lokalisierungen; imaginativer Raum statt gegenständlicher Szenerie. Das bedeutet natürlich einen Appell an die Phantasie des Zuschauers.«

Was sich Wieland Wagner vorgenommen hatte, erreichte er auch.

Die primäre Kraft, die ihn trieb, war die Bewunderung Richard Wagners. Niemand, kein Familienmitglied, Kritiker oder puritanischer Wagnerianer, war in der Lage, seinen explosiven Geist und sein revolutionäres Genie in Schranken zu halten. Wieland schrieb selbst: »Die Ideen in Wagners Werk sind allzeit gültig, weil sie ewig menschlich sind. Soll Wagners Werk zeitgenössisch realisiert werden, müssen die jahrhundertealten Inszenierungsideen, die nun steril geworden sind, durch eine kreative, intellektuelle Art und Weise ersetzt werden, die auf den Grundlagen des Werkes selbst fußt. Der Regisseur muß von der Partitur ausgehen und permanent dadurch neue Formen suchen, daß er die Hieroglyphen und Schriften, die Richard Wagner in seine Noten gelegt hatte, für zukünftige Generationen zu entschlüsseln versucht. Jede neue Produktion ist ein Schritt in Richtung eines unbekannten Zieles.«

Obwohl er vielfach kopiert wurde, fand sich kein Nachfolger, der in der Lage war, seine Arbeiten weiterzuführen.

Ich bin stolz darauf, eine kleine Wegstrecke auf der Suche nach neuen Lösungen und Richtungen mit Wieland gemeinsam gegangen zu sein, und meinen Anteil beigetragen habe, Richard Wagners Werke für zukünftige Generationen aktuell zu halten.

Hinter und neben Wieland stand natürlich die berühmte Familie Wagner mit dem übermächtigen Ahnen Richard Wagner. Über die komplexen Beziehungen und Verhältnisse innerhalb der Familie wurde schon viel geschrieben. Ich war zu keinem der Familienmitglieder in so enger Verbindung, daß ich Zeuge für Geschichten oder auch nur Gerüchte sein könnte. Mir reichte der glückliche Umstand, mit Wieland Wagner zusammenarbeiten zu können und ein wenig von dieser legendären Familie kennenlernen zu dürfen.

Während ich in Bayreuth und Stuttgart mit Wieland zusammenarbeitete, befand sich Gertrud, seine Frau, an seiner Seite und erwies sich immer als hilfreich und freundlich. Während der Zeit der MEISTERSINGER-Proben im Jahre 1963 war sie resigniert und traurig. So kannte ich sie nicht. Einmal sah ich sie während eines plötzlichen Sturmes im Festspielhaus sitzen. Sie hatte auf einem provisorischen Übergang zwischen der Bühne und dem Auditorium Platz genommen und wirkte resigniert. Als man ihr sagte, es sei gefährlich, dort zu sitzen, zuckte sie die Achseln und betonte nur, daß sie an solche Situationen gewöhnt war.

Im Festspielhaus hatte ich auch Wielands Kinder kennengelernt. Wolf Siegfried arbeitete während der TANNHÄUSER-Proben als Assistent und machte später Karriere als vielversprechender Regisseur. Die Tochter Iris traf ich nur selten, aber in Wahnfried hatte ich Nike kennengelernt, die ich später in Los Angeles mit James Levine traf und kürzlich mit einem wissenschaftlichen Referat anläßlich eines Wagner-Symposiums in New York City hörte. Nike erinnerte mich immer an die frühen Bilder von Cosima. Daphne hingegen erschreckte das konservative Bayreuther Publikum während der Eröffnung einer Saison durch ein gewagtes Kleid. Sie wurde später eine anerkannte Schauspielerin, und ich traf sie während der Filmaufnahmen zu Richard Burtons Wagner-Film in Ungarn wieder.

Ich hatte einige wenige Gelegenheiten, den großartigen Charakter von Winifred Wagner, Wielands Mutter, kennenzulernen. Anläßlich von Einladungen zum Mittagstisch in Siegfried Wagners Haus war sie eine freundliche Gastgeberin und eröffnete uns immer lachend, daß man an ihrem Tisch zwischen den Gängen rauchen konnte. Ich hatte auch die Ehre, nach Wielands Tod allein von ihr eingeladen zu werden. Es war ein trauriger Anlaß; meine Erinnerung an diesen Besuch nach Wielands Dahinscheiden vermittelte mir das Bild einer Mutter, die ihren Sohn sehr geliebt haben muß. Sie erzählte, daß sie nach seinem Tod zwei beruhigende Dinge herausgefunden hatte. Zuallererst war sie dankbar für die Tatsache, daß er ahnungslos hinübergeschlafen war, und zum zweiten gestand sie, daß sie ursprünglich nicht sehr erfreut darüber gewesen war, daß man eine Totenmaske von Wieland machen wollte. Als sie aber die Maske sah, war sie sehr beruhigt, sein Blick war ruhig und trug keine jener verzerrten Züge, die er so oft in seinem Leben hatte. Wahrscheinlich war er also in Frieden geschieden.

Nicht nur für mich wäre es interessant gewesen zu verfolgen, welche neuen Wege Wieland gegangen und welche neuen Horizonte er uns eröffnet hätte. Trotz seines frühen und unerwarteten Todes hinterließ er uns ein reiches Erbe: Neuerungen und Einflüsse, die die gesamte Opernwelt, aber insbesondere den Bühnenbildentwurf, die Lichtregie und Inszenierungen im allgemeinen beeinflussen. Ich habe mit ihm einen unersetzlichen Freund und Förderer verloren. Er hatte es geschafft, mir ein Selbstgefühl als Sänger und Schauspieler zu geben, das sich in einem tiefen Gefühl der Dankbarkeit dafür ausdrückte, ihn überhaupt gekannt zu haben. Das letzte Bild, das ich von Wieland im Jahre 1965 erhielt, trug die Inschrift »Jess Thomas in herzlicher Freundschaft und aufrichtiger Anerkennung – ad multos annos!« Es sollten nicht mehr viele Jahre werden, aber wie wertvoll sind die Erinnerungen daran!

KAPITEL 13

DIE SUCHE

»Der Irrnis und der Leiden Pfade kam ich: soll ich mich denen jetzt entwunden wähnen, da dieses Waldes Rauschen wieder ich vernehme, dich guten Greisen neu begrüße? Oder – irr' ich wieder? Verändert dünkt mich alles...«

Das sind Parsifals Worte bei seiner Rückkehr zum Gral. Seine Suche nach Erleuchtung hatte Parsifal viele schmerzliche Entscheidungen abverlangt. Er kam nicht zielstrebig zum Ende, das einen Anfang bedeutete, sondern irrte vielfach, lernte und öffnete Augen und Bewußtsein stets neuen Dingen. Die Suche nach dem für mich richtigen Lebensstil hatte mir gleiches gebracht, gleich der Parsifals galt auch meine Suche einem bestimmten Ziel, und die Gabe zu singen und die Hingabe an die Musik hatten mich auf meinen Weg geführt und gezwungen. Meine Erlebnisse bestanden aus Verzweiflung, Kampf, Triumph und Niederlagen. Aber schließlich erkannte ich den Weg zu Frieden und Erfüllung. Aber die Suche ist noch nicht zu Ende, und obwohl ich schon viele Phasen meiner Irrwege beschrieben habe, scheint mir das leuchtendste Beispiel für diese Suche nach Selbsterfüllung meine Arbeit an PARSIFAL zu sein.

Richard Wagner, Parsifal, 1982. Washington.
Es war die Abschiedsvorstellung von Jess Thomas. (81)

Wie sooft im Leben schien der Zufall Teil eines raffiniert entworfenen Planes. Er führte mich in meinen Abschiedsvorstellungen mit der Metropolitan Opera unter James Levine in die Hauptstadt meines Mutterlandes, Washington, um PARSIFAL, das Werk, mit dem ich in Bayreuth begonnen hatte, aufzuführen. Am Ende dieser Vorstellung hatte ich tatsächlich eine lange Reise, die von den »Plain States« von Süd-Dakota nach Washington D. C. führte, hinter mir. Es schienen mir nur einige wenige Wochen und Monate seit dem Tag im Jahr 1961 vergangen zu sein, an dem ich mein Debüt mit Wieland Wagner und Hans Knappertsbusch in Bayreuth gegeben hatte.

Ich erinnere mich, wie unerwartet ich diese Rolle schon 1961 anstelle des geplanten Debüts im Jahr 1962 akzeptiert hatte. Obwohl PARSIFAL für mich neu war, standen damals die Sterne günstig, sogar so günstig, daß sie eine echte Sternstunde ermöglichten, als ich mit Hans Hotter als ›Gurnemanz‹, Irene Dalis als ›Kundry‹, George London als ›Amfortas‹ und Ludwig Weber als ›Titurel‹ auftrat. Die gesamte Aufführung war durch eine plötzliche Erkrankung von Hans Knappertsbusch noch einige Wochen vor Probenbeginn ernstlich gefährdet. Während Knappertsbusch in Brüssel dirigierte, brach ein Magengeschwür auf, und er wurde sofort operiert. Viele nahmen an, daß Knappertsbusch in dieser Saison nicht mehr nach Bayreuth kommen würde, und jene, die zumindest auf sein Kommen hofften, wußten, daß er zu den Proben sehr spät eintreffen würde. Glücklicherweise erholte sich Knappertsbusch rechtzeitig genug, um die Aufführung zu übernehmen, traf aber in Bayreuth so spät ein, daß er selbst nur mehr die Generalprobe dirigieren konnte. Die musikalische Vorbereitung der Aufführungsserie wurde von Maximillian Kojetinsky, einem ständigen Kapellmeister in Bayreuth, übernommen. Mit der Person Maestro Kojetinskys schloß sich wieder ein Kreis in meinem Leben. Durch Zufall bekam ich ein Foto in die Hand, das Jahre zuvor in Ulm aufgenommen war. Es zeigte drei Konzertflügel, die auf einer Bühne des Theaters in Ulm für einen Galaabend bereit standen. Auf jedem Hocker saß ein hervorragender Kapellmeister, nämlich Herbert von Karajan, Maximillian Kojetinsky und Otto Schulmann, mein Lehrer, damals Kapellmeister in Ulm.

Kojetinsky bereitete Orchester und Solisten vor, und der Chordirektor Wilhelm Pitz hatte die Chöre so perfekt im Griff, daß sie dem berühmten Bayreuther Chorstandard alle Ehre machten. Zu diesem Zeitpunkt hatte ich allerdings noch nie eine komplette Aufführung von PARSIFAL gesehen, so daß diese Situation für mich ein echter Beginn, der Anfang eines langen Weges war. Ich wußte wohl, was da kurzfristig auf mich zukommen würde und war teilweise starr vor Ehrfurcht, aber ich wollte es wagen. Mit Knappertsbusch hatte ich eine für mich unvergeßliche Aufführung von LOHENGRIN in München hinter mir und empfand soviel Respekt vor ihm, daß ich bereits zu zittern begann, wenn ich mir nur vorstellte, vor ihm zu stehen. Natürlich beruhigten mich die kolportierten Geschichten über Knappertsbuschs Exaktheit und Unnachgiebigkeit nicht gerade. Ich wollte ihm gefallen, wenn ich auch noch nicht genau wußte, wie ich mich für ihn und die Rolle tatsächlich vorbereiten sollte. Also nahte der Tag seiner Ankunft, und ich hatte, wie auch die übrige Besetzung, noch wenig Gelegenheit gehabt, richtig zu proben. Die Generalprobe begann am frühen Nachmittag und sollte die ganze Nacht bis zum nächsten Morgen dauern. Schon nach kurzer Zeit faßte ich Selbstvertrauen und war hocherfreut, den ersten Akt heil überstanden zu haben. Im zweiten Akt passierten mir aber einige gravierende musikalische Fehler, und ich sah der Pause und damit der Begegnung mit Knappertsbusch hinter der Bühne mit gemischten Gefühlen entgegen.

Ich konnte ihm aber auch nicht aus dem Weg gehen, und so trafen wir uns kurz darauf. Um das erwartete Donnerwetter zu mildern, begann ich mit einer aus mir heraussprudelnden Entschuldigung für meine Fehler und versprach gleichzeitig, mich bis zur Premiere zu verbessern. Knappertsbusch legte seine Hand auf meine Schulter, sprach mich mit »Bursch« an und versicherte mir, daß er diese kleinen Fehler schon lange vergessen hätte. Ich sollte auf alle Fälle in der Premiere genauso singen wie in der Generalprobe. Damit öffnete sich eine Welt für mich; dieser Vertrauensbeweis und diese Bestätigung an solch einem Schlüsselpunkt meiner Karriere ließ mir die Welt plötzlich in neuem Licht erscheinen. Aber mein Debüt wurde auch durch erfahrene und mir zugeneigte Kollegen erleichtert. Schon erwähnt habe ich Irene Dalis, mit der ich schon vorher zusammengearbeitet hatte. Ihre phänomenale ›Kundry‹ bewundere ich noch heute. Aber auch George London, Ludwig Weber und vor allem Hans Hotter breiteten ihre Flügel schützend über mich und führten mich in die Riten Parsifals und Bayreuths ein. Jeder von ihnen war auf seinem Gebiet ein Gigant, und ich hatte das Glück, all ihren Rat und ihre Anerkennung zu finden. Im Jahr 1961 sang ich die ersten zwei PARSIFAL-Aufführungen der Saison. Ich traf dabei auch auf eine erlesene Schar von Blumenmädchen: Anja Silja, Gundula Janowitz, Ruth Hesse, Dorothea Siebert, Claudia Hellmann und Rita Bartos. Aber auch für die nächsten zwei Aufführungen hatte Bayreuth eine Besetzung mit erprobten Wagner-Kräften wie Hans Beirer als ›Parsifal‹, Regine Crespin als ›Kundry‹, Thomas Stewart als ›Amfortas‹ und Gustav Neidlinger als ›Klingsor‹ zu bieten.

Wieland Wagner hatte mich für die Generalprobe so perfekt vorbereitet, daß ich in diese Aufführung zum ersten Mal in meinem Leben das Gefühl hatte, genau zu wissen, wie ich eine Rolle zu porträtieren hatte. Natürlich wollte ich mich auch den musikalischen Anforderungen stellen und das Vertrauen, das Knappertsbusch in mich gesetzt hatte, rechtfertigen, und dieses Vertrauen hätte größer nicht sein können. Nicht nur, daß er mein Selbstvertrauen stärkte, er antwortete allen, die ihn nach meinen Leistungen fragten, mit: »Was Wagner schrieb, das singt der Thomas.« Manchmal war es allerdings auch nicht leicht, zwei so dominierende Förderer wie Wieland Wagner und Hans Knappertsbusch zu haben, und ich geriet auch tatsächlich gleich zu Beginn zwischen diese beiden Giganten. Es ergab sich nämlich eine Situation, in der ich es nicht beiden recht machen konnte. Am Ende der Karfreitagsszene im dritten Akt begleitet Gurnemanz Kundry und Parsifal bei ihrem Abgang. Ich mußte dabei den Speer erheben und so lange gehen, bis die Bühne abgedunkelt war. Mit Wieland Wagner hatte ich diese Szene geprobt und auf seinen Rat hin vermieden, den Speer während der auffallenden Glissandophrase zu ergreifen. Nach der Generalprobe beklagte sich aber Knappertsbusch bei mir, daß ich den Speer zur falschen Zeit nahm und schlug mir vor, daß ich ihn genau während des Glissandos aufheben sollte. Was sollte ich in dieser Situation tun? Ich ging zu Wieland, erklärte ihm mein Problem und bat um Rat. Wieland lachte und versicherte mir, daß es in der nächsten Aufführung keine Probleme geben würde. Ich sollte mich nicht mehr weiter um die Sache kümmern. Also zerbrach ich mir den Kopf, was würde er wohl tun. Würde er mit Knappertsbusch sprechen? Ich bekam bis zur nächsten Aufführung von Wieland keine Antwort. Die Szene kam auf mich zu, sorgfältig beobachtete ich die Vorgänge um mich herum, als wir uns der fraglichen Stelle näherten. Wie sollte ich agieren, wann den Speer ergreifen? Aber Wieland hatte sich wirklich um das Problem gekümmert und vorgesorgt. Als ich in höchster Verlegenheit nach dem Speer griff, wurde es plötzlich dunkel auf der Bühne, und niemand konnte sehen, zu welchem

Zeitpunkt ich den Speer ergriffen hatte. Eine einfache Anweisung an die Lichtregie hatte unser Problem gelöst. Eigentlich erscheint es mir wie ein Sakrileg, im Zusammenhang mit PARSIFAL, und hier insbesondere mit Aufführungen in Bayreuth, solche Kleinigkeiten zu berichten. Diese Aufführungen erwiesen sich für mich als derart inspirierend, daß ich auch das Publikum, das jährlich eine Pilgerreise zur Anbetung des Wagnerschen Schreines und seiner Musik unternimmt, zu verstehen begann. Die Atmosphäre in Bayreuth ist so einzigartig, daß dieser erste PARSIFAL in mir für immer verankert bleiben wird, zumal er auch mein erster PARSIFAL überhaupt war.

Auch meine Heimatbühne in München wollte im August eine Wiederholung des PARSIFAL nach meinem Debüt in Bayreuth 1961. In dieser und den nachfolgenden Saisonen hatte ich das Vergnügen, in etlichen Aufführungen mit Marianne Scheck und Astrid Varnay unter Josef Keilberth und Robert Heger aufzutreten. Und auch in München wurde PARSIFAL später zu meiner Abschiedsvorstellung im März 1978. Ich sang dort im Nationaltheater, das ich 15 Jahre zuvor eröffnet hatte, unter Wolfgang Sawallisch meine letzte Münchener Vorstellung. Während meiner zweiten Bayreuther Saison 1962 brach das Publikum den geheiligten Bann, nicht zu applaudieren, und spendete nach dem zweiten Akt Astrid Varnay, die die Rolle kurzfristig übernommen hatte, orkanartigen Applaus. Wieland war über diesen Begeisterungsausbruch höchst erfreut und betonte, er sei sicher, daß sein Großvater nicht die Absicht gehabt hätte, den Beifall nach dem zweiten Akt zu unterbinden.

In Bayreuth sang ich ›Parsifal‹ in den Jahren 1961, 1962, 1963 und 1965. Die ersten drei Jahre standen unter der musikalischen Leitung von Hans Knappertsbusch, und auch Irene Dalis blieb in dieser Zeit meine Partnerin als ›Kundry‹. Knappertsbusch war schon im Jahr 1951, anläßlich der Eröffnung des neuen Bayreuther Festivals zum Team von Wieland und Wolfgang Wagner gestoßen. Mit einer einzigen Ausnahme im Jahr 1953, dirigierte er in jedem Jahr bis 1965. Viele seiner Aufführungen wurden aufgenommen, und Knappertsbusch wurde mit seinem Bayreuther PARSIFAL bekannt und berühmt. Mit seinem Tod kam auch das Ende einer großen Ära in Bayreuth. Wieland nahm den bekannten Dirigenten André Cluytens in das PARSIFAL-Team auf, unter seiner Leitung sang ich 1965 mit Astrid Varnay als ›Kundry‹. Obwohl wir die meisterliche Interpretation Cluytens bewunderten, vermißten wir »KNA« in diesem Jahr besonders.

Mit diesen Bayreuther Erfahrungen öffnete sich mir eine Gedankenwelt, die auch dem echten Bayreuther Publikum, das in Bayreuth mehr als nur einen Opernabend sucht, eigen ist. Ich begann in der gleichen Art und Weise zu denken und zu fühlen. ›Parsifal‹ ist für mich und viele andere nicht nur eine Opernrolle oder einfach eine, wenn auch großartige Oper. PARSIFAL geht, und dabei folge ich durchaus den Absichten Richard Wagners, weit darüber hinaus und bereichert meine religiöse und mystische Welt. Neben PARSIFAL steht für mich auf dieser Ebene nur noch eine Oper, nämlich FIDELIO. An den Abenden, an denen ich ›Parsifal‹ oder ›Florestan‹ sang, war ich nicht einfach ein Tenor, der in einem Opernhaus auftrat, sondern schon eher ein Priester, der daranging, eine Messe auf dem Altar dieser großartigen Werke vorzubereiten. Meine innere Einstellung diesen beiden Opern gegenüber ist vielleicht ein Schlüssel zu meiner Haltung in meiner gesamten Karriere. Ich habe mich, weiß Gott, selbst nie zu ernst genommen und kann auch über mich und die ganzen verrückten Verwirrungen einer Karriere in der Opernszene herzlich lachen. Der Ernst, mit dem ich mich aber ›Florestan‹ und ›Parsifal‹ zuwand-

Als »Parsifal« in Bayreuth, 1965. (82)

te, sagt viel über meine frühe religiöse Erziehung und meinen strengen ethischen und moralischen Rückhalt aus, den ich aus Einflüssen der »Plains« mitbekommen hatte.

Wenn meine Einstellung auch übertrieben und an Fanatismus grenzend klingen mag, für mich stellt sie die Basis meiner Arbeit überhaupt dar, und ich habe mich immer bemüht, Elemente in meiner Laufbahn zu finden, die den Begriff Berufung wert sind. Ich habe mich der Versuchung, Sänger zu werden und damit dieser Berufung, lange widersetzt und wurde doch in eine Richtung gezogen, in der ich Bestätigung und Erfolg fand. Unter den Kräften, die mir meinen Lebensweg wiesen und mir meine Berufung verdeutlichten, hat diese meine erste PARSIFAL-Aufführung eine besondere Bedeutung. Sie berührte tief in meinem Inneren eine Saite und gab mir eine Einsicht in die profunden geistigen Erlebnisse, die sich einem Sänger bieten können. Die aufregenden Empfindungen, die ich während jeder PARSIFAL-Aufführung erlebte, erwiesen sich in meinem Leben als jene raren Augenblicke, in denen ich – wenn auch nur für diese kurzen Momente – wußte, daß mein Leben nicht nur aus Show und Trivialität bestand.

Eine Erfahrung dieser Art erlebte ich nach einem PARSIFAL in Bayreuth. Es war Sommer 1963, das Festspielhaus war renoviert worden, und wir bezogen gerade neue Garderoben. Normalerweise wurden die Stiegen zu diesen Umkleideräumen gesperrt, um es den Sängern zu ermöglichen, sich rasch umzukleiden und den Fans an der Bühnentüre entgegenzutreten. An diesem Abend teilte mir mein Garderobier mit, daß mich zwei Damen am Gang vor meiner Garderobe erwarten würden. Das war eigentlich ungewöhnlich. Ich trat also in diesen Flur und sah zwei Frauen, die an einem Tisch Platz genommen hatten, der für das Personal reserviert war. Eine der beiden Damen schien älter, und sie saßen so, daß ich beider Profil gut sehen konnte. Die ältere Dame stellte sich vor und erzählte mir, daß sie aus Frankreich kamen und glücklich waren, mich nach dieser langen Aufführung noch sprechen zu können.

Wir unterhielten uns eine Weile, und sie wies dann auf ihre bis dahin stummgebliebene Begleiterin. Sie war eigentlich der Anlaß ihres gemeinsamen Besuches, obwohl sie noch immer, ohne den Kopf zu wenden, starr geradeaus blickend dasaß. Dann erfuhr ich, daß sie in einen tragischen Autounfall verwickelt gewesen war und seit diesem Augenblick vor zwei Jahren ihr Heim nicht verlassen hatte. Nun hatte sie von einem Freund von meinem ›Parsifal‹ gehört und die Reise nach Bayreuth gewagt. Ich begriff, daß die jüngere Frau bei dem Unfall schwere Verletzungen, die einer intensiven chirurgischen Behandlung bedurften, davongetragen haben mußte. Wie mir die Dame erzählte, schien sie nicht den Mut aufzubringen, diese Operation über sich ergehen zu lassen. Dabei füllten sich die Augen der älteren Frau mit Tränen, und sie beschwor die heilenden Kräfte von Wagners Musik. Dabei stand die junge Frau langsam auf, drehte ihr Gesicht zu mir und entfernte ein Kopftuch, das ihre linke Gesichtshälfte bisher verborgen hatte. Eine schrecklich entstellte Gesichtshälfte zeigte sich mir. Sie lächelte zaghaft, streckte mir ihre Hand entgegen und versicherte mir, daß sie nun, nachdem sie diese Aufführung gesehen und gehört hatte, bereit war, sich der notwendigen Operation zu unterziehen. Sie drückte in rührender Art und Weise ihre Dankbarkeit aus, und dabei erkannte ich die psychischen Veränderungen, die PARSIFAL in ihr ausgelöst hatte. Sie war nun bereit, sich ihrer Verstümmelung zu stellen und verdrängte sie nicht länger. Mit Dankbarkeit und Wehmut verabschiedete ich mich von den beiden Frauen, die mich nachdenklich und doch beglückt zurückließen. Später sah ich diese Dame in Paris wieder, ihre Operationen waren erfolgreich gewesen und die Schönheit der jungen Frau wiederhergestellt.

Natürlich bin ich keinesfalls so eingebildet, mir auch nur ein Quentchen dessen gutzuschreiben, was diese Frau während der Aufführung von Wagners Musik als Enthüllung und Befreiung erlebt hatte. Dieses Erlebnis war aber doch für mich ein Anzeichen dafür, wie mächtig und heilend Parsifals Musik auf die Seele wirken kann. Ich wurde nachdenklich und demütig und überlegte mir, wie oft ich selbst schon bewegte Augenblicke und reinigende Ekstasen während einer PARSIFAL-Aufführung erlebt hatte.

Obwohl meine jugendliche Absicht, die Krankheiten der Menschen durch medizinische Kenntnisse zu heilen, nicht realisiert wurde und meine weiteren Bemühungen als psychologischer Berater in Schulen zu keinem dauerhaften erfolgreichen Schluß gekommen waren, erlebte ich nun einen Moment, in dem sich alle diese Bemühungen erfüllten. Die Erfahrung, einen anderen Menschen gerührt und ihm geholfen zu haben, war einer jener Momente, für die ich mein Leben lang in Dankbarkeit arbeiten würde.

PARSIFAL brachte mich auch mit vielen lebenden Legenden der Opernwelt zusammen. Neben Hans Knappertsbusch traf ich auch die berühmte Martha Mödl. Aber kann man das Gefühl eines Sängers, mit so einer Größe gemeinsam auf der Bühne zu stehen, überhaupt beschreiben? Ich hatte Martha Mödl natürlich schon gehört und diese großartige Künstlerin aufs äußerste bewundert. Auch Irene Dalis hatte mir von denkwürdigen Augenblicken der Mödl als ›Isolde‹ an der Met berichtet. Es waren dies jene Momente, in denen Irene erkannte, daß es einige wenige Künstler gab, die sich während einer Aufführung steigern konnten und eine Echtheit und ein Realitätsgefühl erzeugen, bei dem selbst Kollegen auf der Bühne in Tränen ausbrechen. Auch meine Empfindungen, als ich ›Parsifal‹ 1963 in Stuttgart mit Martha Mödl sang, waren ähnlich. Natürlich erkannte ich in jeder ihrer Bewegungen Wielands Hand, aber darüber hinaus erlebte ich den Zauber, den sie durch Gesang, Bewegung und Ausdruck in einer ununterbrochenen, stimmungsgeladenen Atmosphäre ausüben konnte.

Mit einer weiteren Grand Dame der Oper, Regina Resnik, verbinde ich Erinnerungen an eine einzigartige PARSIFAL-Aufführung im Jahr 1963. Venedig hatte Wieland Wagner in das wunderbare Teatro La Venice eingeladen. Er sollte PARSIFAL mit seinem Bayreuther Team inszenieren, André Cluytens dirigieren. Josef Greindl und Gustav Neidlinger waren engagiert, Regina Resnik sollte ihre erste ›Kundry‹ geben. Nachdem wir alle rechtzeitig zu den Proben eintrafen, zeigte sich, daß die Dekoration noch nicht fertiggestellt war, ja, man hatte noch nicht einmal damit begonnen, sie zu produzieren. Der Grund lag in unvorhergesehenen Budgetschwierigkeiten. Beim gesamten Team, wie auch bei Wieland breitete sich Enttäuschung aus, aber unsere praktische Lebensanschauung brachte uns Trost. Der Vertrag garantierte auch ohne Vorstellung und Proben unser Honorar, und wir hatten Zeit, uns den Schönheiten Venedigs hinzugeben. Die Frage war nur, was sollte aus der Vorstellung werden? Man entschied sich dafür, an jedem der drei Abende, an denen PARSIFAL angesetzt war, einen Akt konzertant aufzuführen. Immerhin waren Chor und Orchester schon vorbereitet, und Wieland stimmte zu, die Konzerte mit seiner Anwesenheit zu beehren.

So sollte zumindest eine, wenn auch geteilte Vorstellung unter Anwesenheit des berühmten Regisseurs zustande kommen. Ich empfand es doch als sehr traurig, daß wir PARSIFAL in Venedig nicht in Szene setzen konnten. Jedermann, der dieses großartige Opernhaus gesehen hat, weiß, daß man als Künstler jede Gelegenheit ergreifen würde, in diesem Haus aufzutreten. Wie bei den meisten großen Opernhäusern, ergibt sich in Venedig eine phantastische Übereinstimmung zwischen dem Haus und dem, was man in dieser Umgebung erwartet. In Venedig wandert man über kleine Brücken, durch schmale Straßen, bummelt den Kanal entlang, um dann plötzlich zur eigenen Überraschung vor diesem wunderbaren Gebäude zu stehen. Wenn man es betritt, kann man das Auditorium mit seiner köstlichen Komposition aus Blau und Gold bewundern. Es scheint alle jene Träume zu reflektieren, die man mit Venedig, seinen Lichtern und dem Canale Grande verbindet. In diesem Haus sollte sich unser Konzert als großer Erfolg erweisen. Wir hatten nur zuvor das Problem, passende Kleidung anstelle der geplanten Kostüme zu finden. Regina Resnik war als Dame besonders von diesem Problem betroffen. Sie war überhaupt enttäuscht von der Tatsache, daß sie keine Möglichkeit fand, ihre erste ›Kundry‹ mit Wieland zu erproben. Regina ist eine jener großen Damen der Opernwelt, die sich vom Sopran zum Mezzo und dann zum Regisseur entwickelt hat. Sie ist auch eine jener Amerikanerinnen, die Wieland Wagner wegen ihres beachtlichen Beitrages zu den Leistungen der neuen Bayreuther Festspiele bewunderte. Ihre persönliche Größe, ihr Charisma benötigt keine langen Lobpreisungen, ich kann nur sagen, daß sie für mich den totalen Künstler darstellt und eines der hervorragendsten Beispiele amerikanischer Künstlerinnen ist, die Enormes geleistet haben. Vielleicht wird Regina auch noch eine weitere Karriere machen, für die ich sie persönlich sehr empfehlen kann: sie sollte Geschichtenerzählerin werden. Ich kenne keinen anderen Menschen, der besser Geschichten erzählen kann als Regina, und ich wünschte mir, sie würde die Geschichte ihres PARSIFAL-Konzertes in Venedig selbst erzählen.

Die ersten zwei Abende verliefen ohne Schwierigkeiten, der Erfolg war groß, die Presse berichtete überschwenglich. Am dritten Abend hatte Regina, die für jeden Akt ein neues Kleid ausgewählt hatte, sich ganz in Schwarz präsentiert und Maestro Cluytens gebeten, sie von der Verpflichtung zu entheben, den gesamten Akt auf der Bühne verbringen zu müssen. Sie hatte doch im gesamten dritten Akt des PARSIFAL nur zwei Worte zu singen: »Dienen, dienen.« Nach dieser Minirolle wollte sie die Bühne verlassen. Maestro Cluytens war darüber wohl nicht glücklich, zeigte aber Verständnis und willigte ein, daß Regina an einer möglichst passenden Stelle ohne Aufsehen abtreten sollte. Also kamen wir zu der Szene, in der Regina sang, und man konnte genau sehen, wie sie überlegte, welcher Zeitpunkt für ihren Rückzug geeignet war. Die lange, langsame Phrase des Gurnemanz »Das wird dich wenig müh'n« begann, und man sah deutlich, daß Regina dachte »Jetzt oder nie«. Bei der nächsten Phrase, »Etwas langsamer werden«, erhob sie sich und bewegte sich langsam dem Ausgang zu. Regina stand in der Mitte des Weges, als sie dann Gurnemanz' Worte »Wie anders schreitet sie als sonst« trafen. Greindl und Neidlinger konnten sich ein breites Grinsen gerade noch verkneifen, aber diejenigen, die die prägnante Stimme Wielands kannten, konnten sein herzliches Lachen aus dem Publikum vernehmen.

Meinen ersten PARSIFAL in Wien sang ich kurz nach der dortigen LOHENGRIN-Premiere, die nach meiner ersten langen Saison an der Staatsoper stattfand. In dieser Zeit war mir auch bewußt geworden, daß es in Wien eine Claque gab. In meiner Naivität war ich ohnmächtig und wütend darüber, hatte ich doch nicht glauben wollen, daß solche Claquen selbst an der Wiener Staatsoper ihr Unwesen treiben konnten. Ich begab mich daher sofort zu Direktor Egon Hilbert, um ihm mitzuteilen, daß ich Claquen verabscheute. In vielen Fällen konnten mir Claquen gleichgültig sein. Ich hatte schon im LOHENGRIN unter der Tatsache gelitten, daß einige Künstler unbedingt auf sich aufmerksam machen wollten und Leute ins Publikum setzten, die an jeder auch nur halbwegs passenden Stelle in übertriebenen Applaus ausbrachen. Nicht, daß mein Erfolg darunter gelitten hatte, aber ich empfand diesen provozierten Beifall einfach als störend. Der große Leo Slezak hatte in seinem Schalk solche Claqueure einmal engagiert, um seine Frau, eine Schauspielerin, durch übertriebenen Applaus zu ärgern. Offensichtlich wird heute ein solches Ärgernis von vielen Künstlern nicht mehr erkannt. Während ich mich also in LOHENGRIN wohl ärgerte, die Sache aber ignorierte, empfand ich die Tätigkeit einer Claque in meinem geheiligten PARSIFAL als unvorstellbar. In einem Theater, das eine derartige Verunglimpfung der Musik zuließ, wollte ich nicht singen. Vehement fragte ich, ob er sich bewußt war, daß in seinem Haus Claquen existierten. Das gab Hilbert ohne weiteres zu, und da er sie nicht verhindern konnte, ließ er sie auch gewähren. Ich forderte ihn dann mit dem Vorschlag heraus: Wenn er schon von den Claquen für bestimmte Künstler wußte, dann sollte er auch für mich eine engagieren. Anderenfalls wollte ich ›Parsifal‹ nicht singen. Hilbert war bekannt dafür, sich mit Überschwang und Erregung dafür einzusetzen, die Aufregungen der Künstler, die er schätzte, zu besänftigen. Er kam beschwichtigend auf mich zu, versprach dieses und jenes und beschwor mich schließlich mit den Worten: »Aber Kind, ich werde für dich selbst den Kardinal anrufen!« Es war mir bekannt, daß Hilbert tatsächlich ein Freund des Kardinals war, und die Sinnlosigkeit unserer Szene wurde uns beiden mit meiner Antwort bewußt: »Aber Herr Direktor, ich bin nicht einmal Katholik!« Wir brachen beide in Gelächter aus, und ich versuchte, die störenden, unmotivierten Claquen zu ignorieren und sang die Vorstellung mit Christa Ludwig als ›Kundry‹. Es war mir ein Bedürfnis gewesen, Hilbert aus meiner Sicht darzulegen, wie ich über PARSIFAL als Opernwerk dachte. Sollten diese Leute doch andere Opern entwürdigen, aber bitte nicht PARSIFAL. Während meiner Jahre in Wien erfreute ich mich noch vieler PARSIFAL-Aufführungen in der alten Karajan-Inszenierung, die großzügig und majestätisch wirkte. Auch in den nachfolgenden Produktionen von Everding und Rose trat ich häufig auf. Diese bot einen zweiten Akt, der nicht nur durch endlos lange Stoffbahnen am Boden tückische Fallen barg, sondern auch insgesamt wie ein fragwürdiges Etablissement aussah. Ich traf in Wien äußerst verführerische und hingebungsvolle ›Kundrys‹ wie Ruth Hesse, Ludmilla Dvorakova und Leonie Rysanek.

Mit einer amerikanischen, ja kalifornischen Kollegin, nämlich Janis Martin, trat ich in meinen ersten PARSIFAL-Aufführungen in Amerika an der Met 1974 auf. Janis ist eine Künstlerin, die nicht nur ein schönes Gesicht und eine schöne Stimme hat, sondern auch als Vorbild für viele junge Sänger gewirkt hat. Ihre Karriere führte sie nach Berlin, Bayreuth, München, Wien und viele andere Städte und Opernhäuser, aber vor allem an die Met und nach San Francisco. Sie war auch meine erste ›Venus‹ in TANNHÄUSER, und es war mir immer ein großes Vergnügen, mit ihr zusammenzuarbeiten.

Bei der Wiederholung dieser Aufführungsserie von PARSIFAL an der Met im Jahr 1980 traf ich unter James Levine mit Tatiana Troyanos zusammen. Auch sie war zuvor schon meine ›Venus‹ an der Met gewesen, und ich schätzte auch ihre Darstellung des ›Komponisten‹ in ARIADNE, die auch auf Platten erhalten ist. Für alle diese wunderbaren Damen der Opernbühne gibt es eine gleichlautende Beschreibung: Liebevoll, charmant, intelligent, hilfreich, hingebungsvoll, und das ist keineswegs übertrieben, sie sind alle mehr als das.

Die kontroverseste PARSIFAL-Inszenierung, in der ich je auftrat, war jene von Louis Erlo in Lyon. Die Aufführung fand nicht im Opernhaus, sondern im wunderbaren

Als »Parsifal« in San Francisco, 1974. (83)

Ravel-Auditorium, das eigentlich nicht für Opernaufführungen gebaut war, statt. Die Bühne war mit nur lose verlegtem Material bedeckt, das sich von hinten wie ein Vorhang niedersenkte, den gesamten Bühnenboden bedeckte und bis hin zum Orchestergraben reichte. Auch die Präsentation der Personen und der Handlung war unkonventionell. Amfortas erschien in einem Rollstuhl, junge barbusige Mädchen überreichten im ersten Akt die Kommunion, und alle Darsteller mit Ausnahme von Kundry und Parsifal waren glatzköpfig. Der Gral war grün, denn es gibt Gründe, anzunehmen, daß der ursprüngliche Gral aus einem großen Smaragd bestand. Zusätzlich gab es so viele Abweichungen von jeder normalen Inszenierung, daß ich selbst auf der Bühne noch bei jeder Umdrehung überrascht wurde. Als Parsifal war ich auch der einzige Mann ohne Glatze auf der Bühne, aber das änderte sich bei meinem Auftritt im dritten Akt, wo ich ebenfalls glatzköpfig auf einem Pferd einritt. Kundry war in ein strenges, weißes viktorianisches Kleid mit einer roten Schleppe gekleidet, die von ihrem Nacken noch meterweit über den Boden schleifte. Ich hatte mich bei meinen kriechenden Bemühungen, mich ihr zu nähern, in diese Schleppe einzuwickeln. Den Blumenmädchen wurden auch Blumenbuben beigestellt, und sie alle waren praktisch nackt. Im zweiten Akt sah man Röhren, die das Bühnenbild an einen Fabrikbetrieb anglichen. Willkürlich verstreut befanden sich auch die neuen großen metallenen Instrumentenkoffer des Orchesters auf der Bühne. Der Koffer für die Harfe, die der Kesselpauken und Baßgeigen formten die Umgebung für unser Spiel. Der Regisseur hatte mich noch gewarnt, im zweiten Akt den Speer nicht in Kreuzesform zu schwingen, um damit den Zaubergarten zu zerstören. Man stellte mir jede Bewegung frei, aber es durfte kein Kreuz sein. Am Ende der Oper standen Parsifal und Kundry in Umarmung, der Vorhang fiel. Es gab natürlich auch noch weitere Neuerungen, wie die blutenden Stigmata, die sowohl Amfortas als auch Parsifal zur Schau stellten, und die Tatsache, daß man Klingsor in einem Netz fing, das nur von einem Zirkus ausgeborgt sein konnte. Er wiederum hantierte mit einer übergroßen Taschenlampe, mit der er Kundry suchte. Es war alles in allem gesehen eine interessante, wenn auch nicht gerade geschmackvolle Inszenierung. Ich glaube, daß es kontroverse Produktionen wert sind, aufgeführt zu werden, denn Oper wie Theater leben vom Experiment und Avantgardeproduktionen. Ich habe daher keine Einwände gegen jeden ehrlichen Versuch, eine Oper, im Gegensatz zu Althergebrachtem, avantgardistisch und interessant in Szene zu setzen. Wenn allerdings die bedeutungsvollsten Elemente in einem Werk wie PARSIFAL willkürlich verändert werden, kann ich meine Zustimmung dazu nicht geben. Wenn das Symbol des Kreuzes, das von Wagner vorgeschlagen wurde, nicht verwendet werden darf, weil es die Aussage der Oper auf eine Religion beschränkt und andere mißachtet, dann muß ich mir auch überlegen, ob ich den gesamten Text der Karfreitagsszene im dritten Akt gleichermaßen weglassen muß. Es stellt sich die Frage, ob man ein Werk gegen die Intentionen des Komponisten in seiner Aussage grundlegend verändern darf. Ich glaube nicht, daß das legitim und möglich ist. Bei einem derartigen Eingriff wird die Einheit von Handlung, Text und Musik zerstört, und man müßte bei so einem Versuch darangehen, alle diese Elemente zu verändern. Das bedeutet aber, daß man ein neues Werk komponieren muß, statt ein bestehendes zu verunglimpfen. In Lyon brachte ich meine Überzeugung auch dem Team gegenüber zum Ausdruck, daß man sich andere Objekte als Wagners PARSIFAL suchen möge, um damit zu experimentieren. Obwohl Richard Wagners Werke radikalen, wilden und auch wunderbaren Inszenierungen widerstanden haben, scheint es mir einfach unpassend, die ursprünglichen Intentionen in PARSIFAL zu pervertieren. Ich meine damit natürlich nicht, daß PARSIFAL, wie vom Meister selbst vorgeschlagen, an Bayreuth gebunden bleiben sollte, immerhin habe ich selbst in vielen Produktionen, in Salzburg, an der Met, in München, Wien und anderen Orten mitgewirkt. Aber man sollte sich an die von Richard Wagner vorgegebenen Aussagen in seinem letzten Meisterwerk halten.

Meine letzte Bühnenaufführung von PARSIFAL fand im April 1982 an der Metropolitan Opera unter James Levine mit Tatiana Troyanos und Mignon Dunn als ›Kundry‹, Thomas Stewart als ›Amfortas‹ und John Macurdy als ›Gurnemanz‹ statt. Mein Auftritt in der Rolle, mit der ich mich so verbunden fühlte, schien mir ein passender Abschied von der Opernbühne zu sein. Zu dieser letzten Aufführung kamen zu meiner Freude auch etliche Fans aus Wien, darunter auch mein Freund und Co-Autor Kurt Judmann und seine charmante Frau Elfriede. Während einer Pressekonferenz zwischen den beiden Aufführungen erwähnte ich Paul Hume, einem bekannten Musikkritiker in Washington, und Mignon Dunn, der ›Kundry‹ der Aufführungsserie, gegenüber, daß diese Aufführungen meine letzten sein würden. Damit überraschte ich alle, und das war es auch, was ich wollte. Ich wollte einer Phase meiner Laufbahn in der Rolle des ›Parsifal‹ ein stilles Adieu sagen. Ich hielt diesen Augenblick, in dem ich noch immer rollengerecht aussah und so gut sang, wie ich es immer gekonnt hatte, für den richtigen, um mein Löwenfell abzulegen.

Im Jahr 1983 gab ich noch einmal eine konzertante Aufführung von PARSIFAL, die sich traurigerweise als Begräbnisfeierlichkeit für den begabten jungen amerikanischen Dirigenten Calvin Simmons erwies. Simmons hatte mich schon etliche Spielzeiten zuvor eingeladen, mit ihm und seinem Oakland Symphony Orchestra aufzutreten. Doch er

Richard Wagner, Parsifal, 1977. Lyon. (84)

starb nach einem tragischen Unfall, der der Musikwelt ein großes Talent entriß. Mit Calvin verband mich eine lange Freundschaft, und wir hatten eine Menge Pläne für Liederabende gemacht. Für Calvin sprang Richard Buckley, der später auch der Chefdirigent des Oakland Symphony-Orchesters wurde, ein und dirigierte die Aufführung, in der auch mein guter Freund Thomas Stewart sang. Mit Tom hatte ich in so vielen Aufführungen an der Met, in Salzburg, San Francisco und Bayreuth gesungen, daß wir füreinander wie echte Wagner-Brüder empfanden. Ich bewundere diesen großartigen Künstler, der neben seiner großen Kunst, seiner Stimme und Persönlichkeit auch immer eine umgängliche Erscheinung zeigte. Tom hat auch die innere Überzeugung und den Ernst, den ich selbst mit der Rolle verband. Er verlieh seinen Darstellungen des ›Amfortas‹ auch diese spezielle Einstellung und Hingabe echten Empfindens.

Meine berufliche Laufbahn hatte sich also tatsächlich in dem anfänglich abgelehnten Beruf als Sänger erfüllt. Aber neben der Erfüllung in meinem Sängerberuf steht auch meine Suche nach eigenem privatem Lebensglück. Natürlich versuche ich den Leser nicht davon zu überzeugen, daß ich auch im wirklichen Leben einem Parsifal gleiche. Vielleicht schon eher dem reinen Tor aus den Plains, der in Wagners Opern, und dabei speziell in PARSIFAL, oft ein Ausdrucksmittel für die reine Suche sah. Aber was war denn eigentlich mein Gral? Warum war ich ausgezogen, und was wollte ich finden? Ich wundere mich nun schon selbst, daß ich es wage, mein privates Leben und meine schon weniger heilige Suche mit der des Parsifal zu vergleichen. Das einzige, was ich dazu sagen kann, ist, daß wir alle jenen Einflüssen ausgesetzt sind, die Wagner seinen Gralsritter erleben läßt. Irgendwie und zu irgendeiner Zeit entzieht sich jeder den Einflüssen der Mutter und sucht seinen eigenen individuellen Ausdruck. Wir alle erleben die Qualen des Erwachsenwerdens und des Wanderns von einer Erfahrung zur anderen, bis wir eine Betätigung oder einen Retter finden, der uns jene Richtung in unserem Leben weist, auf der unsere Ideale, unsere Moral und unsere geistigen Werte ruhen.

Wieland hat Kundrys Kuß in die Mitte seiner psychologischen Studie von PARSIFAL gestellt. Dieses sinnliche Erwachen steht am Kreuzungspunkt von Parsifals Entwicklung. Seine nachfolgenden Qualen und das Zurückweisen der Sinnlichkeit führen ihn zu einem langen verzweifelten Kampf und der Suche nach dem Speer, den er schließlich mit dem Gral vereint. Die Suche wurde erst durch seine Akzeptanz des Speers, dem Symbol seiner Männlichkeit, ermöglicht. Die Zurückweisung seiner Sinnlichkeit erlaubte ihm, Erfüllung darin zu finden, den Speer wieder mit dem Gral zu vereinen. Parsifal wurde daher zum Priester, dessen Suche in einem Leben endete, das in Hingabe an seine Mission und in Verehrung des Göttlichen aufgeht. Meine Suche führte mich sicherlich in andere Richtungen, doch meine Erfahrungen wurden mir nicht weniger intensiv bewußt. Auf meinem Lebensweg entwickelte sich das Streben nach meinem Gral in einer Art und Weise, die alle wichtigen Einflüsse, die mich seit meiner Kindheit berührt hatten, zeigten. Dabei drückten sich meine Hingabe an die Kirche, meine Liebe zur Musik, mein Verlangen, auf der Bühne zu stehen und mich selbst auszudrücken, meine Begeisterungsfähigkeit für alles Schöne, das Streben nach Selbstkontrolle und Körperausdruck, meine Reiselust und meine Phantasie vom ›amerikanischen Traum‹ aus. Sie alle fanden in mir ihre Erfüllung durch meine Tätigkeit für die Oper. In jenen Momenten, in denen mir wirklich bewußt wurde, daß meine gesamte Existenz in allen Richtungen gefordert wurde, nach einer begeisternden Aufführung, wenn das unbeschreibliche Glücks- und Friedensgefühl, mit dem nur Künstler belohnt werden, auf mich einwirkte, machten sich alle Anstrengungen auf meinem Lebensweg bezahlt, und alle Mühen waren vergessen.

Natürlich habe ich diese Anstrengungen nicht selbstlos auf mich genommen, ich bin auch Materialist und stelle meine persönlichen Wünsche nie in den Hintergrund. Wie andere, dachte ich schon zu Beginn an den Glanz, den das Starleben mit sich bringt, den Applaus und den gesicherten finanziellen Status eines Künstlers. In manchen Belangen war ich aber auch ein Einzelgänger, der die vielen gesellschaftlichen Aktivitäten, wie Parties, Empfänge und Pressekonferenzen und andere Publicity-Aktivitäten, keineswegs schätzte. Deshalb habe ich es wahrscheinlich unklugerweise auch vielfach verabsäumt, jene zu unterhalten und anzusprechen, die sich vielleicht noch für meine Karriere als hilfreich hätten erweisen können. Die Hingabe an meine Karriere hatte aber Proportionen angenommen, die mich einfach in die Isolation des Künstlers gedrängt hatten. Die Gefahr der absoluten Polarisierung eines Künstlers in Richtung seiner Kunst ist tatsächlich groß. Man bereitet sich für Aufführungen vor, spart sich auf und wird dadurch gezwungen, die Aktivitäten des normalen Lebens einzuschränken, ja zurückzuweisen. Dadurch nimmt die Karriere Schritt für Schritt einen immer größeren Stellenwert im Leben des Künstlers ein, bis sie letztendlich alle Lebensbereiche einschließt. Da bleibt keine Zeit für andere Arbeiten, Hobby, Freundschaft und Gesellschaft. Auch ich war durch mein intensives Verlangen zu singen so besessen, daß ich oft Freunde, Familie und andere Interessen vernachlässigen mußte.

Das blieb aber nicht immer so, auch ich konnte meiner Kundry nicht widerstehen, nachdem ich ihr erst einmal begegnet war. Violetas Kuß wurde daher für mich zu einem wichtigen Kreuzungspunkt meines Lebens. Er brachte alles Streben nach Erfolg und Erfüllung zu einer vorher nicht für möglich gehaltenen Vereinigung mit meinen privaten Intentionen. Violeta war seit unserem näheren Kennenlernen im Februar 1973, wann immer es nur ging, in meiner Nähe gewesen. Sie folgte mir zu Aufführungen in der ganzen Welt, und wir fanden zwischen diesen Aufführungen Zeit genug, Urlaub in den schönsten Gegenden der ganzen Welt zu machen. Wir waren an der Riviera, auf den griechischen Inseln, in Haiti, in Tunis und auch in Kalifornien. Den Anfang des Jahres 1974 genossen wir in New York, wo ich nach vielen Aufführungen von TRISTAN und GÖTTERDÄMMERUNG die Premiere meines PARSIFAL erwartete. Nach diesem PARSIFAL reisten wir gemeinsam nach Wien, wo wiederum viele Vorstellungen – u. a. auch ein RING – auf mich warteten. Auch meine Fans in Wien lernten Violeta bald lieben und schätzen, und auch sie liebte Wien und meine Freunde. Wir besuchten Fan-Parties und gingen auch oft aus, um der fabelhaften Institution des Heurigen zu frönen, wo der neue Wein auch den Bacchus in mir hervorkehrte. Die Museen, die Theater, die Oper, die Geschäfte und die netten Menschen begeisterten Violeta, und sie genoß es, mit »Gnädige Frau« und »Frau Kammersänger« angesprochen zu werden. Ich wiederum erlebte neue Eindrücke in einer mir doch altbekannten Welt, die ich nun auch durch ihre wunderbaren braunen Augen sah.

Auch meine Violeta genoß unser gemeinsames Leben. Sie war begeistert und konnte sich daran erfreuen, einfach nach Paris zu fliegen, um dort einzukaufen, und dann ihre neuen Schätze in der Oper auszuführen. Es gibt aber auch eine ruhige, introvertierte und ernste Seite an ihr, die ich zu lieben begann. Vor allem ist sie fanatische Wagnerianerin. Sie liebt Wagner mehr als jeden anderen Komponisten, seine Musik mehr als jede andere. Ihre Hingabe an das Werk des Meisters war und ist auch heute noch so total, daß ich mich glücklich schätzen kann, daß Richard Wagner nicht mehr am Leben ist. Obwohl ich mir Violetas Hingabe immer sicher sein konnte, müßte ich in diesem Fall fürchten, daß Richard Wagner jene Person wäre, der sie nicht widerstehen könnte. Violeta liest und schreibt auch gerne und liebt die Kunst. Sie hat einen unglaublich sicheren Geschmack für Möbel, Raumausstattung, Blumen und Tischdekorationen. Alle diese Kunstfertigkeiten begann ich nun kennenzulernen und zu nutzen.

In der Saison 1974 waren wir dann praktisch das ganze Jahr lang unterwegs. Die Tatsache, daß sie ihren Job bei Time Inc. noch immer innehatte, erwies sich mehr und mehr als reines Zeugnis dafür, wie sehr man ihre Person von seiten der Arbeitgeber schätzte. Die Zeit für eine Entscheidung, entweder mit mir zu gehen oder weiter in ihrem Beruf zu arbeiten, war gekommen, und sie kündigte daher im Jahr 1974. Auf ihrer Abschiedsparty schenkte man ihr einen wunderbar gravierten Bilderrahmen von Cartier aus Silber, mit der Inschrift »Violeta for Seven Glorious Years«. In diesem Rahmen sah ich dann mein eigenes Bild mit »Hear my Song, Violetta«, die übliche Übersetzung der Phrasen des Alfredo in LA TRAVIATA. In diesem Fall war ich zwar im Kostüm des ›Samson‹, und mein Lied richtete sich an eine Violeta, die sich nur mit einem »t« schreibt, aber das war unerheblich.

Violetas Entscheidung, ihren Beruf aufzugeben, erleichterte unsere Reisepläne, und wir unternahmen wiederum viele Reisen, darunter auch nach Zürich, Ravinia und London. In Zürich hatte ich die Möglichkeit, sie einer meiner liebsten Sopranistinnen, Inge Borkh, vorzustellen. Inge lud uns anläßlich ihres Geburtstages in ihr Haus ein. In London leisteten wir uns dann den Luxus eines Aufenthalts im berühmten Hotel Savoy. Wir weilten dort anläßlich einer Aufführungsserie von Arnold Schönbergs GURRE-LIEDERN und leisteten uns das göttliche Vergnügen eines phantastischen Tanzabends mit Dinner. Die Szenerie hätte aus einem Film über die zwanziger Jahre sein können, und das Vergnügen, uns der gemeinsamen Leidenschaft, dem Tanz, hinzugeben, war ungetrübt. Schon durch einen einzigen Tanz kann man oft feststellen, ob zwei Partner zueinander passen. Mit Violeta hatte ich mich zuvor nie so als Einheit gefühlt wie bei diesem Tanz, bei dem mich ihre weibliche Inspiration dazu brachte, besser zu tanzen, als ich es wirklich konnte.

Von London eilten wir dann wieder nach Hause nach Kalifornien, wo wir ein Haus an der nahe bei San Francisco gelegenen Stinson Beach mieteten. Wir luden auch meine zwei älteren Kinder, Lisa und Jess David, ein. Das Gefühl der Freiheit, das Meer, der Strand, die Wellen und die einfachen Betätigungen boten mir genau die Entspannung, die ich vor den nächsten PARSIFAL- und TRISTAN-Premieren in San Francisco brauchte. Nach dieser Saison mußten wir wiederum zurück nach London, um die dort zuvor im Konzert gegebenen GURRE-LIEDER aufzunehmen. Danach war eine Reise nach Mailand geplant, um dort TRISTAN UND ISOLDE anläßlich einer Neuinszenierung zur Saisoneröffnung an der Mailänder Scala einzustudieren. Ich war enttäuscht, als die Aufführungen aufgrund von Streitigkeiten zwischen Opernhaus und Gewerkschaft ausfielen. Dadurch hatte ich aber auch die Chance, die für diese Produktion vorgesehenen Wochen privaten Dingen zu widmen. Diese Zeit zeigte sich als gottgesandte Möglichkeit, das Leben von Violeta und mir neu zu ordnen. Wir hatten nicht nur in unserem New Yorker Appartement, sondern auch in den wichtigsten Hotels der gesamten Welt zusammengelebt, und wir spürten natürlich auch die Bedenken meiner Mutter, meiner Kinder und einiger Freunde, daß unsere Beziehung noch immer nicht »legal« war. Uns hatte sich bisher für diesen Schritt keine Notwendigkeit gezeigt, nun aber wuchs doch der Wunsch nach einem eigenen Nest. Ich hatte ein Heim in Kalifornien im Auge, und dieses sollte über den Luxus des kleinen Zimmers, das ich im Haus meines Lehrers Schulmann gemietet hatte, hinausgehen. Wir nutzten also die Zeit und hielten Ausschau nach einem neuen Heim. Dabei wandte ich mich wiederum meiner Lieblingsgegend, der reizenden Gemeinde Marin County und den Städten Belvedere–Tiburon zu. Schon zu meiner Studentenzeit in Stanford hatte ich diese Gegend, die man von San Francisco leicht über die Golden-Gate-Brücke erreicht, kennengelernt. Nach einer Segelpartie mit Freunden hatte ich mein Boot an einem frühen Sonntagmorgen am Dock vor Sams Café in Tiburon angelegt. Dort konnte man die berühmten »Silver Fizzes«, ein Getränk mit Gin, Zitronen und Eiklar, kennenlernen, die in dieser perfekten Mischung nirgendwo sonst serviert werden. Schon damals glitt mein Blick über die nur schwach bewachsenen Hügel, ich bewunderte die phantastische Sicht auf San Francisco, die Berge und das Meer und schwor mir auf der Stelle, sollte ich es je schaffen, mir ein Haus leisten zu können, würde ich in dieses Paradies zurückkehren.

Nun war es soweit, und ich versuchte, Violeta von meiner Entscheidung zu überzeugen. Sie war eine typische Städterin, in Buenos Aires geboren und aufgewachsen, ging in Boston zur Schule und hatte in New York gelebt. Als Stadtbewohnerin war der erste Eindruck von Kalifornien für sie nicht gerade überwältigend gewesen. Als sie mich zum ersten Mal in der Bay Area besucht hatte, bescherte uns das Wetter eine jener zwar seltenen, aber dann doch lange dauernden Regenperioden, die durch starke Winde, Nebel und niedrige Temperaturen gekennzeichnet sind. Sie konnte sich nun nicht

Violeta und Jess Thomas, 1975.
Die Hochzeit war am 23. Dezember 1974. (85)

vorstellen, wie mir diese kleine Stadt und dieses fürchterliche Wetter gefallen konnten. Ich packte daher die Chance unserer freien Zeit beim Schopf und versuchte ihr nun zu zeigen, wie schön das Leben in Kalifornien unter normalen Bedingungen sein kann. Auch sie wurde von dieser Stimmung mitgerissen und fand die Umgebung entzückend. Als wir dann noch ein elegantes Haus fanden, das selbst für ihre große Garderobe ausreichend Schrankräume hatte, war sie restlos überzeugt. Wir kauften das Haus und begannen sofort mit der Einrichtung und Ausstattung. Die Ansiedlung in dieser kleinstädtischen Gemeinde und die Tatsache, daß die Zeit reif dafür war, führte uns zu dem Entschluß, die Eheschließung näher ins Auge zu fassen. Am 23. Dezember 1974 heirateten wir dann vor dem Weihnachtsbaum und einem offenen Feuer im Kamin. Zu dieser Zeremonie hatten wir nur meine Kinder Lisa und Jess David als Zeugen in unser neues Heim geladen.

Die Musik bestand aus dem Brautchor meiner LOHENGRIN- Aufnahme, Violeta hatte sich diese Begleitung speziell gewünscht. Sie schien zu diesen Klängen die Stiegen herabzugleiten und beeindruckte durch ihren einfachen weißen und violetten Kimono. Sie war eine wunderschöne Braut und damals so lieblich wie bei der Wiederholung der Zeremonie im Jahre 1984, bei der sie den gleichen Kimono trug. 1975 und 1976 setzten wir dann als Ehepaar unsere gemeinsamen Reisen durch die Welt fort und genossen die Tatsache, daß wir unser schönes Heim verlassen konnten und uns der Verpflichtung für Gartenarbeit oder alltägliche Besorgungen zumindest zeitweilig entledigen konnten. Unser Leben erwies sich als sorgenfrei, und alle Träume schienen für uns beide in Erfüllung zu gehen. Wir genossen unser unbeschwertes Leben zu zweit und sahen keine Wolke am Himmel unseres Glücks. Ich hatte Violeta schon frühzeitig gesagt, daß ich es nicht für richtig hielt, weitere Kinder zu haben. Immerhin näherte ich mich meinem 50. Lebensjahr, hatte schon Kinder und eine Menge Verpflichtungen infolge meiner Karriere. Violeta war damit einverstanden gewesen und versicherte mir, daß sie nicht unbedingt eigene Kinder wollte. Im Laufe der Zeit aber bemerkte ich, daß ihre Augen aufleuchteten, wenn ihr Blick an den Kindern unserer Freunde hängenblieb, und ich bemerkte auch, wie sie zusehends die Vor- und Nachteile von kinderlosen Ehen mit Freunden diskutierte. Viele unserer Freunde meinten, daß unser Lebensstil kein geeigneter Rahmen für Kinder wäre. Andere wiederum rieten ihr zu einem Kind, wenn sie tatsächlich eines wollte. Das Problem gärte in ihr, und sie begann mich in ihrer diplomatischen Art mit dem Problem vertraut zu machen und meine Meinung zart auszuloten. Natürlich erkannte ich, welch wunderbare Mutter sie sein würde, und ich wußte auch, daß ein Kind als Zeichen unserer gemeinsamen Liebe auch für uns nur einen Segen bedeuten würde. Trotzdem zögerte ich und wich einer direkten Entscheidung aus. Aber eines Tages, am Morgen des Weihnachtstages im Jahr 1976, standen die Sterne günstig. Violeta sprang morgens wie üblich tatkräftig aus dem Bett und wollte sich für den kommenden Tag bereitmachen. Ich zog sie aber sanft zurück und erinnerte sie daran, daß wir an diesem Tag nicht zu kochen brauchten, da wir mit meinen Kindern, die sich während der Feiertage bei uns aufhielten, zu einem Essen eingeladen wären. Wie bei allen Entscheidungen, die wir allein oder auch gemeinsam getroffen hatten, hielten wir andächtig inne und beteten. Aber dann umfing sie meine Liebe, und ich zog sie zu mir, um ihren größten Weihnachtswunsch zu erfüllen. Wir hatten nie zuvor versucht, ein Kind zu zeugen, und fühlten, daß, sollte dieser ehrliche und liebevolle Versuch nach unserem Gebet tatsächlich in einem Kind Erfüllung finden, dieses ein Gottesgeschenk wäre. Unser Sohn Victor Justin wurde an diesem Weihnachtsmorgen empfangen, und Violeta

Violeta, Victor und Jess Thomas, 1977. (86)

wußte es sofort. Sie kniete nieder, durch unser Fenster fiel das strahlende Morgenlicht über die San Francisco Bay, und sie dankte Gott für das, was geschehen war. Dieses Weihnachtsgeschenk sollte uns beiden noch viel, viel Freude bereiten. Noch bevor Victor geboren wurde, reisten wir viel, aber auch nachher blieben wir keineswegs seßhaft. In den Jahren 1978 und 1979 waren wir tatsächlich nur einen Monat im Jahr zu Hause, und Victor begleitete uns nach Frankreich, Deutschland, Österreich, Spanien, Südamerika und in viele amerikanische Städte. Er machte uns nie Probleme und schien das Reisen sogar zu genießen. Wir erkannten aber bald, daß wir es mit zunehmender Zeit schwerer und schwerer hatten, unsere Verpflichtung gegenüber Victor zu erfüllen. Unser Zigeunerleben sollten wir besser beenden. Violeta bestätigte sich als die phantastische Mutter, die ich in ihr erwartet hatte, und ihre Hingabe an Victor und meine Person war für mich eine ständige Antriebskraft. Schon vom ersten Augenblick an hatte ich gewußt, daß unsere Liebe keine Grenzen kannte, das war wunderbar, aber auch erschreckend. Ich erinnere mich an eine typische Mutterreaktion, die Violeta nur acht Tage nach Victors Geburt zeigte, als wir Buenos Aires verließen. Auf dem Flughafen trug sie Victor in ihren Armen und stürzte an einer Tür. Sie fiel zu Boden, schützte, indem sie sich aufrecht hielt, das Kind und verletzte dabei ihre Knie schwer. Diese Reaktion ist nicht nur für eine Mutter, sondern auch für Violeta typisch. Sie gibt uns beiden – Victor und mir – diesen Schutz, der uns vor einem Fall bewahren soll.

Ihr Wunsch war es dann auch, der mich dazu führte, meine Karriere kürzer zu gestalten als es geplant war. Violeta wollte sich selbst wie auch meinen Fans ein Bild von Jess Thomas hinterlassen, das ihn als strahlenden Helden zeigt. Sie bemerkte, daß mich die Aufführungen mehr und mehr Kraft und Nerven kosteten und wünschte sich von mir, von selbst zurückzutreten, bevor mir andere dazu rieten. Diese Entscheidung ist wahrlich für jeden Künstler schwierig. Manche können nicht aufhören, andere sollten nicht aufhören. In meinem Fall führten Gründe zu meinem Rücktritt, die ich zu Beginn meiner Karriere einfach nicht hatte erwarten können, und ich gab dem Verlangen meiner Kundry nach. Sie rief mich zu meiner Familie und ermöglichte es mir, mehr und mehr zu Hause zu sein. Dieser Rückzug in die Familie und damit in das geordnete Leben inmitten der kleinen Gemeinde wurde allerdings auch der Beginn einer neuen Suche.

Diese neue Suche erwies sich für mich als ganz neue Erfahrung in vielen Lebensbereichen. Die Anpassungen an das zivile Leben sind für keinen Sänger leicht. Die Anerkennung, der Applaus und das königliche Einkommen sind Gründe für jeden Künstler, diesen Wechsel so lange wie möglich hinauszuzögern. Ich hatte aber alle diese Quellen ausgekostet und soviel gelernt, daß ich in meinem Leben andere Wahrheiten suche.

Neben den hervorstechenden und allseits bekannten positiven Aspekten eines Starlebens müssen auch die den Sänger beeinflussenden negativen Aspekte hervorgehoben werden. Jeder Künstler kann durch den Starruhm verdorben werden und viel an Takt und Gefühl verlieren. Wir alle werden von unserer kleinen Künstlerwelt so auf Trab gehalten, daß wir über die Schranken des eigenen Berufes, ja unseres eigenen Ichs nicht mehr hinwegsehen können und weder die Wünsche noch Bedürfnisse der Personen um uns erkennen. Wir werden verwöhnt und abhängig davon, daß andere praktisch alles, außer eben Singen, für uns tun. Natürlich erliegen nicht alle Sänger dieser Gefahr, und manche behalten beide Beine auf der Erde. Unter vielen Stars, die dieses Prädikat verdienen, fällt mir Birgit Nilsson ein, die ich in meiner Zeit in New York oft in Supermärkten getroffen habe, wo wir gemeinsam einkauften.

Ich werde natürlich die angenehmen Seiten meiner Karriere immer vermissen, aber insgesamt gesehen kann ich es nicht bedauern, mein Kostüm endgültig an den Nagel gehängt zu haben. Ich habe das Gefühl, daß es noch soviel zu tun und zu sehen gibt und ich in meinem bisherigen Leben viel versäumt oder zurückgestellt habe. Ich sehe nun, daß ich eigentlich ein Gefangener meiner Karriere war. Das ist natürlich meine eigene Schuld, aber ich war eben immer damit beschäftigt, mich vorzubereiten, zu proben oder aufzutreten, und es blieb mir nichts anderes übrig, als das wirkliche Leben immer für später aufzuheben. Dieses »für später« sollte nun zum Tragen kommen. Ich bin sicher, daß es andere Sänger gibt, die es viel besser schaffen, Karriere und Privatleben zu verbinden. Mich hat meine Hingabe an das Singen jedenfalls gefesselt, ich habe die Kunst zu ernst genommen. Ich kann es gar nicht erwarten, alte Hobbies wieder aufzunehmen, neue zu finden und generell einfach Dinge zu tun, an die ich in den letzten Jahren nicht einmal gedacht habe. Die entscheidende Frage ist natürlich, ob ich nicht zu lange gewartet habe und ob es mir noch möglich ist, mit neuen Dingen zu beginnen, eine Suche nach Erfüllung auch mit erfolgversprechenden Aussichten anzugehen. Ich werde sicher nicht lang zurücksehen.

Jedenfalls stecke ich mitten in dieser neuen Suche, ich unterrichte Gesang in meinem Studio in Tiburon, habe mich an einer kalifornischen Universität als Gastprofessor versucht, bekomme Einladungen, Opernregien zu übernehmen, und natürlich singe ich in Konzerten, wie ich überhaupt durch die konzentrierte Unterrichtstätigkeit nun eigentlich mehr singe als je zuvor. Ich habe viele Projekte in meiner Aktenmappe, und jedes davon erscheint mir erfolgversprechend. Als mein Sohn Victor den sogenannten Ernst des Lebens begann und in die Schule ging, hat auch Violeta eine neue Arbeit begonnen. Sie entwickelte solche Energien und hat so viele Ideen, daß sie einfach einen eigenen Betätigungszweig benötigte. Violeta entwickelte sich innerhalb kürzester Zeit zu einer der bemerkenswertesten Grundstücksmaklerinnen in Marin County und baut diesen Berufserfolg ständig weiter aus. Sie hat es ohnedies nie besonders geliebt, für den Haushalt zu sorgen und zu kochen, und ich entschloß mich daher, ein altes Hobby wieder neu zu beleben und koche daher in unserem Haushalt. Victor benötigt ebenfalls meine Hilfe und beschäftigt mich mit seinen Spielen und all der Aufmerksamkeit, die ein Grundschüler braucht.

Mein Erwachen und das Erkennen dieser neuen Elemente meines Lebens, die für viele selbstverständlich, für einen Sänger aber eine wunderbare Abwechslung nach dem Starleben sind, erinnern mich auch an die Deutung Wieland Wagners über die Entwicklung Parsifals. Im ersten Akt ist Parsifal nach seiner Attacke auf Kundry paralysiert und wird nach seinem »Ich verschmachte« nur durch das Vergeben Kundrys vor der Ohnmacht gerettet. Parsifal erwacht und erreicht eine neue Bewußtseinsebene, die es ihm ermöglicht, die Tatsachen, wenn auch nicht die Bedeutung der Leiden zu erkennen. Er verläßt den Tempel, um auf seiner Reise eine weitere Erfahrung im Treffen mit den Blumenmädchen zu sammeln. Seine Ohnmacht im zweiten Akt wird durch Kundrys Kuß ausgelöst, der in ihm wiederum eine neue Bewußtseinsebene der sinnlichen Öffnung nach außen erschließt. Sie ist für ihn so bedeutungsvoll und auch schmerzlich, daß er Amfortas Qualen fühlt und Kundrys Aufforderungen widersteht. In dieser Phase seines Bewußtseins erringt er den Speer und beginnt auf einem langen Irrweg den Gral zu suchen, um den Speer zurückzubringen. Auch im dritten Akt ist Parsifal wieder schwach »...in Irrnis wild verloren, der Rettung letzter Pfad mir schwindet«. Aus dieser Ohnmacht wird er nicht durch Kundry, sondern von Gurnemanz, der ihn mit Wasser aus der heiligen Quelle belebt, errettet. Diese Wiederbelebung ist die Taufe, die Parsifal für die nächste Ebene seines Bewußtseins und seiner Entwicklung vorbereitet, die ihn endgültig zum Hüter des Gral macht.

Aus dieser abstrakten, ja religiösen Handlung können wir alle lernen. Alle sind dieser kontinuierlichen Entwicklung ausgesetzt, die uns von einer Bewußtseinsebene in die andere führt, eine Welt für uns versinken läßt und eine neue erschließt. Man muß seinen eigenen, individuellen Weg durch dieses Lebenslabyrinth finden, die Entwicklungen und Vorzüge jedes Lebensabschnittes schätzen und bestrebt sein, auf diesem Weg ein eigenes Ideal und die Vereinigung von Menschheit und Natur und damit eine Annäherung an das Göttliche zu erreichen. Parsifal war mir zumindest ein großer Lehrer auf meiner Suche, und ich bin Gott für jeden Schritt in meiner Bewußtseinsentwicklung und für jedes neue Erwachen und jeden neuen Lebensabschnitt dankbar.

KAPITEL 14

NICHT DAS ENDE

Als ich zum ersten Mal in Erwägung zog, ein Buch zu schreiben, wäre mir niemals ein Titel wie »Kein Schwert verhieß mir der Vater« in den Sinn gekommen. In der Tat bestand mein erster Versuch als Schriftsteller darin, einen Roman zu schreiben, der nach Möglichkeit natürlich ein Bestseller werden sollte. So etwas versuchen viele. In einem ernsthafteren Anlauf überlegte ich mir, eine wissenschaftliche Biografie Wieland Wagners zu schreiben, fand aber bald heraus, daß ich den im Rahmen eines solchen Projektes hochgesteckten Erwartungen nicht gerecht werden konnte. Wenn ich schon infolge eines Mangels an ausreichender Information nicht über Wieland Wagner schreiben sollte, warum eigentlich nicht über mich selbst? Zuerst schwebte mir eine Darstellung meiner Karriere in Anekdotenform vor. Sie hätte meinen Fans zumindest einiges Schmunzeln bereiten können. Nach und nach sammelte ich Material und kam zu der Überzeugung, daß ich doch ein ernsthaftes Buch schreiben sollte. Der erste Schritt in dieser Richtung sollte meiner Meinung nach darin bestehen, einen Titel zu finden. Es mußte ein Titel sein, der zu meiner Karriere paßte, einer, um den ich mein Leben wie auch meine Erlebnisse auf dem Gebiet der Oper ranken könnte, etwas, das wirklich zu mir und meinem Sängerdasein paßt. Bald fand ich etwas Passendes und war begeistert. Ich brauchte nur meinen eigenen Namen zu deuten.

Der verdiente Urlaub. 1985. (87)

Jess ist ein Bibelwort, und Jesse, der Sohn Davids, bedeutet »voll Reichtum«, Floyd, mein zweiter Name, bedeutet loyal, und Thomas heißt vermutlich Zwilling, oder »in zwei Seelen geteilt«. Mein ganzes Leben wurde ich damit geneckt, ein zweifelnder Thomas zu sein, und ich habe diesen Titel nie geschätzt. Aber im Anschluß an ein Konzert in Wien bekam ich dann eine Kritik mit einer phänomenalen Überschrift »Gläubiger Thomas«: das war es! Es mußte die Verneinung des »Doubting Thomas« sein, der »Believing Thomas«. Ein idealer Titel für mein Projekt war also »No doubting Thomas!« Es klang großartig, die Bedeutung war einleuchtend, und man konnte es auf zwei Arten lesen, nämlich »Es gibt kein Zweifeln, Thomas« und »Es gibt keinen zweifelnden Thomas«. Also begann ich, von dieser erfreulichen Titelsuche inspiriert, zu schreiben und wollte Zeugnis einer Laufbahn ablegen, in der es einmal einen zweifelnden Thomas gegeben haben mag. Diese Zweifel am Beginn seiner Laufbahn hätten sich aber nun, im Rückblick, aufgelöst. Es gibt keine Zweifel an der Richtigkeit seiner Lebensentscheidungen. Sein Lebenszweck hat sich also erfüllt, und zumindest bis zu diesem Zeitpunkt in meinem Leben waren mir keine Zweifel gekommen. Welche Erleichterung!

Dieses Konzept konnte allerdings nicht aufgehen, denn in Wirklichkeit ist mein Leben nicht so abgelaufen. Außerdem schien der Titel niemandem zu gefallen, und bald erkannte ich, daß es nur ein Arbeitstitel war und die Chance auf eine Realisierung schwand. Ich begann aber trotzdem zu schreiben und zweifelte bald wieder, ob ich nun eben doch der »Doubting Thomas« bin. War die Wahl, Sänger zu werden, wirklich richtig? Gibt es nun Entscheidungen, die ich im nachhinein bedauere? Die Antwort ist einfach. Ich bedauere sie nicht. Meine Wahl war richtig. Mein Lebensweg führte mich zu diesen Entscheidungen und damit unausweichlich zu meinem Beruf.

Noch in der Schule, im College und selbst später noch war ich ein Hansdampf in allen Gassen, der vieles konnte, aber nirgends Meister wurde. John Rosborough in Lincoln, Nebraska, war der erste, der mir klarmachte, daß ich mich als junger Mann auf eine Sache zu konzentrieren hatte, um etwas zu erreichen. John hatte mich in meinen frühen Bemühungen als Dirigent beobachtet und mich natürlich auch singen gehört. Er entmutigte mich aber mit seinem Kommentar, daß ich offensichtlich kein bemerkenswertes Talent als Dirigent aufwies und wahrscheinlich auch für eine Laufbahn als Sänger nicht geeignet wäre und mir dieser Beruf auch nicht zusagen würde. Er war nicht sicher, ob mir eine Laufbahn als Sänger jene Höhen bieten würde, die ich als erstrebenswert erachtete. Zu diesem Zeitpunkt wußte ich allerdings nur, daß alle meine bisherigen Bemühungen entweder aus vollem Herzen kamen oder zumindest gründlich gewesen waren. Einzig und allein das brennende Verlangen zu singen und meine immer intensiver werdenden Vorbereitungen dafür vereinten meine Kräfte, und ich beschloß dann, praktisch in letzter Sekunde, etwas in dieser Richtung zu unternehmen. Thomas Edison soll einmal gesagt haben, daß Genie aus zehn Prozent Inspiration und 90 Prozent »Transpiration«, oder eben Arbeit bestünde. Das gilt nach meiner Meinung für den Erfolg im allgemeinen. Ich lernte langsam, daß ich ohne Disziplin nichts erreichen konnte, und ich lernte daher zu arbeiten. Ich verzweifelte nahezu, als ich sah, wieviel Zeit ich in meinem Leben schon verschwendet hatte und wie wenig Zeit mir blieb, bevor es für eine Karriere zu spät war. Diese mühsam errungene Erkenntnis, sich nur einem einzigen Ziel zu widmen, ermöglichte mir meinen Erfolg. Natürlich spielten auch die Stimme und andere Elemente eine Rolle, aber ausschlaggebend waren Disziplin und Arbeit, und dieses einfache Rezept kann auf das Leben jedes Menschen angewandt werden. Obwohl es schwierig ist,

Berufszweige, Schicksale und Menschen zu generalisieren, bin ich sicher, daß sich in jeder Disziplin herausstellt, daß sich ehrliche Arbeit lohnt. Wenn man aber nur Erfolg und Ruhm anstrebt, muß einem auch Grillparzers Sprichwort bewußt bleiben: »Die Größe ist gefährlich, und der Ruhm ein leeres Spiel, was er gibt, sind nicht'ge Schatten, was er nimmt, es ist so viel.«

Dieses Wort bewahrheitete sich auch an mir, und es gab Momente des Zweifelns. Wenn ich mein Leben nun in der Retrospektive beleuchte, sehe ich viele Dinge, die ich verpaßt habe.

Ich war immer ein einfacher Sänger, auf der Suche nach mir selbst, nach der Erfüllung und dem Erfolgserlebnis. Beispiele vollständiger Befriedigung sind daher genauso leicht zu geben wie Augenblicke des Zweifels, denn Perioden der Desillusionierung und des Zweifels waren natürlich auch vorhanden. Nicht selten saß ich vor einer Aufführung in meiner Garderobe vor meinem Schminktisch, trug mein Make-up auf und blickte ungläubig in den Spiegel, um mich zu fragen, ob es ein vernünftiger Lebensweg für einen Erwachsenen ist, sein Geld so zu verdienen. Meist wurden diese Gedanken durch die Aufregung und die Konzentration im Rahmen der Aufführung weggeblasen, sie kamen aber dann wieder, wenn eine Aufführung nicht richtig lief, oder meine eigene physische oder psychische Situation gerade auf dem absteigenden Ast war.

Allerdings hat der Künstler die besondere Möglichkeit einer vollständigen Erleichterung, Entspannung und Befriedigung, die der menschlichen Natur, dem Streben nach einem Erfolgserlebnis entgegenkommt. In vielen anderen Berufszweigen, in denen ich mich in meinem Leben versucht habe, ging ich abends mit dem Bewußtsein zu Bett, einen Schreibtisch mit einem Stoß unvollendeter Projekte zu hinterlassen. Als Psychologe war ich mir bewußt, jeden Tag mehr ungelöste Probleme zu schaffen als zu lösen. Selbst als Arbeiter wurde mir nie die Erfahrung, ja der Luxus zuteil, am Ende des Tages das Gefühl zu haben, daß meine Aufgabe wirklich erledigt war. Ganz im Gegenteil, die für den nächsten Tag anstehenden Pflichten erschienen mir jedesmal größer. Ein Sänger hat es da besser, am Ende der Aufführung, egal ob sie gut oder schlecht lief, gibt es nichts mehr zu tun. Der Vorhang fällt, das ist der Schluß, das Ende. Vielleicht gibt es Proben für die nächste Aufführung, aber für das getane Werk ist der Schlußstrich gezogen. Man hatte ein Erlebnis, das nie mehr wiederkommt, das man weder korrigieren kann noch muß, ein unwiederbringlicher, großartiger oder vernichtender Augenblick im Leben, der eine Endgültigkeit in sich trägt, die ein bißchen an die Endgültigkeit des Todes, aber vielleicht doch mehr an die Tatsache erinnert, daß auch alle guten Dinge enden. Das Ende meiner Karriere erwies sich als gut, und ich hatte das Gefühl der völligen Befriedigung.

Meine Laufbahn als Sänger empfand ich immer schon als kostbares Geschenk, und ich versuchte, meine tiefe Dankbarkeit dadurch auszudrücken, daß ich meine eigenen Grenzen immer genau zu kennen bemüht war. Die Laufbahn jedes Sängers ist natürlich individuell, und alle Schicksale entwickeln sich verschieden. Einige Karrieren sind durch eigene Wahl kurz, andere lang, manche dauern sogar ein ganzes Leben. Meine Karriere war für mich gerade lang genug. Ich schaffte es, für mehr als dreißig Jahre von meinen zwei winzigen Stimmbändern mehr als nur gut zu leben, und nicht nur für mich, sondern auch noch für viele andere zu sorgen. Mit 55 Jahren spielte das allerdings keine Rolle mehr, ich wußte, ich wollte mehr Zeit mit meiner jungen Frau und unserem damals fünf Jahre alten Sohn Victor verbringen. Immerhin hatte ich schon 42 Jahre zuvor begonnen zu arbeiten. Damals war ich gerade dreizehn und trieb mich selbst in das Studium und später in das Leben eines Opernsängers. In dieser Phase meines Lebens habe ich alles gegeben, was ich geben konnte, und manchmal vielleicht sogar mehr. Aber die Zeit war vorbei, und ich wollte aufhören, solange ich noch jung und vital genug war, mich anderen Dingen zuzuwenden. Das gelingt nicht jedem Künstler, und manche versuchen sogar, auf der Bühne zu sterben. Das war nicht mein Ziel, ich wollte eine neue Karriere beginnen.

Dabei waren meine Erfolge berauschend gewesen, und es gelang mir, meine Laufbahn auf beide Kontinente Europa und Amerika zu erstrecken. Ich hatte viele Auszeichnungen erhalten, wurde sowohl von der Bayerischen als auch von der Wiener Staatsoper zum Kammersänger ernannt, erhielt die San-Francisco-Opera-Medaille und viele andere Ehrungen. Ich hatte gut verdient und in den meisten der besten Opernhäuser der Welt in Opern gesungen, die ich schätzte, und ich hatte das Glück, von den berühmtesten Orchestern, Kollegen und Dirigenten begleitet zu werden. Jeder weitere Schritt in meiner Karriere konnte nur mehr eine Abwärtsentwicklung bedeuten.

Auch wurde mir die Verantwortung gegenüber meinen Fans klar. Ich hatte als Tenor die jungen Helden gesungen und durfte ihnen das Bild, an dem ich selbst so lange gearbeitet hatte, nicht zerstören. Ich wollte als Held abtreten. Ich hoffe und glaube, daß meine Arbeit nicht nur in meinen Fans, sondern auch in meinen Kollegen weiterwirkt. Ich habe sie beeinflußt und dazu beigetragen, der jüngeren Generation von Sängern neue Konzepte in der Gestaltung von Wagner-Rollen als Schauspieler verständlich zu machen. Mein Name war vielleicht nicht jedem Haushalt bekannt, aber viele meiner Neuerungen haben in der Opernwelt ihre Spur hinterlassen.

Meine Karriere erwies sich auch in gewisser Art und Weise als perfekt getimt. Als ich nach Deutschland ging, wurde mein Stimmtypus gerade benötigt, sowohl die Kollegen wie auch das Publikum empfingen mich mit offenen Armen. Und ich war auch durch einen glücklichen Umstand, den nicht viele meiner Kollegen genießen konnten, begünstigt; ich mußte meine Karriere nicht wegen eines Krieges unterbrechen. Auch wurde sie weder durch eine Katastrophe oder eine Krankheit verkürzt, ich hatte also die Möglichkeit, den vorgezeichneten Weg so lange zu gehen, bis mich meine liebende Violeta drängte, mehr Zeit mit ihr und unserem Kind zu verbringen. Dann war die Zeit reif, und diese Entwicklung kann ich nicht bedauern.

Nun erfreue ich mich daran, junge Künstler zu unterrichten. Ich habe vielversprechende junge und auch ältere Sänger als Studenten. Während der Stunden haben wir einen wunderbaren Blick aus dem Fenster meines Studios über die San Francisco Bay, sehen die Stadt, die Berge, das Wasser und erfreuen uns der Kunst und der Welt. Eine kurze Zeitlang versuchte ich mich auch als Gastprofessor an der San Francisco Stage University, und vielleicht übernehme ich auch wieder einen ähnlichen Posten. Ich habe viele Einladungen, als Regisseur zu arbeiten, und man bot mir sogar die Stelle des Direktors an kleineren Opernhäusern an. Dabei gibt es aber noch viele Aktivitäten, denen ich mich zuwenden könnte, und man darf nicht vergessen, daß ich heute infolge meiner Lehrtätigkeit mehr als früher singe, und das noch immer mit großer Begeisterung, obwohl ich mich dabei auf Liederabende und Orchesterkonzerte beschränke.

In das gesellschaftliche Leben unserer Gemeinde habe ich mich nicht ganz so eingefügt, wie ich mir das vorgestellt habe. Ich bin natürlich in viele Clubs und Organisationen eingeladen worden, doch, nachdem ich so viele Jahre nicht dabeigewesen bin, fühle ich mich nicht gerade prädestiniert für solche Aktivitäten. Es war eine schwierige Übergangsphase vom Bühnenhelden zum Bürger und Hausmann. Und doch erfreue ich mich eines Lebens, das weniger hektisch ist. Manchmal jedoch vermisse ich die Aufregung und den Applaus. Aber mein Leben ist voll von erfreulichen Aktivitäten. Ich kann, wie nur wenige Väter, meinem Sohn Victor täglich bei seinen Hausaufgaben helfen, mit ihm spielen oder unseren neuen Swimmingpool benutzen. Dabei ist auch in unserem Haus für Aufregung gesorgt, denn meine unternehmungslustige Violeta wurde zum Starrealitätenmakler und hat nun selbst ein turbulentes Leben. Ihre Parties, ihr Auge für die Schönheit, ihr liebenswertes Gefühl, mit dem sie das Haus dekoriert und ständig neue Blumenarrangements herbeischafft, sind eine Augen- und Seelenweide. Mit ihr besuche ich auch Bälle, Konzerte und entspanne mich vor dem Fernsehschirm. Und doch, trotz all des Glücks und der Ruhe wird mein Drang täglich stärker, die nächste Phase meiner Karriere, was immer das auch sein wird, in Angriff zu nehmen. Ich bin sicher, daß sich die richtige Herausforderung bald stellen wird, und ich kann es kaum erwarten, ihr entgegenzutreten.

Aber auch in einer neuen Beschäftigung werde ich von meinen alten Erfahrungen und Erlebnissen zehren und profitieren, und sicher bin ich nicht der einzige, der an diese wunderbare Zeit zurückdenkt. Auch heute noch werde ich, wie früher so oft, über mein Leben befragt, und jeder stellt die gleiche Frage: »Wenn Sie es noch einmal machen würden, würden Sie wieder Sänger werden, war es die Anstrengung wert?« Welch rätselhafte Frage! Wie kann man das schon wissen? Ich bin sicher, daß ich unter den gleichen Umständen wieder die gleiche Wahl treffen würde. Ich erinnere mich an meinen älteren Sohn Jess David, der mich eines Tages während einer Aufführung in meiner Garderobe besuchte. Er war damals gerade 14, das Alter, in dem man sich häufig darüber unterhält, was man gerne werden möchte, wenn man älter wird. Er lernte eines aus meiner Karriere und bemerkte: »Papa, ich weiß noch immer nicht genau, was ich werden möchte, eines ist sicher: Ich möchte gerne einen Weg finden, meinen Unterhalt zu verdienen, indem ich etwas tue, was mir genausoviel Spaß macht wie dir das Singen.«

Mir wurde oft bewußt, daß mir mein Beruf so viel Freude bereitet, daß ich theoretisch sogar bereit war, dafür zu bezahlen, statt bezahlt zu werden. Obwohl im Opernbetrieb harte Arbeit notwendig ist und auch geleistet wird, schien mir diese nie als unangenehme Belastung. Schon Maxim Gorki sagte: »Wenn die Arbeit ein Vergnügen ist, dann ist das Leben ein Spaß!«

Es ist mir bewußt, daß ich für viele Dinge meines Lebens demütig und bescheiden zu danken habe. Mein liebes Veilchen erinnert mich oft daran, daß man mir nie mehr das erlebte Glücks- und Erfolgsgefühl meiner Karriere wegnehmen kann. Ich hatte Zeit genug, einige meiner kleinen Ziele zu erreichen und konnte dabei lernen, daß es auch sehr wichtig ist, sich selbst Anerkennung und Selbstbestätigung zu geben. Aus einem meiner kleinen Lieblingsbücher kann ich dabei nur Mildred Newman, Bernard Berkowitz und Jean Owen aus »How to be your own best friend« zitieren: »Wir alle lieben das Lob, haben wir aber jemals bemerkt, wie schnell sich der Glanz eines Kompliments abnützt? Wenn wir uns selbst loben, bleibt das Lob bei uns. Es ist immer gut, ein Lob von anderen zu hören, und es macht nichts, wenn wir es schon zuvor von uns gehört haben. Darin besteht auch die Tragödie vieler großartiger Künstler, die des endlosen Applauses bedürfen, um zu fühlen, wie großartig sie sind. Sie haben offensichtlich noch nie ein Lob von sich selbst gehört.

Dieses Frösteln und die Aufregung des Applauses werden mir nun langsam fremd, ich vermisse sie immer weniger, und ich lerne auch, meine Bedürfnisse anders zu befriedigen. Dabei habe ich keine schlechten Erfolge. Ich nähere mich dabei mehr und mehr einem Ziel, das auch Richard Wagner in seinen großartigen Werken auszudrücken versuchte. An dieses Ziel werde ich durch die einfachen, aber passenden Worte eines populären Liedes, das ich oft als Kind gehört habe, erinnert: »Die einzigen wichtigen Dinge im Leben sind: nur zu lieben und geliebt zu werden.«

Der Dank der Fans, die ihn »auf Händen tragen«. (88)

LUDWIG VAN BEETHOVEN

FIDELIO

ERSTAUFFÜHRUNG IN WIEN 1805

Die Personen:

Don Fernando, Minister (Baß), Don Pizarro, Gouverneur (Bariton) – Florestan, ein Gefangener (Tenor), Leonore, seine Gattin, unter dem Namen Fidelio (Sopran) – Rocco, Kerkermeister (Baß) – Marzelline, seine Tochter (Sopran) – Jacquino, Pförtner (Tenor) – Zwei Gefangene (Tenor und Baß) – Gefangene, Wachen, Volk.

ZUR HANDLUNG

In dieser Oper wird die Geschichte der treuen Frau Leonore erzählt, die ihren Gatten Florestan aus dem Kerker der Tyrannei befreit. Florestan wird von seinem politischen Gegner Don Pizarro eingekerkert, niemand weiß, wo er sich befindet, und er gilt für tot. Doch seine Frau Leonore kann die Nachricht seines Todes nicht glauben. Sie versucht, als Mann verkleidet in jenen Kerker zu gelangen, in dem sie Florestan vermutet. Sie nennt sich Fidelio und erhält tatsächlich den Posten eines Gehilfen des Kerkermeisters Rocco. Fidelio findet sich im Kerker bald zurecht, und schließt auch Freundschaft mit Marzelline, der Tochter Roccos, die sich in den hübschen neuen Kollegen verliebt. Auch Rocco gefällt der neue Helfer Fidelio. Fidelio will die Gefangenen sehen und drängt Rocco daher, sie in den Gefängnishof führen zu dürfen, um den Namenstag des Königs zu feiern. Erschüttert sieht sie die bleichen Gestalten, ihren Gatten findet sie nicht unter ihnen. Da kommt Pizarro zurück und befiehlt, die Gefangenen wieder einzukerkern. Don Fernando, der Minister, hat sich angekündigt und wird das Gefängnis inspizieren, er darf aber Florestan, den Pizarro in einem finsteren Kerkerloch gefangenhält, nicht finden. Pizarro befiehlt Rocco daher, in der Zisterne des Kerkers ein Loch zu graben, um Florestan dort nach seiner Ermordung zu begraben. Da sich Rocco jedoch weigert, Florestan zu töten, wird Pizarro die Tat selbst ausführen. Leonore erfährt von Rocco von dem geheimnisvollen Gefangenen und erhält auch die Erlaubnis, Rocco beim Schaufeln des Grabes zu helfen.

In seiner dunklen Kerkerzelle liegt Florestan in Ketten. Er erinnert sich seiner Jugend und seiner Prinzipien, die ihn letztendlich in den Kerker gebracht haben. In einer fiebrigen Ekstase glaubt er, seine Frau zu sehen, bricht aber erschöpft zusammen, als Rocco und Leonore kommen und das Grab zu schaufeln beginnen. Da erkennt Leonore ihren Mann, aber Pizarro steigt bereits in die Zisterne herab, um sein grausiges Vorhaben, Florestan zu töten, zu vollenden. Leonore stellt sich als Schild vor Florestan und gibt sich zu erkennen, dann zieht sie eine Pistole und versichert: »Noch ein Wort, und du stirbst«. In diesem Augenblick ertönt eine Trompete; der Minister ist angekommen. Pizarro verläßt mit Rocco den Kerker, und die wiedervereinten Liebenden fallen einander in die Arme.

Im Gefängnishof erfährt der Minister von Pizarros kriminellen Taten und erkennt auch seinen verlorengeglaubten Freund Florestan und dessen Frau Leonore. Die ebenfalls befreiten Gefangenen stimmen einen Jubel auf Leonore, die Liebe und die Freiheit an, Pizarro hingegen wird eingekerkert.

MUSIKALISCHE SCHWIERIGKEITEN

Zu FIDELIO, der einzigen Oper Ludwig van Beethovens, gibt es auch kritische Meinungen, die sich an der Tatsache orientieren, daß Beethoven hauptsächlich Orchesterwerke schrieb.

»Die Musik ist wunderbar, aber die Oper enthält keine dramatische Entwicklung, die Geschichte selbst ist schwach«, das ist eine nicht selten gehörte Kritik. Ähnlich dachte ich auch, bis ich meine erste FIDELIO-Aufführung sah. Seither kann ich nicht verstehen, wie es überhaupt möglich sein sollte, von dieser hochdramatischen Oper nicht in Bann geschlagen zu werden. Eine gute Besetzung, im Detail erarbeitete Nuancen der Interpretation und ein starker Dirigent, und schon ist das Drama perfekt.

»Beethoven schrieb wundervolle Orchesterwerke, aber er hatte kein Gefühl für die Stimme, er behandelte die Stimme wie ein Instrument«, das sagen manchmal sogar Sänger. Aber auch dieser Aussage kann ich nicht zustimmen. Natürlich stellt Beethoven schwierige Anforderungen an die Sänger und erstreckt den herkömmlichen Bereich der menschlichen Stimme bis an ihre Grenzen. Gut ausgebildete Sänger können diese Anforderungen aber auch erfüllen, und, perfekt aufgeführt, ist die Wirkung der Musik phantastisch, die Anstrengung lohnt sich auch für den Sänger.

Beethoven schrieb wunderbare, aber auch schwierige Orchestermusik, auch FIDELIO benötigt daher Spitzenmusiker und einen Spitzendirigenten. Schon nach dem man nur einige Aufführungen gehört hat, erkennt man sicherlich die gefährlichen Hornpassagen in der großen Leonorenarie »Abscheulicher, wo eilst du hin«. Aber auch die Chorpartie ist beachtlich. Besonders bekannt, aber auch besonders schwierig ist der Gefangenenchor im Finale des ersten Aktes. Er ist schwer zu singen und gefürchtet, da die geschundenen Kreaturen, die aus dem Gefängnis kommen, verhalten im Piano beginnen und ihren Gesang langsam entwickeln müssen. Dieses Hoffnung ausdrückende Crescendo erfordert perfekte Kontrolle der Stimmen der Chorsänger und exakte Führung durch den Chordirigenten. Der Chor im zweiten Finale ist nicht minder schwierig. Die Jubelschreie an seinem Ende erfordern gleichermaßen exakte Koordination und straffe Führung durch den Dirigenten, um einerseits die überschäumende Freude und den Enthusiasmus zum Ausdruck zu bringen, ohne in Übertreibung, Hektik oder gar ins Chaos zu verfallen.

Leonores Rolle erfordert vor allem Wärme und Ausdruckskraft. Selbst die technisch perfekteste Sängerin der Welt könnte in dieser Rolle nicht bestehen, wenn sowohl Stimme wie auch Spiel nicht Wärme und Persönlichkeit ausstrahlen können. Die schon erwähnte große Arie im zweiten Akt enthält auch für sie große Schwierigkeiten: Eine weite Skala von Emotionen, beginnend bei Angst, Haß, Auflehnung bis zu Hingabe und wahrer Liebe, muß sowohl darstellerisch wie auch stimmlich ausgedrückt werden. Perfekt auf die Bühne gebracht, ist diese Nummer eines der Glanzstücke jeder Sängerin. Das schwierige hohe H der Arie setzt das Pünktchen auf das i.

Zusätzlich hat Leonore auch zu Beginn des Quartetts im ersten Akt einen schwierigen Anfang durch unangenehme Pianophrasen. Die gesamte Rolle ist lang und anstrengend.

Rocco ist eine genauso lange Rolle, die im großen und ganzen in einem nicht unangenehmen Stimmbereich liegt. Viele Bassisten meinen, daß die lange Rolle viel Arbeit macht und der normalerweise eher geringe Applaus nach der kleinen Arie »Das Gold« kaum für den Aufwand entschädigt.

Pizarro ist dagegen ein sadistischer Schurke. Aus stimmlicher Sicht kann er allerdings nur hoffen, einen einfühlsamen Dirigenten als Begleiter für seine Arie »Ha, welch ein Augenblick!« zu finden. In einem ungebremsten Orchester wird an dieser Stelle selbst der heldenhafteste der Heldenbaritone versinken. Pizarro ist sicher eine effektive Rolle, erfordert aber eine starke Stimme und eine Aggressivität, die nur wenige besitzen.

Die Rolle des Florestan erfordert, genauso wie die der Leonore, einen großen stimmlichen Variationsbereich und viel Flexibilität. Die Arie »Gott, welch Dunkel hier!« schlägt von dramatischen zu lyrischen Phrasen oft innerhalb eines oder zweier Takte um. Wagnerähnliche Stimmausbrüche werden unmittelbar von schubertähnlichen, liedhaften Phrasen abgelöst, sie führen unvermeidlich zu dem gefürchteten Allegro, das in seinen fiebrigen Ausbrüchen eine Tessitura enthält, die den Sänger automatisch in den von der Regie verlangten Zustand überführt: »Er fällt erschöpft auf den Stein und bedeckt sein Gesicht mit seinen Händen.«

Der schwierige Einsatz Florestans im Schlußbild »Wer ein solches Weib errungen«, stellt eine letzte Klippe dar, die bei einem Versagen unvermeidbar unangenehm auffallen würde, vor dem ekstatischen Höhepunkt der Oper.

All diese Schwierigkeiten verblaßten für mich aber, wenn Hans Knappertsbusch am Pult stand.

Wenn KNA dirigierte, war das für mich und sicherlich auch für das Publikum immer ein ganz besonderes Erlebnis. Die langsamen, gleichbleibenden Zeitmaße Knappertsbuschs sind wohl für den Tenor eine Herausforderung, ich behaupte aber, daß sie so abgestimmt waren, daß man sie, wenn überhaupt, dann nur mit ihm schaffen konnte. Ein gutes Beispiel dafür ist die schwierige Stelle am Ende von Florestans großer Arie: »Und spür ich nicht linde, sanft säuselnde Luft ...«, in der Florestan die Phantasie der Erscheinung seiner geliebten Frau beschreibt. Knappertsbusch nahm die Stelle wie in der Partitur vorgeschrieben: »Poco allegro«, und von da an beschleunigte keinerlei Accelerando das Tempo.

Häufig wird hingegen am Ende dieser Arie das Tempo beschleunigt, um Florestans Entrückung deutlicher zu machen und die Dramatik zu steigern. Eine derartige Steigerung gegenüber den Intentionen Beethovens ist aber gar nicht notwendig, gespielt und gesungen wie geschrieben entfaltet die Arie eine ungeheuerliche Wirkung.

Don Fernando, der Minister, hat eine einfache, noble Rolle, die nur aus wenigen Sätzen besteht. Der Auftritt wird, eine wohlklingende Stimme vorausgesetzt, nur dann gelingen, wenn ein gutes tiefes A vorhanden ist, das die Feierlichkeit des Augenblicks unterstreicht, in dem der Minister Leonore erlaubt, Florestan von seinen Ketten zu befreien.

Eine Schwierigkeit für die Sänger, die nicht im musikalischen Bereich liegt, sei nicht unerwähnt. Sie besteht im gesprochenen Dialog und dem wirkungsvollen Melodrama zwischen Rocco und Leonore im zweiten Akt. In vielen Inszenierungen sind die Dialoge oft bis zur Unkenntlichkeit verstümmelt, um den dramatischen Ablauf zu beschleunigen. Sie sind aber in jedem Fall schwierig auf die Bühne zu bringen. Jeder Sänger, der die Rollen zum ersten Mal studiert, sollte gerade die Dialoge mit einem Sprachlehrer intensiv durchgehen, bevor er das musikalische Training beginnt.

INSZENIERUNGEN

Die Struktur der Oper selbst ist nicht unumstritten. Zwischen dem ersten und dem zweiten Akt besteht eine enorme Ungleichheit, sowohl ein unterschiedlicher Stil, wie auch ein dramatisches Ungleichgewicht. Diese Uneinheitlichkeit kann sicherlich, zumindest bis zu einem gewissen Grad, nicht geleugnet werden. Freilich, meiner Meinung nach ist sie nicht unbeabsichtigt. Ich glaube, Beethoven hat die klassische Struktur des ersten

Ludwig van Beethoven, Fidelio, 1979. Jess Thomas und Berit Lindholm. (89)

Aktes mit seinen Szenen und Ensembles bewußt gewählt, um die kleinstrukturierte Welt der Gefängnisverwaltung zu zeigen. Der ansonsten bedeutungslose Ablauf eines Arbeitstages in einem Gefängnis sollte der dramatischen Situation der Betroffenen gegenübergestellt werden. Zu Beginn des zweiten Aktes dringt man in den Kerker ein und wird von Beethoven auch musikalisch in die Abgründe der menschlichen Seele geführt. Die Musik ist hier durchkomponiert und weist in vieler Hinsicht bereits auf die späteren Wagner-Opern. Schon aus diesem Grund finde ich, daß die Oper in der Pause keine Bruchstelle aufweist, sondern ganz im Gegenteil, der Milieuwechsel einem genialen dramatischen Plan entspricht.

Für mich gab es in vielen FIDELIO-Aufführungen immer nur einen Schönheitsfehler: Das Einfügen der Leonoren-Ouvertüre. Seit Gustav Mahler wird die wunderschöne Dritte Leonoren-Ouvertüre zwischen den beiden Bildern des zweiten Aktes gespielt, und natürlich kann ich jeden Dirigenten verstehen, der diese göttliche Musik an dieser Stelle aufführen will. Ich anerkenne auch die Tatsache, daß die Oper insgesamt relativ kurz ist. Aus dramaturgischer Sicht jedoch stellt diese Unterbrechung einen unglaublichen Bruch dar, und ich werde das Gefühl nicht los, daß man Beethoven gegenüber unfair handelt. Der Schluß der Handlung wird unterbrochen, der Vorhang fällt vorzeitig und das Opernhaus wird zum Aufführungsort eines symphonischen Konzertes, nach dem Applaus aufbrandet, dann erst geht der Vorhang wiederum auf. Neue Spannung muß aufgebaut werden, das unmittelbare Befreiungsgefühl nach der Kerkerszene kann nicht mehr in der gewünschten Art und Weise wirken. Beethoven schrieb vier Ouvertüren für seine Oper und entschied sich zuletzt für die kurze vierte Fassung, die heutige Fidelio-Ouvertüre, die am Beginn der Oper gespielt werden soll. Nachdem das gesamte Werk so oft überarbeitet wurde, glaube ich, daß man die endgültige Version des Komponisten eigentlich respektieren müßte.

Die Anforderungen an die FIDELIO-Dekoration sind so einfach, so klar definiert, daß einander viele Aufführungen ähnlich sind. Manche bieten mehr, manche weniger Raum. Im ersten Akt kann jedenfalls ein Gefängnishof erwartet werden. Die Kerkerzelle ist aus Stein, sie ist dunkel, Florestan liegt in Ketten. Die Schlußszene, die vor dem Schloß spielt, wird in vielen Aufführungen durch das Hinablassen einer Zugbrücke oder das Hinaufziehen eines eisernen Gitters freigegeben. Die Gefangenen können dann in eindrucksvoller Bewegung in den Hof strömen.

In einigen Aufführungen wurde das Gefängnis selbst unterschiedlichen Zeit- und politischen Strömungen angepaßt. Dies führte unweigerlich zu Konzentrationslagern mit entsprechenden KZ-Uniformen und kahlköpfigen Gefangenen. Ich denke nicht, daß es für den Kern der Aussage wichtig ist, in welcher Zeit die dargestellte Tyrannei tatsächlich spielt, solange man sich bewußt ist, daß sie in unserer Welt allgegenwärtig ist.

Die zu inszenierende Aussage der Oper besteht in der Tatsache, daß Unterdrückung und letztendlich ihre Beendigung durch Befreiung menschliche Realität und menschlicher Wunschtraum sind. Darüber hinaus ist die Beziehung der Liebenden in Fidelio/Leonore, die als Auslöser für die Überwindung der Tyrannei dient, eine wunderbar darzustellende und auch zu inszenierende Problematik. Die Geldgier Roccos, seine Scheu vor jeder Verantwortung und das kurze und zaghafte Auflehnen in der Verweigerung, Florestan zu töten, und der Erlaubnis an Leonore, Florestan mit Brot und Wasser zu versorgen, kann ebenso wie die Machtgier Pizarros beeindruckend und berührend dargestellt werden. Marzellines und Jacquinos Beziehungen und Verwicklungen zu Fidelio können eine Auflockerung des Spielflusses bieten oder in alternativen Konzepten zugunsten der dramatischen Handlung ganz in den Hintergrund gedrängt werden.

In den meisten Produktionen, in denen ich auftrat, gab es eine traditionelle Dekoration, die in der von Beethoven vorgeschlagenen spanischen Umgebung spielte. Karajans Inszenierung in Wien hatte einen modernen Anstrich, die nachfolgende Inszenierung von Otto Schenk bestach durch den rührenden Übergang zur Schlußszene im zweiten Akt. Ich sang Florestan in dieser alten und auch in einer neueren Schenk-Produktion an der Metropolitan Opera sowie in Lissabon und Berlin, der Hartmann-Produktion in München, in Buenos Aires, Monte Carlo und Frankfurt. Florestan lag immer am Boden, in Ketten und zerlumpten Kleidern. Natürlich gab es auch Inszenierungen, bei denen ich in Ketten, einer Kreuzigung gleich, aufgehängt wurde – übrigens eine hervorragende Stellung, um zu singen – die meiste Zeit verbrachte ich jedoch auf meinen Knien am Boden. Es gibt in der gesamten Rolle nicht sehr viel, was ein Regisseur für Florestan tun könnte. Die Stimme zählt, und wenn der stimmliche Ausdruck ungenügend ist, bleibt die Regie erst recht im Hintergrund.

Wahrscheinlich war die FIDELIO-Inszenierung Wieland Wagners in Stuttgart eine der wenigen, die ein wirklich neues Konzept hatten. Die Gefängnisgitter waren abstrahiert, es gab keine Steinstrukturen, lediglich angedeutete Flächen auf der Bühne. Es gab eine Scheibe, auf der sich die zentrale Handlung abspielte, zwei Gitter durchquerten sie, um die Bewegungseinschränkungen eines Gefängnisses anzudeuten. Die Bühne war dunkel, die Kostüme zeitlos. Die Gefangenen waren kahlgeschoren. Die gesamte Aufführung war einerseits sehr ökonomisch, aber tragisch-großartig und äußerst beeindruckend. Rudolf Bing erzählte mir, daß er, nachdem er diese Aufführung gesehen hatte, erstmals in seinem Leben einen Fanbrief schrieb. Er, der Operndirektor von New York, schrieb einen begeisterten Brief an Wieland Wagner, in dem er versicherte, daß er niemals eine bessere Inszenierung gesehen hätte.

SAMUEL BARBER

ANTHONY AND CLEOPATRA

MUSIKALISCHE SCHWIERIGKEITEN

Schon allein die Liste der Gesangsrollen in ANTHONY AND CLEOPATRA zeigt die Schwierigkeiten auf, die einen Operndirektor erwarten, will er diese Oper aufführen: Es sind nicht weniger als 31, dazu kommt noch ein Chor, natürlich das Orchester und das Ballett. Man sieht sofort einen Grund dafür, warum die Oper nicht weltweit aufgeführt wird.

Die Rolle der Cleopatra wurde Leontyne Price auf den Leib geschrieben und stellt für weniger begabte Sopranistinnen eine erhebliche Schwierigkeit dar. Die hohe Tessitura, in der sich Leontyne wohl fühlte, ist nicht unbedingt jedermanns Sache. Aber alleine daran kann der Mißerfolg des Werkes nicht liegen, denn auch andere Opernrollen wurden für bestimmte Primadonnen kreiert und wurden trotzdem in das Standardrepertoire aufgenommen.

Samuel Barber, Anthony and Cleopatra, 1966. Metropolitan Opera. (90)

Samuel Barber mit der Komposition dieses Werkes zu beauftragen, war bestimmt eine logische Wahl. Seine Lieder, seine symphonische Musik, wie auch seine Oper VANESSA, die sogar in Salzburg mit viel Beifall aufgeführt wurde, genügten Bing für seinen Entschluß. Barber wählte den Stoff. Sein großes Interesse für Literatur half ihm dabei, Ideen für viele seiner Kompositionen zu finden. Er hatte aber auch großes Interesse an Stimmen, das durch seine Tante, Luise Homer, einer bekannten Sängerin des goldenen Opernzeitalters, sowie eigener vokaler Betätigung gestärkt wurde. Seine Musik beinhaltet für den Sänger viele Melodien, schmeichelnde Harmonie und subtile Kreationen unterschiedlicher Klangfarben und -muster.

Auch die Partitur zu ANTHONY AND CLEOPATRA enthält reichlich neue Schöpfungen; diese Oper ist eine seiner ambitioniertesten und bestimmt eines seiner letzten großen Werke. Er schuf innerhalb seines (zugegeben amerikanischen) musikalischen Stils ein Werk, das durch Shakespeares und elisabethanischen Einfluß im Text die Größe Roms gut beschreibt und doch mit seinem komplizierten musikalischen Kompositionsstil harmoniert. Seine Musik wurde auch schon als modern-ägyptologisch mit einem leichten amerikanischen Akzent bezeichnet. Die meisten, die die Musik kennen, fühlen, daß die Oper lohnenswerte stimmliche Momente bietet.

Die Hoffnungen nach einer großen amerikanischen Oper wurden freilich auch anläßlich der Uraufführung unter der Leitung von Thomas Schippers nicht erfüllt und erschöpfte sich in Kommentaren wie: musikalisch opulent, brillant und kompliziert, hektisch oder sogar orientalisch. Insgesamt führte die übertriebene Inszenierung zu einer Aufführung, in der es wahrscheinlich unmöglich war, die musikalische Bedeutung der Oper zu erkennen.

Aus der Sicht der Sänger enthält die Rolle der Cleopatra, nicht unerwartet, die schönsten Passagen. Der dritte Akt ist der stärkste. Er enthält die ergreifende Musik der Liebesszene zwischen Anthony und Cleopatra sowie Cäsars kurze, aber effektvolle Arie und den berührenden Tod der Cleopatra.

In der richtigen Besetzung könnte zukünftigen Generationen bald eine Möglichkeit geboten werden, dieses Werk zu hören. Dabei sind auch die Anforderungen an die Bühnentechnik zu realisieren, die einem Werk entsprechen, das man auch als moderne Aida bezeichnen kann.

BENJAMIN BRITTEN

PETER GRIMES

Uraufführung am 7. Juni 1945 in London

Personen: Peter Grimes, Fischer (Tenor) – Der Junge, sein Lehrling (stumm) – Ellen Orford, Witwe und Lehrerin (Sopran) – Balstrode, ehemaliger Kapitän (Bariton) – Tantjen, Krugwirtin (Alt) – Zwei Nichten, Bedienerinnen im Krug (Soprane) – Boles, Fischer (Tenor) – Swallow, Rechtsanwalt und Bürgermeister (Baß) – Mrs. Sedley, Rentnerin (Sopran) – Pastor Adams (Tenor) – Keene, Apotheker (Bariton) – Dr. Thorp, Arzt (stumm) – Hobson, Amtsdiener und Fuhrmann (Baß) – Fischer, Stadtleute.

ZUR HANDLUNG

Peter Grimes lebt in einem kleinen Fischerstädtchen an der Ostküste Englands. Die Menschen dieses Ortes sind durch das rauhe Meer und ihre Betätigung, den Fischfang, geprägt. Grimes ist in dieser Gesellschaft ein Außenseiter, und diese Position wird für ihn noch schwerer, als er sich wegen des Todes seines Schiffsjungen zu verantworten hat. Obwohl festgestellt wird, daß sein Junge eines natürlichen Todes gestorben war, ergreift die Menge gegen Grimes Partei. Im ganzen Ort gibt es nur zwei Personen, die sich als Freund Grimes' bezeichnen dürfen: Ellen Orford, seine Geliebte, und Balstrode, ein ehemaliger Kapitän und väterlicher Freund.

Bald holt sich Grimes aus dem Waisenhaus einen neuen Jungen. Doch wegen der Feindseligkeit der Menge rät Balstrode seinem Freund, den Ort zu verlassen. Aber Grimes kann sich von seiner Heimat nicht trennen, er will hier durch Fischfang sein Glück machen und dann um Ellen werben. Die allgemeine Stimmung gegen Grimes ist so aufgepeitscht, daß selbst die fröhliche Menge, die sich im Gasthaus während eines Sturmes versammelt, in Schweigen verfällt, sobald Grimes erscheint. Schon nach einer Woche hat die Menge erneut Grund zum Aufruhr gegen Grimes, der entgegen der Meinung der Menge seinem Schiffsjungen, der eine Verletzung am Hals hat, keine Ruhe gönnen möchte. Die aus der Kirche kommende Menge beschließt aus diesem Grund, einen Protestmarsch zu Grimes' Hütte zu unternehmen. Als Grimes den Zug nahen sieht, verläßt er mit seinem Jungen die Hütte und nimmt, um dem Mob nicht zu begegnen, einen gefährlichen Weg über die Klippen. Dabei stürzt der Junge ab und stirbt. Die Demonstranten aber finden nur die leere Hütte. Bald wird auf dem nächtlichen Stadtplatz gemunkelt, daß man Grimes und seinen Jungen schon seit geraumer Zeit nicht mehr gesehen hat. Obwohl sein Boot im Hafen liegt, ist weder er noch sein Junge zu finden. Da beschließt die Menge, mit Knüppeln bewaffnet, nach dem Jungen zu suchen.

Grimes wird aufgespürt und taumelt einige Stunden später von seinen Verfolgern gehetzt wieder auf den Platz. Der einzige Rat, den ihm selbst sein Freund Balstrode geben kann, besteht darin, mit dem Boot aufs Meer zu fahren und sich zu ertränken.

Grimes besteigt tatsächlich ein Boot und fährt, während Balstrode die schluchzende

Benjamin Britten, Peter Grimes, 1973. (91)

Ellen ins Haus bringt, hinaus. Doch dann bricht schon der nächste Tag an, und in einem scheinbar friedlichen Städtchen erwacht das Leben neu.

MUSIKALISCHE SCHWIERIGKEITEN

Brittens Libretto basiert auf George Crabbes Drama »The Borough«, das von Montagu Slater adaptiert wurde. Er sah seinen Helden Peter Grimes als Einzelgänger und beschreibt ihn so: »Grimes stellt einen Mann dar, der gegen eine kurzsichtige Gesellschaft kämpft. Er ist ein wenig sonderlich und er hat etwas mehr Vorstellungskraft. Man muß seinen Stolz und seine Hilflosigkeit fühlen.«

Nur jemand wie Benjamin Britten, der die See kennt und an der See gelebt hat, konnte dieses Porträt einer kleinen Fischerstadt an der Ostküste Englands schreiben. Das Meer ist die durchdringende Kraft in der Oper, die im Orchester Naturschilderungen von einer zarten Mondscheinstimmung bis zu fürchterlichen Stürmen bereithält.

Einflüsse von Strauss und Mussorgsky sind unverkennbar, aber die Einfachheit, die Lyrik, die Dramatik und der dissonante Stil in diesem Werk wurden von Britten selbst entwickelt. Wenn er auch Volksmusik und Tanzrhythmen der Seeleute verwendet, arbeitet er sie doch auch in komplizierte, polyrhythmische Lieder ein und bildet damit einen deklamatorischen Gesang, der die technischen Anforderungen über einen weiten Bereich erstreckt. Neben den Gesangspassagen enthält die Oper fünf Orchesterzwischenspiele, die oft auch in Konzerten gespielt werden. Sie dienen nicht nur zur Überbrückung während der Szenenwechsel, sondern geben auch die Hintergrundstimmung vor und entwickeln das Drama auch bei geschlossenem Vorhang weiter. Diese Zwischenspiele: die Dämmerung, der Sturm, Sonntagmorgen, Passacaglia und Mondlicht porträtieren die Stimmungen so realitätsnah, daß man das kleine Fischerdorf mit seinem Alltagsleben, den wütenden Sturm, der symbolisch für die aufgebrachte Menge der Dorfbewohner steht, die Friedlichkeit der Kirchenglocken und der Sonntagsbesucher, die Rastlosigkeit der Dorfbewohner und ihren Zorn über Peter Grimes, sowie ein Dorf, das wieder zum Frieden zurückgekehrt ist, lebensnah vor sich sehen kann. Der Zuhörer wird durch diese fesselnde Musik immer mitgerissen und in die gewünschte Stimmung versetzt. Ein Bericht des amerikanischen Schriftstellers Edmund Wilson von der Premiere dieser Oper beschreibt die Wirkung: »Die Oper lähmt einen, nimmt Besitz und hält einen im Theatersessel während der Vorstellung gefangen, läßt einen auch während der Pausen nicht los. Am Ende wird man ermüdet und ausgelaugt entlassen.«

Der Reiz einer musikalisch so mächtigen Musik begründet die interessanten, aber doch furchtbaren musikalischen Anforderungen an das Orchester. Ohne einen ausgezeichneten Dirigenten, ein erstklassiges Orchester sowie reichlich Probenzeit kann diese subtile, schwierige Musik nicht entsprechend aufgeführt werden.

Eine der wichtigsten Rollen in PETER GRIMES spielt der Chor. PETER GRIMES unterscheidet sich da von anderen Opern, in denen der Chor nur einige Szenen hat, da der Chor praktisch immer auf der Bühne ist und lange, musikalisch komplizierte Passagen in komplexen Szenen vorzutragen hat.

Das gesamte Solisten-Ensemble erfordert daher nicht nur starke und individuelle Charaktere, sondern auch besondere Fähigkeiten in der Koordination mit den Chören.

In PETER GRIMES gibt es 14 Rollen, von denen zwei stumm, aber doch sehr wichtig sind. An alle Rollen hat Britten genug musikalisches und stimmliches Material verschwendet, um sie zu realen Individuen, zu echtem Fischervolk und Dorfbewohnern zu machen.

Auntie, die Wirtin Zum Krug, ein Kontraalt, muß lautstark, polternd und farbenprächtig sein und doch sympathisch wirken. Sie hat in Ensembles und Chören oft die führende Stimme. Ihre beiden Nichten, Soprane, müssen stimmlich einen oberflächlichen Charakter darstellen und doch auch in der Lage sein, in der Szene mit Auntie und Ellen im zweiten Akt ernste Momente darzustellen. Dieses Trio erinnert an die für Strauss typische Führung weiblicher Stimmen.

Ellen Orford ist eine liebliche Sopranrolle, die der Darstellerin große Variationsmöglichkeiten bietet und dabei stimmliche Flexibilität, Wärme und dramatische Kraft abverlangt. Die schönen Solostellen am Ende der ersten Szene mit Grimes und die bestechende und stimmlich schwierige »Embroidery-Arie« im dritten Akt bilden mit ihren komplizierten und hohen Pianophrasen die größten Schwierigkeiten dieser Partie. Sie formt mit Kapitän Balstrode und Peter Grimes die musikalische und dramatische Kraft, die vereint gegen die widrigen Kräfte aller anderen Darsteller, des Chors und der Solisten antritt. Balstrode hat viele Gelegenheiten, einen brausenden, menschlichen und gerechtigkeitssuchenden Kapitän zu porträtieren. Balstrodes berührende Freundschaft mit Grimes wird stimmlich nirgends besser und wirksamer ausgedrückt als im letzten gesprochenen Schlußdialog mit dem Titelhelden. Mir klingen noch immer der Pathos und die Macht von Sir Geraint Evans im Ohr: »Segle hinaus, bis das Land deinen Blicken schwindet, dann versenke das Boot. Hast du gehört? Versenke es. Good-bye, Peter.«

Die Schwierigkeiten in der Partie des PETER GRIMES sind vielfältig. Obwohl sie bei der Premiere von Peter Pears gesungen und wahrscheinlich von Britten auch für ihn geschrieben wurde, wird sie am häufigsten von Tenören mit dramatisch gefärbten Stimmen interpretiert. Jon Vickers hat den Grimes zu seiner Paraderolle gemacht, und der erste Peter Grimes an der Met war Frederick Jagel, der ein weites Repertoire an dramatischen Partien hatte, das auch Radames einschloß. Grimes muß lange lyrische Phrasen durchstehen, sich dem vollen Orchesterklang und dem Chor mit Kraft stellen, flexibel in dramatische Ausbrüche verfallen und daneben auch Legatophrasen gestalten können. Das sind teilweise sehr divergierende Anforderungen. Am wichtigsten aber ist die Fähigkeit, extrem rasche Stimmungswechsel von Zartheit zum Zorn, von Brutalität zu Empfindsamkeit, von Sicherheit zum Nachgeben, vom Zorn zur Liebe darzustellen. Schon die zweite Szene im ersten Akt ist für Grimes sehr schwierig, weil sein »Now the Great Bear and Pleiades...« beständig auf dem schwierigen Piano E und auch darüber schwebt. Danach kommt ein Ensemble, in dem sein Einsatz immer wieder den Rhythmus der Runde unterbricht. Dieser Versuch, in den Chor einzustimmen, soll spontan und unkoordiniert wirken, und er muß die Situation eines verzweifelten Mannes widerspiegeln, der kläglich versagt. Seine Einsamkeit und seine Versuche, sich Ellen zu nähern, werden stimmlich sehr vielfältig ausgedrückt. Menschliche Wärme, dramatische Ausbrüche und zarte Augenblicke grenzen immer nahe an Verrücktheit. Ein Beispiel dafür ist die zweite Szene im dritten Akt zwischen Grimes und dem Knaben in der Hütte. Die Stimmung pendelt zwischen rohen, erregten Ausbrüchen und einer nach innen gekehrten Erzählung, in der Grimes von einer neuen Welt mit Ellen träumt. Sie erfordert sensibles musikalisches Gespür für die Phrasierung, für Legato und bewegende Phrasen, die auf dem hohen B in der Mitte einer schönen lyrischen Phrase eingebaut werden sollen. Nahezu gesprochene »senza voce«-Phrasen und rhythmische Marcatophrasen beenden diesen äußerst schwierigen, extravaganten Monolog. Auch im dritten Akt wird Grimes in seiner Schlußszene darstellerisch und gesanglich alles abverlangt. Er muß einen Blick in die Seele eines nahezu verrückten Mannes erlauben und dabei alle Details der dazugehörigen Ausdrucksvaleurs bewältigen. Die Szene endet mit langen Legatophrasen, die für jeden Tenor nach einem so anstrengenden Abend besonders schwierig sind. Diese Rolle ist jedenfalls eine, von der kein ehrlicher Künstler sagen kann, daß er sie beim ersten Versuch richtig darstellen kann. Sie erfordert jahrelanges Studium und viel Geduld und bleibt selbst dann noch weniger auslotbar, als der Künstler hofft. Aber gerade durch diese Schwierigkeiten erfordert sie totales, auch psychisches Engagement, ist aller Anstrengungen wert und gibt dem Sänger eine tiefe Befriedigung, die ich außer in Wagner-Rollen nirgendwo gefunden habe.

INSZENIERUNGEN

Brittens Aussage über den tragischen Außenseiter steht sowohl musikalisch als auch vom Inhalt her symbolisch für die Unmenschlichkeit der Gesellschaft und die Tyrannei des Mobs. In seiner Thematik ist dieses Werk in vielfacher Art und Weise den Opern Wagners in ihrer Universalität ähnlich. Und trotzdem verbietet sich Britten explizit – wie Wagner nur für Meistersinger – eine abstrakte, symbolische Inszenierungsform. Die Umgebung ist genau vorgegeben: Adleborough, eine kleine Fischerstadt an der Ostküste Englands um 1830. Ein exemplarisches Beispiel einer realistischen Inszenierung war jene von Sir Geraint Evans in San Francisco. Evans unterstützte die pittoresken Vorgaben der Musik durch eine gut durchdachte Regie und Personenführung.

Die Dorfbewohner wurden in ihrem Haß gegen Peter Grimes vereint. Nur Evans, der selbst den Balstrode spielte, sowie Ellen standen zwischen Grimes und der fatalen Kurzsichtigkeit der Bevölkerung. Die Szenen zeigten den sehnsüchtigen und suchenden, wenn auch verzweifelten Grimes, bei dem sich der Kontrast seines vielfältigen Charakters zu dem Charakter, den der Mob verfolgte, offenbart.

Evans half mir, nicht nur in meinen Bewegungen eine Linie zwischen Außenseitertum und Zartheit gegenüber Ellen und dem Jungen zu finden, sondern gab mir auch praktische Hinweise, wie ich in meiner Fischerkluft natürlich aussah und mit den Fischernetzen und dem Garn überzeugend arbeiten konnte. Sein Wirtshaus wurde zu einem Pub mit lebenden Personen, die Straßenszenen wurden glaubwürdig beseelt. Eine realistische Inszenierung dieser Art erfordert allerdings auch Opfer von den Darstellern und große Präzision in der Bühnentechnik. Die Darsteller wurden nach dem wilden Sturm tatsächlich abgebraust und kamen durchnäßt und triefend auf die Bühne.

In dieser Oper ist es entscheidend, daß Regisseur und Bühnenbildner versuchen, die authentische Atmosphäre eines Fischerdorfes einzufangen und die Beschränktheit einer Kleinstadt sowohl im Gedankengut als auch in der Szene herauszuarbeiten. Die Stürme und das Meer generell werden als Hauptdarsteller der Oper behandelt und, einer realistischen Inszenierung entsprechend, müssen Kleinigkeiten einer Fischerstadt genau in der Musik beschriebenen Anforderungen entsprechen. Die innere, geistige Atmosphäre entwickelt sich Hand in Hand mit den Bühnendetails. Brittens Anweisungen für die Schlußszene der Oper lauten schließlich: »Balstrode führt Peter über die sandige Küste hinunter zu seinem Boot und hilft ihm, es hinauszuschieben. Nach einer kurzen Pause kehrt er zurück, nimmt Ellen beim Arm und führt sie weg. Der Chor und die Dorfbewohner wenden sich langsam ihrer täglichen Routinearbeit und dem kühlen Beginn eines neuen Tages zu.« Sie singen vom majestätischen Rausch der Gezeiten, der auch bei Ebbe fürchterlich ist, und die Musik ist berauschend und reinigend. Sie soll wahrscheinlich von der selbstsüchtigen Engstirnigkeit und dem haßerfüllten Charakter der Dorfbewohner, die zu dem tragischen Ende dieser Oper geführt haben, befreien.

JACQUES OFFENBACH

HOFFMANNS ERZÄHLUNGEN

Uraufführung: 10. Februar 1881 in Paris

Personen: Hoffmann (Tenor), Niklaus, sein Freund (Mezzosopran) – Lindorf, Coppelius, Dr. Mirakel, Dapertutto (Baß oder Bariton), Andreas, Cochenille, Franz, Pitichinaccio (Tenor) – Olympia, ein Automat (Sopran) – Giulietta, eine Kurtisane (Sopran) – Antonia (Sopran) – Stella, eine Sängerin (Sprechrolle) – Spalanzani, Physiker (Tenor) – Schlemihl (Bariton) – Crespel, Antonias Vater (Baß) – Stimme von Antonias Mutter (Mezzosopran) – Luther, Wirt (Baß) – Nathanael (Tenor), Hermann (Bariton), Studenten, Festgäste, Venezianer und Venezianerinnen.

ZUR HANDLUNG

HOFFMANNS ERZÄHLUNGEN handelt von einem Abend im Leben des Dichters Hoffmann, an dem er in einer Weinstube mit Freunden die Zeit verbringt, um auf ein Rendezvous mit der geliebten Sängerin Stella zu warten. Während dieser Wartezeit wird er von seinem Rivalen, Stadtrat Lindorf, zum Trinken verführt und erzählt die Geschichte seiner drei großen Lieben. Diese drei Geschichten bilden die drei Akte der Oper, die Szenen in der Weinstube das Vor- und Nachspiel.

Die dichterische Muse begleitet Hoffmann in der Gestalt seines Freundes Niklaus durch die Handlung.

Seine erste Liebe hieß Olympia: Das Wesen, in das sich Hoffmann unsterblich verliebt hat, ist eigentlich eine Puppe, die ein Physiker namens Spalanzani konstruiert hat. Coppelius, ein Pendant zu Hoffmanns Gegenspieler im echten Leben, verkauft ihm eine Zauberbrille, durch die er alles entrückt und rosig sieht. So hält Hoffmann Olympia für ein Lebewesen. Spalanzani gerät allerdings mit einem seiner Mitarbeiter über dessen

Entlohnung in Streit, die Puppe beginnt sich im Tanz mit Hoffmann immer rascher zu drehen und alle stürzen zu Boden. Hoffmanns Brille zerbricht und der von Spalanzanis Mitarbeiter zerstörte Automat liegt zerschlagen vor ihm, Hoffmanns erstes Liebesabenteuer ist mißglückt.

Seine zweite Geliebte heißt Giulietta. Sie wohnt in ihrem Palast in Venedig und singt in einer zauberhaften Mondnacht ein verführerisches Lied, die Barcarole. Hoffmann verliebt sich in sie, weiß aber nicht, daß sie als Kurtisane nur dem Zauberer Dapertutto, wiederum ein Ebenbild Lindorfs, dient. Hoffmann fordert im Liebesrausch einen Rivalen zum Duell und tötet ihn. Als er endlich in die Gemächer Giuliettas stürzt, sieht er sie in den Armen eines anderen in einer Gondel davonfahren. Auch dieses Abenteuer endet also vorzeitig.

Hoffmanns dritte Geliebte ist Antonia, die Tochter des Rates Crespel, der in einer deutschen Kleinstadt lebt. Sie besitzt eine wunderbare Stimme, in die sich Hoffmann sofort verliebt. Allerdings ist sie schwindsüchtig und darf deshalb keinesfalls singen, um nicht, wie schon ihre Mutter, durch Überanstrengung zu sterben. Ein geheimnisvoller Doktor Mirakel, dem Crespel die Schuld am Tode seiner Gattin gibt, erscheint und verführt Antonia zum Gesang, indem er aus dem Bild ihrer Mutter ein lockendes Lied ertönen läßt. Während er sie auf seiner Teufelsgeige begleitet, singt Antonia mit Leidenschaft, bis sie zusammenbricht. Crespel und Hoffmann müssen aus dem Munde ihres Gegners Mirakel die Nachricht von Antonias Tod vernehmen. Auch diese Liebe ist verloren.

Nach seinen Erzählungen, denen seine Zechgenossen atemlos zugehört hatten, sinkt Hoffmann berauscht zusammen. Da erscheint seine Geliebte Stella, um ihn zum Rendezvous abzuholen. Sie zieht aber mit Lindorf davon, der höhnisch auf den betrunkenen Hoffmann weist. Lediglich die Muse der Dichtkunst bleibt – als Trösterin in seiner Erniedrigung – bei Hoffmann.

MUSIKALISCHE SCHWIERIGKEITEN

Regisseure und auch Dirigenten nähern sich Hoffmann oft in dem Stil, in dem sie eine Operette erarbeiten würden. Offenbach hat ja auch tatsächlich viele Operetten komponiert. Dieses Werk stellt allerdings ein profundes musikalisches Werk dar, das weit über die Bedeutung einer Operette hinausgeht. Offenbach starb kurz vor der Premiere des Hoffmann und setzte dadurch sein Werk Spielereien und Experimenten bezüglich der Gruppierung der drei Akte, wie auch der Verwendung der Musik aus. Ich habe die Rolle in Französisch studiert, in einer Studentenaufführung in Englisch gesungen und später drei unterschiedliche deutsche Versionen gelernt, von denen sich zwei nur im Text unterschieden, aber immerhin eine mit zusätzlichen musikalischen Übergängen versehen war. Eine derartige Oper ist natürlich schwer zu studieren und auch schwer zu behalten.

Der Hoffmann selbst ist eine der Rollen, von denen man getrost sagen kann, daß sie für den Sänger viel hergeben. Sie ist aber auch schwierig, denn Hoffmann ist nahezu während der ganzen Oper auf der Bühne. Vom musikalischen Standpunkt gesehen,

Jacques Offenbach, Hoffmanns Erzählungen, 1959. (92)

besteht die Schwierigkeit eher in den unterschiedlichen Anforderungen der einzelnen Teile als in Schwierigkeiten einer einzelnen Arie. In den Szenen mit Antonia und Olympia wird ein sehr lyrischer, nahezu mozartähnlicher Stil und viel Flexibilität verlangt. Die Kellerszenen wiederum verlangen nach einem Spieltenor mit entsprechender Spritzigkeit und Leichtigkeit, die Giulietta-Szene erfordert dagegen einen echten jugendlichen Heldentenor, dessen Stimme ähnlich der des Radames gelagert sein sollte. Die Tessitura liegt durchweg sehr hoch. Hoffmann fordert sicherlich jeden Tenor bis an seine Grenzen, insbesondere dann, wenn die schwierige und anstrengende Arie »Die Liebe fürs Leben ist nur ein Wahn« aus der Giulietta-Szene im Epilog wiederholt wird. In dieser Arie muß der Tenor zeigen, daß er trotz »heldischer« Stimmfärbung in der Lage ist, die Stimme mit Leichtigkeit zu führen. Dazu liegt sie unangenehm hoch und ist daher keineswegs so einfach zu singen, wie sie sich anhören mag, wenn sie gut gesungen wird.

Die verschiedenen Personifikationen des Lindorf, Coppelius, Dapertutto und Doktor Mirakel stellen für den Bariton eine sehr ähnliche Anstrengung dar. Die Rolle wird oft mit nur einem Darsteller besetzt, um einen Gegenpol zu Hoffmann zu bilden. Jede dieser Rollen erfordert gleichermaßen unterschiedliche und flexible stimmliche Gestaltungen und, wie auch Hoffmann selbst, einen echten singenden Schauspieler.

Eine Schlüsselstelle bildet die berühmte Arie »Leuchte, heller Spiegel, mir« im Giulietta-Akt. Darin muß bei aller klanglichen Schönheit der Stimme auch das dämonische Element der Rolle ausgedrückt werden.

Ebenso verhält es sich mit den Rollen Spalanzani, Andreas, Franz und Pitichinaccio, die auch eine farbige Stimme und einen begabten Darsteller verlangen.

Oft wurde auch versucht, alle vier Frauenrollen mit einem Sopran zu besetzen. Es ist dies ein Gewaltakt, der sich sicherlich lohnt, wenn er gelingt. Allerdings ist es sehr schwierig, einen Sopran zu finden, der die für Olympia notwendigen Koloraturen, die reine Lyrik der Antonia und die überschäumenden Farben der Kurtisane Giulietta gleichermaßen vereint. Ich sang nur in einer Produktion, in der eine Künstlerin alle diese Rollen darstellte. Die Sopranistin, die dabei diese schwierige Aufgabe tatsächlich perfekt beherrschte, war Anja Silja. Praktisch in jedem Akt besitzt die Sopranistin eine Arie, die ihre eigenen Schwierigkeiten hat. Als Puppe Olympia singt sie die schwierige Koloraturarie »Phöbus stolz im Sonnenwagen«, als Giulietta die dramatische und ausdrucksvolle, mit schwerer Stimme zu singende Barcarole und als Antonia die lyrische Arie »Sie entfloh, die Taube, so minnig«.

Die Schlüsselfigur in diesem Werk ist Hoffmann, der seinen Träumen nachjagt und dabei das greifbare Glück verliert. Diese Aussage und das Wechselspiel des Träumers mit den widrigen Einflüssen des Lebens und den Täuschungen, denen er unterliegt sowie die Lösung des Problems durch Hoffmanns Erfüllung in der Kunst sind so dominierend, daß die Figuren, die diese Aussage tragen, vom Regisseur nahezu beliebig charakterisiert werden können. Die Variationen betreffen dann die Art der Präsentation von Hoffmanns Träumen, setzen diese oder jene Figur als Gegenspieler in den Vordergrund und bilden Anknüpfungspunkte zum aktuellen Zeitgeschehen. Das ist auch leicht, denn der Rat, sich reale Ziele zu setzen und nicht ein Leben lang unerreichbaren Idealen hinterherzulaufen, ist heute wie damals aktuell. Und daß die Kunst für den Träumer die Rettung bedeuten kann, kann auch als aktuelle Aufforderung verstanden werden, sich gerade in unserer Zeit ihr mehr zuzuwenden.

Die übliche Reihenfolge der Akte, bezeichnet nach dem Namen der Frauenrolle, ist Olympia – Giulietta – Antonia.

Schon allein die Tatsache, daß HOFFMANNS ERZÄHLUNGEN häufig verfilmt wurde, zeigt, wie filmähnlich der gesamte Stoff ist. Selbst Patrice Chéreau hat sich dieses Stoffes angenommen. Die meisten Inszenierungen, in denen ich auftrat, ließen der Phantasie breiten Raum und verwendeten jedes nur erdenkliche Bühnenmittel, um den Traum der abstrakten Welt auf der Bühne darzustellen.

Die erste Inszenierung, in der ich auftrat, war eher einfach gehalten. Der Boden war in Karlsruhe mit dunklem, kunstlederartigem Material verkleidet, wobei die Regie durch geschicktes Einsetzen von Spiegel-, Licht- und Schattenspiel mit nur wenigen Farben großartige Effekte erzielte. Stuttgart hatte, wenn man auf die realistische Ausstattung und die Kostüme Bezug nimmt, eine sehr traditionelle Inszenierung. Die Bühnenausstattung war stilisiert und der Vorstellungskraft des Zusehers wurde sehr viel überlassen. Die neue Inszenierung in München war da schon romantischer, man verwendete realistische Gondeln, echte Wasserspiele und stellte die Kanäle von Venedig und die üppigen Kostüme realistisch dar.

Hoffmann bietet für jeden guten Regisseur und Bühnenausstatter ein weites Betätigungsfeld, alle Beteiligten können ihrer Phantasie freien Lauf lassen. Dabei ist diese Oper den meisten Wagner-Opern sehr ähnlich, in denen sowohl die Bühnenausstattung wie auch die Bewegungen der Darstellenden vielfach offen und Gegenstand großer Variationsmöglichkeiten in unterschiedlichen Stilarten und Interpretationen ist.

Für jeden, der diese Oper zum ersten Mal sieht, hält Offenbach ein wunderbares Werk und ein großartiges Erlebnis bereit. Die meisten der neunzig oder mehr Operetten, die dieser Komponist hervorgebracht hat, sind vergessen. Sein Lebenstraum aber, eine echte große Oper als sein Meisterwerk zu hinterlassen, hat sich erfüllt. HOFFMANNS ERZÄHLUNGEN hat einen festen Platz im Repertoire eingenommen und stellt ein einzigartiges und erstklassiges Beispiel der romantischen Oper dar.

GIACOMO PUCCINI

TOSCA

Uraufführung: 14. Januar 1900, Rom

Personen: Floria Tosca, berühmte Sängerin (Sopran) – Mario Cavaradossi, Maler (Tenor) – Scarpia, Chef der Polizei (Bariton) – Cesare Angelotti (Baß) – Der Mesner (Bariton) – Spoletta, Polizeiagent (Tenor) – Sciaronne, Gendarm (Baß) – Schließer (Baß) – Hirt (Knabenstimme) – Kardinal und kirchliches Gefolge, Gerichtsbeamte, Soldaten, Volk.

ZUR HANDLUNG

In TOSCA wird die Geschichte der Liebe der Sängerin Floria Tosca zu dem Maler Mario Cavaradossi erzählt. Ihr Leben wird durch das verschmähte Verlangen des Polizeichefs Scarpia nach Tosca zerstört.

In der Kapelle einer römischen Kirche arbeitet Cavaradossi an einer Madonna, als ein aus dem Gefängnis entflohener Revolutionär in die Kapelle stürzt und Schutz sucht. Als Cavaradossi ihn entdeckt, versorgt er ihn mit Wein und Speisen und willigt ein, den Flüchtling in seinem Landhaus zu verstecken. Die schöne Sängerin Tosca besucht ihren Freund bei der Arbeit und vereinbart ein Rendezvous nach der Abendvorstellung. Nachdem sie sich verabschiedet hat, ertönt ein Kanonenschuß aus dem nahen Gefängnis: die Flucht des Revolutionärs ist entdeckt worden.

Die Kirche füllt sich langsam, denn man feiert einen Sieg über Napoleon. Auch der Polizeichef Scarpia erscheint auf seiner Suche nach dem Entflohenen in der Kirche. Sein Haß richtet sich gegen Cavaradossi, und er versucht, in der zurückgekehrten Tosca Eifersucht zu erwecken. Sie stürzt aufgebracht davon, und Scarpia stimmt dämonisch in das Tedeum ein, das anläßlich der Siegesfeiern erklingt.

Während Tosca singt, tafelt Scarpia in seinem Arbeitsraum. Durch das geöffnete Fenster ist Toscas Gesang zu hören. Scarpia hat Cavaradossi verhaften lassen, er soll den Geflohenen verraten. Doch Cavaradossi leugnet und wird von Scarpia zur Folter geschickt, als Tosca, von Scarpia herbeigebeten, gerade erscheint. Während Scarpia sich mit ihr unterhält, hört man aus dem Nebenraum die Schmerzensschreie des gefolterten Cavaradossi. Bald kann Tosca die Qualen des Geliebten nicht mehr ertragen und gibt das Versteck preis. Scarpia läßt die Folter beenden und Cavaradossi wieder herbeischaffen. Da stürzt ein Bote herein und überbringt eine Meldung vom Sieg Napoleons. Cavaradossis wilde »Victoria! Victoria«-Schreie besiegeln sein Todesurteil, er wird abgeführt. Nur Tosca kann ihn noch retten, sollte sie sich Scarpia hingeben. In ihrer Liebe zu Cavaradossi stimmt sie zu. Während Scarpia Pässe für sie und Cavaradossi ausfüllt, erklärt er ihr, daß man den Maler nur zum Schein hinrichten wird. Er gibt aber ein verstecktes Zeichen, Cavaradossis Hinrichtung und sein Tod sind eine beschlossene Sache. Als Scarpia dann Tosca umarmen will, ergreift sie ein Messer, ermordet ihn und nimmt die Pässe an sich.

Cavaradossi erwartet seine Hinrichtung auf einem Plateau der Engelsburg. Er schreibt einen Abschiedsbrief an seine Geliebte, doch plötzlich steht Tosca vor ihm und berichtet ihm, daß er nur zum Schein hingerichtet werden soll. Sie feiern den Triumph der Liebe und dann marschiert das Hinrichtungskommando auf. Die Salven krachen, Cavaradossi stürzt zu Boden: er ist tot. Als die Polizisten, die in der Zwischenzeit Scarpia gefunden haben, die Plattform stürmen, läuft Tosca zur Brüstung und springt in den Tod.

MUSIKALISCHE SCHWIERIGKEITEN

Ich kann mir kaum vorstellen, daß es jemanden gibt, der noch keine Musik aus TOSCA gehört hat. Selbst jene, die noch nie ein Opernhaus besucht haben, kennen einige der bekannten Melodien aus dieser Oper. Die Aufgabe, musikalische Schwierigkeiten in Tosca hervorzuheben, ist rasch erledigt, denn in dieser Oper gibt es keine musikalischen

Schwierigkeiten. Sie stellt eine der kompaktesten und geschlossensten Werke des Opernrepertoires dar, sie ist Puccinis »durchgehendste« Komposition überhaupt. Über die Schönheit der Musik kann man ohnedies keine Kommentare abgeben, die ihr gerecht werden könnten.

Die Handlung basiert auf drei wichtigen Rollen: Tosca, Scarpia und Cavaradossi.

Jede dieser drei Rollen stellt für den Sänger ein Juwel dar, das im allgemeinen gerne und ohne Schwierigkeiten gesungen wird. Die Musik, die Dramaturgie und die Stimmung passen perfekt, so daß den drei Darstellern, erledigen sie ihre Aufgabe mit Anstand, immer Applaus sicher ist. Der Unterschied zwischen einer guten und einer großartigen Aufführung liegt hier in Details, in der Bühnenwirksamkeit der Darsteller und den einzelnen Stimmen selbst.

Tosca ist »die« Traumrolle für viele Soprane und bietet eine Schatzkiste an Glanzstücken für die stimmliche Ausführung. Die Rolle erfordert sowohl lyrische wie auch dramatische Qualitäten in der Stimme. Eine große Anzahl von Sopranistinnen haben sich dieser Rolle bemächtigt. Die besten Darstellerinnen erwiesen sich als dramatische Sopranistinnen oder als Zwischenfachstimmen, die auch als Dramatischer oder Spintosopran, mit der Fähigkeit zur Charakterisierung und einer reichen Farbpalette in der Stimme, bezeichnet werden. Einige in dieser Rolle erfolgreiche Sängerinnen kamen sogar aus dem jugendlich-dramatischen Sopranfach, das normalerweise auf Puccini-Rollen wie Mimi in BOHÈME oder Georgette in DER MANTEL beschränkt ist. Viele meinen, daß nur die schweren fülligeren Stimmen in dieser Rolle gefallen können, aber auch jene, die eine Stimme, die sie zum ersten Mal hören, zu charakterisieren versuchen, müssen bald feststellen, daß die Besetzung dieser Rolle sehr subjektiv ist und individuelle Talente die einschränkenden Kategorisierungen sprengen. Eines jedenfalls ist sicher und auch für Sängerinnen wichtig, die diese Rolle vorbereiten: Kein Charakter- oder Spintosopran hat Turandot je besonders erfolgreich gesungen, aber viele dramatische Sopranistinnen, die Turandot äußerst erfolgreich darstellen konnten, waren auch gleichzeitig großartige Toscas.

Die raschen lyrischen Phrasen im ersten Akt werden oft durch dramatische Ausbrüche unterbrochen, die im zweiten Akt die Norm darstellen. Und doch kommen alle kraftvollen Phrasen im zweiten Akt zu einem Ruhepunkt: die großartige Arie »Vissi d'arte«, die wiederum eine perfekt kontrollierte, lyrische Stimme erfordert. Ich bin sicher, daß mir viele Sopranistinnen auf der Stelle widersprechen, wenn ich feststelle, daß es in dieser Arie keinerlei musikalische Schwierigkeiten gibt, aber es gibt dabei bestenfalls stimmliche Probleme, aber keine musikalischen. Die stimmlichen Anforderungen im dritten Akt sind beachtlich, sie resultieren aus der Paarung der erregenden Stimmung nach dem Auftritt im dritten Akt (»Io quella lama...) mit einem hohen C, das genauso wie das hohe B am Ende in »O Scarpia, avanti a Dio!« schon deswegen gefürchtet wird, weil man vorher meist einige Treppen oder zumindest Stege auf der Bühne hinauflaufen muß, um in der richtigen Position für den Todessprung zu sein. Alle diese Schwierigkeiten werden von den meisten Sängerinnen aber eher als angenehme Probleme empfunden, und ich habe noch nie einen Sopran getroffen, der auch nur eine Note der Partitur des Meisters verändern wollte.

Auch Scarpia ist eine aufregende Rolle, die von einem Darsteller sowohl Stimme wie auch Persönlichkeit erfordert. In dieser Rolle ist kein »Kavalier-Bariton« angebracht, sie

Giacomo Puccini, Tosca, 1965. (93)

wird meist von den kräftigen Charakter- oder Heldenbaritonen gesungen. Ich könnte mir vorstellen, daß sich ein Scarpia darüber beschwert, daß sowohl Tosca wie auch Cavaradossi reichlicher mit Arien gesegnet sind, wobei zusätzlich seine eigene große und schöne Finalszene am Ende des ersten Aktes dadurch schwierig ist, daß sie große Stimmkraft benötigt, um über das Orchester, den Chor und den Bühnentrubel hinwegzukommen. Und doch ist der Scarpia ein einzigartiger Charakter, den es darzustellen lohnt. Der Künstler findet in dieser Rolle Möglichkeiten in solcher Breite, daß ich auch keinerlei Beschwerden gehört habe.

Cavaradossi ist ein Juwel von einer Rolle. Jede einzelne Note ist ein Treffer und keine einzige Phrase zufällig oder auch nur nebensächlich geschrieben. Cavaradossi hat zwei wichtige Arien, »Recondita armonia« im ersten Akt und »E lucevan le stelle...« im dritten Akt. Beide sind bekannt und werden normalerweise mit heftigem Applaus bedacht, wenn sie nur halbwegs gut gesungen werden. Aber auch die ariose Szene im dritten Akt »O dolci mani...« sowie die nachfolgende Szene sind so herzbewegend, und auch für den Sänger so schön, daß ich diese Stellen auch gleich befriedigend, wenn nicht sogar befriedigender empfand. Und dann hat Cavaradossi noch eine ganze Reihe musikalischer Schätze, mit denen er glänzen kann. Dazu gehören die Schmerzensschreie während der Tortur im zweiten Akt, die kosenden, wunderbar gebogenen Phrasen im Duett mit Tosca, die männlichen, starken Antworten an Scarpia und das hervorragende, enthusiastische und immer effektvolle »Victoria! Victoria!«. Jeder Tenor, der die Stimme für diese Rolle hat, hat den Sieg schon in der Tasche, wenn er nur die Möglichkeit bekommt, diese Rolle, nach der jeder Tenor strebt, zu singen. Und weil jede Note in dieser Partitur perfekt geschrieben und keine einzige davon überflüssig ist, ist die Rolle insgesamt relativ kurz. Kann es in dieser Rolle, die ein Tenor in weniger als 22 Minuten singen kann, noch Schwierigkeiten geben? Sicherlich nicht, man muß die Rolle nur mit der eines Radames oder eines Alfredo oder gar mit den Wagner-Tenorrollen vergleichen.

INSZENIERUNGEN

Das zentrale Thema in TOSCA ist die aufopfernde Liebesgeschichte zwischen Tosca und Cavaradossi, sowie der brutale Machtanspruch des Despoten Scarpia. Es ist die Ohnmacht der Liebenden, des Einzelschicksals, vor dem Destruktiven, der kalten Macht, wie auch die Liebesgeschichte selbst,die uns in diesem Drama und vor allem in der Musik gefangenhält. Tosca zu inszenieren bedeutet also, diese Gefühle zu zeigen, ohne dabei zu übertreiben oder die Wirkung der Musik zu beeinträchtigen. Besonders reizvoll ist die Charakterisierung der Machtfigur Scarpia, die auch Gefühle zeigen darf und zu einer scharfen Studie der Kombination von Gefühl und Macht in einer Person werden kann.

Gott sei Dank habe ich niemals in einer TOSCA-Inszenierung gesungen, ja nicht einmal eine gesehen, die grundlegend versucht hat, mehr oder anderes auszudrücken, als durch den Komponisten in das Werk gelegt wurde.

Die Anforderungen sind einfach, das bedeutet nicht, daß sie leicht zu erfüllen sind und immer erfüllt werden. Aber es ist alles vorgegeben und im Prinzip hat noch niemand daran gedacht, den vorgeschriebenen Ort der Handlung »La Chiesa di Sant'Andre Della Valle« in Rom, in einen Friedhof oder auf den Mond zu verlegen. Der zweite Akt spielt in den Räumlichkeiten Scarpias, die detailliert beschrieben sind, und der dritte zeigt eine Plattform der Engelsburg. Für einen realistischen und logisch denkenden Bühnenbildner und Regisseur gibt es keinen Grund und gottlob nur wenig Möglichkeiten, der vorgeschriebenen Geschichte in den Rücken zu fallen.

Bei einzelnen Aufführungen gibt es vielleicht praktische Probleme, weil Kinder auftreten, und für den Regisseur stellt sich auch das Problem, eine glaubwürdige Bewegungsregie der rituellen Handlungen der Chorszene im ersten Akt zu finden. Diese Aufgaben werden aber in der Regel von allen Regisseuren erkannt und mit Geschmack gelöst. Die wichtigsten Regieanweisungen konzentrieren sich daher auf die drei Hauptdarsteller, Tosca, Scarpia und Cavaradossi. Das bedeutet nicht, daß die anderen Rollen in Bedeutungslosigkeit verschwinden, sie sind auch wichtig, aber die Hauptverantwortung des Regisseurs liegt im Erfolg, und dafür ist die Führung dieses Trios ausschlaggebend. Tosca muß eine Primadonna, eine hervorragende Sängerin und Schauspielerin sein. Diese Oper ist nicht umsonst »Tosca« betitelt. Scarpia hingegen muß vor allem ein überzeugender Schauspieler sein, bei dem es freilich nicht schadet, wenn er auch die notwendige Stimme hat. Cavaradossi wiederum kann ein mittelmäßiger Schauspieler sein, wenn er nur schön singt. Eine derartige Besetzung garantiert natürlich nicht von vorneherein eine perfekte Aufführung, aber sie würde wahrscheinlich erfolgreich werden. Ein guter Regisseur kann darüber hinaus Unzulänglichkeiten der Darsteller abschwächen und verdecken. Er könnte schauspielerische Mängel Cavaradossis durch ausgeklügelte Positionierungen verdecken und ist sogar in der Lage, Scarpias eventuelle stimmliche Schwächen zumindest zum Teil zu verbergen. Eine Sache kann aber kein Regisseur verbessern, sie muß von vorneherein gegeben sein: Tosca muß eine Künstlerin sein, die die Titelpartie auch tragen kann. Sie muß eine weite Skala von Emotionen darstellen können; darunter sind gespielte und echte Eifersucht, kapriziöse, aber liebevolle Verführung, gewalttätige, aber doch weibliche Reaktionen, Standhaftigkeit und plötzliche Hingabe sowie die Ausführung eines brutalen Mordes. Alle diese und noch tausend andere widersprüchliche Facetten erfordern präzise Planung durch einen Regisseur sowie die grundlegenden Talente einer unendlich begabten Künstlerin.

An dieser Stelle kann man auch einige alte Detailfragen der Regie erwähnen. Zu welchem Zeitpunkt soll Tosca beispielsweise das Messer von Scarpias Tisch nehmen, bevor sie ihn tötet? Ich habe Aufführungen gesehen, in denen sie ihre Augen praktisch schon während der gesamten Szene auf das Messer richtet, habe aber auch andere gesehen, in denen ihre Hand mehr oder weniger zufällig das Messer berührt und ihr dieses erst Sekunden, bevor sie es benützt, gegenwärtig wird. Über solchen Fragen kann man stundenlang diskutieren. Mein Standpunkt in diesen Fragen ist auf den individuellen Künstler ausgerichtet. Ich glaube, daß selbst das bestdurchdachte Regiekonzept zu guter Letzt vom individuellen Sänger und Schauspieler abhängt und sich nach ihm richten muß.

TURANDOT

Uraufführung: 25. April 1926, Mailand

Personen:

Turandot, chinesische Prinzessin (Sopran) – Altoum, Kaiser von China (Tenor) – Timur, entthronter König der Tataren (Baß) – Kalaf, der unbekannte Prinz, Timurs Sohn (Tenor) – Liu, eine junge Sklavin (Sopran) – Ping, Kanzler (Bariton) – Pang, Marschall (Tenor) – Pong, Küchenmeister (Tenor) – Ein Mandarin (Bariton) – Der junge Prinz von Persien. Der Scharfrichter, Wachen, Volk, Mandarine, Diener, Soldaten.

ZUR HANDLUNG

Turandot ist die männerhassende chinesische Prinzessin, die jedem Freier drei Rätsel aufgibt; vermag er sie nicht zu lösen, ist er des Todes.

Vor dem Palast in Peking wartet wieder einmal ein junger Prinz auf seine Hinrichtung. Er konnte, wie schon so viele vor ihm, die Lösung der von Turandot gestellten Rätsel nicht finden. Prinz Kalaf, der sich auch auf dem Platz befindet, erkennt in der Menge seinen auf der Flucht befindlichen Vater Timur und die Sklavin Liu.

Da erscheint Prinzessin Turandot auf dem Balkon. Keine Bitten rühren sie, und der unglückliche persische Prinz wird tatsächlich hingerichtet. Kalaf ist von Turandots Erscheinung geblendet, und allen Warnungen zum Trotz beschließt er, um Turandot zu werben. Er schlägt den riesigen Gong, um seine Freierschaft zu verkünden.

Auch die Minister am Hof versammeln sich, um der neuen Werbung des unbekannten Prinzen beizuwohnen. Turandot verkündet stolz den Grund für ihre Grausamkeit: Ihre Ahnin wurde einst von Fremden geraubt, sie haßt deshalb die Männer. Siegesgewiß stellt sie ihre Rätsel, doch diesmal wird sie geschlagen, denn Kalaf löst das erste, ebenso das zweite und nach einigem Zögern auch das dritte.

Da bricht das Volk in Jubel aus, doch Turandot ist starr vor Entsetzen. Sie, die Stolze, muß sich nun dem Fremden ausliefern. Doch Kalaf will sie nicht zwingen, er stellt ihr selbst ein Rätsel: Wenn sie bis zum Morgengrauen seinen Namen zu nennen vermag, soll sie die Siegerin, er aber dem Tode verfallen sein.

Niemand darf nun in dieser Nacht schlafen, alle, auch die Minister, versuchen, Kalaf sein Geheimnis zu entreißen. Da schleppt man Kalafs Vater Timur und die Sklavin Liu herbei, die man mit ihm zusammen gesehen hat. Turandot befiehlt, die Sklavin zu foltern, doch diese erträgt die Marter und schweigt. Dann aber entreißt sie einem Krieger den Dolch und ersticht sich selbst. Ungerührt beobachtet die gefühlskalte Turandot den Selbstmord, da reißt ihr Kalaf den Schleier vom Antlitz und bricht mit einem Kuß ihren Widerstand: sie weint zum ersten Mal in ihrem Leben. Nun wagt der Prinz selbst sein Leben, nennt ihr seinen Namen und gibt sich damit in ihre Hand.

Am Morgen tritt Turandot vor die versammelte Menge. Sie kennt den Namen des Fremden, er heißt... Gemahl! Die Prinzessin ist besiegt, sie liebt, und das Volk bricht in Jubel aus.

Giacomo Puccini, Turandot, 1965.
Jess Thomas und Birgit Nilsson. (94)

MUSIKALISCHE SCHWIERIGKEITEN

Puccini starb, bevor er TURANDOT fertigstellen konnte, und einige Puristen bemängeln tatsächlich das merkbare Fehlen der Meisterhand im Schlußduett, das nach Puccinis Entwürfen von Franco Alfano fertiggestellt wurde. Anläßlich der Premiere der Oper an der Met legte Maestro Arturo Toscanini den Dirigentenstab an jener Stelle beiseite, an der die Originalpartitur endet, drehte sich zum Auditorium und bemerkte, daß der Tod dem Meister an dieser Stelle die Feder aus der Hand genommen hatte. Ich selbst habe nie empfunden, daß dem Werk etwas Unvollendetes anhaftet, oder etwas bemerkt, das die Qualität und Stärke eines Werkes beeinträchtigen würde, in dem Puccini die Stimmung des Ostens in faszinierenden Melodien und großer Atmosphäre einzufangen verstand.

Die größte Schwierigkeit mit TURANDOT besteht darin, eine Turandot zu finden. Das ist eine Rolle, die eine hochdramatische Stimme erfordert, die die Fähigkeit hat, das Orchester in einer in stratosphärischen Höhen befindlichen Tessitura mit königlicher Kraft zu übertreffen. Sie muß aber gleichzeitig fähig sein, die kristallinen Töne der scheinbar herzlosen Prinzessin in liebevollen Phrasen während ihrer Kapitulation und Hingabe an den Prinzen schmelzen zu lassen. Ich sang in dieser Oper mit Birgit Nilsson als Turandot und riskiere alle anderen zu verletzen, indem ich glaube, daß sie die Turandot schlechthin war. Als Kalaf mußte man ihr gegenüber tatsächlich tapfer sein, um sie herauszufordern und ihre drei Rätsel zu beantworten. Als ich ihr einmal bei einer Aufführung meine Bewunderung ausdrückte, entgegnete sie mir in einer typischen Nilsson-Antwort damit, daß ich als Kalaf ja doch die schwierigere und längere Rolle hätte. Wahrscheinlich hat sie ihre Rolle weder als schwierig noch als lang empfunden, und nie hat es auch so geklungen.

Die Rolle des Kalaf ist tatsächlich lang und schwierig, aber auch dankenswert. Die Schwerpunkte liegen neben einer glaubwürdigen Darstellung in der Arie im ersten Akt, die der schon reife Puccini mit vollkommener Meisterschaft schrieb, und auch in der Arie im dritten Akt, »Nessun dorma« (Keiner schlafe!), die von einem hohen H gekrönt wird.

Liu ist eine sowohl stimmlich wie auch dramatisch sympathische Rolle, von der viele lyrische Sopranistinnen träumen.

Wenn man eine bemerkenswerte, gut gelungene Aufführung der Turandot hört, muß man sich darüber klar sein, daß an diesem Abend ein Sopran und ein Tenor horrenden stimmlichen Anforderungen gerecht wurden.

INSZENIERUNGEN

TURANDOT verleitet den Regisseur und auch den Bühnenbildner dazu, die Bühne mit Elementen und auch Gags zu überladen. Das kommt dann mit dem Spiel in Konflikt und dient nur dem Auge. In TURANDOT gab es schon perlenähnliche Plastikblasen, die Turandot bei ihrem Auftritt einhüllten und meist unendlich hohe Stufen, die so steil sind, daß es praktisch unmöglich ist, sie grazil zu beschreiten. In dieser Oper hat Puccini einen mächtigen, dramatischen Ablauf konstruiert, daß zu reichhaltige und symbolträchtige Interpretationen durch Bühnenbild und Regie nicht angebracht scheinen. Das stellt keine Kritik an Puccinis genialem Werk dar, soll aber jene Versuche ins rechte Licht rücken, die in jeder Oper einen symbolischen und abstrakten Ausdruck finden wollen. Turandot lebt, ähnlich wie Tosca, von der spontanen Dramatik des Geschehens und der musikalischen Darstellung der Situation. Jede Regie muß auf dieser Tatsache aufbauen und findet dabei genügend zu gestaltende Elemente, Abläufe und Situationen vor, um das Drama lebendig zu gestalten.

Ich erinnere mich an ein typisches Bühnenproblem in TURANDOT, das auch die Gefahr aufzeigt, die sich einem Sänger stellt, wenn er dazu angehalten wird, traditionelle Gebräuche zu befolgen. Der Tenor, der Kalaf vor mir an der Metropolitan Opera gesungen hatte, hatte die Praxis, sein drittes »Turandot« am Ende des ersten Aktes besonders lange zu singen. Während er den hohen Ton anhielt, lief er bis zum Gong, der seine Herausforderung an Turandot ankündigt, schlug den Gong und hielt bis zu diesem Zeitpunkt noch immer den Ton. So eine Praxis ist natürlich eine Herausforderung für einen Tenor, und sowohl der Chor als auch die Statisten rieten mir, wollte ich mit der Rolle Erfolg haben, zu diesem Gag. Ich wurde sogar vom Regisseur dazu ermutigt, also fügte ich mich. Im nachhinein fühle ich mich aber eher dumm und habe mich seither immer gefragt, ob ich in dieser Inszenierung keine andere Möglichkeit gefunden hätte, den gleichen oder einen besseren Effekt zu erzielen. Solche Dinge führt das typische Tenorleben mit sich, an dem auch ich mich zu mancher Zeit erfreut habe. Man braucht da nur ein Sänger zu sein, der es liebt, hohe Noten anzuhalten und Effekt zu schinden. Meistens habe ich mich aber bemüht, meinen eigenen Ausdruck zu finden und nicht ein Sklave traditioneller Regievorschläge, seien sie nun gut oder schlecht, zu sein.

RICHARD STRAUSS

ARIADNE AUF NAXOS

Uraufführung: 4. Oktober 1916 in Wien

Personen des Vorspiels:

Der Haushofmeister (Sprechrolle) – Ein Musiklehrer (Bariton) – Der Komponist (Sopran) – Der Tenor = Bacchus (Tenor) – Ein Offizier (Tenor) – Ein Tanzmeister (Tenor) – Ein Perückenmacher (Baß) – Ein Lakai (Baß) – Zerbinetta (Sopran) – Primadonna = Ariadne (Sopran) – Harlekin (Bariton) – Scaramuccio (Tenor) – Truffaldin (Baß) – Brighella (Tenor)

Personen der Oper:

Ariadne (Sopran) – Bacchus (Tenor) – Najade (Sopran) – Dryade (Alt) – Echo (Sopran) – Zerbinetta (Sopran) – Harlekin (Bariton) – Scaramiccio (Tenor) – Truffaldin (Baß) – Brighella (Tenor)

ZUR HANDLUNG

Die Oper besteht aus zwei Teilen, einem Vorspiel und einer Oper in einem Akt. Im Vorspiel werden die Künstler, die dann in der Oper auftreten, bei ihren Vorbereitungen gezeigt.

Vorspiel:

Im Hause eines reichen Wiener Bürgers treffen Künstler hinter der Bühne des Privattheaters Vorbereitungen für einen feierlichen Abend. Ein junger Komponist, der von seinem Musiklehrer eingeführt wird, soll erleben, wie eine Operntruppe seine Opera seria »Ariadne« aufführen wird. Dann aber sollen, wie der Musiklehrer erfährt, die Tänzerin Zerbinetta mit ihren Begleitern, also italienische Komödianten, in einem lustigen Werk auftreten. Der junge Komponist ist empört, sein Werk soll durch den Eindruck der Komödie entweiht werden? Aber es kommt noch schlimmer, der Haushofmeister verkündet den Willen des Hausherrn, zufolgedessen das heitere Nachspiel aus Zeitgründen gleichzeitig mit der Oper dargeboten werden muß. Während sich die Primadonna und der Tenor um die besten Szenen, die nach der notwendigen Kürzung überbleiben werden, streiten, probt Zerbinetta schon mit ihrer Truppe. Was der Musiklehrer nicht schafft, vollbringt die verführerische Zerbinetta leicht: sie beeindruckt den jungen Komponisten so, daß er der Kopplung von Tragödie und Lustspiel zustimmt.

Auf der wüsten Insel Naxos gibt sich Ariadne Schmerz und Selbstbedauern darüber hin, daß sie von ihrem Geliebten verlassen worden ist. Auch die Komödiantentruppe und Zerbinetta vermögen mit ihren improvisierten Liedchen die verzweifelte Ariadne nicht zu erheitern. Sie steigert sich vielmehr in ihrer Todessehnsucht weiter und weiter. Zerbinetta tritt auf und versucht, in Ariadne Hoffnung zu wecken. Ein neuer Geliebter würde sicher bald kommen. Aber Ariadne will davon nichts hören. Die Ankunft eines Schiffes wird gemeldet. Ariadne erwartet den ersehnten Todesgott, aber der Ankömmling ist ein Gott des Lebens und der Freude. Obwohl sie nicht ganz begreift, nicht sicher ist, ob sie in den Tod oder eine neue Liebe geht, umarmt sie ihn und geht mit auf sein Schiff. Lächelnd triumphiert also Zerbinetta: ihre Prophezeiung ist eingetroffen.

MUSIKALISCHE SCHWIERIGKEITEN

ARIADNE AUF NAXOS ist eine jener Opern, die jeder Tenor lieben muß. Diese Oper wird oft als »Feinschmeckerstück«, das dem Zuhörer eine Gewöhnungszeit und Intellekt abverlangt, bezeichnet. Das trifft aber keineswegs zu, die Oper ist ein Juwel unter den Strauss-Opern. Sie ist wohl in vielfacher Hinsicht einzigartig, vermag aber durch die spontane Wirkung der zauberhaften Musik zu fesseln.

Das Orchester ist klein, aber auch die 36 Musiker bringen es an Hand dieser Partitur spielend fertig, sowohl die delikate Stimmung eines Kammerorchesters, als auch einen großen, breiten, dramatischen Klangteppich, der die Solisten fordert, zu erzeugen. Die Musik ist klar, vielfältig, farbenprächtig und enthält Passagen, die Strauss in keine seiner anderen Opern in ähnlicher Art und Weise verwendet. Er hat es geschafft, seine ursprüngliche Version, »Bürger als Edelmann«, zu überarbeiten und in die nun meist gespielte, brillante Fassung, »Ariadne auf Naxos« umzugestalten. Die Verschmelzung zweier Welten, der Opera buffa und der Opera seria, die Strauss sowohl im Drama wie auch in der Musik perfekt zuwege bringt, steht für mich an der Spitze seiner kreativen Errungenschaften.

Diese Oper benötigt im kleinen Orchester nicht nur ausgezeichnete Musiker, sie werden häufig mit Solisten besetzt, sondern auch in nahezu jeder Rolle hervorragende Protagonisten. Die Bufforollen des Harlekin, des Gesangslehrers, des schlau zu profilierenden Perückenmeisters, des Haushofmeisters, Tanzmeisters, der Lakaien und der Nymphen, Echo, Najade und Dryade, sind alle delikat und verlangen vom Darsteller sorgfältigste Vorbereitung und äußerst präzise Arbeit. Alle Rollen sind für den Erfolg einer Aufführung nahezu gleichbedeutend und können daher keineswegs als Nebenrollen, die man so nebenbei auf die Bühne bringt, abgetan werden. Die Glanzrollen dieser Oper, die die meisten Schwierigkeiten und die größte Bedeutung aufweisen, sind die des Komponisten, der Ariadne, der Zerbinetta und des Bacchus.

Den Komponisten perfekt zu besetzen, ist eine Schwierigkeit für sich. Man muß eine Sängerin finden, die ein Gleichgewicht zwischen passender Stimme und überzeugendem, knabenhaftem Auftreten findet und diese Eigenschaften mit musikalischem Instinkt und klangschöner Stimme verbindet. Wenn man einigen Darstellerinnen dieser Rolle wie Sena Jurinac, Irmgard Seefried, Tatjana Troyanos oder Kerstin Meyer zuhört, scheint diese Rolle keine musikalischen Schwierigkeiten aufzuweisen. Sie enthält aber doch eine große Anzahl von subtilen Nuancen, die bei jugendlichen Ausbrüchen beginnen und zu warmen Gefühlsempfindungen überleiten, die sowohl darstellerisch als auch stimmlich eine große Persönlichkeit und eine Stimme mit breiter Farbpalette und großer Flexibilität erfordern. Es ist dabei unbedeutend, ob die Rolle durch einen Mezzosopran oder einen Sopran besetzt wird, solange die Künstlerin mit dem Herzen dabei ist.

Zerbinetta ist selbst für die begabtesten Koloratursopranistinnen ein Gewaltakt. Die große Arie »Großmächtige Prinzessin« ist eine der schwierigsten dieses Faches. Obwohl sie in ARIADNE AUF NAXOS etwas niedriger und auch kürzer als in der Originalversion, BÜRGER ALS EDELMANN, geschrieben ist. Die Schwierigkeiten der Rolle enden allerdings nicht mit der Koloraturarie. Schon der Prolog zeigt Zerbinetta als die kokette und charmante Anführerin einer Buffogruppe, die sich im Duett mit dem Komponisten einer sowohl darstellerisch wie auch gesanglich zur Koloratur völlig unterschiedlichen Anforderung der Partie zu stellen hat. Diese quecksilberhaften Änderungen im Temperament der Zerbinetta, die stimmlichen Anforderungen durch die Koloraturen sowie die Fähigkeit, gut zu tanzen und zu spielen, während man Koloraturen singt, sind ein schwerer Prüfstein für jeden Künstler. Eigenschaften wie kokett, charmant, erfahren, verletzbar, temperamentvoll und stolz sind nur einige, die die erfolgreiche Zerbinetta beschreiben. Zerbinetta ist wahrscheinlich die Rolle, die in dieser Oper am schwierigsten zu besetzen ist und auch die, die normalerweise den größten Einzelerfolg hat. In den meisten Aufführungen bringen stürmische Beifallsausbrüche nach ihrer großen Arie den Handlungsverlauf zum Erliegen. Die Rolle ist ein Juwel in der Krone jedes lyrischen Koloratursoprans. Eine großartige Zerbinetta, nämlich Elisabeth Schwarzkopf, hat es auch geschafft, später eine gleichermaßen gefeierte Marschallin im ROSENKAVALIER zu werden, aber nur wenigen gelingt so eine Entwicklung.

Ariadne ist die Rolle für den dramatischen Sopran. Sie erfordert enorme Stimmkraft, um die großen Fortephrasen mit entsprechendem Ausdruck zu bringen. Gleichzeitig muß die Sängerin genug Schmelz in der Stimme haben, um die weichen, lyrischen Passagen ansprechend gestalten zu können. Die musikalischen Schwierigkeiten in dieser Rolle bestehen hauptsächlich in dem verführerischen, farbenprächtigen zweiten großen Monolog »Es gibt ein Reich«.

Innerhalb von neun Takten findet Ariadne ein niedriges Pianissimo-As mit »Totenreich« und ein aufschwingendes »dolce marcato«-B »Hermes heißen sie ihn«. Wenn man

Richard Strauss, Ariadne auf Naxos, 1962.
Jess Thomas und Leonie Rysanek. (95)

an die Charakteristika einiger bekannter Darstellerinnen der Ariadne denkt, erkennt man, welch unterschiedliche Künstlerinnen in dieser Rolle auftreten können: Gwyneth Jones, Leonie Rysanek, Claire Watson, Janis Martin, Ingrid Bjoner, Hildegard Hillebrecht, Ludmilla Dvorakova, Lisa Della Casa und Anna Tomowa-Sintow, sie alle sind Darstellerinnen, die jeweils ihre eigenen, speziellen Stimmqualitäten einbringen und diese Rolle sehr unterschiedlich gestalten.

Bacchus ist allein durch seine hohe Stimmlage schwierig, zusätzlich wird jene Stimmeigenschaft verlangt, mit der man einen Heldentenor charakterisiert. Die kräftige, metallene Stimme muß also mit einer strahlenden Höhe verbunden sein. Von mir waren auch immer die drei kleinen Einsätze im Prolog gefürchtet. Sie sind wohl unscheinbar, aber musikalisch schwierig, man kann seinen Einsatz leicht verpassen, und es gibt kaum eine Möglichkeit, einen ersten schlechten Eindruck, sollte einer dieser Einsätze mißlingen, kurzfristig wieder auszubessern. Die zwischen diesen kleinen Einsätzen und dem Auftritt in der Oper liegende Zeit ist lang, und man muß sie nützen, um sich auf eine halbe Stunde intensivsten Tenorgesangs vorzubereiten. Im Auftritt kündigt sich ein Gott an, und das Auditorium erwartet auch, einen solchen singen zu hören. Eine der schwierigsten Phrasen findet man im ersten Zusammentreffen mit Ariadne, die mit einem pianissimo hohen A mit »Weh! bist du auch eine Zauberin!?« endet. Wenn diese Hürde perfekt genommen wird, kann man im Auditorium ein zustimmendes Raunen vernehmen, aber wenn die Stelle verpatzt wird, spürt man auch die Enttäuschung. Das ist ein großer Augenblick der Wahrheit.

Mit Ausnahme der Wagner-Rollen, ist Bacchus jene Rolle, die ich am häufigsten gesungen habe, und dabei habe ich meist mit Karl Böhm zusammengearbeitet, der diese Oper für mich erst zum Leben erweckt hat. Die volle Schönheit dieser einzigartigen Oper entwickelt sich nur dann, wenn ein perfekter Dirigent mit einem seiner Lieblingsorchester zusammentrifft, und dies war bei Böhm oft der Fall.

INSZENIERUNGEN

In Ariadne ist die Meisterschaft Hofmannsthals, dem Zuhörer Probleme, Handlung und Lösung in genialer Weise zu präsentieren, mit einer ebenso genialen musikalischen Aufarbeitung verbunden. Das Werk enthält unzählige Details, Miniaturen, Schicksale, Charaktere, kleine und große Handlungsfäden, und man spürt förmlich die schöpferische Lust des Komponisten, dieser Vielfalt auch im Detail gerecht zu werden. Der Stoff bietet dem Regisseur unzählige Ansatzpunkte und Aufgaben, er hält die kleinen Probleme der Künstlertruppe, die Ignoranz und Überheblichkeit des Establishments, die Wunder, die wahre Kunst wirken kann, sowie den dramatischen Ablauf der Oper bereit. Die Oper handelt von der Kunst, ihrer Macht und den an ihr Beteiligten inklusive des Publikums. Es mag in dieser Themenvielfalt und diesem Nuancenreichtum viele Möglichkeiten für die Regie geben, das eine oder andere hervorzuheben, durch die kongeniale Verschmelzung von Text und Musik in diesem Werk muß sich aber auch die Regie dem Diktat der Musik unterordnen.

Ich sang in mindestens dreißig Inszenierungen von Ariadne, darunter in drei von Günther Rennert. Seine Inszenierungen waren alle ähnlich. Sie waren in der Ausstattung, dem Kostüm und der Bewegungsregie klassisch. Die unnachahmliche Präzision, mit der er die Buffos sowohl in Bewegung als auch in Stimmung führte, erwies sich als uhrwerksartig. Am schwierigsten fand er es selbst, eine exakte Linie im Duett zwischen Ariadne und Bacchus zu finden. In vielen Diskussionen unterhielten wir uns über die Bedeutung, oder besser gesagt die Bedeutungen des köstlichen Textes von Hofmannsthal. Offensichtlich beschreibt der Text vordergründig die vorgegebene Handlung, Bacchus kommt auf die Insel. Aber dann zeigt sich die absichtliche und gar nicht sehr verborgene sinnliche Interpretation der Texte zwischen Ariadne und Bacchus. Bacchus kommt in dieser Szene von seinem ersten Liebesabenteuer als glorreicher Gott, der von Circe nicht verzaubert werden konnte. Er wird aber von Ariadne als Gott des Todes angesehen. Bacchus und Ariadne reden während des gesamten Abends aneinander vorbei, und doch bietet diese Konversation eine kontinuierliche Entwicklung und ein sinnvolles Ende. Der Text ist es wert, genauer analysiert zu werden, und auf dieser Analyse muß ein guter Regisseur seine Inszenierung aufbauen. Für einen Darsteller ist es wichtig, die Vielschichtigkeit zu erkennen, da es einen auch für das Auditorium merkbaren Unterschied macht, die Phrasen »... die Höhle deiner Schmerzen zieh' mich zur tiefsten Lust um dich und mich« entweder einfach zu singen oder sich der unterlegten sinnlichen Bedeutung dieses Textes bewußt zu sein.

In Rennerts Inszenierung bewegte sich das Paar Bacchus und Ariadne in immer kleiner werdenden Kreisen, ohne dabei tatsächlich zusammenzukommen. Damit wurde das Dilemma des Im-Kreise-Herumredens angedeutet. Selbst in der Schlußumarmung wird die Situation nicht gänzlich geklärt, und man erfährt nicht, ob Ariadne noch immer glaubt, mit dem Gott des Todes zu gehen, oder ob sie endlich verstanden hat, daß sie, um mit Zerbinettas Worten zu sprechen, mit dem nächsten Liebhaber zieht. Bacchus kann es jedenfalls egal sein, Ariadne ist in seinen Armen willig, wenn sie mit ihm nur auf sein Schiff kommt, wird er alle restlichen Probleme schon beseitigen können. Allein dieses kleine Beispiel soll zeigen, wie sorgfältig ein Regisseur diese Oper vorbereiten muß und wie wichtig es ist, daß er den Sängern bei der Rolleneinstudierung hilft.

Die Dekorationen können in unterschiedlichem Stil gehalten werden. Häufig realisiert man einen Stil, der eine römische oder griechische Zeitepoche stilisiert. An der Met bin ich in einer Inszenierung aufgetreten, in der die Kostüme in barockem Einfluß gehalten waren, das Kostüm bekleidete mich nur zur Hälfte und zeigte einen Bacchus, der dem Bild eines Barockmalers entspricht. In meinem Haar waren Trauben und Blätter eingeflochten, und der Regisseur verlangte von mir, mich im Stile eines klassischen Gottes, was immer das auch bedeuten sollte, zu bewegen. Obwohl der Stil der Ausstattung zu der Rennerts unterschiedlich war, war das grundlegende Konzept gleich: Eine entrückte Ariadne und ein erwartungsvoller Bacchus treffen aufeinander. Man kann sich eigentlich nur schwer vorstellen, daß erst diese Inszenierung im Jahr 1963 die Premiere des Werkes an der Metropolitan Opera darstellte. Der Erfolg dieser Vorstellung war ein weiterer Schritt zur Anerkennung des Werkes von Richard Strauss in Amerika, sie führte dann auch zu dem großartigen Erfolg der FRAU OHNE SCHATTEN im Jahr 1966.

Eine der Hauptschwierigkeiten der Inszenierung besteht darin, die Opernwelt aus einem Blickwinkel vom Bühnenboden aus sichtbar zu machen, ohne dabei die Größe der Oper zu persiflieren. Es ist Hofmannsthal und Strauss zu verdanken, daß dieses Werk eine treffende musikalische und textliche Darstellung der Opernszene mit all den typischen Eigenschaften der Beteiligten darstellt.

Man sieht die einfachen, leichtsinnigen, durchaus menschlichen Charaktere der charakterlich schwächlichen Schauspieler und Sänger, die von einer, diese Kunst nur minder schätzenden Gesellschaft mißbraucht werden. Und doch gelingt es der Truppe unter dem Einfluß des richtigen Impetus, der richtigen Musik, von Kostümen und Licht, den Zauber einer Aufführung auf der Bühne zu realisieren. Die einfachen Personen des Vorspiels verwandeln sich in Götter, die die Eigenschaften des Lebens im besten Sinne der Grand Opéra darstellen. Die Personen sind von Hofmannsthal und Strauss perfekt gezeichnet: Der lustige Tenor, der im Vorspiel oft alternd und kahl dargestellt wird, diskutiert über Nebensächlichkeiten wie seine Perücke, die eitle Primadonna, die an dieser Stelle alles andere als glorreich dargestellt wird und einen zerschlissenen Umhang trägt, Lockenwickler im Haar hat; sie stellen mit ihren Problemen das Bühnenleben genauso dar, wie der Komponist mit seinen Bedenken, die Buffos und all jene eigentlich vulgären, aber doch realen Personen, die im Schweiße ihres Angesichts darangehen, eine Aufführung vorzubereiten. Dann kommt der große Augenblick, und all die trivialen und einfachen Personen werden durch den Geist der Oper zu Überlebensgröße transformiert. Die Primadonna wird zu einer überzeugenden schönen Göttin, der Tenor zu einem jungen, erregenden Gott, und Zerbinetta und ihre verrückte Mannschaft erweisen sich als perfekt agierende Schauspieler. Diese Verwandlung zeigt den Zauber des Bühnenlebens in einer Echtheit und Klarheit, in der man die Bedeutung der Kunstform Oper und die Bedeutung der einzelnen, damit befaßten Personen auch als Zuseher klar erkennen kann.

DIE FRAU OHNE SCHATTEN

Uraufführung: 10. Oktober 1919 in Wien

Personen:
Der Kaiser (Tenor) – Die Kaiserin (Sopran) – Die Amme (Mezzosopran) – Geisterbote (Bariton) – Die Erscheinung eines Jünglings (Tenor) – Die Stimme des Falken (Sopran) – Barak, der Färber (Bariton) – Sein Weib (Sopran) – Der Einäugige, der Einarmige, der Bucklige, des Färbers Brüder (2 Bässe, 1 Tenor) – Die Stimmen der Wächter, der Ungeborenen, Kinder, Geister, Diener, Fremde.

ZUR HANDLUNG

Die Handlung in FRAU OHNE SCHATTEN ist primär symbolisch zu verstehen, sie rankt sich um zwei Paare, den Kaiser und die Kaiserin, sowie den Färber und seine Frau, zwischen denen die Amme der Kaiserin steht.

Der Geisterkönig Keikobad läßt seiner Tochter, der Kaiserin, verkünden, daß sie ins Geisterreich zurückkehren und ihren Gatten, den Kaiser, versteinern muß, wenn sie nicht binnen drei Tagen einen Schatten, das Symbol für die Mutterschaft, habe. Um diesem Schicksal zu entfliehen, zieht die Kaiserin mit ihrer Amme zu den Menschen, um dort einen Schatten einzuhandeln. So kommen sie zum Haus des Färbers, in dem die junge Färbersfrau mit den Brüdern ihres Mannes streitet. Sie ist egoistisch und unzufrieden, obwohl ihr Mann arbeitsam und gütig ist. Auch seinen Wunsch nach Kindern erfüllt sie nicht. Die Kaiserin und die Amme geben sich als Mägde aus und bieten ihre Dienste an. Bald gaukelt die Amme der Färberin Reichtum vor, den sie nur erhalten kann, wenn sie ihren Schatten verkauft und sich ihrem Gatten verweigert. Die gierige Färberin stimmt zu und trennt die Ehebetten.

Die Amme zaubert der Färberin auch einen schönen Jüngling herbei, mit dem sie schon in Gedanken Ehebruch begeht.

Der mißtrauisch gewordene Kaiser wird in der Zwischenzeit von einem Falken zum Falknerhaus geführt, wo sich die Kaiserin aufhalten soll. Aber der Kaiser findet seine Gattin nicht. Plötzlich sieht er sie aber mit der Amme durch die Luft schweben, und er vermeint, Menschendunst an ihr zu spüren. Für diese vermeintliche Untreue will er sie sogar töten, aber Pfeil, Schwert und Hände versagen ihm den Dienst.

Die Färberin gesteht, nach einem weiteren Versuch der Amme, sie mit einem herbeigezauberten Jüngling zu verlocken, ihrem Gatten, ihren Schatten und damit ihre zukünftigen Kinder verkauft zu haben. Als die Brüder des Färbers ein Licht anzünden, stellt sich heraus, daß die Färberin tatsächlich keinen Schatten mehr besitzt. Daraufhin will Barak seine Frau töten. Keikobad, der Geisterkönig, greift ein und läßt durch Zauberhand die Hütte verschwinden.

Während Barak und seine Frau in unterirdischen Gewölben gefangen sind und, getrennt voneinander, Prüfungen bestehen müssen, wird die Kaiserin von einem Kahn zum Geistertempel gebracht. Als die Amme den Tempel betreten will, wird sie von Keikobads Geisterboten zurückgewiesen, sie muß in die Menschenwelt zurück.

Im Geistertempel wird die Kaiserin dann vor die entscheidende Prüfung gestellt. Sie sieht ihren nahezu versteinerten Mann und weiß, daß sie ihn nur dadurch retten und einen eigenen Schatten gewinnen kann, wenn sie aus dem Brunnen das Wasser des Lebens trinkt. Dann soll der fremde Schatten ihr gehören. Doch sie greift nicht zu, um den Schatten der Färbersfrau zu erwerben, sie widersagt. Da erbarmt sich Keikobad ihrer, die Kaiserin hat einen eigenen Schatten, und der Kaiser wird vor der Versteinerung bewahrt. Nach dieser Erlösung jubeln Kaiser und Kaiserin, Färber und Färberin, und auch der Chor der ungeborenen Kinder stimmt jubelnd eine Hymne auf das Leben an.

MUSIKALISCHE SCHWIERIGKEITEN

In den meisten Inszenierungen der FRAU OHNE SCHATTEN werden große Striche vorgenommen. Dies scheint ein Anzeichen dafür zu sein, daß es Experten gibt, die es für notwendig halten, das Werk zu modifizieren, und diese Notwendigkeit muß wohl aus einer Unzulänglichkeit des Originals resultieren. Selbst Strauss war nach der Premiere in Wien enttäuscht und arbeitete ein Leben lang an diesem Werk. Ist diese Unzulänglichkeit nun musikalisch oder dramaturgisch begründet? Selbst Maestro von Karajan oder besser gesagt, gerade Karajan führte bei seiner Inszenierung dieses Werkes in Wien drastische Striche durch. Das führte auch zu großen Problemen, nachdem er die Wiener Oper verließ, da andere Dirigenten mit dem hinterlassenen Werk in dieser Form nicht einverstanden waren. Rudolf Hartmann hingegen schreibt in seinem Buch »Oper, Regie und Bühnenbild heute« über die Perfektion, mit der Meister Strauss in FRAU OHNE SCHATTEN orchestrierte, und über die Genialität, mit der er die Stimme im Vordergrund hält und somit die gesamte musikalische Form des Werkes höchste Reife darstellt. Hartmann führt den mangelnden Erfolg der FRAU OHNE SCHATTEN anläßlich der Premiere in Wien im Jahr 1919 auf andere Gründe zurück. Wahrscheinlich benötigte die damalige Generation nach dem Ersten Weltkrieg amüsantere Werke als die tiefliegende Thematik in dieser Oper. Auch die damals verhältnismäßig einfach eingerichtete Bühne und Dekoration mögen ein gut Teil zum Mißerfolg beigetragen haben.

Das Erwachen eines breiten Interesses an generellen menschlichen Problemen nach dem Zweiten Weltkrieg scheint ein Grund dafür zu sein, daß das Werk nun besser verstanden wird und eine Vielzahl neuer Produktionen in allen Opernhäusern der Welt großen Erfolg hatte.

Diese Oper wird auch oft als Strauss' Zauberflöte bezeichnet. Sie enthält überirdisch scheinende Klänge, orientalisch gefärbte Phrasen, kammermusikähnliche Sektionen und Motive und Arien, die einzigartige Klänge wie die des Versteinerungsmotives und der poetisch-dramatischen Falkenarie enthalten. Die Zusammenarbeit zwischen Strauss und Hofmannsthal ließ ein Werk entstehen, aus dem man auch viel über die Zusammenarbeit zwischen diesen beiden großen Künstlern entnehmen kann. Man weiß, daß selbst sie fürchteten, daß es Dekaden dauern würde, bevor die Öffentlichkeit die Thematik dieser Oper schätzen würde.

Eine der größten musikalischen Schwierigkeiten in diesem Werk stellt die Anzahl der schwer zu besetzenden Rollen dar. Es gibt in diesem Werk so viele und so unterschiedliche Aufgaben, die jeweils eine eigene, tiefgreifende Problematik aufweisen, daß sie selbst ein Kapitel füllen würden. Und doch müssen alle diese im Detail sehr schwierigen Rollen perfekt besetzt werden, um eine insgesamt befriedigende Aufführung zuwege zu bringen. Die Aufgabe, eine ideale Besetzung für dieses Werk auf die Beine zu bringen, ist sicherlich auch an großen Opernhäusern nicht leicht zu bewältigen, denn es gibt praktisch keine Nebenrollen, die man leicht besetzen könnte. Der Geisterbote, die Erscheinung des Jünglings, die Stimme des Falken, der Einäugige, der Einarmige, der Bucklige, des Färbers Brüder, die Stimme der Wächter und auch die Stimmen der Ungeborenen, sie alle benötigen sowohl stimmliche Meisterschaft wie auch Intellekt der Darsteller. Im Vordergrund stehen darüber hinaus natürlich die Hauptpartien des Werks, die Kaiserin, der Kaiser, der Färber, die Färberin und die Amme.

Die Amme ist sowohl stimmlich wie auch dramaturgisch ein Angelpunkt im gesamten Werk. Die Rolle steht zwischen der königlichen Welt und der des irdischen Paares, sie ist schwierig, aber aufregend und erfordert stimmliche Ausdrucksfähigkeit und einen dramatischen Mezzosopran mit einem großen Stimmumfang. Ihre Ausflüge in niedrige wie auch hohe Tonlagen, die Ausdrucksfarben, die dazu benötigt werden, das irdische Paar anzusprechen, und ihr Auftreten gegenüber dem königlichen Paar, sowie alle Anforderungen in ihrem Kontakt mit dem Geisterboten sind genug, selbst die perfekteste Künstlerin extrem zu fordern.

Das königliche Paar, der Kaiser und die Kaiserin, können, wenn man von musikalischen Schwierigkeiten spricht, nicht in einem Atemzug genannt werden. Die Rolle des Kaisers ist unter den fünf wichtigen Partien die einfachste und am wenigsten bedeutende. Nicht, daß es ihr wirklich an Schwierigkeiten mangeln würde oder daß sie dramatisch unbedeutend wäre, die anderen sind aber schwieriger. Der Kaiser hat zwei große Soloszenen, ein Duett mit der Kaiserin und ein stimmungsvolles Quartett am Ende der Oper. Er hat aber nur wenige musikalische Möglichkeiten, seinen Charakter zu porträtieren. Man hofft nur, daß er es schafft, seine Verwandlung vom einfachen Jäger und Liebhaber zum erhabeneren Gegenspieler seiner überlegenen Partnerin, der Kaiserin, darzustellen. Die Herausforderung liegt also in den beiden großen Szenen und darin, soviel Stimmausdruck und Variation auf die Bühne zu bringen, daß diese Transformation glaubhaft wird. Die Tessitura der Rolle liegt hoch, und das Orchester spielt zusätzlich mit voller Geschwindigkeit und auch mit voller Lautstärke. In keiner anderen Partie findet man als Tenor eine derartige Klangwolke, gegen die man anzukämpfen hat, als am Höhepunkt der Falkenarie. Ich war immer froh darüber, daß es mir alle Dirigenten, mit denen ich gesungen habe, erlaubten, das hohe Ces am Ende der Arie zwischen die Orchesterausbrüche zu interpolieren. Für jeden Tenor, der auch Lyrisches und Pianophrasen liebt, findet sich reichlich Material. Die Rolle ist natürlich schwierig, aber sie ist eine typische Strauss'sche Tenorrolle, in der der Sänger auf die wichtigsten musikalischen Notwendigkeiten beschränkt wird. Viele sprechen von dieser Rolle als »Wurzelpartie«, edel aber kärglich.

Große Künstlerinnen wie Ingrid Bjoner, Leonie Rysanek oder Eva Marton gestalten die Kaiserin so souverän, als ob diese Partie einfach zu gestalten wäre. Der Schein trügt. Die Partie ist eine jener Strauss-Rollen, die für einen dramatischen Sopran geschrieben sind, der eine mühelose Höhe besitzt. Man darf die hohen Ds im ersten Akt und in der Traumszene im zweiten Akt dabei nicht vernachlässigen und trotzdem muß die Darstellerin agil bleiben, Durchschlagskraft haben und die undefinierbare Eigenschaft besitzen, in der Stimme Seele zu zeigen, die den Zuhörer sowohl von der kaiserlich erhabenen Prinzessin wie auch von der warmen, menschlichen Frau, die ihren Schatten sucht, überzeugen kann. Die Heftigkeit und Kraft der Stimme muß aber nicht unbedingt mit den eher irdischen Qualitäten der Färberin übereinstimmen. Man könnte sagen, daß die Stimme der Kaiserin etwas erhabener und kristalliner sein soll als jene der Färberin. Jedenfalls ist es ein Problem, diese beiden Rollen mit zwei passenden und harmonierenden Sopranen zu besetzen. Die Interpretations-Geschichte der Färberin wird von einigen wenigen Sängerinnen wie Birgit Nilsson, Inge Borkh, Christa Ludwig oder Gladys Kuchta geprägt. Man kann sich leicht vorstellen, daß selbst viele ambitionierte und bekannte Sopranistinnen in dieser großartigen, aber Kraft und Höhe verlangenden Rolle in Schwierigkeiten geraten würden. Baraks Frau nimmt einen besonderen Platz ein, sie erinnert in ihren stimmlichen Anforderungen an Wagners Kundry, das ewige Weib, die Mutter Erde, die Verführerin, die Sklavin und den total weiblichen Typus, der etwas sein möchte und etwas haben möchte. Die Rollen der beiden Frauen wurden von Strauss so geschickt konstruiert, daß Baraks Frau in den Ensembles stimmlich den irdischen Regionen ihrer Herkunft näher kommt als die Kaiserin. In den subtilen Änderungen und Entwicklungen der Melodien erhält sie aber eine gleichbedeutende Führungsrolle, die in vielen Bereichen auch dominant wird. Strauss hat beide Rollen nur als »Sopran« bezeichnet, aber es steht fest, es gibt einen Unterschied.

Barak ist die menschlichste der Rollen und sowohl vom Charakter wie auch von der Stimme her die sympathischste. Den Kaiser kann man irrtümlich für leichtsinnig halten, die Kaiserin für flüchtig und sogar für wankelmütig, Baraks Frau zeigt extreme Ausbrüche der Phantasie und erregt Mitleid. Nur Barak ist einfach und geradlinig, ehrlich und wahrhaft. Auch stimmlich werden diese Ideale ausgedrückt, und ein Bariton mit warmer, kräftiger Stimme, mit dramatischen und lyrischen Fähigkeiten, findet in ihm eine lohnenswerte Rolle.

Die weitreichenden und komplexen Anforderungen an das Orchester sind sprichwörtlich, denn das Orchester findet in der Partitur eine Flut von verführerischen Klängen vor. Unter einem großen Dirigenten entwickelt sich eine Aufführung dieses Werkes zu einem extravaganten Fest des Orchesters. Für den Opernbesucher zeigt sich in diesem Werk die Tatsache, daß die musikalischen und anderen Schwierigkeiten, eine Besetzung, ein Orchester, einen Bühnenbildner und einen Regisseur zusammenzubringen, für manche Werke beinahe unlösbare Aufgaben darstellen können.

INSZENIERUNGEN

Die wichtigste Aufgabe des Regisseurs besteht darin, die Verbindungen der zwei Paare, Kaiser und Kaiserin sowie Barak und seiner Frau, herauszustreichen. Dabei dürfen die komplexen Verbindungen zwischen der Amme und den anderen Personen nicht vernachlässigt werden. Barak ist sicherlich die zentrale Figur des Dramas. Um ihn rankt sich ein Netz von Intrigen, Wünschen, Ereignissen und Problemen der Kaiserin und der Färberin. Zwischen ihnen steht die Amme als dämonischer Katalysator, mit einer Magie, die jedermann und auch sich selbst trügt. Der Kaiser ist ein »Jäger und Verliebter, sonst ist er nichts«, er ist in seiner menschenfernen Welt erstarrt, bis er durch das Erlebnis mit der Gazelle, die, erlegt, in seinen Armen sich zu einer liebevollen Frau verwandelt, zur Entfaltung gebracht wird.

In vielen Produktionen, wie auch in der von Rennert und Schneider-Siemssen in Salzburg, werden auf der Bühne drei abgegrenzte Bereiche für die drei Welten, in denen das Drama spielt, gebildet. Man findet die Welt des Kaisers, die des Barak und das Geisterreich. Auch Hartmann hatte in München diese Bühnenaufteilung und verfolgte das Regiekonzept, dem Publikum die drei Welten zu verdeutlichen, ohne dabei vom Gesamtwerk abzulenken. Auch in München wurde, wie oft üblich, die Welt des Kaisers orientalisch gefärbt, in liebevollen, kalten, kristallinen Farbschattierungen zwischen Blau und Grün gehalten, und Baraks Welt in warmen, erdnahen Tönen, von Terrakottabraun bis Rot sowie die Geisterwelt in Schwarz und Silber dargestellt. Wichtig für den Regisseur ist es auch, neben zwei guten Sängerinnen zwei gute Schauspielerinnen als Färberin und Kaiserin zu finden. Hartmann hatte das Glück, zwei ebenbürtige Kräfte, die sich beide perfekt bewegen konnten und ihre unterschiedlichen Welten ideal darstellten, in Ingrid Bjoner und Inge Borkh zu finden. Die Kaiserin mußte sich, jugendlich elegant, majestätisch gleitend in der phantasiereichen Bühnendekoration bewegen und nur dann etwas unbeholfenere Gesten annehmen, wenn sie das Haus Baraks besuchte. Die Färberin konnte in jeder Szene ihre Ausbildung als Tänzerin zur Geltung bringen und zeitweise auch verschlampt aussehen, um dann plötzlich eine kindesähnliche Grazie hervorzurufen, wenn sie mit dem Zauber des Spiegels der Amme konfrontiert wird und entwickelte schließlich im Schlußquartett die überzeugende Darstellung einer selbstbewußten Frau. Barak muß Wärme ausstrahlen, er wird in diesem Märchen zur Schlüsselfigur und lenkt die Aufmerksamkeit auf die tief menschlichen Beziehungen in dieser

Handlung. Sie bilden den Kern der gesamten Oper. Neben diesen Beziehungen werden in der FRAU OHNE SCHATTEN noch viele Symbole, rituelle Handlungen, phantastische Darstellungen, Spekulationen und Anspielungen zur Geltung gebracht. Der Vergleich mit Mozarts ZAUBERFLÖTE liegt nahe, und FRAU OHNE SCHATTEN stellt auch eine perfekte Verschmelzung der orientalischen und der westlichen Ideen der Selbstaufopferung und Liebe dar. Diesen Themen hat auch Richard Wagner sein Werk gewidmet und in seinen Opern kann man, wie auch in FRAU OHNE SCHATTEN, die grundlegende Frage nach dem Wesen der reinen Liebe entdecken.

Ich habe mich oft mit Wieland Wagner über DIE FRAU OHNE SCHATTEN unterhalten, denn er war von diesem Werk, das er selbst gerne produziert hätte, sehr beeindruckt. Er war von den Herausforderungen dieser Oper fasziniert und von der Idee besessen, sie in einem völlig neuen Stil herauszubringen. Obwohl er wußte, daß er nie in der Lage sein würde, dies zu tun, wünschte er sich diese, wie auch noch eine zweite Strauss-Oper, nämlich ELEKTRA, in Bayreuth mit all den Vorteilen der speziellen Bühne in seinem griechisch inspirierten Theater herauszubringen.

Für den Kaiser gibt es in dieser Oper drei außergewöhnliche Momente, die auch nicht leicht darzustellen sind: In der Eröffnungsszene erlebt der Kaiser das Wunder, daß seine Beute, die Gazelle, in eine wunderschöne Frau verwandelt wird, und er sehnt sich danach, sie wiederzufinden. Dann, während der phantastischen Falkenszene, in der er dem Falken, oder besser gesagt, seinen Instinkten folgt, um die Kaiserin in einer, wie er meint, kompromittierenden Situation zu finden. Dabei verwandelt er sich vom vertrauensvollen, liebenden Mann in den eifersüchtigen Gatten und muß dabei alle stimmlichen und schauspielerischen Attribute zeigen. Am Schluß kommt der große Augenblick der Befreiung von seiner Versteinerung, nach der er seine Frau umarmen kann, beide sind nun voll von Erfüllung, sie hat ihren Schatten und er die Fähigkeit zur menschlichen Liebe.

Hartmanns Inszenierung in München wurde anläßlich der Eröffnung des Nationaltheaters als Eröffnung eines Traumhauses mit einer Traumwelt-Oper annonciert. In dieser Inszenierung gab es auch eine schwierige Verwandlung, die zeigen soll, daß es in der FRAU OHNE SCHATTEN nicht nur für Musiker und Sänger, sondern für die gesamte Bühnentechnik und für die Schauspieler auch hinter der Bühne große Anforderungen gibt. Bei der Verwandlung zum hymnischen Schluß, nach dem Duett zwischen Kaiserin und Kaiser, verlangte Hartmann innerhalb von 60 Sekunden, in neuen Kostümen, in einer nur durch einen Aufzug erreichbaren hohen Position über der Bühne und über dem Färberpaar zu erscheinen. Nach der letzten Note des Duetts, in der Bjoner und ich blaue, schwer geschmückte Kostüme und Kronen zu tragen hatten, hatten wir genau eine Minute Zeit, um an der Spitze einer hohen Plattform in der Tiefe der Bühne zu erscheinen. Innerhalb dieser Minute hatten wir uns auch umzuziehen, um nun in blendendweißen und silbernen Gewändern zu erscheinen. Alle Kostüme waren natürlich mit Schnellverschlüssen und Klemmen versehen, aber diese Verwandlung erwies sich für uns als schwierig, zumal wir nach dem Kleiderwechsel noch auf die Plattform des Aufzuges springen mußten, um dann einigermaßen rasch in die Höhe transportiert zu werden. Der Effekt war sicherlich groß, aber die Bjoner und ich hingen auf diesem Aufzug ohne Haltegriff aneinander und hofften, daß uns diese turbulente Szene nicht die Ruhe und den Atem für den schwierigen Schluß rauben würden.

Auch in Wien wurde FRAU OHNE SCHATTEN zu einem festlichen Anlaß, dem 100. Geburtstag von Richard Strauss, gegeben. Karajan brachte die Beziehungen zwischen dem Färberpaar und dem Kaiserpaar in den Vordergrund, und er hatte zusätzlich die Begabung, seine perfekte musikalische Leitung mit der Regie und der Beleuchtung zu einer optimal abgestimmten Produktion zu verknüpfen, die meiner Ansicht nach weder vergessen, noch übertroffen wurde. Ich bedauere nur die Tatsache, daß ich diese Aufführung nie aus dem Auditorium sehen konnte.

DIE ÄGYPTISCHE HELENA

Uraufführung: 6. Juni 1928 in Dresden

Personen:

Helena (Sopran) – Menelas (Tenor) – Hermione, beider Kind (Sopran) – Aithra, eine ägyptische Königstochter und Zauberin (Sopran) – Altair (Bariton) – Da-Ud, sein Sohn (Tenor) – Die erste und zweite Dienerin der Aithra (Sopran und Mezzosopran) – Erster, zweiter, dritter Elf (Sopran und Alt) – Die alleswissende Muschel (Alt) – Elfen, Krieger, Sklaven, Eunuchen.

ZUR HANDLUNG

DIE ÄGYPTISCHE HELENA ist ein psychologisch orientiertes Werk mit vielfältiger Symbolik. Es handelt von dem Helden Menelas und seiner Gattin Helena, an deren Identität er durch Zauber zweifelt.

Aithra, die ägyptische Königstochter, ist eine Zauberin. Als sie erfährt, daß Menelas an Bord eines nahenden Schiffes seine Gattin aus Rache und Eifersucht ermorden will, entfacht sie einen Sturm. Das Schiff zerschellt, und Menelas erreicht mit seiner Gattin Helena schwimmend das Land. Aithra gibt zuerst Helena und dann Menelas einen Vergessenstrank und macht Menelas dadurch glauben, daß jene Helena, die er in seinem Schiff geführt hatte, nur eine Zaubererscheinung gewesen war und die echte Helena den Krieg, ohne zu altern, in Ägypten verbracht hat. Die Vorhänge des Nebengemaches heben sich dann und die schöne schlafende Helena wird sichtbar. Menelas kann nicht widerstehen und verbringt eine Liebesnacht mit ihr.

Mit Hilfe ihres Zaubermantels bringt Aithra das Paar in einen Palmenhain am Fuße des Atlas. Doch Menelas ist verwirrt, er glaubt plötzlich, doch die echte Helena getötet zu haben und nun mit einem Phantom seine Zeit zu verbringen. Menelas tritt in seiner Entrücktheit einem anderen Mann, der Helena begehrt, entgegen und ersticht ihn aus

Eifersucht. Helena besteht nun darauf, daß Menelas die Wahrheit erfährt, sie will ihren Gatten nicht durch Lüge wiedergewinnen. Durch einen Erinnerungstrank erlangt Menelas sein Bewußtsein wieder, er zückt den Dolch, um Helena zu töten, läßt ihn aber wieder sinken und fällt in ihre Arme.

MUSIKALISCHE SCHWIERIGKEITEN UND INSZENIERUNGEN

In der selten gespielten Helena wendet sich Strauss nach »bürgerlichen« Zwischenspielen wieder dem Bereich der Mythologie zu. Seine Musik ist reich an Farbe und Stimmung und enthält auch einige der schönsten Melodien für die Gesangsstimme. Wenn man kritischen Stimmen glauben darf, dann kann die Uneinheitlichkeit im zweiten Akt, der die Versprechungen des ersten Aktes nicht erfüllt, bemängelt werden. Der Klang des Orchesters repräsentiert aber Strauss' Meisterschaft. DIE ÄGYPTISCHE HELENA ist für mich, wenn sie auch, gemessen an Strauss' Erfolgsstücken, weniger gelungen sein mag, immer noch besser als die Werke vieler anderer Komponisten. Der unbeeinflußte Zuhörer sollte die Möglichkeit haben, sich selbst eine Meinung zu bilden und eine der wenigen Aufführungen hören oder auch eine Schallplatte zur Hand nehmen, um herauszufinden, ob die Oper wirklich schwierig ist oder Mängel aufweist, die es rechtfertigen, daß sie so selten gespielt wird.

Wie so oft bei Strauss, bestehen die größten musikalischen Schwierigkeiten darin, eine Besetzung zu finden, die die stimmlichen Qualitäten mit den darstellerischen vereinigt. Helena soll aussehen wie die schönste Frau der Welt und gleichzeitig einen Sopran mit lyrisch dramatischen Fähigkeiten haben. Die Rolle ist in hochliegenden Phrasen geschrieben, die Künstlerinnen wie Leonie Rysanek, Inge Borkh, Gwyneth Jones und sogar Leontyne Price angezogen haben. Das sollte schon einen Überblick darüber geben, welcher Stimmtyp dabei verlangt wird. Aithra, die ägyptische Tochter eines Königs und Zauberers, wird von Strauss selbst als Sopranrolle bezeichnet, sie ist aber eine dramatische Koloraturpartie mit schwierigen und lohnenswerten Aufgaben. Der Bariton Altair ist ein echter Strauss-Amonasro, eine weder lange, noch besonders schwierige Rolle, die aber mit einem Sänger besetzt werden muß, der mit seiner Stimme sowohl subtile wie auch brutale Phrasen zu gestalten vermag.

Menelas ist eine Rolle für einen Tenor mit Kraft und Höhe, vielleicht für einen jugendlichen Heldentenor. Die Partie ist anstrengend, schwierig und enthält gefährliche Augenblicke. Die lieblichen, hochliegenden, lyrischen Phrasen im ersten Akt sind wohl schön zu singen, doch die Ausbrüche im zweiten Akt, in denen Menelas in Verrücktheit visionärer Erscheinungen verfällt, erfordern hohe Töne im Piano und gefährliche dramatische Phrasen. Wie viele andere Rollen ist diese Rolle für den Tenor deshalb schwierig, weil sie gleichzeitig sowohl emotionale als auch stimmliche Intensität verlangt.

HELENA zu inszenieren, ist eine phantastische Aufgabe. Die Handlung enthält Jahrhunderte alte Elemente der Tragödie, erzählt von unglücklicher Liebe und schließt mit einem Happy-End. Die weitreichenden Möglichkeiten, die dieses phantastische Werk bietet, hat wohl schon viele Bühnenbildner und Regisseure beeinflußt. Sie finden ihre Begrenzung aber auch im großen Budget, das man benötigt, um heutzutage solche Träume zu realisieren, und vielleicht ist das mit ein Grund, warum man diese Oper so

Richard Strauss, Die ägyptische Helena, 1970. Wien. (96)

selten sieht. In der Wiener Inszenierung wurde HELENA in deutsch-hellenischem Stil, mit romantischer Ausstattung herausgebracht. Der erste Akt zeigte Helena auf ihrer Zauberinsel in der Muschel, alles war in weichem Blau und phantasievollen Farben gehalten, die einen Kontrast zu den sandfarbenen, heißen Farben der Dekoration des zweiten Aktes bildeten. Die Schwierigkeiten, diesen zweiten Akt effektiv zu inszenieren, reichen bis zur Uraufführung zurück, die 1928 in Dresden stattfand. Hofmannsthal starb und war nicht mehr in der Lage, die überarbeitete Fassung von Clemens Krauss und Lothar Wallerstein, die einige Jahre nach der Premiere in Wien herausgebracht wurde, zu sehen. Die reichhaltige Möglichkeit, dem Auditorium die Mythologie und die in ihr liegenden Botschaften in farbiger Schönheit näherzubringen, rechtfertigt, dieses Werk aufzuführen und einer neuen Generation die Chance zu geben, seinem provokanten Inhalt zu hören.

PETER TSCHAIKOWSKY

EUGEN ONEGIN

Uraufführung: 29. März 1879 in Moskau

Personen:
Larina, Gutsbesitzerin (Mezzosopran), deren Töchter Tatjana (Sopran) und Olga (Alt) – Filipjewna, Wärterin (Mezzosopran) – Lenski (Tenor) – Onegin (Bariton) – Fürst Gremin (Baß) – Ein Hauptmann (Baß) – Saretzki, Sekundant (Baß) – Triquet, ein Franzose (Tenor) – Guillot, Onegins Kammerdiener (stumm) – Ballgäste, Landleute.

ZUR HANDLUNG

Tatjana, die Tochter einer russischen Gutsbesitzerin, lernt durch Lenski, den Freund ihrer Schwester, Eugen Onegin kennen, einen Mann, der auf sie tiefen Eindruck macht. Sie geht daraufhin sogar so weit, an Onegin einen Brief zu schreiben, in dem sie ihm ihre tiefen Gefühle offenbart. Doch beim nächsten Treffen bleibt Onegin ihr gegenüber zurückhaltend. Er dankt für ihr Vertrauen, doch er wäre nicht zur Ehe geboren. Er beachtet nicht, daß diese Zurückweisung das Mädchen tief verletzt.

Onegin trifft bald nach einer Einladung seines Freundes Lenski wieder auf die beiden Schwestern Olga und Tatjana. Um spöttischen Bemerkungen entgegenzutreten, tanzt er demonstrativ mit der Verlobten seines Freundes. Dadurch kommt es zu einer Auseinandersetzung zwischen beiden Männern, die darin gipfelt, daß Lenski seinen Freund Onegin zum Duell fordert. In diesem Duell tötet Onegin seinen Freund, er flieht und reist ruhelos in der Welt umher. Erst nach Jahren begegnet er dann seiner ehemaligen Verehrerin Tatjana in Petersburg als Frau des Fürsten Gremin wieder, der an der Seite dieser Frau tiefstes Glück gefunden hat. Bei diesem Wiedersehen entflammt nun Onegins Liebe zu Tatjana, die jetzt ihrerseits kühl auf seine Leidenschaft reagiert. Sosehr er sie auch bestürmt, sie erinnert ihn nur an den Schmerz, den er ihr zugefügt hat, und läßt ihn in seiner Verzweiflung zurück.

MUSIKALISCHE SCHWIERIGKEITEN

Der Kern dieser romantischen Oper wird durch das hervorstechende Leitmotiv Tatjanas geprägt, das schon in der Ouvertüre enthalten ist. Puschkins Werk über eine verlorene Liebe wird von Tschaikowsky mit russischen Volks- und Tanzliedern und unzähligen lyrischen Themen, die die romantische Handlung und die Hauptdarsteller beschreiben, erzählt. Musikalische Höhepunkte der Oper sind die Briefszene der Tatjana, sie öffnet einen bewegenden Einblick in das Herz eines jungen, verliebten Mädchens; der große Walzer im zweiten Akt sowie die pathetische und doch noble Arie Lenskis, in der er den Tod erwartet, und die Baßarie des Gremin, die ein Beispiel dafür ist, daß auch Tschaikowsky perfekt für die menschliche Stimme schreiben konnte.

Peter Tschaikowsky, Eugen Onegin, 1963. (97)

Schwierigkeiten findet man weniger in den Noten, sondern eher in der Frage nach der richtigen Besetzung und nach einem entsprechenden Interesse des heutigen Publikums nach dieser feinen, unübersehbar romantischen, ja sogar übertrieben sentimentalen Oper. Diese Romantik erfordert von den Sängern großes Gefühl. Dabei ist die Briefszene der Tatjana auch lang und enthält Phrasen, die mit einer weitreichenden Farbenpalette der Stimme gesungen werden müssen. Für eine Sängerin mit Begabung ist die Rolle lohnenswert. Olga, eigentlich eine Partie für einen Alt, hat keine auch nur annähernd so lange Passage, in der sie ihre Rolle stimmlich oder dramatisch entwickeln könnte, muß aber trotz ihrer einfachen Aufgaben in der Lage sein, eine Figur zu porträtieren, die ihrer Schwester, der Träumerin und Personifikation des mystischen Charmes einer humorvollen jungen Frau, für die sich Männer duellieren, ebenbürtig ist.

Onegin ist eine großartige Rolle, obwohl er oft als Schuft dargestellt wird. Schließlich ist er Gast bei seinem Freund Lenski, duelliert sich mit ihm und tötet ihn. Er weist vorerst die zarte Liebe Tatjanas zurück und versucht dann, wenn er sie später als Frau des Fürsten Gremin wiedertrifft, sie zu verführen. Die Rolle ist durch ihre Gegensätze schwierig zu porträtieren und der richtige, überzeugende Eindruck nicht leicht zu finden. Nur ein Sänger mit großer, starker Persönlichkeit kann vermeiden, daß diese Figur unsympathisch wirkt. Lenski hingegen kann sich in jedem Fall trotz seiner heißköpfigen Eifersuchtsausbrüche großer Sympathie und der Unterstützung des Auditoriums sicher sein. Nur im kanonähnlichen Duett vor dem Duell, in dem Lenski tödlich verwundet wird, vereinigen sich die Stimmen der Freunde und deuten eine echte Freundschaft an.

Fürst Gremin ist der alte Gatte, der sich nur glücklich schätzen kann, die liebevolle Tatjana an seiner Seite zu finden. Er und Lenski haben sowohl dramatisch als auch stimmlich die Chance, sich voll zu entwickeln und gewinnen daher leicht die Gunst des Auditoriums.

Den Chor und das Ballett hat Tschaikowsky in dieser Oper reich beschenkt. Damit EUGEN ONEGIN für den Besucher nicht lang wirkt, ist es ratsam, sich im vorhinein mit Puschkins Drama und wenn möglich auch mit der liebevollen und romantischen Musik Tschaikowskys auseinanderzusetzen. Wenn man das Glück hat, einen Dirigenten und eine Besetzung zu erleben, deren spezielle Fähigkeiten mit der superromantischen Musik harmonieren, dann kann man einen Theaterabend erleben, an dem man die Macht dieses Meisterwerkes schätzen lernt.

GIUSEPPE VERDI

IL TROVATORE

Uraufführung: 19. Januar 1853 in Rom

Personen:
Graf von Luna (Bariton) – Leonore, Gräfin von Sargasto (Sopran) – Azucena, Zigeunerin (Mezzosopran) – Manrico (Tenor) – Ferrando, Lunas Waffenträger (Baß) – Inez, Leonores Vertraute (Sopran) – Ruiz, Anhänger Manricos (Tenor) – Alter Zigeuner (Baß) – Bote (Tenor) – Soldaten, Zigeuner, Nonnen.

ZUR HANDLUNG

Vor dem Schloß des Grafen Luna warten der Feldhauptmann Ferrando und seine Leute auf den Grafen. Dabei wird eine Geschichte erzählt, die vom alten Grafen Luna handelt. Dieser hatte einst eine Zigeunerin verbrennen lassen, doch deren Tochter hatte sich an ihm gerächt, sich eines seiner Söhne bemächtigt, um diesen ins Feuer zu werfen. Doch, so wird gemunkelt, habe sie irrtümlich ihr eigenes Kind verbrannt und der Bruder Lunas wäre noch am Leben.

Der junge Graf Luna liebt die Gräfin Leonore, doch diese hat ihr Herz einem fremden Troubadour geschenkt. Als dieser bei ihr erscheint, ist auch der Graf zur Stelle, und die Rivalen begegnen einander mit dem Degen.

Dieser Troubadour namens Manrico ist der Sohn der alten Zigeunerin Azucena, jener rachevollen Zigeunerstochter aus der vom Volk überlieferten Geschichte. Tatsächlich erinnert sie sich in ihren Träumen immer wieder an einen Scheiterhaufen und fiebert davon, daß sie ihr eigenes Kind in die Flammen geworfen habe. Manrico erfährt, daß Leonore glaubt, Luna habe ihn getötet, und deshalb noch in derselben Nacht in ein Kloster gehen will. Sowohl Manrico wie auch Luna stürmen zum Kloster, wo Nonnen Leonore zum Altar geleiten. Manrico ist schneller und eilt mit Leonore davon.

Während Leonore bei dem Troubadour und den Zigeunern ist, fällt die Zigeunerin Azucena in die Hände der Soldaten Lunas. Sie wird als die alte Zigeunerin erkannt. Nun soll auch sie auf den Scheiterhaufen. Als Manrico vom Schicksal seiner Mutter erfährt, bricht er sofort auf, um sie zu befreien. Doch er bleibt erfolglos und wird mit seiner Mutter eingekerkert. Seine Geliebte Leonore erwirkt von Luna Manricos Leben, sie muß sich allerdings dafür selbst als Preis versprechen. Im Kerker sehnen sich inzwischen Manrico und seine Mutter nach der Freiheit, als Leonore eintritt und ihm die Begnadigung verkündet. Er erkennt, daß sie sich für ihn geopfert hat und stößt sie von sich. Leonore wird ihr Versprechen an Luna allerdings nicht einlösen, sie tötet sich selbst durch Gift. In rasender Wut befiehlt Luna, Manrico hinzurichten. Während dessen Haupt fällt, verkündet Azucena dem Grafen, daß er soeben seinen eigenen Bruder ermordet hat.

Obwohl IL TROVATORE in gewisser Weise in einer »Rohform« verblieb, wurde diese Oper zu einem Trumpf-As des Opernrepertoires. Innerhalb der Werke Verdis stellt TROVATORE allerdings eine Oper dar, von der man oft behauptet, daß sie von Verdi überarbeitet hätte werden sollen. Ähnliches hatte auch Richard Wagner gemacht, als er seinen TANNHÄUSER in späteren Jahren mit der Reife seiner Erfahrung neu gestaltete. Dabei hätte Verdi die sehr einfach und zufällig klingenden Rezitative und einige relativ vulgäre und dünne musikalische Phrasen, die auf einem... dominierenden »um-pa-pa« basieren, und im krassen Gegensatz zu den göttlichen Melodien stehen, die in dieser Komposition auch enthalten sind, verbessern können. Obwohl es zu dieser Überarbeitung nicht kam und trotz aller jener Kritiken, die sich gegen das Libretto wenden, das oft als zu komplex, ja sogar als unsinnig bezeichnet wurde, ist IL TROVATORE eine der populärsten und am häufigsten aufgeführten Verdi-Opern überhaupt. Auch Wissenschaftler haben sich den Kopf über die Frage zerbrochen, ob IL TROVATORE nun eine gute oder schlechte Oper ist, und man ist zu dem Resultat gekommen, daß sie beides ist. Sicherlich ist sie aber eine der mitreißendsten, spontansten und beeindruckendsten Werke, die in ihrer Wirkung jede tatsächliche oder auch eingebildete Schwäche des Buches hinwegfegt.

An erster Stelle der musikalischen Schöpfungen in diesem Werk steht der Charakter der Azucena, die schon durch die wirkungsvolle Ballade »Stride la vampa« charakterisiert wird. Die Wirkung ihrer musikalischen Charakterisierung ist jener der anderer Verdi-Heroinen, wie der Amneris und auch sogar Wagners Ortrud ähnlich. Darüber hinaus enthält die Partitur noch eine große Anzahl göttlicher Melodien, die den oberflächlichen Arbeitsstil und die kurze Zeit, die Verdi dieser Oper zuwandte, völlig vergessen lassen. Man braucht dabei nur an die herrlichen Arien der Leonore, an Lunas Arie, den Amboßchor und vor allem Manricos »Di quella pira!« zu denken. Wenn auch die Zusammenhänge zwischen diesen Arien und damit die Geschichte selbst konfus und unglaubwürdig klingen mag, die Melodien sind es wert, gehört zu werden.

Die Schwierigkeiten mit dem Buch verursachen auch jedem Regisseur, der an IL TROVATORE arbeitet, große Probleme. Eine Oper, in der keine komplexen, tiefenpsychologischen oder abstrakten Inhalte zu präsentieren sind, muß so inszeniert werden, daß sich ein ansprechendes Rahmengerüst für die hervortretenden Musikpassagen ergibt. In vielen Produktionen wird daher die Szenerie realistisch, beeindruckend und farbenprächtig dargestellt. Dabei ergeben sich in der Umgebung des Palastes Aliaferia und dem Zigeunerlager, das sich am Fuße eines Berges im Biscayagebiet befindet, genügend Gelegenheiten für Regisseur und Bühnenbildner. Darüber hinaus kann man extravagante und der Zeitepoche entsprechende Kostüme, realistische Degengefechte, beeindruckende Beleuchtungseffekte und Projektionen verwenden. Mit einem Wort, diese Oper kann aufregend, blutrünstig und wirkungsvoll inszeniert werden.

Die Widerstandsfähigkeit und erwiesene Unzerstörbarkeit der musikalischen Schönheit, die Verdi in Opern wie RIGOLETTO, LA TRAVIATA und IL TROVATORE gelegt hat, haben auch alle Anschläge moderner Inszenierungstechniken überstanden. Eine der erfolgreichsten Inszenierungen überhaupt war die von Herbert von Karajan sorgfältig vorbereitete und imposant produzierte Inszenierung in Salzburg, die in starken, großartigen und doch einfachen Dekorationen spielte und Karajans musikalische Perfektion einschloß, die die zerrissene Struktur in eine überzeugende Geschichte und aufregende Oper verwandelte.

Jeder Opernbesucher, der einer Vorstellung dieser Oper folgt, wird natürlich seine Aufmerksamkeit der berühmten Stretta des Manrico und dem gefürchteten hohen C am Ende dieser Stretta zuwenden. Wahrscheinlich haben auch Sie sich schon einmal gefragt, ob der Tenor tatsächlich das hohe C am Ende der Stretta gesungen hat. Viele Sänger schwindeln an dieser Stelle und transponieren das gefürchtete Ende einen Halbton oder sogar einen ganzen Ton nach unten. Aber was macht das eigentlich aus, wenn der Tenor insgesamt überzeugend und beeindruckend singt? Welche Rolle spielt da die Tonart, in der »Di quella pira?« wirklich gesungen wird? Dabei soll auch nicht unerwähnt bleiben, daß es für den Sänger viel schwieriger ist, die große lyrische Arie vor der Stretta, »Ah si, ben mio...« überzeugend zu gestalten und schön zu singen.

DON CARLOS

Uraufführung: 11. März 1867 in Paris

Personen:

Philipp II., König von Spanien (Baß) – Elisabeth von Valois, seine Gemahlin (Sopran) – Don Carlos, Infant von Spanien (Tenor) – Rodrigo, Marquis von Posa (Bariton) – Prinzessin von Eboli (Mezzosopran) – Der Großinquisitor (Baß) – Ein Mönch, früher Karl V. (Baß) – Graf von Lerma (Tenor) – Tebaldo, Page der Königin (Sopran) – Eine Engelstimme (Sopran) – Mönche, sechs flandrische Abgeordnete (Bässe) – Hofstaat, Pagen, Wachen, Volk.

ZUR HANDLUNG

DON CARLOS handelt von der Liebe des Prinzen Don Carlos zu Elisabeth, einer Frau, die aus Gründen der Staatsräson mit seinem eigenen Vater, dem König von Spanien, verheiratet wurde. Don Carlos ist nicht nur dabei ein Gegenpol seines Vaters, Philipp II., sondern er tritt ihm auch in der Frage der Unabhängigkeit Flanderns entgegen.

Don Carlos, dessen heiß entbrannte Liebe zu Elisabeth unerfüllt bleiben muß, drängt es, aus Enttäuschung in ein Kloster einzutreten. Er wandelt im Kreuzgang des Klosters von San Juste, wo ihm die Stimme eines merkwürdigen Mönches Trost verheißt. Carlos' Freund, der Marquis von Posa, erinnert ihn an seine staatsmännischen Pflichten und drängt ihn, sich des Volkes und des unterdrückten Flandern anzunehmen. Carlos willigt ein, bei seinem Vater zu intervenieren. Posa erbittet daher bei Königin Elisabeth eine Audienz für Carlos. Sie empfängt ihn tatsächlich und verspricht auch, sich bei Philipp für seine Entsendung nach Flandern einzusetzen. Aber Carlos bedrängt sie auch mit seiner Liebe, doch sie weist ihn zurück: er ist jetzt ihr Sohn.

Philipp empfängt Posa und beginnt ihm, der von den Zuständen in Flandern berichtet, zu vertrauen. Nach einer Unterredung beauftragt er Posa in eigener Sache: Philipp mißtraut Elisabeth und Carlos, Posa soll herausfinden, ob eine unerlaubte Beziehung zwischen Carlos und Elisabeth besteht.

Bald erhält Carlos ein Schreiben, das ihn in einen Pavillon im Garten des Schlosses bestellt. Er hofft dabei auf ein Rendezvous mit Elisabeth, doch es erscheint unerwartet die Prinzessin Eboli, eine Hofdame, die Carlos liebt. Carlos weist sie aber zurück und verrät dabei aus Enttäuschung seine verbotene Liebe zu Elisabeth. Beleidigt schwört Prinzessin Eboli Rache.

Auf dem Platz vor der Kathedrale wird ein Autodafé, die Verbrennung von Ketzern, vorbereitet. Das Volk, Geistliche und der Hof haben sich versammelt, um diesem gräßlichen Schauspiel beizuwohnen. Als Philipp den Platz betritt, wirft sich eine Abordnung flandrischer Edler dem einziehenden König vor die Füße und fordert Freiheit für die Provinz Flandern. Carlos selbst stellt sich an ihre Spitze und heischt die Provinzen als Lehen. Hohnvoll verweigert dies der König, da zieht der Infant, außer sich über die Demütigung, den Degen. Philipp befiehlt, ihn zu entwaffnen, aber keiner der Edlen wagt dies, bis Posa mit den Worten vortritt: »Mir den Degen!« und diesen dann kniend dem König überreicht.

Bald erkennt Philipp das Schicksal seiner Einsamkeit, die mangelnde Liebe seiner Frau und den Standpunkt seines Sohnes. Da tritt der Großinquisitor ein und fordert den Kopf des Infanten sowie den von Posa. Auch der König muß gehorchen, Philipp beugt sich der Kirche. Als Folge der Sticheleien der Prinzessin Eboli läßt Philipp Elisabeths Schatulle entwenden und zwingt sie, das Kästchen in seinem Beisein zu öffnen. Als sie dies verweigert, erbricht er es selbst; ein Bild des Infanten fällt heraus. Elisabeths Gefühle sind verraten, ohnmächtig sinkt die Beschimpfte zu Boden. Der König ruft um Hilfe, Prinzessin Eboli und Posa stürzen herein. Die Eboli, später mit Elisabeth allein, gesteht ihren Verrat und will im Kloster ihre Schuld büßen.

Inzwischen besucht Posa seinen Freund Carlos im Kerker und verkündet ihm die Rettung. Um ihn zu befreien, habe er den Verdacht auf sich gelenkt, alle sind überzeugt, daß er, Posa, an der Spitze der Aufwiegler steht. Da fällt ein Schuß, Posa ist tödlich getroffen und stirbt in den Armen seines Freundes. König Philipp kommt selbst, um Carlos Degen und Freiheit wiederzugeben, voll Abscheu stößt Carlos Posas Mörder von sich. Eine herbeistürmende Volksmenge, die ihn befreien will, wird durch das Erscheinen des Großinquisitors in die Knie gezwungen.

Die Liebe zwischen Carlos und Elisabeth kann in dieser Welt keine Erfüllung finden, und Don Carlos und Elisabeth nehmen vor dem Kloster von San Juste Abschied für immer. Carlos ruft die Pflicht, er will nach Flandern gehen und die Rolle seines ermordeten Freundes übernehmen. Doch da erscheinen der König und der Großinquisitor. Der Kardinal befiehlt, den Prinzen zu ergreifen, und die Wachen stürmen auf Don Carlos ein, der in Richtung auf das Kloster zurückweicht. In diesem Augenblick erscheint der geheimnisvolle Mönch in der Pforte und zieht Carlos zu sich.

MUSIKALISCHE SCHWIERIGKEITEN

Bei DON CARLOS gibt es immer die Diskussion darüber, ob man die ursprüngliche Pariser Version aus dem Jahr 1867 mit dem Fontainebleau-Akt oder die überarbeitete Version aus dem Jahr 1884 zur Aufführung bringen soll. Aus der Sicht des Sängers enthalten beide Versionen viele Herausforderungen, aber keine Stellen, von denen man sagen könnte, daß sie wirklich schwierig wären. DON CARLOS wird von vielen als Verdis bestes Werk bezeichnet, für mich war Carlos in vielfacher Hinsicht meine liebste Verdi-Rolle. Vor allem aus der Sicht der Rollengestaltung hat der Tenor in dieser Oper mehr Möglichkeiten, seinen Charakter zu porträtieren, als sonst bei Verdi. Trotzdem wünschte man sich mehr. In der überarbeiteten Version wird dem Titelhelden nur eine kurze Arie am Beginn der Oper zugestanden und diese Arie kann nur schwerlich als effektvoll bezeichnet werden. Später hat der Tenor die Möglichkeit, sich in Ensembles und vor allem in Duetten zu profilieren. Die Rolle bewegt sich meistens in einem Bereich, der seinen Höhepunkt beim H hat und unterscheidet sich daher von anderen Verdi-Rollen, beispielsweise der des Radames, die nur bis zum B reichen.

Giuseppe Verdi, Don Carlos, 1961.
Jess Thomas und Hildegard Hillebrecht. (97a)

Die anderen Rollen enthalten mehr Rosinen für die Darsteller, und mit ihnen sind auch schon die schwierigsten Schlüsselstellen aufgezählt: Elisabeth hat eine Romanze im ersten und eine großartige Arie im vierten Akt. Eboli hat zwei spektakuläre Auftritte, das liebliche Lied vom Schleier »Nei giardin, del bello« im zweiten Akt und den Traum jeder Mezzosopranistin, die spektakuläre Arie »O, don fatale« im vierten Akt. Auch Philipp hat viele Möglichkeiten, stimmlich zu brillieren, es gibt ein Duett mit Posa im zweiten Akt und vor allem die berührende Arie »Ella giammai m'amo«, die von einer nicht minder beeindruckenden Szene mit dem Großinquisitor gefolgt wird. Posa wiederum erhält seinen Stellenwert durch die Duette mit Carlos und Philipp und der herzerweichenden Todesszene im vierten Akt. Alles in allem enthält das Werk eine Menge Partien mit außergewöhnlichen Möglichkeiten für die Sänger, die durch den typischen warmen Klangteppich der späten Verdi-Kompositionen unterstützt werden. Einzig die Länge der Oper kann manche Sänger in Probleme bringen. Probleme, die sich aber schon dadurch in Grenzen halten, daß jeder der Solisten durch den Chor, die kleinen Rollen und die optimal aufgeteilten Szenen genügend Ruhepausen erhält.

Für meinen Geschmack sind Verdis Opern von einer klassischen Qualität, die vom Sänger geradezu perfekte Disziplin erfordert. Man muß sich streng an das Buch halten und darf sich nicht durch die leider von manchen Sängern geübte Praxis, Verdis klar definierten Vorschriften an den Sänger zu ignorieren, ablenken lassen. Die Freiheiten, die sich einige Künstler gerade bei Verdi in bezug auf Phrasierung, Verschleppungen und eigenwillige Bravourakte nehmen, sollten junge Sänger nicht als Standard ansehen, dem sie folgen sollten. Oper wird nicht dadurch perfekt und groß, daß sich ein Sänger selbst Bravourakte einbaut. Die meisten großen Dirigenten lassen eine derartige Vergewaltigung der großartigen Partituren Verdis ohnedies nicht zu, und der Sänger sollte sich eher die perfekte Hingabe an die Kunst als Ziel erwählen, als spektakuläre Extravaganzen.

INSZENIERUNGEN

Verdis ausgezeichnetes Gefühl für Dramatik wird schon durch die Tatsache belegt, daß er sich in seinen Werken sehr oft an die großartigen Texte von Schiller hält. Viele bedeutende Regisseure sind sogar der Meinung, daß die Oper DON CARLOS in vielfacher Hinsicht logischer und konsequenter konstruiert ist als Schillers Drama. Denselben Kommentar konnte ich übrigens auch über OTHELLO von niemandem Geringeren als dem Direktor des Englischen Nationaltheaters, Peter Hall, hören.

Verdi wählte den Stoff klassischer Meisterwerke gerne als Grundlage für seine Libretti und erreichte dadurch eine Qualität der Textgrundlage sowie eine beständige Gültigkeit der in diesen Dramen behandelten Probleme, die in italienischen Opern sonst nur selten zu finden ist. Die in seinen Opern behandelten Probleme werden in derart profunder Tiefe beleuchtet, daß selbst die Umgebung einer speziellen Inszenierung sekundär wird und gegenüber dem inneren Drama in seinen Werken in den Hintergrund zu treten hat. DON CARLOS ist sicherlich ein Beispiel für ein Werk, das in vielen verschiedenen, gegensätzlichen Inszenierungen auf die Bühne gebracht wurde. Ich sang in zwei Inszenierungen, in München und in Stuttgart, und sah viele, viele andere. Manche waren großartig und reich an Dekoration, andere eher sparsam und ökonomisch. Das Bühnenbild bestimmt die Stimmung, in der der Regisseur seine Personen zu führen hat, und gibt daher schon viel vor. Häufig orientieren sich sowohl Bühnenbild wie auch Regie an den Prinzipien der strikten Etikette des spanischen Hofes jener Zeit. Auch ich stimme generell mit George Reinhardt überein, der in Rudolf Hartmanns Buch »Oper – Regie und Bühnenbild heute« über seine Inszenierung schreibt: »... Diesem Bühnenraum der Strenge und Geradlinigkeit versuchte ich nun mit meinem Regiekonzept gerecht zu werden. Ohne opernhaften Pomp und sinnlosen äußerlichen Aufwand erfolgte die Darstellung der Geschichte des Don Carlos – ohne zusätzlichen interpretatorischen Hintergrund – in einer sehr strengen, jedoch keineswegs starren und gekünstelten Form der Stilisierung. Solo- wie auch Chorszenen waren in jeder Beziehung sehr streng und ohne überflüssige Bewegungen aufeinander abgestimmt...«

In diesem Stil und dieser Atmosphäre war auch die DON CARLOS-Inszenierung, in der ich in München unter der Leitung von Hans Hartlieb auftrat, gehalten. Diese Produktion verwendete die damals noch neue Technik der »Seitengassenbeleuchtung«, durch die starke Licht- und Schatteneffekte erzeugt werden konnten, in denen die Sänger durch ihre Bewegung interessante Effekte hervorriefen.

Eine einigermaßen schwierige Aufgabe an die Regie ergibt sich in der Autodafé-Szene, in der man, je nach grundlegender Anschauung des Regisseurs, alles von der abstrakten Darstellung der Projektion mit flackernden Lichtern und bewegten Bahnen von Seide bis zur schon realistischeren Lösung mit Feuer aus Dampfdüsen, ja sogar echten Spiritusflammen und in einigen seltenen Fällen der scheinbaren Einhüllung der gesamten Bühne in Flammen mit Hilfe von Kolophonium antreffen kann. Meine eigene Interpretation der Rolle von Don Carlos basierte auf der Meinung, daß Carlos ein wohl interessant zu porträtierender, aber doch schwacher, ja sogar ›schiefer‹ Held ist. Ein wesentliches Element der Regie ist natürlich die erfolgreiche Inszenierung der tragischen Dreiecksgeschichte Philipp – Elisabeth – Carlos. Darüber hinaus müssen noch die großen Konflikte der gesellschaftlichen Intrigen und dem Gegensatz zwischen der Macht und der Liebe, der Kirche und des Staates, in dem die Personen gefangen werden, dargestellt und herausgearbeitet werden. Das bedeutet nicht automatisch, daß die andere Handlung und die anderen Charaktere vom Regisseur vernachlässigt werden können, aber diese müssen sich dem Zweck des Hauptdramas unterordnen.

Verdi schuf eine musikalische Beschreibung der Zwänge am spanischen Hof, des durchdringenden Einflusses der Kirche und der liebevollen Hingabe, aber auch der alles zerstörenden Liebe und Eifersucht der Menschen. Das einzige, mit dem sowohl die Sänger und der Regisseur auskommen sollten, sind Verdis Partitur und seine genauen Hinweise für die Aufführung.

AIDA

Uraufführung: 24. Dezember 1871, Kairo

Personen:
Der König (Baß) – Amneris, seine Tochter (Mezzosopran) – Aida, äthiopische Sklavin (Sopran) – Radames, Feldherr (Tenor) – Ramphis, Oberpriester (Baß) – Amonasro, König von Äthiopien, Aidas Vater (Bariton) – Ein Bote (Tenor) – Eine Tempelsängerin (Sopran) – Priester, Priesterinnen, Minister, Soldaten, Hauptleute, Sklaven, gefangene Äthiopier, Volk.

ZUR HANDLUNG

Die Hauptpersonen dieser Oper sind Radames, ein ägyptischer Feldherr, seine Geliebte Aida, eine äthiopische Sklavin, sowie Amneris, die Tochter des ägyptischen Königs, die Radames liebt. Radames verstrickt sich im Gegensatz zwischen seinen vaterländischen Pflichten als Feldherr und seiner Liebe zu einer Sklavin aus Feindesland.

Ägyptens Oberpriester Ramphis verkündet Radames, daß man einen Feldherrn gewählt habe, der das ägyptische Heer gegen die Äthiopier anführen soll. Radames träumt davon, dieser Anführer sein zu können, denn er möchte seiner Geliebten Aida siegreich gegenüberstehen. Er, der tatsächlich auserwählt wird, erhält von der Tochter des Königs, die ihn liebt, die Feldherrninsignien. Aida aber ist bestürzt: ihr Geliebter wird gegen ihren Vater und ihr Vaterland kämpfen, und doch kann sie ihm nicht Verderben wünschen.

Während die siegreichen Krieger vom Kampf zurückerwartet werden, träumt die Königstochter von ihrem Radames. Doch auch sie hat inzwischen Verdacht geschöpft und ahnt Aidas Zuneigung zu Radames. Ihr Verdacht erhärtet sich und sie erzählt der Sklavin, Radames sei gefallen. Aidas Schmerz ist nicht zu verkennen und verrät sie.

Die heimkehrenden Truppen werden vor dem Stadttor vom König, von den Priestern und dem Volk erwartet. Sie kehren in einem Triumphzug mit erbeuteten Schätzen und den Gefangenen heim. Hinter dem siegreichen Feldherrn Radames kommen die gefangenen Äthiopier, unter denen Aida ihren Vater Amonasro erkennt. Radames aber erhält als Sieger Amneris Hand, nach seinem Triumph wird er der künftige Herrscher Ägyptens werden.

Am nächtlichen Ufer des Nil tönen leise Gesänge der Priester. Amneris betet vor ihrer Hochzeit im Isis-Tempel. Auch Aida erscheint dort, sie will sich noch einmal mit Radames treffen. Doch vorerst tritt ihr Vater aus dem Dunkel und verlangt von ihr, den Geliebten, der erneut gegen Äthiopien rüstet, für ihre Sache zu gewinnen. Aida soll Radames den Aufmarschplan seiner Truppen entlocken, doch Aida lehnt dieses Ansinnen ab. Endlich erscheint Radames, und Amonasro verbirgt sich, während Aida den Geliebten zur gemeinsamen Flucht zu überreden versucht. Auf ihre Frage, wohin sie sich wenden sollen, verrät ihr Radames unbewußt den Aufmarschweg der Ägypter. Triumphierend stürzt da Amonasro aus seinem Versteck hervor und gibt sich zu erkennen. Während Amonasro mit Aida flieht, stellt sich Radames den herbeigeeilten Kriegern als Verräter.

Nun steht nur mehr Amneris zum einstigen Helden. Sie beschwört Radames, der zu Gericht geführt wird, sich zu rechtfertigen, denn sie will Vergebung für ihn erwirken. Dreimal ertönt die Anklage der Richter, doch Radames schweigt und wird zum Tode verurteilt.

Radames wird in einem Tempelgewölbe eingeschlossen. Den sicheren Tod vor Augen, sehnt er sich in seiner Gruft nach Aida, als diese plötzlich aus dem Dunkel auftaucht. Sie hat sich eingeschlichen, um mit Radames den qualvollen Tod zu sterben. Während das Paar vereint vom Leben Abschied nimmt, ertönen von ferne Gesänge der Priester, und Amneris, die verzweifelt an der Pforte des Grabes zusammengebrochen ist, murmelt Gebete: »Frieden, Frieden.«

MUSIKALISCHE SCHWIERIGKEITEN

»Wer den Höhepunkt der italienischen Oper kennenlernen möchte, sollte die Partituren der letzten drei Opern von Verdi, AIDA, OTHELLO und FALSTAF, zur Hand nehmen. Von diesen drei Opern ist die erste, AIDA, die einzige, die die Formen der alten Schule bewahrt. Sie ist daher heute und für alle Zeit das beste Beispiel für die italienische Oper, die sich durch ihre bewundernswertesten Eigenschaften etabliert hat.« Dieses Zitat aus einem Aufsatz über die Geschichte der AIDA von W. J. Henderson, soll meine Ansicht unterstreichen, daß es nicht sinnvoll ist, eine Liste von musikalischen Schwierigkeiten in AIDA aufzustellen. Verdi erreichte mit AIDA eine derartige Meisterschaft in seiner Kompositionstechnik, daß jede Schwierigkeit, die sich Dirigenten, Sängern oder Regisseuren stellen mag, in deren eigenen Unzulänglichkeiten zu suchen wäre.

Natürlich gibt es auch in dieser Oper Herausforderungen, mit denen individuelle Darsteller nur unterschiedlich fertig werden. Der Erfolg einer Vorstellung hängt vom Bewältigen dieser Probleme ab, und es lohnt sich daher doch, einige Stellen anzuführen, die für den Besucher einer AIDA-Aufführung von Interesse sind. Allen voran werden die Darsteller der drei Hauptrollen, Aida, Amneris und Radames mit Rollen konfrontiert, die schon in der Länge und in ihren stimmlichen Anforderungen das übliche Maß übertreffen.

AIDA hat einen Höhepunkt im ersten Akt mit der imposanten Arie »Ritorna vincitor!«. Sie ist sicherlich einfacher zu singen als die höher liegende Arie »O ciele azzurri« in der Nilszene im dritten Akt, weil diese ein gefürchtetes »sanftes« hohes C enthält. Man könnte meinen, daß ein hohes C für einen Sopran kein Problem darstellen sollte, aber ich habe selbst die größten und erfahrensten Künstlerinnen dabei beobachtet, in dieser Szene das richtige Gemisch von Kraft und Zartheit nur mit Schwierigkeiten zu finden. Ich weiß also, daß dieser Augenblick eine Sekunde der Wahrheit für jeden Sopran darstellt.

Auch Radames blickt einer echten Herausforderung in Gestalt der bekannten Arie »Celeste Aida« ins Auge. Dieses musikalische Glanzstück erklingt schon nach nur zwei Partiturseiten, am Beginn der Oper, und es stellt sich immer die Frage, ob man sich für diese Arie gut genug einsingen kann, ohne dabei zu riskieren, vor dem Ende der Oper zu ermüden. Die Arie endet mit einem gefühlvollen hohen B, das bei jeder Aufführung viel Aufmerksamkeit erregt.

Aida und Radames haben gemeinsame Duette, solche mit Amneris und Amonasro, und treten auch in einigen Ensembles auf, in denen sie viele Facetten des stimmlichen Ausdruckes zur Geltung bringen müssen. Amneris hat auch eine substantielle Rolle im dramatischen Ablauf dieser Oper und zusätzlich eine lange und schwierige Szene im vierten Akt, die einen der Höhepunkte für Mezzosopranistinnen in der ganzen Opernliteratur darstellt. Auf den ersten Blick könnte man in Amonasro eine kurze Rolle mit nur einer kleinen Szene im zweiten Akt vermuten. In der Nilszene im dritten Akt wird in dieser Rolle allerdings ein echter dramatischer Verdi-Bariton mit großer Durchschlagskraft, einer sehr dehnungsfähigen Stimme und großem Volumen verlangt. In einer langen Szene ergibt sich das wunderbare Duett mit Aida »Ciel! mio padre!« sowie das dramatische Terzett mit Aida und Radames.

Die zwei Bässe, Ramphis und der König, müssen sichere Spitzenstimmen mit noblem Timbre besitzen.

Verdi hatte sich bei AIDA schon vom Stil seiner frühen Opern gelöst und das Orchester zu einem wesentlichen Faktor gemacht. Es ist reicher instrumentiert und die Musik ist wärmer und ausdrucksfähiger als in seinen Frühwerken. Der Dirigent, der es schafft, Verdis Orchestermusik in gleichmäßigem Glanz zu präsentieren und die großen Chöre und Solisten perfekt in eine Einheit einzubinden, beschert dem Auditorium einen großen Opernabend.

INSZENIERUNGEN

Jedermann, der eine der bemerkenswerten Freiluftaufführungen von AIDA, wie beispielsweise jene in Verona, gesehen hat, weiß, daß in dieser Oper die Anzahl der Personen und der Tiere, die auf die Bühne gebracht werden können, unbeschränkt ist. Keine andere Oper bietet solche Möglichkeiten, ein Spektakel mit Elefanten, Sklaven, Tänzern usw. zu zeigen. Ich habe in praktisch jeder möglichen Inszenierung von AIDA, vom provinziellen einfachen Stil bis zur kreativen und doch improvisierten »Instant-Aufführung« mitgewirkt. Innerhalb dieser Extreme liegen auch die traditionellen Inszenierungen an der alten Met und in Wien.

Obwohl in AIDA keine großen Weltengleichnisse enthalten sind, bieten die perfekt in der Musik aufgearbeiteten Gefühle der Einzelpersonen doch Ansatz für jede Inszenierung, aus Aida mehr als nur ein großes Massenspektakel zu machen. Die scharfe und bewegende Charakterisierung der einzelnen Rollen mag im Rahmen der unglaubwürdigen Handlung wohl nicht leicht zu bewältigen sein, darf aber keineswegs untergehen. Als Grundlage für einen Vergleich eignen sich zwei Inszenierungen, in denen ich selbst gesungen habe. Eine ist die Inszenierung anläßlich der Eröffnung des Münchener

Nationaltheaters, die andere jene Wieland Wagners anläßlich der Wiedereröffnung der Deutschen Oper in Berlin. Beide Inszenierungen waren auf ihre Art revolutionär, und doch waren sie konträr.

Die Münchner Inszenierung von Hans Hartleb spielte in Dekorationen von Helmut Jürgens. Sie war reichlich in goldenen Farben ausgestattet, enthielt lebhafte rote Kostüme für die Äthiopier und weißgoldene für die Ägypter. Die Bewegungsregie Hartlebs schrieb sowohl für die Solisten als auch für den Chor eine halb stilisierte Form vor, die als Bindeglied zu der förmlichen Umgebung wirken sollte. Diese stellte eine große, florierende Kultur, die stolz auf ihre Ordnung und Errungenschaften ist, dar. Die Regie verfolgte das Ziel, jeder Szene mit Chor, Statisten und Solisten eine eigene Aussage zuzuordnen. Dadurch entstanden in sich abgeschlossene Szenen, mit ins Detail gehender Deutung des Textes und der Musik. Selbst Soloszenen und Duette fanden einen entsprechenden Rahmen, wurden hervorgehoben und boten dem Zuseher einen verstärkten, übernatürlichen Eindruck. Der einzelne Künstler wurde nicht allein in die Schlacht geschickt, hatte nicht nur seine Rolle darzustellen, sondern er wurde zu einem Teil der gesamten Aussage. Insgesamt entstand dadurch ein großartiger, bewegter, schöner und teilweise unrealistischer Eindruck. Das menschliche Drama in Aida wurde dabei nicht ignoriert oder gar unterdrückt, wurde aber durch die erdrückende Macht der Szenerie sekundär. Diese Münchner Inszenierung war zweifellos die spektakuläre und glänzende Vorstellung, die dem Anlaß einer festlichen Eröffnungsnacht entsprach. Eine Folge von perfekten, großartigen, bunten, überlebensgroßen Szenen, die der Verführung erlag, ein riesiges revueartiges Bilderbuch mit Musikbegleitung zu sein.

Mehr eigene Gefühle und mehr Engagement an dieser Musik und an dem Drama fand ich in Wieland Wagners Inszenierung in Berlin. Nur zwei Mitwirkende waren in beiden Aufführungen gleich: Karl Böhm und ich. Münchens Aida war Hildegard Hillebrecht, Amneris Herta Töpper und Amonasro George London. Obwohl die Musik dieselbe und der Dirigent derselbe waren, fühlte ich, und ich glaube auch ein Besucher, der in beiden Aufführungen gewesen sein mag, daß es sich hierbei um zwei völlig unterschiedliche Opern handelte. Beide Aufführungen waren bewundernswert, aber eine setzte den Schwerpunkt auf den Pomp und den Glanz der Handlung, die andere hingegen auf die inneren menschlichen Konflikte und Tragödien, die die Musik trägt. Die eine Inszenierung wirkte brillant, in glänzendem Überschaum des Tageslichtes, die andere dunkel, dramatisch, in meisterhafter Beleuchtung, die die Macht der Nacht verstärkte. In München fühlte ich mich vom Glanz und der Schönheit der Kostüme und der Dekoration überwältigt. Ich wurde durch sie gezwungen, meine Bewegungen und mein Spiel der unrealistischen Umgebung anzupassen. In Berlin hingegen kam mir weder Dekoration noch Kostüm zu Bewußtsein. Ich fühlte eher die Umgebung, die durch sie geformt wurde, und empfand keinerlei Einschränkungen in meinem Spiel, das sich dann natürlich nach der gloriosen Musik richtete.

In allen Inszenierungen gab es ein erstklassiges Ballett. In AIDA ist das Ballett oft ein Glanzpunkt des Abends. Der Opernbesucher, der Aida zum ersten Mal sieht, wird in einer guten Inszenierung alle jene Dinge wiederfinden, die eine große Inszenierung ausmachen: eine Dekoration, die Atmosphäre schafft, die den Geist der Musik trägt und diesem Entwicklungsraum läßt; darüber hinaus soll man, unter Berücksichtigung des eigenen Platzes im Auditorium, einen klaren, beeindruckenden Gesamteindruck des Bühnenbildes erhalten können und in den Bewegungen des Chores und der Solisten keine unnötige Unruhe finden. Über allem steht aber die Forderung an ein Minimum an ablenkenden, unmotivierten und verwirrenden Bewegungen. Sparsamkeit war schon immer das Kennzeichen eines guten Regisseurs, sie stellt keineswegs nur einen Mangel an Aktion oder Leblosigkeit dar. Bewegung und Choreographie sollten Elemente einer Inszenierung sein, die dem Drama und der Musik dienen und keineswegs irgendeinem zufälligen oder willkürlich festgelegten Muster folgen, das dem Zuseher den Eindruck verschafft, eher ein Tennismatch als eine Opernaufführung beobachtet zu haben.

GENERELLES ÜBER SCHWIERIGKEITEN IN WAGNERS WERK

Die Opern Richard Wagners halten für die Musiker, Operndirektoren und Manager, aber auch für das Publikum Schwierigkeiten bereit, die sich von Opern anderer Komponisten wesentlich unterscheiden. Eines der wichtigsten Probleme beschert uns Richard Wagner mit seiner Orchestrierung. Ein ordentliches Wagner-Orchester auf die Beine zu stellen, war schon seit eh und je eine Herausforderung für jedes Opernhaus. Allein die Anzahl der Instrumente im Orchester überschreitet bei weitem jene in einem normalen Opernorchester, so daß viele Opernhäuser spezielle Adaptierungen vornehmen mußten, um das Orchester überhaupt im Orchestergraben unterzubringen. Aber nicht nur die Anzahl der Instrumente im Orchestergraben, sondern auch die neuen Instrumente, die Wagner erfand, um sie in seinem Orchester zu verwenden, sind überdimensional. Mit der Größe des Orchesters wächst natürlich nicht nur der Orchestergraben, sondern auch die Summe der Gagen für die Musiker. Schon allein wegen dieser Probleme wurden Wagners Werke oft in reduzierter Besetzung aufgeführt. Viele Opernhäuser wurden, wollten sie eine originalgetreue Orchesterierung garantierten, gezwungen, die ersten Reihen im Auditorium zu entfernen, um das Orchester unterzubringen. Eine derartige Aktion verringert natürlich die Gesamtanzahl der Sitze und damit die Höhe der Einnahmen, und das ist besonders bei den ohnedies schon teuren Wagner-Produktionen schmerzlich. Andere Theater schlossen einen Kompromiß und vergrößerten den Orchestergraben in Richtung Bühne, aber das ist aus technischen Gründen meist sehr schwierig und behindert häufig den Bühnenbetrieb. Wagner schuf jedenfalls ein Orchester, dessen Anforderungen weit über denen eines Mozart oder selbst Verdi liegen, und er schuf damit nicht unerhebliche Probleme. Obwohl einige der französischen Zeitgenossen Wagners und auch Richard Strauss ebenfalls große Orchester verwendeten, war Wagner der Erfinder des großen Opernorchesters. Er verwendet die komplette Instrumentierung eines Symphonieorchesters, und das ist nicht verwunderlich, denn sein Kompositionsstil war symphonisch ausgerichtet. Daraus resultiert auch der berühmte breite Klang.

In breiten Kreisen der Öffentlichkeit ist dieser füllige Klang des Wagner-Orchesters genauso bekannt wie die sprichwörtliche Länge der Wagner-Opern. Sicherlich sind auch einige Opern Mozarts nicht gerade kurz, aber Wagner schaffte es, alle Rekorde zu brechen. Selbst er bewunderte sein Publikum, das es fertigbrachte, viele Stunden über die normalerweise übliche Zeit im Auditorium auszuharren. Die Länge dieser Opern verursacht ebenfalls in vielen Bereichen Probleme. Besonders amerikanische Opernhäuser haben dadurch nicht unerhebliche Schwierigkeiten mit ihren Gewerkschaften, die die Länge der Proben und auch Aufführungen reglementieren. Nur Wagner läßt sich durch keine Gewerkschaft reglementieren. Die Aufführungen müssen auch, um ein Ende zu einer vertretbaren Zeit zu garantieren, relativ früh beginnen, und das bringt im normalen Opernbetrieb Terminkollisionen mit dem Probenbetrieb und verursacht auch dem Besucher Unbill, da er sich meist zur Zeit der Verkehrsspitze zum Opernhaus vorzukämpfen hat und oft erschöpft und ermüdet dort eintrifft. Wenn die Oper so lange dauert, werden auch die Musiker müde, was dazu führt, daß in einigen Opernhäusern die Musiker im dritten Akt durch ein neues Team ersetzt werden. Der Zeitplan für ordentliche Bühnen- wie Orchesterproben ist ein Alptraum für jedes Opernhaus und auch der Dirigent hat es dabei nicht leicht. Abgesehen von der geistigen Konzentration, die für Werke dieser Länge notwendig ist, ist auch die physische Anforderung an den Maestro nicht zu verachten.

DIE FEEN, DAS LIEBESVERBOT, RIENZI

Richard Wagners erste vollständig ausgeführte Oper, DIE FEEN, wurde zu seinen Lebzeiten nicht aufgeführt. Sie wird auch heute nur äußerst selten aufgeführt, vermittelt aber bei Kenntnis Richard Wagners späterer Entwicklung den Eindruck, daß in ihr viele seiner typischen Melodien und Neuerungen vorweggenommen sind. In der Musik zu Gozzis »La donna serpente« kann man sogar Ansätze zur Verwendung von Leitmotiven erkennen, generell aber ist der musikalische Stil dieses Werkes merklich von so unterschiedlichen Komponisten wie Weber und Mendelssohn beeinflußt.

DAS LIEBESVERBOT wurde am 29. März 1836 uraufgeführt. Das Werk basiert auf Shakespeares Drama »Maß für Maß« und stellt Richard Wagners Kriegserklärung gegen den zu seiner Zeit dominierenden Stil der Deutschen Oper dar. Es ist auch Wagners Versuch, in italienischem Stil zu komponieren. Schon bei der Premiere erwies sich sein Ausflug in die »opera buffa« als nicht sehr erfolgversprechend, und Richard Wagners späterer Erfolg konnte anhand dieses Werkes keineswegs vorhergesagt werden. Selbst der Meister beurteilte sein Werk später als »überflüssig, abscheulich und ekelhaft!« Auch in dieser Oper sind Webers Einflüsse unverkennbar, und sowohl DIE FEEN wie auch DAS LIEBESVERBOT erinnern an seine frühen Entwürfe für eine Oper LEONARDO, die den ersten Versuch eines Werkes über das letzte Abendmahl darstellt. Richard Wagners nächstes Werk, RIENZI, scheint ein Versuch zu sein, die existierenden Opern in Form, Musik und Länge zu übertreffen. Richard Wagner hätte die Anschuldigung, er wollte Meyerbeer in seinem eigenen Kompositionsstil übertreffen, sicherlich nicht gerne gehört, und doch scheint RIENZI gerade diesen Vorwurf zu bestätigen. Er komponiert RIENZI etwa im gleichen Alter wie Verdi seinen NABUCCO. Die kompositorische Kraft beider Genies scheint in diesen Werken vielversprechend, obwohl sie noch nicht ihren Höhepunkt zeigen. Wagner selbst war über die Länge dieser Oper besorgt und wunderte sich anläßlich der Premiere, daß es das Publikum so lange aushielt. Der Stil der Oper basiert noch auf traditionellen Formen, von denen Richard Wagner jedoch loskommen wollte. Die starke dominierende Orchestrierung der Blechbläser ist untypisch für Richard Wagners spätere komplexe Behandlung des Orchesters und dabei insbesondere der Violinen. Die oft durch kräftige Marschrhythmen unterbrochene Musik stellt in der langen Originalversion selbst für den Wagner-Liebhaber eine nicht unerhebliche Belastung dar.

Richard Wagners Gefühl für bühnenwirksame Musik und seine kritische Selbstbeurteilung führten dazu, daß er seine Zustimmung nie für eine Aufführung des RIENZI in

Bayreuth gab. Nach der Premiere im Jahr 1842 in Dresden blieb dieses Werk im allgemeinen von den großen Opernhäusern verbannt. Natürlich gibt es auch in diesem Werk Höhepunkte, aber die Länge des Chors, die Anforderungen an die Solisten und die aufwendige Produktion dieser Oper führten gemeinsam mit der unleugbaren Tatsache, daß Richard Wagners spätere Werke wesentlich besser sind, dazu, RIENZI in die Vergessenheit zu drängen. Das Werk wurde selbst in Frankreich, wo eine allgemein fanatische Wagner-Liebe verbreitet ist, seit seiner Premiere in Paris nicht mehr aufgeführt. Die wenigen Höhepunkte in der Oper sind die liebliche Arie des Adriano, das bewegende Gebet des Rienzi, das oft bei Arienabenden aufgeführt wird, und das brillante Vorspiel. Wäre RIENZI von einem anderen Komponisten geschrieben worden, würde man diese Oper wahrscheinlich öfter auf der Bühne wiederfinden. So aber stellt es ein untergeordnetes Werk Richard Wagners dar, das im Schatten der Meisterwerke vegetiert. Allerdings muß man sich fragen, ob ein untergeordnetes Werk Richard Wagners nicht besser ist als die besten Versuche anderer Komponisten, die öfter aufgeführt werden.

DER FLIEGENDE HOLLÄNDER

Uraufführung: 2. Januar 1843 in Dresden

Personen:

Daland, norwegischer Seefahrer (Baß) – Senta, seine Tochter (Sopran) – Erik, ein Jäger (Tenor) – Mary, Sentas Amme (Mezzosopran) – Steuermann (Tenor) – Der Holländer (Bariton) – Mannschaft des Norwegers und des Holländers, Mädchen

Nur ein Jahr nach der Premiere des RIENZI wurde schon Richard Wagners nächstes Werk, DER FLIEGENDE HOLLÄNDER, aufgeführt. In diesem Jahr hatte sich Richard Wagner enorm weiterentwickelt, und für diese Entwicklung gab es mehrere Gründe. Der Stoff sprach ihn persönlich an, und er verwendete als Grundlage eine Sage holländischer Seeleute, wobei er im speziellen auf die Version Heinrich Heines in den Memoiren des Herrn von Schnabelewopski setzte. Wagner erlebte in dieser Zeit auch selbst während einer Seereise von Pillau nach London auf See einen Sturm, der ihn offensichtlich tief beeindruckte.

DER FLIEGENDE HOLLÄNDER wird oft als Höhepunkt der traditionellen romantischen Opern angesehen. Dieses Werk enthält aber auch schon deutliche Anzeichen der »neuen« Wagner-Musik, die man in seinen späteren Werken wiederfindet. Richard Wagner fand diese Oper gut genug, um in Bayreuth aufgeführt zu werden; sie ist aufregend, enthält viele musikalische Neuerungen und Überraschungen und vor allem eine sehr kompakte, durchgehende musikalische Struktur, durch die störende Unterbrechungen, wie sie die traditionelle »Grand Opéra« enthielt, eliminiert wurden.

ZUR HANDLUNG

Der fliegende Holländer, eine Sagengestalt der Seeleute, ist ein zu ewiger Ruhelosigkeit verdammter Kapitän. Er hat einst Gott gelästert und muß nun zur Strafe auf den Weltmeeren umherirren. Die einzige Hoffnung auf Erlösung kann ihm eine Frau bieten, die ihm treu bis in den Tod folgt. Alle sieben Jahre hat er Gelegenheit, mit seinem Geisterschiff an Land zu gehen und nach dieser Erlösung Ausschau zu halten.

In einer stürmischen Nacht zwingt ein Unwetter den norwegischen Seefahrer Daland und seine Mannschaft, in einer Bucht vor der norwegischen Küste nahe der Heimat Schutz zu suchen. Das Schiff wird vertäut, der Steuermann als Wache bestimmt, und die Mannschaft begibt sich zur Ruhe. Doch während der Steuermann einschläft, legt das geheimnisvolle Geisterschiff des fliegenden Holländers, dessen siebenjährige Frist abgelaufen ist, an. Nachdem Daland das fremde Schiff bemerkt, begrüßt er den fliegenden Holländer, den er für einen reichen Kaufmann hält. Er erzählt von seiner schönen Tochter Senta, und als der Fremde Gold und Geschmeide bietet, lädt ihn Daland zu sich ein.

Während die Männer zur See sind, sitzen in Dalands Haus die Dorfmächen an den Spinnrädern. Dalands Tochter Senta phantasiert schon seit längerem von einem bleichen, fremden Mann und singt, zum Gelächter der Mädchen, die bei allen Seeleuten bekannte Ballade vom fliegenden Holländer. Nicht einmal ihr Verlobter, der Jäger Erik, kann sie aus dieser Phantasie reißen. Erik meldet auch das Nahen des Vaters, und die Mädchen eilen freudig davon. Daland kommt mit dem Holländer und läßt ihn mit seiner Tochter Senta allein; nur ein Blick genügt, und Senta gelobt dem Fremden Treue bis in den Tod.

Im Hafen liegen Dalands und des Holländers Schiff nebeneinander, die Mannschaft Dalands feiert fröhlich die Heimkehr und fordert die sich im Schiffsrumpf verbergende Besatzung des fremden Schiffes zum Trunk auf. Erst als sich erschreckende Geister zeigen, halten die Seeleute mit ihrem Gespött inne und verlassen den Ort. In der Zwischenzeit hat Erik erfahren, daß sich seine Verlobte dem fremden Mann versprochen hat. Er eilt zu ihr, macht ihr Vorwürfe und erinnert sie an ein früher gegebenes Versprechen. Der Holländer wird Zeuge der Vorwürfe und gibt sich daraufhin Senta zu erkennen, er will sie vor ewiger Verdammnis bewahren und stürmt in sein Schiff, um den Hafen zu verlassen. Doch Senta steht zu ihrem Versprechen, sie stürzt sich ins Meer und erlöst den Holländer und seine Mannschaft, dessen Schiff versinkt.

MUSIKALISCHE SCHWIERIGKEITEN UND INSZENIERUNGEN

Auch die Musik zur dramatischen Ballade des Holländers erinnert an Webers Musik, aber Richard Wagner hat schon in dieser Oper seinen Stil kräftig weiterentwickelt und das Orchester mit speziellen Farbnuancen und einzigartigen neuen Konstruktionen versehen. Dabei hatte er dieses Werk mehrmals überarbeitet. Schon im Jahr 1846 änderte er die Oper während der Vorbereitung für eine Aufführung in Leipzig, die allerdings nie zustande kam, arbeitete wiederum an der Partitur und Vorbereitung für eine Aufführung in Zürich im Jahr 1852 und nahm sich das Werk nochmals in der Zeit vor, in der er an TRISTAN arbeitete. Durch diese Bearbeitungen gab er der Oper mehr und mehr die Form, in der wir sie heute kennen und näherte sie auch in seiner Struktur und Aussage seinem »neuen« Wagner-Ideal an. Das zentrale musikalische Thema der Oper enthält die Ballade Sentas, die von einigen weiteren musikalischen Höhepunkten wie der Ouvertüre, der dramatischen Musik zur Ankunft des Holländers, dem Spinnlied, der Arie des Holländers sowie den Duetten zwischen Senta und Holländer und Senta und Erik sowie der Romanze des Erik begleitet wird.

Erik ist eine Rolle, die in der ursprünglichen Sage nicht vorkommt, und von Richard Wagner als Pendant zum Holländer geschaffen wurde. In der Rolle des Erik versuchte Richard Wagner zum ersten Mal eine Technik, die er in späteren Opern sehr häufig anwandte: die visionäre Erzählung, den Traumbericht. Diese Technik ermöglicht es ihm, eine Arie oder Solonummer als integralen Bestandteil eines kontinuierlichen Dramas einzubauen, statt eine Nummer zu konstruieren, die den Fluß der Oper unterbricht. Trotzdem bin ich mir nicht sicher, ob es eine gute Idee war, die Person des Erik in das Drama einzubauen und ob diese Rolle zur Gesamtwirkung besonders beiträgt.

Die musikalischen Schwierigkeiten für die Sänger liegen in den drei Hauptrollen: Holländer, Senta und Erik. Der Holländer muß sowohl im Auftreten und auch stimmlich imposant wirken, schon die Ankunft seines Schiffes, aber auch seine Erzählung und sein Fanatismus müssen stimmlich dramatisch porträtiert werden. Senta muß in gleicher Vereinigung vom stimmlichen und dramatischen Ausdruck eine Person darstellen, die eine an das Hysterische grenzende Besessenheit zeigt. Erik hat einige schöne Passagen, die hauptsächlich in seiner Traumerzählung liegen. Es ist aber für den Sänger sehr schwierig, in Erik einen glaubwürdigen Charakter zu porträtieren, da ihm dafür nur sehr wenig Zeit zugestanden wird. Er bleibt daher auf der Bühne meist ein schwacher Charakter, oft ein Waschlappen.

Entsprechend der romantischen, realistischen Struktur der Musik und des gesamten Werkes bietet sich für die Inszenierung dieser Oper ein realistischer Stil an. In den wenigen Szenen, in denen sowohl Senta in ihrer Ballade und auch in ihrer Begegnung mit dem Holländer die Wirklichkeit verdrängt, können dabei abstrakte Elemente eingebaut werden. Für den Regisseur und Bühnenbildner stellt sich das Problem, eine Umgebung – das Meer und das Geisterschiff – zu gestalten, die der starken dramatischen Wirkung der Musik ebenbürtig ist und dabei nicht ins Lächerliche verfällt. Je nach Grundkonzept des Regisseurs können in der Personenregie Dalands Geldgier, die schmachtende und doch gegen die wahre Liebe verblassende Sehnsucht Eriks und Sentas Hingabe an einen Mythos sowie die Erlösung durch die wahre Liebe – Richard Wagners Hauptmotiv – hervorgehoben werden.

In lebendiger Erinnerung ist mir Wieland Wagners Inszenierung. Das Schiff des Holländers war mächtig und dunkel und wurde durch ein rotes Segel scheinbar rastlos nach vorne getrieben, die geisterhafte Besatzung war allgegenwärtig. Das Schiff Dalands war realistisch, und Senta sang ihre Ballade in hypnotisiertem Zustand in einem Sessel hängend. Andere bedeutende Produktionen der jüngeren Vergangenheit stammen von Jean Pierre Ponnelle und August Everding. In Ponnelles Inszenierung wurde die Rolle des Erik und die des Steuermanns von einem Tenor übernommen. Das entspricht dem Regiekonzept, das die gesamte Geschichte als Traum eines jungen Seemannes zeigen wollte. In vielen Inszenierungen kann man nur unübliche Neuerungen und Freiheiten in einer realistischen Umgebung finden, die kaum mehr den Absichten Richard Wagners entsprechen. Keine Inszenierung kann aber an den bedeutenden Elementen, der See, dem rastlosen Holländer und seinem Schiff sowie der Selbstaufopferung Sentas vorbeigehen. Werden diese Elemente so inszeniert, daß das Auditorium die stürmische Wirkung der Musik fühlen kann, dann kann die Wirkung der Darsteller eine sensationelle Oper ergeben. Sie stellt einen Wegweiser in der Entwicklung Richard Wagners dar, der seinen Weg in das neue Musiktheater zu einem Zeitpunkt weist, an dem er selbst nicht einmal dreißig Jahre alt war.

TANNHÄUSER

Uraufführung: 19. Oktober 1845 in Dresden

Personen:
Hermann, Landgraf von Thüringen (Baß) – Tannhäuser (Tenor) – Wolfram von Eschenbach (Bariton) – Walter von der Vogelweide (Tenor) – Biterolf (Baß) – Heinrich der Schreiber (Tenor) – Reinmar von Zweter (Baß) – Elisabeth, Nichte des Landgrafen (Sopran) – Venus (Sopran) – Ein junger Hirt (Sopran) – Vier Edelknaben (2 Soprane, 2 Alt) – Thüringische Grafen und Edelleute, Edelfrauen, ältere und jüngere Pilger, Sirenen, Nymphen, Jünglinge, Amoretten, Bacchantinnen, Faune und Satyre.

ZUR HANDLUNG

Tannhäuser und der Sängerkrieg auf der Wartburg beschreibt den Weg des Ritters Tannhäuser, eines Mannes, der nur in Extremen lebt, seine sinnlichen Ausschweifungen, seine Verdammung durch den Papst und seine Erlösung durch die reine Liebe einer Frau.

Tannhäuser hat seine Heimat und die Ritter mit ihren strengen Moralgesetzen verlassen und weilt im Venusberg, in den Armen der Venus, der Göttin der Liebe. Doch bald wird ihm ihre übergroße Lust zur Last, er sehnt sich nach dem Irdischen und will seine Geliebte verlassen. Nachdem sein Drängen immer stärker wird, kann ihn Venus nicht mehr zurückhalten. Alle ihre Verführungskünste und die ihrer Liebesmädchen sind vergebens. Tannhäuser ruft die heilige Maria an und verläßt den Venusberg, mit dem Fluch der Venus behaftet. Im Wald, in dem er sich wiederfindet, trifft er seine ehemaligen Streitgenossen und Freunde, die ihn freundlich in ihrer Mitte aufnehmen.

Auf die Wartburg zurückgekehrt, trifft Tannhäuser auch Elisabeth, die Nichte des Landgrafen, wieder, die seit seinem Verschwinden in tiefster Trauer und edelster Liebe auf ihn gewartet hatte. Ihr Onkel, der Landgraf von Thüringen, setzt ihre Hand als Preis eines Sängerwettstreits auf der Wartburg aus, in dem er als Aufgabe die Frage stellt:

»Könnt ihr der Liebe reinstes Wesen mir ergründen?« Während die Sänger die Liebe ehrfürchtig und bieder beschreiben, steigert Tannhäuser mit jeder Strophe und jeder Replik seine sinnliche Erregung in Erinnerung an seine Liebesabenteuer. Am Höhepunkt des Sängerwettstreits ruft er zum Entsetzen der Versammelten Venus selbst an und stellt sich durch dieses Verbrechen außerhalb der Gesellschaft. Als die erzürnten Ritter Tannhäuser töten wollen, ist die keusche Elisabeth, die reine Jungfrau, die einzige, die trotz seiner lästerlichen Verfehlungen für ihn eintritt und ihm die Pilgerfahrt nach Rom als Weg zur Erlösung weist.

Nachdem Tannhäuser mit einer großen Pilgerschar nach Rom gezogen ist, erwartet Elisabeth nichts sehnlicher als die Rückkehr der entsühnten Pilger. Doch in keiner Schar der freudig zurückkehrenden Pilger findet sie Tannhäuser. In tiefer Trauer fleht sie in inbrünstigem Gebet für sein Heil. Nach einiger Zeit kommt Tannhäuser tatsächlich als versprengter Pilger und trifft einen seiner ehemaligen Rivalen im Sangesstreit, den Sänger Wolfram von Eschenbach. Diesem erzählt er, der vom Papst nicht entsühnt wurde, seine Geschichte und die Prophezeiung des Papstes, die ihm ewige Verdammung verheißt.

In dieser Verdammnis sucht Tannhäuser nun, wie einst schon von Venus prophezeit, den Weg zurück zu ihr. Die Anrufung der Liebesgöttin bleibt nicht erfolglos, rasch beginnt sich der Wald in die Venusgrotte zu verwandeln, und Venus selbst erscheint, um ihren verlorenen Liebhaber nun für ewig aufzunehmen. Entsetzen befällt den Ritter Wolfram, der Tannhäuser beschwört und an die für ihn betende Elisabeth erinnert. Der Klang dieses reinen Namens zerstört wie einst der Name Marias den höllischen Spuk der Venus. Tannhäuser sieht erschüttert, wie der Leichnam der aus Gram gestorbenen Elisabeth herbeigebracht wird. Eine Schar junger Pilger bringt da mit Freudengesängen den wiederergrünten Stab des Papstes als Zeichen des Heils, das dem Sünder vom Himmel beschieden wurde, und unter Anrufung Elisabeths sinkt Tannhäuser entseelt zu Boden.

MUSIKALISCHE SCHWIERIGKEITEN

Richard Wagner hat seine Dresdner Version des TANNHÄUSER aus dem Jahr 1845 überarbeitet und damit die auch musikalisch unterschiedliche Pariser Version des Jahres 1861 geschaffen. Die Unterschiede sind leicht zu erkennen: in der Pariser Version ist das Bacchanale wesentlich erweitert und schließt organisch an das Vorspiel an, das in der Dresdner Version ein geschlossenes Orchesterstück darstellt. Wagner entschloß sich auch, das Ballett zu erweitern, das war wohl ein Versuch, den Pariser Usancen entgegenzukommen, nach denen das Ballett im zweiten Akt erwartet wurde, wo es auch zu spät kommende Besucher noch sehen konnten.

Aus der Sicht des Sängers ist der wichtigste Unterschied zwischen den beiden Versionen in der Rolle der Venus zu finden. In der Dresdner Version wird die Partie häufig mit einem Sopran, in der Pariser Version mit einem Mezzo besetzt, aber auch dabei gibt es natürlich Ausnahmen. Manchmal übernimmt ein Sopran in Form eines Superjobs sowohl die Rolle der Venus als auch die der Elisabeth. Unter anderem haben Gwyneth Jones wie auch Birgit Nilsson diese Aufgabe übernommen. Diese Besetzungsvariante ist wahrscheinlich auch für phantasievolle Regisseure eine Versuchung, die beiden gegensätzlichen Charaktere von einer Person verkörpern zu lassen. Aus musikalischer Sicht

Richard Wagner, Tannhäuser, 1973. San Francisco. (98)

gibt es dafür aber keinen vernünftigen Grund. In der Pariser Version sind die stimmlichen Anforderungen an Venus und an Elisabeth sogar derart unterschiedlich, daß man annehmen kann, daß Richard Wagner nicht daran gedacht hat, beide Rollen mit nur einer Person zu besetzen. Die Partie der Venus ist aber in beiden Versionen eine stimmliche Herausforderung. Die Tessitura der Dresdner Version ist wahrscheinlich schwieriger, die parsifalähnliche Struktur der Pariser Version ist insgesamt gesehen lohnenswerter.

Die vollendete Sinnlichkeit, die man in der Stimme einer Venus erwartet, kommt sicherlich am besten in der Stimme einer Sängerin zur Geltung, deren natürlicher verführerischer Ton einen Kontrast zu der erhabenen, reinen Klangfarbe der Elisabeth bildet.

Sicherlich sind manche großartige Künstlerinnen in der Lage, sich in einem weiten Bereich auszudrücken und beide Charaktere sowohl darstellerisch wie auch stimmlich perfekt und überzeugend auszudrücken. Dieser Bravourakt grenzt aber doch an vokale Akrobatik. Man sollte annehmen, daß sowohl die eine wie auch die andere Partie selbst der anspruchsvollsten Sängerin genug Möglichkeiten zur Profilierung bieten.

Die Rolle erfordert jedenfalls neben Stimme auch in besonderem Maße sinnliche Ausdruckskraft. Venus hat die Stimmung, die durch das Ballett und den Sirenenchor provoziert wird, weiterzutragen und in ihrer Stimme die sinnliche Liebe einer Göttin, die Tannhäuser mit außergewöhnlicher Schönheit und besonderem Charme in ihrem Reich gefangenhält, auszudrücken. In ihrer relativ kurzen Szene muß sie sich von der verführerischen Liebhaberin zur verachteten und verächtlichen Geliebten wandeln. Venus ist also eine schwierige kurze Rolle, die neben der Szene mit Tannhäuer im ersten Akt nur einen Auftritt im dritten Akt bietet, in der sie ihre komplexe Charakterisierung fortsetzen und krönen kann. Zwischen diesen beiden Auftritten liegt, sehr zum Mißvergnügen der Sängerinnen, eine lange Pause. Oft ist Venus im dritten Akt nur wenig oder gar nicht sichtbar und hat es dann besonders schwer, sich mit nur wenigen stimmlichen Ausbrüchen zu profilieren.

Elisabeth hat demgegenüber viel mehr Möglichkeiten zu brillieren. Sie hat einen der effektivsten und lohnenswertesten Auftritte im gesamten Opernrepertoire, wie ihn Wagner nur selten an eine seiner Heldinnen verschwendet hat: »Dich theure Halle ...« zu Beginn des zweiten Aktes kann zum Bewegendsten in der gesamten Oper werden. Elisabeth betritt die Szene meist laufend, indem sie königlich gekleidet durch ein großes Tor tritt. Sie singt bei diesem Auftritt eine der letzten »großen Arien«, die Wagner komponiert hat. Sie endet mit einem klangvollen hohen H nach einer erregend entwickelten Erzählung. Diese Arie repräsentiert ein Kabinettstück für jeden jungen Wagner-Sopran, von dem man nicht betonen muß, daß es auch seine Schwierigkeiten enthält. Sie wird aber doch häufiger als jede andere Wagner-Passage beim Vorsingen verwendet. Elisabeth hat auch noch andere großartige Augenblicke. Diese beginnen schon nach der Arie in einer lyrischen und zarten Gestaltung des folgenden Duetts mit Tannhäuser, sowie in der Szene mit ihrem Onkel, dem Landgrafen. Auch im zweiten Akt hat Elisabeth eine Schlüsselstelle mit dem dramatischen Ausbruch: »Ich fleh' für ihn ...« Die schwierigste Stelle für Elisabeth findet sich in ihrem Gebet im dritten Akt. Es enthält lange Phrasen, die in der oberen Mittellage mit großer Reinheit zu einer sehr transparenten Orchesterbegleitung gehalten werden müssen. Dieses Gebet ist dadurch eine schwere Übung in Stimmtechnik und Atemkontrolle.

Die neben Elisabeth und Venus dritte weibliche Rolle in Tannhäuser ist der junge

Hirte, die kurz, aber wichtig ist. Der Gesang des Hirten setzt die Stimmung für den Übergang aus der Welt der Venus in das Tal vor der Wartburg. Dabei hängt sehr viel von der Schönheit und Klarheit des Vortrages in dieser kleinen Szene ab. Es ist schwierig, überzeugend vorzugeben, die Schalmei zu spielen und unbegleitet zu singen, um damit die nächste Szene vorzubereiten. Die exponierte und liebliche Melodie ist sehr wirkungsvoll, wenn sie gut vorgetragen wird, sie verlangt Dynamik, Forte- und Pianonuancen, ist aber keineswegs leicht zu singen.

Tannhäuser muß für die Ehre, die Titelpartie singen zu dürfen, reichlich bezahlen. Zu der Zeit, in der Richard Wagner diese Oper schrieb, war die absolute Tonhöhe bedeutend niedriger als heutzutage. Die unerbittliche Tessitura der Rolle stellt große Anforderungen an die Ausdauer des Sängers. Der erste Akt beginnt für Tannhäuser mit einer traumähnlichen Szene, die sofort in die dreistrophige Hymne an die Venus überführt, in der jede Strophe jeweils einen halben Ton höher liegt als die davorliegende. Dabei wird die Stimme lediglich von einer Harfe begleitet, und es ist schwierig, eine Stimme zu finden, die die Heftigkeit für das Ensemble im zweiten Akt mit »Erbarm' Dich mein!« hat und auch die feurigen und die lyrischen Phrasen in der Venusszene gleichermaßen überzeugend ausführen kann. Zum Ende des ersten Aktes hat Tannhäuser auch noch die Schwierigkeit, sich über das Ensemble der anderen männlichen Stimmen mit etlichen hohen A's zu erheben. Vor dem von so vielen Sängern gefürchteten »Erbarm' Dich mein« im zweiten Akt muß Tannhäuser im Sangesstreit drei, jeweils dramatisch gesteigerte Antworten an Walter, Biterolf und Wolfram geben. Die an Wolfram ist eine Reprise der Venusberghymne und liegt wiederum einen Halbton höher als die letzte Strophe im ersten Akt. Keine leichte Aufgabe, und ich habe Aufführungen beobachtet, in denen der Tenor – nein, nicht ich – zu diesem Zeitpunkt aufstand, die Bühne verließ, um für den Rest der Szene und das schwierige Ensemble, durch eine Erfrischung gestärkt zurückzukehren. Ich hatte immer einige Pastillen in meinem Gürtel, hinter meinem Ohr oder sonstwo in meinem Kostüm versteckt, mit denen ich meine Kehle vor den langen Ensembles benetzen konnte. Stimmlich gesehen, hat Tannhäuser nach dieser Traktur am Ende des zweiten Aktes sein Rennen gewonnen, denn selbst Richard Wagner verlangt für Tannhäusers Auftritt im dritten Akt: »mit schwacher, rauher Stimme«. Die folgende Romerzählung singt sich praktisch von alleine, sie ist ein Vorausbote des späteren durchkomponierten WagnerStils, in dem Note an Note und Text zu Musik in einer Präzision geschmiedet sind, die den Gesang erheblich erleichtern. Für mich war es immer eine große Freude, die Romerzählung zu singen und sie stimmlich wie auch körperlich darzustellen. Dem-gegenüber habe ich auch Sänger erlebt, die an der Rampe standen und die Romerzählung ohne Mienenspiel und Bewegung oder Engagement gesungen haben, und trotzdem wirkte die Musik so stark, daß sie auf ihre eigene Art und Weise effektvoll war. Ich war aber nie in der Lage, die Romerzählung nur als Arie anzusehen und versuchte immer, meine stimmlichen Ausdrucksmittel mit einem ansprechenden Spiel zu vereinen. Die Romerzählung beginnt im Piano mit Phrasen wie »...betrat sein Fuß den weichen Grund der Wiesen...«, entwickelte sich im Crescendo mit »...der nackten Sohle sucht' ich Dorn und Stein«, sinkt wiederum zum Piano mit »...ließ Labung er am Quell den Mund genießen...« zurück, um dann abermals einen Höhepunkt in der Phrase »...sog ich der Sonne heißes Glühen ein...« zu finden. In solchem Wechselspiel entwickelt sich die Romerzählung bis zum Schluß. Es ist für den Sänger ein Vergnügen, diese Phrasen mit einem Dirigenten zu singen, der die in Richard Wagners Partitur enthaltene Dynamik entsprechend interpretiert und dem geschriebenen Text und der Musik folgt. Die anschließenden wilden Phrasen und die verrückte Anrufung der Venus, sowie die Konfrontation mit Wolfram und die lyrischen Pianophrasen der Resignation und der Bitte an Elisabeth am Schluß sind nur dann für den Sänger schwierig, wenn er es nicht versteht, seine innere Einstellung mit der grandiosen Musik zu vereinen.

Die Rolle des Landgrafen ist für einen Baß geschrieben, der eine autoritäte Stimme mitbringt. Sie ist sehr dankbar, denn Landgraf Hermann ist sympathisch, und er hat eine Schlüsselrolle im zweiten Akt. Für viele Künstler ist es trotzdem schwierig, in den Phrasen »...gar viel und schön...« sowie »...und dem verderbensvollen Zwiespalt wehrten...« mit dem unangenehm gelegenen Es gut auszusehen.

Wolfram von Eschenbach ist eine Rolle, in der man sich als Bariton profilieren kann und die Möglichkeit hat, eine der schönsten und liedhaftesten Stellen der Opernliteratur zu singen. Die einzigen Hürden in der Rolle liegen in der Versuchung, zu sentimental oder zu wenig kontrastreich zu erscheinen und einen Mittelweg in der Interpretation des Hits »O du mein holder Abendstern...« zu finden, in dem sowohl falsches Pathos wie auch übertriebene Bravour vermieden werden sollen.

Nicht nur die Solisten, sondern auch den Chor erwartet in Tannhäuser Schwerarbeit. Schon der erste Einsatz des A-cappella-Pilgerchors, der noch während der Bewegung des Chors auf der Bühne stattfindet, kann zum Alptraum des Dirigenten werden. Gleiches gilt für den Auftritt des Chors im dritten Akt. Im zweiten Akt wird der Chor hauptsächlich von den männlichen Stimmen getragen, den die Frauen nach Tannhäusers lästerlichen Ausbrüchen entfliehen. Elisabeth ist die einzige weibliche Stimme, die sich über das große männliche Ensemble »...ein Engel stieg...« erhebt. Diese Stelle ist ein wunderbares Beispiel für Wagners Meisterschaft, mit dem Chor Stimmung aufzubauen. Der Abschnitt im zweiten Akt »...zum Heil den Sündigen zu führen...« bis zu der Phrase »darf ich auch...« kann auch nur mit dem Chor und der Stimme Tannhäusers, unter Weglassung aller anderen Solostimmen ausgeführt werden. Man könnte meinen, daß es dadurch für Tannhäuser leichter wird, über das schwere Orchester und den Chor hinwegzukommen, und seine Wirkung in diesem schwierigen Ensemble zu steigern. Interessanterweise habe ich die Unterstützung der anderen Solisten immer begrüßt und durch sie Kraft gewonnen. Und Kraft wird in jedem Fall benötigt, um mit dem Orchester mithalten zu können.

Die Anforderungen an das Orchester sind ebenfalls vielfältig, und sie beginnen schon bei dem sehr langen Vorspiel, den anschließenden rasch abfallenden Klängen der Violinen, dem Feuer der Blas- und Schlaginstrumente, der Pauken, der Hörner und der Oboe. Schon im Vorspiel wird die Musik sehr konzertant geführt, und jede Instrumentengruppe hat wichtige Phrasen, anhand derer man auch leicht beobachten kann, wie wirkungsvoll jedes Instrument oder jede Instrumentengruppe eine bestimmte Stimmung einbringt.

Als Gegenstück zum Vorspiel steht die sparsame und ökonomische Begleitung der Sänger durch einzelne Instrumente wie die Harfe, sie bildet einen Kontrast zu dem oft unmittelbar folgenden Überschwang des gesamten Orchesters.

INSZENIERUNGEN

In einem Vorwort »Zur Tannhäuser-Tragödie« schrieb Wieland Wagner: »Als das zu überwindende ›böse Prinzip‹ steht demnach in Tannhäuser die typische Ichbefangenheit des Mannes der weiblichen Opferbereitschaft und der fraglosen Hingabe gegenüber, und nicht etwa das Phänomen des Eros an sich.«

»Tannhäusers maßlose Ausschweifungen, seine Selbstbemitleidung und Selbstverleugnung führten schließlich nicht zu Erfüllung und Selbstbestätigung, sondern zu seiner Verdammung durch Venus und dem Papst gleichermaßen.«

Diese Thematik nimmt direkt auf menschliche Gefühle und zwischenmenschliches Verhalten Bezug. Sie findet sich heute wie damals im Streben des einzelnen nach der Erfüllung in Extremen und der Unerreichbarkeit solcher Extreme. Dabei ist die Suche nach extremer, reiner Liebe und sexueller Ausschweifung besonders menschlich. Die Tatsache, daß sich in unserer Kultur beide Sehnsüchte oft nicht in einem Partner erfüllen können, läßt Tannhäuser, Venus und Elisabeth auch heute allgegenwärtig sein. Die Einbeziehung der Kirche in diese Problematik und Tannhäusers Erlösung durch die Kraft, die außerhalb der irdischen Vertreter der Religion liegt, zeigt Wagners Glauben an die dominierende, alles überwindende Macht der reinen Liebe und drückt Hoffnung für die Lösung des Dilemmas aus.

Das Werk entstand an einem Scheideweg Richard Wagners und kann sowohl als große romantische Oper wie auch als Legende inszeniert werden. Die Schlüsselfigur ist natürlich der Titelheld selbst. Jedes Regiekonzept muß sich daher an der Entwicklung dieser Rolle orientieren. Wieland Wagner inszenierte Tannhäuser in psychologischer Tiefe auf symbolhafte Art und Weise. Seine Produktion schöpfte die Gestaltungsmöglichkeiten der faszinierenden, in Geist und Trieb gespaltenen Persönlichkeit Tannhäusers, der dementsprechend körperlich und stimmlich zu porträtieren war, aus. In solch einem Konzept, das schon in Tannhäuser die Symbolik des Tristan vorwegnimmt, werden primär die inneren Gefühle zum Ausdruck gebracht. Das beginnt bei dem überschäumenden Ekel vor den Ausschweifungen im Venusberg, dem inneren Drang, dem ihn fesselnden Trieb zu entkommen, und reicht bis zur Befreiung und Befriedigung, die Tannhäuser mit den Worten »... Maria« erfährt. Sie katapultiert ihn praktisch in die nächste Szene, in der er auf Knien die Pilger begrüßt. Er wird sich durch den Pilgerchor seiner geistigen Potenz bewußt, größte Dankbarkeit und Gebete bestimmen dann Tannhäusers Denken und Handeln. Diese Abwechslung zwischen Ekstasen der sinnlichen und geistigen Übertreibung, das wechselnde Heiß und Kalt in Tannhäuser, bestimmen die gesamte Entwicklung der Oper.

Diese Entwicklung drückt sich nicht nur durch die Solisten, sondern auch durch den Chor aus, der in TANNHÄUSER aus der Sicht der Regie genauso schwierig zu führen ist wie aus musikalischer Sicht. Wieland Wagner pflegte seinem Stil entsprechend jedes Bewegungsdetail jedes einzelnen Chormitgliedes perfekt zu planen. Im zweiten Akt hatte man den Eindruck, Pilger vor sich zu haben, die mit tiefer Ergebenheit und bedrückenden Gewissensbissen zur Pilgerfahrt aufbrechen. Das steht im Gegenzug zum Auftritt der Pilger im dritten Akt, in dem sie nach erfolgreicher Pilgerreise erhaben, erfreut und erleuchtet, förmlich auf die Bühne schweben. Auch der Auftritt der Gäste des Sängerwettstreites im zweiten Akt erfordert erhebliche Planungsarbeit für den

Regisseur. Es ist nicht einfach, große Menschenmassen so auf der Bühne zu bewegen, daß es einerseits natürlich aussieht und andererseits kein plumper, ungeordneter oder gar chaotischer Eindruck entsteht. Wieland arrangierte diesen Auftritt in symmetrischen Gruppen, die Minnesänger stellten sich um die zentrale Person der Elisabeth auf.

Die herausragende Szene bei Wieland Wagner war allerdings die Venusbergszene, in der er das Ballett äußerst provokant führen ließ und Kapazitäten wie Maurice Béjart, Gertrud Wagner und Birgit Cullberg als Choreographen engagierte. Er entwickelte eine wüste, orgiastische Szene, mit überdeutlichen Posen und nackt scheinenden Tänzern. Dazu gab es eine überdimensionale Harfe und den Reiz der ersten »schwarzen« Venus, Grace Bumbry, die alle Facetten einer sinnlichen Orgie, wie sie sich auch im Bacchanale der Musik wiederfinden, versprühte.

Ein schwieriges Regiedetail ist auch die Entwicklung des Sängerwettstreites selbst. Hier verstand es Wieland, seine Sänger dazu anzuleiten, die innere Empfindung nach außen zu kehren. Tannhäuser wurde während des Sängerwettstreites durch die poetischen und harmlosen Beschreibungen der Liebe durch Walter und Biterolf frustriert. Es mußte aus ihm förmlich herausbrechen: Ihr Idioten – ihr habt doch keine Idee, was Liebe überhaupt ist. Wie könnt ihr mir, wo ich doch im Venusberg war, etwas über Liebe erzählen. Tannhäusers Ekstase entwickelt sich bis zum Verlust der Selbstkontrolle, und er erkennt nicht mehr, zu wem er singt, und sieht in Elisabeth Venus. Auf dem Höhepunkt dieser Ekstase schreitet Tannhäuser in Wielands Inszenierung auf Elisabeth zu und entwickelt eine suggestive Gestik und Mimik, indem er die Harfe liebkost und streichelt. Sein totales »Armsel'ge, die ihr Liebe nie genossen, zieht hin! Zieht in den Berg der Venus ein!« erhält lustvollen, ja sogar orgiastischen Genuß vor den Augen der Versammlung der erschreckten Minnesänger, Elisabeths und des gesamten Publikums. Dies ist für jeden Sänger ein Augenblick der Selbstdarstellung, in dem man auf alle Fälle das Gefühl hat, mehr zu zeigen, als man möchte, und weiterzugehen, als es selbst Tannhäuser tut. Es ist ein Augenblick, in dem man die eigenen menschlichen Schwächen erkennt und Angst hat, daß sie auch vom Auditorium gesehen werden. In Wielands Inszenierung mußte man diese Spannung und Ekstase während des gesamten nachfolgenden Ensembles halten und sichtbare Schockwellen der abebbenden Lust zeigen, bis Tannhäuser im Augenblick der Erkenntnis dessen, was er getan hat, auf seine Knie fällt und in Demut die Phrase anstimmt: »Weh' mir Unglücksel'gem«.

Diese Szene ist ein perfektes Beispiel für die totale Hingabe, die Richard Wagner von seinen Sängern fordert. Die optimale Wirkung des Wagnerschen Gesamtkunstwerkes kann sich nur ergeben, wenn ein begnadeter Regisseur ein Team aus Sänger-Schauspielern findet, die diese Szene nicht einfach nach Noten singen, sondern zu echtem Leben erwecken. An diesen Stellen wird das Publikum den Unterschied zwischen einer guten und einer glanzvollen Aufführung spontan fühlen. Die Wirkung ist natürlich nicht an Wielands Regiekonzept gebunden, sie fußt auf der Realisierung des Gesamtkunstwerkes. Es gibt noch viele Beispiele für interessante Tannhäuser-Konzeptionen, die, gut gespielt und gesungen, den Zauber Wagners vermitteln. Paul Hagers Grundidee seiner Inszenierung in San Francisco bestand darin, daß die Handlung einen Traum darstellt, die in einer Art Rückblick gezeigt wird. Tannhäuser stirbt im ersten Akt vor Langeweile nahezu in den Armen der Venus, er muß am Schluß, wenn er wirklich stirbt, die gleiche Position einnehmen. Dazu wurde eine Gruppe schwarz gekleideter Ballettänzer verwendet, die Tannhäusers Körper in der Tanzszene trugen. Man hob Tannhäuser hoch, ließ ihn in sanften Bewegungen scheinbar in der Luft gleiten und bewegte ihn so über die Bühne. Im Auditorum hatte man den Eindruck, daß Tannhäuser in und über der Tanzszene schwebte und schließlich sanft zu seiner Ausgangsposition zurückkehrte. Die Realisierung solcher Szenen ist nicht nur für die Tänzer, sondern auch für Tannhäuser selbst schwierig, werden die weichen, gleitenden Bewegungen und die entspannte Haltung Tannhäusers gut dargestellt, ergibt es aber einen atemberaubenden Effekt.

Unter der Regie von Ernst Poettgen bin ich in Zürich in einer Inszenierung aufgetreten, der ein anderes Konzept zugrunde lag. Sowohl im ersten als auch im dritten Akt zeigte die Szene einen Kreuzweg. Die gesamte Dekoration war geometrisch, der Venusberg wurde von einer überdimensionalen Harfe dominiert, die Tannhäuser als Zwerg erscheinen ließ. Die dominierende Idee, Tannhäusers Situation auch optisch in einem Kreuzweg darzustellen, führte zu einer Dominanz der Regie, der sich die Bewegungen allzu auffällig unterzuordnen hatten, ohne daß es dabei gelingen hätte können, die Wirkung der Musik zu unterstreichen.

Die Inszenierung Herbert von Karajans in Wien, die zwanzig Jahre lang im Repertoire stand, war hingegen großartig und läßt sowohl realistischer Darstellung wie auch symbo-

Richard Wagner, Tannhäuser, 1974. (99)

lischer Interpretation freien Raum. In der ersten Szene zeigte Karajan als Regisseur allerdings kein besonderes Mitgefühl für seine Sänger. Tannhäuser und Venus werden am Ende der Ballettszene weit auf die Hinterbühne befördert und befinden sich zum Einsatz ihrer ersten Phrasen näher zum berühmten Hotel Sacher, das hinter der Oper liegt, als zum Auditorium.

In Vorbereitung eigener Regiearbeit für TANNHÄUSER habe ich Monate damit verbracht, die Brioschi-Alben der Bühnenentwürfe, zu studieren die Richard Wagner für seine letzte Inszenierung dieses Werkes in Wien, die er selbst überwachte, fertigen ließ. Die Entwürfe zeigen eine überschäumende Schönheit und Größe des Venusbergs, einen klaren Linienentwurf für den zweiten Akt, und ich muß ehrlich sagen, daß ich nie eine Inszenierung gesehen habe, die diesen großartigen Zeichnungen auch nur nahe kam. Es scheint mir, daß diese vom Meister selbst genehmigten Entwürfe ein Rahmen für eine Inszenierung wären, der eine Chance bietet, sowohl die symbolischen wie auch die legendären realistischen Elemente in der Oper zu vereinen. TANNHÄUSER ist eine meiner Lieblingsopern, wahrscheinlich, weil sie meiner inneren Suche nach Harmonie, meinen Animus- und Animaelementen entspricht und daher für mich viel Bedeutung hat.

LOHENGRIN

Uraufführung: 28. August 1850 in Weimar

Personen:
Heinrich der Vogler, deutscher König (Baß) – Lohengrin (Tenor) – Elsa von Brabant (Sopran) – Herzog Gottfried, ihr Bruder (stumm) – Friedrich von Telramund, brabantischer Graf (Bariton) – Ortrud, seine Gemahlin (Mezzosopran) – Heerrufer des Königs (Bariton) – 4 brabantische Edle, Gefolgsmannen des Telramund (2 Tenöre und 2 Bässe) – 4 Edelknaben (2 Soprane, 2 Alt) – Sächsische und thüringische Grafen und Edle, Edelfrauen, brabantische Grafen und Edle, Edelknaben, Mannen, Frauen, Knechte.

ZUR HANDLUNG

LOHENGRIN wird das Schicksal der Paare Lohengrin – Elsa und Telramund – Ortrud beschrieben.

Wie in allen Opern Wagners ist die psychologische, symbolische Handlung gleich-, wenn nicht mehr bedeutend als das vordergründige Spiel. Im Reich des Königs Heinrich vertreten Elsa und Lohengrin die guten, die reinen Kräfte und Ortrud und Telramund die dunklen, unheilbringenden Mächte.

König Heinrich versammelt sein Heer am Ufer der Schelde, um in den Kampf gegen Feinde aus dem Osten zu ziehen. Ortrud, eine Gräfin, und Telramund, ein Edler, beschuldigen Elsa, ihren jugendlichen Bruder ermordet zu haben. Diese bittet den König, nach einem geheimnisvollen Ritter rufen zu lassen, den sie im Traum gesehen hat; er würde sie gegen die Anklage verteidigen. Nach dem zweiten Ruf des Heerrufers erscheint tatsächlich ein strahlender Held auf einem von einem Schwan gezogenen Kahn. Dieser Ritter verteidigt Elsa und erhält ihre Hand und Liebe, nachdem er Telramund im Kampf besiegt hat. Elsa muß ihm allerdings versprechen, ihn nicht nach seiner Herkunft und seinem Namen zu fragen.

Im dunklen Vorhof des Schlosses sitzen die Vertriebenen, Ortrud und Telramund. Sie sinnen auf Rache, und Ortrud eröffnet Telramund, daß er nur durch Zauberkraft besiegt wurde. Sie will in Elsa Mißtrauen wecken und sie verleiten, an Lohengrin die verbotene Frage nach seiner Herkunft zu stellen. Elsa, die nichts von diesen Plänen ahnt, erscheint und bittet auch Ortrud zu ihrer Hochzeitsfeier. Diese versperrt jedoch dann im Traungszug zur Kirche Elsa den Weg, und auch Telramund erscheint und klagt Lohengrin der Zauberei an. Doch Elsa läßt sich nicht verleiten, sie steht zu ihrem unbekannten Ritter und setzt mit ihm die Prozession zur Kirche fort.

Im Brautgemach sind Elsa und Lohengrin zum ersten Mal in ihrer Liebe allein. Doch die Saat des Mißtrauens ist in Elsa aufgegangen, und sie wünscht des Gatten Namen und Herkunft zu erfahren. Plötzlich dringt Telramund mit gezücktem Schwert in die Kammer und stürmt auf Elsas Gatten ein. Doch dieser tötet Telramud, bevor er verkündet, daß er Elsas Frage vor dem Volk beantworten wird.

Er tritt vor den König und das Volk, das er nun nicht mehr in den Kampf führen kann, und gibt sein Geheimnis preis: Er, Lohengrin, ist von seinem Vater Parsifal, dem Hüters des heiligen Gral, zum Schutze Elsas entsandt worden. Die Ritter des Gral, die wie er in die Welt entsandt werden, um das Gute zu vertreten, müssen jedoch unerkannt bleiben. Wird ihr Geheimnis enthüllt, müssen sie zur Burg Monsalvat zurückkehren. Schon erscheint der Schwan, und Lohengrin verläßt Elsa, nachdem er auch ihren Bruder, den Ortrud in einen Schwan verzaubert hatte, befreit. Die unglückliche Elsa sinkt entseelt zu Boden.

MUSIKALISCHE SCHWIERIGKEITEN

Die größte Aufmerksamkeit in jeder LOHENGRIN-Aufführung wird natürlich dem Titelhelden und seiner exponierten Partie gewidmet. Schwierigkeiten bietet in LOHENGRIN aber keineswegs nur die Tenorpartie des Lohengrin, sondern auch, wenn nicht sogar in vermehrtem Maße, Orchester und vor allem Chor.

Die ersten Takte des Vorspiels zu LOHENGRIN enthalten Klangbilder, die reinem, zerbrechlichem Kristall in ihrer Schönheit gleich, den Raum beherrschen sollen. Werden sie von einem erstklassigen Orchester unter einem begnadeten Dirigenten gespielt, ergeben die ansteigenden Klänge der Musik schimmernde Reflexionen des durch die Musik beschriebenen heiligen Grals selbst. Diese einleitenden Violinklänge des Vorspiels zu LOHENGRIN sind eine Herausforderung für jedes Orchester. In den dramatischen Stellen der LOHENGRIN-Partitur ist das gesamte Orchester gefordert, wobei besonders im zweiten Akt die Musik, die schon an Wagners Ring erinnert, nur sehr schwer präzise gespielt werden kann. Eine Grundvoraussetzung für eine gelungene LOHENGRIN-Vorstellung liegt daher im Orchester und im Dirigenten selbst.

Als Tenor, der oft die Glanzrolle des Lohengrin gesungen hat, fällt es mir schwer, es zuzugeben, aber es stimmt: Der eigentliche Star dieser Oper ist der Chor. Die Partie des Chors ist die längste und in vieler Hinsicht die schwierigste. Der Chor mit seiner langen und technisch schwierigen Partie bildet überhaupt die dramatische Grundlage für die Solisten, die, ohne entsprechende Vorbereitung der Szene durch den Chor, im Klange des Orchesters versinken würden.

Aber natürlich hat auch der Titelheld etliche schwierige Stellen. Zuerst einmal wartet man 45 Minuten, um dann von einem Schwan auf die Bühne gezogen zu werden; schlimmer noch: Um wahrscheinlich, wie es allgemein üblich ist, von einem Aufzug aus dem dunklen Unterboden auf die hell erleuchtete Bühne befördert zu werden. Endlich dort angekommen, wird man vom Chor in voller Lautstärke mit »Sei gegrüßt, du gottgesandter Mann« erwartet. Dann verstummen Orchester und Chor. Jegliche Konzentration ist auf den neuangekommenen Lohengrin gerichtet, der nun unbegleitet die heiklen Phrasen »Nun sei bedankt« in Pianissimo, jedoch mit gerade so viel Kraft, daß die Stimme nicht bricht, zu beginnen hat. Diese Situation garantiert sicherlich, daß das Herz bis zur Kehle schlagen wird. Schon aus diesem Grund waren mir Regieanweisungen stets willkommen, bei denen ich mit dem Rücken zum Publikum im Hintergrund der Bühne singen konnte.

Lohengrin kommt, gottgesandt, aus der Welt des heiligen Gral. Sein Wesen wird durch die reinen Orchesterklänge im ersten Akt wie auch durch die meisten Lohengrin-Kostüme entsprechend angekündigt: »Wie schön und hehr zu schauen.« Dazu soll natürlich auch die Stimme passen. Sie muß hoch sitzen und sauber sein. Erst mit dem Gefühlsausbruch in der Phrase »Elsa, ich liebe dich« bricht Lohengrin aus einer Schale aus und muß stimmlich wie auch dramatisch versuchen, in der Welt der Menschen Fuß zu fassen. Gerade diese Stelle, in der sich Lohengrin von der Introvertiertheit des Gral, der realen Welt und damit auch dem Publikum zuwendet, ist nicht nur stimmlich, sondern auch darstellerisch eine Schlüsselstelle der Oper.

Lohengrins Auftritt im zweiten Akt erfolgt nach einer langen Pause in der Mitte dieses Aktes. In dieser Zeit kann sich die Stimme nicht nur erholen. Der Stimmsitz kann in dieser Pause auch bis in die »Hosen« gerutscht sein und dadurch Probleme verursachen. Der zweite Akt ist mit dramatischen und lyrischen Phrasen angereichert und verlangt, daß sich Lohengrin nach einem langen schwierigen Ensemble an Elsa mit einem im Pianissimo gesungenen hohen A zuwendet. Dieses heikle »Heil dir Elsa« kann größte Panik selbst im tapfersten Lohengrin auslösen.

Im dritten Akt beginnt die Rolle des Lohengrin erst so richtig. Es ist äußerst schwierig, das richtige Tempo in der fast liedhaften Pianostelle des lyrischen »Atmest du nicht mit mir die süßen Düfte?« zu finden. Lyrik, Romantik und Legato müssen sich organisch bis zum höchst dramatischen und kräftigen »Höchstes Vertrauen« entwickeln, das sich unangenehm und ständig im heiklen Bereich der Tenorstimme zwischen F und A bewegt.

Richard Wagner, Lohengrin, 1965. (100)

»Höchstes Vertrauen« ist eine Schlüsselstelle und offenbart schonungslos den Zustand der Tenorstimme. Zu Beginn meiner Laufbahn hatte ich die große Ehre, Maestro Vittorio Gui für AIDA vorzusingen. Ich wunderte mich sehr, als er verlangte, »Höchstes Vertrauen« vorzutragen und weiter erklärte, daß eine Stimme, die diese schwierige Stelle richtig brächte, für Radames allemal geeignet wäre.

Natürlich ist auch die Gralserzählung, das musikalische Schlüsselstück der Oper, eine extreme Anforderung an die Stimme. Gott sei Dank hat Wagner seine Originalpartitur des LOHENGRIN geändert und die Gralserzählung auf etwa die Hälfte ihrer ursprünglichen Länge gekürzt. Sie beginnt mit rezitativähnlichen Passagen, welche den Sänger leicht verleiten, mit zu viel Kraft zu singen. Dies führt unweigerlich zu Schwierigkeiten bei den geforderten Steigerungen. Die wunderbare Erzählung muß ein langes kontinuierliches Ineinanderweben von lyrischen Legatophasen mit schwellenden Höhepunkten, die manchmal in Piano und manchmal in Forte gehalten sind, sein. Auch hier konzentriert Wagner alle Aufmerksamkeit des Publikums auf den Tenor, der in jedem Ton und jeder Bewegung durch die wachsame Begleitung des Orchesters geleitet wird, der kleinste Fehler wird dadurch sofort offenkundig. Die Gralserzählung ist sicherlich die ausschlaggebende Stelle für den Tenor.

Dieser soll jedoch auch nach der Gralserzählung, zwischen den lyrischen Phrasen des wehmütigen Abschieds an den Schwan und den Gefühlsausbrüchen an Elsa, die Grenzen der stimmlichen Gestaltungsmöglichkeit der Rolle abstecken. Wenn Lohengrin ohne »Striche« aufgeführt wird, kann die Partie getrost als »kleiner Tristan« bezeichnet werden.

Alles in allem ist Lohengrin eine Rolle, die zwei Dinge gleichermaßen benötigt: Technik und Nerven. Zusätzlich hilft es natürlich, wenn der Darsteller agiert und auch noch aussieht wie ein Ritter des heiligen Gral.

Elsa hat es aber auch nicht leichter. Ihre Rolle ist so lang wie die der Isolde, und das sagt doch schon einiges.

Gleich wie Lohengrin muß Elsa auf der Bühne erscheinen und sofort mit einer heiklen, nur schwach durch das Orchester unterstützten Passage »Einsam in trüben Tagen« beginnen. Elsa muß stimmlich die seidenen, reinen visionären Passagen vortragen und gleichzeitig in der Lage sein, die Höhepunkte des Ensembles im ersten Akt kräftig zu gestalten.

Im zweiten Akt muß Elsa die naive, unschuldig hoffnungsvolle Braut in »Euch Lüften, die mein Klagen« glaubhaft darstellen und mit klarer, reiner Stimme singen können. Im dritten Akt werden die Grenzen des jugendlich dramatischen Sopranfaches überschritten. Für viele Stimmen, die ideal für den größten Teil der Rolle passen, sind die dramatischen Anforderungen im dritten Akt zu groß. Eine am Beginn ihrer Karriere stehende »ideale« Elsa entwickelt später häufig die ideale Klangfarbe für eine Isolde oder Brünnhilde. Wie in den meisten Wagner-Rollen, muß sie alle typisch weiblichen Gegensätze vereinen – weich und hart, liebend und rachevoll, eifersüchtig und unbeirrbar. Viele Sopranistinnen meinen, Elsa ist ein schwieriger Charakter und nicht leicht darzustellen; manche Sängerinnen sprechen sogar von einer uninteressanten Rolle. Ich teile diese Meinung nicht, Elsa muß nur von einem vollendeten Sopran dargestellt werden.

Ortrud ist eine phantastische Rolle! Obwohl sie oft von einem Mezzosopran oder Zwischenfach besetzt wird, höre ich sie gern von einem dramatischen Sopran. Ich bin sicher, daß Astrid Varnay die vollendete Ortrud war. Über Klangschönheit und Stimmkraft hinaus, muß Orturd aber auch gleichsam ätzende Säure in ihrer Stimme besitzen. Die böse Hexe, in vielen Legatophasen verführerisch, muß sie immer in der Lage sein, über das starke Orchester hinwegzukommen. Ihre schockierenden »Eingeweihte Götter« und »Fahr heim« müssen dem Zuhörer wirklich das Blut stocken lassen.

Eine Aufführung, in der Elsa und Ortrud ideal besetzt sind, erhebt auch Lohengrin in neue Höhen. Eine aus dem Münchner Sommerfestival, in der Leonie Rysanek als Elsa gegen Astrid Varnay als Ortrud antrat, steht dafür beispielgebend. Beide waren in perfekter Form und prallten in ihrer Konfrontation vor der Kirche im zweiten Akt zusammen, dabei gab Wagner jeder Primadonna gleiche Möglichkeiten mit einem hohen B als Höhepunkt.

Die Rysanek warf den Fehdehandschuh mit ihrer ersten Phrase und forderte die Varnay heraus. Es entwickelte sich ein freundschaftliches künstlerisches Duell, das sich hochschaukelte und an seinem Ende sicherlich mit frenetischem Applaus geendet hätte, wäre nicht der Auftritt des Königs und Lohengrins erfolgt. Solch Einsatz könnte leicht als persönliche Rivalität mißverstanden werden. Ich meine aber, wenn zwei begnadete Künstler unter der Leitung eines verständnisvollen Dirigenten ihre eigene Persönlichkeit voll in die Waagschale werfen und gegenseitig versuchen, mehr und mehr vokalen Ausdruck – natürlich in Übereinstimmung mit den Absichten des Komponisten – aufzubringen, dann, und nur dann ergeben sich die großen wundervollen Augenblicke in der Operngeschichte, die oft als »Sternstunde« bezeichnet werden.

Mir tut immer der Heldenbariton leid, der Telramund singt. Telramund ist das, was man im Deutschen als eine »Hundspartie« bezeichnet. Eine Rolle, die brutal und fordernd ist. Sie liegt hoch und unangenehmerweise mobilisiert Wagner immer dann das gesamte Orchester, wenn Telramund an der Reihe ist. Natürlich hat auch diese Rolle ihre Höhepunkte. Ein starker, echter Heldenbariton kann die Anforderungen sicherlich erfüllen, unerfahrene Sänger sollten sie jedoch mit Vorsicht angehen.

So einfach die Rolle des Königs Heinrich scheinen mag, er muß erhaben, majestätisch wirken, dies sowohl optisch wie auch stimmlich. Besonders imponierend ist das unter anderem vor allem Gottlob Frick und Martti Talvela gelungen. König Heinrich muß in jeder Passage stark, autoritär und oft als befehlender Gegenpol zum Chor auftreten. Das Gebet im ersten Akt »Mein Herr und Gott, nun ruf ich dich« ist sicherlich der musikalische Schwerpunkt, der von jedem Baß einen großen Stimmbereich, also gleichermaßen gute Höhe wie auch Tiefe, verlangt. Zusätzlich muß die Stimme tragfähig sein und sowohl über das voll spielende Orchester gebracht werden können wie auch in der Lage sein, Pianophrasen berührend vorzutragen.

INSZENIERUNGEN

Die zwei grundsätzlichen und gegensätzlichen Möglichkeiten einer LOHENGRIN-Inszenierung gelten für Wagners Werk allgemein: Die realistisch-romantische Darstellung und die abstrakt-symbolische. Lohengrin also entweder als einfache Märchengeschichte mit Mythos und Zauber oder als romantisches menschliches Drama mit Lust und Leid?

Unabhängig von der Form der Darstellung muß jedenfalls zumindest in grundlegender Form die Handlung selbst dargestellt werden, König Heinrich hat die Heerscharen zu versammeln, Ortrud klagt Elsa an, und Lohengrin erscheint von einem Schwan gezogen. In der Inszenierung findet der Regisseur in LOHENGRIN ein weites Betätigungsfeld für

Deutungen der einzelnen Szenen und Schicksale. Lohengrin erscheint in Gralsmission, er erfährt die Wärme menschlicher Liebe und muß, entsprechend seiner Bestimmung und den Regeln seiner Herkunft, die neu gewonnene Welt auch wieder verlassen. Die Interpretation des Lohengrin-Schicksals selbst läßt also schon viele Möglichkeiten zu.

Man kann in Lohengrin den strahlenden, mächtigen Helden sehen oder aber den mit einer Mission und einer Berufung verpflichteten tragischen Helden, der auf privates Glück verzichten muß. Der aktuelle, alltägliche Konflikt zwischen der Erfüllung einer beruflichen Mission und der Zuwendung zur Familie steht bei dieser Problematik greifbar deutlich im Hintergrund. Daneben gilt es auch, die Geschichte der beiden Paare, Lohengrin und Elsa, Ortrud und Telramund, darzustellen und zu interpretieren. Während die einen die guten Kräfte darstellen, bilden die anderen die dunklen, unheilbringenden Kräfte. Aber auch die Einzelschicksale bieten Gestaltungsmöglichkeiten: Elsa, die unschuldig Angeklagte, wird durch den Ritter ihres Traumes vor bösem Schicksal bewahrt. Das Frageverbot selbst kann einfach im Zusammenhang mit tief menschlichen Eigenschaften, der weiblichen Neugier gesehen werden, es kann aber gleichermaßen symbolhaft für weibliche Schicksale allgemein stehen, und der Bruch dieses Verbotes quasi eine Befreiung eines vorgegebenen, auferlegten Schicksals sein. Während Ortrud konträre, oder zumindest einem anderen Kulturkreis angehörende Kräfte vertritt, kann Telramund als verführter, rechtschaffener Mann dargestellt werden.

Je nach der Betonung in der Interpretation dieser Inhalte hat der Regisseur aber besonders in LOHENGRIN zusätzlich die Möglichkeit, im Rahmen der Handlung Eigenes auszudrücken oder einzufügen. Dabei wurden oft politische Aussagen eingebracht und dies insbesondere in Inszenierungen, in denen die Passage: »Nach Deutschland sollen noch in fernsten Tagen des Ostens Horden siegreich nimmer zieh« nicht gestrichen ist.

Der Stil jeder Inszenierung wird jedenfalls schon durch das grundlegende Konzept des Regisseurs und des Bühnenbildners festgelegt. Ein abstraktes Regiekonzept erfordert natürlich eine sorgfältige Analyse und Erkenntnis über die Aussagekraft und den tieferen Sinn der Oper, da es dabei nicht nur darum geht, die vordergründige Handlung in Szene zu setzen. Je nach den Erkenntnissen des Regisseurs können dabei unterschiedliche Absichten mit den Methoden einer abstrakten Darstellung, der Statik und der Bewegung ausgedrückt werden. Eine realistische Ausstattung der Szenerie hingegen, mit Bänken, Bäumen, Waffen und Schildern, wird zu einer dynamischen, unübersichtlichen und oft verniedlichten Bühne. Eine derartige, manchmal wundervoll anzusehende Bühne behindert aber die Darstellung der geistigen Beziehungen. Ich glaube daher, daß eine realistische Darstellung deshalb eher bei Opern angebracht ist, deren innere Aussagekraft nicht so dominant ist. LOHENGRIN jedenfalls eignet sich besser für eine abstrakte Darstellung, je reiner, größer und geräumiger die Bühne ist, desto mehr wird der Zuseher auf die Darsteller, die Musik und die Bewegung und Gegenbewegung zwischen den Darstellern konzentriert.

Die wichtigsten LOHENGRIN-Inszenierungen, in denen ich aufgetreten bin, erlauben mir einen guten Vergleich der Möglichkeiten der Regie an dieser Oper.

Wieland Wagner-Produktion		Andere Produktionen	
1960	Stuttgart	1960	München
1961	Berlin	1964	Metropolitan
1962	Bayreuth	1964	München
1965	Wien	1965	La Scala
		1965	San Francisco
		1967	Bayreuth
		1974	Wien
		1979	Buenos Aires

In allen Inszenierungen Wieland Wagners, in denen ich aufgetreten bin, hatte er, für ihn uncharakteristisch, das Kostüm des Lohengrin nie verändert. Wieland sah ihn als einen Apollo in Gold. Oft erklärte er mir die Gefühle, die Lohengrin hat, nachdem er die Welt der Sterblichen betritt: Vorsichtig, zurückhaltend, verkrampft; langsame, vorsichtige Bewegungen – zurückhaltend in jeder Art und Weise. Erst langsam nähert sich Lohengrin auch geistig seiner neuen Umgebung. Er öffnet die Arme, sucht die Wärme und Umarmung von Elsa und nimmt stetig menschliche Züge an, die ihn in der irdischen Welt bis zur Gralserzählung begleiten. Erst nachdem er durch den Schwan nach Monsalvat zurückgerufen wird, kehrt er zu seiner kalten, nahezu geheiligten Handlungsweise zurück.

Die erste LOHENGRIN-Produktion Wieland Wagners, in der ich auftrat, war die von Stuttgart. Sie entsprach grundsätzlich jener seines Bayreuther Erfolges im Jahre 1958. Wieland Wagner aber entwickelte sich stetig weiter, er verfeinerte sowohl Ausstattung als auch Regie. Die Wiederaufnahme seiner Bayreuther Produktion wurde von ihm neu gestaltet. Die nächste Neuinszenierung in Berlin ging wiederum aus jener in Bayreuth hervor, wobei im Brautgemach stärkere Farben verwendet wurden. Die Inszenierung in Wien, im Jahre 1965, brachte eine Umgestaltung im Bühnenbild. Die gotischen Bögen, die die Bühne halbkreisförmig umgaben, wurden durch gefleckte Glasbögen mit schwarzen Begrenzungslinien ersetzt. Dieses Muster setzte sich auch auf dem Boden fort. Das Brautgemach bekam mehr dramatisches Rot, um das tragische Ende der Oper besser als die vorhergegangene romantische Umgebung zu signalisieren. Aus dieser Version sollte die Inszenierung für die Eröffnungssaison der Metropolitan Opera im Jahre 1966 entstehen. Nach Wielands Tod wurde die Inszenierung von Peter Lehmann, seinem langjährigen Assistenten, durchgeführt, der Stempel des Meisters fehlte jedoch.

Ich bin aber auch in romantischen Inszenierungen von LOHENGRIN aufgetreten. Dr. Hans Hartleb hatte eine solche Version in passenden Kulissen in München, und Peter Lehmann versuchte 1965 an der Mailänder Scala einen romantischen, wenn auch abstrakten Stil, was dazu führte, daß die Bühne eher wie der Vorführraum einer Linoleumfirma aussah und der Schwan eher an eine Mondrakete erinnerte als an ein Tier.

Der Schwan! Wieland Wagner verwendete dabei hauptsächlich Projektionen, die den Schwan mehr oder weniger andeuteten.

Die angeführten Inszenierungen sind aber nur die wichtigsten, und ich bin auch in vielen anderen aufgetreten. Es stellt sich daher die Frage nach dem echten Unterschied in den Regiekonzepten und vor allem, ob es für mich eine Lieblingsinszenierung gibt. Gibt es eine optimale Lösung? Um es abschließend zu sagen: ich glaube nicht. Sicherlich haben mir einige Produktionen besonders gefallen und andere überhaupt nicht. Aber die Kraft des Werkes und die Schönheit der Musik sind auch durch geschmackloses Rundherum nicht so leicht unterzukriegen.

Wieland Wagners symbolische Realisierung wird aber für mich beispielgebend bleiben, und ich möchte daher diesen Absatz über Regiearbeit an LOHENGRIN mit einem Zitat aus Prof. Dr. Walter Erich Schäfers Buch »Wieland Wagner« schließen: »Im Lohengrin hat Wieland Wagner den Schritt vom Musiktheater zum szenischen Oratorium getan. Die statuarisch angeordneten Chormaße, der ornamentale Charakter des Bühnenbildes, die fast ausgezirkelten Positionen der beiden Gegenspielerpaare Lohengrin – Elsa und Ortrud – Telramund, kurz: Der ›zeremonielle‹ Charakter der Inszenierung . . ., daß der Enkel in dieser Wieland-Wagner-Oper kein romantisches Erlösungsdrama, sondern ein oratorisches Heilsgeschehen sehen wollte, . . . die Formulierung des mythischen Kerns überzeugend und die optische Lösung in ihrer hohen Kunstfertigkeit beeindruckend.«

TRISTAN UND ISOLDE

Uraufführung: 10. Juni 1865 in München

Personen:

Tristan (Tenor) – König Marke (Baß) – Isolde (Sopran) – Kurwenal (Bariton) – Melot (Tenor) – Brangäne (Mezzosopran) – Ein Hirt (Tenor) – Ein Steuermann (Bariton) – Stimme des jungen Seemanns (Tenor) – Ritter und Knappen, Schiffsvolk.

ZUR HANDLUNG

Die Namen Tristan und Isolde stehen stellvertretend für die allmächtige, unüberwindbare Liebe, die dieses Paar in der realen Welt nicht erleben darf. Die Zwänge der Herkunft und das eigene Schicksal bestimmen den mythischen Drang des Paares nach vollendeter Erfüllung und unauflösbarer Verbindung im Tod.

Tristan, der Freund König Markes, war ausgezogen, um für seinen Herrn die irische Königstochter Isolde auf einem Schiff nach Cornwall zu bringen. Isolde weilt mit ihrer Magd Brangäne in ohnmächtigem Zorn auf dem Schiff, doch ein unheimlicher Zauber verbindet sie mit Tristan, der einst ihren Verlobten erschlagen hat und dabei selbst verwundet wurde. Obwohl er der Mörder ihres Verlobten war, brachte sie es damals nicht fertig, ihn zu töten, sondern heilte seine Wunde. Dieser Mann führt sie nun einem anderen zu, und sie fühlt daher nur einen Wunsch: sich an Tristan zu rächen. Sie läßt Tristan zu sich rufen und fordert ihn zu einem Sühnetrank, für den ihre Magd Brangäne aus ihrer Schatulle Gift herbeibringen muß, auf. Brangäne aber vertauscht die Fläschchen und gibt ihrer Herrin einen Liebestrank. Kaum getrunken, sind sowohl Tristan wie auch Isolde angesichts des bevorstehenden Todes enthemmt, sie fallen einander leidenschaftlich in die Arme. Erst die Ankunft im Hafen und das Eintreffen König Markes bringt sie in die Realität zurück.

Isolde wird König Markes Frau, doch die Wirkung des Zaubertrankes hält sie weiter gefangen. Nachts erwartet sie vor Markes Burg ihren Geliebten, bald nachdem sie als Zeichen ihre Fackel verlöscht, fallen die Liebenden einander in die Arme. Sie versinken im schützenden Dunkel der Nacht und verbringen eine ekstatische, geistige Vereinigung. Trotz Brangänes Warnrufen achten die Liebenden keiner Gefahr, und so erkennt Tristan auch nicht das Eintreffen König Markes, der durch den Verrat eines Freundes herbeigerufen wurde. Tristans Verrat an seinem besten Freund und Herrn wird nun offenkundig, doch Tristan kann ihn nicht erklären, und es gibt für ihn nur einen Ausweg: Die Dunkelheit, das dunkelnächt'ge Land, von dem er in der Liebesnacht geschwärmt hat. Isolde verspricht, ihm zu folgen, und Tristan stürzt sich freiwillig in das Schwert seines Gegners.

Der Knappe Kurwenal hat den schwerverwundeten Tristan auf dessen Burg Kareol in die Bretagne gebracht. Tristan ist ohnmächtig und phantasiert im Fieberwahn, nur Eine könnte seine Wunden heilen: Isolde. Er sehnt sich in Fieberqualen nach ihr, verflucht aber gleichzeitig den unseligen Liebestrank, um gleich darauf seine Geliebte auf den Wogen der See zu wähnen. Kurwenal hat in der Zwischenzeit nach Isolde geschickt. Sie erscheint tatsächlich und schließt den sterbenden Tristan in ihre Arme. Auch König Marke, dem Brangäne das Geheimnis des Liebestranks verraten hat, naht, um den Liebenden zu vergeben. Doch es ist zu spät, die Liebenden werden in ihrer Welt vereint, und Isolde stirbt einen mystischen Liebestod.

MUSIKALISCHE SCHWIERIGKEITEN

Richard Wagner schrieb über TRISTAN: »Ich habe das Gefühl, damit etwas recht Bedeutendes geleistet zu haben; jedenfalls ist das Werk mehr Musik als alles, was ich je zuvor gemacht habe.«

Wie bescheiden hat Richard Wagner dieses Werk charakterisiert. Hatte er damit doch tatsächlich eine Oper geschaffen, die nicht nur innerhalb seiner Werke einzigartig dasteht, sondern eine Oper ist, die alle Grenzen der musikalischen Architektur sprengte. Dabei hatte Wagner eigentlich erwartet, endlich ein leicht zu singendes Werk im italienischen Stil geschrieben zu haben, das einfach und ohne Schwierigkeiten aufgeführt werden konnte. Aber das sollte wahrlich nicht der Fall sein. Durch die Schwierigkeiten, die dem Werk und der Partitur von der ersten Zeile an innewohnen, ist TRISTAN UND ISOLDE nicht nur nicht so einfach aufzuführen, wie Wagner es gehofft hatte, sondern eines der am schwierigsten auf die Bühne zu bringenden Werke.

Die ersten Versuche, TRISTAN UND ISOLDE herauszubringen, fanden sofort nach der Fertigstellung der Oper im Jahre 1859 in Karlsruhe statt. Sie versandeten allerdings im Planungsstadium, und ein zweiter Versuch wurde mit lang andauernden Vorbereitungsarbeiten im Jahr 1863 in Wien unternommen. Aber auch er wurde nach über 70 Proben abgebrochen. Die Sänger beschwerten sich, daß sie, nachdem sie den zweiten Akt gelernt, den ersten schon vergessen hätten, und sie fanden auch die stimmlichen Anforderungen für die Rollen übermenschlich. Erst nachdem König Ludwig II. 1865 in Richard Wagners Leben und seine finanzielle Situation eingriff, konnte die Premiere am 10. Juni 1865 in München stattfinden. Der geniale Tenor Schnorr v. Carolsfeld schaffte die Schwierigkeiten, starb aber kurz nach der Premiere, TRISTAN wurde abgesetzt und erschien erst 10 Jahre später auf anderen Bühnen.

Der Versuch, Schwierigkeiten in TRISTAN UND ISOLDE zu beschreiben, wirft sofort die Frage auf, womit man beginnen soll. Rossini soll einmal gescherzt haben, daß man, hat man nur eines seiner Werke gehört, alle seine Werke kennt. Das mag sein, trifft im Gegensatz dazu sicherlich nicht für die Opern Richard Wagners zu. Es ist unglaublich, daß der Komponist, der schon den RING skizziert hat und auch das Vorspiel zu RHEINGOLD geschrieben hat, eine Oper wie TRISTAN präsentieren konnte, die vom ersten Liebesmotiv bis zur letzten ausklingenden Lösung eine einzigartige, in unendlicher Kontinuität schwellende, epochemachende Musik darstellt.

Über die großartige Partitur und ihren Einfluß auf spätere Komponisten wurden unzählige wissenschaftliche Arbeiten und Dissertationen geschrieben. Die neuen Elemente in der Partitur sind legendär und auch gleichzeitig die Ursache für die enormen Schwierigkeiten, die diese Partitur jedem Orchester bietet. Die Musik ergibt, in ihren vielen Facetten engagiert und perfekt gespielt, eine Wirkung, vor dem man nur in Ehrfurcht erstarren kann. Die einfachsten stimmlichen Anforderungen in der Oper erwarten den Chor, der nur eine kurze Szene im ersten Akt hat. Aber welche Herausforderung erwartet die Darsteller von TRISTAN UND ISOLDE.

Isolde ist eine Rolle für eine großartige Sängerin und Schauspielerin, die unbeschränkte stimmliche Möglichkeiten haben muß. Die klassische Isolde der jüngsten Vergangenheit war sicherlich Birgit Nilsson, sie hat diese Rolle auf unzähligen Schallplatten geprägt und ist ein Maßstab für die nächsten Generationen. Ich erinnere mich an Birgit, als sie mir von einer Kritik über ihre erste Isolde in New York berichtete, die im großen und ganzen positiv war. Das ist verständlich, denn ihr Debüt in dieser Rolle war eine Sensation, die sogar auf der Titelseite der New York Times abgedruckt wurde. Dieser Kommentar enthielt nur eine kritische Bemerkung: die Stimme der Nilsson wäre zu lyrisch. Jeder, der die Nilsson gehört hat, muß darüber lächeln, wenn ihre Stimme zu lyrisch für diese Rolle war, wer sollte sie dann singen? Natürlich gab es noch andere großartige Isolden wie Irene Dalis, Ludmilla Dvorakova, Ingrid Bjoner, Ute Vinzing, Berit Lindholm, Klara Barlow, Gerry de Groot, Gwyneth Jones, Roberta Knie, Eileen Farrell, Catarina Ligendza, Johanna Meier und die legendäre Martha Mödl, aber die Liste der Darstellerinnen, die die Isolde übernehmen können, ist klein und zeigt schon, wie schwierig diese Rolle zu besetzen ist.

Der Auftritt Isoldes erfolgt schon zu Beginn der Oper. Sie hat dann während des gesamten ersten Aktes reichlich zu tun und ist mit Monologen und Duetten mit Tristan und Brangäne beschäftigt, die den gesamten Stimmbereich, von den tiefen Lagen über die Mittellage bis zu den Höhen, in einem gleichermaßen weiten Bereich an geforderten Farben, Emotionen und dynamischen Ausbrüchen verlangen. Die stimmlichen Anforderungen an Isolde im ersten Akt sind sicherlich jener an Tristan im dritten Akt gleichzusetzen, aber auch im zweiten Akt erwarten Isolde schwierige Passagen, die in ihren langen Duetten mit Brangäne und mit Tristan zu finden sind. Das Liebesduett mit Tristan muß durch kontrolliertes Piano, dramatisch klingende hohe C's und B's und eine dominierende, hochliegende Tessitura am Ende bestechen, die die echten Isolden von den mittelmäßigen unterscheidet. Aber das ist noch nicht genug, sie hat auch die Schwierigkeit zu überwinden, nach dem Ende des zweiten Aktes bis zu ihrem Auftritt im dritten Akt, in dem sie den himmlischen, aber von schwerem Orchester begleiteten Liebestod zu singen hat, die Pause über und noch 50 lange Minuten zu warten. Nach einer solch lang andauernden und schwierigen Anstrengung in den ersten beiden Akten und der langen Wartezeit die Stimme auch im dritten Akt geschmeidig und richtig sitzend zu halten, ist keine leichte Aufgabe. Wie wir Sänger sagen, kann die Stimme bis zu den Schuhen rutschen, und man hat es dann sehr schwer, die erhabenen, gloriosen Schlußphrasen zu singen. Ich habe Birgit in der Pause zum dritten Akt oft in der benachbarten Garderobe Aufwärmeübungen singen gehört. Um für den dritten Akt in Schwung zu bleiben, sang sie Passagen aus den Koloraturarien der Königin der Nacht aus der ZAUBERFLÖTE. Weithin bekannt ist auch der Rat, den Birgit Nilsson einer anderen Sopranistin gab, als sie gefragt wurde, was das Wichtigste wäre, wenn sie Isolde singen wollte. Nilssons Rat: »Besorgen Sie sich ein Paar komfortable Schuhe!«

Was die Rolle des Tristan betrifft, gibt es keine Schwierigkeiten, solange der Tenor erstens aussieht wie ein 18jähriger, zweitens die stimmliche Reife eines 45jährigen hat und drittens die Bühnenerfahrung eines 75jährigen besitzt. Das ist eigentlich alles. Vor jeder Aufführung war ich mir der Tatsache bewußt, daß ich gleichsam am Fuße eines Mount Everest stand und vielleicht gar nicht in der Lage war, die Spitze zu erreichen.

So übermenschlich die Aufgabe auch scheinen mag, sie wird dadurch erleichtert, daß die Oper auch für den Sänger wie keine andere rasch vorübergeht. Die berauschende Musik scheint auch das private Leben und Empfinden der Sänger hinwegzuschwemmen und ließ mich den langen Abend immer kurz empfinden. Dabei gebe ich offen zu, daß ich vor den MEISTERSINGERN oder einer GÖTTERDÄMMERUNG mit einem gewissen Gefühl der Freude, aber doch in dem Bewußtsein an die Aufgabe gedacht habe, daß ich vor einem langen Abend stehe. Das war bei TRISTAN nie der Fall.

Wieland Wagner stellte fest, daß die ersten zwei Akte im Prinzip auch von einem Sänger mit einer für Tamino passenden Stimme gesungen werden könnten. Das war sicherlich eine maßlose Übertreibung, die auch dazu diente, mich dazu zu bringen, die Rolle zu einem Zeitpunkt zu übernehmen, zu dem ich mich noch nicht dafür bereit fühlte. Im ersten Akt gibt es einige wenige kräftige, aber zu kontrollierende Höhepunkte, im großen und ganzen besteht er aus wunderschönen lyrischen Passagen wie »Wo dort die grünen Fluren dem Blick noch blau sich färben«. Ich habe mich erst entschlossen, diese Rolle einzustudieren, als ich entdeckte, daß sie viele der schönsten lyrischen Pianophrasen überhaupt enthält. Sie sind es wert, die dramatischen Schwierigkeiten der Rolle in Kauf zu nehmen. Bald war ich fasziniert von »O sink' hernieder...« und der berauschenden Stelle »Wohin nun Tristan scheidet...« und der Phrase im dritten Akt, für die jeder Sänger sterben könnte, »Wie selig, hehr und milde wandelt durch des Meeres Gefilde?«

Die Länge des Monologs im dritten Akt ist natürlich eine schwere Prüfung für die Stimmkraft und die Ausdauer des Sängers, die besonders dann schlimm gerät, wenn der Dirigent dem Orchester erlaubt, die ständig fortschreitende Spirale eines Fortissimos einzuschlagen, anstelle die von Richard Wagner vorgeschriebenen dynamischen Wechsel zwischen Forte und Piano einzuhalten. Das fiebrig wahnsinnige Ende der Rolle in der zweiten Szene des dritten Aktes konfrontiert einen zu diesem Zeitpunkt sicherlich schon ermüdeten Tristan mit einer musikalischen Herausforderung, die Wagner in der Partitur als »sehr lebhaft« beschreibt und die einen ständigen Taktwechsel zwischen 4/4 und 3/4 bereithält. Ich habe mir oft vorgestellt, daß Wagner diese Wechsel auch deshalb eingebaut hat, um Tristan zu beschäftigen und von den Schwierigkeiten der Partie abzulenken. Natürlich muß auch das letzte, weiche »Isolde« so schön gesungen werden, daß die entsprechende Stimmung für Isoldes Schlußauftritt und Liebestod gesetzt wird. Ein Tenor in Schwierigkeiten kann da schon versucht sein, ein kräftiges, brutales »Isolde« herauszubrüllen. So ein Anlaß soll einmal dazu geführt haben, daß ein Dirigent laut hörbar rief: »Endlich ist das Schwein tot.«

Richard Wagner, Tristan und Isolde, 1974.
Birgit Nilsson und Jess Thomas. (101)

Es ist auf alle Fälle für Tristan schwierig, die Rolle überhaupt zu bestehen, sie gut zu singen und letztendlich dem Auditorium einen Eindruck der Trauer und eines tiefen Mitgefühls zu hinterlassen. Für mich gab es keine schwierigere, aber auch keine lohnenswertere Rolle.

Die Rollen der Brangäne und des Kurwenal sind ebenfalls schwierig, sie sind von wesentlicher Bedeutung als Pendant zu Tristan und Isolde.

Brangäne ist eine Rolle für einen Mezzosopran eines speziellen Stimmtyps, der sowohl kräftige hohe Phrasen im Duett mit Isolde wie langgezogene, schön modellierte Phrasen im berühmten Wachgesang im zweiten Akt gestalten kann. Speziell diese Brangäne-Rufe sind ein Punkt der Profilierung für alle Darstellerinnen, weil sie einen weichen sanften Legatogesang in Piano verlangen und der Auftritt oft dadurch erschwert wird, daß sich Brangäne auf einer hohen Plattform oder auf der Hinterbühne in einer akustisch ungünstigen Position befindet. Die Schönheit dieser Phrasen ist berauschend und die Rolle ist ein Anziehungspunkt für viele große Sängerinnen. Die Suche nach der idealen Brangäne erinnert mich an zwei Besetzungsvorschläge, die zeigen, wie unterschiedlich die geforderten Qualitäten sein können: Sowohl Leonie Rysanek als auch Birgit Nilsson hatten für diese Rolle Angebote. Wieland Wagner ersuchte Leonie Rysanek, diese Rolle schon nach ihrem sensationellen Bayreuther Debüt als Sieglinde zu übernehmen, und Birgit Nilsson erzählte mir, daß sie der Vertreter einer bekannten Schallplattenfirma nach einer Vorstellung in Bayreuth besucht hatte, um ihr mitzuteilen, daß man in ihr die ideale Brangäne gefunden hat. Hätten beide die Rolle der Brangäne übernommen, wäre es schwergefallen, eine passende Isolde zu finden, denn die Stimme der Brangäne soll in jedem Fall eine Ergänzung und keineswegs eine Konkurrenz zur Isolde darstellen.

Kurwenal ist Tristans treuer Gefährte, der im ersten Akt nur einige wenige delikate Phrasen zu bestehen hat, dessen Schwierigkeiten aber erst im dritten Akt auftreten. Die Rolle erfordert Sympathie, Pianogesang, einen großen Bereich stimmlicher Ausdrucksfähigkeit, die auch eine berührende Todesszene einschließt, sowie eine hohe Tessitura. Ein guter Kurwenal kann für Tristan eine unschätzbare Hilfe sein, eine entsprechende Besetzung ist daher sehr wichtig.

König Marke ist eine noble Baßrolle, die keine großen musikalischen Schwierigkeiten für die entsprechende Stimmkategorie aufweist. Die einzige Falle in dieser Rolle besteht darin, daß man geneigt ist, sie zu sentimental und tränenreich zu gestalten. Der lange Monolog am Ende des zweiten Aktes kann leicht ermüden, statt zur geplanten völligen Auflösung von Zeit und Spiel zu werden.

Die wahrscheinlich größte Schwierigkeit bei einer TRISTAN-Inszenierung ist der Zeitplan für die Orchesterproben. Selbst das routinierteste Opernorchester benötigt reichlich Probenzeit, um die schwierige Partitur zu beherrschen, da sie sehr komplex ist und selten aufgeführt wird.

INSZENIERUNGEN

TRISTAN UND ISOLDE ist eine Oper, die an den Regisseur wie auch an das Publikum ganz besondere Anforderungen stellt. Es ist ein Werk der Superlative, das sich in seiner

Thematik so direkt und unvermittelt an das menschliche Unterbewußtsein und die Psyche wendet, daß eine Analyse oder gar Anleitung durch und für den Regisseur müßig ist. Die primären Reaktionen tiefsitzender Sehnsüchte und Empfindungen werden dabei sowohl durch die Musik wie auch durch Schlüsselworte ausgelöst. Eine vom Intellekt ungebremste Hingabe an die Reize von »Kennst du der Mutter Künste nicht...«, oder »Ewig einig...« kann durch nichts hervorgerufen oder gefördert werden, sie stellt sich einfach ein. Obwohl die Aufgaben in dieser Oper für alle Beteiligten, das Publikum eingeschlossen, übermenschlich sind, verblassen sie angesichts Richard Wagners Schöpfung, sie treten als untergeordnet gegenüber dem Kreativen in den Hintergrund.

Die Musik entführt den Zuhörer in eine so abstrakte, andere Welt, und es ist für jeden Regisseur und Bühnenbildner schwierig, mit dieser dominierenden geistigen Szenerie nicht in Konflikt zu kommen. Mit einem jungen Produzenten, James Marooney aus New York, unterhielt ich mich oft über Möglichkeiten, TRISTAN UND ISOLDE mit Hilfe neuer technischer Elemente zu inszenieren. Eine interessante Idee wäre, ähnlich wie in der Blauwandtechnik des Fernsehens, Tristan und Isolde in beliebige Umgebungen zu versetzen und damit dem von der Musik beschriebenen Eindruck und den ätherischen Regionen, die als andere Welt von Richard Wagner so perfekt beschrieben wurden, näherzukommen. Man braucht sich nur eine ohne technische Beschränkungen geschaffene Umgebung für Isoldes Phrasen im Liebestod vorzustellen: »Heller schallend, mich umwallend, sind es Wellen sanfter Lüfte? Sind es Wogen wonniger Düfte... Süß in Düften mich verhauchen? In dem wogenden Schwall, in dem tönenden Schall; in des Welt-Atems wehendem All ertrinken, versinken, unbewußt, höchste Lust!«

Die heutige Bühnentechnik ist bei weitem noch nicht so weit, und die Inszenierungen dieses Werkes bewegen sich zwischen den auch für andere Wagner-Opern gültigen Schranken der realistischen und der symbolischen Darstellung. Die größte Schwierigkeit für den Regisseur besteht jedenfalls in der Tatsache, einer übermächtigen Musik gegenüberzustehen, deren spontane Wirkung auf den Zuhörer durch eine Inszenierung wohl gesteigert, aber sehr leicht auch behindert werden kann. Sowohl für realistische wie auch symbolische Inszenierungen gibt es genügend exemplarische Beispiele.

Paul Hager folgte in San Francisco dem Regiekonzept von Wieland Wagner in symbolischem Stil. Alle Elemente von Wieland Wagners Bewegungsregie wurden aus der Sicht des musikalischen Verstehens aufgefaßt. Die Dekorationen waren realistischer, als man es von Wieland erwartet hätte, und das führte dazu, daß den Darstellern Reaktionen abgerungen wurden, die sich auf Gegenstände, die sich im Raum befanden, bezogen.

Eine Inszenierung, die einen optimalen Kompromiß zwischen realistischem und symbolischem Stil darstellt, schuf August Everding in Dekorationen von Schneider-Siemssen in Wien. Diese Inszenierung wurde vier Jahre später praktisch unverändert an der Met herausgebracht. In beiden Inszenierungen wurden realistische Bewegungen, die sorgfältig geprobt und daher körperlich sehr anstrengend waren, mit psychologisch fundierten Szenen vermengt. Auch in der Dekoration wurde jeweils beim Übergang von einer realistischen zu einer stilisierten Szene ein deutlicher Übergang gemacht. Im ersten Akt bestand sie aus einem Schiff, Tristans Silhouette wurde auf das Segel projiziert, Isolde logierte in einer improvisierten Kammer auf Deck, in der sich die notwendigen persönlichen Gegenstände, Vorhänge und auch eine Truhe befanden. Die Bewegungen der

Richard Wagner, Tristan und Isolde, 1967.
Bei den Proben (v. l. n. r.) Jess Thomas, Irene Dalis, Phillip Eisenberg, Kurt Adler. (102)

Seeleute, wehende Flaggen und die Atmosphäre des Schiffes waren deutlich und einprägsam. Zu dem Zeitpunkt, an dem die zwei Liebenden den Todestrank trinken, versinkt aber die Welt der Realität, sie wird durch Projektionen und Beleuchtungseffekte in eine verwirrende, nebulose Szene umgewandelt, in der Tristan und Isolde bis zur Ankündigung der Ankunft König Markes verbleiben, um sich dann plötzlich in der realen Welt wiederzufinden. Auch im zweiten Akt findet man zuerst eine realistische Szene mit Bäumen, die bei der Vereinigung der Liebenden im Duett hinweggefegt und durch eine kosmische Atmosphäre mit Sternen und Spiralnebel-Projektionen ersetzt werden. Erst mit dem Eintreffen von König Marke tauchen auch Tristan und Isolde wieder in die Realität ein. Im dritten Akt, der ebenfalls in der realen Welt beginnt, werden zur Liebestodszene, in der die Liebenden wiederum in ihrer eigenen Welt vereint sind, die realen Elemente, wie Begrenzungsmauern weggezogen und durch beeindrukkende Farbprojektionen ersetzt. Dieser Wechsel zwischen realistischer und symbolischer Szene stellt einen logischen Kompromiß in der Inszenierungstechnik für TRISTAN und ISOLDE dar, der es erlaubt, die nötige Handlung darzustellen, ohne die physiologischen Effekte zu schmälern.

Die Inszenierung Peter Halls in London war realistisch. Die Kostüme waren zeitgerecht, massiv und im Detail ausgearbeitet, das Schiff naturgetreu und rationell. Im zweiten Akt fand sich ein echter Turm, Bäume und sogar ein grasähnlicher Bodenbelag. Man sah das Bild einer Burg, und Tristan hatte im dritten Akt seine Bettstatt unter einem Baum. Tristan, mit Helm an einer Ruderpinne, war genauso naturalistisch wie die grasbewachsenen Hänge im zweiten Akt, auf denen es ein Vergnügen war, sich zurückzulehnen und die Umarmung Isoldes zu genießen. Der Dirigent dieser Serie, Georg Solti, hatte darauf bestanden, die gesamte Bühne nach vorne zu verlängern, so daß ein direkter Kontakt der Sänger zum Orchester bestand, aus dem sich eine kammermusikähnliche Transparenz im Duett ergab, die sonst selten erreicht wird. In dieser Inszenierung wurden keine speziellen Lichteffekte oder Projektionen verwendet, um die »andere Welt« von Tristan und Isolde darzustellen. In diesen Augenblicken verließ sich der Regisseur ganz auf den Zauber der Musik und die individuelle Darstellung der Sänger. Es ist natürlich eine Geschmacksfrage, welcher Inszenierung man den Vorzug geben will, und wahrscheinlich hängt es auch von den Fähigkeiten der Darsteller ab, welchem Konzept sie am besten folgen können.

Weitreichendere Möglichkeiten des Ausdruckes der inneren Zusammenhänge findet man jedenfalls in der abstrakten, psychologischen Gestaltung, dessen reinstes Beispiel Wieland Wagner selbst gab. In seinen Inszenierungen gab es keine unnötigen Requisiten, die an realistische Szenen erinnern konnten, und der universelle Eindruck der tragischen inneren Beziehung und des Mythos des Tristan war das einzige, das Eindruck schuf. Wieland Wagners Inszenierung dieser Oper zu beschreiben, ist ebenso unmöglich, wie die Oper selbst zu beschreiben. Diese Einstellung macht Wieland Wagner in einem Aufsatz »Gedanken zum Mythischen in Wagners Tristan und Isolde« selbst klar und es ist müßig, dazu etwas hinzuzufügen: »Es ist sehr undankbar, ja es erscheint überflüssig, über Wagners TRISTAN zu schreiben und so den Zuhörer zu überreden, über dieses musikalischste Werk – bekanntlich Höhepunkt und Krise der romantischen Musik und Tor zur Atonalität unseres Jahrhunderts zugleich – nachzudenken«. ... Tristan hat mit seinem Entschluß: ›Los den Anker, das Steuer dem Strom, den Winden Segel und Mast‹ den Tag und die Nacht verloren. Auch er weiß endlich, was die Mystiker des Abendlandes erkannt haben: Die alte, ernste Weise des ›Sich sehnen und sterben‹ ist auch sein Schicksal. Das Urvergessen, in das er sich, an Marke nicht weniger schuldig geworden als an Isolde, im zweiten Akt selbstmörderisch stürzt, nimmt ihn nicht auf. Isolde ist fern und hat ihn offensichtlich verraten. Was seine ritterliche Existenz ausmachte – Ruhm, Ehre, Macht, Treue –, hat er vertan: er zerbricht in der Hölle der Einsamkeit. Was soll ihm noch der Trost männlicher Freundschaft, den er durch Kurwenal erfährt, was kann ihm noch Heimat sein! Sein Geist zerbricht mit der Faustschen Verfluchung des Lebens:

›Fluch jener höchsten Liebeshuld!
Fluch sei der Hoffnung! Fluch dem Glauben
und Fluch vor allem der Geduld!‹

...Vollendung der Leidenschaft im Tod: dieses mystische Moment deckt die tiefe Bedeutung des Tristan-Mythos auf, der in der Überlieferung der Sagen und Legenden durch Jahrhunderte – nicht anders als der Mythos im ›Ring‹ und im ›Parsifal‹ – durch gesellschaftlich bedingte, epische, malerische und moralische Zutaten verunklart und verdunkelt worden ist. Es ist deshalb kein Zufall, daß der Tristan – »wie der Don-Giovanni-Mythos« – erst in der Oper, erst durch die Musik ihren endgültigen, ja ihren vollendeten Ausdruck gefunden haben. Allein die Musik ist der Tragödie angemessen, da sie deren Mutter und Tochter zugleich ist.«

DIE MEISTERSINGER VON NÜRNBERG

Uraufführung: 21. Juni 1868 in München

Personen:
Hans Sachs, Schuster (Baß) – Veit Pogner, Goldschmied (Baß) – Kunz Vogelsang, Kürschner (Tenor) – Sixtus Beckmesser, Schreiber (Baß) – Konrad Nachtigall, Spengler (Baß) – Fritz Othner, Bäcker (Baß) – Balthasar Zorn, Zinngießer (Tenor) – Ulrich Eißlinger, Würzkrämer (Tenor) – Augustin Moser, Schneider (Tenor) – Hermann Ortel, Seifensieder (Baß) – Hans Schwarz, Strumpfwirker (Baß) – Hans Foltz, Kupferschmied (Baß) – Walther von Stolzing, ein junger Ritter aus Franken (Tenor) – David, Sachs' Lehrbube (Tenor) – Eva, Pogners Tochter (Sopran) – Magdalene, Evas Amme (Mezzosopran) – Ein Nachtwächter (Baß) – Bürger und Frauen aller Zünfte, Gesellen, Lehrbuben, Mädchen, Volk.

ZUR HANDLUNG

Die Hauptpersonen dieser Oper sind ein junger Ritter, Walther von Stolzing, die von ihm verehrte Eva und Hans Sachs, ein erfahrener Meister in Nürnberg. In dieser Oper geht es aber nicht nur um Stolzings Liebeswerben um Eva und die Art und Weise, in der Walther in die Zunft der Meister aufgenommen wird und schließlich auch ein Meistersingen gewinnt, sondern auch um das Volk, um die Meister und die Kunst.

Die Meistersinger planen ein Wettsingen, nach dem Eva sich mit demjenigen verloben wird, der den ersten Preis gewinnt. Das erfährt auch der junge Ritter Stolzing, der Eva, die Tochter des Goldschmieds Pogner, verehrt, und er beschließt sofort, der Meistersingerzunft beizutreten, um im Wettstreit anzutreten. Die Regeln der Meisterkunst sind allerdings sehr schwierig, doch das schreckt Stolzing nicht ab, und er stellt sich den Meistern als Bewerber vor. Diese sind erstaunt und verlangen sogleich eine Probe seines Könnens. Stolzing improvisiert vor den strengen Meistern ein Lied vom Lenz und von der Liebe, doch dieses Lied entspricht keineswegs den herkömmlichen strengen Regeln der Kunst. Stolzings Ansinnen wird daher abgelehnt.

Eva, die neben Stolzing auch noch den Zyniker Beckmesser, selbst ein Meister, zum Verehrer hat, erfährt mit Bestürzung, daß Stolzing nicht in die Zunft aufgenommen wurde. Sie möchte keinesfalls, daß Beckmesser sie als Preis gewinnt und ermutigt den weisen, väterlichen Schuster Sachs, als Freier aufzutreten, um Beckmesser auszustechen.

Da erscheint Stolzing, und Eva wird von ihm aufgefordert, mit ihm zu fliehen, wenn er sie schon als Meistersinger nicht gewinnen könne. Hans Sachs aber verhindert diese Flucht, indem er mit seiner Lampe vor dem Haus zu arbeiten beginnt. Da naht auch schon der zweite Verehrer: Beckmesser. Er will Eva ein Ständchen bringen. In sein Ständchen knallt jedoch, sehr zu seinem Mißvergnügen, bei jedem Fehler, den er entgegen der Meistersingerkunst begeht, ein Hammerschlag von Hans Sachs. Dieser Lärm verärgert die Nachbarn, und es kommt zu einer kräftigen Prügelei, bevor wieder nächtliche Ruhe einkehrt.

Stolzing hatte in der Nacht einen wunderbaren Traum gehabt, den er Sachs erzählt. Unter der behutsamen Führung des alten Meisters wird aus dieser Erzählung ein völlig neuartiges und doch perfekt gefügtes Lied, das Sachs sogleich auf Pergament niederschreibt. Dieser Zettel aber fällt Beckmesser in die Hände, der mit der neuen Melodie in den Sängerwettstreit ziehen will.

Auf der Festwiese kommt es dann vor den Augen der Bürger und Zünfte zum Meistersingen. Beckmesser trägt das gestohlene Lied mit Hilfe der Pergamentnotizen so komisch vor, daß er helles Gelächter hervorruft. Er wirft das Blatt im Zorn weg und gesteht dem Volk, daß er es von Sachs erhalten habe. Doch Sachs rühmt sich des Liedes nicht und führt Stolzing als Verfasser an. Der versteht es, das Lied vollendet vorzutragen. Das gefällt dem Volk und findet auch die Anerkennung der Meister. Stolzing gewinnt damit den Preis und Eva sinkt ihm in die Arme.

MUSIKALISCHE SCHWIERIGKEITEN

Einige Fachleute bemängeln an dieser Oper, daß sie nur in C-Dur und nur im $^4/_4$-Takt geschrieben ist. Nur ein kurzer Blick in die Noten zeigt, wie ungerechtfertigt diese Aussage ist. Das relativ lange und gut strukturierte Vorspiel beginnt in C-Dur, bleibt aber nicht zur Gänze in dieser Tonart. Schon nach den ersten Takten kann der Zuhörer erkennen, daß dieses Werk für Wagner nicht typisch ist. Man kann sich nur schwer vorstellen, daß die Person, die nur drei Jahre zuvor Tristan komponiert hat, mit der identisch ist, die auch Meistersinger geschaffen hat. Der Meister verwendet Bachsche Kontrapunktik, Fugen und klassische Strukturen, die er mit Märschen, Volksliedern, Chören und Tänzen vermischt, um ein Werk zu schaffen, das sehr weit von der romantischen, revolutionären Struktur eines Tristan entfernt scheint.

Trotzdem ist die Musik reich an Neuerungen, musikalischem Charme und Schwung. Obwohl man sie auf den ersten Blick nicht für schwierig halten möchte, gibt es reichlich musikalische Schwierigkeiten für den Dirigenten, das Orchester und die Sänger.

Eines der wichtigsten Probleme kann man schon beim Hochgehen des Vorhanges im ersten Akt bemerken, denn es ist keine leichte Aufgabe, die Orgelbegleitung mit dem Orchester und dem Chor zu koordinieren. Da benötigt man schon eine Armee von Maestros, Helfern, Fernsehmonitoren und einen Dirigenten, der auch in schwierigen Situationen kühlen Kopf bewahrt. Der Dirigent hat in dieser Oper tatsächlich die

Richard Wagner, Die Meistersinger von Nürnberg, 1963. (103)

Hauptlast auf seinen Schultern, die langen, oft sehr komplizierten Ensembles erfordern seine ständige Aufmerksamkeit. Man muß schon große Erfahrung haben und äußerst konzentriert sein, um zum Beispiel den Ablauf der Prügelszene koordiniert zu halten, die richtigen Einsätze für die Hammerschläge des Sachs zu geben sowie den konstanten Wechsel zwischen euphorischen Melodien und sanften lyrischen Phrasen, die in romantischen Farben schwelgen, richtig zu treffen.

Bei den MEISTERSINGERN findet man ein Problem, das sich auch in anderen Opern Wagners findet: Es besteht in der Besetzung. In den Meistersingern gibt es nur zwei weibliche Rollen, die der Eva und der Magdalena, aber 15 männliche Rollen. Die Hauptdarsteller der Oper sowie die Meister müssen jeweils die richtige Klangfarbe und Persönlichkeit besitzen, um in das Ensemble zu passen und den zu porträtierenden Charakter darstellen zu können. Die schwierigste dieser Rollen ist die des Hans Sachs, er hat es schon von der Rollenlänge her gesehen nicht einfach. Seine Stimme muß jung und lyrisch genug sein, um den introvertierten Fliedermonolog im zweiten Akt überzeugend und romantisch darstellen und ein Pendant zu Stolzing und Eva bilden zu können; er braucht aber auch Kraft für die imposanten und langen Monologe im dritten Akt. Die Rolle wird von Wagner als Baß charakterisiert, sie wurde aber von vielen unterschiedlichen Künstlern aus unterschiedlichen Stimmfächern, vom Bariton zum Baßbariton, vom Heldenbariton und jugendlichen Baß bis zu talentierten Charakterbaritonen und Bässen gesungen. Die große Anzahl von erfolgreichen Darstellern dieser Rolle zeigt auch, in welch unterschiedlicher Gestaltung sie präsentiert werden kann: Paul Schöffler, Hans Hotter, Josef Greindel, Otto Wiener, Thomas Stewart, Norman Bailey, Karl Ridderbusch, um nur einige zu nennen.

Eva ist eine entzückende Rolle für einen echten jugendlichen Sopran, die für die gesunde, passende Stimme im großen und ganzen keine Schwierigkeiten enthält. Aber auch in dieser Rolle gibt es einige Stellen, die selbst bei erfahrenen und standfeste Sängerinnen gefürchtet sind. Die meisten davon liegen im dritten Akt in der Schusterbubenszene. Sehr gefürchtet ist der plötzliche und sehr hoch liegende Ausbruch auf ein hohes H mit »O Sachs! Mein Freund!«, nachdem Eva zuvor nur wenige Phrasen in der Szene zu singen hatte, und davor liegt die lange Pause und Inaktivität im zweiten Akt. Die Stimme kann in solchen Pausen an Geschmeidigkeit verlieren, der Stimmsitz verlorengehen. Dann kommt das berühmte Quintett, in dem Eva allein, mit langsamen, exponierten Legatophrasen beginnen muß. Die Angst vor dieser Stelle hat so manche Eva dazu gebracht, ihren Kopf an meine Brust zu werfen, um dort ihre Kehle freizuhusten, zu beten oder was auch immer zu tun. Das Quintett selbst ist kurz, aber schwierig für alle Beteiligten: Eva, Sachs, David, Magdalena und Stolzing. Schon Cosima Wagner muß über dieses Quintett nicht gerade glücklich gewesen sein, denn sie schlug Richard Wagner vor, es aus der Partitur zu streichen. Ich bin froh, daß das nicht geschehen ist, denn es enthält soviel Atmosphäre und Schönheit, so daß sich für alle Beteiligten die Schwierigkeiten lohnen. Ein erfahrener Dirigent kann durch die Wahl des richtigen Tempos und die präzise Leitung der Stimmen die einzelnen Klippen umschiffen und diese Stelle zu einem der Augenblicke in der Oper werden lassen, an die man sich gerne erinnert.

Magdalena kann dem Zuhörer als kleine Partie erscheinen, aber sie darf keineswegs unterschätzt werden. Auch sie wird immer mit einer Künstlerin der ersten Garnitur besetzt und enthält einige Schwierigkeiten, wie ein überlautes hohes C im schwierigen Ensemble im zweiten Akt.

Beckmesser hat eine interessante, aber musikalisch nicht allzuschwere Partie. Ausnahmen bilden dabei das hohe A bei seinem Auftritt in der Schusterstube, sowie die vielen schwierigen Einsätze. Der Angelpunkt dieser Rolle ist die Anforderung an eine musikalische und darstellerische Charakterisierung des Beckmesser. Wenn die Rolle komödiantisch angelegt wird, dann muß auch die Stimme entsprechend wirken und zu dieser Anlage passen, sinnvoller ist es oft, Beckmesser mit einem tieferen, tragikomischen Hintergrund anzulegen, obwohl die Rolle sicherlich eine gewisse Komik verträgt.

Stolzing ist die Wagner-Rolle, die dem italienischen Fach am nächsten kommt. Die Partie ist logisch aufgebaut und enthält für den Sänger genau die richtigen Pausen zur rechten Zeit. Dem Stolzing sind weichere Phrasen als andere Wagner-Tenorpartien geschenkt, die von den niedrigeren und mittleren Tönen bis zum frei ausschwingenden hohen B reichen, ohne dabei lange im schwierigen Passagiobereich der Tenorstimme zu bleiben. Schwierigkeiten gibt es in den an Tristan erinnernden Ausbrüchen im zweiten Akt, in denen man dazu verleitet ist, die Stimme zu sehr zu forcieren, was unweigerlich Probleme im letzten Akt nach sich zieht, wenn man die hohe Pianolinie im Quintett durchhalten muß. Eine weitere, wenn auch nicht musikalische Schwierigkeit, findet Stolzing darin, die unterschiedlichen Verse des oft wiederholten Preisliedes zu behalten. Natürlich ist das Preislied, das am Ende eines langen Abends und einer langen Oper kommt, an sich nicht einfach. Es erfordert eine Menge Atem, um über das Orchester und den Chor hinwegzukommen, und viel Ausdruckskraft, um das Lied in der Form eines Siegers so auszudrücken, daß das Auditorium den Eindruck bekommt, daß Stolzing den versprochenen Preis auch tatsächlich wert ist.

Natürlich erhält Stolzing am Ende der Oper in jedem Fall Eva als Preis, und er wird immer in den Kreis der Meister aufgenommen, egal ob er nun gut singt oder schlecht, aber der Zuhörer fühlt sich leicht betrogen, wenn der Gewinner des Preissingens seinen Preis gar nicht verdient. Die größte Schwierigkeit für den Zuhörer, der MEISTERSINGER zum erstenmal hört, besteht darin, die Fähigkeit zu entwickeln, sich einfach hinzusetzen, zurückzulehnen und die Musik ihre Geschichte erzählen zu lassen, ohne dabei an tiefere Interpretationen des Textes zu denken oder Versuche unternehmen zu wollen, herauszufinden, was bei dieser oder jener Phrase wohl wirklich gemeint war. Es ist ein langer Abend, aber dieser Abend kann auch sehr begeisternd werden, wenn alles klappt. Man darf sich durch die Länge der Oper nicht abschrecken lassen, man muß an dem Spaß teilhaben und so selbst Teil der Aufführung werden. Ich bin sicher, daß man sich am Ende erhaben fühlt und versteht, warum gerade dieses Werk Deutschlands Nationaloper geworden ist. Nach den zahllosen Bemühungen von Wieland und Wolfgang Wagner, wie auch anderer großer Dirigenten und Regisseure, wurde dieses Meisterwerk von allen mißverständlichen Assoziationen zu einer schwarzen Geschichtsperiode Deutschlands befreit und atmet nun neues Leben, um künftige Generationen zu erfreuen.

INSZENIERUNGEN

Richard Wagners volkstümliches Werk stellt in den Augen Wieland Wagners ein Gleichnis, eine Formel über den Aufbau und die Entstehung eines Kunstwerkes dar. Aber die Ingredienzien, die zur Weiterentwicklung der Kunst nötig sind, die Erfahrung, die Inspiration, die Kritik, das Revolutionäre und auch das Volk sind jene Elemente, die sich in der Entstehung jedes großen Werkes finden, sie sind nicht auf die Kunst beschränkt, sondern eine Evolutionsformel für die menschliche Gesellschaft schlechthin. Der Inhalt des Werkes beschreibt ein Fundamentalproblem und ist daher aktueller denn je. In der nuancenreichen Entwicklung zeigt der Meister das Wechselspiel der Elemente und auch ihren Einfluß auf das Einzelschicksal und gibt damit Denkanstöße, die gerade heute wenig beachtet werden. Dabei wäre es doch so wichtig, sich bei der Verfolgung des Fortschrittes bewußt zu sein, auf welchen Elementen das wahre Meisterwerk fußen soll. Wenn man diese grundlegende Thematik verfolgt, ergibt sich in der Regie dieses Werkes die Ausarbeitung der Konflikte der Einzelpersonen, wie die Beziehung Sachsens zu Eva fast zwangsläufig.

Das Werk hat auch wahrscheinlich den realistischsten, menschlichsten und auch sowohl in bezug auf Zeit und Handlungsort am besten definierten Rahmen unter Wagners Werken. Meistersinger spielt in einer »echten« Umgebung, sie zeigt Leute, wie man sie tatsächlich antreffen konnte, und spielt zu einer vorgegebenen Zeit. Während es bei anderen Wagner-Opern leicht ist, Zeit und Ort zu transformieren, man denke dabei nur an LOHENGRIN oder HOLLÄNDER und auf alle Fälle an den RING oder TRISTAN, kann dies mit den MEISTERSINGERN nicht gelingen. Schon aus diesem Grund bleibt diese Oper als einziges Werk Wagners von symbolischen und abstrakten Interpretationen unberührt. Wieland Wagner brachte im Jahre 1963 in Bayreuth eine revolutionäre Inszenierung heraus, die seinem üblichen Stil entsprach, aber keineswegs so abstrahiert war, um die Kirche, die romantischen Effekte der Johannisnacht, die Festwiese und die Schusterstube nicht in zumindest andeutungsweise erkennbaren Form darzustellen. Nach dieser Aufführung sprach ich mit Wieland Wagner über seine zukünftigen Pläne mit dieser Oper und darüber, warum er nicht doch einmal eine traditionelle Produktion mit Butzenscheiben, Nürnberger Gassen und Häusern in seinem unnachahmlichen Stil präsentieren wollte. Seine Antwort war einfach und direkt, er hatte eine solche realistische Inszenierung in Dresden unter der Regie von Rennert gesehen und sie für so perfekt gehalten, daß er es nicht für möglich hielt, sie zu übertreffen. Warum und wie sollte er also versuchen, etwas zu kopieren, das er bewunderte und anerkannte. Er wollte also in Weiterentwicklung dieses großen Werkes neue Wege finden, um sie für den Opernbesucher interessant zu halten.

Eines ist jedenfalls sicher, Richard Wagner zeichnete seine Charaktere mit solcher Feinheit und so viel Liebe, daß es jedes Regisseurs heilige Pflicht ist, jeder der einzelnen Figuren gleiche Beachtung zuzuwenden und Wagners Anweisungen genau zu befolgen.

Bevor ich die Rolle zum ersten Mal sang, hatte ich Gelegenheit, Instruktionen meines Lehrers Otto Schulmann zu dieser Oper zu bekommen. Nachdem ich in Deutschland angelangt war, hatte ich Zeit genug, mit Otto eine lange Korrespondenz zu beginnen, in der ich Ratschläge für verschiedene Rollen, darunter speziell auch für Meistersinger einholte. Meine Notizen verwendete ich dann zum Rollenstudium, sie sind ein äußerst interessantes Beispiel für die Basis einer derartigen Rollenanlage. Nachstehend einige Beispiele meiner Aufzeichnungen.

Auftritt erster Akt:
Sei höflich, aufmerksam, drängend, aber doch distanziert. Nicht aufdringlich im Spiel, eher aristokratisch.

Nur ein paar Seiten später, anläßlich der Mitteilung Magdalenas, daß Eva der Preis des Meistersingens sein wird: Ehrliche Überraschung, Ruhelosigkeit, du siehst ein unerwartetes Hindernis.

Später in der Szene, wenn Eva mit »Seh' ich euch wieder« geht und Stolzing antwortet: »Heut' abend gewiß!« : Sicherheit, Wärme mit der Darstellung der inneren Überzeugung eines begabten Mannes.

In der zweiten Szene des ersten Aktes mit David:

Humorvoll, sich nicht mit einem gleichen, sondern einem Lehrling abgebend, eher ein Selbstgespräch, sich nicht an David wenden oder David Rat geben wollen.

Und bei »Wär ich's doch!« : Träumerisch, für sich selbst.

Und zu Davids Jammer, »O Lene! Lene!«, die Reaktion: Geht es mir eigentlich so schlecht?

Bei der Frage des Stolzing »Nur dies noch: wer wird Meister genannt?« : Die Einstellung eines klugen, genial denkenden Mannes, wie gibt es hier einen direkten Weg?

Die Ratschläge beschreiben den ersten Akt bis zur Szene »Am stillen Herd«, für die mir Otto riet: Beginne wirklich zu singen, traumhaft und enthusiastisch.

Zum Beginn mit »Fanget an!« riet er mir: Aggressiv, gewinne Selbstvertrauen, singe!

Ohne komplett zu sein, geben diese Ratschläge Schulmanns ein gutes Beispiel dafür, wie man als Sänger beginnt, eine Rolle zu porträtieren. Noch bevor ich eine Note auf der Bühne gesungen hatte, schaffte ich mit seiner Hilfe einen guten Einstieg in die Oper, die er selbst unzählige Male dirigiert und gehört hatte. Nach diesem Muster plante ich dann jede meiner Wagner-Rollen, und ich glaube, daß die erste Bühne für jede glaubwürdige Rollendarstellung sich im Geiste des Sängers selbst befinden muß. So sah ich meinen ersten Stolzing schon im Geiste und versuchte bereits da, meine stimmlichen und darstellerischen Fähigkeiten zu verschmelzen.

Die Verwendung einer derartigen Vorbereitungstechnik ist unabhängig davon, ob die studierte Rolle nun in einer realistischen oder symbolischen Umgebung spielt. Meistersinger jedenfalls stellt Richard Wagners Aufbruch aus dem Metaphysischen in die echte Welt der realen Situationen dar.

Rudolf Hartmann erklärte sein eigenes Konzept in seinem Buch »Oper, Regie und Bühnenbild heute« mit: »Die Meistersinger sind nicht Tristan und Isolde. Regisseure und Bühnenbildner werden darüber nachdenken müssen, ob eine grenzenlose Ausweitung der Schauplätze in phantastisches Niemandsland angebracht ist, oder ob nicht vielmehr die Enge einer mittelalterlichen Stadt, das nahe Aufeinandersitzen in den Gassen, die sich reibenden Gegebenheiten des tägliche Lebens den Kontrapunkt zu dem sie selbst überraschenden Überschäumen der Bürger bilden sollen...«

Hartmanns Regie ist ein exemplarisches Beispiel für die Personenführung, die ich auch in anderen Inszenierungen fand. Seine Gruppierungen der Meister im ersten Akt mit Stolzing als zentraler Person, die nie monoton und statisch blieb, sondern immer dynamisch und beweglich sein mußte und daher Leben in das Bild brachte, wurde zum Modell für viele Produktionen. Stolzing sitzt in seinem Singstuhl, links der Mitte, die Meister in einem Halbkreis um ihn und Beckmesser weiter links vorne. Hartmanns Personenregie für Stolzing deckte sich interessanterweise mit Schulmanns Ratschlägen an mich und auch mit Wielands Charakterisierung. Stolzing sollte nobel, großzügig, vielleicht sogar arrogant, aber mit völliger Selbstkontrolle dargestellt werden, er sollte selbstsicher, ungeduldig und draufgängerisch wirken.

Die Meister waren würdevoll und traten im dritten Akt als stolze Vertreter ihrer Handwerkskunst auf. Hartmann wollte auch den Freiraum der Bühne genützt sehen und verlangte von Eva und Stolzing, daß sie im ersten Akt, während David und Magdalena singen, nicht hilflos herumstehen und eine Konversation vortäuschen, sondern eine Spannung so aufbauen, daß sie tatsächlich nahe an den Punkt einer echten Unterhaltung kommen. Seine Inszenierung anläßlich der Eröffnung des Nationaltheaters in München war eine der schönsten, die ich je gesehen habe, sie blieb in ihrer Originalform für 20 Jahre im Repertoire.

Wieland Wagners Inszenierung in Bayreuth stellt, wie schon erwähnt, eine Ausnahme im Rahmen der üblichen Inszenierungen der MEISTERSINGER dar, sie steht auch im Gegensatz zu Hartmanns Versuch. Wielands Inszenierung strich die derben Aspekte dieses Meisterwerkes hervor, das er in elisabethanischen Stil kleidete. In diesem Stil war auch das Kirchendach gehalten, von dem aus die Lehrbuben die Meistersinger im ersten Akt beobachteten, die Balkone der Nürnberger Häuser im zweiten Akt und schließlich auch die Tribünen für die Zuseher auf der Festwiese im dritten Akt. Die Schlüsselstelle seines Konzepts war die Schusterstube, in der es einen kleinen zentralen Raum gab, der Sachsens Werkstätte darstellen sollte, sich aber nur wenig als Spielraum eignete. Dominierend in der Szene war ein bemalter Vorhang, der Johannes den Täufer zeigte. Eine Taufe findet auch in der Schusterstube statt, und Wieland knüpfte an die Tatsache an, daß das Festsingen am Johannestag stattfand. Die Wichtigkeit der Taufe eines neugeborenen Liedes sowie Stolzings Taufe einer neuen Kunstform erschien ihm wesentlich.

Auch das Finale der Vorstellung unterstrich den elisabethanischen Anstrich dieser Produktion. In einer falstaffähnlichen Huldigung des Triumphes der Künste über die Grenzen der Nationen wendete sich der gesamte Chor zum Auditorium und alle, die Solisten eingeschlossen, bewegten sich zur Bühnenrampe. Dabei wurde das Auditorium langsam erhellt und schloß dadurch die Besucher in das Drama ein, machte sie zu Teilhabern der heiligen deutschen Kunst.

Aber auch schon während der Vorstellung fühlt das Publikum in einer guten Inszenierung, daß es in die Handlung eingeschlossen ist, daß es seine Welt ist, die auf der Bühne dargestellt wird. In so einer Aufführung entwickelt sich auch für die Darsteller eine Spannung, derzufolge sich echte Gefühle ergeben.

In den meisten Vorstellungen in der Inszenierung von Paul Hager in San Francisco wurde die Bedrohung Stolzings durch die Meister in der Schlußszene sehr realistisch gestaltet. Ihre Mißbilligung war fühlbar, und sie war auch für einen Sänger, der sich bemüht, sein Bestes zu geben, nicht leicht zu ertragen, wenn man auf allen Gesichtern in seiner Umgebung nur Enttäuschung sehen konnte. Die Regie war so wirkungsvoll, daß ich im Singstuhl sitzend fühlte, um die Anerkennung der Meister und des gesamten Volkes kämpfen zu müssen und mir ihre mangelnde Zustimmung tatsächlich Unbehagen verursachte. Die scheinbare Echtheit dieser Situation war für mich so beeindruckend, daß ich oft erleichtert war, wenn meine Kollegen dann endlich lachten und mir gratulierten.

In welchem Stil die MEISTERSINGER auch immer inszeniert werden, diese Oper bleibt Wagners menschlichste, sie beschreibt die Menschen und deren Seele lyrisch und poetisch. Diese Oper wäre auch dann ein imposantes Werk, wenn es Richard Wagner nur bei diesen Inhalten belassen hätte. Wagner reicherte aber die Thematik und den rein menschlichen Inhalt an und schloß die Anerkennung der älteren und jüngeren Generation, die Form der Überlieferung künstlerischen Standards sowie eine universelle Hymne an die Künste ein. Nicht zuletzt schloß er auch sich selbst in dieses Werk ein, indem er sich als junger Revolutionär in Stolzing wie als alter Meister in Sachs selbst porträtierte. Nachdem so viele Opernabende damit enden, die Bühne mit Leichen zu hinterlassen, ist es eine willkommene Befreiung, das Ende einer Meistersinger-Aufführung zu erleben. Die kleinen Mißverständnisse und Streitigkeiten werden in der alles reinigenden Schlußszene gelöst, es verbleibt ungetrübter Jubel. Ich kam immer mit erhabenem Gefühl – wenn auch erschöpft – aus meinen MEISTERSINGER-Aufführungen.

DER RING DES NIBELUNGEN

Wagner begann mit dieser Tetralogie, die zu einem der gigantischen Meilensteine unserer westlichen Zivilisation werden sollte, schon in Frankreich im Jahr 1841 und setzte die Arbeit dann 1845 in Marienbad mit dem Textentwurf von Siegfrieds Tod fort. Allerdings wurde er bei dieser Arbeit mehrmals unterbrochen, und er erkannte bald die Notwendigkeit, an seiner Heldenoper in chronologischer Reihenfolge der Szenen zu arbeiten. Das führte dazu, daß er am Text zu einem Siegfried-Drama zu arbeiten begann und Teile der WALKÜRE sowie des Prologs zu RHEINGOLD komponierte. 1853 war dann die gesamte Dichtung fertig und schon 1854 die Partitur für das RHEINGOLD. 1856 stellte Wagner WALKÜRE fertig, wurde aber dann neuerlich durch die Komposition der Opern TRISTAN UND ISOLDE und MEISTESINGER unterbrochen. RHEINGOLD wurde entgegen seinen Wünschen schon 1869 und WALKÜRE 1870 in München uraufgeführt. SIEGFRIED wurde 1871 und GÖTTERDÄMMERUNG 1874 fertiggestellt, der komplette RING wurde dann das erste Mal in Bayreuth im Jahr 1876 gezeigt.

In einem Brief vom 11. Feber 1853 schrieb Wagner über sein gigantisches Werk an Liszt: »Merke dir meine neue Dichtung gut, es enthält den Weltenanfang und ihre Zerstörung.«

Wagners Werk entstand unter den Einflüssen der älteren und jüngeren Edda, der alten nordischen Völsungensage, Mythen und Sagen vieler Jahrhunderte. Auch die Ideen Schopenhauers spielten eine Rolle. Diese Elemente inspirierten Wagners Vorstellungskraft und seine Kreativität. Er wollte eine Geschichte für »alle Ewigkeit« schaffen, und er schrieb für dieses Weltengleichnis eine revolutionäre Musik und ein Bühnenwerk, das für jedes Theater sowohl ein musikalisches, technisches wie auch inszenatorisches Problem darstellt. Die musikalischen und besonders die stimmlichen Aufgaben, die dieses Werk den Aufführenden stellt, sind heute wie damals unerreicht. Wagner sprühte vor Ideen, er schrieb seinen Text selbst und ›erfand‹ dafür eigene Worte, er entwarf ein eigenes Theater für die Aufführung seiner Werke, schuf eigene Instrumente und gab sich dem Traum vom Entstehen einer neuen Art von Sängern hin. Da alle diese revolutionären Elemente in diesem Werk auch heute noch gültig sind, sind Interpretation und Inszenierung des Rings eine Aufgabe, der man sich mit Ehrfurcht nähern muß.

ZUR HANDLUNG

In dieser Tetralogie wird die verderbliche Wirkung des Ringes des Nibelungen, der aus dem den Rheintöchtern entwendeten Gold geschmiedet wurde, erzählt. Die Personen, die den Ring begehren und mit ihm in Berührung kommen, die Götter, Helden und die in der Tetralogie vorkommenden Geschlechter, stehen symbolisch in einem Weltengleichnis, in dem der Ring die verderbenbringende Macht darstellt. Die zentrale Figur dabei ist der Gott Wotan, der das von ihm geschaffene Recht bricht und eine Schuld durch das geraubte Gold begleicht. Aus dieser Verstrickung kann er sich nicht mehr befreien, Wotans Reich zerfällt schließlich, und das Gold wird den Rheintöchtern zurückgegeben.

DER RING DES NIBELUNGEN

Übersicht über die wichtigsten Personen, Geschlechter und Götter in den vier Opern, in denen das Gold den Rheintöchtern entwendet und von Brünnhilde wiedergegeben wird.

	DAS RHEINGOLD	DIE WALKÜRE	SIEGFRIED	GÖTTER-DÄMMERUNG
Götter	Wotan Donner Froh Fricka Freia	Wotan Fricka	Wanderer Wotan	
Riesen	Fasolt Fafner		Fafner	
Abkömmlinge Wotans: Helden, Walküren Menschen Geschlechter		Siegmund Brünnhilde Sieglinde Hunding	Siegfried Brünnhilde	Siegfried Brünnhilde Gibichungen Gunther Gutrune
Nibelungen	Alberich Mime		Alberich Mime	Hagen Alberich
Natur	Rheintöchter Erda		Erda	Rheintöchter Nornen

DAS RHEINGOLD

Uraufführung: 22. September 1869 in München
Personen:
Wotan, Donner (hohe Bässe), Froh, Loge (Tenöre), Götter – Fasolt (hoher Baß), Fafner (tiefer Baß), Riesen – Alberich (hoher Baß), Mime (Tenor), Nibelungen – Fricka (tiefer Sopran), Freia (hoher Sopran), Erda (Alt), Göttinnen – Woglinde, Wellgunde (Soprane), Floßhilde (Alt), Rheintöchter – Nibelungen (stumm)

In den Tiefen des Rheins erfreuen sich die Rheintöchter der Schönheit des auf dem Grunde liegenden Goldes. Der finstere, machtgierige Alberich erfährt von ihnen, daß jener, der das Gold zu einem Ring schmiedet, zum Herrscher der Welt wird. Das Gold kann aber nur gewinnen, wer der Minne entsagt. Alberich zieht die Macht vor, verflucht die Liebe und entreißt den Rheintöchtern das Gold.

Wotan, der Götterfürst, hat sich von den Riesen Fasolt und Fafner die Burg Walhall bauen lassen. Sie fordern als Preis für ihre Arbeit die Göttin Freia, die ewige Jugend verleihen kann. Doch Wotan möchte den Vertrag nicht einhalten, und der listige Feuergott Loge weiß Rat: Man wird Alberich den Schatz entreißen und den Riesen als Ersatz für Freia anbieten. Loge und Wotan steigen nach Nibelheim hinab, wo Alberich seinen Bruder Mime und die Nibelungenzwerge unter dem Schutze eines Tarnhelms versklavt. Obwohl Alberich den beiden Fremden mißtrauisch begegnet, läßt er sich von Loge täuschen. Er führt den Tarnhelm vor, verwandelt sich zuerst in einen Drachen und dann in eine Kröte, die von Loge gefangen wird. Als Lösegeld müssen seine Nibelungen den gesamten Schatz herbeitragen. Alberich aber verflucht den Ring: Wer immer ihn besitzt, den soll Verderben treffen. Die Riesen tauschen Freia gegen den gesamten Schatz, und Wotan bleibt nicht einmal der Ring, vor dem ihn auch die Urmutter Erda warnt. Der Fluch des Ringes beginnt zu wirken: keiner der Riesen gönnt dem anderen den Schatz, Fafner erschlägt Fasolt und zieht mit dem Schatz ab. Die Götter schreiten in einer scheinbar intakten Welt auf einem Regenbogen der neuerbauten Götterburg Walhall entgegen.

DIE WALKÜRE

Uraufführung: 26. Juni 1870 in München
Personen:
Siegmund (Tenor) – Hunding (Baß) – Wotan (hoher Baß) – Sieglinde (Sopran) – Brünnhilde (Sopran) – Fricka (Mezzosopran) – Helmwige, Gerhilde, Ortlinde, Waltraute, Siegrune, Grimgerde, Schwertleite, Roßweiße (Sopran und Alt), Walküren.

Der machtbringende Ring ist nun im Besitz von Fafner. Wotan, der mit ihm einen Vertrag geschlossen hatte, kann ihn nicht an sich bringen. Wotan sucht nun einen

Ausweg. Er setzt auf einen freien, von ihm völlig unabhängigen Helden, der ihm aus eigenen Stücken helfen soll. Dieser Held ist Siegmund, den Wotan auf der Erde gezeugt hatte; sein Schicksal ist der Ausgangspunkt der Oper.

Siegmund stürzt auf der Flucht vor Feinden in eine fremde Hütte und sucht Schutz am Herd. Sieglinde, das Weib des Hausherren, stärkt ihn und er erwartet die Rückkehr ihres Mannes. Dem ungleichen Paar, Hunding und Sieglinde, gibt Siegmund dann über seine Herkunft Auskunft. Er ist mit seiner Zwillingsschwester und dem Vater Wolfe einsam aufgewachsen. Eines Tages fand er das Haus zerstört, und Wolfe und seine Schwester waren verschwunden. Seither irrte er umher und verlor nun auch seine Waffe bei einem Kampf um ein Weib. Hunding erkennt in Siegmund den Feind seiner Sippe, doch das Gastrecht ist ihm heilig. Siegmund kann die Nacht über bleiben, doch am Morgen muß er sich zum Zweikampf stellen.

Kaum ist er allein, erscheint Sieglinde, die ihrem Mann einen Schlaftrunk verabreicht hat, wieder. Sie erzählt Siegmund ihre Geschichte und die einer Waffe, die in der alten Esche inmitten der Hütte steckt. Ein alter Mann stieß einst das Schwert in den Stamm, es soll jenem gehören, der es herauszuziehen vermag. Magische Kräfte ziehen die beiden an, und Siegmund erkennt in Sieglinde die Zwillingsschwester. Er zieht auch das von Wotan in den Stamm geschlagene Schwert heraus und flieht in einem Liebesrausch mit Sieglinde aus der Hütte.

Der Gott Wotan weiß über das Geschehen Bescheid und gibt seiner Tochter Brünnhilde den Befehl, Siegmund im Kampf gegen Hunding zu schützen, der das Paar verfolgt. Da erscheint seine Frau Fricka, die Schützerin der Ehe, und verlangt den Tod des Ehebrechers Siegmund. Widerstrebend und resignierend gibt Wotan nach und opfert die von ihm selbst geschaffene Hoffnung auf einen unabhängigen Helden, der ihm das Gold zurückgewinnen könnte. Er befiehlt Brünnhilde, Siegmund im Kampf zu töten.

Siegmund rastet mit Sieglinde auf der Flucht, und während diese schläft, erscheint Brünnhilde dem Helden, um ihm seinen Tod zu verkünden. Da Sieglinde ihm jedoch nicht nach Walhall folgen kann, will er sie lieber töten als verlassen. Brünnhilde widersetzt sich Wotans Befehl; als Hunding naht, steht Brünnhilde schützend hinter Siegmund. Da greift Wotan selbst in den Kampf ein, zertrümmert mit seinem Speer Siegmunds Schwert und der Held fällt. Brünnhilde entflieht mit den Trümmern des Schwertes und Sieglinde.

Auf einem hohen Felsen versuchen die Walküren, ihre Schwester Brünnhilde vor dem Zorn Wotans zu schützen. Sie eilt mit Sieglinde herbei und verbirgt sie, da sie die Frucht ihrer Vereinigung mit Siegmund im Schoß trägt. Doch Wotan muß Brünnhilde für ihren Ungehorsam bestrafen, sie soll aus Walhall verbannt sein. Er will sie auf einem Felsen in Schlaf versetzen, und der nächste sterbliche Mann soll sie zur Frau nehmen. Doch Brünnhilde fleht und bittet und Wotan erkennt, daß sie nur seine eigenen Gedanken in Liebe ausgeführt hat. Ergriffen sagt ihr der Gott den Schutz eines mächtigen Feuerwalls zu, den nur jener durchschreiten könnte, der freier ist als er selbst, der Gott.

SIEGFRIED

Uraufführung: 16. August 1876 in Bayreuth

Personen:
Siegfried (Tenor) – Mime (Tenor) – Der Wanderer (Baß) – Alberich (Baß) – Fafner (Baß) – Erda (Alt) – Brünnhilde (Sopran) – Stimme des Waldvogels (Sopran)

Richard Wagner, Siegfried, 1970. San Francisco. (104)

Wotans Hoffnungen werden noch einmal durch Siegfried, dem Sproß Sieglindes und Siegmunds, geschürt. Er wächst frei und unabhängig bei Mime auf und wird den Ring und die schlafende Brünnhilde gewinnen. Doch Siegfried müßte seine Freiheit dazu nützen, den Ring dem Rhein zurückzugeben, um dadurch eine neue, bessere Welt zu schaffen.

Siegfried wächst in einer Felsenhöhle bei Mime, dem Bruder Alberichs, auf. Mime ist Schmied und versucht die Bruchstücke von Siegfrieds Schwert zusammenzuschmieden, doch der ungestüme Junge zerschlägt alle Waffen. Während Siegfried im Walde weilt, erscheint Wotan als Wanderer verkleidet bei Mime und verrät diesem das Geheimnis der Bruchstücke. Nur ein Held, der das Fürchten nie erfuhr, kann das Schwert schmieden. Bald stürmt Siegfried, der das Fürchten nie gelernt hat, herein und macht sich selbst über die Schwerttrümmer her, die er tatsächlich zu einem neuen Schwert fügt. Damit kann er selbst den Amboß spalten.

Fafner hat sich durch den Tarnhelm in einen Drachen verwandelt und hütet in einer Höhle den Nibelungenschatz. Davor lauert Alberich, der selbst den Schatz zurückgewinnen will. Bald naht Siegfried mit Mime, der ihm durch den Drachen das Fürchten lehren will. Doch Siegfried kennt keine Furcht und erschlägt das Ungeheuer. Ein Tropfen Drachenblut, das ihm auf die Lippen kommt, eröffnet ihm die Sprache der Vögel, und ein Waldvogel verrät ihm, daß in der Höhle ein gewaltiger Schatz verborgen ist. Siegfried birgt den Tarnhelm und den Ring, doch der Waldvogel warnt ihn sogleich vor Mimes Tücke, und Siegfried erschlägt Mime, als er ihm einen Todestrank als Labung anbietet. Zum dritten Mal vernimmt er dann die Stimme des Vögleins, das ihm den Weg zu einem herrlichen Weib auf einem feurigen Felsen weist.
Siegfried ist auf dem Weg zum Walkürenfelsen, als ihm der Wanderer Wotan entgegentritt. Ihm hat die Urmutter Erda geweissagt, daß der Untergang der Götter nahe ist, aber Wotan hat die Hoffnung, daß Siegfried den Ring freiwillig dem Rhein zurückgibt. Der junge Held trotzt aber dem Gott und zerschlägt Wotans Speer. Vor seiner Furchtlosigkeit weicht auch Wotans Feuer, das Brünnhilde beschützt hat, zurück, und er erweckt Brünnhilde mit einem Kuß. Ihr Widerstand schmilzt vor seiner Liebe dahin, und sie vereinen sich jubilierend.

GÖTTERDÄMMERUNG

Uraufführung: 17. August 1876 in Bayreuth

Personen:
Siegfried (Tenor) – Gunther (hoher Baß) – Hagen (tiefer Baß) – Alberich (hoher Baß) – Brünnhilde (Sopran) – Gutrune (Sopran) – Waltraute (tiefer Sopran) – Die drei Nornen (Alt, Mezzosopran und Sopran) – Die drei Rheintöchter (Sopran, tiefer Sopran, Alt) – Mannen (Tenöre und Bässe) – Frauen (Soprane)

Wotan kann das Geschick der Götter nicht mehr beeinflussen, es liegt in der Hand des Helden Siegfried. Dieser verläßt Brünnhilde, um zu neuen Taten zu eilen, und wird selbst in Wirrnisse verstrickt, die schließlich mit seinem Tod enden. Zuletzt erfüllt sich die Weissagung der Mutter Erda, der Rhein erhält das Gold zurück, die Götterwelt und Walhall werden versinken.

Der Weltuntergang ist nahe, das Schicksalsseil, das die Nornen, die Töchter Erdas, knüpfen, reißt. Doch Siegfried und Brünnhilde wissen davon nichts, und der Held zieht in die Welt und läßt Brünnhilde den Ring als Pfand zurück.

In der Halle des Gibichungenkönigs Gunther haben sich Gunthers Schwester Gutrune und Hagen, der Sohn Alberichs, versammelt. Die Kunde von Siegfrieds Nahen ist zu ihnen gedrungen, und Hagen rät, daß Gunther Siegfried für sich gewinnen soll, indem er ihm Gutrune zur Frau gibt. Dafür soll ihm der Held Brünnhilde erobern, die kein anderer bezwingen kann. Siegfried wird gastlich aufgenommen, und Hagen weist Gutrune an, diesem einen Vergessenstrank zu mischen. Dadurch vergißt er Brünnhilde völlig, entbrennt in Liebe zu Gutrune und schließt mit Gunther Blutsbrüderschaft. Tatsächlich ist Siegfried auch bereit, Brünnhilde mit Hilfe des Tarnhelms für Gunther zu freien. Brünnhilde war in der Zwischenzeit von Waltraute, einer ihrer Schwestern, besucht worden. Sie hatte ihr vom drohenden Untergang der Götter berichtet, den nur Brünnhilde durch die Rückgabe des Ringes an die Rheintöchter verhindern könnte. Doch für Brünnhilde ist der Ring ein teures Liebespfand, sie lehnt ab. Da erscheint schon Siegfried in Gunthers Gestalt, bezwingt Brünnhilde und zieht ihr den Ring vom Finger.

Während Hagen in der Gibichungenhalle schläft, erscheint ihm sein Vater Alberich im Traum und schärft ihm ein, den Ring von Siegfried zu gewinnen. Bald nahen Siegfried, Brünnhilde und Gunther. Hagen ruft die Mannen zum Empfang. Als Brünnhilde Siegfried an der Seite Gunthers und als Verlobten Gutrunes sieht, bezichtigt sie ihn des Verrats. Doch Siegfried, immer noch vom Vergessenstrank betäubt, schwört reinen Gewissens auf Hagens Speer, daß er sie nie berührt habe. Auch Brünnhilde schwört den Eid auf Hagens Speer, bevor der Held fröhlich mit Gutrune zum Hochzeitszug schreitet.

Auf der Jagd gelangt Siegfried ans Rheinufer, wo ihn die Rheintöchter umschmeicheln. Er soll ihnen den Ring zurückgeben, sonst würde er ihm zum Verhängnis werden. Fast hätte Siegfried den Ring freiwillig geopfert, doch die Drohung macht ihn widerspenstig und er lacht die Rheintöchter aus. Nachdem er wieder zum Jagdgefolge stößt, erzählt er auf Hagens Drängen aus seinem Leben, und Hagen reicht ihm einen Erinnerungstrunk, der Siegfried veranlaßt, auch von Brünnhilde zu erzählen. Daraufhin rächt Hagen den Meineid und ersticht Siegfried. Auf einer Bahre wird der tote Held in die Gibichungenhalle getragen, wo sich Gutrune über den Leichnam ihres Gatten wirft. Hagen will Siegfried den Ring als Beute vom Finger ziehen und erschlägt Gunther, der ihn daran zu hindern versucht. Brünnhilde allerdings hat die Täuschung erkannt, sie läßt einen Scheiterhaufen errichten, auf dem Siegfried aufgebahrt wird, nimmt den Ring an sich und wirft ihn in die Fluten des Rheines. Sie entfacht das Feuer und reitet auf ihrem Pferd in die Flammen. Alles, selbst die Götter, werden vom Feuer verzehrt, der Rhein tritt über die Ufer und verschlingt Hagen, eine neue Welt kann entstehen.

DIE MUSIK DES »RING« UND IHRE SCHWIERIGKEITEN

Es ist unmöglich, den weiten musikalischen Bereich, den Wagner in diesem Werk umspannt, erschöpfend zu analysieren, und jede Beschreibung kann nur Teilaspekte beleuchten, die zu eigenen Gedanken und Empfindungen anregen können. Über die Musik wurde, wie auch über Wagner selbst, mehr geschrieben als über jeden anderen Musiker und seine Werke, und es gibt genügend wissenschaftliche Untersuchungen, die dem Anfänger ein grundlegendes Verständnis der komplexen musikalischen Strukturen der Leitmotive und der Orchestrierung des Rings vermitteln. Jedermann, der den Ring zum ersten Mal besucht, kann nur empfohlen werden, sich mit Hilfe einer solchen Einführung mit dem Werk im voraus vertraut zu machen. Es ist in jeder Beziehung eine »Goldmine«, die reich an musikalischen und dramatischen Schätzen ist, und selbst jene, die ihr ganzes Leben damit verbracht haben, diese Musik zu hören, finden jedesmal neue Aspekte und erleben bei jeder Aufführung neue Überraschungen.

Zwischen dem ersten langen Es-Dur-Akkord zu Beginn des Rheingolds, bis zum letzten berauschenden Thema am Ende der Götterdämmerung, das eine Transformation dieses Akkordes darstellt, liegen 15 Stunden und eine ganze Welt der Musik. Sie spiegelt alle Vielfalt menschlicher Emotionen und Ausdrucksfähigkeit wider und enthält orchestrale und gesangliche Schwierigkeiten, die nicht nur die Darsteller, sondern auch die Zuhörer beschäftigen.

DAS RHEINGOLD

Schon mit dem Vorspiel wird der Zuhörer in die Tiefen des Rheins, der je nach individueller Interpretation für den Anfang jeden Bewußtseins oder des Weltenurschleims steht, geführt. Dort trifft man die Rheintöchter, Wassernymphen, Meerjungfrauen, Sirenen, also phantastische schwimmende Wesen jeder Art. In dieser Szene liegt auch schon eine der musikalischen Schwierigkeiten, denn die Bewegungen der schwimmenden Wesen können die stimmliche Aufgabe der Sänger sehr erschweren. Zu Beginn singen sie offensichtlich sinnlose Silben wie »Weia!, Waga! Woge, du Welle...« Das sind Silbenspiele, die Wagner oft im Ring verwendet; die Silben haben neben ihrer offensichtlichen Bedeutung als Silben- oder Wortspiel auch die Aufgabe, Stimmungen auszudrükken. Die Rheintöchter scheinen dabei die rhythmischen Wasserbewegungen auszudrükken, sie kreieren eine weibliche, fesselnde Stimmung, die zu gleicher Zeit weich und schmeichelhaft sein kann. Diese Wortspiele sind äußerst wirkungsvoll, aber für den Sänger schwer zu lernen. Noch schwieriger ist es, auch Stimmen mit der richtigen Qualität und Ausdruckskraft dafür zu finden.

Der Auftritt Alberichs beschert dem Zuhörer einen Charakter, an den Wagner viele Takte seiner schönsten Vokalmusik verschwendet hat. Die Rolle wird von Wagner als Bariton beschrieben, aber damit ist es nicht getan, Alberich benötigt eine sehr spezielle Stimme, die robust, charaktervoll und vielseitig sein und auch rauhe, ja sogar kreischende Töne hervorbringen muß. Er wird als »haariger, höckriger Geck ... Krötengestalt, mit deiner Stimme Gekrächz« beschrieben und muß trotz dieser merkwürdigen Charakterisierung eine Stimme haben, die Ausdauer genug hat, den kräftig orchestrierten Fluch mit vehementen Ausbrüchen und einer passenden Bedrohlichkeit zu singen.

Die Rolle Wotans ist in Rheingold musikalisch nicht sehr schwierig, sie muß aber majestätisch und zurückhaltend präsentiert werden. In einer komplexen, stimmlichen Darstellung muß vieles vorweggenommen werden, was noch in der Zukunft liegt. Stimmlich muß der Schluß der Oper mit »Abendlich strahlt der Sonne Auge... « feierlich eindrucksvoll gestaltet werden.

Freia ist eine kurze Rolle, sie muß mit einem Sopran mit jugendlichem Timbre und schöner Stimme besetzt sein. Fricka hat, verglichen mit ihrer Rolle in Walküre, nur eine kurze Aufgabe, die dem Mezzo normalerweise keine Schwierigkeiten bereiten sollte. Donner muß die Kraft und den Stimmbereich haben, der den wirkungsvollen hammerschmiedenden Gott auch an jener schwierigen Stelle, an der er den Regenbogen herabsteigt, kraftvoll über die schwere Orchestrierung hinweghebt.

Frohs Aufgaben sind kurz und bestehen hauptsächlich darin, den Weg zur Regenbogenbrücke zu weisen. Fasolt und Fafner, die beiden Riesen, eine Bariton- und eine Baßrolle, müssen sowohl stimmlich wie auch physisch überlebensgroß erscheinen. Fafner muß als brutaler Mörder seines Bruders Fasolt und als zukünftiger Drache seine Brutalität schon in der Stimme zeigen. Fasolt hingegen ist der sympathischere der beiden Riesen und kann seine Sanftheit und seine Liebe für Freia mit »Seh' ich dies wonnige Auge, von dem Weibe laß ich nicht ab!« auch stimmlich porträtieren.

Auch Erda sollte in ihrer Rolle keine Schwierigkeiten haben, obwohl es natürlich nicht leicht ist, in nur wenigen Sätzen ein starkes Porträt zu zeichnen. Die Mutter Erde ist eine sehr niedrige Mezzorolle; sie ist sehr wichtig, und die gesamte Handlung der Oper steht in ihrer Szene praktisch still, während alle Aufmerksamkeit auf sie gerichtet ist.

Loge ist die Leitfigur in Rheingold, die auch eine sehr schwierige stimmliche Partie zu bewältigen hat. Er muß gleichzeitig ein Helden- und Charaktertenor sein, der in schnellen, rhythmischen Passagen genauso sattelfest sein soll wie in langen lyrischen und Legatophrasen. Dabei muß er auch die Fähigkeit zeigen, sich auf vielen unterschiedlichen Ebenen mit den anderen Charakteren der Handlung zu unterhalten und den entsprechenden Partner darzustellen. Loge ist die längste Rolle in Rheingold, er ist nach seinem Auftritt in der zweiten Szene praktisch ständig auf der Bühne. Zusätzliche Schwierigkeiten verursachen einige Zungenbrecher im Text dieser Partie wie: »So schwingen wir uns durch die Schwefelkluft.« Die Partie stellt eine perfekte Übung in den verschiedenen Disziplinen der Stimmtechnik dar, und der ständige Wechsel zwischen Singen, Darstellen und die dauernde Umstellung der Stimmschattierung erfordern kontinuierliche Aktivität.

DIE WALKÜRE

Der erste Akt der WALKÜRE ist sowohl musikalisch wie auch dramatisch einer der kompaktesten Opernakte überhaupt. Es entwickelt sich in diesem Akt eine ungebrochene dramatische und musikalische Spannung, die mit einem stürmischen Vorspiel beginnt und bis zum Ende des ersten Aktes, in dem das vereinte, umarmte Welsungenpaar ausbricht, anhält. Im ersten Akt treten nur Siegmund, Sieglinde und Hunding auf. Siegmund ist in vielfacher Hinsicht die Traumrolle jeden Tenors, und wenn es in dieser Rolle überhaupt Schwierigkeiten gibt, dann sind diese im Stimmbereich, in der sich der

Großteil der Rolle bewegt, zu finden. Die Partie liegt für einen Tenor sehr niedrig und enthält nur ein hohes A, das am Ende des ersten Aktes liegt. Siegmund wurde daher auch oft schon von Baritonen in Angriff genommen. Jeder Sänger ist in dieser Rolle leicht versucht, die Stimme im niedrigeren Bereich auszubreiten und damit das Risiko des echten Tenorklanges zu vermeiden, dadurch wird aber ein hohes A, das dann »von unten« zu singen ist, genauso schwierig wie ein C. Aber Siegmund hat auch kritische gesangstechnische Phrasen zu singen. Ein Beispiel dafür ist die liebliche lyrische Stelle am Beginn seiner Begegnung mit Sieglinde, in der er mit Cellobegleitung Stimmung und Charakter mit »Kühlende Labung gab mir der Quell« perfekt treffen muß. Auch die lange, dreiteilige Wolfserzählung, die mit »Friedmund darf ich nicht heißen« beginnt, ist immens schwierig aufzubauen und in musikalischem Fluß zu halten. Sie enthält viel schwierigen Text und ist melodiös und rhythmisch zugleich. Die Geschichte muß jedenfalls interessant und intensiv erzählt werden, und ich habe mich immer bemüht, von einem Teil zum anderen das Maß der Erregung zu steigern und dabei auch das Tempo und die stimmliche Ausdruckskraft zu heben.

Die dritte Szene beschert Siegmund drei stimmliche Höhepunkte, die jeweils unterschiedliche Anforderungen stellen. Der berühmte Monolog »Kein Schwert verhieß mir der Vater« verlockt mit seinen Wälse-Rufen den Tenor, mit langgehaltenen, massiven Tönen zu beeindrucken. Auch die Tatsache, daß sich einige Fans ein Hobby daraus machen, die Zeit, die ein Tenor diese Töne halten kann, mit Stoppuhren festzuhalten, zeigt, welchen Versuchungen ein Sänger ausgesetzt ist. Aber eine einzelne Stelle durch das lange Anhalten eines Tones hervorzuheben, hat nichts mit ansprechender Rollengestaltung zu tun. Die zweite berühmte und auch bekannte Nummer Siegmunds sind die »Winterstürme«, die man mit einem guten Dirigenten und einer guten Plazierung auf der Bühne zumindest zu Beginn wie ein Schubert-Lied singen kann. Die einzige Schwierigkeit liegt darin, das richtige Tempo zu finden, in dem die Legatophrasen mit optimalem Effekt gesungen werden können, während man gleichzeitig zu Beginn wirklich piano singt. Nur dann hat man die Möglichkeit einer kontinuierlichen organischen Entwicklung bis zum Höhepunkt. Dieser trifft sich dann mit Sieglindes glorreichem »Du bist der Lenz«. Siegmunds Rolle enthält auch die aufregendsten Augenblicke der gesamten Oper mit Siegmunds Ausbruch »Siegmund heiß' ich« und später den »Notung Rufen«. Beide sind aus zwei Gründen schwierig: Erstens kann man Probleme mit dem Dirigenten haben, wenn er Wagners Tempobezeichnungen »sehr schnell« ignoriert, und zweitens könnte man über das sehr laute Orchester leichter hinwegkommen, wenn die Noten etwas höher geschrieben wären. Die Wirkung von »Notung!«, das auf E und F liegt, wäre zumindest bei den meisten Tenorstimmen wesentlich durchschlagskräftiger, wenn diese Worte zwei Noten höher liegen würden. Die lyrischen, sehr tief liegenden Passagen in der Todesverkündigungsszene im zweiten Akt kommen nur bei einem Sänger zur Geltung, der nicht nur Kraft hat, sondern auch »singen« kann.

Sieglinde hingegen ist eine Partie für einen jugendlichen Sopran, der sowohl in niedriger wie auch in hoher Stimmlage sattelfest ist. Ihre erste lange Passage im ersten Akt »Der Männer Sippe...« beginnt in Stimmbereichen, in denen sich nur wenige Sopranistinnen wohl fühlen, und schwingt sich rasch mit ekstatischen Phrasen auf und vermischt sich mit Legato, introvertierten und expressiven Sektionen im Duett mit Siegmund. Sieglinde ist wahrscheinlich eine der dankbarsten aller weiblichen Wagner-Rollen. Auch die schon an Verrücktheit grenzenden Ausbrüche im zweiten Akt und die atemberaubende Einführung des Verwandlungsmotives im dritten Akt, das sich erst am Ende der Götterdämmerung wiederholt, können durch die wechselhaften Anforderungen erhebliche Schwierigkeiten bereiten. Aber wie bei Siegmunds Rolle, liegen auch für Sieglinde die Schätze der Rolle wesentlich näher als die Schwierigkeiten.

Hunding ist eine kurze, aber wirkungsvolle Baßrolle ohne Schwierigkeiten. Einzig die urtümliche, wirklich schwarz gefärbte Baßstimme ist von Bedeutung, und sein Auftritt im ersten Akt muß eindrucksvoll und gleichzeitig natürlich erscheinen.

Der zweite Akt der Oper ist aus einer kontinuierlichen Serie von Dialogen zusammengesetzt, die zwischen Fricka und Wotan, Wotan und Brünnhilde, Siegmund und Sieglinde sowie Brünnhilde und Siegmund stattfinden. Ohne die große darstellerische und stimmliche Intensität der Künstler kann in diesem Akt die durchgezogene Intensität des ersten Aktes leicht verlorengehen und die Spannung nachlassen. Fricka muß dabei sowohl vokale wie auch dramatische Stärken aufweisen, die sie als ebenbürtigen Partner und Widersacher Wotans auszeichnen. Die musikalischen Schwierigkeiten der Rolle liegen grundsätzlich darin, eine Künstlerin zu finden, deren Stimme gleichzeitig befehlend und schmeichelnd, entrüstet und doch großzügig ist. Sie soll ihrer Aufgabe als Hüterin der Moral gerecht werden, ohne dabei eine keppelnde Frau oder eine Sirene zu werden. Wagner hatte allerdings zu dem Zeitpunkt, zu dem er Walküre komponierte, schon so viel Erfahrung darin, für Mezzostimmen zu schreiben, daß der Stimmbereich und die stimmlichen Anforderungen in dieser Rolle gegenüber der schauspielerischen Leistung Frickas in den Hintergrund treten. Wotans Rolle in Walküre ist wesentlich schwieriger als jene in Rheingold und auch als die des Wanderers in Siegfried. Sein langer Monolog im zweiten Akt erfordert große stimmliche Feinheit und Charakterisierungskraft, die langen Duette mit Brünnhilde im zweiten und dritten Akt außerordentliche Präsenz, Stimmbereich und vor allem Kraft und Ausdauer. Der Schluß der Oper mit dem langen, hingebungsvollen »Leb' wohl« gelingt nur, wenn der Darsteller sowohl majestätisch wie auch zart, mitleidig und resigniert erscheint und alle diese Eigenschaften sowohl in die Stimmfarbe und den Stimmausdruck legen kann.

Eine der Schlüsselrollen in der WALKÜRE hat Brünnhilde! Auch sie hat einen Auftritt mit Wagners »Nonsens-Silben« : »Hojotoho! Hojotoho! Heiaha!...« Sie sind der Schrei einer Amazonenkriegerin, der nur mit allem dazugehörigen jugendlichen Übermut und stimmlicher Sicherheit auf hohen B's und C's wirkt. Die ideale Stimme für Brünnhilde ist tatsächlich nur schwer zu finden, Sängerinnen haben die drei Brünnhilden im RING charakterisiert und in :»herausfordernd«, »schwierig« und »unmöglich« eingeteilt. Einige haben sich dann nur in der relativ einfacheren Rolle der Brünnhilde in Siegfried versucht, aber auch das muß eben relativ gesehen werden. Die Bemerkung einer der berühmtesten Brünnhilden, Birgit Nilsson, drückt das gut aus. Eine Kollegin besuchte einmal eine Aufführung Birgits in Wien und traf sie nach der Vorstellung. Birgit zog ihre Kollegin beiseite und fragte sie, ob es stimmt, daß sie sich auch an Brünnhilde versuchen wollte. Die Sopranistin antwortete: »Ja, das stimmt, aber nur an der Brünnhilde im Siegfried.« Birgit ging ein paar Schritte weiter, blieb langsam stehen, drehte sich dann plötzlich um und sagte bedeutungsvoll: »Nachdem du das gesungen hast, sag nochmals: ›nur‹.«

Kritik hört man oft über die Länge der Wagner-Opern generell und dabei im speziellen über die der WALKÜRE. Werden die langen Duette und Monologe gut gesungen und vor allem gut gespielt und findet eine Aufführung zudem unter der Leitung eines erfahrenen Dirigenten mit einem perfekten Orchester statt, dann erlebt man allerdings gerade in dieser Oper Wagner von seinen besten Seiten. Sein untrügliches Gefühl für dramatische und theatralische Effekte kommt in diesem Werk und seiner musikalischen Konstruktion voll zum Tragen, und die dramatische Ausdruckskraft der Musik ist sogar für die Regie und den Bühnenbildner von nicht unerheblichen Schwierigkeiten. Es ist jedenfalls nicht einfach, eine Bühne zu schaffen, deren Wirkung gegenüber dem großartigen Eindruck des Feuerzaubers nicht verblaßt.

SIEGFRIED

SIEGFRIED ist das Scherzo im RING und enthält all jene Fröhlichkeit, die von einem jungen furchtlosen Helden ausgeht. Aber neben diesen unbeschwerten und fröhlichen Szenen sind in SIEGFRIED auch unerreichte Passagen lyrischer Atmosphäre und tieftragischer Situationen enthalten.

Die vielen musikalischen Höhepunkte sind die Schmiedelieder des jungen Helden, Mimes scharf charakterisierten Auftritte, die unübertroffenen Naturbeschreibungen der Musik des Waldwebens, Fafners berührender Abschied, Wotans Anrufung der Erda und die Schlußszene mit Brünnhildes Erweckung und das jubilierende Duett mit Siegfried. Das meisterhafte, rhapsodiehafte und hymnische Ende der Oper wurde musikalisch auch merkbar durch Richard Wagners Beschäftigung mit TRISTAN beeinflußt.

Man kann auch keineswegs die Probleme, die das Orchester betreffen, vernachlässigen, ohne die schwierigen Hornpassagen im zweiten Akt zu erwähnen oder die charakteristischen Passagen des »Grell und unrein« spielenden Englischhorns im zweiten Akt. Man sieht an dieser Stelle, wie schwierig es für den Solisten ist, absichtlich unrein zu spielen. Das souveräne Beherrschen der Violinen ist unerläßlich, um ein poetisches Waldweben hervorzurufen.

Die Sänger und dabei vor allem die männlichen Darsteller finden im SIEGFRIED ebenfalls eine ungewöhnlich große Auswahl schwieriger Stellen. Birgit Nilsson erwähnte in einem Interview mit der New York Times eine der »musikalischen Probleme« des SIEGFRIED. Aus der Sicht einer Sopranistin befürchtete sie, daß das Publikum die ersten beiden Akte ohne Frauenstimmen als zu lang empfinden könnte. Mit Ausnahme des unsichtbaren Waldvogels sind in den ersten beiden Akten nur Männer zu sehen und zu hören. Dieses Problem ist wirklich eine Herausforderung, denn die männlichen Darsteller müssen dieses Manko tatsächlich ausgleichen und genügend Spannung aufrechterhalten, um zu verhindern, daß das Publikum eingeschlafen ist, bis Brünnhilde aufwacht. Die größte Verantwortung lastet dabei natürlich auf den Schultern des furchtlosen Helden Siegfried.

Siegfried ist die bei weitem längste aller Opernrollen, aber es ist nicht nur die Länge der Rolle, die einem Siegfried Schwierigkeiten bereiten kann. Einen jungen Supermann darzustellen, erfordert eben Kraft und Ausdauer und setzt athletenhaftes Training voraus. Die Rolle entwickelt sich besonders aktiv und erfordert extensives Spiel. Dazu kommt zusätzlich eine sehr schwierige Musik. Dafür ist schon Siegfrieds Auftritt ein Beispiel, bei dem er mit einem Bären spielt und dabei ein hohes C ausstößt. Die lange Szene mit Mime ist mit sehr schnellen Passagen und kompliziertem Text geradezu gepfeffert und darüber hinaus durch lyrische Phrasen unterbrochen, während denen man üblicherweise auf der Bühne herumlaufen und Mime ungeduldig verspotten muß. Nach einer nur kurzen Rast während der Szene zwischen dem Wanderer und Mime kehrt Siegfried zurück und übernimmt die Aufgabe, sein Schwert zu schmieden. In der ersten Blasebalg-Szene ist Siegfried enorm beschäftigt. Er arbeitet an seinem Schwert, betätigt dabei den Blasebalg und singt zusätzlich seine drei Strophen des Blaseliedes, bei dem das Orchester scheinbar durch den Blasebalg angefeuert wird und in zunehmendem Volumen, direkt proportional zur Temperatur des Metalles spielt. Danach läuft Siegfried wieder herum, bricht das glühende Schwert aus seiner Schale und härtet es, indem er es in Wasser taucht.

In dieser Szene hatte ich einmal tatsächlich ein echtes, rotglühendes Schwert und mußte natürlich Zangen verwenden, um es halten zu können. Nachdem ich es aus den Flammen gezogen hatte, mußte ich es ins Wasser tauchen und schnell mit einem kalten Duplikat vertauschen, bevor ich mit dem Schmieden beginnen konnte. Und dieses Schmieden! Das Orchester spielt in dieser Szene mit größter Lautstärke, dazu soll Siegfried noch singen und unbeschwert und fröhlich aussehen. Daß seine Hammerschläge mit der Musik und seinem Gesang synchron sein sollen, ist selbstverständlich. Aber trotz dieser enormen physischen und stimmlichen Anforderungen kann diese Szene dem Sänger auch Spaß machen, und das Publikum merkt diese Einstellung meist sofort.

Im zweiten Akt tritt Siegfried in der zweiten Szene auf, und er bleibt mit Ausnahme einiger weniger Momente bis zum Ende des Aktes auf der Bühne. Die liebevollen, introvertierten und lyrischen Pianophrasen, die seine Gedanken an die Mutter und den Waldvogel ausdrücken, müssen durch kriegerisches Spiel unterbrochen werden. Siegfried tötet Mime und den Drachen und singt auch dabei nicht wenig. Selbst am Ende des Aktes erwartet Siegfried noch eine schwierige Stelle, in der er dem Waldvogel folgt.

Und dann kommt erst der dritte Akt. Nach einer anstrengenden Begegnung mit dem Wanderer und nahezu vier Stunden nach dem Beginn der Oper konfrontiert man Siegfried mit einer ausgeruhten Brünnhilde. Das ist unfair, aber als Sänger muß man sich danach richten.

Natürlich ist es auch aufregend, die erzählenden Phrasen zu Brünnhildes Erwachen zu singen, aber diese müssen immer mit totalem stimmlichem und emotionalem Einsatz vorgetragen werden. Brünnhildes Erwachen und »Ewig war ich...« erlaubt Siegfried dann eine kurze stimmliche Erholungspause, doch folgt Siegfried in voller Anspannung der Handlung. Es bleibt ihm kaum Zeit, um die Stimme für das Schlußduett zu erholen, in dem sie kräftig und triumphal klingen soll.

Wenn man fair ist, muß man allerdings zugeben, daß es selbst für die »frische« Brünnhilde nicht leicht ist, diese schwierige Rolle zu singen. Die lange Wartezeit kann an den Nerven zerren, und schon der erste Einsatz ist für Brünnhilde entscheidend. Das Publikum muß durch dieses erste Erwachen und die Phrasen »Heil dir, Sonne!« praktisch wachgerüttelt werden. Die Rolle ist im Vergleich mit anderen Wagner-Rollen wohl kurz, aber gemessen an der Vielfalt der vokalen Anforderungen und der geforderten Flexibilität in der Stimme, scheint sie endlos. Das liebevolle »Ewig war ich« baut sich mit nahezu fürchterlicher Präzision zu einem hohen C im »Leuchtender Sproß!« auf, das einfach den Worten entsprechen und leuchtend sein soll. Genauso soll auch das hohe C am Ende des Duettes und am Ende der Oper klingen. Der Bereich der geforderten stimmlichen Nuancen spiegelt sich auch in den darstellerischen Anforderungen an Brünnhilde wider. Sie muß die erwachende schlafende Schönheit, die furchtvolle Walküre, die zarte Frau, die die Liebe zum ersten Mal kennenlernt, und das wilde wütende Weib darstellen.

Der Wanderer tritt in nur vier, relativ kurzen Szenen auf, die gleichzeitig Wotans letzter Auftritt im RING sind. Er gibt ihm Gelegenheit, sein Porträt abzurunden und sich damit auch zur Schlüsselfigur des gesamten Werkes zu machen. Der Humor und auch die Weisheit, die in seiner Begegnung mit Mime und Alberich liegen, erfordern majestätisches Auftreten und einen weicheren stimmlichen Einsatz als in der WALKÜRE und großen Stimmbereich, wie auch die Fähigkeit einer bewußten Stimmfärbung. Das rollende, klingende »Wache, Wala!« ist sicherlich einer der berührendsten Augenblicke in der Oper, der dann von jedem Wanderer mit Freude gesungen wird, wenn das Orchester Richard Wagners Anweisungen befolgt: »Sofort mit dem Einsatze des Wanderers das Orchester sehr dämpfen«. Seine Begegnung mit Siegfried muß den Zuhörer stimmlich an seine lenkende, gottähnliche Position im Drama erinnern und doch Pathos und Resignation vermeiden.

Mime wiederum ist eine der schwierigsten Rollen in der Opernliteratur überhaupt. Sie wird oft als Rolle für einen Spieltenor klassifiziert, erfordert aber zusätzlich einen weiten Stimmbereich, der in den Szenen mit »Es gibt ein Schwert…«, »Fafner, der wilde Wurm« auch bis zum hohen H auf »Und hat nicht so was gesehn!« reicht. Der Tenor, egal ob aus dem Charakterfach oder dem lyrischen Fach, der diese Rolle singt, erfüllt einen großen Teil der Voraussetzungen für diese Rolle, wenn er auch gut spielt. Er ist dann in der Lage, im langen ersten Akt eine echte Herausforderung für Siegfried darzustellen. Im Grund genommen ist Mime eine Rolle, die für jene Künstler geschrieben ist, die mit der Stimme spielen und alle subtilen Farbschattierungen und kontrastreichen Phrasierungen eines teuflischen, aber interessanten Charakters bringen können.

Erda ist in RHEINGOLD für Alt und in SIEGFRIED für einen tiefen Alt geschrieben. Offensichtlich wird selbst Mutter Erde mit Fortdauer des Dramas älter, aber es ist sicher schwierig, eine Stimme zu finden, die das allwissende Weib, das aus ihren tiefen Träumen gerissen wird, repräsentiert. Von ihr verlangt man naturgebundene, tiefe Töne, die aus den Tiefen der Erde kommen. Wenn die Sängerin die richtige Stimme hat, ist die Rolle selbst nicht schwierig.

Alberich ist eine Baßrolle, die in SIEGFRIED nur zwei kurze Szenen im zweiten Akt hat. In diesen muß er in stimmlich schwierigen Phrasen explodieren und seine Charakterisierung der Macht und des Teuflischen, die er in RHEINGOLD begonnen hat, und die sich in GÖTTERDÄMMERUNG fortsetzen wird, aufrechterhalten. In dieser Rolle ist eine bissige, brutale und ausdrucksfähige Stimme angebracht, die das Wesen der Position Alberichs im Drama überzeugend darstellen muß. Daher ist auch diese Rolle nicht leicht zu besetzen.

Fafner wird oft Richard Wagners Anweisungen zufolge durch ein Sprachrohr gesungen, das in modernen Produktionen durch ein Mikrophon und Verstärkertechnik ersetzt

Die schwarze Stimme eines echten Bassisten muß sowohl gigantische wie auch lyrische Seiten zeigen. Seine Todesszene ist nicht leicht, sie kann aber äußerst berührend werden und ist der Schlüsselpunkt dieser Partie.

Die Rolle des Waldvogels ist eine der wenigen Chancen für lyrische Koloratursopranistinnen, in Wagner-Opern zu singen, wenn auch nicht aufzutreten. Der spezielle Rhythmus in dieser Szene, der Wechsel von 9/8 auf 4/4 und 3/4 kann besonders dann große Schwierigkeiten mit sich bringen, wenn sich der Sänger auf der Hinterbühne befindet und mit einem Monitor oder assistierendem Kapellmeister arbeiten muß. Der Waldvogel kann einem aber nicht allzu leid tun, denn auch Siegfried muß in der Götterdämmerung die gleichen Phrasen wiederholen. Wagners Anweisung, den Waldvogel von einer Knabenstimme singen zu lassen, wird praktisch nie befolgt.

GÖTTERDÄMMERUNG

Wenn man von den reichlichen musikalischen Schwierigkeiten in dieser Oper spricht, muß man zuerst die große Bedeutung des Werkes als Schlußpunkt des Ringdramas hervorheben. Als Krönungswerk dieser Tetralogie enthält die GÖTTERDÄMMERUNG Themen der vorhergehenden Werke und stellt den absoluten Höhepunkt des psychologischen Musikdramas Richard Wagners dar. In ihm liegen Ausdruck und Gefühl im Gleichgewicht zum gesungenen Text. Richard Wagner hat selbst immer wieder darauf hingewiesen, daß sein Text genauso bedeutend ist wie seine Musik. In Götterdämmerung hat seine Kreativität einen Gipfel erreicht, an dem die inneren Emotionen primär in musikalischer Form vermittelt werden. Sie brauchen dabei dem Text nicht immer zu folgen, sondern können auch ausdrücklich im Gegensatz zum gesungenen Wort stehen und damit besondere Empfindungen ausdrücken.

Die Nornen, Sopran, Mezzo und Alt, haben die schwierige Aufgabe, das Spiel zu beginnen und die Stimmung für den langen ersten Akt, der länger als manche Oper ist, vorzubereiten.

Jede der zwölf Szenen der Oper hat ihre eigenen, einzigartigen Schwierigkeiten. Während sich Siegfried und Brünnhilde bemühen müssen, die Stimmung aus ihrem Schlußduett in Siegfried wieder aufleben zu lassen, muß doch deutlich werden, daß sich die Dinge verändert haben. Wenn man Spekulationen glauben darf, liegen im Zeitablauf des Ringes zwischen jeder Oper ungefähr 18 Jahre. Brünnhilde und Siegfried sind also älter, und Siegfrieds Rollen werden auch oft als die des jungen und die des alten Siegfried bezeichnet. War er in Siegfried ungefähr 18 Jahre, ist er in der GÖTTERDÄMMERUNG also etwa 36 Jahre alt. Das bedeutet natürlich nicht unbedingt, daß diese Rollen von zwei unterschiedlichen Künstlern gesungen werden müßten, aber sowohl Siegfried wie auch Brünnhilde müssen hier zu einer anderen Interpretation als im SIEGFRIED finden. Der stimmliche Ausdruck beider muß auch ihre schwierigen Schicksale ausdrücken; immerhin wird Brünnhilde alleingelassen, und Siegfried zieht in die Welt, um neue Aufgaben zu finden. Auch dabei singt er aber noch immer überschwengliche Phrasen ekstatischer Schönheit, die am Ende des Duetts oft dazu führen, daß Siegfried ohne Richard Wagners Vorgabe mit Brünnhilde in ein hohes C einstimmt.

Im Duett mit Gunther, mit dem Siegfried Blutsbrüderschaft trinkt, findet man eines der schönsten und wirkungsvollsten Duette zwischen zwei Männern in der gesamten Opernliteratur.

In der Szene, in der Siegfried als falscher Gunther auftritt, muß er dessen Baritonstimme entweder imitieren oder nach Richard Wagners Instruktionen mit verstellter (rauherer) Stimme singen. In der Schallplattenaufnahme unter George Solti hat sich der Maestro sogar die Freiheit erlaubt, in dieser Szene einen Bariton und damit einen anderen Sänger aufzunehmen. Im zweiten Akt muß Siegfried sein Wiedersehen mit Brünnhilde glaubwürdig gestalten und den dramatischen Schwur auf den Speer, der tragischen Situation gerecht, in einer Szene durchgehender Spannung halten, und danach folgt eine überschwengliche Einladung an die Gäste, seinen Hochzeitsfeierlichkeiten beizuwohnen. Wolfgang Wagner schlug einmal vor, daß Siegfried die Phrase »... meinem frohen Muthe thu' es der Glückliche gleich« als echten jubilierenden Jodler auffassen sollte. Wie immer sich der Tenor dieser Szene nähert, der aufregende Moment kann nur zu einem Höhepunkt werden, wenn die stimmlichen Mittel vorhanden sind.

Im dritten Akt trifft Siegfried die Rheintöchter, die ihm sowohl stimmlich als auch darstellerisch noch einmal die Möglichkeit geben, sich der Natur und seinem wirklichen Ich zuzuwenden. In dieser verführerischen Szene, die nur einige wenige, rasch zu singende Textphrasen enthält, sind für den Sänger besonders die entspannten, neckenden, lyrischen Antworten an die Wassernymphen schwierig. Hagens Ruf führt Siegfried aber rasch in die Wirklichkeit zurück und beschert dem Tenor mit seiner Antwort auf Hagens Ruf »Hoi-ho hoi-he!« eines der wenigen hohen C's, die Richard Wagner geschrieben hat. Die lange Szene mit dem Beginn, »Mime hieß ein mürrischer Zwerg« ist sowohl schwierig aufzubauen, wie auch zu artikulieren und erfordert enormes rhythmisches und stimmliches Gefühl bei der Wiederholung des Waldvogelliedes aus dem zweiten Akt des SIEGFRIED. Diese Szene endet mit einer der schönsten musikalischen Passagen, die je geschrieben wurden: »Rasch ohne Zögern zog ich nun aus.« Es folgt Hagens Mordanschlag und Siegfrieds Todesseufzen: »Brünnhilde! Heilige Braut« ist das musikalische Pendant zur Erweckungsmusik Brünnhildes – eine geniale Idee Wagners. Die schwierigste Aufgabe für Siegfried ist dabei, diese glorreiche Szene mit der Größe und dem Ausdruck zu bringen, der dem großartigen Orchesterzwischenspiel nach Siegfrieds Tod, dem Trauermarsch, würdig ist. Diese Musik ist von solcher Macht und Größe, daß jeder Künstler das Gefühl haben muß, dieser Aufgabe stimmlich nicht gerecht zu werden. Im RING gibt es viele Augenblicke, bei denen dem Auditorium das Haar sprichwörtlich zu Berge stehen muß und jeder Zuhörer sinnliche Reaktionen zeigen sollte. Der Augenblick nach Siegfrieds Tod ist einer davon, die Musik ist an dieser Stelle von solcher Größe, daß ein Dirigent schon sehr unbegabt sein muß, um dabei keinen Eindruck zu machen.

Die Anforderungen an den Dirigenten und an das Orchester sind trotzdem gigantisch. Die Größe des Orchesters, die Anzahl der Solisten, des Chores und auch die Länge der Oper bringen in vielen Bereichen Komplikationen mit sich. Für den Dirigenten resultiert daraus die Notwendigkeit der völligen Konzentration über eine besonders lange Zeit, und man kann sich nur wundern, daß es Dirigenten gibt, die diese Herausforderung auf sich nehmen können. Der Dirigent muß auch optimal mit dem Chor zusammenstimmen, dessen Polyphonie im zweiten Akt aufrührend und auch schwierig ist. Dem Männerchor ist die Hauptaufgabe zugedacht; vor allem in der dritten Szene bei Hagens brutalem Mannenruf ist ein robustes Ensemble exzellenter Männerstimmen gefordert. So schwierig Chöre in der GÖTTERDÄMMERUNG auch sind, sie erreichen natürlich nicht das Ausmaß und auch nicht die Komplexität wie die Chorrollen in anderen Wagner-Opern wie LOHENGRIN oder MEISTERSINGER.

Hagen ist eine Baßrolle für Stimmen, die dunkel gefärbt sind und auch bedrohliche Farben annehmen können. Wenn Hagen im zweiten Akt seine Männer mit dem Stierhorn zu den Waffen ruft, sollte das auch einer jener Momente sein, die dem Auditorium unter die Haut gehen. In dieser Szene sollte sich Hagens einfache, rohe und primitive Macht manifestieren. Hagen hat aber noch mehr wichtige Momente. Die sinnende Eröffnungsszene im ersten Akt, das gruselige Duett mit seinem Vater Alberich zu Beginn des zweiten Aktes und vor allem das blutdürstige Trio mit Brünnhilde am Ende des zweiten Aktes und die Schlüsselphrasen im dritten Akt zählen dazu. In dieser Rolle und ihrem Ausdruck liegt die Macht, ein paar Phrasen so zu gestalten, daß sich der Unterschied zwischen einer Routineaufführung und einer unvergeßlichen Aufführung zeigt. Man erzählt von Lorin Maazel, daß er ein Tonband verwendet haben soll, mit dem er jungen Sängern vorführte, wie man auch in wenigen Phrasen eine starke Charakterisierung erreichen kann. Er führte dabei vor, wie Josef Greindl mit den drei Worten »So singe Held« in der Lage war, die Stimmung und die Bedeutung des Augenblicks perfekt auszudrücken. Hagen singt auch die letzten bedeutenden Worte im RING mit seiner Warnung »Zurück vom Ring!«, die eine interessante Aussage Richard Wagners darstellt. Es stellt sich damit die Frage, ob die gloriosen musikalischen Schlußphrasen und Hagens Umarmung durch die Rheintöchter seine Verdammnis oder seine Verwandlung ausdrükken.

Alberich hat nur einen Auftritt, in dem er den Abschluß einer der interessantesten Rollen und Charakterisierungen im RING bieten kann. Die imposante Eröffnungsszene im zweiten Akt, in der er seinen Sohn Hagen weckt, kann abstoßend, majestätisch und machtvoll, wie auch durch sein wiederholtes »Sei treu!« furchterregend sein und trotz der Kürze der Szene große Wirkung haben.

Gunther sollte eine Stimme und eine Persönlichkeit haben, die ein Pendant zu dem mächtigeren Hagen darstellt und doch auch eine dekadente Weichheit im Porträt und im Gesang enthält. Er darf aber nicht zur pathetischen Figur abrutschen. Gunther ist tragisch, sogar schwach, aber er hat eine feine vorgezeichnete Linie zwischen Augenblikken verzweifelten Ausdrucks, noblen und gemeinen, tapferen und feigen, kraftvollen und schwachen Momenten zu finden. Die Rollendarstellung muß jedenfalls von der stimmlichen Charakerisierung ausgehen und macht die Szene zwischen Brünnhilde und Siegfried erst verständlich.

Die Rolle der Waltraute besteht nur aus einer einzigen Szene mit Brünnhilde und ist für jeden Mezzosopran sehr effektvoll und dankbar. Ihre einzige Schwierigkeit besteht wie bei so vielen Rollen darin, daß die Partie mit einer Sängerin der ersten Garnitur besetzt werden muß.

Die Rheintöchter erwarten ähnliche Schwierigkeiten wie im RHEINGOLD, und Gutrune ist eine Sopranrolle, die unbedingt mit einer attraktiven Sängerin mit stimmlichem Gefühl besetzt werden muß. Ihre Szenen im ersten und zweiten Akt sind nicht schwierig, aber ihr dramatischer Auftritt kommt im dritten Akt, und er erfordert dort mehr Kraft als manche lyrische Stimmen aufbringen können.

Die Marathonrolle in GÖTTERDÄMMERUNG ist aber die der Brünnhilde, allein ihre Länge schreckt viele Sängerinnen ab. Sie tritt schon im Vorspiel im Duett mit Siegfried auf, im ersten Akt in den Szenen mit Waltraute und Siegfried, im zweiten in der Konfrontation mit Siegfried, der das gefürchtete Schwurterzett mit Hagen und Gunther folgt, sowie im dritten Akt in der Schlußszene. Sie muß aktiv und doch subtil sein und in jedem Augenblick zwischen liebevollen lyrischen Phrasen und rachevollen Ausbrüchen wechseln und schließlich zu einem majestätisch erhabenen Gesang übergehen. Die Sopranistinnen, die Brünnhilde singen, erkennen rasch, daß diese Rolle von der Sängerin große Reserven, viel Atem und jede nur denkbare Nuance der stimmlichen Färbung sowie Kraft und Ausdauer verlangt. Brünnhildes Teil in der GÖTTERDÄMMERUNG ist sicherlich die schwierigste der drei Brünnhilderollen, und es ist auch kein Zufall, daß die besten Brünnhilden sich mit in der schwierigen Rolle der Turandot zurechtgefunden haben. Dabei denkt man an Birgit Nilsson, Ingrid Bjoner, Amy Schuard und Eva Marton.

Eine der größten Schwierigkeiten in jeder RING-Produktion und speziell in GÖTTERDÄMMERUNG ist das Zeitproblem. Allein die Organisation der Proben für die Solisten, den Chor und das Orchester zu arrangieren, erweist sich selbst für die größten Opernhäuser als enormes Problem. Aber diese Vorbereitungen lohnen sich nicht nur für den Künstler, sondern auch für das Publikum. Den Neulingen unter den Besuchern eines Wagner-Ringes kann man nur einen Ratschlag mitgeben: Es wird ein langer Abend und es lohnt, sich dafür vorzubereiten. Die musikalischen Schätze, die man entdecken kann, sind Zeit und Vorbereitung wert.

DER RING DES NIBELUNGEN – INSZENIERUNGEN

Es gibt zahllose Möglichkeiten, den RING zu inszenieren. Ein Patentrezept oder auch nur Anhaltspunkte für »die perfekte Inszenierungsform« zu geben wäre müßig und auch unmöglich. Aber selbst für den RING gelten die generellen Schranken, in denen sich Wagner-Inszenierungen im allgemeinen bewegen. Alle in diesem Bereich liegenden Darstellungsformen, von der realistischen bis zur abstrakten symbolischen Inszenierung sind, wenn sie konsequent durchgeführt werden, legitime Realisierungen dieses großartigen Werkes. Die einzige Forderung an eine Inszenierung stellt sich in der Frage nach der Einheitlichkeit des Konzeptes, und es gibt nichts Schlimmeres als ein inkonsistentes Gemisch unterschiedlicher Stilarten.

Die wichtigsten Aussagen in Wagners Tetralogie kann man aus der Entwicklung Wotans und der Götter ableiten. Sie können symbolisch für Individuen, Gesellschaftssysteme, ja unsere ganze Welt stehen und vermögen es nicht, sich aus einer einmal auf Unrecht basierenden Entwicklung zu befreien. In diese Entwicklung, die zum Untergang führt, sind die Gefühle, Schicksale und Bemühungen der Individuen eingeflochten und ergeben dadurch erschreckende Parallelen zum realen Leben. Doch Wotans Versagen, sich aus der unglücklichen Verstrickung seiner vertraglichen Verpflichtungen zu lösen, bedeutet nur das Ende dieser Gesellschaft: eine neue, bessere Welt kann nach dem Untergang der alten entstehen. Der Kern, in dem die musikalische und dramatische Wurzel des RINGES fußt, ist in der GÖTTERDÄMMERUNG zu finden, daher kann dieses

Werk auch sehr gut als Ausgangspunkt für Überlegungen zur Regie eines gesamten Rings dienen. Prof. Rudolf Hartmann schreibt in seinem Buch »Oper, Regie und Bühnenbild heute« zu Götterdämmerung: »... daß Richard Wagner in seinen Regieanweisungen für das Ende der GÖTTERDÄMMERUNG zweimal erwähnt, daß Menschen Zeugen des Untergangs der Götter sind und diese Katastrophe auch überstehen. Auch die letzten Takte dieser göttlichen Melodie, oft Verwandlungsmotiv genannt, lösen sich schließlich in einen hoffnungsfroh erhebenden Des-Dur-Akkord. Die ausdrücklich erwähnten Menschen in den Trümmern der Halle haben zum Ende des Dramas die Katastrophe und ihren Ausgang als Zeugen erlebt, es gab daher auch keinen Weltuntergang, sondern ein noch nicht deutlich erkennbares ›Neues‹ kündigt sich an. Die alten Götter vernichten sich selbst, und die verängstigten Menschen erwarten das dann folgende Unbekannte, mit dem auch das Christentum gemeint sein könnte. Dann wäre die Einbeziehung von Wagners letzter Oper PARSIFAL als Epilog der Tetralogie eine Möglichkeit, gedankliche Zusammenhänge fühlbar zu machen.«

Es erscheint nicht nur Prof. Hartmann unglaubwürdig, daß Richard Wagner mit seiner Tetralogie die Schrecken des Kapitalimus oder andere aktuelle Konfliktstoffe kommentieren wollte, und doch haben einige Produktionen ein derartiges Ende dargestellt. Natürlich dient jede, zumindest ansatzweise auf den Intentionen des Komponisten basierende Inszenierung der Belebung und der Verbreitung eines Werkes, und den Interpretationen und Auffassungen der Regisseure dürfen keine Grenzen gesetzt werden, solange sie sich nicht gegen den Komponisten richten.

Bei der Erläuterung der Möglichkeiten des Regisseurs wird im folgenden auf die Inszenierungen von Wieland Wagner, Herbert von Karajan und Patrice Chéreau Bezug genommen, deren Arbeiten exemplarisch einen weiten Bereich abstecken. Am Ende des Kapitels wird dann auf den persönlichen Arbeitsstil und das Grundkonzept dieser Regisseure näher eingegangen.

DAS RHEINGOLD

Unabhängig davon, ob RHEINGOLD realistisch, abstrakt oder symbolisch aufgeführt wird, ergeben sich schon durch die Handlung und den Text vorgegebene Richtlinien, die der Regisseur kaum ignorieren kann. Wie schwimmen beispielsweise die Rheintöchter in der ersten Szene? Für dieses Problem gibt es viele Lösungsversuche: die Nymphen werden von Tänzern dargestellt, und aus dem Orchestergraben singen Solisten oder die Nymphen schwimmen in einem Badewannen-ähnlichen Swimmingpool. Die Schwimmbewegung verursacht dem Sänger nicht unerhebliche Probleme, aber es scheint wichtig, daß sowohl der Regisseur wie auch der Bühnenbildner das in der Musik so perfekt beschriebene Ambiente des Wassers, die Präsenz des Rheingold und das über allem lagernde Gefühl von »In der Tiefe des Rheines« nicht ganz mißachten und es zumindest symbolisch realisieren. Wieland Wagner verwendete nackt erscheinende Nymphen, die sich neben unrealistischen und doch als Projektionen von Wasserwellen erkennbaren Lichteffekten bewegten, auf die ein großes goldenes Auge als dominierender Mittelpunkt der Szene projiziert wurde. Chéreau zeigte im Bayreuther RING 1976 farbenprächtig bekleidete Prostituierte, die sich unter dem Überlauf eines großen Damms bewegten, und Karajan wiederum entschied sich für einen poetisch-realistischen Hintergrund, der als Grund eines Flusses, mit Steinmassen und Höhlen identifizert werden konnte.

Natürlich verlangte man von den Göttern entsprechend majestätische Bewegungen. Ihr Stil hängt dabei nicht nur von der Rolle selbst, sondern auch von der Dekoration und vom Kostüm ab. Wichtig ist jedenfalls, daß die Bewegungen nicht peinlich wirken. Das gleiche gilt auch für Fricka und für Freia, die oft in flatternde Capes gekleidet und dadurch zu Bewegungen verleitet werden, die eher zu jungen Mädchen als zu Göttinnen passen. Ob Fricka in einem strengen, aber schönen Kostüm plump vor Wotan kniet und aussieht, als ob sie den Fußboden aufwischen wollte, oder ob sie würdevoll und langsam niederkniet und dabei das Wesen einer geheiligten Gottheit auszustrahlen vermag, bringt den Unterschied zwischen einer Sängerin und einer Darstellerin zu Tage. Es macht auch keinen Unterschied, wie Loge wirklich dargestellt wird, ob er nun als wilder Feuergott oder als erfolgreicher Wall-Street-Banker auftritt. In jeden Fall müssen aber alle Details zusammenpassen, und wenn Loge schon als Wall-Street-Banker auftritt, dann müssen die anderen Darsteller auch entsprechend gekleidet sein.

Die Riesen stellen in jedem Fall ein Problem dar, nicht nur in bezug auf ihre Kostüme sondern auch auf ihre Bewegung. Ob sie nun realistisch oder symbolisch dargestellt werden, ein Riese muß in irgendeiner Art und Weise überlebensgroß sein. Allerdings kann man sicher sein, daß sich bald ein Regisseur finden wird, der pervers genug ist, die Riesen als Liliputaner darzustellen und auch noch ein Konzept entwickelt, in dem er die Korrektheit dieser Idee beweisen wird. Eine der besten Lösungen wählte Chéreau in Bayreuth. Sie war einfach, erforderte aber sehr viel Training aller Beteiligten, denn die Sänger saßen auf den Schultern großer Athleten und waren so gekleidet, daß sie wirklich riesig aussahen.

Ein wesentliches Detail stellt auch die Beschaffenheit des Goldes dar, mit dem Freia bedeckt wird. Es wirkt lächerlich, wenn die Riesen Loge und Froh zusehen, wie sie große Blöcke aus Gold scheinbar mühelos heben und herumtragen. Man verwendete dazu auch leichtere, filigrane Goldarbeiten, die auf Pflöcken aufgehängt wurden, die Freia einschließen. Und dann muß der Regisseur ja auch Walhalla darstellen. Wie wird also ein Schloß dargestellt, von dem selbst die Götter träumen? Oft werden dabei nur einfache, massive Strukturen, die der Phantasie des Zuschauers Spielraum lassen, auf der Bühne gezeigt. Realistische Inszenierungen aber zeigen farbige Requisiten und Projektionen und ein imposantes Schloß am Horizont; Chéreau zeigte eine identifizierbare Wall-Street-Silhouette. Auch damit hat der Regisseur nicht alle Aufgaben gelöst, es stellt sich noch das Problem der Regenbogenbrücke. Wieland Wagner verwendete eine massive Struktur aus abstrakter Steinkonstruktion, aus der er durch geschickte Beleuchtung die nebulose Vorstellung eines Regenbogens schuf. Die Götter schritten aber nicht über diese Brücke, sie schwebten eher zeremoniell auf die Basis dieser Konstruktion zu. Chéreaus erster Versuch, der später verbessert wurde, sah vor, die Mäntel der Götter auf Kleiderbügel ähnlichen Gerüsten aufzuhängen, die über ein regenbogenartig beleuchtetes Seil nach Walhalla gezogen wurden. Es ist jedenfalls nicht leicht, einen Gott auf der Bühne darzustellen und noch wesentlich schwieriger, ihn mittels »Regenbogenexpreß« nach Walhall zu befördern.

Die vier Szenen des RHEINGOLD sind durch musikalische Zwischenspiele verbunden und ergeben eine lange einaktige Oper, besser gesagt das Vorspiel zum RING. Einige

Theater, besonders jene in Amerika, präsentieren dieses Werk mit einer Pause, die den natürlichen Ablauf dieser Oper sehr stört.

Als Vorabend zum Bühnenfestspiel gibt RHEINGOLD dem Publikum in einem einheitlichen Inszenierungskonzept einen Vorgeschmack auf den gesamten RING und den grundlegenden Stil der Inszenierung. Auch Wagner gibt eine komplette musikalische Vorschau auf die Musik in der Tetralogie. Wenn man in RHEINGOLD auf der Bühne auf jeder Seite massive Säulen sieht, kann man sie auch in den anderen Opern erwarten. Nur wenige Opernhäuser können sich allerdings den Luxus eines kompletten Ringzyklus in einer Saison leisten. Oft wird eine Oper pro Jahr herausgebracht und nach dem vierten Jahr ein kompletter RING aufgeführt. Die Praxis erschwert die Arbeit des Bühnenbildners und des Regisseurs, ein einheitliches Konzept zu präsentieren. Darüber hinaus sind einige Theaterdirektoren der Meinung, das Interesse an einem RING dadurch steigern zu können, daß man mit der populärsten der RING-Opern, der WALKÜRE, beginnt, und auch das stellt eine Erschwernis dar. Auf alle Fälle sind alle Beteiligten gezwungen, für einen RING einen sorgfältig ausgearbeiteten Plan vorzulegen, denn es ist schon oft passiert, daß die schlechte Präsentation der ersten Oper, sei sie nun RHEINGOLD oder WALKÜRE, dazu geführt hat, daß die weiteren Opern abgesagt wurden. Für den Opernbesucher ist es auf jeden Fall von Vorteil, einen gesamten RING innerhalb weniger Tage zu sehen und sich sowohl der Musik als auch der Regie in einem Guß zu erfreuen. Es ist aber nur Bayreuth und einigen wenigen anderen Häusern möglich, diese großen finanziellen und personellen Anforderungen zu erfüllen.

Man kann den gesamten RING auch als ein Werk sehen, das wie eine Symphonie in vier Sätzen strukturiert ist. Wenn man dieser Analogie folgt, dann stellt RHEINGOLD die wichtigsten musikalischen und dramatischen Elemente vor, und die Regie dieses ersten Satzes sollte das Auditorium in einen Zustand der Erwartung dessen versetzen, was sich als nächste Entwicklung in diesem Werk ergeben wird.

DIE WALKÜRE

In der WALKÜRE hat der Regisseur die Handlung der Tetralogie fortzuführen und Wotans Versuch, sich durch einen von ihm gezeugten, aber doch unabhängigen Helden zu befreien, verständlich zu machen. Daneben beinhaltet dieses Drama so viele Facetten zwischenmenschlicher Beziehungen – Liebe, Enttäuschung und Abschiednehmen – die, wenn sie gut inszeniert sind, jeden Zuhörer direkt ansprechen.

In Wieland Wagners Inszenierung gab es im ersten Akt einen einzigen, riesigen abstrakten Baum, aber sonst nichts. Kein Tisch, kein Herd oder Feuer, nur einige Andeutungen durch Lichteffekte, es war eine WALKÜRE, die nur mit den absoluten Notwendigkeiten ausgestattet war. Aber auch Wieland Wagner kam nicht herum, zumindest einige Requisiten, die zum Verständnis der Handlung beitragen, zu verwenden: z. B. das Horn, mit dem Sieglinde Siegmund Labung anbietet und natürlich der Baum, in dem das Schwert steckt. Aber es gab kein Tor, das sich am Ende des Aktes öffnet und das Mondlicht des Frühlings über das vereinte Liebespaar hereinbrechen läßt.

Der erste Akt kann aber auch realistisch inszeniert werden: mit einer vollkommen eingerichteten Behausung Hundings, einem reichlich gedeckten Tisch, Glasfenstern und dem Ambiente eines Landhauses im Wald. Ein Tor ermöglichte in Chéreaus WALKÜRE die Flut von Mondlicht; doch zuvor hatte sich Hunding einen Anzug angezogen und einen Zylinder aufgesetzt und mit einigen seiner Geschäftsfreunde im großen Stil an einer Tafel Platz genommen.

Zwischen diesen Extremen gibt es auch die echte »Hütte« Hundings, mit einem realistischen Baum normaler Größe, einem steinernen Herd mit echtem Feuer, einem rohen Tisch und Sesseln. Diese Ausstattung entspricht Richard Wagners Regieanweisungen. Auch im zweiten Akt sind die Möglichkeiten des Regisseurs weitreichend. Manche nützen sie dazu, den Sängern einen wüsten und steinigen Platz zu präsentieren, auf dem man nur unter Schwierigkeiten herumklettern kann. In anderen Inszenierungen wiederum sieht man im zweiten Akt lediglich die nackte Bühne, und der, laut Regieanweisung, felsige Platz wird nur durch Projektionen symbolisiert. Brünnhilde tritt manchmal tatsächlich auf einem Pferd auf, und oft trägt sie dabei auch eine echte Rüstung; ein richtiger Helm ist hingegen schon eine Seltenheit. Nach Wagners Anweisungen soll Fricka von zwei Widdern in einem Wagen auf die Bühne gezogen werden, meistens aber geht sie einfach auf die Bühne. Im Ring Chéreaus wurde die Szene zwischen Wotan und Brünnhilde durch ein großes Pendel überschattet, das sich bis zu Wotans Höhepunkt »Nur Eines will ich noch: Das Ende« als sehr wirkungsvoll erwies. Dann aber hielt die Bewegung des Pendels an. Wotan sang in dieser Inszenierung den größten Teil seines Monologs vor einem großen Spiegel und mit dem Rücken zum Auditorium.

Jeder Regisseur hat dann noch das Problem mit Siegmunds Schwert; normalerweise bricht es unter der Kraft von Wotans Speer. Es gab aber auch eine Inszenierung, in der ihm das Schwert aus der Hand fällt und für alle sichtbar liegenblieb, und das erleichtert Siegfrieds Aufgabe im nächsten Teil.

Die Walküren, die am Anfang des dritten Aktes auftreten, sind wie der Walkürenritt einer breiten Öffentlichkeit ein Begriff. Sie können einfach dort stehen, auf mechanischen Pferden sitzen – was mitunter an Lächerlichkeit grenzt – oder wie in Chéreaus Ring auf echten Pferden auf die Bühne reiten. Dort gab es auch ein Schlachtfeld mit gefallenen Kriegern und sogar einen Friedhof.

Am Ende des dritten Aktes wird Feuer benötigt, und das ist ein Gipfelpunkt der Anforderung an die Bühnentechnik. Normalerweise wird der Feuerwall, der die schlafende Brünnhilde beschützt, durch Projektionen realisiert: sehr wirkungsvoll erweisen sich aber auch echte Flammen und Rauch aus Dampfmaschinen, die soviel Qualm produzieren können, daß auch die ersten beiden Reihen des Auditoriums eingenebelt werden.

SIEGFRIED

Im ersten Akt deutete Wieland Wagner einen imaginären Bären an, und er reduzierte auch alle anderen Requisiten und das Bühnenbild auf das Notwendigste. Es gab einen primitiven formlosen Hammer mit einem Amboß, natürlich ein Schwert und Gefäße, mit denen Mime seinen Trank zubereiten konnte. Siegfried war als junger Tarzan, der aus den Wäldern stammt, kostümiert, und Mime war in lumpige Kleider gehüllt, mit schaurigem Make-up versehen und entsprach ganz der Figur, die Siegfried in seinem Text beschreibt. Wielands Wanderer hatte wohl einen Speer, aber eine Augenbinde anstelle eines Hutes. Das Bühnenbild war abstrakt und daher konnte man die Höhlenatmosphäre im ersten Akt nicht sehen, aber um so besser fühlen. Das Schmieden des Schwertes wurde auf ein Minimum an Arbeitsgängen reduziert, und dabei machte Wieland auch eine Ausnahme in seiner kontrapunktierten Bewegungsregie, indem er Siegfrieds Hammerschläge synchron zur Musik gestaltet. Seine Auffassung des Siegfried basierte auf den Bewegungen und Reaktionen, die ihn als jungen Revolutionär und ungeduldigen Dränger zeigten, der forschend, eingebungsreich erscheinen sollte: eine Herausforderung für alle Etablierten. Diese Rollenanlage bedeutet keineswegs, die Beziehungen zwischen den Personen nicht menschlich darzustellen, sondern nur, jegliche Beschäftigung mit kleinen Details und realen Dingen zu eliminieren, um Siegfried Raum für eine symbolische Charakterisierung des jungen Helden, wie sie auch der Musik entspricht, zu geben. Die vom Sänger geforderte Intensität in der schauspielerischen Darstellung wurde durch dieses Streichen von realistischen Beschäftigungen auf der Bühne nicht reduziert, sondern sie wurde im Gegenteil subtiler und auch komplizierter. Lichteffekte unterstützten nicht nur die Effekte bei der Fertigstellung des Schwertes, sondern sie unterstrichen jede neue musikalische und dramatische Entwicklung. Die Beleuchtungsregie war in Wieland Wagners GÖTTERDÄMMERUNG wie in den meisten seiner Produktionen ein essentieller und integraler Bestandteil, der im Gleichklang mit der Musik und den Sängern Atmosphäre erzeugte.

Herbert von Karajans SIEGFRIED wurde in den Bühnenbildern von Günther Schneider-Siemssen aufgeführt. Die große Bühne des Festspielhauses erlaubte die Darstellung eines riesigen Waldes, der imposant, schön und realistisch gestaltet war. Die verknoteten Wurzeln einiger riesiger Bäume bildeten die Höhle, in der Mime und Siegfried hausten. Siegfried betrat die Bühne, indem er einen als Bär kostümierten Statisten auf die Bühne zog. Der Amboß war massiv und enthielt elektrische Einrichtungen, die während der Schmiedeszene echte Funken erzeugten, und es gab auch ein Dutzend verschiedener Schwerter: jenes, an dem Mime arbeitete, das aber von Siegfried über sein Knie gebrochen wird, die Stücke, an denen gearbeitet wurde, und das echte rotglühende Schwert, das man aus einem Elektroofen ziehen mußte. Es wurde von Siegfried hochgehalten und leuchtete rotglühend, bevor es in Wasser gehärtet wurde. Ein anderes Schwert hielt Siegfried mit Zangen, während er es bearbeitete, und schließlich gab es noch das endgültige Schwert, das Siegfried zum richtigen Zeitpunkt aus einem Fach unter dem Amboß herausziehen mußte. Dieses Schwert war lang, dick und aus schwerem Metall. Während der ersten Probenwochen entwickelte ich bei der Arbeit mit diesem Schwert tatsächlich einen Tennisarm, und Karajan stimmte dann zu, für den zweiten und dritten Akt ein hölzernes Duplikat dieses Schwertes anfertigen zu lassen. Doch sonst war jedes einzelne Werkzeug einer Schmiede auf der Bühne tatsächlich echt, und jeder Arbeitsgang wurde peinlich genau eingehalten. Mimes und auch Siegfrieds Kostüme waren jenen von Wieland Wagners Inszenierung ähnlich. Mime erschien als der abstoßende Zwerg in Lumpen und Siegfried als Tarzan im Lederrock. Das Gefühl, das man als Siegfried in Karajans Wald haben konnte, war realistisch, und man konnte auf der Bühne tatsächlich in den Bäumen verschwinden.

Die Regie stand in perfekter Übereinstimmung mit den lyrischen Augenblicken der Musik und zeigte Siegfried in entspannten lockeren Posen in seiner Höhle unter den Wurzeln der Bäume.

Im RING Chéreaus wurde die Szene im ersten Akt durch eine riesige Maschine, einen komplizierten Schmiedeapparat, dominiert, der es Siegfried erlaubte, das Schwert in eine Öffnung zu stecken und darauf zu warten, bis sich der Apparat in Bewegung setzte, zischte und stampfte und das fertige Schwert Notung ausspuckte. Siegfried trug Hosen aus rauhem Stoff und ein zeitloses Hemd. Mime hatte einen langen Mantel, trug Augengläser, eine häßliche graue Perücke und erweckte den Eindruck eines jüdischen Krämers, der dauernd Beschäftigungen im Kopf hatte, die ihn veranlaßten, herumzulaufen und andauernd eine Leiter auf und ab zu steigen. Chéreaus Lichtregie war in diesem Akt wie in seiner ganzen Inszenierung grell und erzeugte einen scharfen Kontrast zwischen hellen und dunklen Bereichen auf der Bühne. Die Personenregie war erfindungsreich, sie enthielt viel Aktion und Aufregung. Der Wanderer trug wie alle anderen Personen Anzüge, Mäntel und Hüte, die an das 19. Jahrhundert erinnerten, nur Siegfried und Brünnhilde gehörten zumindest dem Kostüm nach einer anderen Periode an; aber auch das änderte sich zumindest für Siegfried in der GÖTTERDÄMMERUNG.

Unterschiedliche Regieauffassungen zeigen sich auch in einem weiteren zentralen Requisit jedes RINGS, dem Drachen in SIEGFRIED. In Wieland Wagners RING begegnete Siegfried einem sehr scheuen Drachen, die Bühne bedeckte eine Plastikfolie, wobei die Struktur dieses Materials an einen Wald erinnerte. Eine Stelle, die so beleuchtet war, daß sie eine schattige Lichtung im Wald darstellte, wurde durch entsprechende Lichteffekte plötzlich zum fürchterlich feuerspeienden Drachen. Eiförmigen Öffnungen verwandelten sich in rotglühende Augen. Die gesamte Erscheinung illustrierte ein Biest, das allgegenwärtig war und gefährlicher schien als viele realistische Darstellungen.

Auch Karajan schuf mit Günther Schneider-Siemssen einen entsetzlichen Drachen. Eigentlich war die ganze Bühne der Darstellung des erwachenden Fafner gewidmet, nur eine große hohe Scheibe in der Mitte der Bühne, die den Stumpf eines großen Baumes bildete, war die einzige feste Stelle auf der Bühne. Der Boden rund um diesen Stumpf war wie Waldboden um einen Baum dekoriert, enthielt aber einige Feinheiten. Zu dem Zeitpunkt, an dem der Drache schließlich erwachte, begann sich der Boden brodelnd zu bewegen, und Statisten, die sich darunter befanden, hielten den Boden mit Stangen hoch. Nachdem sich der Körper des Ungeheuers zur Gänze erhoben hatte, zeigte sich ein Monster mit den drei Köpfen einer Hydra, das aus dem Mittelpunkt der Scheibe herauswuchs. Siegfrieds Aufgabe bestand darin, um diese Scheibe herumzulaufen und zuerst den einen und dann den anderen Kopf der Hydra zu bekämpfen. Das Krächzen und Stöhnen Fafners, die Wellen der Musik und die vielköpfige Version des Drachens war die eindrucksvollste Darstellung der Szene, die ich je gesehen habe.

In Chéreaus RING wurde ein Drache auf die Bühne gezogen, dessen mechanische Konstruktion man auch erkennen sollte. Das Biest stellte die große Ausgabe eines typischen chinesischen Spielzeugdrachens dar und konnte kaum als mythisches Ungeheuer gelten. Der Effekt dieser Szene grenzte an das Komische, er war aber wahrscheinlich so geplant, um den doppelten Boden solcher Theaterrequisiten zu karikieren.

GÖTTERDÄMMERUNG

Die Regie muß in diesem Werk das Ende Wotans verständlich machen, ohne ihn selbst zu zeigen. Das Schicksal der Götter wird dabei ohne ihr Zutun entschieden; sie enden tragisch. In der Götterdämmerung erfüllt sich auch die von der Regie geplante zentrale Aussage und das nach Richard Wagner hoffnungsvolle Ende. Die in die Vorgänge verstrickten Schicksale von Brünnhilde und Siegfried, der dazu gebracht wird, seine große Liebe zu täuschen, bieten auch für die Personenregie viele Möglichkeiten.

Die Aufgabe Siegfrieds in GÖTTERDÄMMERUNG ist auf alle Fälle tiefgreifender als in SIEGFRIED. Schon die Musik der Rheinfahrt erinnert an das Vorspiel zum dritten Akt des PARSIFAL, in dem Parsifals Irrwege beschrieben werden. In der GÖTTERDÄMMERUNG hingegen wird Siegfrieds psychologische Wandlung, die seine Erlebnisse in der intrigenhaften Welt der Gibichungen zur Folge hat, beschrieben. Die entwaffnende Vertraulichkeit, mit der Siegfried seiner ersten Herausforderung in seiner neuen Umgebung entgegentritt, spiegelt sich in seinem enthusiastischen Gruß an seine zukünftigen Freunde Hagen, Gunther und Gutrune. Es ist für Siegfried nicht leicht, seinen stimmlichen Weg durch das Phrasenlabyrinth zu finden, das zwischen Bravour und Demut, Prahlerei, Bedenken, glühender Verehrung für Gutrune und suggestivem Herantreten an Brünnhilde schwanken muß.

Siegfrieds darstellerische Fähigkeiten werden vor allem dadurch gefordert, daß er eigentlich zwei Personen zu spielen hat. Nachdem er den Vergessenstrank zu sich genommen hat, verliert er sein eigenes Bewußtsein bis zu dem Zeitpunkt, zu dem Hagen ihm den Erinnerungstrank reicht. Dazwischen ist er entweder entrückt oder klinisch tot, und dieser Zustand ist weder leicht zu spielen noch gesanglich auszudrücken. Daraus resultiert auch die Forderung, den größten Teil der Rolle mit dem Hauch des Unwirklichen, Rauschhaften oder Unbewußten zu gestalten.

Wieland Wagner schuf in der GÖTTERDÄMMERUNG eine einfache Scheibe und kolossale Skulpturen, die den unverkennbaren Einfluß Henry Moores offenbarten. Karajan realisierte eine Stonehenge-ähnliche Konstruktion und Chéreau eine Dock-ähnliche Plattform, vor einer Häuserreihe, die in Brooklyn im Jahr 1890 leicht zu finden gewesen wäre. Die Bekleidung der Männer und Frauen reichte von Wieland Wagners uniformähnlicher, einfacher neutraler Kleidung, die auch Karajan in ähnlicher Weise verwendete, bis zu Chéreaus wilder Gruppe mit Kostümen und Waffen vieler Perioden. Während Siegfried meistens im gleichen Kostüm wie in Siegfried auftritt, trug er in der Vermählungsszene der Chéreau-Produktion der GÖTTERDÄMMERUNG einen Smoking. Das wurde aus dem Auditorium immer mit herzlichem Gelächter quittiert, doch wahrscheinlich sollte dieses Kostüm andeuten, daß Siegfried doch den dekadenten Einflüssen der Gibichungen erlegen war.

RING-KONZEPTE IM VERGLEICH

Wieland Wagner – Herbert von Karajan – Patrice Chéreau

Der Vergleich dreier bedeutender Produktionen, die das Bild der jüngeren Vergangenheit geprägt haben, gibt einen Einblick in die Arbeitsweise der drei berühmten Regisseure. Ich beziehe mich dabei auf Produktionen, an denen ich auch mitgewirkt habe:

Bayreuther Festspiele *Inszenierung 1965*	Regie: Wieland Wagner Bühnenbild: Wieland Wagner
Salzburger Festspiele und *Metropolitan Opera, 1968–1970*	Regie: Herbert von Karajan Dirigent: Herbert von Karajan
Bayreuther Festspiele *Inszenierung 1976*	Regie: Patrice Chéreau

In zwei der drei beschriebenen Inszenierungen hat der Regisseur noch eine Zusatzaufgabe übernommen. Wieland Wagner wahrte auch die Aufgaben des Bühnenbildners und Herbert von Karajan die des Dirigenten. Die grundlegenden Absichten dieser großen Regisseure werden einleitend vielleicht am besten durch ihre eigenen Worte sowie zeitgenössische Kommentare charakterisiert.

Wieland Wagner:

»... fundamentalen Einsicht: in den unlösbaren Zusammenhang individuellen Tuns und archetypischen Geschehens...« (Prof. Walter Erich Schaefer)

»... Wieland Wagner nach wie vor bemüht, den Ring-Figuren ihren symbolischen Gemeinwert zu lassen. Diese Synthese zwischen dem Einmaligen, Individuellen und dem Allgemeinen war es ja auch, die die zweite Welle seiner Inszenierung so großartig machte:« (Antoine Gole 'a)

Herbert von Karajan:

»In vielen Menschen schlummert ein kosmisches Lebensgefühl, und wenn man so will und empfindet, ist die Salzburger Ring-Interpretation ein Entstehungsprozeß, ein kosmischer Weg in lyrischer oder dramatischer Form, in Raum und Zeit... das Salzburger Konzept ist als musikalisch-visionärer Ring zu betrachten...« (Wolfgang Haefli)

Patrice Chéreau:

»Die Entwicklung ging den Weg einer absichtlich anachronistischen Vermischung zwischen dem Mythos und der Ideologie des 19. Jahrhunderts. Die Inszenierung versuchte, die tiefen Widersprüche im Werk aufzuzeigen. Die Götterdämmerung am Ende des Zyklus stellt ihrerseits eine romanhaftere und zugleich modernere Welt vor, in der der Mythos nicht mehr gilt und wo die mythologische Personen Siegfried und Brünnhilde in der Welt der Menschen verloren sind.« (Patrice Chéreau)

Die Arbeitsmethoden und das Prinzip von »Punkt und Kontrapunkt«

Obwohl alle drei Regisseure mit ihren Künstlern außergewöhnlich intensiv arbeiten, um die gewünschten Resultate zu erzielen, waren ihre Methoden genauso unterschiedlich wie ihre Persönlichkeit.

Wieland Wagner choreografierte die Bewegung seiner Sänger so, daß sie exakt im Gegentakt zur Musik standen. Die Ausarbeitung der Bewegungen der Sänger und Schauspieler richtete sich immer nach der Entwicklung der Musik und mußte entweder einen kommenden musikalischen Ausdruck vorbereiten oder sich als Resultat einer bereits vorhandenen Stimmung ergeben, durfte diese aber keineswegs im Gleichtakt unterstreichen. Als erfahrener Regisseur und Bühnenbildner versuchte Wieland Wagner mit Unterstützung seines alten Freundes Karl Böhm, den Schwerpunkt seiner Inszenierung auf die grundlegende Wechselwirkung zwischen den Archetypen zu legen. Seine symbolische Regie war ein abstrakter Gegenpol zur Musik und in seiner Bedeutung des Wortes doch echt.

Herbert von Karajans Bewegungsregie war genau gegensätzlich, denn er setzte die Bewegungen so, daß sie genau im Gleichtakt mit der Musik lagen und sich aus ihr logisch ableiteten. Seine zur Musik synchrone Bewegungsregie war der Versuch eines Musikers, die wichtigsten Elemente der Partitur Wagners in der Regie Schritt für Schritt zu realisieren.

Patrice Chéreau war hingegen nicht so musikalisch wie Wieland Wagner und Herbert von Karajan, das bedeutet aber nicht, daß er die Musik nicht genau kannte. Er stützte sich daher in seiner Inszenierung mehr auf den Text, und diese Arbeitsmethode entspricht auch seinem Arbeitsstil als Theaterregisseur. Da er den RING voller Gegensätze sah, fühlte er sich auch veranlaßt, das in seiner Inszenierung zu zeigen. Der Arbeitsstil Chéreaus war daher auch uneinheitlich und ein Gemisch vieler Arbeitsmethoden, je nachdem, welchen Regieeinfall er für eine bestimmte Szene als passend empfand. Chéreau kannte jedes einzelne Wort des Textes und leitete daraus eine fundierte, aufregende und interessante Inszenierung ab. Sein Bühnenbildner schuf eine Dekoration, die interessanterweise einen extremen Gegensatz zu seiner romantischen und auf Realismus basierenden Regie darstellte. Obwohl die musikalische Leitung dieser Inszenierung in den erfahrenen Händen von Pierre Boulez lag, gab es in dieser Produktion doch drei getrennte Elemente: Die musikalische Realisierung, das Bühnenbild und die Regie. Das Resultat war für mich ein Kompromiß und konnte die perfekte Verschmelzung von Drama und Musik, die sowohl Wieland Wagner wie auch Herbert von Karajan erreichten, nicht bieten.

Alle drei Produktionen hatten allerdings eines gemeinsam, sie wurden in ihrer Gesamtheit begeistert aufgenommen. Die Tatsache, daß Chéreaus RING in seinem ersten Jahr auf unüberhörbare Ablehnung stieß, war aufgrund der radikalen Neuerungen zu erwarten. Er arbeitete aber auch in den folgenden Jahren viele neue Gesichtspunkte heraus, und sein Konzept setzte sich nicht nur durch, sondern es wurde auch anerkannt und verstanden und zudem durch Fernsehübertragungen einer weltweiten Zuhörerschaft nähergebracht.

Diese Begeisterung für Wagners weitreichendes Weltengleichnis wird noch für viele Generationen von Regisseuren die größte Herausforderung darstellen, die sie auf der Opernbühne finden können.

PARSIFAL

Uraufführung: 26. Juli 1882 in Bayreuth

Personen:
Amfortas (Bariton) – Titurel (Baß) – Gurnemanz (Baß) – Parsifal (Tenor) – Klingsor (Baß) – Kundry (Sopran) – Zwei Gralsritter (Tenor und Baß) – Vier Knappen (2 Soprane, 2 Tenöre) – Klingsors Zaubermädchen (Sopran und Alt) – Eine Stimme (Alt) – Die Brüderschaft der Gralsritter (Tenöre und Bässe) – Jünglinge und Knaben (Tenöre, Soprane, Alt)

ZUR HANDLUNG

Die Schlüsselfigur der symbolbeladenen Handlung in Parsifal ist der dahinsiechende Gralskönig Amfortas, der Linderung für eine unheilbare Wunde sucht. Um Amfortas ist seine Ritterschar, die mit ihm dahinsiecht, und Gurnemanz, ein alter weiser Diener des Gral, versammelt. Auf diese Welt trifft der Jüngling Parsifal, der später nach langem Irren und vielen Konfrontationen mit der Urfrau Kundry zur Erlösung des Gral fähig wird.

Der Vater Amfortas hatte einst den Gralstempel errichtet, um den Gral, einen Kelch, aus dem der Heiland beim letzten Mahl getrunken hat, aufzubewahren. Der Gral hütet auch den heiligen Speer und die Gralsritter, deren Aufgabe es ist, für das Wahrhafte und Gute einzutreten. Ein abtrünniger und ausgestoßener Gralsritter, Klingsor, rächte sich an der Gralsgemeinschaft, indem er deren Ritter durch verführerische Frauen abspenstig zu machen versuchte. Selbst Amfortas erlag der Verführung und wurde von Klingsor verwundet und des heiligen Speers beraubt. Nur ein durch Mitleid wissend gewordener reiner Tor, so lautet die Prophezeiung, könne die Wunde schließen. Während der sieche Amfortas von seinen Jüngern zur Linderung seiner Schmerzen zum Bade getragen wird, stürmt ein Jüngling, der einem Schwan nachjagt und diesen erlegt, in das Gralsgebiet. Er ist wahrlich ein Tor, denn er kennt nicht einmal seinen Namen, nur den seiner Mutter. Gurnemanz beschließt, diesen Jüngling zu der Gralszeremonie, einer geheiligten Handlung, zu führen, um herauszufinden, ob er der von der Prophezeiung verkündete reine Tor sei. Doch Parsifal wird nur stummer Zeuge dieser Handlung, er weiß nicht, was vor sich geht und wird von Gurnemanz verjagt.

Parsifal irrt dann ziellos umher, doch Klingsor ahnt seine Mission und er beschließt, ihn mit Hilfe von Kundry und einer Schar von Blumenmädchen zu verführen. Doch Parsifal widersteht dieser Verführung. Da tritt Kundry, von Klingsor gezwungen, selbst als verführerische Frau auf ihn zu. Doch mit ihrem ersten Kuß eröffnet sie ihm das unheilvolle Bild von Amfortas Leiden, und er weist sie zurück. Sie ruft Klingsor zu Hilfe, der den heiligen Speer gegen Parsifal schleudert, doch dieser, nun bewußt sehend mächtig geworden, ergreift den Speer, beschreibt damit das Zeichen des Kreuzes und bringt das Zauberschloß der Sünde zum Versinken.

Nach vielen Irrwegen stößt Parsifal an einem Karfreitag wieder auf das Gralsgebiet. Gurnemanz erkennt den ehemaligen Jüngling sofort wieder, und er erkennt auch den heiligen Speer, den dieser mit sich bringt. Auch Kundry ist im heiligen Garten, und Parsifal schreitet zu seinem ersten Amt als Träger des heiligen Speers, indem er Kundry entsündigt. Wieder führt Gurnemanz Parsifal zur heiligen Handlung, die Amfortas kaum noch zu verrichten in der Lage ist. Doch Parsifal berührt seine Wunde mit dem heiligen Speer und Amfortas stirbt erlöst, denn Parsifal ist nun der neue, reine Hüter des Gral.

MUSIKALISCHE SCHWIERIGKEITEN

Schon kurz nachdem Richard Wagner seinen TANNHÄUSER fertiggestellt hatte, zogen ihn Wolfram von Eschenbachs Reime an, und er begann sich mit dem Stoff des PARSIFAL zu beschäftigen.

Er verbarg sich, wie er selbst schreibt, mit dem Buch unter seinem Arm in den Wäldern Böhmens, lehnte sich an Felsen und ergötzte sich an Titurel und Parsifal in Wolframs merkwürdigem, aber doch faszinierendem Werk. Obwohl Richard Wagner sich schon 1845 mit dem Stoff zu beschäftigen begann, benötigte er bis zum Jahr 1882, um sein Parsifalwerk fertigzustellen. Die Dichtung stellte er im Jahre 1877 fertig, erste Entwürfe für die Komposition 1879. Die gesamte Partitur wurde erst im Jahr 1882, nur Monate vor der Premiere am 16. Juli 1882 im Bayreuther Festspielhaus, fertiggestellt. Während der Arbeit an Parsifal beschäftigte sich Richard Wagner auch mit anderen Projekten, Lohengrin, dem Ring, Tristan und Meistersinger. Parsifal ist das Werk Richard Wagners, das die Frucht seines langen Arbeitslebens darstellt und sich so von seinen anderen Werken unterscheidet. Die Kritiker reagierten allerdings damals auf Parsifal genauso verstört wie auch schon bei der Präsentation des Tristan oder des Rings.

Die Oper, oder um Wagners Bezeichnung zu verwenden, das Bühnenweihfestspiel, beginnt mit einem langen Vorspiel, das bereits in seinen ersten sechs Takten die wichtigsten musikalischen Themen des gesamten Werkes bringt. In der Oper verursacht der scheinbar zufällige Rhythmus der Melodie den Kritikern und Musikern viel Kopfzerbrechen, da man die gewohnten Formen der Kompositionstechnik und der Rhythmik in diesem Werk nicht wiederfindet. Wagner wußte aber, was er tat, die scheinbare Zufälligkeit des Rhythmus und die Entwicklung der Melodie ohne unterstützende, eine Tonart festlegende Akkorde erzeugt das Gefühl, eine Musik zu hören, die von der Realität des täglichen Lebens weit entfernt ist.

Wieland Wagner wies auf die interessante Tatsache hin, daß Verdi in seinem Spätwerk OTHELLO im vierten Akt für den Auftritt Othellos die ersten fünf Noten des gleichen Themas verwendet, das auch Wagner für sein Parsifalvorspiel schrieb. Die Wirkung und Klarheit dieses Themas erinnert an das Gralsthema in Lohengrin, man erkennt aber sofort, daß die Suche nach diesem Gral tiefer geht. Die Szene ist ›entwickelter‹ und die Personen weiser und reifer.

Die Entwicklung der Handlung ist in Parsifal selbst im Vergleich zum Ring noch weiter reduziert. Die Welt des Gral wird im ersten und im dritten Akt oft durch griechische Chöre dominiert, die den Schlüsselpunkt der Musik darstellen. Eine total unterschiedliche, dramatische Welt mit entsprechenden Ausbrüchen und Phrasen findet man in den Klagen des Amfortas im ersten und dritten Akt sowie in den ausdrucksstarken, emotionsgeladenen Konfrontationen zwischen Klingsor und Kundry sowie Kundry und Parsifal im zweiten Akt. Den musikalischen Höhepunkt des Musikschaffens von Richard Wagner sehen viele überhaupt in der Karfreitagsszene zwischen Gurnemanz, Kundry und Parsifal im dritten Akt.

Die Chöre und Ensembles der Ritter, Junker und Blumenmädchen beanspruchen sowohl das Können des Dirigenten wie auch das der Chorleitung. Die Probleme, die sich durch den Gesang auf und hinter der Bühne ergeben, die unendliche Übung und Geduld, die man aufbringen muß, um einen scheinbar nahtlosen Übergang des Gesangs von einer Gruppe auf die andere zu ermöglichen, und die perfekte Reinheit, die diese Töne erfordern, sind das Kriterium für den Chor. Aber auch die sinnlich verführerische Stimmung, die von den Blumenmädchen geschaffen werden muß, erfordert perfekte Sänger und Darsteller. Der Dirigent muß dabei in der Lage sein, die langgedehnten Orchesterpassagen der Gralswelt in seinen diatonischen Bereichen mit Klarheit und Einfachheit in perfekten Kontrast zu der bewegten, dramatischen Tonskala der Welt Klingsors zu stellen.

Titurels Rolle ist kurz und wird oft hinter der Bühne gesungen. Sie erfordert einen »basso profundo«, der zumindest in der Lage sein muß, den wichtigen Phrasen Farbe und damit Autorität und Feierlichkeit zu verleihen.

Der Bariton, der Klingsor übernimmt, muß eine penetrante, ja befehlende Stimme haben, eine sichere Höhe besitzen und auch in der Lage sein, subtile Nuancen von Spott und Hohn zu vereinen. Die Rolle ist eigentlich kurz, aber durch die schwierige Szene mit Kundry wichtig und daher problematisch zu besetzen. Alle Opernhäuser müssen eine lange Suche auf sich nehmen, um die richtige Stimme und den richtigen Charakter für diese Rolle zu finden.

Amfortas muß durch sein verzweifeltes Klagen im ersten und im dritten Akt sowohl den Höhen wie auch den Tiefen seiner dramatischen Rolle standhalten. Wenn es dem Künstler gelingt, eine noble Linie, die den Pathos der Rolle ausdrückt, ohne dabei zu bemitleidenswert zu wirken, zu treffen, ist die Partie äußerst wirkungsvoll. Ein starker Amfortas findet das schwierige Gleichgewicht zwischen stimmlicher Ausdruckskraft, tiefem Empfinden und Selbstmitleid, ohne dabei pathetisch zu werden.

Gurnemanz ist vor allem die längste Rolle in PARSIFAL. Sie erfordert vom Bassisten ein unglaubliches Gedächtnis, um die langen Erzählungen im ersten und dritten Akt zu behalten. Die Schwierigkeit im Vortrag besteht vor allem darin, die lange, oft schwierige Geschichte lebendig, dynamisch und ausdrucksfähig zu halten, wobei der Sänger dabei durch den Komponisten nicht sehr unterstützt wird. Die Tempi sind als »gedehnt« bezeichnet und bieten aus dem erzählenden Stil nicht sehr viel Befreiung oder gar Abwechslung durch eine melodische Linie. Trotzdem hat der Sänger mannigfaltige, aber subtile Möglichkeiten, sich auszudrücken. Die Wichtigkeit dieser Rolle lohnt jedenfalls die Anstrengung für den Sänger.

Parsifal ist wahrscheinlich die kürzeste der wichtigen Tenorrollen Wagners. Doch wenn man sich mit seinen vielfältigen Aufgaben während der gesamten Oper – und das ist eben nicht nur der Gesang, sondern auch das Reagieren in der Szene – intensiv beschäftigt, erkennt man, daß es sehr schwer ist, die Rolle durchzustehen. Ein besonderes Problem ist es dabei, in der fast 45 Minuten langen Zeitspanne in der zweiten Szene im ersten Akt, in der Parsifal nicht zu singen, aber durch sein Spiel ständig am Geschehen auf der Bühne teilzunehmen hat, die Charakterisierung der Rolle durch entsprechenden Ausdruck zu schaffen. Stimmlich liegt die Rolle sehr niedrig, stellt aber große Anforderungen an die Fähigkeit des Tenors, diese Mittellage technisch zu beherrschen. Die zauberhaften lyrischen Augenblicke in den Phrasen des Karfreitagszaubers sind dabei die Schlüsselstelle für den Tenor, und diese Stelle steht in scharfem Kontrast zu den dramatischen Ausbrüchen in der Szene mit Kundry im zweiten Akt. Auch in der Schlußszene ist es nicht leicht, stimmlich einen erhabeneren Eindruck und mehr Kraft und Feierlichkeit auszudrücken als zuvor und sich dadurch gegen Ende der Oper nochmals zu steigern. Die Intensität, mit der der Sänger das religiöse Geschehen mit seinem eigenen Gefühl und mit seinem Herzen nachempfinden kann, reflektiert sich in jedem Fall in seinem stimmlichen Ausdruck, in seiner Wirkung und seiner Darstellung. Es sind nicht nur die stimmlichen Schwierigkeiten, die Parsifal als einzigartige Rolle charakterisieren, sondern auch die Anforderungen an die geistige Identifizierung mit der Partie. Sie ist unbedingt notwendig, um eine wirklich bewegende Aufführung zustande zu bringen. Wieland Wagner erinnerte oft daran, daß gerade die dramatischen Ausbrüche im zweiten Akt äußerst sorgfältig geplant werden müssen. Einem wirklich engagierten Künstler sollte das nicht schwerfallen, man wird von dieser berührenden Szene emotional so gefangen, daß man sogar in Gefahr gerät, die Stimme so zu forcieren, daß man die wichtigsten lyrischen Pianophrasen im dritten Akt nicht mehr singen kann. Das sind tatsächlich Juwelen in der gesamten Musikliteratur für Tenorstimmen, aber sie können nur mit reichhaltiger Erfahrung und perfekter Technik sowie der inneren Einstellung dem Werk und dem Text gegenüber gesungen werden. Wieland Wagner saß einmal während einer Probe im Auditorium, und ich fragte ihn, ob ich die Stelle »du weinst« mit zuviel Piano singen würde. Wieland antwortete: »Thomas, wenn ich es überhaupt hören kann, ist es schon zu viel.« Das Auditorium muß diese Phrase eher fühlen als hören. Ich habe

PARSIFAL aber nie einfach nur als Oper gesehen, und für mich haben daher auch die musikalischen oder stimmlichen Schwierigkeiten nie an erster Stelle gestanden. Die größte Herausforderung in dieser Rolle ist die geistige Einstellung. Der Sänger muß ehrlich bestrebt sein, in den Charakter Parsifals zu schlüpfen, statt die Rolle nur zu singen.

Die schwierigste weibliche Rolle, die Richard Wagner je geschrieben hat, ist Kundry. Unabhängig davon, ob sie, wie Richard Wagner vorgeschlagen hat, von einem Sopran, durch ein Zwischenfach oder eine Mezzostimme besetzt wird, die Künstlerin, die Kundry übernimmt, muß stimmlich und darstellerisch alle nur denkbaren Eigenschaften vereinen. Sie muß die »namenlose Urteufelin, Höllenrose, Herodias und Gundriggia« sein, als die sie von Klingsor bezeichnet wird, aber auch gleichzeitig die ewige Eva, die Maria Magdalena, die Femme fatale und die Verführerin. Das alles erfordert eine Stimme und darstellerische Fähigkeiten, die nur bei wenigen Künstlerinnen zu finden sind. Herbert von Karajan versuchte, um diesem mehrschichtigen Charakter besser gerecht zu werden, in einer Inszenierung von PARSIFAL in Wien einmal, diese Rolle in einer Aufführung von zwei Künstlerinnen darstellen zu lassen. Dabei übernahmen Martha Hönggen und Christa Ludwig die Kundry. Wieland Wagner kennzeichnete die Darstellung der Rolle aus der Sicht des Regisseurs einmal so, daß Kundry in jedem Akt durch eine andere Darstellerin übernommen werden sollte, und er charakterisierte seine Idealvorstellung durch bekannte Filmstars: Im ersten Akt wünschte er sich Anna Magnani, im zweiten Akt Brigit Bardot und im dritten Audrey Hepburn.

Die vielen unterschiedlichen Gefühle und Ausdrücke einer wilden Frau, die in ihrer Suche aus Arabien zurückkehrt, die gequälte und immer wieder erweckte Sklavin Klingsors sowie die sinnliche Verführerin Parsifals und die Ergebene mit ihrem demütigen »Dienen! dienen!« sind allumfassend. Der musikalische Bereich der Rolle ist weitreichend und geht vom weichen, liedähnlichen Gesang bis zu den explosiven und kraftvollen Tiraden, die man am Ende des zweiten Aktes findet. Kundrys zweiter Auftritt im zweiten Akt ist mit dem verführerischen Parsifalruf jene Stelle, an der sich eine gute Kundry als große Kundry auszeichnen kann. Dieser Augenblick kann magisch, wunderbar und beeindruckend sein und wird vielfach als Schlüsselpunkt der gesamten Rolle gesehen. Natürlich sind stimmlich auch die hohen B's bei »... lachte«, bei »... läßt dich dann Gottheit erlangen ...« und »Dich weih' ich ihm zum Geleit!« schwierig und werden vom Auditorium immer mit Anspannung verfolgt. Diese Stellen bereiten daher vielen Kundrys Sorgen, aber die Rolle ist in ihrer Gesamtheit so mächtig und so dominierend, daß sich das Abenteuer auf alle Fälle lohnt.

Die musikalischen Schwierigkeiten in PARSIFAL können selbst auf das Publikum ausgedehnt werden, jedenfalls dann, wenn man die Länge der Oper betrachtet. Wenn man diese Länge aber zu fühlen beginnt, dann liegt es wahrscheinlich an der Aufführung. Eine gute Aufführung vermittelt dem Auditorium das Gefühl der Befreiung, des Erhabenen und das Bewußtsein, einem großartigen Erlebnis beigewohnt zu haben.

INSZENIERUNGEN

Schon Wagners Bezeichnung seines Werkes als Bühnenweihfestspiel bestimmt den geheiligten Stil, den es verlangt. Jede Aufführung sollte daher feierlich wirken und an eine Zeremonie, ja sogar einen Gottesdienst erinnern, der allerdings auf dem Altar der Musik dargestellt wird. Nietzsche kritisierte Wagner wegen des christlichen Ursprungs dieses Werkes und sah in Parsifal Wagners Kniefall am Fuße des Kreuzes. Richard Wagner verschmolz aber östliche und westliche, buddhistische und christliche Anschauungen, sowie Schopenhauers Philosophie mit griechischen und chinesischen Einflüssen. Aus diesen Elementen schuf er ein Werk, das sich mit den Reinen beschäftigt, die durch Mitleid weise werden. In einer himmlischen Region erfährt der Tor, der durch »Mitleid wissend wird« Enthüllungen wie »ich schreite kaum, doch wähn' ich mich schon weit« und erhält Erklärungen wie »Du sieh'st mein Sohn, zum Raum wird hier die Zeit«. Schon allein diese Inhalte, die sich auch in der Musik ausdrücken, lassen dem Regisseur kaum eine andere Möglichkeit, als die Szene allgemeingültig, kosmisch universell zu realisieren. Die Handlung in diesem Werk hat hauptsächlich Symbolcharakter, und die darin enthaltenen Botschaften sind musikalisch so ausgedrückt, daß sie sich direkt an das Unterbewußtsein des Zuhörers wenden. Wie schon in Tristan und Isolde verwendet Wagner dabei auch im Text Worte, die Assoziationen mit grundlegenden Gefühlen hervorrufen. Die Entwicklung des Parsifal, das Beschreiten neuer Wege und das Loslösen von alten Wahrheiten findet dabei seinen Angelpunkt in der Kußszene im zweiten Akt mit den Worten »als Mutter Segen's letzten Gruß der Liebe ersten Kuß«, mit denen sich für Parsifal eine neue Welt erschließt. Wagners großes Weltengleichnis findet in Parsifal durch den Glauben an die selbstreinigende und selbsterneuernde Kraft der Menschheit einen hoffnungsvollen Abschluß.

Der erste PARSIFAL, in dem ich auftrat, war Wieland Wagners Produktion in Bayreuth. Sie war großartig und großzügig, aber einfach und abstrakt, ja spartanisch. Lichteffekte auf vom Schnürboden hängende Transparente wurden im Gralsbereich zu Bäumen und später zu Säulen des Tempels. Diese Projektionen verwandelten die mit Ausnahme der berühmten Scheibe sonst leere Bühne in einen magischen Zaubergarten, und die Beleuchtung des Hintergrunds und des Bodens verwandelte die Umgebung einer einfachen Steinbank in eine Aue mit Atmosphäre. Die Kostüme waren einfach und zeitlos, aber geschmackvoll. Trotz Wielands bekannter Zurückhaltung bei den Requisiten erzwang die Handlung zumindest einige. Da gab es einen abstrahierten Schwan, den Gral selbst und den Speer. Wie in den meisten Inszenierungen verzichtete man aber auf die herniederschwebende Taube. Das Spiel der Darsteller wurde primär durch die Musik bestimmt und war dem Grundthema und dem »geweihten Ort« entsprechend.

PARSIFAL kann aber auch realistisch inszeniert werden. Eine Inszenierung von August Everding und Jürgen Rose in Wien folgte diesem Konzept, erwies sich aber als wenig erfolgreich. Im Reich des Gral befand sich ein mit Mauern umgrenzter Hof mit Zypressen, und die Tempelszene wurde durch ein massives Metallkreuz dominiert, das an den entsprechenden Stellen der Musik sehr effektvoll aus dem Boden glitt. Im zweiten Akt erschien Kundry schwarz gekleidet, sie trat aus einer großen Muschel hervor und befand sich in einem extravaganten Bordell, in dem verschwenderische Stoffbahnen, Polster und Liegegelegenheiten auf der Bühne verteilt waren. Die Regie war dem vitalen konsequenten Stil Everdings entsprechend, litt aber unter der die Sänger behindernden Umgebung. Man mußte über Mauern springen, sich durch ein Labyrinth aus vorgetäuschtem Strauchwerk kämpfen oder unsicher über schlüpfriges Material und Stufen dahinstolpern. Parsifal ist ein Werk, an dem sich schon viele Regisseure und Bühnenbildner versucht haben und das auch immer wieder dazu verlockt, neue sensationelle

Lösungen zu suchen. Davon zeugen zumindest eine Inszenierung von Lyon, in der ich auch aufgetreten bin, Harry Kupfers Arbeiten und der Parsifal-Film von Hans Syberberg. Dem psychologischen Gehalt des Werkes entsprechend, finden Künstler dabei immer wieder neue Möglichkeiten der Interpretation, wobei man alle jene Arbeiten als zulässig anerkennen kann, die zumindest nicht explizit gegen die Intentionen des Komponisten vorgehen.

Wieland Wagner sah PARSIFAL als die Vollendung und Krönung von Wagners Lebenswerk an und schrieb darüber: »Die sichtbaren Vorgänge dieses Mysteriums sind nur Gleichnisse, die handelnden Personen nicht bestimmte Individualitäten, sondern Symbole für die Menschheit überhaupt«, und »Parisfal wird, hellsichtig und zum Mann geworden, die beiden Reiche vereinen, ihre Unnatürlichkeit aufheben, Speer und Gral, Phallus und Mutterkelch wieder zusammenführen«.

Wielands klare und abstrakte Interpretation steht als Prototyp für die psychologisch fundierte abstrakte Realisierung dieses Werkes überhaupt. Seine Arbeit, an der er Jahr für Jahr Verbesserungen vornahm, blieb länger als jede andere auf dem Spielplan der Bayreuther Festspiele und setzte einen Standard für die Inszenierung dieses selten gespielten Werkes.

DIE WESENDONKLIEDER

Richard Wagner begann die Kompositionsarbeiten an den Wesendonkliedern im Jahre 1857. Er instrumentierte fünf Reime von Mathilde Wesendonk, die ein Höhepunkt, ja sogar ein Monument auf dem Gebiet der deutschen Lieder wurden. Zu Otto und Mathilde von Wesendonk hatte Richard Wagner eine lange und intensive Beziehung, die Anlaß zu vielen Spekulationen gab. In seinen Wesendonkliedern drückt er ein romantisches Verlangen aus, das sich auch in der Oper Tristan und Isolde, die ebenfalls in dieser Zeit entstand, wiederfindet. Unabhängig von Richard Wagners Beziehung zu Mathilde von Wesendonk muß man dem Umstand dankbar sein, daß Richard Wagner zu dieser inspirierten Arbeit angeregt wurde. Vielleicht hat Richard Wagner an Mathilde von Wesendonks dichterische Fähigkeiten geglaubt, man darf jedoch behaupten, daß für die Unsterblichkeit dieser Lieder Richard Wagners Musik und nicht die dichterische Qualität verantwortlich ist.

Jede der Kompositionen enthält musikalische Ideen, die man entweder in Richard Wagners frühen Werken oder in Tristan und Isolde wiederfindet. Die Reihenfolge, in der die Lieder geschrieben wurden, weicht von jener ab, in der sie üblicherweise aufgeführt werden. Ich beziehe mich auf die Reihenfolge, in der sie von Richard Wagner fertiggestellt wurden.

»Der Engel«

»Führt er meinen Geist nun himmelswärts!«, damit sah Mathilde von Wesendonk, wie es auch in der Musik ausgedrückt ist, sich selbst als Wagners Erlöserin, oder sie empfand Richard als ihren Rettungsengel. In diesem Lied kann man den Komponisten des Rheingold erkennen und Klänge aus Tristan und Isolde wiederfinden.

»Träume«

Dieses Lied wird zumeist zuletzt gesungen und erinnert an das Duett zwischen Tristan und Isolde im zweiten Akt. Es hat eine ähnliche Lösung mit der Vereinigung bis in den Tod.

»In Schmerzen«

Dieses Lied wird üblicherweise an vierter Stelle gesungen, der Text zeigt, daß Mathilde mit dem Inhalt des langen zweiten Aktes von Tristan und Isolde vertraut war und den verabscheuenswerten Tag und die Sehnsucht nach der Nacht kannte. Richard Wagner verwendet den gleichen dissonanten Akkord, mit dem er auch den zweiten Akt seines Tristan beginnt, läßt aber in einigen Passagen Erwartungen an einen »stolzer Sieges Held« anklingen, die entweder musikalische Rückblicke auf Lohengrin oder Vorausblick auf Meistersinger sind.

»Stehe still«

Dieses Lied wird üblicherweise als zweites gesungen, es hat einen klaren, bewegenden Rhythmus, der an den ersten Akt des Siegfried erinnert, und dann rasch in die sinnliche, suchende und begehrende Stimmung des Einander-Hingebens aus Tristan übergeht. In diesem Lied findet man einige Klänge aus der Götterdämmerung.

»Im Treibhaus«

Dieses Lied wird als drittes gesungen. Die Umgebung des Treibhauses soll wahrscheinlich die künstliche gesellschaftliche Struktur darstellen, in der sich die den Tag scheuenden und die Nacht liebenden Tristan und Isolde bewegen müssen. Die überwältigende, traurige Stimmung und die dramatischen Entwicklungen am Ende des Liedes finden sich in der gleichen Form im Vorspiel zu Tristan und Isolde und am Beginn des Vorspiels zum dritten Akt wieder.

Diese fünf Lieder geben einen Zyklus, der auch vom Komponisten als »Studie zu Tristan und Isolde« bezeichnet wird. Sie sind schwierig, aber für jeden Sänger dankbar. Sie werden häufig von Sopranistinnen, aber auch von Tenören gesungen. Auf Wieland Wagners Vorschlag nahm ich die Wesendonklieder in mein Liederprogramm auf und habe sie, zu deren Inhalt ich eine starke Beziehung habe, mit viel Vergnügen gesungen.

Für die Lieder existiert eine Orchesterbegleitung, die ich im Vergleich zum vollen Wagner-Orchester enttäuschend empfand. Ich ziehe es daher eher vor, die Wesendonklieder mit einer guten Klavierbegleitung zu hören oder zu singen. Wird man sich anhand dieser Lieder der Begabung Richard Wagners auf diesem Gebiet bewußt, kann man nur bedauern, daß er uns in diesem Bereich nicht mehr Werke hinterlassen hat.

CARL MARIA VON WEBER

OBERON

Erstaufführung: 12. April 1826 in London

Personen:
Oberon, König der Elfen (Tenor), Titania, seine Gemahlin (stumme Rolle), Puck (Alt), Droll (Sprechrolle), seine dienstbaren Geister – Hüon von Bordeaux (Tenor), Scherasmin, sein Knappe (Bariton), Harun al Raschid, Kalif von Bagdad (Sprechrolle), Rezia, seine Tochter (Sopran), Fatime, ihre Vertraute (Mezzosopran), Babekan, persischer Prinz, Abdallah, Seeräuber, Almansor, Emir von Tunis – Roschana, seine Gemahlin – Nadine, deren Sklavin, Kaiser Karl der Große (alles Sprechrollen) – Mesru, Haremswächter (stumme Rolle) – Meermädchen (Soprane) – Geister, Gefolge des Kalifen und des Kaisers, Feen, Elfen, Luft-, Erd- und Wassergeister, Wachen, Sklaven und Seeräuber.

ZUR HANDLUNG

Die Grundlage der Handlung ist ein Streit zwischen Oberon, dem König der Elfen, und seiner Gattin Titania. Aus diesem Streit resultiert der Schwur, demzufolge sich Oberon nicht eher mit ihr vereinen will, bis ein liebendes Menschenpaar Treue in Gefahr und Not bewiesen hat. Der Ritter Hüon von Bordeaux, der den Sohn des Kaisers Karl getötet hat, wird für diese Probe ausersehen. Er muß nach Bagdad ziehen. Dort soll er einen Prinzen erschlagen und die Tochter des Kalifen, Rezia, entführen. Oberon wappnet Hüon für seine Aufgabe mit seinem Schutz und übergibt ihm ein Zauberhorn und einen magischen Weinbecher. Nachdem er ihm und seinem Knappen das Bild Rezias vorgezaubert hat, begeben sich diese sofort auf die weite Reise.

Rezia soll allerdings den ungeliebten Prinzen Babekan heiraten, aber auch sie träumt schon von einem Fremden, der sie befreien wird.

Mit Oberons Hilfe treffen Hüon und sein Knappe im Fluge in Bagdad ein. Hüon streckt Babekan tatsächlich nieder und reißt Rezia an sich, während sein Knappe Scherasmin Rezias Dienerin Fatime entführt. Im Garten eines Palastes kommen einander später die Paare näher, und Rezia schwört Hüon, ihm überallhin zu folgen. Ein Seesturm überrascht beide auf der Heimreise und Hüons Schiffs strandet. Während Rezia am Strand aus ihrer Ohnmacht erwacht, ist Hüon aufgebrochen um Hilfe herbeizuschaffen. Rezia fällt in die Hände von Seeräubern und wird verschleppt. Einige Zeit später trifft der nach Tunis verzauberte Hüon Fatime und Scherasmin, die nun Sklaven des Emirs Almansor geworden sind. Er erfährt, daß Rezia in dessen Hände gefallen ist und von Almonsor selbst umworben wird. Sie aber weist Almansors Werbung zurück, wie auch Hüon später gegenüber der Verführungen der Gattin Almansors, Roschana, standhaft bleibt. Almansor findet aber Hüon im Gemach seiner Gattin und verurteilt ihn und Rezia zum Tode. Sie sollen verbrannt werden. Schon ist der Scheiterhaufen vorbereitet, Rezia und Hüon erwarten den Tod, als Scherasmin das wiedergefundene Wunderhorn Hüons bläst, dessen Ton die Henker verzaubert.

Die Prüfung ist damit bestanden und Oberon erscheint, vereint mit seiner Frau Titania.

MUSIKALISCHE SCHWIERIGKEITEN

Diese Oper enthält einige enorme musikalische Schwierigkeiten und trotzdem sollten diese nicht als Rechtfertigung dafür dienen, daß das Werk so selten aufgeführt wird. Die wahren Probleme dieser Oper liegen eher im Text, und damit in der Form, in der die wahrlich vielfältigen musikalischen Schwierigkeiten präsentiert werden. Ich glaube, daß diese Oper schon alleine durch eine mutige und gute Überarbeitung zu neuem Leben erweckt werden könnte. Die Musik jedenfalls ist wunderbar, bereits die Ouvertüre ist ein Meisterwerk, das auch oft in Orchesterkonzerten verwendet wird: Die Musik ist majestätisch, sie enthält Themen aus den großen Arien von Rezia und Hüon und ist ein klassisches Beispiel für die erste Blüte der deutschen Romantik. Die ganze Oper enthält viel von Webers großartigster und schönster Opernmusik. Die Tiefe, mit der Empfindungen in der Musik wiedergegeben werden, nimmt schon viele der Bemühungen Wagners vorweg.

OBERON basiert auf einem relativ schwachen englischen Libretto in einer gleichermaßen schwachen deutschen Übersetzung. Die schwerfälligen Dialoge haben den Durchbruch des musikalischen Erfolges dieses Werkes dauerhaft behindert.

Wenn jemand für vokale Schwierigkeiten in einer Oper schwärmt, findet er in OBERON ausreichend Material. Die Partien der Rezia und des Hüon erfordern flexible und kräftige Stimmen mit lyrischen Höhepunkten. In Hüons Arie »Mein Heim war immer das Schlachtfeld« sind sicherlich einige der schwierigsten Stellen enthalten, die in der gesamten Opernliteratur existieren. Lange Passagen mit verhaltenem Gesang und wunderschönen Melodien verschmelzen im zweiten Teil der Arie mit hochliegenden, heroischen Koloraturen, die an die Grenzen der Belastungsfähigkeit der Stimme reichen. Im zweiten Akt hat Hüon auch sein Gebet, das lange Legatophasen und zartes Pianosingen erfordert. Alles in allem ist Hüon aber eine Rolle, deren Anforderungen man wegen der Schönheit der Musik gern erfüllt.

Die berühmte Arie »Ozean! du Ungeheuer« hält ähnliche Schwierigkeiten für den Sopran bereit. Wahrscheinlich sollten beide Rollen, Rezia und Hüon, mit jugendlich dramatischen Heldenstimmen besetzt sein. Allerdings hat Rezia auch paminaähnliche Cavatinen im dritten Akt, die es einer Sängerin ermöglichen, alle Elemente ihrer stimmlichen Gestaltungsfähigkeit zu zeigen.

Für Fatima und Scherasmin, das Mezzo- und Baritonpaar, hält Weber charmante Arien und Duette bereit. Neben der Tatsache, daß die Sänger über einen großen Stimmumfang, gute Technik und vor allem auch darstellerische Ambitionen verfügen müssen, finden sich in ihren Partien keine weiteren Schwierigkeiten.

Oberon muß eine starke hohe Tenorstimme haben, die die Würde des Königs der Elfen mit einem klaren, noblen Timbre charakterisiert. Es gibt in dieser Oper auch schöne

Chöre und Quartette, die recht einfach wirken mögen, aber doch musikalisch sehr kompliziert sind. Alles in allem ist es bedauerlich, daß Webers großartige Musik durch eine so schwache Geschichte getragen wird.

INSZENIERUNGEN

Aufgrund des nicht gerade hervorragenden Buches bleibt in OBERON nicht sehr viel Möglichkeit zur Charakterisierung der einzelnen Personen oder gar der geistigen Aufarbeitung des Grundthemas, der Beständigkeit der Liebe. Der Regisseur findet aber eine reizvolle Aufgabe darin, die teilweise realen und irrealen Szenen ansprechend, unterhaltend, ja sogar spektakulär und somit zur Musik passend zu gestalten.

Ich selbst habe in nur einer Inszenierung von OBERON gesungen, so daß mir wenig Vergleichsmöglichkeit bleibt. In Stuttgart entwarf Jean-Pierre Ponnelle Kostüme und Bühnenbilder für OBERON mit reicher, geschmackvoller Ausstattung. Ernst Poettgen führte Regie und wollte mich als Folge einer Idee Ponnelles als Hüon auf einem fliegenden Teppich auftreten lassen. Das ist wahrlich kein einfacher Trick. Eine Plattform wurde auf der Bühne so auf Seile gehängt, daß sie wie ein fliegender Teppich aussah. Ich bestieg diesen fliegenden Teppich von oben, konnte mich nur an einer kleinen Schlaufe mit dem Fuß halten und wurde in einer horizontalen und vertikalen Bewegung auf die Bühne gebracht. Der Effekt war großartig und wurde jedesmal beklatscht. Der Erfolg einer OBERON-Inszenierung hängt in großem Maße davon ab, ob die darzustellenden magischen Elemente und auch die Stadt Bagdad selbst, glaubhaft und interessant präsentiert werden können.

Im Rahmen eines Projektes, das ich als Professor an der San Francisco State University durchführte, wählte ich Ausschnitte aus OBERON für die Opernwerkstatt. In Zusammenarbeit mit dem ausgezeichneten Theater Arts Department, das unter der Direktion von Robert Segrin stand, brachten meine Studenten eine interessante Produktion auf die Bühne. Sergin half mir, den Zauber brennender Tassen, von Blitz und Donner, Gewittern, tosenden Wellen, Schiffswracks und vielen, vielen anderen Dingen auf die Bühne zu stellen, so daß ich mich selbst überzeugen konnte, wie schwierig es ist, OBERON zu inszenieren. Aber auch mit jungen Stimmen und einem kleinen Orchester gelang es, den Charme, den Humor und die Schönheit der Musik zum Leben zu erwecken. Der Erfolg dieses phantastischen Märchenstücks wurde bald unter den Studenten legendär. Für mich ist es nur eine Frage der Zeit, bis man sich dieser vernachlässigten Perle der Opernliteratur wieder verstärkt annimmt.

Lufthansa

PERSONEN- UND SACHREGISTER

Bildnachweis

Clive Barda, London 68
Ilse Buhs, Berlin 6, 7, 25, 26
Erika Davidson, New York 85
Festspiele Bayreuth 65
Festspiele Bayreuth/Siegfried Lauterwasser 38, II
Foto Fayer, Wien 10, 45, 46, 96, I, IV
Foto Piccagliani, Mailand 9
Dennis Galloway, Berkeley CA 57
Siegfried Lauterwasser, Überlingen 60, 61, 62
Carolyn Mason Jones, San Francisco 43, 44, 98
Louis Mélancon, New York 8, 21, 27, 28, 30, 35, 53, 59, 90, 95, 97
Margaret Norton, San Francisco 102
Pressefoto Gebauer, Bayreuth 36, 42, 70, 71
Privatbesitz Jess Thomas 1–4, 12–17, 22–24, 32, 33, 37, 39, 40, 47, 49, 50, 52, 54–56, 58, 63, 64, 66, 67, 69, 75, 76, 81–84, 86, 87–89, 91, 100, 101, 104
Susann Ramme, Zürich 99
Wilhelm Rauh, Bayreuth 11, 41, 73, 77–80, 103
Gerd H. Siess, München 51
Felicitas Timpe, München 31
Sabine Toepffer, München 31, III, V
Harry Weber, Wien 72
Gerd Weiss, Karlsruhe 5, 19, 20, 92

Thomas
BACCHUS
II
I
TENOR
dear
Jess Thomas
and
love
1964
17